L'HOMME
QUI SAVAIT TOUT

Du même auteur

L'Océan miniature
roman
Seuil, 1983

Simone Signoret ou La mémoire partagée
essai
Robert Laffont, 1990

La Beauté du geste
essai
Calmann-Lévy, 1994

Passage de l'Ange
roman
Calmann-Lévy, 1995

CATHERINE DAVID

L'HOMME QUI SAVAIT TOUT

Le roman de Pic de la Mirandole

ÉDITIONS DU SEUIL
*27, rue Jacob, Paris VIe*

ISBN 0-02-038713-1

www.seuil.com

A ma mère
A mes enfants philosophes
A mes fantômes chéris

Ceux qui brûlent des livres finissent tôt ou tard par brûler des hommes.

HEINRICH HEINE

PROLOGUE

Le bûcher des vanités

Florence, piazza della Signoria, 7 février 1497

Repens-toi, cité maudite !

JÉRÔME SAVONAROLE

« *Vanitas vanitatum !* Mort à la philosophie ! Que flambe haut et clair ce livre dicté par l'orgueil ! Que partent en fumée ses écritures perverses ! Et toi, Pic de la Mirandole, mon faux ami, dans le blême Purgatoire où tu séjournes avec tes maîtres et tes catins, regarde bien ceci… »

D'un geste ostentatoire, Jérôme Savonarole rejette sa capuche en arrière. Sous l'auréole des boucles brunes, la tonsure laisse à nu les accidents du crâne. A la lueur des flammes, le profil inimitable se découpe comme une ombre. Un profil sculpté par le dévouement à Dieu. Le front, falaise escarpée, le buisson ardent des sourcils, le nez anguleux, frémissant, les larges narines, les lèvres surtout, sensuelles, qui trahissent l'enfant gourmand sous l'apparence austère du justicier. Derrière le rictus on aperçoit les dents grises, inégales. La pomme d'Adam jaillit tel un rocher de l'entrelacs des veines. Le corps, tendu à l'extrême, secoue par saccades le large manteau noir, uniforme de l'ordre de saint Dominique – mais dont l'ourlet tissé d'or, discret privilège du prieur de San Marco, atteste de sa subtile coquetterie.

Quant aux pieds du frère prêcheur, sculptés dans la boue des chemins, ce sont de vivantes archives. Les os saillants soulignent la puissante musculature et les articulations. Les phalanges s'agrippent au sol comme des serres. A l'extrémité des orteils, les ongles recourbés forment de petites coquilles balafrées de rayures noires. De multiples cicatrices rayonnent autour d'une plaie béante au talon droit. En ces années de ferveur et de repentance, combien de fidèles ont eu la chance de se prosterner devant frère Jérôme, de baiser ces chairs meurtries, ces plaies jamais soignées, de les inonder de larmes… de palper, l'espace d'un instant, cette peau rugueuse et tiède ? Combien d'entre eux ont pu approcher Savonarole, ce matin, après la messe dans la cathédrale, et toucher le bas de sa robe, et défaillir de bonheur ?

Mais le moine ne pense pas à ceux qui l'adulent. En ce jour de grâce où sa parole devient feu, il est envahi par son obsession ancienne, par la fureur sacrée qui gît au tréfonds de son être. « Regarde bien ceci, Mirandole, toi qui m'as ravi mon amour… » Le moine répète ces mots pour lui-même, comme une litanie salvatrice. « Regarde, Giovanni Pico, et meurs une seconde fois ! »

Dans la main droite, dressée vers les flammes, ce n'est pas une croix mais un livre que brandit l'homme de Dieu, l'un de ces *livres scélérats* qu'il destine au feu purificateur. Relié en cuir de Cordoue, le premier des sacrifiés porte un titre gravé en lettres d'or : *Discours sur la dignité de l'homme, introduction aux neuf cents Conclusions philosophiques*, suivi du nom de l'auteur : *Giovanni Pic de la Mirandole, prince de Concordia*. Enchâssé dans le cuir travaillé, un écusson représente le blason des comtes de la Mirandole, une lignée de fiers condottieri, défenseurs du duché de Modène. Une dernière fois, entre ses dents, Jérôme Savonarole invective ce jeune lion à la crinière de soleil, cet hérétique, ce double maudit qui n'a cessé de lui faire de l'ombre.

Dans sa transe, le prieur de San Marco saisit le livre par la reliure et le secoue violemment. Le long de son avant-bras dénudé, ses muscles font saillir leurs cordes. Suspendues, vulnérables, les pages fouettent le vide. De petits papiers pliés s'en échappent et volettent en dansant sur l'air chaud à un rythme endiablé. Ce sont les notes du défunt philosophe, qui s'éparpillent dans le souffle tourbillonnant de la révolution.

Les textes imprimés commencent à se répandre en Europe, mais celui-ci est un livre véritable selon le cœur des érudits, c'est-à-dire un manuscrit. Une petite centaine de feuillets in-octavo, contenant un texte calligraphié en latin. En cette année 1497, le *Discours sur la dignité de l'homme* n'a pas encore été imprimé. Eh bien, les éditeurs vénitiens de Pic de la Mirandole, les Salviati, Manuce et consorts, ces marchands de savoir, en seront pour leurs frais ! Grâce à cette purification par le feu, la postérité perdra la trace de Pic de la Mirandole, ce philosophe mondain, ami des puissants, un esprit faux et pervers, traître à la vraie foi, apôtre du doute.

Oubliée, sa fameuse insolence ! Oublié, le défi lancé par ce jeune arrogant aux têtes pensantes de l'Europe ! Oubliés, ses manières de roitelet, son allure altière de bel indifférent, ses boucles ocre, son teint de fille, son regard lumineux, son éloquence ravageuse ! Oubliées, ses bruyantes cavalcades à la conquête d'une donzelle de province ! Oubliées, ses citations prétentieuses de textes chaldéens, hermétiques ou persans, destinées à invalider la Révélation divine ! Exotisme de pacotille ! Pourquoi chercher au bout du monde ce que la Providence a déposé devant ta porte ? Un tic nerveux déforme la mâchoire de Savonarole. Dans la nuit fuligineuse, de sa voix de tonnerre, il gémit, il glapit, il hurle son espérance.

« Que périssent les sectateurs du mensonge et les blasphémateurs ! Sacrifice ! Sacrifice au Tout-Puissant ! »

Les voix célestes d'un chœur d'enfants lui répondent. Munis de croix rouges, regroupés sur les marches du palais, ils modulent *crescendo* leur chant de guerre, leur chant d'allégresse. « Gloire au Seigneur ! Mort aux impies ! » Sur la grand-place de la Seigneurie, à quelques mètres de l'angle du palais, les disciples de la foi régénérée ont dressé cet immense bûcher en forme de pyramide : haut de quinze mètres, large de soixante. Pendant des heures, au risque de salir leurs aubes immaculées, ils ont transporté des fagots et des bûches, et les ont empilés en chantant. Quatre officiants tirés au sort viennent de mettre le feu à l'édifice.

« Que ces étincelles se répandent en poussière jusque dans les faubourgs de Florence ! Que périsse l'espoir des mécréants ! Que leurs femmes et leurs filles soient maudites ! »

La foule tangue et s'enivre de fumée. Autour du feu, les

robes blanches surmontées de torches dessinent maintenant un cercle tournoyant, un œil de flammes.

« Et toi, Mirandole, rejoins en enfer l'infâme Laodomia, prêtresse du vice ! »

Alors, au son des hymnes, tête relevée, menton tendu, capuche vengeresse, le prieur de San Marco arrache au hasard une page du manuscrit et la jette dans les flammes de la main gauche, comme une ordure. « Gloire au Tout-Puissant ! » Un livre est si fragile ! Un geste, un seul geste suffit pour le détruire ! Grâce à Dieu, tout est facile, désormais. L'ennemi est terrassé. Illuminé par le feu purificateur, le visage de Savonarole s'adoucit un instant, envahi par la béatitude du devoir accompli. Jour de gloire ! Apothéose ! Les chants des *fanciulli* résonnent au plus haut des cieux et se mêlent au concert des anges.

Le vélin frétille, roussit, noircit, puis s'enflamme dans un souffle, les bûches projettent des étincelles, le brasier ronfle.

Le signal est donné. Dans une extase contagieuse, le *popolo magro* se saisit des linges de prix, esquisses de nus, gravures bucoliques, résilles, parures, bibelots, nappes brodées, miroirs ornés d'angelots, partitions musicales, guéridons, antiquités, tous les délicats trésors réquisitionnés depuis trois ans dans les demeures florentines, et les jette dans les flammes. Du coin de l'œil, Savonarole lance un regard sévère, secrètement satisfait, sur cette cérémonie frénétique. Les exhortations ne sont plus nécessaires…

Rêveusement, tout en marmonnant des incantations, il continue à effeuiller le livre de son ami et à jeter ses pétales un à un dans le feu. « Une page pour toi, Laurent, une page pour le stupide Borgia, une pour le roi de France, et pour toi, Laodomia, une pleine brassée… »

*

Voici presque trois ans que Pic de la Mirandole a quitté ce bas monde mais partout en Europe, de Paris à Louvain et d'Amsterdam à Cologne, sa renommée continue à se répandre irrésistiblement. Son nom est cité comme celui d'un explorateur de la pensée, d'un passeur de frontières, d'un virtuose de la joute oratoire. Ses aphorismes deviennent peu à peu des proverbes. *Nous commençons à mourir en commençant à vivre... Le Mage est le serviteur et non le maître de la nature... L'homme est l'œil du monde...* Dans les cours et les salons, les universités, les monastères, les cercles ésotériques, les associations d'étudiants, on l'appelle prince de Concordia. Il suffit souvent d'évoquer cette haute figure pour que se rejoignent discrètement quelques endeuillés, adeptes de la libre-pensée, curieux de toutes les traditions. Dans les communautés juives des cités italiennes, où affluent les rescapés de la conversion forcée en Espagne, on murmure avec respect le nom de ce chrétien, cet ami de Laurent de Médicis, qui a fait l'effort d'apprendre l'hébreu pour tenter de transmettre aux siens les arcanes de la kabbale.

Le mystère de sa disparition subite, en pleine santé, à l'âge de trente et un ans, ajoute un piment tragique au souvenir de cet astre éphémère. Que l'événement se soit produit le jour même de l'entrée du roi de France, soit à l'instant précis de la chute de Florence, a parfois été interprété comme un présage funeste. D'autres ont cherché un sens zodiacal à cette coïncidence, glosant à l'envi sur les constellations visibles en cette journée du 17 novembre 1494 – oubliant que Pic de la Mirandole fustigeait énergiquement les faussetés des astrologues. Mais les mieux informés n'ont pu s'empêcher de voir dans cette troublante concordance des temps l'effet d'une mise en scène perverse, sans doute orchestrée par l'assassin lui-même. Pour ceux-là, le doute n'est pas de mise : le jeune philosophe a été éliminé, ou plus précisément, empoisonné.

Quelle que soit la vérité, depuis ce jour fatal, Florence a enfin consenti à expier ses péchés sous le fouet du moine au profil d'aigle. Aujourd'hui, 7 février 1497, grâce à Savonarole, son sauveur, Florence bat sa coulpe et brûle hardiment ce qu'elle a adoré. Et Florence se repent tout entière, amèrement, terriblement, absolument, d'avoir eu l'audace d'élever la dignité de l'homme au-dessus de la crainte du Seigneur.

PREMIÈRE PARTIE

Renaissances

La Mirandole, Émilie, 1463-1473

> Vois quelle puissance,
> quelle vitesse tu possèdes !
>
> HERMÈS TRISMÉGISTE

CHAPITRE 1

Le boudoir de Giulia Boiardo

Un garçon de quatre ans, pieds nus, vêtu de blanc, velours et lin, chemise en dentelles, pantalon bouffant. Ses boucles fauves tressautent en cadence. Il court, il court dans le long couloir du château, il bondit comme un cabri sur le dallage noir et blanc, il est si pressé qu'il en oublie d'avoir peur des trophées de son père, il galope sous le regard placide des têtes de cervidés accrochées entre les arcades, au passage il adresse même un petit signe d'amitié à l'unique sanglier sans corps qui exhibe une énorme dent sous sa truffe plissée. Il traverse en trombe les cuisines où les marmitons s'affairent tandis que les chefs se prélassent, c'est l'usage. Sa nourrice est là, penchée sur un énorme panier à linge, elle l'appelle, *Giovanni Pico, venez manger des gâteaux*, mais il n'a que le temps de lui adresser un sourire ravageur, Elena est sous le charme, comme toujours, elle se met à rire en le voyant détaler, elle crie *où vas-tu, attention à tes pieds nus*, elle murmure *petit lapin blanc comme je t'aime*. Souvent il se précipite vers elle les bras écartés, en riant, se blottit dans son giron et réclame une histoire. Ils s'installent dans l'office, et elle raconte, en filant sa quenouille, un épisode de la guerre des Troyens ou une légende de la vallée du Pô. *Ici, en Émilie, les chevaliers sont forts et courageux, tu le sais…* Il se pelotonne sur une pile de linge frais, les yeux brillants, les bras croisés, sérieux comme un évêque. Le jour de ses trois ans, il a arrêté de sucer son pouce. Jamais elle n'a élevé d'enfant aussi attentif, aussi gai. Rien à voir avec son propre fils, le grand Cristoforo, un peu balourd mais un cœur d'or, qu'elle a mis en apprentissage chez le forgeron du village. Rien à voir non plus avec Galeotto et Antonmaria, les frères aînés de Giovanni. Ceux-là ne tenaient pas en place, ils sont devenus de grands gaillards prêts à en découdre avec la terre entière. La nourrice appelle encore. *Viens vite, petit lapin blanc…* Mais aujourd'hui, c'est sa mère, c'est Giulia Boiardo, épouse Mirandole, que Giovanni veut voir de toute urgence. Et l'urgence est absolue.

*

Il sort par la porte de l'office, déboule dans le parc, c'est le sommet de l'automne, les oliviers et les platanes le saluent en frémissant, les feuilles mortes sur le sol lui rappellent le tapis bariolé du bureau de son père Gianfrancesco. Ce fameux condottiere porte un poignard à la ceinture, dans un étui en cuir gravé du blason familial, et fait claquer ses bottes sur les dalles. En sa présence, Giovanni doit rester silencieux et tenir les paupières baissées. Mais aujourd'hui le père est absent, parti à la chasse ou peut-être à la guerre, entouré de sa soldatesque, *en campagne avec ses hommes*, selon son expression habituelle. Parmi ces hommes il y a les grands frères, Galeotto et Antonmaria, avec lesquels Giovanni rêve de jouer et de monter à cheval. Mais ils le méprisent à cause de son jeune âge, surtout Galeotto, l'aîné, qui a déjà quinze ans et se moque souvent de ses cheveux blonds et de son visage de fille.

Et voici que l'enfant a chaud, un rayon de soleil le frappe au visage, il commence à s'essouffler mais ne relâche pas son effort, bande ses muscles et règle sa respiration à la recherche du « deuxième souffle », comme le lui a appris Ernesto Bolsoni, son nouveau précepteur. Ernesto n'est arrivé que depuis peu à la Mirandole, et déjà la vie du gamin en est tourneboulée. Sans cesser de courir, Giovanni tourne la tête vers la fenêtre de sa chambre. Bolsoni est bien là, sur le balcon de pierre, qui lui fait signe de la main, et Giovanni, courant toujours, penche la tête et lève un bras vers le ciel, poing serré en signe de victoire. Il court, il court de plus en plus vite, car il lui semble que sa vie en dépend. Il longe la terrasse puis traverse en oblique un champ de luzerne vers le petit bois où la comtesse a fait construire son pavillon, une maisonnette en planches qu'elle appelle en français son « boudoir ». Une simple masure sortie d'un conte de fées. En l'absence de son mari, Giulia Boiardo, épouse du comte Gianfrancesco, s'y retire de plus en plus souvent, pour lire et prier.

Hors d'haleine, Giovanni Pico s'arrête brusquement, tel un cocher freinant son attelage, sous le figuier aux ramures souples, devant la porte bleue. Par la fenêtre, il aperçoit sa mère. Penchée sur la table, elle écrit. Il crie : *Mamma ! Mammita !*, mais il est essoufflé, sa voix est inaudible. Sous le lin crémeux de la chemise, dans le torse miniature, la poitrine bouillonne, les viscères s'agitent, le cœur tambourine. Un chien ou un ogre pourraient dévorer cette chair tendre, car un enfant est aussi une viande possible, Giovanni le sait déjà. Devant ses pieds affleure une dalle grise, sertie de mousses. Une touffe de chiendent s'est glissée entre ses orteils. En hâte, il pose sa cheville droite sur son genou gauche pour la retirer, mais perd l'équilibre, et se retrouve le derrière par terre. Il se relève sans pleurer, son pantalon de jeune prince est parsemé de pâquerettes fanées. Enfin il se hisse sur la pointe des pieds et ouvre la porte à la volée.

« Giovanni Pico ! »

Assise derrière son grand bureau, la plume à la main, Giulia le contemple en souriant, et une vague de bonheur déferle sur l'enfant. Dans l'instant, il la retrouve, la présence aimée se répand dans ses veines, il jouit de cet alcool doux, dans l'instant il entend et il voit la mélodie des mots, le ravissement de la mère devant son petit dernier, son chérubin, ses yeux verts étonnés, rivés dans les siens, sa main levée dans l'expectative, puis la torsade lourde des cheveux, son visage fin de citadine, les hauts sourcils, la peau douce poudrée de blanc, le velours chatoyant de la robe, la gorge sertie de dentelles, l'encrier de cristal, la feuille à demi couverte de signes, le bras levé en oblique, et tout cela se diffuse, l'inonde, se ramifie en ruisseaux de joie. Il tend vers elle ses bras potelés, à la manière d'un amoureux. *Mamma, mammita…* Haletant, les joues écarlates, il bégaie.

« Que se passe-t-il, piccolo mio ? »

*

Avec cet enfant miraculeux, Giulia n'a cessé d'aller de surprise en surprise. Il avait à peine un an lorsqu'il a commencé à pointer du doigt les objets du monde, l'un après l'autre, la cuiller, le chandelier, la fleur, le mouchoir, les arbres, les nuages, les insectes… Elle a très vite compris qu'il posait une question, toujours la même : « Comment ça s'appelle ? » Elle a répondu comme elle pouvait à cette demande incessante. Ainsi a commencé un long dialogue quotidien entre la mère et le fils, poursuivi pendant les promenades et les jeux, et jusque dans la cuisine. Bientôt, il a commencé à parler et tout de suite sont venues les grandes questions impossibles, pourquoi le ciel est bleu, pourquoi on doit mourir, qu'est-ce qu'il y a dans le corps, comment se font les enfants, pourquoi les animaux ne parlent pas, à quoi servent les étoiles ? Et elle a répondu, encore, avec une infinie patience, du plus profond de sa science qui est vaste pour une femme, car elle a bénéficié, à Ferrare, d'une éducation raffinée dans le cadre d'une école pour filles patronnée par le duc d'Este.

Quelques semaines auparavant, elle a enfin accepté d'emmener Giovanni dans sa bibliothèque, où les grands frères ne vont jamais. En voyant les livres, il s'est mis à battre des mains en criant, puis il s'est agité de manière effrayante.

« Regarde les belles images », lui a dit Giulia en lui montrant une bible enluminée par les franciscains de Ferrare, datant du XIe siècle. Mais Giovanni s'est mis en colère. Du haut de ses quatre ans, il a jeté le livre par terre et lui a tourné le dos. Puis il s'est mis à trembler, au point d'avoir des convulsions.

Au lieu de s'affoler, Giulia a compris le message. Elle a

aussitôt engagé un précepteur particulier pour étancher la soif de lecture de son dernier fils, un étudiant florentin recommandé par son neveu Matteo Boiardo, poète à la cour des Este : « Sans hésiter, je t'envoie le jeune Ernesto Bolsoni. C'est un élève de Marsile Ficin, le célèbre humaniste qui prépare une nouvelle traduction de Platon. Bolsoni connaît la grammaire, l'astronomie, la rhétorique, la médecine, le latin et même un peu de grec... »

La comtesse a reçu dans la bibliothèque ce roturier timide et fier, elle a aimé son attitude pleine de respect, et lui a confié la mission d'enseigner à Giovanni non seulement les savoirs classiques, mais aussi les disciplines du corps prônées par les Anciens. « *Mens sana in corpore sano !* a-t-il répondu avec pertinence, la main sur le cœur. Telle était la devise du grand Pétrarque, inspiré par Sénèque, et c'est aussi la mienne. Je tâcherai d'en faire bénéficier mon élève... »

Ernesto Bolsoni a été logé à l'étage des domestiques, dans une chambre mansardée donnant sur le parc, où il ne se lasse pas de contempler le balancement des grands arbres sur le fond bleu du ciel. Dès la fin de la deuxième leçon, il a signalé à Giulia que son élève manifestait une intelligence presque surnaturelle.

*

Et voilà que ce matin même, assis à côté de son précepteur, Giovanni a lentement déchiffré une page de *l'Enfer* de Dante, en hésitant, comme lorsqu'on pénètre dans une forêt obscure. Sous ses yeux écarquillés, soudain, le livre a disparu et l'enfer s'est montré avec ses flammes et ses cris, ses damnés par légion, ses démons à la gueule béante, et les silhouettes vulnérables des visiteurs égarés, le poète et son guide, une louve, une panthère, la divine Béatrice... Fasciné par le voyage du héros parmi les puissances infernales, Giovanni Pico a continué seul à lire la page suivante, ligne à ligne, à voix haute et claire, sans hésiter...

Il s'est interrompu au milieu d'un vers, la bouche ouverte,

le regard fixe, grisé par cette musique, transporté par ce pouvoir nouveau… Il a secoué la tête, comme pour chasser la vision, puis il a interrogé son précepteur du regard et celui-ci, gorge nouée, s'est contenté de hocher la tête en souriant, pour confirmer la bonne nouvelle. Triomphe ! Victoire ! Giovanni est parti en courant, sans prendre le temps d'enfiler ses bottines. Debout à la fenêtre, ému comme un jeune père, Bolsoni a suivi du regard sa course éperdue.

Dans l'encadrement de la porte bleue, à l'ombre du figuier, Giovanni est enfin parvenu à reprendre haleine. De sa voix aiguë de bébé, de toute la force de ses poumons, il crie :

« Mamma… Je sais lire !

– Piccolo mio ! »

Giulia pose la main sur son cœur, lève les yeux au ciel, esquisse un signe de croix. Ainsi, l'oracle a dit vrai ! C'est un enfant miraculeux qui lui a été envoyé, en ce jour béni de sa naissance, le 24 février de l'an de grâce 1463, à la tombée de la nuit.

CHAPITRE 2

Le cercle de feu

Dans les couloirs du château, les serviteurs circulaient sur la pointe des pieds en portant des flambeaux. Une petite foule de paysans s'était massée devant la tour carrée, où les artificiers de Gianfrancesco astiquaient leurs canons. Navrée, Giulia se souvint que ce matin-là ses fils aînés, Galeotto et Antonmaria, avaient été consignés dans leur chambre, pour avoir torturé le chat du palefrenier. Ils l'avaient rasé avant de l'écarteler. Désarticulé, nu et pâle comme un rat, l'animal à la peau rose avait dû être noyé, enfermé dans un sac plein de cailloux, plongé dans la rivière.

*

Sur son lit de douleur, haletante, jambes relevées, Giulia attend le signal. A son chevet Elena Casalmaggiore, la nourrice de la famille, bassine des linges tièdes destinés au travail. Dans une marmite posée sur un réchaud, elle fait chauffer une décoction d'herbes amères qui parfume l'atmosphère de la grande salle aux voûtes croisées. La vapeur brouille les branches du grand arbre généalogique, sur le mur du fond, qui remonte au VIe siècle après la naissance du Christ. Les Pic de la Mirandole sont issus de l'empereur Constantin lui-même par l'héroïque Manfredo, vassal de Charlemagne, qui fut l'aïeul des Roberti de Reggio, des Pic de la Mirandole et des Pio de Carpi. Au siècle dernier, leur fortune leur a permis d'acquérir la seigneurie voisine, dite de Concordia.

Courage, signora ! Giulia cherche la main d'Elena et la serre très fort, puis elle ferme les yeux et s'abandonne.

Le col utérin s'élargit par saccades. La douleur monte à l'assaut, stridente, puis reflue, puis revient, insiste et pousse son avantage, fouaille les muqueuses, enfin plante ses griffes au creuset des entrailles. Sous les paupières scellées de Giulia règne une nuit profonde, traversée de minuscules filaments qui brillent et chatoient.

Et c'est là, soudain, au plus clair de l'obscur, qu'un soleil apparaît, immense, resplendissant, puits de lumière dans le néant. Arrachée à sa douleur, Giulia contemple le cercle de feu. Tous les voiles se dissipent devant sa nudité aveuglante. La lumière répand sa douceur, illumine les possibles, transfigure l'avenir.

*

Mon fils est né dans la gloire, pense Giulia, attendrie. Car aujourd'hui, l'enfant solaire est bien visible, hors d'elle, incroyablement réel, déjà bien planté dans la vie, tout essoufflé sous les branches du figuier, les cheveux fous. Aujourd'hui, il prend possession de son héritage, il découvre sa dignité d'homme. En un éclair, elle revoit toutes les étapes de sa naissance miraculeuse. Signe du ciel ou marque du destin ?

Arc-boutée au pied du lit matrimonial, Elena enfonce résolument ses mains de sage-femme dans le gouffre. Râpeuses et fermes, elles n'hésitent pas, elles commandent, exigent. La nourrice tâtonne, recherche une prise solide, saisit l'enfant par le menton et la nuque d'un même geste, et tire en écrasant ses genoux sur le montant du lit. Ses mains glissent, la tête est trop grosse. *Pousse, signora, il faut pousser !*

Mais Giulia n'entend plus, elle vogue dans la lumière, entrée dans le soleil errant qui la comble. Elle n'a plus mal. Aucune sensation ne la trouble. Il n'y a rien ici, ni mère, ni enfant, ni souvenir, ni projet. Le soleil a tout dévoré, et *cela* continue sans elle. Oui, tout s'est évanoui, le lit en bois sculpté avec ses grosses ferrures, la nourrice en sueur, son fichu, sa grande jupe, la marée tremblante de ses seins, la fermeté de sa prise, tout s'est effacé, le clignotement des chandelles, leurs reflets dans le miroir doré, et le château lui-même, pourtant si solide, s'est évanoui en vapeur… Les odeurs, la sueur, les larmes, le sang n'ont plus aucune consistance. Sous ce soleil, la douleur s'évapore, avec la mémoire et son cortège de pensées.

Elle meurt, elle renaît avec son fils.

Mais Elena continue à tirer.

« Aide-moi, petit, ta mère est fatiguée. »

La voix d'Elena n'est qu'un murmure, mais le bébé l'entend et la comprend. La nourrice n'est pas étonnée. Jour après jour, elle l'a vu croître sous la peau tendue de Giulia, matin et soir, à l'heure des soins. Souvent elle a pressé les paumes, d'autorité, de part et d'autre du gros ballon, et l'enfant lui a répondu, en remuant les jambes, en tendant le poing ou le genou, en faisant une galipette dans son sac de peau.

« Aide-moi, piccolo, souffle Elena, c'est le moment ou jamais, n'as-tu pas envie de naître ? C'est ta vie qui commence, à toi de jouer… Je te l'ai dit, ta mère est fatiguée… Allez, aide-moi, piccolo… »

Le désir de naître, ce bébé en a donné tous les signes, surtout depuis qu'il s'est spontanément installé la tête en bas, à la fin du sixième mois de sa gestation, dans la meilleure position pour franchir le seuil. Il ne regrette pas de quitter son abri. Il ne pense pas à cela, ni à quoi que ce soit, en fait il ne pense pas encore, étant inconscient de sa destinée, encore prisonnier des limbes. Il ne pense pas, mais il agit. Oh, sans ferveur, mais avec une détermination aveugle et absolue. Car il est temps de vivre, de respirer, de danser. Le moment est propice, l'aventure oblige, il se sent aspiré par le vide, appelé à…

Se préparant à naître, il bande ses forces, se raidit, se rassemble dans ce geste unique, et imprime à l'ensemble une poussée têtue, un glissando vital. Enfin, millimètre par millimètre, comme animée d'une volonté propre, la tête de l'enfant écarte le corset de chair et force le passage.

Un petit visage furieux jaillit de la caverne, tel un bouchon jaillissant des flots. Dans un vertige, il lance son premier cri. Au même instant, sans comprendre, au-delà de toute douleur, Giulia entend résonner son propre cri, émané du cœur de l'astre.

Du bout des doigts, rudement, Elena nettoie les paupières collées, inspecte la peau maculée de glaires ensanglantées. Puis elle assure de nouveau sa prise, ahane un bon coup, et les épaules apparaissent. Sans cesser de tirer, sans renifler, Elena laisse les larmes rouler sur ses joues.

Car maintenant c'est l'enfant tout entier, humide et serpentin, qui se glisse hors de sa cachette et vient au jour, ou plutôt à la nuit. En cette heure solennelle, dans le grand château des ancêtres, les chandelles intensifient leur éclat, brièvement, comme si le vent se levait. Elena n'appelle pas, ne prévient personne. Elle n'a pas fini son travail.

Elle saisit l'enfant par le torse, le soulève, le secoue, l'inspecte, le tapote. Les doigts, les oreilles, les côtes, les gencives. Tout est en ordre. Il voit, il entend. Au creux des petites cuisses, les bourses plissées exhibent fièrement leurs rondeurs naïves.

De son pouce dressé, Elena maintient sa tête droite. De l'autre main, elle soutient ses fesses. Premier échange de regards. Dans cette posture nouvelle, l'enfant écarquille les yeux, il semble surpris et lui fait un clin d'œil. Elena se met à rire.

« Alors, qu'en penses-tu ? *Ti piace la vita ?* Elle te plaît, la vie ? »

Mais il ne répond pas : car voici l'archange Raphaël (l'enfant seul peut le voir) qui descend des hauteurs célestes et pose son index invisible, sur sa bouche, verticalement, pour l'inviter au silence : le nouveau-né ne doit rien révéler des sphères supérieures qu'il vient de quitter. Entre le nez et la bouche apparaît alors le sillon qui témoigne, chez les petits d'homme, du scellé apposé sur le mystère des origines.

Experte, Elena coupe le cordon, panse la blessure, asperge le bébé d'eau tiède, le sèche vigoureusement. La chambre est une étuve, la vapeur étouffe les bruits. Enfin elle serre l'enfant sur son tablier et le réchauffe un instant sur son sein plantureux. A son actif, elle a presque un quart de siècle de bons et loyaux services dans le domaine de la Mirandole. C'est Elena Casalmaggiore qui a habillé et paré Giulia Boiardo pour sa nuit de noces avec le comte Gianfrancesco. Elle a vu naître Galeotto par une nuit de gel, puis Antonmaria pendant la canicule de 1453. Enfin, elle-même a donné naissance à Cristoforo, son grand dadais de forgeron... Mais jamais un nourrisson ne l'a regardée ainsi, avec une sorte de tendresse ironique.

Elle le présente à sa mère, nu et propre.

« Signora Giulia, regarde ! Un beau garçon... Il te ressemble... »

Giulia ouvre les yeux, sans voir. Un instant encore, elle vogue dans l'infini, dans l'ailleurs. Puis le soleil natal s'estompe et disparaît.

Alors, elle tend les bras à son fils, son troisième garçon, elle rit et pleure, elle n'en croit pas ses yeux. La nourrice le pose sur son ventre puis se plante sur un tabouret, entre les jambes de Giulia, et entreprend d'aspirer le placenta. Un instant, la douleur fulgurante renaît puis s'efface.

Giulia contemple cet inconnu, ce mystère, visage rouge et fripé, crâne en pain de sucre. Elle caresse ses cheveux dorés, plantés dru. Elle le serre fort, il sourit, tiède et béat, les yeux entrouverts. C'est bien lui, elle le reconnaît. Un enfant vient au monde et tout est changé, l'univers est remis à neuf.

Giulia presse la tête de l'enfant sur sa poitrine gonflée. Elena s'affaire entre ses cuisses, les nettoie avec les linges tiédis.

« Dimanche matin, signora, j'irai enterrer le placenta sous le rosier du boudoir. Ainsi, Giovanni aura de bonnes joues rouges. »

Alors, timidement, Giulia demande à Elena si elle a vu...

« Le cercle de feu ? Oh oui, signora, je l'ai vu tournoyer au-dessus de ta tête...

– Ah, ce n'était donc pas un rêve...

– Non, signora, c'était le passage du divin, comme disait ma marraine. Les Élohim t'ont apporté un génie. »

Celui-là est sorti de mon ventre, pense Giulia, *mais il fait encore partie de moi*. Il ne lui mordra pas le sein comme ses frères.

CHAPITRE 3

Le discours du condottiere

Dans le comté de la Mirandole, les enfants nés pendant l'année étaient baptisés tous ensemble dans la rivière, le samedi de Pâques, en un grand concert de braillements. Alignées sur la rive, les bras chargés de couvertures, les mères attendaient, folles d'angoisse, tandis que les curés de plusieurs paroisses plongeaient les bébés dans l'eau glaciale. Chaque année, quelques nouveau-nés trépassaient peu après la cérémonie. Giulia remerciait le Ciel de lui avoir épargné cette épreuve ; les enfants nobles étaient dispensés de l'immersion totale grâce à une autorisation d'aspersion symbolique, accordée par l'évêché. Le baptême de Giovanni fut donc célébré une semaine après sa naissance, en présence de deux amis de la famille, l'évêque de Mantoue et Ercole d'Este, le duc de Ferrare.

Pour inaugurer ce jour de réjouissances, comme autrefois pour la naissance de ses aînés, le comte Gianfrancesco fit tirer dix-huit coups de canon. Dix-huit détonations qui mirent ses sujets en liesse. Manants et chevaliers s'étreignirent tels des frères. Gianfrancesco renonça à une chasse au sanglier prévue de longue date pour présider le banquet qui se tint dans la grande salle du château, et où furent servies des perdrix aux choux et des cuisses de cerf sur un canapé de patates douces. Dans les cuisines, l'activité atteignit son paroxysme. Les célèbres asperges de la région nageaient par centaines dans une sauce au fromage. Les vignes de Concordia fournissaient un vin doux-amer, un véritable nectar. Dans le fond de la salle, alignés mètre par mètre, les hommes d'armes du comté – la garde rapprochée du condottiere –, arbalètes et mousquets dressés, humaient avidement le fumet des plats et gardaient un visage impassible, tout en s'efforçant de distinguer les paroles des convives dans le chahut général.

A la fin du repas, le maître des lieux se leva d'un bond. Il repoussa son fauteuil dont les pieds de fonte grincèrent sur les dalles. En un éclair, les bavardages s'estompèrent et moururent. Une coupe à la main, il balaya l'assemblée du regard. Le comte Gianfrancesco n'était plus tout jeune, mais son visage bien charpenté, buriné par les longues chevauchées, n'avait rien perdu de sa virile séduction. Sur la joue gauche, une balafre signait son héroïsme légendaire, creusant une travée dans la barbe dorée. Il avait le front tourmenté, creusé de profonds sillons anarchiques. Un léger grisé aux tempes faisait ressortir l'intensité de ses yeux bruns, filtrés par les lourdes paupières, et qui se coloraient de vert quand il honorait son épouse. La fortune des Boiardo, seigneurs de Scandiano, alliés à la maison d'Este, avait consolidé le blason des Mirandole, apportant une vitalité nouvelle, issue de la bourgeoisie marchande, au vaste domaine féodal. Gianfrancesco était fier d'avoir fait prospérer ce double héritage. Grâce aux services rendus à ses voisins vénitiens, mantouans ou ferrarais, il avait préparé pour ses fils un avenir véritablement princier. Si tout allait bien, ils partageraient à leur majorité un pactole de rois.

A l'extrémité de la longue tablée, Gianfrancesco trouva les yeux clairs de Giulia fixés dans les siens et plongea un instant dans cette eau fraîche. A peine relevée de couches, les cheveux nattés, à demi cachés sous une capeline de taffetas rouge bordée d'un galon d'hermine, la jeune accouchée s'adossait à une pile de coussins brodés. Çà et là, une agrafe, un bracelet, une bague jetaient des étincelles. Sa robe montante, blanche et jaune, pincée sous la poitrine, s'évasait sous le menton, formant une collerette. Sur ces pétales de soie, des perles cousues semblaient des gouttes de rosée. Giulia Boiardo avait le cou gracile et allongé des filles nobles qui prennent des cours de maintien. Son visage clair était curieusement entouré d'une ribambelle de petits diables feuillus, sculptés dans le bois noir du fauteuil, qui mettaient en valeur sa beauté mystérieuse, comme les falaises mettent en valeur la surface brillante d'un lac de montagne. On aurait dit une porcelaine égarée dans un banquet de braves : un ovale précis, un regard calme aux reflets verts, des prunelles éloquentes, des sourcils harmonieux, des mains soignées de citadine. Elle peignait ses lèvres d'un rouge cerise, à la mode de la cour d'Este, et cette bouche écarlate, qui attirait le regard par sa couleur, le retenait ensuite par sa tendresse nostalgique, mêlée d'une sorte de méfiance qui lui donnait un pli arrogant et charmeur.

Mieux que personne, Giulia savait que les attitudes avantageuses de son mari masquaient souvent une angoisse secrète. Plus il doutait de lui-même, et plus il proclamait son appartenance au clan des Mirandole, seigneurs de courage et de tradition. Il avait une véritable passion pour son métier et ne parlait que des *condotte* de ses ancêtres, ces campagnes qu'ils avaient vaillamment menées auprès des seigneurs de Rimini, de Venise, de Modène ou de Brescia. Le mercenaire, selon lui, était d'abord un homme libre. Gianfrancesco était capable, quand il était lancé, de gloser à l'infini sur la signification du blason familial, échiqueté d'or et d'azur : un échiquier encadré par deux lions, surmonté d'un dragon, le tout orné de feuilles d'acanthe. « Le lion représente l'écusson de notre domaine de Concordia, acquis par mon aïeul au début du Trecento, avait-il expliqué à Giulia. Tu vois nos armes ? Le dragon, c'est bien sûr l'ennemi intérieur, celui que chacun doit vaincre en soi-même. L'échiquier est l'insigne des Templiers. Et là, regarde, c'est l'aigle impérial de Charlemagne… »

A la demande de sa femme, Gianfrancesco avait renoncé à son costume râpé de condottiere pour revêtir le pourpoint de leur mariage, brodé de leurs initiales entrelacées. Ainsi vêtu, cheveux cascadant sur ses épaules, elle lui trouvait l'air d'un patriarche. Elle lui sourit, leva les sourcils et hocha la tête, pour l'encourager à poursuivre. Il jaugea d'un coup d'œil l'état d'excitation de son auditoire, frappa la table du plat de la main, et prit la parole d'une voix légèrement avinée.

« Mes amis, nous sommes aujourd'hui réunis pour un événement exceptionnel, la naissance de mon troisième fils, Giovanni, né sous le signe du Verseau. Mes deux aînés, Galeotto et Antonmaria, se réjouissent autant que moi de son arrivée en ce bas monde, n'est-ce pas, mes chers enfants ? »

Il désigna d'un geste grandiloquent les deux jeunes seigneurs qui piquaient du nez dans leur assiette.

« Je le leur ai dit et je le répète : il n'y a vraiment pas de quoi fouetter un chat ! »

On entendit des rires étouffés dans la rangée des domestiques, tandis que Galeotto poussait son frère du coude en lui coulant un regard furieux. Mais le discours continuait.

« Nous sommes particulièrement honorés de la présence parmi nous de monseigneur l'évêque de Mantoue, et de notre cher Ercole d'Este, duc de Ferrare. Devant eux, je tiens à rappeler que les comtes de la Mirandole, princes de Concordia, sont de très ancien lignage et forment une branche puissante de la noblesse italienne. Sans vouloir me vanter, je dirai que la naissance de Giovanni témoigne à nouveau de leur mâle vitalité. »

A ces mots bien sentis, toute l'assistance éclata d'un rire gras. On fit tinter les verres, on applaudit. Gênée par ces allusions paillardes, Giulia tenait modestement les paupières baissées.

« D'après la légende, nous descendons de l'empereur Constantin en personne, et c'est pourquoi nous gardons toujours un grand empire sur nous-mêmes. N'est-ce pas, Galeotto ? » dit le père en se tournant vers son fils aîné dont le tempérament ombrageux était connu de tous. De nouveau, on entendit des rires, vite étouffés tandis que le jeune homme jetait des regards furibonds à la ronde.

« L'empereur Constantin, nous le savons, poursuivit Gianfrancesco, fut avant tout le bienfaiteur du christianisme, puisqu'il fut le premier à en faire la religion officielle de tous ses territoires. Bâtisseur de la première Église, Constantin fut donc le véritable successeur de saint Pierre. Or notre ancêtre Picus Manfredo était son arrière-petit-fils, et c'est pourquoi notre famille a toujours conservé d'excellentes relations avec les ambassadeurs de Rome, surtout les plus éminents d'entre eux… N'est-ce pas, mon ami ? »

Une main sur la poitrine, l'orateur s'inclina en direction de l'évêque de Mantoue qui s'essuya hâtivement la bouche avec sa manche avant de balbutier :

« Certes… excellentes ! »

Un sourire flottait sur toutes les lèvres. On attendait la suite avec gourmandise.

« Quant à mon ami Ercole, duc de Ferrare, comme vous le savez tous, il est allié aux Mirandole par la famille de ma chère épouse Giulia, née Boiardo. Et ce n'est pas à un fruste paysan comme moi de le dire… »

Il s'interrompit, espérant des murmures de protestation qui se firent aussitôt entendre.

« Ce n'est pas à un fruste paysan comme moi de le dire… De même que les Boiardo, les Este de Ferrare sont connus pour protéger les arts et les lettres par tradition familiale. Et ils n'éprouvent, je le crains, qu'un mépris poli pour nos prosaïques activités locales, j'ai nommé…

– La chasse et la guerre ! » tonnèrent les convives masculins d'une seule voix, et ce chœur d'hommes fit trembler les chandeliers.

Tel un feu de paille, le fou rire qui couvait saisit alors tous les invités, heureux d'abandonner une attitude guindée dont ils n'avaient guère l'habitude. Les notables se renversèrent sur leur chaise, posèrent une main baladeuse sur les cuisses de leur voisine, vidèrent leur coupe de résineux à la régalade. Puis le dessert fut annoncé et une immense pièce montée, décorée d'une Madone à l'Enfant au coulis de framboise, fit son entrée sous les applaudissements.

« J'ai commandé ce chef-d'œuvre, dédié à la mère de mes enfants, à notre pâtissier préféré, j'ai nommé Bernardino ! Il y travaille depuis une semaine avec tous ses apprentis et nous l'en remercions ! »

On poussa des hourras tandis que le pâtissier s'inclinait en rougissant devant l'assemblée.

C'est alors que la nourrice, Elena, pénétra dans la salle par une porte dérobée, portant dans ses bras le petit Giovanni, langé de métis, et le présenta à sa mère. C'était l'heure de la tétée. Giulia cala la petite tête sur son bras gauche, murmura des mots d'amour, ouvrit son corsage et lui présenta son mamelon dressé qu'il goba aussitôt avec avidité, sans prêter attention à tous ces hommes qui les regardaient en silence. Mais Gianfrancesco, de nouveau, réclamait l'attention de tous.

« Comme vous le voyez, Giovanni est un bel enfant, solide et bien bâti, fabriqué dans les règles de l'art ! Je vous l'avoue, j'ai hâte de l'arracher aux tendres bras de sa mère pour lui apprendre les joies viriles du plein air. Ses grands frères Galeotto et Antonmaria n'ont pas eu à se plaindre de mes enseignements et ils seront heureux de participer à son éducation. Je ne sais si Giovanni aura le destin guerrier de ses ancêtres, ou une existence studieuse au sein de l'Église, comme le souhaite sa mère. Mais une chose est sûre : un signe du ciel s'est manifesté au moment de sa naissance... L'évêque de Mantoue, ici présent, ne me contredira pas... »

On se tourna vers l'évêque, qui confirma gravement la nouvelle en hochant la tête.

« Oui, je tiens à le rappeler devant vous, un grand avenir a été prédit à mon dernier-né, un destin exceptionnel ! Et je m'en réjouis, ainsi que sa mère, au nom des Mirandole, des Concordia et des Boiardo... »

D'un geste, il fit taire les derniers murmures.

« Mais vous serez peut-être surpris de ce que je vais dire maintenant : sans vouloir blasphémer, j'ose espérer que notre petit Giovanni ne souffrira pas trop de son élection ! Car les voies de la Providence sont impénétrables, et l'on a vu, plus d'une fois, le doigt de Dieu terrasser ceux-là mêmes qu'Il avait honorés. Humblement, avec mon cœur de père, je prie le Ciel pour qu'il n'arrive pas malheur à cet enfant, et je vous invite à faire de même. »

A ces mots, les deux époux échangèrent un long regard mystérieux.

Le lendemain, il y eut fête au village et les paysans se partagèrent les restes du festin. Cuisses de faisan à demi rongées, soupes de légumes, purées de noisettes, reliefs du grand gâteau. Enfin, sous la tonnelle du presbytère, quand on se fut assez gobergé, Elena Casalmaggiore raconta aux villageois ébahis la naissance miraculeuse du dernier fils du condottiere. Une couronne de flammes était apparue, flottant dans l'espace au-dessus de la parturiente.

« Présage d'une vie lumineuse mais brève... », murmurèrent les vieilles avec respect.

Peu après, dans la vallée du Pô, la rumeur commençait à se répandre : une comète s'était levée en Occident avec une grande lumière... Le nouveau Dante venait de naître à la Mirandole.

CHAPITRE 4

Le plus beau livre du monde

A travers les branches du figuier, le soleil éclabousse la tignasse de Giovanni Pico, mais son visage est dans l'ombre.

« Chère signora Giulia, je vous adresse toutes mes félicitations. L'oracle se confirme ! Cet enfant est bien un don du Ciel… »

Tout se fige. Le rire se tait. La joie recule.

La mère n'est pas seule. A sa droite, en retrait, un homme vêtu de rouge est assis de biais, comme chez lui, un coude nonchalamment appuyé sur le dossier de sa chaise. Cet intrus n'est autre que l'évêque de Mantoue. Des favoris piquants encadrent ses joues sillonnées de veinules. Les jambes croisées, il mâchonne du tabac.

« Mon cher enfant, remercions le Seigneur… », dit-il en rectifiant sa posture. Il veut être aimable mais il postillonne en parlant. Giovanni le contourne comme s'il n'existait pas. Sa mère lui tend les bras, il s'y jette, il se blottit dans son corsage.

« Tu sais lire, piccolo, mais c'est magnifique ! dit Giulia en jouant avec ses boucles. Ernesto Bolsoni doit être fier de son élève ! Mais, dis-moi, que préfères-tu ? L'écriture manuscrite ou les textes imprimés ?

– Les deux, mammita ! L'écriture est la même et je connais toutes les lettres, les minuscules, les majuscules ! Je suis grand ! Je sais lire ! Je vais lire tous les livres de ta bibliothèque ! Je vais tout savoir ! »

Giulia veut prendre l'évêque à témoin de sa joie, mais Giovanni l'empêche de tourner la tête. Il lui attrape le menton et la force à le regarder.

« Mais, mamma, il y a un problème… »

Il rit d'un air enjôleur.

« Quel problème, piccolissimo ?

– Les livres m'ont ensorcelé.

– Comment cela, ensorcelé ?

– Maintenant que je sais lire, je ne peux plus m'en empêcher ! Je suis obligé de lire tout ce qui est écrit !

– Mais pourquoi voudrais-tu ne pas lire ? demande Giulia en riant.

– C'est difficile à expliquer, mammita, mais les mots me sautent au visage en criant leur nom, comme de petits animaux. Je ne peux plus regarder un mot sans le lire ! Est-ce que ça ne s'arrêtera jamais ?

– Non, mais ce n'est pas grave… Ne t'en fais pas, piccolo, la lecture ne fait aucun mal, elle ne rend pas malade… »

Giulia berce son tout-petit en chantonnant, et l'évêque les observe. Enfin, patelin, il demande :

« Mais dis-moi, Giovanni, quel livre as-tu réussi à déchiffrer ce matin ?

– *L'Enfer !* crie Giovanni.

– *L'Enfer* de Dante ?

– Oui, le plus beau livre du monde ! Le plus terrible !

– Comment le sais-tu, si tu n'as pas lu les autres ?

– Je les lirai plus tard ! Mais c'est si beau ! Écoute, mammita, écoute… Ça se passe là où vivent les morts, écoute ! »

Il s'arrache au giron maternel, saute sur le sol, recule vers la porte, prend la posture des récitants qu'il a vus dans les foires et déclame pour Giulia, avec une gaieté contagieuse, les vers effrayants du poète florentin.

« *Je vins en un lieu où la lumière se tait, mugissant comme mer en tempête, quand elle est battue par vents contraires. La tourmente infernale, qui n'a pas de repos, mène les ombres avec sa rage ; et les tourne et les heurte et les harcèle. Quand elles arrivent devant la ruine, là sont les cris, les pleurs, les plaintes, là elles blasphèment…* »

Penaud, hésitant, il s'arrête au milieu d'une phrase, un bras levé, les yeux brillants, partagé entre le rire et les pleurs.

« … Mamma, j'ai oublié la suite…

– Ça ne fait rien, piccolissimo…

– Dis-moi, Giovanni, as-tu peur de l'enfer ? interrompt l'évêque.

– Non, pourquoi ? »

L'enfant bougonne, cette question lui paraît stupide. Il ne peut lui expliquer que, ce qui le bouleverse, c'est voir le livre disparaître dès que les mots s'éclairent. Alors les images, quelles qu'elles soient, enfer ou paradis, pluie ou beau temps, affluent par centaines, par milliers, et dans cette bousculade son esprit s'embrase…

« N'oubliez pas que cet enfer-là est surtout le paradis des poètes, mon père, objecte doucement Giulia. Rien à voir avec le véritable enfer…

– Je n'ai pas lu Dante, on m'a dit que c'était un bon chrétien… Mais cet enfant parle du blasphème… Sais-tu ce que c'est, au moins ? » insiste l'évêque.

Bloqué dans son élan, Giovanni secoue la tête en regardant ses pieds. Après un silence tendu, l'évêque recommence à pérorer.

« Ma chère Giulia, cela crève les yeux, cet enfant brûle d'apprendre. »

Elle acquiesce en souriant, le cœur en fête.

« Eh bien, il faudra lui en donner les moyens, des moyens exceptionnels, à la mesure de ses aptitudes. Je vous y aiderai. »

Il lui tend généreusement sa main à baiser, comme pour sceller un pacte.

« Ne le laissez pas devenir un sauvage comme ses frères. Gardez-le près de vous, évitez les jeux violents. C'est à vous, et à vous seule, de l'aider à sculpter son destin, un grand destin ! Voyez-vous, après ce premier contact avec l'enfer, fût-ce à travers les mots trompeurs d'une littérature profane, on peut espérer que la crainte du Seigneur se développe tout naturellement dans une âme si tendre. Nous pouvons donc concevoir pour un enfant tel que Giovanni Pico les plus grandes espérances… Recrutez les meilleurs maîtres ! Qu'il apprenne la grammaire, la rhétorique, la géométrie, la musique et l'astronomie. La fréquentation quotidienne des textes sacrés sera bien sûr indispensable. Il faut le mettre au latin sans attendre, le grec viendra plus tard…

– Pour le latin, je compte m'en charger moi-même.

– Parfait, ma chère Giulia. J'oubliais votre vaste culture… A propos, avez-vous vraiment toute confiance en ce jeune Bolsoni ? Ne risque-t-il pas de lui mettre dans la tête les idées farfelues des humanistes à la mode ? De lui faire lire des livres interdits ?

– Je ne sais pas… Dès qu'il le voit, Giovanni se met à rire et à battre des mains… Il m'a été recommandé par mon cousin… Ernesto Bolsoni est un élève de Marsile Ficin, le médecin de Côme de Médicis…

– Alors, dans ce cas… Je vous réitère mes plus sincères félicitations, ma chère amie. »

Il joint les mains en lui jetant un regard appuyé, et elle sent qu'elle n'est plus seulement, à ses yeux, la comtesse de la Mirandole, mais la génitrice d'un enfant prodige, et se rengorge naïvement, telle une poule qui aurait pondu un œuf d'or. L'évêque sent que sa flatterie fait mouche, et poursuit avec autorité :

« Dans quelques années, nous l'enverrons compléter ses études à Bologne. J'espère que vous envisagerez pour lui une carrière ecclésiastique. L'Église aura besoin de lui. »

Giulia cherche le regard du récitant pour connaître son avis sur ces beaux projets, mais Giovanni s'est éclipsé sans demander son reste, car son précepteur l'attend.

CHAPITRE 5

La saveur de Japhet

Dès le premier instant, Giovanni a aimé ce grand jeune homme un peu gauche mais pas vraiment timide, vêtu de velours noir et de lin blanc, avec un air malicieux et un béret de velours noir qui lui écrase les cheveux. Ernesto Bolsoni est apparu à la grille du parc, tout ahuri, encombré de deux malles en bois blanc, montées sur roulettes, qui contiennent sa bibliothèque de quatre-vingts volumes, sa seule richesse. Giovanni Pico l'a vu arriver de loin, il est accouru vers lui dans la grande allée de hêtres.

« C'est donc lui qui va m'apprendre à lire et à écrire ! Voyons un peu... A-t-il une belle figure ? Connaît-il les anciens Grecs ? »

*

Giovanni s'intéressait aux Anciens depuis quelques jours à peine. Un soir, bien après l'heure du coucher, caché sous la table, il avait surpris une conversation fascinante entre l'évêque de Mantoue et Matteo Boiardo, le neveu de Giulia, poète à la cour d'Ercole d'Este. Pendant un repas bien arrosé, Matteo avait évoqué, au grand scandale de l'évêque, la révélation intellectuelle qui avait bouleversé les érudits de la génération précédente, quand les Byzantins étaient arrivés à Ferrare en 1439. L'empereur Paléologue lui-même avait traversé les rues en grand cortège, accompagné du patriarche de Constantinople, et d'une troupe nombreuse de serviteurs, copistes, musiciens et saltimbanques. Car l'Orient et l'Occident chrétiens avaient décidé d'unir leurs forces pour faire face à la menace ottomane.

« Cette année-là, le grand schisme entre Rome et Constantinople a peut-être pris fin... », disait Matteo, et l'évêque se tortillait sur sa chaise, ne sachant que répondre, assez fin pour sentir qu'il y avait de l'hérésie en germe dans cette réconciliation-là, mais n'osant critiquer une Église, fût-elle orientale et vaguement dépravée. Recroquevillé sous la table, Giovanni s'amusait de voir le prélat croiser et décroiser ses jambes terminées par de gros godillots de cuir craquelé, dans un grand remuement de tissu.

« Malgré sa vaste culture, Matteo a conservé son âme d'enfant... », disait rituellement Giulia chaque fois que Matteo annonçait son arrivée à la Mirandole. L'enfant ne comprenait pas tout ce que disait son cousin, mais savait que sa mère avait une véritable adoration pour lui, et il était passionnément attentif aux moindres paroles de cet écrivain célèbre dont les poèmes étaient chantés dans toute l'Italie.

Et ce soir, au son des verres entrechoqués, après que Giulia s'était retirée dans sa chambre et que le feu sans surveillance se mourait dans l'âtre, Matteo semblait tendre à Giovanni les clefs d'un nouveau royaume à conquérir, une *terra incognita* qui déployait ses merveilles et promettait toutes sortes d'aventures.

Matteo expliquait qu'à l'époque de ses grands-parents les savants d'Occident ne pouvaient lire Aristote ou Sophocle qu'en latin, car les secrets de l'alphabet grec s'étaient perdus quelque part entre Alexandrie et le royaume de Lotharingie, dans les bas-fonds de l'Histoire.

« Pendant ces âges obscurs, les hommes étaient orphelins. Le monde médiéval où l'on ne parlait que latin était triste comme un héron à la patte cassée, comme une terre accompagnée d'un seul luminaire. Le latin et le grec ne sont-ils pas jumeaux, inséparables, frère et sœur, lune et soleil ? Savez-vous que le grand Pétrarque pleurait à chaudes larmes, car il ne pouvait déchiffrer le texte original de *l'Odyssée* d'Homère ? »

Dans la gorge de Giovanni, les larmes du grand Pétrarque avaient pris un goût de sel. Il éprouvait une pitié infinie pour ce chevalier du savoir mis au supplice par son ignorance. Mais le cousin Matteo continuait son récit. Il disait que, par bonheur, le concile de Ferrare avait rendu aux savants d'Occident l'usage de la langue perdue.

« Quoi de plus émouvant que d'assister à la renaissance d'une langue que l'on croit morte et qui renaît de ses cendres, dans sa fraîcheur première ! Quelle joie pour nos Pères, les Alberti, les Guarini, les Landino, tous les premiers humanistes, de retrouver l'usage du grec ancien, d'explorer les arcanes de la langue de Platon et de la Bible des Septante ! disait Matteo avec un enthousiasme contagieux. Les philosophes allaient enfin connaître la saveur de la langue de Japhet… Et ils allaient s'en griser, jusqu'au vertige… » Matteo se versa dans la gorge une goulée de résineux.

Giovanni avait les lèvres sèches. Lui aussi, il connaîtrait la saveur de Japhet, il le fallait… La saveur de Japhet… Il imaginait une langue si douce qu'elle serait un miel coulant dans la bouche. En serrant ses petits poings, il se jura d'apprendre le grec dès qu'il saurait lire. Ce continent perdu était sa Terre promise. Mais Matteo parlait encore, il disait que, grâce à cet événement, c'est l'Antiquité tout entière qui renaissait depuis quelques décennies, une Antiquité rénovée, dépoussiérée, féconde et forte, qui fouettait les appétits et vivifiait les esprits ; il évoquait les hautes figures de Chrysoloras, Bessarion et Gémiste Pléthon, ces généreux Byzantins qui avaient accepté de partager leurs connaissances avec leurs confrères italiens.

« Savez-vous, monseigneur, que Côme de Médicis en personne, le maître de Florence, participait à toutes les réunions savantes… »

C'était une belle époque. Les Ferrarais et les Florentins cultivés passaient des nuits à discuter ferme, émerveillés de redécouvrir ce continent perdu, cette Atlantide du savoir dont les habitants se nommaient Orphée, Pythagore, Eschyle, Socrate, Euripide…

Dans sa cachette, Giovanni s'émerveillait avec eux. Il voulut s'étirer, mais craignit de cogner le pied de la table et se força à rester immobile, les bras serrés autour des genoux. Mais il commençait à avoir sommeil et venait d'étouffer un bâillement quand Matteo évoqua soudain la découverte du trésor.

« Le secrétaire particulier de Jean Paléologue, Jean Aurispa, est venu rendre visite à Côme de Médicis, dans sa résidence de Ferrare, sous prétexte de lui demander une expertise. En réalité, il cherchait à renflouer les caisses de l'Empire. Pour l'allécher, avec un sourire commercial, il lui a annoncé la découverte de manuscrits datant de la plus haute Antiquité. Puis il a sorti de sa besace un exemplaire manuscrit, en langue grecque, des *Œuvres complètes* de Platon. Émerveillé, les mains tremblantes, Côme a tourné quelques pages. Il avait pour *les Dialogues* de Platon une dévotion comparable à celle que les juifs vouent, paraît-il, au texte hébreu de la Bible. Avec un sourire mystérieux, Jean Aurispa lui a dit qu'il détenait aussi un exemplaire de *l'Iliade* d'Homère, quelques tragédies d'Eschyle et de Sophocle… Vous pensez bien que, pour obtenir de tels trésors, Côme était prêt à faire sauter la banque des Médicis et toute l'industrie lainière ! Sans discuter, il a payé l'ensemble près de douze mille florins… »

En entendant Matteo énoncer le montant de cette fabuleuse transaction, l'évêque avait sursauté, incrédule. Quant à Giovanni, il avait conçu un respect définitif pour ces écrivains antiques dont les pensées avaient une telle valeur. Ainsi, à l'âge où les enfants ordinaires se bercent de contes, Giovanni frissonnait en découvrant l'existence des grands ancêtres, ces bienfaiteurs dont la parole résonnait haut et clair depuis la nuit des temps. Il les imaginait comme des demi-dieux, des géants de légende, égyptiens ou persans, dominant de leur haute stature les petits hommes fades du temps présent.

« Hélas, remarqua l'évêque, la réconciliation des hommes de Dieu n'a pas suffi à sauver nos frères chrétiens de Byzance… »

Les deux hommes avaient observé un instant de silence,

évoquant avec tristesse le destin des chrétiens de Constantinople, soumis depuis une quinzaine d'années à la domination des Turcs, et l'enfant s'était endormi à leurs pieds.

*

Eh oui, heureusement d'ailleurs, Ernesto Bolsoni avait une belle figure, un sourire charmeur et de bonnes dents blanches quoique un peu trop pointues. Giovanni avait tout de suite remarqué sa discrète élégance d'étudiant, qui faisait ressembler à des bouseux tous les Mirandoliens. De surcroît, ayant séjourné à Ferrare, Bolsoni était certainement au courant de ces événements considérables. Avant même qu'il eût posé ses valises, Giovanni l'avait assailli de questions. Connaissait-il la saveur de Japhet ? Avait-il lu *l'Odyssée* ? Était-ce difficile d'apprendre le grec ? Avait-on traduit *les Dialogues* de Platon en latin ? Devant cet assaut, Ernesto Bolsoni avait éclaté de rire et bourré de coups de poing affectueux cet enfant trop savant. Matteo Boiardo l'avait prévenu qu'on allait lui confier l'éducation d'un élève d'exception.

Tout en déballant ses affaires dans sa petite chambre, Bolsoni répondit qu'il avait appris le grec avec Marsile Ficin, son professeur et son maître spirituel, un homme si sage que ses disciples l'avaient surnommé *Alter Plato*. Marsile Ficin était au service de Côme de Médicis, comme son père, le célèbre médecin Diotifeci Ficin, l'avait été avant lui.

« Un jour, le vieux Côme a fait appeler Marsile Ficin dans son bureau. Il lui a ordonné de traduire en latin *les Dialogues* de Platon, et lui a confié solennellement le manuscrit qu'il avait acheté à un savant byzantin…

– Je sais ! Il a payé douze mille florins pour le tout !

– Je vois que tu es au courant…

– C'est Matteo qui me l'a dit, expliqua Giovanni d'un air dédaigneux. Et alors, elle est finie, sa traduction ? Tu peux me les lire, les livres de Platon ? »

Bolsoni trouvait son excitation presque inquiétante.

« Oh non, ne sois pas si pressé, Marsile Ficin est loin

d'avoir fini ce travail. D'ailleurs, il a été interrompu par une autre traduction… Traduire Platon est un travail de longue haleine, qui peut prendre des années… »

Bolsoni s'assit sur une chaise et posa sur ses genoux ce poussin doré, vêtu de blanc, à peine sorti du berceau, et qui posait des questions de vieux lettré. Sa peau était douce et tiède comme un linge précieux. Il lui pinça le menton et lui dit, les yeux dans les yeux :

« Nous lirons Platon plus tard, mais si tu veux, nous pourrons commencer par le *Pimandre* d'Hermès Trismégiste, qui fut l'un des précurseurs de Platon, et que Marsile Ficin a déjà fini de traduire. J'en ai apporté plusieurs volumes. Ils sont dans la malle de droite… Mais que se passe-t-il ? »

On entendait des cris dans le parc.

« Ne t'inquiète pas, ce n'est rien, enfin, ce sont mes frères », dit Giovanni d'un air dédaigneux.

Ils se levèrent pour regarder par la fenêtre. Dans le potager, écrasant les salades et les fraisiers, Galeotto et Antonmaria se battaient en duel à grands coups de branches d'arbre. On aurait dit deux grands cerfs luttant à mort.

« Ce sont tes frères, mais tu n'es pas comme eux… », dit pensivement Bolsoni en posant la main sur les boucles sauvages.

Ainsi naquit une amitié passionnée. Pendant neuf longues années, Bolsoni fit connaître à Giovanni tout ce qu'il avait appris à l'université de Ferrare. Il ne se lassait jamais d'exalter les plaisirs de l'esprit, et savait transformer en jeux de piste ou en batailles navales les leçons les plus arides de grammaire ou de rhétorique. De son maître Marsile Ficin, il avait hérité d'une double méthode d'enseignement qui consistait à alterner les histoires et les dialogues. Bolsoni se flattait de savoir maintenir son élève en alerte d'un jour sur l'autre, grâce à son art d'interrompre un récit juste au moment le plus excitant.

« Le savoir n'est rien sans l'appétit », disait-il parfois, mais, en vérité, ce petit élève n'avait pas besoin d'être encouragé, bien au contraire, il se comportait comme un affamé au banquet du savoir, et parvenait souvent à épuiser son maître. Parfois, Bolsoni proposait une journée de détente et de promenade.

« Tu diras bonjour à tes arbres préférés… Nous mangerons un casse-croûte au bord de la rivière, sous le grand orme, comme des vagabonds… Nous prendrons le temps de respirer l'odeur des herbes fraîchement coupées, d'observer les buses et les hirondelles… Et peut-être un sanglier croisera-t-il notre route… »

Giovanni sautait de joie et ils partaient main dans la main en chantant à tue-tête des comptines stupides. Avant l'arrivée de Bolsoni, les terres fertiles qui entouraient la Mirandole, plantées de mûriers et de robustes vignobles, semblaient ordinaires et fades au jeune châtelain. Mais Bolsoni les comparait avec ferveur aux paysages décrits par Virgile dans *les Géorgiques*, et cette analogie vénérable leur conférait quelque chose de grandiose et de nostalgique. Les promeneurs descendaient jusqu'aux rives de la Secchia, dans la seigneurie de Concordia qui appartenait à la famille Pic depuis presque deux siècles. Là, Bolsoni faisait la sieste avec délices, ronflant de toute son âme tandis que le gamin s'exerçait aux ricochets et traquait les hérons. Puis ils rentraient en passant par la forêt.

Giovanni s'armait d'une badine, fouillant les terriers, flagellant les arbres. Dans ce pays intermédiaire, le Nord et le Sud mélangeaient leurs essences, les épicéas rencontraient les hêtres, les eucalyptus chassaient les bouleaux. Les herbes du chemin étaient pareillement ambiguës ; le climat fluvial encourageait la diversité et tout poussait à foison. Dans l'humus, sous le couvert des fougères, le peuple souterrain des taupes et des mulots creusait ses cathédrales terreuses.

Pendant ces heures bénies, la nature était une maison ouverte où l'on pouvait courir, chanter, rugir sans contrainte, escalader, lancer des cailloux, arracher des branches, contempler les fourmis, imiter les cris des oiseaux. Fils de chasseur, Giovanni se moquait des peurs de son précepteur. Il se considérait comme un homme des bois et ne craignait nullement les bêtes sauvages, espérant même voir apparaître une louve au détour d'un sentier. Il saurait bien la faire fuir à coups de pierres, ou, mieux, l'apprivoiser…

Peu à peu, ils apprirent à s'orienter, en suivant les défilés de la lumière dans les sous-bois, les traces des charrettes dans les fondrières, les sentiers herbus à travers les collines. Giovanni ramassait des écorces, des galets, des feuillages dentelés, des champignons, des brindilles, des trèfles, et chacun de ces trésors, entassés dans sa chambre, lui rappelait un paysage, une conversation, un désir.

Craignant de poser une question stupide, il n'osait demander à Bolsoni quelle était la véritable couleur du monde. Un vert sombre, comme celui de la forêt ? Mais dès qu'ils débouchaient dans une clairière, la gloire du bleu lui donnait envie de crier. Comment donc choisir, entre l'azur, couleur de Providence, et le vert, couleur d'Espérance ? Le soir venu, quand ses petites jambes commençaient à se fatiguer, le soleil couchant déployait ses sortilèges, et Giovanni décidait d'élire l'orangé, ou peut-être le rose, au titre de couleur principale. Mais la nuit, c'est le noir qui s'imposait, car toutes ces splendeurs disparaissaient, et seules les chandelles donnaient encore un halo de réalité aux objets du monde. Mais une teinte unique pouvait-elle résumer la Création ? On ne pouvait choisir une seule couleur et négliger toutes les autres ! C'est alors que Giovanni, dans le secret de son cœur, décida de les choisir toutes, et de les aimer pareillement.

*

Un matin, il refusa de partir sans emporter *l'Enfer*. Ce bourreau de travail voulait continuer à s'instruire pendant les pauses.

« Tu as besoin de Dante pour nous tenir compagnie ? Tu veux me rendre jaloux ? » demanda Bolsoni en riant de cet excès de zèle. Comme tous les convertis récents, Giovanni

Pico exagérait son ardeur au service de sa foi nouvelle, la sainte Lecture.

« La lecture est utile, ajouta Bolsoni, mais il ne faut pas en abuser ! De la mesure en toutes choses, telle est notre devise. »

Le gamin le considéra d'un air scandalisé : comment son *professeur* pouvait-il tenir des propos aussi légers ? La lecture n'était-elle pas le bien absolu ? Ne devait-elle pas être préférée à toute autre activité ?

Puis il n'en parla plus. Mais vers midi, à la lisière d'un petit bois de noisetiers, tandis que Bolsoni étalait sur un mouchoir du fromage et des gâteaux, il voulut extirper de sa besace le livre de Dante, soigneusement emballé dans une toile de lin gris. Ernesto Bolsoni l'arrêta d'un geste sans réplique.

« La lecture est un jeu admirable, mais il ne faut pas oublier l'autre jeu, le jeu de la conversation. C'est en parlant avec tes amis que tu apprendras l'essentiel.

– Mais je n'ai pas d'amis !

– Voyons, Giovanni, tu en as déjà beaucoup.

– C'est vrai, j'ai maman, j'ai toi, j'ai Elena, j'ai Dante…

– Mais Dante n'est pas ici, tu ne pourras jamais parler avec lui, il n'est plus de ce monde.

– Il n'est plus de ce monde ? Tu veux dire qu'il est mort ? »

Le précepteur hocha la tête en silence.

« Évidemment, il a dû mourir d'abord pour pouvoir aller en enfer…, raisonna Giovanni Pico. Mais ensuite, il a certainement dû renaître ensuite pour écrire son livre… Enfin, je sais très bien que tout le monde doit mourir, Elena me l'a dit. Même toi, tu mourras ! »

Il dirigea en riant un doigt vengeur vers le torse de Bolsoni.

« Le corps du poète a disparu, mais son œuvre est immortelle, commenta Bolsoni en faisant mine de se protéger d'un bouclier.

– Alors, si je ne peux pas lire, raconte-moi une histoire ! » commanda l'enfant, et il s'installa en position d'auditeur, bras et jambes croisés, l'air sévère.

« Soit. Tu sais déjà que nos pensées sont mortelles…, commença Bolsoni.

– Comme les nuages et les moustiques !

– Et nos paroles meurent, elles aussi… Seule l'écriture leur permet de traverser le temps. C'est grâce à ses écrits que tu as Dante pour ami, n'est-ce pas ? »

Gravement, l'enfant acquiesça.

« Mais tu dois savoir que les livres eux-mêmes sont mortels, hélas… Depuis les temps anciens, des bibliothèques entières ont disparu.

– Elles ont brûlé ? demanda l'enfant avec une angoisse subite.

– Certaines ont brûlé, d'autres ont été englouties dans les flots, d'autres ont été dispersées ou réduites en poussière. La bibliothèque d'Alexandrie, créée par Démétrios pour les empereurs égyptiens, a été incendiée… Ainsi, de tout ce que les Anciens ont voulu nous transmettre, il ne nous reste que des bribes… »

Bolsoni mangea un bout de fromage, le temps de laisser cette pensée sinistre se graver dans l'esprit de l'enfant. Un corbeau vint se poser dans le taillis et les regarda en se moquant. En contrebas, dans le creux du vallon, le village de Concordia, assoupi au bord de la rivière, laissait ses contours se dissoudre dans l'air chaud. Au-dessus des toits rouges, les gros moellons de la chapelle franciscaine, chauffés par le soleil de midi, viraient à l'ocre doux. Une carriole attelée de bœufs blancs, conduite par une paysanne et son valet, se profila au sommet du sentier. En s'amplifiant, la mélodie des clochettes devenait lancinante.

Les yeux dans le vague, l'enfant imagina une immense tour, faite de livres empilés jusqu'au ciel, de tous les livres de l'humanité, passés et futurs. Cette tour serait certainement assez haute pour atteindre la sphère de cristal qui clôt le monde sublunaire et y prendre appui… Mais la tour de livres finissait par s'écrouler, comme la tour de Babel. Longtemps, très longtemps après cette catastrophe, un petit garçon, avec de longues boucles mêlées de brindilles et un pantalon bouffant, se promenait parmi les débris et en ramassait des miettes, une page par-ci, une page par-là. Il s'asseyait dans l'herbe pour les déchiffrer. Aussitôt, il entendait la voix des Anciens ; dans chaque mot, un secret lui était confié, dans chaque phrase, la vérité se manifestait sous de nouveaux atours.

« Ne t'y trompe surtout pas, Giovanni. Les livres ne sont que des navires qui transportent le passé. Ce qui importe, aux yeux des humanistes comme nous, ce n'est pas l'objet, ce n'est pas le livre…

– Je le sais très bien…, dit l'enfant, agacé par ces évidences.

– Ce qui nous importe, ce qui nous appelle, ce qui nous bouleverse, ce n'est pas le livre lui-même, insista patiemment Bolsoni. C'est ce qu'il contient ; ce n'est pas la lettre, mais l'esprit. C'est la parole, que dis-je, la pensée même des Anciens que nous voulons entendre, et voilà pourquoi nous scrutons leurs écrits avec une telle ferveur. Pourquoi les Anciens ? me demanderas-tu. Simplement parce qu'ils sont nés il y a si longtemps, et donc plus proches de la Création ; étant familiers de l'origine, ils s'en souviennent mieux que nous. Nous le sentons à travers leurs écrits : ils possédaient un savoir que nous avons perdu. Était-ce la clef de l'univers, la réponse ultime ? »

Le précepteur s'interrompit et laissa résonner ces grandes questions jusque dans le cœur de l'enfant, à travers la tendre écorce de son être.

« Il existe des hommes qui passent leur vie à sauver des livres, à rechercher des manuscrits perdus, affirma enfin Ernesto Bolsoni. Le savais-tu ?

– Des chasseurs de trésor ?

– Oui, des chasseurs de trésor, des chercheurs de vérité, des aventuriers du savoir. J'en ai connu un…

– Quelle chance ! Ce devait être un héros…

– Il s'appelait Bracciolini, et il avait plutôt l'allure d'un marchand de grain que d'un héros, car il aimait autant la boisson que la lecture…

– On ne boit que lorsqu'on a soif. Mais on peut lire toute la journée ! remarqua l'enfant.

– Bracciolini aimait le vin, si tu veux tout savoir, c'était un boit-sans-soif. Et un boit-sans-soif peut boire toute la journée, justement.

– Un boit-sans-soif ! s'exclama Giovanni, ravi. Quel drôle d'animal !

– Malgré ce goût pour le vin, Bracciolini était un remarquable chien de chasse.

– Pas comme Arco ! » dit l'enfant en riant.

Arco était son grand bâtard noir, un vieux chien aux poils longs et rêches, doté d'un poitrail blanc et d'un caractère grognon. Ils s'adoraient tous les deux, mais cet idiot de chien était devenu paresseux avec l'âge, et rechignait aux promenades.

« En fait, Bracciolini avait à la fois le charme d'un étudiant et la ruse d'un négociant. Il savait, d'un large sourire, se faire accueillir dans un monastère, ou se faire ouvrir les greniers des châteaux. Et là, parmi les livres de comptes et les inventaires, parfois, il dénichait une édition rare, un texte introuvable depuis des siècles. Il avait un don de sourcier pour dénicher les manuscrits originaux… Tu sais ce que c'est, un sourcier ? »

Giovanni lui lança un regard entendu, se leva, se pencha en avant, et tendit vers lui deux doigts écartés, l'index et le majeur, en faisant mine de les orienter vers le visage de Bolsoni comme vers une source invisible.

« Il y a de l'eau dans ta bouche, il y a de l'eau dans tes yeux, j'en suis sûr, regarde, ma baguette de sourcier s'est mise à trembler… »

Pris de court, Bolsoni éclata de rire et leva la main, comme pour menacer.

« Tu es trop bête, on ne peut pas discuter avec toi !

– Merci du compliment, messire, dit Giovanni en faisant la révérence. Pour me venger, je propose une joute.

– Accepté ! »

Le précepteur se leva et salua gravement son adversaire hilare, à la manière des duellistes.

« Attrape-moi si tu peux ! » lança l'enfant, et il traversa le chemin en faisant plusieurs fois la roue, puis une galipette bancale le laissa étalé dans la poussière, hurlant de rire.

Il tenta de se relever, mais Bolsoni se jeta sur lui et un corps à corps fougueux les fit à nouveau rouler sur le sol. Pendant quelques instants, hors d'haleine, riant, criant, grondant, ils s'acharnèrent l'un sur l'autre, se bourrant de coups de poing factices. Puis, subitement, petit Pico se releva et épousseta son pantalon.

« Comment l'as-tu rencontré ? demanda-t-il, hors d'haleine.

– Qui ça ? demanda Bolsoni, encore étourdi.

– Boit-sans-soif, pardi !

– Ah, Bracciolini ! C'est une longue histoire... Je l'ai connu grâce à mon maître Marsile Ficin – retiens bien ce nom, tu l'entendras encore souvent ! C'est lui qui m'a raconté comment Boit-sans-soif, quelques années à peine avant ta naissance, après des années de recherches, a réussi à retrouver le *Pimandre* d'Hermès Trismégiste pour le vieux Côme de Médicis...

– Le maître de Florence ?

– Oui, le grand-père de Laurent de Médicis, qui règne aujourd'hui sur la ville de Florence.

– Il était très vieux ?

– Oh oui, très très vieux ! Imagine un prince aux cheveux blancs, tout courbé, tout chargé du poids des ans... Il souffre de la goutte comme tous les hommes de sa famille. Le vieux Côme sait sa fin prochaine et il a lu tous les livres... sauf un, le *Pimandre*, le seul livre qui pourrait lui apporter ce qu'il désire – ou du moins il en est persuadé ! Il donnerait volontiers sa puissance et ses richesses en échange de ce livre unique, dont les bibliothèques du monde entier ont perdu la trace. Le vieux Côme traîne la jambe en traversant le cloître du couvent. Ses genoux grincent. Son béret de laine rouge, sorti de ses propres ateliers, lui serre les tempes. Son manteau de lainage élégant lui pèse comme une armure.

– Pauvre vieux Côme ! » murmura Giovanni en pensant à

Vittorio, le cantonnier du village de Concordia, qui ne pouvait plus exercer son art, et se traînait le long des chemins en fouettant les buissons de sa canne. Giovanni croyait savoir que les vieillards vivaient dans une peur constante de la mort.

« Ce jour-là, le vieux Côme se dirige vers l'escalier du couvent. Il a rendez-vous avec Boit-sans-soif dans la bibliothèque. Tu sais que Florence est une cité puissante et magnifique…

– On me l'a dit… »

L'enfant ouvrait de grands yeux.

« Le vieux Côme a connu tous les plaisirs, tous les honneurs, il a organisé des processions sublimes, des festins mémorables, il a excellé dans tous les jeux de la politique… Mais maintenant, il espère seulement connaître la vérité avant de mourir.

– Moi aussi je l'espère, j'en suis même sûr ! remarqua Giovanni.

– Oui, mais toi, tu as encore le temps de renoncer à cette illusion… Hélas, le vieux Côme n'avait plus de temps pour rien, sauf pour le livre magique dans lequel il plaçait tout son espoir. S'il pouvait tenir le *Pimandre* entre les mains, ne fût-ce qu'un seul instant… »

Il prit Giovanni par la main et l'entraîna sur un sentier à chèvres. Ils cheminèrent longtemps, en faisant mille détours, mais sans jamais perdre de vue la grande tour carrée, dite la Madeleine, qui avait été édifiée par Gianfrancesco après la naissance de son second fils. Et Bolsoni raconta l'histoire de Boit-sans-soif et du livre magique.

CHAPITRE 6

Les mots de la tribu

Pauvre Côme de Médicis ! Non, le temps n'est plus où il grimpait les marches quatre à quatre ! Il n'a pas échappé à la goutte ancestrale des Médicis qui a courbé progressivement son grand-père Averardo, jusqu'à lui donner l'allure d'un jouet cassé.

Pendant des années, Côme l'a entendu grogner de douleur en inspectant les ballots de laine destinés à l'exportation, avant de s'installer, le soir venu, sur le grand tabouret, derrière le registre de caisse du comptoir familial. Jamais Averardo n'a négligé les affaires au profit de la politique. Et Côme se flatte d'avoir maintenu la tradition, comme son père Giovanni da Bicci, mais avec plus de fantaisie. Le peuple de Florence lui en est reconnaissant. Mais aujourd'hui, en ce printemps de 1460, c'est son tour de souffrir.

Parvenu devant l'escalier, Côme l'Ancien s'arrête pour reprendre haleine et regrette une fois de plus d'avoir fait installer les livres au premier étage et non au rez-de-chaussée, à côté du grand réfectoire, comme son architecte, le génial Michelozzo, le lui a suggéré autrefois. Marche par marche, il franchit l'obstacle, puis s'engage en boitillant dans la galerie qui longe les cellules. Il reprend son souffle en s'appuyant sur l'un des piliers qui soutiennent les arcades croisées. Vu d'en haut, le cloître lui apparaît dans sa tranquille splendeur : un paradis miniature, mariant le végétal à la pierre.

Côme sourit en apercevant la petite troupe des novices qui se dirigent en silence vers la sacristie. Grâce à lui, Côme de Médicis, l'ordre de saint Dominique est devenu l'un des plus puissants d'Italie. Et San Marco est le fleuron des monastères de Toscane.

Devant la porte de la bibliothèque, Côme fait une halte et se retourne vers le serviteur qui le suit quelques pas en arrière.

« Fais monter Bracciolini dès qu'il se présentera à la porte du couvent.

– N'ayez crainte, sire, le prieur a donné des ordres. »

Le serviteur passe devant son maître en courbant un peu l'échine, puis s'arc-boute contre les lourds battants de la porte, qui pivotent lentement sur leurs gonds. Côme pénètre enfin dans la bibliothèque. Il ne visite jamais sans émotion ce temple du savoir, le joyau du couvent de San Marco qu'il a reconstruit avec amour après le tremblement de terre de 1457, et où il espère finir ses jours.

« Laisse-moi seul ! »

La porte se referme doucement derrière lui. Côme avance dans une longue nef voûtée, de proportions harmonieuses. Dans cette cathédrale du livre, la lumière du jour rehausse le bois des rayonnages. Son œil capte, par brefs éclairs, les dorures des volumes enchaînés aux pupitres. Sur un lutrin, une immense partition est ouverte. Répartis sur des portées rouges à quatre lignes, des losanges rouges et noirs évoquent les sonorités mystiques de la messe. La bibliothèque de San Marco est ouverte à tous, et Côme en est fier.

Deux copistes se lèvent d'un bond et lui présentent leur tonsure en un profond salut, auquel Côme répond d'un geste princier. Les copistes s'éclipsent en reculant par la petite porte du fond. Enfin seul, Côme passe un doigt sur le bord des étagères, où sont exposés les huit cents volumes rassemblés, sous sa direction éclairée, par son employé et ami, le bibliothécaire Niccolo Niccoli. Côme se félicite. Non, vraiment, Niccolo n'a rien négligé pour obtenir les plus belles éditions, les textes les plus rares… La plus grande bibliothèque d'Europe, accessible à tous ses concitoyens ! Côme n'est pas un pharaon, il n'est que le premier des Florentins, mais tel Ptolémée, l'empereur égyptien, il a fondé un monument du savoir, et ce sera peut-être le plus beau titre de gloire de sa destinée de chef d'État.

L'Égyptien Ptolémée avait confié à son ami Démétrios, le Niccoli de son temps, la tâche de fonder la première bibliothèque d'Alexandrie. Il avait été servi au-delà de ses espérances, car Démétrios avait des manières de pirate et ne lésinait pas sur les méthodes. Par décret impérial, tous les vaisseaux qui pénétraient dans le port d'Alexandrie devaient remettre aux autorités les manuscrits en leur possession. Démétrios les faisait recopier par ses scribes, puis confisquait le texte original, et rendait la copie aux voyageurs.

« Il leur rendait la copie ! Ha ! ha ! »

Côme a beaucoup ri avec Niccolo en évoquant les méfaits de ce forban du savoir. Niccolo et Côme admiraient Démétrios, ils partageaient son enthousiasme, ils avaient conçu le même projet : rassembler tous les livres en un seul lieu, et les offrir au grand public des lettrés. C'était un idéal généreux, conforme à l'esprit de la grande République florentine. Heureusement, la fortune des Médicis, consolidée depuis plusieurs générations, a rendu inutiles les méthodes illicites de Démétrios. Au lieu de rançonner les navires, Niccolo expédie des rabatteurs dans les bibliothèques du monde connu.

Bracciolini, dit Boit-sans-soif, exerce avec talent ce nouveau métier, très en vogue parmi les étudiants pauvres depuis le fameux concile œcuménique de Ferrare, en 1439, où les patriarches de Constantinople ont apporté en Italie des centaines de manuscrits jusqu'alors introuvables. Les barbus byzantins ne savaient pas encore que leur générosité allait préserver l'héritage de l'Église d'Orient, puisque Constantinople allait bientôt tomber aux mains des Turcs. Dans l'intervalle, les savants de Ferrare et de Florence, bouleversés de pouvoir enfin lire Aristote et Platon dans le texte original, s'étaient tous attelés à l'étude du grec, et la recherche de manuscrits était devenue leur priorité.

Dans le message qu'il a fait porter à Côme l'Ancien le mois dernier, Bracciolini fait allusion à une *pêche miracu-*

leuse provenant de Byzance. Qu'a-t-il encore déniché ? Il y a trois ans, déjà, que Côme l'a reçu pour la première fois dans cette même bibliothèque, qu'il venait d'inaugurer. Il a remis à ce traîne-savates une bourse pleine de florins.

« Va dans les monastères et les châteaux, ouvre les coffres, fouille les greniers... Et si tu trouves le *Pimandre*, ne lésine pas sur le prix ! »

On peut le dire, Bracciolini a fidèlement servi son maître. Il a sillonné Italie, mais aussi la France, l'Irlande, l'Espagne et l'Allemagne, et tous les ans, au début du printemps, il revient, les malles chargées de trouvailles. Une année, à Cluny, il a retrouvé une plaidoirie de Cicéron et une ode d'Horace. Puis, à Langres, un exemplaire du *De natura rerum* de Lucrèce...

Côme fait les cent pas dans la longue nef à la douce lumière. Impatient comme un fiancé, il en oublie ses douleurs. D'habitude, il déteste attendre, mais le temps s'est arrêté. On frappe à la porte, qui s'ouvre à deux battants. C'est Bracciolini, enveloppé dans une longue cape de drap bordée de fourrure, suivi de ses porteurs de malles. L'étudiant malingre est déjà devenu un bourgeois itinérant, aux bajoues pendantes et au ventre rebondi. Mais il a toujours des yeux rieurs, et aujourd'hui un mystérieux sourire. Côme ouvre les bras et l'étreint chaleureusement. « Que m'as-tu rapporté, cette fois ? Un texte de Plotin, d'Avicenne ? Le traité d'un mage persan, d'un astrologue chaldéen ? »

Le sourire de Bracciolini s'élargit, creusant des sillons asymétriques dans ses joues empâtées. Il fait un signe, l'un des serviteurs lui apporte un paquet enveloppé dans une étoffe précieuse. En s'inclinant, il le présente cérémonieusement à son maître.

« Je vous laisse le découvrir, messire, vous ne serez pas déçu. Comme le dit votre ami Niccolo Niccoli, *gloire aux Anciens qui renaissent et vivent parmi nous !* »

Tremblant d'excitation, Côme pose le livre sur un pupitre et entreprend de déplier la soierie exotique qui l'enveloppe. Byzance ! Bien que la fière cité soit tombée aux mains des infidèles, on peut encore y dénicher des trésors, au nez et à la barbe du Sultan…

« Non, je ne peux le croire ! Où l'as-tu trouvé ? »

Mais les rabatteurs ne divulguent pas leurs sources, pas plus que les cuisiniers ne confient le secret de leurs sauces. Bracciolini prend un air énigmatique et savoure son triomphe.

Il s'agit bien d'une édition grecque du *Pimandre* d'Hermès Trismégiste, le « Trois fois grand », l'antique Mage égyptien, le disciple du dieu Thot, cité par Augustin et Lactance. Sur la page de garde, un dessin au trait représente le visage fin d'un vieillard, encadré de boucles blanches à la mode antique, coiffé d'un casque médiéval à pointes dorées. Côme ne l'a jamais vu, mais il le reconnaît, à la manière d'un enfant qui reconnaît son père. Surmonté de sourcils bouclés, son regard est sévère, mais ses lèvres esquissent un sourire bienveillant. Le Médicis lui sourit en retour, comme si le Trismégiste pouvait le voir.

De même que beaucoup d'érudits de son temps, Côme est persuadé qu'Hermès Trismégiste est un précurseur de Platon, le plus ancien représentant d'une tradition secrète destinée à unir le genre humain, transmise à la fois par les juifs, les Égyptiens et les Persans, qui aurait été très en vogue parmi les premiers chrétiens. Or le *Pimandre*, célèbre entre tous, introuvable depuis des millénaires, est la pierre angulaire de cette tradition, et serait donc la Bible des Égyptiens ! Dans les temples, au bord du Nil, dans la plus haute Antiquité, les grands prêtres passaient la nuit en méditation et recevaient des messages divins. C'est ainsi, dit-on, que fut écrit le *Pimandre*, au temps lointain où Moïse, non loin de là, entendit la Parole jaillie du Buisson ardent… Et Côme tient dans ses mains ce livre sacré entre tous, la clef du mystère ! Et Côme l'ouvre ! Et Côme en tourne les pages…

*

Et il n'y comprend rien. Pas un mot ! Il reconnaît à peu près les caractères, mais la langue de Japhet lui est à jamais étrangère. Occupé par les devoirs de sa charge, Côme n'a jamais eu le temps d'apprendre le grec, et il en pleure de rage. Il ne trouve aucune consolation à savoir que l'illustre Pétrarque, comme lui, a souffert cruellement de ce manque. Il relève la tête et demande à Bracciolini :

« L'as-tu déchiffré ?

– Je n'ai pas eu le temps, signor Côme. Les autres volumes sont dans ces malles. Il y en a quatorze en tout. Le quinzième a brûlé dans l'incendie de la bibliothèque d'Alexandrie... »

Côme le regarde, incrédule. Quatorze volumes ! Combien de temps faudra-t-il pour traduire en latin ce monument ? Seul le jeune Marsile Ficin pourrait peut-être relever ce formidable défi. Le vieux Côme fait aussitôt mander le précepteur de son petit-fils Laurent. Quelques instants plus tard, on entend résonner ses pas rapides sur les pavés du cloître. Le minuscule Ficin entre en courant dans la bibliothèque et s'incline devant Côme, qui le relève et l'embrasse.

« Ah, Marsile, te voilà, j'ai grand besoin de ton aide... »

Marsile Ficin sourit anxieusement, en passant la main dans ses cheveux en bataille, l'air étonné de ne plus tenir sa plume. Entortillé dans sa chemise, il a jeté un pourpoint brodé sur ses épaules. Il porte de vieilles bottes dont le cuir plissé lui descend aux chevilles.

« Pardonnez-moi d'avoir tardé, j'étais au palais, dans ma chambre, seul avec le divin Platon. Le travail avance à grands pas... Bientôt, vous pourrez lire en bon latin un nouveau *Dialogue*, où Socrate examine les illusions des rhéteurs... »

Côme est touché, comme toujours, par l'ardeur au travail de ce jeune philosophe qu'il a vu naître, pour ainsi dire. Marsile n'est autre que le fils de son médecin personnel et ami, Diotifeci Ficin, qui a réussi à le maintenir en vie jusqu'à ce jour malgré les attaques répétées de la goutte.

Marsile Ficin n'a que vingt-sept ans, mais son érudition est déjà légendaire. Il fréquente les meilleurs humanistes florentins, et affiche une vénération pour Platon qui n'est pas pour déplaire à Côme. A la demande de ce dernier, il a récemment entrepris une traduction complète des *Dialogues* de Platon.

Côme se mord la lèvre, cherchant le moyen de lui annoncer la nouvelle, mais Marsile s'est tourné vers Bracciolini tout en continuant à parler.

« Toi, tu voyages de par le monde, et j'envie ta vie aventureuse, mais sache que traduire Platon est une aventure aussi exaltante qu'un voyage en Orient ! Platon n'est pas celui que croient connaître les tristes scolastiques de la Sorbonne ! Rien d'aride en lui, rien de raisonneur ! Platon n'écrit que sous l'empire de l'absolu ! »

Bracciolini se met à rire.

« Moi aussi, j'admire Platon…

– Nous l'aimons tous ! intervient Côme. Quand je voulais honorer mon maître Gémiste, je l'appelais *Alter Plato*, et il rougissait comme une fiancée. N'avons-nous pas eu le bonheur, tous les ans, de célébrer ensemble l'anniversaire du divin Platon, le 7 novembre ? Mais nous ne sommes pas ici pour parler de Platon. Regarde ce que Bracciolini nous apporte ! »

Désorienté, Marsile se passe la main dans les cheveux et remarque enfin le livre posé sur un pupitre, ouvert à la première page. Il plisse les paupières, hésitant, sans parvenir à distinguer les caractères.

« Approche, dit Côme, tu vas comprendre pourquoi je te donne aujourd'hui l'ordre d'abandonner provisoirement Platon pour te confier une nouvelle tâche plus urgente.

– Comment ? Cesser de traduire Platon ? Une tâche plus urgente ? Mais laquelle ? Pourquoi donc ? Ai-je démérité ? Allez-vous confier Platon à un autre ? Mais pourquoi, messire ? »

Le ciel lui tombe sur la tête. Il lance des regards de bête traquée. Bracciolini lui répond en riant de plus belle.

« Mais à cause de ce livre ! Ou, plutôt, grâce à lui ! »

N'y tenant plus, Ficin approche et comprend son bonheur : le *Pimandre* ! Ah, pour lui, pour lui seul, Platon peut attendre ! Tout doucement, comme s'il manipulait les ailes d'un papillon, il tourne quelques pages…

« Oh, dit-il d'une voix rauque, écoutez les paroles du

Mage ! *La mort n'est pas destruction, mais rupture de l'union... Tout est plein d'âme, tous les êtres sont en mouvement... Fais-toi grandir, jusqu'à correspondre à la grandeur sans mesure... Monte plus haut que toute hauteur, descends plus bas que toute profondeur...* »

Il pioche les phrases au hasard et les traduit aussitôt, sans hésiter.

« Ma connaissance du grec a progressé, vous ne trouvez pas ? »

Il relève la tête pour interroger Bracciolini :

« J'espère que tu es sûr de tes sources et qu'il ne s'agit pas d'une contrefaçon ou d'une épigraphie ! Tu dois savoir que de nombreux auteurs, notamment les gnostiques et les juifs, à l'époque de l'empire romain, imitaient à s'y méprendre le style des Anciens, pour donner plus d'autorité à leurs propres textes... Mais non, ils n'auraient pas osé... Hermès Trismégiste ! C'est bien lui ! Du moins, nous voulons le croire, n'est-ce pas ? N'est-il pas inimitable ?

– J'en ai rapporté quatorze volumes, répond sèchement Bracciolini.

– Quatorze volumes ! Mamma mia ! »

Ficin recommence à tourner les pages, lentement, avec gourmandise.

« *Vois quelle puissance, quelle vitesse tu possèdes ! Si donc tu ne te rends pas égal à Dieu, tu ne peux Le comprendre...* »

Debout derrière lui, fascinés, Côme et Boit-sans-soif suivent du regard le doigt taché d'encre de Marsile Ficin. Ils restent ainsi de longues heures, tous les trois, dans la grande bibliothèque, unis par la lecture. Quand la cloche du soir retentit, ils ne distinguent plus les mots sur la page.

Enfin Ficin se redresse, le regard fiévreux.

« Tu as compris ? lui demande Côme. Je dois absolument lire le *Pimandre* avant de mourir ! Et si Dieu me prête vie, je lirai ensuite ton *Platon*...

– Bien sûr ! Vous aurez les chapitres au fur et à mesure, dès qu'ils seront prêts...

– Combien te faut-il de temps ?

– Pour traduire quatorze volumes ? Sont-ils tous en bon état ?

– Pas une page n'a été éraflée, dit Bracciolini.

– Quatorze volumes, à raison de deux par an…, continue Ficin. Disons, au mieux, sept ou huit ans…

– Imbécile ! Dans huit ans, je serai mort et enterré depuis longtemps ! Je te donne trois ans, pas un jour de plus ! Tu ne voudrais pas faire attendre notre cher Platon trop longtemps, n'est-ce pas ? Quant à moi, je me débrouillerai pour rester en vie jusque-là, grâce à Dieu – et aux potions de ton excellent père Diotifeci. Tu me tiendras informé jour après jour de l'avancement de ton travail. Dès demain, tu seras dispensé de tes responsabilités de précepteur.

– Mais le jeune Laurent…, s'inquiète Ficin.

– Mon petit-fils sera seul autorisé à te rendre visite dans ta retraite. Tu connais son âme d'artiste : Laurent n'a que seize ans, mais il a déjà manifesté un talent exceptionnel pour la poésie. Il veut rendre un culte à la Beauté, et mérite d'être initié aux plus profonds mystères. Tu liras avec lui le *Pimandre*, il te secondera dans ta mission de traducteur, tu lui parleras de Platon et du Trois fois grand, et ces modèles grandioses le soutiendront dans sa tâche future, car son père Piero est gravement malade et Laurent ne tardera pas à me succéder.

« Tu t'installeras à Careggi, dans ma propre maison. Mes domestiques subviendront à tous tes besoins. Et n'oublie pas de te promener sur la colline. Les cyprès et les oliviers de notre belle Toscane sont propices à la fréquentation du Ciel. »

*

« Et alors, Marsile Ficin a-t-il réussi à finir sa traduction avant la mort du vieux prince ? » demandait Giovanni chaque fois que Bolsoni lui racontait l'histoire du livre magique, et Bolsoni en profitait pour ajouter à son récit de nouveaux détails instructifs, si bien que le personnage de Marsile Ficin prenait peu à peu une ampleur presque surnaturelle, la grandeur d'un sage antique sur l'agora, éclipsant le disgracieux Boit-sans-soif. Selon Bolsoni, Marsile Ficin était un condottiere de l'esprit, qui avait usé ses forces et son courage dans un ultime combat pour le service de Côme de Médicis, son bienfaiteur et suzerain.

« Marsile Ficin est un très grand sage, un maître spirituel dont les œuvres seront citées dans les siècles des siècles, dit Bolsoni, espérant que le nom de son maître se graverait en lettres d'or dans la mémoire de l'enfant. Auprès de Côme, il a joué le rôle d'un ange de la mort veillant sur une âme en partance. Il s'est vaillamment engagé dans cette course pleine d'obstacles, hélas trop certain du dénouement fatal. C'est un miracle qu'il ait survécu à cette épreuve.

– *De nombreux chevaliers doivent mourir avant d'avoir accompli leur tâche...*, dit doctement Giovanni, citant la première phrase d'une épopée qu'il avait lue la veille. Et alors, a-t-il réussi ? A-t-il pu finir à temps ?

– Il m'a souvent raconté les dernières journées de ce marathon, répondit Bolsoni, éludant la question à dessein. Il travaillait sans arrêt, comme un forcené, un esclave de l'absolu, entouré de ses dictionnaires, les doigts perpétuellement tachés d'encre. Il s'installait à son bureau dès l'aube, après quelques heures de sommeil agité. Il m'a avoué qu'il lui arrivait de traduire des paragraphes entiers à la manière d'un automate, l'esprit vide, sans comprendre ce qu'il écrivait ainsi, à toute vitesse, dans l'ombre de la mort. Il rêvait parfois de longues journées languissantes, consacrées à la lecture de quelques sonnets, avec une promenade, des amandes et des figues, une conversation tranquille... Obsédé par l'échéance, il se nourrissait de pain et de fromage sans même lâcher sa plume, et se retenait d'aller pisser jusqu'à l'extrême limite. Parfois il s'endormait au milieu d'un mot, assis à son bureau, la tête sur son avant-bras bizarrement replié. Il se réveillait en sursaut, hagard, honteux de sa faiblesse, et se mettait aussitôt à chercher sa plume d'oie tombée à terre, en soulevant fébrilement ses papiers épars... »

Bolsoni parlait d'une voix forte, oubliant la présence de l'enfant. Il marchait de plus en plus vite, arrachait au passage une branche d'arbre, fouettait les herbes folles dans la prairie, bondissait de talus en talus, et Giovanni, médusé, accordait ses petites enjambées à ce rythme endiablé, sans perdre un mot de cet étrange récit.

« A toute heure du jour et de la nuit, chaque fois que la grande ombre l'effleurait, Côme de Médicis faisait appeler son traducteur. Étendu sur son lit de douleur, trop faible pour s'asseoir, il sentait l'agonie avancer. Assis sur un fauteuil de bois en lamelles, fiévreux, concentré, les yeux cernés, la tunique en bataille, Marsile Ficin lisait d'une voix forte, page après page, les paroles consolatrices du Mage.

« "Ah, murmurait Côme avec un pâle sourire, comme ta voix est éloquente ! Ne le dis pas à mon médecin, mais le *Pimandre* est bien la seule potion qui me fasse encore du bien."

« Les yeux fermés, le souverain agonisant cherchait la main du traducteur en faisant glisser la sienne sur la couverture rouge, puis la serrait vivement, et ils restaient ainsi, étroitement accordés, encordés au bord de l'abîme, unis par le silence qui descendait sur eux, et Marsile rougissait alors, au-delà des mots, ému de recevoir cette bénédiction tacite, puis il recommençait à lire de plus belle, sans retenir ses larmes, déversant sur le corps souffrant du vieil homme les flots doux-amers de sa tendresse, et ce torrent charriait les paroles du Trismégiste comme autant de gemmes où se mirait l'univers avec ses constellations, ses cristals, ses mystères. Parfois, emporté par la beauté du texte, Marsile Ficin se mettait à psalmodier, presque à chanter, et les révélations du Mage, portées à leur point d'incandescence par la mélodie, semblaient lancer des étincelles. Une fontaine de lumière jaillissait du sol dallé de marbre, traçant des cercles étourdissants, des formes belles à crier, à défaillir, et tous ces prodiges avaient lieu dans cette chambre obscure, chambre de mort et de renaissance où deux minuscules humains luttaient sans espoir contre le néant. »

Bolsoni s'arrêta sur un petit tertre et fit signe à Giovanni de venir près de lui. De la main, il désigna la campagne environnante, qui n'était qu'une parcelle du monde :

« Et c'est en écoutant Marsile Ficin lui lire les dernières pages du *Pimandre* que le vieux Côme a enfin lâché prise un soir, à l'heure des hirondelles, dans un long souffle qui ressemblait à un bâillement, persuadé de connaître enfin la vérité, heureux de confier son âme aux sept Gouverneurs et de s'en retourner au sein du grand Tout...

– Et selon toi, il la connaissait ?

– Quoi donc, bambino ?

– La vérité, tiens donc ! Il la connaissait, la vérité, quand il est parti ? Tu crois qu'il l'avait trouvée dans le *Pimandre* ?

– Ce ne sont pas des histoires pour les enfants. Je ne devrais pas te raconter ça...

– A ton avis ? Il avait trouvé la vérité ? La vérité vraie ? » insista l'enfant, agacé.

Bolsoni s'arrêta brusquement et se passa la main sur le front.

« Tu veux vraiment mon avis ? Je pense qu'il en a trouvé une parcelle, et qu'il a pris par erreur ce fragment pour le tout.

– Le problème, remarqua pensivement Giovanni, c'est qu'il n'existe pas un seul livre, mais des centaines, des milliers. Il y a le *Pimandre*, mais il y a aussi les livres de Platon, d'Aristote, il y a la Bible, Augustin, Plutarque... Il y a *l'Enfer*... Tous les livres ne peuvent pas être faux, à l'exception d'un seul...

– Peut-être que chaque livre contient justement un fragment de la grande vérité...

– Et la grande vérité, tu la connais, toi ?

– Mais non, bambino ! La grande vérité, c'est l'unité de toutes choses. Nous vivons en elle, mais elle est impossible à connaître, impossible à dire...

– Tu crois qu'il faut mourir pour la connaître ? On ne peut pas la connaître avant de mourir ? demanda l'enfant avec angoisse.

– Nous commencerons dès demain la lecture du *Pimandre* », conclut le précepteur.

*

Ainsi, pendant ces longues randonnées à travers champs et forêts, Bolsoni enseignait peu à peu au jeune Giovanni les convictions et les rites de sa future tribu, saisissant la moindre occasion de lui rappeler sa vocation de philosophe. Et ses paroles germaient. Plus tard, Giovanni puiserait dans ces premières impressions au moment de rédiger son *Discours sur la dignité de l'homme*.

« L'homme a été créé pour admirer la Création divine, disait souvent Bolsoni quand un nouveau paysage dévoilait devant eux son austère splendeur. L'homme n'est-il pas l'œil du monde ? Imagine que la lumière vient de toi, imagine que tes yeux sont des lampes qui éclairent tout ce qui apparaît… »

Ravi de ce nouveau jeu, l'enfant écarquillait les yeux et s'enchantait des coquelicots dans un champ de luzerne, de la course des nuages au-dessus d'une grange aux planches disjointes. Tout ce qu'il voyait lui semblait alors beau et digne d'intérêt.

Ernesto Bolsoni considérait comme un devoir d'initier son élève à la riche tradition orale qui circulait depuis quelques décennies dans la confrérie informelle des humanistes, ces prophètes des temps nouveaux qui ne juraient que par les vers anciens, et à laquelle il était fier d'appartenir par toutes les fibres de son être. Marsile Ficin lui avait enseigné les leçons du concile de Ferrare. Un quart de siècle plus tôt, venus de Byzance avec des malles pleines, les patriarches à la longue barbe avaient ouvert la boîte de Pandore, et depuis lors un esprit nouveau soufflait parmi les belles-lettres, donnant à l'Antiquité une couleur plus vive, une réalité plus concrète. Sous la tutelle rédemptrice des géants du passé, le présent se chargeait d'un espoir formidable, la religion desserrait son emprise, l'avenir s'ouvrait à deux battants sur le large… Le précepteur prenait un vif plaisir à fouetter la curiosité de cet enfant au-delà de toutes les limites admises, vers la quête d'une magie naturelle, fondée sur une compréhension raisonnée des phénomènes observables dans le monde sublunaire, et sur la mise en relation de tous les univers, de la vie des fourmis à la musique des sphères et au séjour des anges.

« Il ne faut surtout pas confondre la bonne magie et la mauvaise magie ! La bonne magie agit par sympathie, par la connaissance des affinités secrètes de la nature. Comme le paysan qui marie la vigne à l'orme, le Mage moderne marie la terre au ciel. » Ernesto Bolsoni n'avait pas de mots assez durs pour stigmatiser la mauvaise magie, la magie noire des temps médiévaux, la magie démoniaque des sorciers qui croyaient pouvoir tirer un profit personnel des forces de la nature. Avant chaque nouvelle leçon, il rappelait à son élève les principes du libre examen : aucune philosophie n'était définitive, toute parole méritait d'être écoutée, car seules les questions étaient vivantes. Et, dans le vaste domaine de l'esprit, toutes les aventures étaient offertes.

En instillant ce venin de liberté dans l'esprit malléable de l'héritier des comtes de la Mirandole, Ernesto Bolsoni avait conscience d'excéder, voire de trahir, la mission que lui avait confiée Giulia, car il savait fort bien qu'elle ne rêvait pour son fils que d'une destinée ecclésiastique. Sans doute était-elle incapable de concevoir une ambition plus haute. Grisée par les flatteries de l'évêque de Mantoue, elle rêvait pour son dernier-né d'une trajectoire sans défaut qui devait le mener aux plus hautes fonctions, archevêque ou pape, rien de moins. Le métier d'humaniste n'ayant pas encore d'existence officielle, un jeune homme de la noblesse n'avait d'autre alternative au métier des armes que la chasuble. Le goût pour la lecture conduisait logiquement à la prêtrise. Ensuite, il suffisait de grimper les barreaux de l'échelle, et, pourquoi pas, jusqu'à Rome…

Giulia n'avait jamais pu partager avec son mari ces rêveries ambitieuses. Pour le condottiere, Giovanni devait marcher sur les traces de ses aînés. Gianfrancesco avait une véritable détestation pour Ernesto Bolsoni, ironisant sur son allure efféminée à la mode du jour, et se désolait bruyamment des dispositions pacifiques de son plus jeune fils.

« Ce précepteur est un âne, il transforme mon fils en légume, disait-il à Giulia au dessert devant une tablée de bougres. Regardez son teint pâle, ses culottes blanches. Il se promène dans le parc avec un livre sous le bras… Si ce n'est pas triste, à son âge ! Non, vraiment, cet enfant n'a rien hérité du goût des Mirandole pour les tournois de chevalerie… Je me demande si cette naissance miraculeuse n'était pas une malédiction… Je vous en conjure, Giulia, faites quelque chose ! »

Il prenait la terre entière à témoin de son désarroi devant ce gosse au regard clair qui ne lui ressemblait pas et qui le provoquait par sa seule présence. Désarçonné par un si minuscule adversaire, Gianfrancesco alternait la manière forte (il attrapait l'enfant par l'oreille et le forçait à mettre un genou en terre) et les gâteries surchargées de signification. Il lui offrit des soldats de bois montés sur des chevaux miniatures, espérant lui donner le goût de la chevauchée, mais Giovanni délaissa ces merveilles pour se plonger dans Cicéron. Le père enrageait, le prenant pour un lâche.

*

Le fils aîné, Galeotto, fut chargé d'initier son petit frère aux dures réalités de l'existence. Enchanté de mettre à l'épreuve ce gringalet, il l'emmena en expédition dans les bois de Concordia, à travers une zone escarpée où la forêt surplombait un ravin. Ils étaient descendus dans l'ombre, en longeant l'abîme. *Tu n'as pas besoin que j'allume une torche, je suppose…*, avait demandé Galeotto. Et Giovanni avait secoué la tête, bravement, en s'accrochant aux racines dénudées d'un arbuste. *Tu n'as qu'à mettre tes pas dans les miens*, avait affirmé Galeotto, mais les petites jambes de

Giovanni échouaient à faire des pas de géant. Ils s'égarèrent dans la broussaille, longtemps, avant de découvrir une grotte à flanc de colline. Devant la bouche d'ombre, un crâne les accueillit : hilare, entièrement peint en rouge, posé sur un petit monticule au centre d'un cercle de pierres. Giovanni recula, faillit tomber dans le vide.

« N'aie pas peur, il ne va pas te manger ! ironisa Galeotto en le retenant par le bras. Il n'a plus faim ! »

D'une petite voix, Giovanni demanda :

« Comment sais-tu que c'est un homme et non une femme ? »

Galeotto répondit qu'il suffisait d'examiner le faciès, c'était évident. D'ailleurs, qui aurait pris la peine de peindre en rouge le crâne d'une simple femme ? Galeotto le ramassa et fourra la relique dans son sac, avec ses trophées de chasse.

Puis il annonça qu'ils passeraient la nuit dans cet abri providentiel. Giovanni protesta : ne pouvaient-ils rentrer au château ? La mère allait s'inquiéter. Mais Galeotto eut tôt fait de briser sa résistance.

« Veux-tu remonter sur la falaise au milieu des ronces ? Au milieu des bêtes féroces ? Crois-tu que je serais assez malin, assez fort pour te protéger contre un serpent ou un tigre ? Je ne suis pas invincible, figure-toi… »

Giovanni l'écoutait en frissonnant et Galeotto s'était radouci.

« Ne t'en fais pas, tout ira bien. Nous n'avons qu'à faire du feu pour éloigner les ours. »

Les visiteurs précédents avaient laissé d'autres traces macabres : un tas de cendres, des ossements à demi rongés, des pierres taillées. Galeotto enflamma une torche, et les parois rocheuses s'animèrent. Les deux frères crurent distinguer des traînées de sang et de charbon sur les parois, formant d'énigmatiques figures, des mufles de taureau, la silhouette d'un cheval au galop, deux cerfs aux andouillers puissants arc-boutés l'un contre l'autre.

« Qui a fait ces dessins ? demanda Giovanni.

– Comment le saurais-je ? Des paysans, des guerriers, des brigands évadés, les Étrusques, pourquoi pas ? »

A ces mots, l'esprit de Giovanni Pico bascula et se mit à errer dans un passé ancien, effroyablement ancien, plus ancien que l'Antiquité, plus profond que l'abîme, plus obscur que la nuit. Il se demanda si la terre avait toujours porté des êtres humains et si les ancêtres de Noé étaient vraiment des géants qui vivaient plusieurs siècles, comme l'affirmait Ernesto Bolsoni. Un examen minutieux de ces vestiges permettrait peut-être de répondre à cette question… Galeotto avait apporté une peau de mouton. Les deux frères s'étaient blottis l'un contre l'autre en regardant la danse des flammes.

*

Malgré ses efforts, Giovanni ne savait comment dire à son père qu'il se trompait totalement. Lui, Giovanni Pico, n'était pas un lâche, loin de là. Il était prince, il était condottiere, il était lion. Il se sentait tous les courages. De même que tous les garçons de son âge, il s'intéressait aux tournois et se passionnait pour l'art de la guerre. Mais, comment dire ? Il avait trouvé dans ses livres des soldats bien plus intéressants que ces figurines, bien plus effrayants que ces morceaux de bois. Des soldats qui bougeaient, qui parlaient, qui pillaient, qui massacraient, qui tremblaient, et qui pleuraient comme des enfants quand il arrivait malheur à leurs amis. *L'Iliade* d'Homère, *la Guerre des Gaules* de César et *l'Enfer* de Dante, entre autres, lui avaient fait vivre de superbes épouvantes.

En vérité il n'était question, dans les textes qu'il lisait avec Bolsoni, que de batailles, de sièges, de vengeances. Se pouvait-il que l'histoire des hommes, à laquelle il était maintenant appelé à participer, ne soit que cette litanie, cette morne répétition de carnages et d'atrocités ? Un jour, pendant un déchiffrage de l'Ancien Testament, Giovanni eut un vertige. Il lisait un passage où l'Éternel vouait au désastre l'humanité fautive, et crut soudain voir des boules de feu tomber sur une petite ville, au loin, dans le désert. L'incendie faisait rage, les habitants sortaient de leurs maisons en courant, leurs enfants dans les bras, on aurait dit de petites fourmis découpées sur le fond du ciel, cherchant le salut, courant à leur perte.

A cet instant, on entendit la cloche du portail, puis un bruit précipité dans la cour, une cavalcade, des cris étouffés, des hennissements. Par la fenêtre, Giovanni aperçut deux civières. On ramenait le père et le frère aîné, Galeotto. La chasse au sanglier avait mal tourné. Tous deux étaient blessés. Giovanni descendit en courant et se glissa entre les jambes des soldats, jusqu'à la civière où Gianfrancesco gémissait à en perdre l'esprit.

Orgueils du condottiere, ses longs cheveux, retenus par un cordon de soie, étaient emmêlés, maculés, collés. Une estafilade sanglante lui barrait la joue. Il se tenait le ventre pour retenir ses entrailles éparses. Une odeur de fauve pourrissant émanait de ce grand corps foudroyé. Giovanni se demandait quelle taille fabuleuse pouvait avoir la bête qui avait terrassé le plus puissant des hommes. Un sanglier certainement, il en rôdait des familles entières dans les forêts. Ou un loup, pourquoi pas ? Le père sourit faiblement à son dernier fils.

« Bonjour, Giovanni, combien de pages aujourd'hui ? Et dis-moi, pourquoi es-tu toujours habillé de blanc ? Es-tu garçon ou fille, dis-moi ? »

C'était la plaisanterie habituelle. Giovanni avait commencé à répondre qu'il n'était pas une fille mais un garçon, et qu'il n'était nullement étranger au métier des armes, car il ne lisait pas des contes pour fillette, mais des récits de batailles.

« Quand on lit, on a l'air bien tranquille, mais en réalité, on est peut-être en train de chevaucher un cheval sauvage… »

Mais déjà Gianfrancesco n'écoutait plus, il s'était retourné vers Antonmaria, de l'autre côté de la civière, qui lui avait pris la main, la baisait avec ferveur et l'inondait de larmes. Puis il s'inquiéta de son fils aîné, Galeotto, qui avait le bras droit fracassé, et dont on entendait les hurlements plaintifs. Enfin Giulia, à son tour, pâle comme un elfe, vint se pencher en larmes sur son époux agonisant. Et Giovanni n'avait jamais fini sa phrase.

Gianfrancesco n'avait survécu que deux nuits angoissées à sa blessure au ventre. En vertu d'un antique privilège, il devait être enseveli avec Leonardo, son cheval préféré, un grand pisteur bai, qui devait être assommé, porteur de tous ses ornements, crinière nattée avec art. Giovanni se mit à hurler en voyant les palefreniers préparer le sacrifice, mais Galeotto lui mit la main sur la bouche pour le faire taire. Leonardo pouvait être fier de l'honneur qui lui était fait ; il avait été choisi entre tous pour sa fidélité à son maître, et galoperait pour toujours sur les Champs-Élysées. Giovanni éclata en sanglots et demanda d'une petite voix si on avait demandé au cheval son avis.

Agacé, Galeotto attrapa son petit frère par le fond de sa culotte de son bras valide, et l'emmena dans une cabane à outils où il lui fit comprendre brutalement que la question était réglée. Ce garnement n'avait pas pleuré la mort de son père et il gémissait pour un cheval ? Il allait recevoir une correction qui lui remettrait les idées en place. Giovanni plaça ses mains en coquille autour de son bas-ventre, se mit à bondir en tous sens et à hurler en appelant sa mère. Il remarqua avec une terreur froide que Galeotto prenait garde de ne pas le frapper au visage ou sur les bras, tout en choisissant des endroits sensibles : l'aine, l'aisselle, le tibia.

Le soir même, les larmes aux yeux, en grande tenue de veuvage, coiffée d'un hennin de velours noir incrusté de pierreries, Giulia Boiardo annonça à toute la maisonnée réunie dans la salle d'honneur qu'elle était désormais seul maître après Dieu à bord de la grande Arche de la Mirandole, et qu'elle avait l'intention de tenir le gouvernement de l'État d'une main ferme.

« Et que ni Galeotto ni Antonmaria ne s'avisent de contester les capacités d'une faible femme à préserver l'unité de notre clan, le respect des règles établies par nos ancêtres, et notamment par mon cher époux Gianfrancesco, Dieu ait son âme ! Qu'on se le dise ! »

Au fond de la salle, un groupe de jeunes gens retint Galeotto par son bras en écharpe, pour l'empêcher de faire scandale. Mais Giulia s'était déjà retournée vers son petit dernier, et lui parlait d'une voix tendre :

« Quant à toi, Giovanni Pico, sache que j'ai pour toi de grands projets, et n'oublie pas d'étudier les textes sacrés... »

*

C'est ainsi qu'un beau jour, à l'heure de la sieste, alors qu'il approchait de son dixième anniversaire, Giovanni déboula en tempête dans la chambre de Bolsoni qui ronflait comme un bienheureux, le secoua pour le réveiller, et lui annonça d'un air pompeux qu'il serait bientôt consacré protonotaire apostolique par l'évêque de Mantoue.

Bolsoni se mit à rire.

« Comment, tu ne me félicites pas ? Ma mère a pour moi de grandes espérances, tu le sais...

– Oui, je sais, elle te voit déjà évêque, ou même pape... N'être que philosophe ou, pire, humaniste, en ce bas monde, c'est moins que rien, c'est minable, n'est-ce pas ? »

Ernesto Bolsoni grommelait comme un vieux.

« Mais bien sûr, je te félicite, mon cher Pico, il n'est jamais trop tôt pour commencer à gravir les degrés de la sainte Église et du Sacré Collège... »

Puis il s'assit, se frotta les yeux, et ajouta d'un air goguenard :

« Bah, ne t'en fais pas, tu seras philosophe malgré eux ! Tu feras comme Marsile Ficin, tu porteras une toge antique sous ta chasuble, voilà tout. »

DEUXIÈME PARTIE

Philosophe et condottiere

Florence, 1er novembre 1494

Rien n'est plus faible que l'homme,
ni plus fort que l'amour.
PIC DE LA MIRANDOLE

CHAPITRE 1

Un sacrifice à Dieu

Le 1er novembre 1494, à Florence, dans sa chambre du palais Rucellai, Pic de la Mirandole se réveilla plein de ferveur. Dans la ville enfiévrée, les moines dominicains avaient placardé l'annonce d'un sermon exceptionnel, le *Sermon sur Aggée*, que devait prononcer le prieur de San Marco, Jérôme Savonarole, dans la cathédrale de Santa Maria del Fiore.

Pic retrouva Marsile Ficin, comme convenu, devant l'église de Santa Croce, dans l'aube grise de novembre, et ils cheminèrent en silence vers la piazza del Duomo. Des milliers de fidèles se bousculaient, attendant de pénétrer dans le temple pour entendre le nouvel Isaïe.

Les deux humanistes étaient placés juste derrière les *fanciulli*, les petits anges du ciel qui servaient la foi rénovée. Robes blanches, croix rouges, entre dix et quinze ans, petits crânes tonsurés, ils marchaient droit, les yeux rivés sur l'autel, en somnambules. Si l'on n'avait su la cause de leur extase, on aurait pu les croire ivres ou drogués. Mais Pic de la Mirandole, comme eux, avait le regard fixe et la gorge serrée. Quant à Marsile Ficin, il n'en menait pas large dans ses petites bottines.

Les premiers rangs étaient réservés aux dominicains de San Marco et aux *piagnoni*, les éplorés, les disciples du premier cercle. Avec leurs aubes immaculées, ils étaient l'écume de cet océan de piété. Beaucoup de paysans étaient venus du fin fond de la Toscane, avec des poches pleines d'outils et les pieds crasseux dans de lourds sabots. Des artisans, des colporteurs, des bateliers, des épiciers, des étudiants. Les marchands dissimulaient leurs vêtements épais sous des houppelandes qui se fondaient dans la masse. Quelques femmes emmitouflées avaient réussi à se glisser dans l'assistance, bien que leur présence ne soit pas souhaitée par Savonarole. Quand la cathédrale fut entièrement remplie, le flux s'arrêta, en attente de la houle prophétique.

*

A l'instant où les premiers rayons du soleil levant illuminèrent les vitraux, projetant des reflets multicolores sur les murailles, Savonarole fit enfin son entrée, précédé de ses plus proches disciples. Des milliers de fidèles joignirent les mains en un geste de prière et le grand orgue entonna un choral. Savonarole marchait à grands pas, comme s'il était en retard pour un rendez-vous, tout en jetant à la ronde des regards furieux. La crainte du Seigneur est le commencement de la sagesse.

Sur son passage, les premiers rangs se prosternèrent à la hâte. On entendit le bruit mat des fronts cognant le sol. Des centaines de mains jointes se tendirent vers le prophète, des mains suppliantes, avides de consolation, qui tentaient d'effleurer le bas de sa robe. Des cris s'élevèrent, crispant les nerfs, exaltant les cœurs. « Jérôme Savonarole ! Vive frère Jérôme ! Que le Seigneur te bénisse ! »

Le prêcheur monta lentement en chaire, puis écarta les bras d'un geste théâtral, en retenant son souffle, narines frémissantes. Le tumulte fit place à un lourd silence. D'un geste étrange, il ramena les bras autour de son torse, comme pour s'étreindre lui-même. Puis, d'une voix étrangement douce, il commença son prêche, et chacun se raidit dans l'attente.

Pourquoi l'homme est-il tenté par l'Enfer ? demanda-t-il d'un air étonné.

« Oui, pourquoi, en effet ? » se demandaient les Florentins.

Insensé, celui qui préfère la Chute à son bonheur éternel…

Et chacun se sentait visé, et chacun s'interrogeait sur ses propres actes, sur ses moindres désirs. A cette voix d'or, nul ne résistait en cette époque mystique. En chacun des auditeurs, une corde familière vibrait à l'unisson. Savonarole prêchait pour les pauvres, les humbles, les offensés… Au son de sa voix, ils relevaient la tête et reprenaient espoir. C'était l'Église des origines qui prophétisait par sa bouche, sous la coupole de Brunelleschi, orgueil du Rinascimento !

Aux yeux de Pic de la Mirandole, lui-même expert dans l'art oratoire, Savonarole était un exceptionnel virtuose. Il jouait des émotions de ses auditeurs comme sur les cordes d'un luth.

Ô vous, les Tièdes, reconnaissez votre erreur…

Peu à peu, la voix enflait, devenait rauque, le ronronnement se transformait en brame, en rugissement.

Les prophéties se réalisent. les châtiments commencent. C'est le Seigneur qui conduit ces armées. Ô Florence ! Ce sont tes péchés, ô Florence ; ce sont tes péchés, ô Rome ; ce sont tes péchés, ô Italie, qui sont la cause de ces châtiments…

Gêné par sa petite taille, dressé sur la pointe des pieds, le cou tendu vers la chaire, Marsile Ficin avait les yeux pleins de larmes, tel un vrai *piagnone*, un éploré.

Ô Florence, le temps des chants et des danses est passé. Le temps est venu de pleurer amèrement tes fautes…

Savonarole avait parlé longtemps, si longtemps que les jambes se fatiguaient, que les yeux se brouillaient. Pic ne savait plus s'il écoutait un prêche, une prière, une musique. La voix de l'orateur augmentait à chaque seconde son intensité sonore, et chacun frémissait, sentant qu'il préparait un coup de théâtre. Bientôt, les murailles allaient tomber, la vérité toute nue allait apparaître, les Archanges allaient fondre sur la foule, la main du Seigneur allait souffleter les impies…

Savonarole se tut, comme un homme s'arrête au bord de l'abîme. Devant lui les têtes s'agitèrent, une houle inquiète qui le renseigna sur l'étendue de son emprise. Alors, après un silence lourd de sens, il reprit un ton plus bas, presque en murmurant, et peu à peu sa voix enfla de nouveau, il invoqua

Isaïe. Sous la coupole, le ciel semblait se replier sur lui-même, comme une feuille de parchemin en flammes…

Du plat de la main, il frappa son pupitre, faisant voler la poussière.

Ô Florentins, vous qui avez vos maisons pleines de vanités et de choses malhonnêtes, et de livres scélérats et de poèmes contre la foi… Apportez-les-moi pour en faire un feu et un sacrifice à Dieu !

Une exclamation monta vers lui, jaillissant de la poitrine des milliers de fidèles.

Vive Savonarole ! Vive le feu purificateur !

Il les fit taire d'un geste sans réplique. Puis, de son index vengeur, il désigna le petit groupe de femmes encapuchonnées qui tentaient de se dissimuler derrière un pilier :

Et vous, mères qui parez vos filles avec tant de vanités, et de superfluités, et de coiffures, apportez-moi tout cela ici, pour le jeter au feu…

*

Un sacrifice à Dieu ! Un bûcher ! Un autodafé ! Pic de la Mirandole n'en croyait pas ses oreilles.

Où veut-il en venir ? Est-il devenu fou ?

Haletant, tel un homme qui vient d'être mortellement frappé, il recula de quelques pas pour s'adosser à un pilier.

Le feu purificateur… Les livres, mon Dieu, les livres !

Savonarole veut brûler des livres !

Le charme était rompu. A ses yeux, en une seconde, le prédicateur des désespérés était devenu un simple fanatique.

Pic chercha en vain le regard de Marsile. Avait-il été choqué, lui aussi ? Avait-il senti tourner la houle de l'Histoire ?

Un feu ! Un sacrifice à Dieu !

Savonarole voulait-il rétablir la barbarie primitive ?

Ne savait-il pas que l'Éternel avait retenu le bras d'Abraham, quand il s'apprêtait à égorger Isaac ? Ne savait-il pas que brûler un livre, c'est égorger l'Agneau ?

Pitié pour les livres ! murmura Pic, se souvenant d'une

parole de sa nourrice, puisée dans l'antique sagesse des peuples pendant une nuit d'incendie. Le feu avait pris dans les cuisines de la Mirandole et menaçait la bibliothèque.

Qui brûle un livre brûlera un homme ! répétait Elena avec son accent de l'Émilie. Et l'enfant, qui venait d'apprendre à lire, avait imaginé un homme pareil à un livre ouvert, avec des ailes en guise de pages. Depuis cette nuit-là, le feu inspirait à Pic une sainte terreur. Où qu'il fût, il vérifiait rituellement, avant d'aller dormir, que les chandelles avaient été soufflées.

Savonarole parlait toujours, mais Pic de la Mirandole n'écoutait plus.

Une pensée le torturait.

Un instant plus tôt, il était encore l'ami de Savonarole, peut-être son disciple.

Désormais, ils étaient ennemis. Irrémédiablement.

*

A la fin de la messe, il remonta le col de son manteau pour dissimuler son visage et se laissa entraîner par le reflux comme un ballot dans un rapide, certain que sa pâleur devait trahir son désarroi, qui se muait en épouvante.

Ainsi, il avait trahi la philosophie pour suivre cet insensé. *Honte sur moi !* Anxieusement, il tenta de distinguer la petite silhouette de Marsile Ficin dans la foule qui envahissait la place. Comment avait-il réagi ?

Pic regardait avec surprise les Florentins en extase, sans plus comprendre ce qui faisait naître une telle fièvre, une si sotte gesticulation. Il se frotta les yeux de ses mains gantées, violemment, comme pour s'arracher les paupières, et réussit à s'écorcher la joue sur le cuir râpeux. Il espérait que sa haute taille aiderait son ami à le repérer dans la foule.

Quelques mots avaient suffi à lui dessiller les yeux. Mais quels mots ! Des mots de haine et de vengeance qui résonnaient tels des coups de tocsin. Mirandole rentra la tête dans les épaules, comme frappé par la foudre. En un instant, tout avait été dévasté.

Il était comme cet homme qui croit revenir de voyage et s'aperçoit, en posant le pied sur le sol de sa patrie, qu'il s'est trompé de destination. Il n'a pas visité la Grèce comme il le croyait, mais peut-être l'Afrique, ou bien la Laponie. Et quand il rentre chez lui, nouvelle surprise. Il n'arrive pas dans son pays comme il le croyait, mais ailleurs, dans un autre lieu, un autre temps, un autre pays, une autre ville.

Florence n'était plus dans Florence.

Oui, en ce matin du 1er novembre 1494, le moine au profil d'aigle avait frappé un grand coup. Par sa bouche, le tonnerre était tombé sur la ville. Pantelante, écrasée sous le poids de ses péchés, Florence se flagellait, Florence courbait l'échine sous les fulminations du prophète, en attendant d'être consumée par le feu du ciel comme ses sœurs antiques, Sodome et Gomorrhe. Et la foule des fidèles continuait à refluer vers la sortie dans un grand chambardement.

Qu'avait donc pensé Marsile Ficin ? Malgré son fameux angélisme, Ficin était tout l'inverse d'un naïf, et il avait souvent calmé les emballements excessifs de son jeune ami. A ses yeux, Savonarole était d'abord un érudit de pacotille, qui avait l'outrecuidance de mépriser le divin Platon, après l'avoir passionnément admiré.

« Il a brûlé ses écrits de jeunesse consacrés au divin Platon. Comment faire confiance à un homme qui ne cite Socrate que pour le pulvériser ? » demandait-il, et Giovanni lui rappelait alors que Savonarole ne se prétendait pas philosophe, mais homme de foi et de charité.

Et puis, peu à peu, malgré ses préventions, à l'instar de nombreux humanistes, surtout depuis la mort de Laurent – car le Magnifique, qui l'ignorait encore ? avait rendu son dernier soupir dans les bras de Savonarole –, Marsile Ficin avait progressivement fait taire ses critiques et s'était laissé subjuguer comme les autres. Quant à Pic, il devait se l'avouer, il n'avait rien négligé pour le pousser en ce sens. *Honte sur moi !*

Il se mordit le poing jusqu'au sang et rentra encore les épaules en creusant la poitrine, comme s'il eût voulu s'anéantir. La pluie tournait en glace et tambourinait sur les têtes. Cherchant toujours la petite silhouette de Marsile Ficin, Pic se fraya un chemin jusqu'au Baptistère, gravit les trois marches de l'entrée est, et s'adossa à la porte sculptée par Ghiberti. De là, il pouvait scruter les visages des fidèles que Santa Maria del Fiore continuait à dégorger par centaines. On parlait à mi-voix, par respect, comme si le sermon durait encore. Certains avaient les yeux rouges, arborant une mine farouche, d'autres se cachaient le visage dans les mains ou se frottaient les yeux du revers de la manche. Effondré sur le parvis, un marchand cossu, secoué de sanglots, avait entrepris de lacérer son pourpoint.

Depuis l'aube, les femmes avaient attendu leurs maris et leurs fils en piétinant sous la bruine avec des paniers pleins de biscuits aux amandes. Les pieds nus côtoyaient les sandales et les chausses sur le pavé luisant. Ici et là, on reconnaissait un *piagnone* issu des plus grandes familles florentines, les yeux rouges, le visage enfoui dans un lainage noir. Tout autour de la place, des jeunes filles étaient apparues aux fenêtres, mais voilées, accoudées aux balustrades recouvertes de tentures écarlates. Dans l'ombre de leurs drapés ondoyants, on devinait la trogne austère des duègnes. Et personne ne se dispersait, et tout le monde restait là, entre la cathédrale et le Baptistère, à traîner, comme si le spectacle ne faisait que commencer, comme si l'Apocalypse annoncée par Savonarole devait avoir lieu dans l'instant.

La foudre allait-elle tomber à nouveau sur le Campanile, comme deux ans plus tôt, pendant l'agonie de Laurent de Médicis ? Chacun scrutait le ciel de novembre. Une fois de plus, en écoutant leur prophète, les Florentins avaient senti passer sur eux le souffle de la vengeance divine. Comme Savonarole, avec Savonarole, pour Savonarole, sous sa grande aile tutélaire, ils étaient impatients du pire. Avec une ferveur touchante, ils espéraient le désastre. *Sus aux mécréants ! Mort aux fornicateurs ! Au feu les livres impies !* Que ce qui doit arriver arrive ! Que la catastrophe éclate enfin, même si elle devait les briser ! Que la justice triomphe par le feu !

Que les riches s'humilient devant les pauvres gens, que les coupables soient châtiés, que les sodomites et les usuriers soient écartelés, que des mains soient coupées, que les membres dédaigneux de la Seigneurie soient contraints d'obéir à Savonarole, que les traîtres soient mis à la question ! Que Rome soit humiliée, que le pape lui-même, avec tous ses bâtards, courbe l'échine devant le nouvel apôtre et implore repentance pour ses crimes ! Que l'usurpation des Borgia soit démasquée par le fer et le feu ! Que les Borgia et les juifs rôtissent en enfer ! Enfin, que Florence soit punie, flagellée, soumise, que Florence soit initiée par son nouvel apôtre au martyre et à la rédemption !

La fièvre montait d'instant en instant sur l'immense piazza del Duomo, tout autour du Campanile et du Baptistère et jusque dans les ruelles adjacentes. Oui, que le roi de France envahisse la cité, puisqu'il était l'Envoyé du Seigneur ! Sans attendre ! Puisque Savonarole l'annonçait ! Puisque telle était la volonté des astres, la volonté de Dieu ! Puisque le dernier des Médicis avait trahi...

*

Depuis la veille, en effet, Florence se savait perdue ; pour une raison inconnue, Piero de Médicis, dit l'Infortuné, avait brusquement tourné casaque sans prévenir quiconque, sans prendre l'avis de ses conseillers. Oui, le fils de Laurent avait honteusement capitulé, il avait bradé la ville de ses ancêtres après fait mine de la défendre avec des postures de coq. Après avoir recueilli des fonds et rassemblé des troupes, sous prétexte de repousser l'envahisseur.

Mais Charles VIII avait eu l'élégance de recevoir le jeune héritier des Médicis dans sa garnison de Lucques, avec tous les égards. Et là, sans doute grisé par le parfum de tubéreuse qui émanait du souverain, Piero l'Infortuné avait abandonné sans coup férir toutes les citadelles qui protégeaient encore la Cité des Fleurs. *Sarzana*, *Sarzanello*, *Pietrasanta*, *Ripafratta*, *Pisa*, *Livorna*... Même Sarzana, pourtant dotée d'une solide garnison et décidée à se défendre... D'un trait de plume, ces fières sentinelles étaient donc passées à l'ennemi et Florence se retrouvait démunie comme jamais, privée de ses indispensables avant-postes. Caprice, coup de sang, ou fructueuse machination ?

Selon l'accord signé par Piero de Médicis, Florence s'engageait à accueillir dans ses murs le roi de France qui marchait sur Naples avec une immense armée, en chemin vers Jérusalem où il comptait lancer une nouvelle Croisade et délivrer les Lieux saints. Il ferait son entrée à Florence dans quelques semaines, peut-être dans quelques jours. Ainsi la ville serait envahie sans pouvoir tirer un coup de feu, sans même tenter un simulacre de combat. La Cité des Fleurs devrait renoncer à toutes ses provinces, puis se laisser violer par un étranger.

Cela ne pouvait plus durer ! Piero l'Infortuné devait partir ! Qu'il s'exile ! Qu'il aille exhiber ses belles tenues sous d'autres cieux ! Il avait belle allure, il excellait dans tous les arts de combat. Mais il ne respectait ni la tradition de ses pères, ni les règles de la diplomatie, ni les aspirations de ses concitoyens. Il prenait l'art de gouverner pour un jeu de quilles ! Ne s'intéressant qu'à ses intrigues et à son apparence princière, il jouait à faire tomber des têtes et dilapidait les restes de la fortune familiale. Et il méprisait les artistes et les écrivains que ses pères avaient si royalement protégés. En deux ans, les défauts de son caractère avaient suffi à fausser la machinerie délicate de la démocratie florentine. Oui, à travers les actes irresponsables du malheureux Piero, les Médicis révélaient leur vrai visage, médiocre et corrompu ! La tyrannie avait fait long feu. Heureusement, pensaient les Florentins, Savonarole veillait tendrement sur sa ville d'adoption. Ses sermons étaient-ils autre chose que des chants d'amour adressés à Florence ?

*

Après la messe, Savonarole s'éclipsa par la sacristie, gardé par ses intimes, fuyant les flatteurs et les convertis du jour.

Mais la populace l'attendit encore. On voulait le revoir, le fêter, l'embrasser, le dévorer, toucher le bas de son habit, effleurer ses orteils, contempler son visage, s'enivrer de son regard sévère, baiser la trace de ses pas, recueillir le nectar d'une parole, boire ses pleurs…

« As-tu remarqué qu'il avait déjà les larmes aux yeux avant de monter en chaire ? J'étais bien placé, je l'ai vu de près… Il nous aime tant…

– Je pleurais, moi aussi… Je te parie qu'il saura quoi faire pour sauver la patrie…

– On dit qu'il accepte de se rendre auprès du roi de France, avec des représentants de la Seigneurie…

– Mais comment peut-il voyager avec eux ? Lui qui ne se déplace qu'à pied…

– Il partira seul, humblement, pieds nus sur la caillasse, comme toujours… Les députés le suivront à cheval le lendemain matin…

– On dit que Charles VIII rêve de le connaître…

– Ne t'inquiète pas, Savonarole n'aura aucun mal à subjuguer un roi…

– Bien sûr, dit un étudiant avec un rire hystérique, puisqu'il tutoie les anges… »

Plus loin, une paysanne se tenait la tête des deux mains en criant que le noble Laurent se retournerait dans sa tombe, s'il apprenait que son propre fils avait trahi les siens.

« Florence tout entière doit expier pour le crime d'un seul… »

Fort bien, qu'elle expie !

Qu'on en finisse ! Le cri était unanime.

Les citadins étaient touchés au cœur, et chacun voulait apporter sa pierre à l'édification de l'ordre nouveau. Les hommes plastronnaient, témoignant de l'intensité fulgurante de leur expérience, faisant regretter aux femmes d'avoir été privées d'un spectacle si édifiant. Depuis quelque temps, elles s'inquiétaient de voir des bandes de garçons armés de piques s'attrouper à tous les coins de rue en prenant des airs guerriers. Mais les jeunes mâles ont besoin de ces simagrées depuis la nuit des temps, rien de nouveau sous le soleil.

Savonarole avait demandé un sacrifice à Dieu, expliquaient les hommes avec des mines d'initiés : les parures, les œuvres d'art, les livres scélérats devaient être jetés au feu. Ils s'enthousiasmaient à la perspective de ce grand bûcher qui donnerait bientôt un sens à leur combat spirituel. Dentelles, tableaux, livres scandaleux, tous les délicats trésors de Florence seraient consumés en quelques heures. Une jeune fille essaya de les raisonner, mais les initiés s'entêtèrent comme des enfants querelleurs, lui intimèrent le silence d'un geste furieux, et s'éloignèrent avec mépris. Les mères prenaient patience car elles savaient que les Florentins étaient pusillanimes ; ils avaient l'habitude des gouvernements éphémères, des changements de cap. Guelfes ou Gibelins, ils avaient la guerre civile dans le sang. Dans quelques jours, croyaient-elles, ils auraient oublié le bûcher des vanités, ils trouveraient d'autres chats à fouetter. Elles ne sentaient pas encore leur monde basculer.

Longtemps, on attendit encore Savonarole sur la place, mais en vain, en piétinant. Entre les groupes de bavards, quelques illuminés circulaient seuls, pieds nus, en transe, revivant chaque instant de la prédication, gravissant leur chemin de croix. On les reconnaissait à leurs épaules tremblantes, à leurs yeux fous. On les respectait, on s'écartait sur leur passage. Une femme en fichu rouge et robe de paysanne s'était agenouillée face au grand portail de la cathédrale, en bas des marches, immobile, le regard fixé sur les battants de bronze, où un bas-relief représentait les cercles de l'Enfer avec un réalisme effrayant. Oui, l'espérance était vivace, au seuil de cet hiver 1494, alors que le Quattrocento s'acheminait vers sa fin.

CHAPITRE 2

L'invité de la République

Ensuite, eh bien, ce fut une journée d'errance, une de ces journées de cauchemar où l'on est vraiment seul, où l'on est maudit. Une de ces journées blêmes où le monde s'effrite, où chaque visage est un abîme, chaque sensation une déchirure, chaque sourire une grimace.

Pic de la Mirandole ne reconnaissait plus ses propres pensées qui s'entre-déchiraient et se retournaient contre lui. A peine surgies à l'horizon de sa conscience, comme autant de bourdons menaçants, elles l'attaquaient de toutes parts. *Les Érinyes !* pensa-t-il avec effroi.

L'ombre qui planait sur Florence planait aussi sur sa vie. Il ne trouvait aucun lieu dans sa mémoire d'où la douleur fût absente. Elle s'immisçait dans tous les interstices de son être, et il ne reconnaissait plus rien, ni sa façon de poser un pied devant l'autre, ni la sensation de son pouls, ni la bonne ville de Florence où il avait été si heureux, et que gagnait la folie. Car, sous la neige tranquille de l'automne, le philosophe entrevoyait maintenant l'incendie à venir, bombance de feu, vie et mort mêlées, il voyait des flammes partout, jaillissant des fenêtres, échappées des soupentes, des flammes bondissantes, aspirées par l'éther. Il n'eût pas été surpris de sentir son cœur se faner, claudiquer, puis se taire dans l'instant, broyé, épuisé.

Toute la sainte journée, il se laissa porter par ce grand carnaval triste, espérant toujours retrouver Marsile, ou au moins rencontrer une personne de connaissance, car il se sentait seul, seul à crier.

« Seul comme je ne l'ai jamais été, même quand j'ai perdu l'amour de Marguerite, même quand je n'étais qu'un proscrit traversant les Alpes, même dans ma geôle de Vincennes... »

Il marchait sans but dans les ruelles et murmurait pour lui-même des mots sans suite, des réminiscences. Les boutiquiers avaient fermé leurs volets. Avec toutes ces échoppes fermées, la ville semblait aveugle. Des crieurs ambulants colportaient les nouvelles du front et commentaient la trahison de Piero, en martelant la liste des possessions perdues : *Sarzana*, *Sarzanello*, *Pietrasanta*, *Ripafratta*, *Pisa*, *Livorna*... Il y avait du monde partout, des grappes de bourgeois inquiets à l'entrée des immeubles, des étudiants affairés, des vendeurs de talismans, des troupes de paysans brandissant des faux. Une bagarre éclata à la sortie d'une taverne. Les *piagnoni*, adeptes de la foi nouvelle, avaient traîné une barrique de bon vin jusque dans la rue, et s'efforçaient de la briser à coups de pique. Un groupe d'*arrabbiati* éméchés les avaient pris à partie. Les *arrabbiati* étaient ces enragés qui résistaient encore à l'influence de Savonarole. Des héros condamnés au sacrifice. Pic était l'un d'entre eux désormais. Un *enragé*. Tristement, il songea que seule la colère régnait aujourd'hui sur Florence.

Et lui, qui avait tant de fois parcouru ces ruelles en joyeuse compagnie, lui, le familier des salons florentins, il se sentait déplacé, un étranger en exil dans une ville inconnue. Aux carrefours, juchés sur les bancs publics, des prédicateurs loqueteux répétaient mot pour mot le sermon du matin. *Apportez-moi tout cela pour le jeter au feu...* Avaient-ils pu l'apprendre par cœur, en quelques heures ? Savonarole faisait mine d'improviser ses sermons. Mais il en faisait copier par avance plusieurs exemplaires. Pic fit la grimace.

« Il écrit comme on crache, avec une encre qui pue », pensa-t-il, et cette phrase lui sembla fétide.

Il sursauta quand une femme le saisit par le bras, croyant le reconnaître, mais il était un autre, et elle recula avec effroi devant son visage blême, son regard désolé. Elle portait un fichu rouge qui écrasait ses cheveux en boucles plates sur ses tempes, un corsage de lin frais, et une grande jupe émouvante un peu fripée, grise et blanche, couleur du temps. Il s'éloigna encore, et sentit son cœur se rétracter, enserré par des griffes. Les gouttes de pluie lui piquèrent le visage comme un essaim d'abeilles.

*

En passant devant les bancs de pierre du palais Médicis, il leva les yeux vers le premier étage et songea, horrifié, qu'il avait lui-même largement contribué à organiser ce désastre. Avec une effrayante précision, il se revit douze ans plus tôt, assis dans la salle du Conseil auprès de Laurent de Médicis, dit le Magnifique, un peu en retrait mais proche à le toucher, derrière son bureau d'apparat. Hormis quelques huissiers bardés d'insignes, alignés dans le fond de la grande salle, les deux amis étaient seuls.

La veille au soir, à la fin d'un banquet, Giovanni avait longuement parlé de Jérôme Savonarole au Magnifique, en compagnie de quelques noctambules éméchés. Jusqu'aux petites heures de la nuit, le sang aux joues, avec des gestes expressifs, il avait mimé la rhétorique fascinante de ce moine dominicain qu'il avait connu à Ferrare pendant son adolescence, et retrouvé à Reggio quelques années plus tard. Il avait fait l'éloge de ses sermons stupéfiants, décrit l'exaltation qui s'emparait immanquablement des auditeurs. Giovanni excellait à imiter cette voix d'une infinie souplesse, une voix imprévisible qui passait dans la même phrase du velours au tonnerre.

« Savonarole est un magicien du Verbe… Les mots fusent de sa bouche comme des roses ou des boulets de canon. Tel Isaïe, tel Ézéchiel, il reçoit ses visions directement d'En-Haut… Oui, Savonarole est un chrétien des origines, un rebelle absolu, comme tous les grands mystiques, un pur ! Tout en lui dit non et il n'a peur de personne… Tout désir mondain lui est radicalement étranger… C'est pourquoi il est naturellement indomptable et incorruptible. Il annonce le royaume des cieux mais fustige les pompes de l'Église, la négligence du clergé, l'étalage des richesses, le commerce des dignités sacrées. Il dénonce la dureté des riches et des puissants... Il stigmatise le luxe, le stupre, la corruption des corps et des âmes, l'ostentation, les injustices, surtout les mieux cachées... Savonarole soulève tous les voiles, il met en lumière tous les secrets, surtout les plus honteux. Il incarne l'avenir, il annonce l'Apocalypse... Il clame haut et fort ce que tous murmurent en secret... Il est magnifique ! conclut Giovanni, en se laissant emporter un peu loin par son enthousiasme.

– Magnifique, vraiment ? Ça alors ! Ce n'est plus moi, le Magnifique ? » demanda Laurent avec malice, et Giovanni rit avec lui, gêné de sa maladresse.

« Un homme vraiment pur, un homme maître de ses passions, oui, cela nous changerait agréablement..., dit encore Laurent d'un air rêveur, en buvant une gorgée du nectar de pêche qu'il avait commandé pour le dessert. On dit que Savonarole compare Florence à une grotte pleine de voleurs... Bah, qui sait, ce sera peut-être le premier Juste que j'aurai la chance de connaître...

– Savonarole n'est pas seulement un meneur d'hommes, dit Giovanni d'un ton plus calme. Il a le sentiment d'avoir une mission divine, mais j'ai pu constater, en discutant avec lui, qu'il possède aussi une solide culture, qui ne se limite pas aux Pères de l'Église. Il n'est pas ferrarais pour rien. Il a écrit un livre sur Platon, il a lu Hermès Trismégiste et Plotin, il connaît parfaitement Origène, qu'il déteste, mais aussi l'Aréopagite, le Cusain, et surtout Thomas d'Aquin... Je l'avoue, j'ai pris grand plaisir à débattre avec lui. Nos intelligences sont jumelles, même si nos perspectives diffèrent du tout au tout. Je ne dirai pas que j'ai trouvé mon maître, mais nos lames étaient de taille égale, et les estocades furent réciproques... »

Faire venir Savonarole dans la Cité des Fleurs, pourquoi pas ? On y invitait bien des acrobates qui n'avaient pas son talent. Un souverain digne de ce nom, se disait Laurent, avait le devoir de découvrir des talents, de modeler l'air du temps, de lancer des modes. Savonarole à Florence, ce serait un artiste de plus à sa dévotion, un artiste de la piété, un virtuose de la parole. Il y avait de quoi créer l'événement.

« Il ne craint personne, même le pape qu'il tutoie… Enfin, j'aimerais vous le faire connaître, dit enfin Giovanni.

– Le pape, vraiment ? Je suis curieux de voir en action votre Savonarole », lâcha enfin le Magnifique, et il convoqua Giovanni au palais le lendemain, à l'heure du courrier. Sous les yeux de son ami, il rédigea une lettre officielle, destinée au supérieur de la congrégation de saint Dominique à Bologne. Au nom de la République florentine, le maître de Florence invitait le moine Jérôme Savonarole, dit frère Jérôme, à s'installer en tant que « lecteur ordinaire » dans le pieux refuge du couvent de San Marco. Il assurait le supérieur que ses concitoyens seraient heureux et fiers d'accueillir un prédicateur aussi célèbre pour la pureté de sa foi.

*

Pic marchait vite, les yeux dans le vague, et faillit trébucher sur une plaque de verglas. L'hiver s'annonçait rigoureux. Il se dit en frissonnant qu'il avait vraiment beaucoup insisté ce jour-là. Il se revoyait, frémissant, attentif à la moindre virgule, retenant son souffle tandis que le maître de Florence calligraphiait d'élégantes onciales sur un parchemin officiel. Il avait même suggéré une ou deux formulations, que Laurent avait docilement retranscrites. En réalité, il lui avait quasiment dicté cette lettre, et au moment de la signature, avant la cérémonie du sceau, il avait même légèrement guidé l'avant-bras de Laurent de manière que sa main pose directement la plume au bon endroit sur la page, et il avait encore poussé un peu (il sentait encore la tiédeur de la peau du Magnifique à travers la chemise en soie), une pression discrète, et voilà, Laurent avait paraphé la lettre. Et Savonarole était venu à Florence. Et Florence était devenue sa chose, son terrain de jeux.

Pic de la Mirandole jeta un regard vers le ciel blanc et murmura sombrement : *Mea culpa !* Depuis l'âge de seize ans, il avait toujours trouvé Savonarole sur son chemin. Il lui avait voué une admiration excessive, d'ailleurs réciproque. Ils avaient toujours eu l'un pour l'autre une place à part, ni celle d'un maître, ni d'un ami, ni d'un frère, ni d'un adversaire… Oui, il avait eu pour le moine à la voix de tonnerre une sorte de passion. Il se mordit le poing jusqu'au sang, en pensant aux conséquences de cette invitation irréfléchie. Il en avait le vertige.

CHAPITRE 3

La médaille des trois Grâces

Emmitouflé, bien au chaud dans sa honte, Pic de la Mirandole boitait légèrement. Il traînait la jambe droite mais ne s'en plaignait pas, bien au contraire. Cette blessure mal cicatrisée lui était chère. Elle était tout ce qui lui restait de sa brève idylle avec Marguerite Mariotto de Médicis. *Marguerite !* Il répéta ce nom comme on se donne un coup de poignard. Commencé dans la joie du printemps, leur amour impossible avait succombé dans le sang et les larmes. *Marguerite ! Ma sauvage ! Toi, la seule que j'aie aimée plus que la sagesse, plus que la vérité. Ah, Vénus...*

La déesse de l'Amour était bien cruelle, de l'avoir mis au supplice devant une femme qui n'était pas pour lui. Car la belle Marguerite lui était doublement interdite : non seulement elle était mariée, mais elle était l'épouse d'un cousin de Laurent. Percepteur des taxes et impôts dans le district d'Arezzo, Giuliano Mariotto était un Médicis de second rang, mais un Médicis tout de même. Marguerite était donc la cousine par alliance de Laurent.

Dans le secret de son cœur, Giovanni l'appelait *Voluptas*. Et bien sûr, malgré toute sa philosophie, il n'avait pas résisté, pas un instant, comme si les obstacles ne faisaient qu'attiser son ardeur. Dès leur première rencontre à Florence, pour la séduire sans alerter son mari, il avait mobilisé toutes ses forces, toute sa superbe, toute sa grâce de jeune homme béni des dieux. Ensuite, pendant des années, tout en voyageant à travers l'Europe, il avait poursuivi ses manœuvres d'approche par correspondance, lui écrivant des missives enflammées, mais n'osant traverser la petite ville d'Arezzo de peur de la rencontrer. *Rien n'est plus faible que l'homme, ni plus fort que l'amour*... Tant de lettres échangées, tant de supplications, tant de refus désolés...

Et finalement, sept ans plus tard, à l'approche du mois de mai 1486, malgré le danger, elle avait envoyé une lettre de reddition totale. *Ah, célébrer le retour du printemps avec vous*... Elle acceptait de le revoir en secret. Elle écrivait que le réveil de la nature, chaque année, lui rappelait sa présence, et qu'elle n'avait jamais oublié les moments de grande clarté qu'ils avaient vécus ensemble à Florence, dans le *studiolo* de Laurent. Tout d'un coup, après toutes ces années, elle ne savait pourquoi, quelque chose avait cédé en elle, la résistance s'était évanouie. *Je rends les armes devant la force du destin*. Tremblants, ils s'étaient retrouvés dans une petite bergerie, sur les collines d'Arezzo...

*

Au loin, dans les ruelles, on entendait de nouveau des bruits de mitraille, des cris, des cavalcades. Quelques bourgeois rasaient les murs et pressaient le pas en jetant des regards inquiets. Dans la via dei Rigatoni, Pic croisa un convoi de carrioles chargées de malles, de meubles et de bibelots qui se dirigeait vers la porte San Gallo. Au sommet d'une pile de livres attachés par une corde hâtivement nouée, au fond d'une cage en rotin, un perroquet se tenait roulé en boule, les plumes hérissées, ivre de cahots. Les carrosses, masqués de couvertures, se succédaient sans interruption, dans un assourdissant tintamarre. Des fouets claquaient. Les roues cerclées d'acier tressautaient en grinçant sur les pavés. Florence se vidait de ses trésors.

A travers la tenture entrebâillée d'une chaise à porteurs, Pic reconnut les filles Rucellai, trois profils inimitables, trois regards étonnés. Le monde s'écroulait, la guerre civile renaissait de ses cendres, mais ces demoiselles restaient imperturbables, fuyant la capitulation avec une dignité toute florentine. On aurait dit les trois Grâces. Un instant, il s'imagina fuyant avec elles, les protégeant des hasards de la route, il serait leur Mercure aux pieds ailés, il les guiderait d'un pas dansant…

D'un geste propitiatoire, il glissa la main sous le col de son manteau, et caressa du pouce et de l'index le velours de la petite bourse qu'il gardait suspendue à son cou. Elle était vide, mais elle avait contenu autrefois une médaille des trois Grâces qu'il avait acquise à Bologne pendant ses études de droit canonique. La médaille qu'il avait donnée à Marguerite en gage d'amour éternel. Où était-elle, aujourd'hui ?

Après l'excitation du matin, les regards des passants n'échangeaient plus que des soupçons. Novembre régnait sur la ville, le printemps avait fui depuis longtemps, avec flèches et carquois. Amour était retourné dans les limbes, de l'autre côté du temps. Marguerite avait gardé la médaille, Giovanni avait gardé la blessure.

CHAPITRE 4

Une grande décision

La neige recouvrait les pavés et les toits d'une mince couche de fausse sérénité. Pic marchait au hasard, sans regarder les passants, les bras croisés sur sa poitrine comme pour contenir le feu qui s'en échappait. Des coups de feu retentirent du côté d'Orsanmichele, et il pressa le pas, en prenant garde de ne pas glisser, s'éloignant encore du cœur battant de la cité, vers le couvent de San Marco. En arrivant sur la piazza Santissima Annunziata, il vit une cohorte d'adolescents aux joues rougies par le froid et l'excitation qui déboulaient par une ruelle adjacente, croix rouges brandies comme des drapeaux, regards égarés, hurlant des hymnes et des imprécations.

« Gloire ! Gloire au Seigneur ! Alléluia ! Mort aux impies ! Gloire à la pudeur ! Haro sur les fornicateurs ! »

Comment un philosophe tel que lui avait-il pu se laisser berner par une éloquence aussi trompeuse, des slogans aussi pauvres ? Il s'était longtemps méfié de la séduction excessive qui émanait de Savonarole. Il avait ironisé sur ses poses exaltées, critiqué l'étroitesse de sa vision, soupçonné la vacuité de son message. Il s'était même parfois ennuyé en écoutant ses discours répétitifs, sa rhétorique immuable. Alors qu'il progressait dans ses études, la silhouette de Savonarole s'était retirée comme une ombre insignifiante, loin derrière les lumières éclatantes des Guarini de Ferrare, des calculateurs de Pavie, des averroïstes de Padoue ou des scolastiques de la Sorbonne.

Mais après le désastre d'Arezzo, la souffrance et la honte

avaient ramené sous l'influence de Savonarole le jeune philosophe blessé par l'amour, écœuré par les rumeurs et les calomnies. Cherchant une parole sans venin, il avait alors trouvé aux exhortations du moine une saveur consolatrice. Mais c'est seulement huit ans plus tard, le 21 septembre 1494, en écoutant le *Sermon sur le Déluge*, qu'il avait vraiment rendu les armes devant les perspectives ouvertes par la foi rénovée, et s'était enthousiasmé pour la grande réforme que prônait Savonarole. Ce jour-là, prêchant ardemment pour la paix, l'union et la tolérance, Savonarole avait achevé de le convaincre de réformer radicalement son mode de vie.

Dans un grand élan de contrition, Pic avait partagé sa fortune entre son neveu Jean-François, le fils de son frère Galeotto, et l'orphelinat de Santa Maria Nuova, tenu par les dominicains. Puis il avait secrètement décidé de rejoindre les éplorés, les *piagnoni*, car son cœur était plein de larmes, et ces larmes devaient servir. Pendant ces quelques semaines, il crut avoir trouvé la solution. Le calme, enfin. L'oubli. Le repos. Abdiquant toute volonté, il s'était absenté de lui-même, flottant au gré de l'air du temps. Il avait agi comme en rêve, communié tous les matins, assisté à tous les sermons...

*

Il s'arrêta, le poing dans la bouche, mesurant soudain la gravité de sa désertion. Renoncer à poser des questions, mais c'était assassiner la philosophie, c'était cesser de vivre avant l'heure, c'était anticiper l'échéance ! Péché contre l'esprit ! Avec désespoir, au risque de se blesser, il donna des coups de pied dans les dalles de la fontaine.

Heureusement il vivait encore, il survivait, il rampait encore à la surface de la terre. Alors, il consigna l'événement du jour dans les archives de sa mémoire. Ce matin, 1er novembre 1494, toute sa confiance s'était écroulée d'un seul coup dans la foule ignorante, au beau milieu du *Sermon sur Aggée*. Sa foi, sa très grande foi avait explosé comme un cristal fracassé. Il en voyait les éclats virevolter autour de lui, petits fantômes blancs dans le vent d'hiver alors que mille tambours frappaient le carcan de ses côtes. L'espace se contractait en un point de douleur, dans la région du sternum. Et, de là, la douleur irradiait dans tout son corps, faisant grincer ses dents, tordant ses genoux, crispant ses orteils. Son haleine formait une buée dans l'espace.

La fontaine projetait vaillamment un filet d'eau dans le bassin saumâtre. Les *fanciulli* étaient repartis en bon ordre, en procession solennelle, suivant leurs croix rouges comme on suit une étoile, en quête d'une nouvelle mission de maintien de l'ordre. Hébété, Mirandole s'étonna de voir encore des confettis immaculés tournoyer dans l'atmosphère glaciale. D'où venaient-ils ? Quelqu'un avait peut-être déchiré une vieille lettre d'amour, puis dispersé dans la rue ces précieuses reliques. Ou alors, on avait éteint le feu dans une maison, et jeté les cendres par la fenêtre. En ce début d'hiver, ces pétales miniatures ne pouvaient provenir des fleurs d'ail, qui avaient depuis longtemps délesté leur semence au bord des champs labourés.

Il s'assit sur la margelle pour examiner le phénomène. Les poussières voletaient autour de lui en scintillant. Il les suivait du regard, et elles s'évanouissaient au contact de l'eau. Non loin de là, quelques étudiants poursuivaient une discussion animée, sans remarquer les cristaux qui s'amoncelaient sur leurs bonnets et leurs capelines.

*

Dans l'après-midi, une embellie éphémère déchira le plafond de nuages. La nature continuait son office, sans faire de sermons, sans se payer de mots. Bientôt, le ciel rougirait comme tous les soirs, annonçant le grand rituel du couchant. Les sphères célestes n'avaient pas modifié leur course. Et les hommes n'avaient pas cessé d'être libres.

Non, rien n'était fixé à l'avance, rien n'était joué, contrairement à ce que prétendent les astrologues, ces imposteurs qui prennent l'avenir en otage pour engraisser leur ordinaire. Les prédictions de Savonarole n'étaient que pitoyables menteries, masques de tragédie posés devant l'ouverture infinie des possibles.

Pic dut faire un effort pour se souvenir que sa propre œuvre philosophique, à peine commencée, témoignait de cet élan vers l'inconnu, de cette liberté suprême qui n'appartient qu'à l'homme – et dont souvent il ne sait que faire.

Admirable félicité de l'homme ! Il lui est donné d'avoir ce qu'il souhaite, d'être ce qu'il veut... Qui n'admirerait l'homme, ce caméléon que nous sommes ?

Dans sa détresse, des passages de son *Discours sur la dignité de l'homme*, composé huit ans plus tôt dans la fièvre, lui revenaient en mémoire. Huit ans déjà... Les flocons passaient devant ses yeux fixes comme des étoiles filantes.

Et soudain, tout fut clair. Son devoir était tout tracé. En vérité, il n'avait pas le choix. Il devait réparer le mal qu'il avait fait. L'heure était venue d'affronter le dragon. N'était-il pas le premier fauteur de troubles ? Il ne pouvait rester les bras croisés à contempler le désastre. A lui d'empêcher le renard de bouffer les entrailles de Florence. A lui, Giovanni Pico, de déjouer la malédiction.

Il était prêt au combat, prêt au sacrifice. S'il le fallait, il avancerait poitrine nue sous la mitraille, sous les imprécations du moine, armé de son seul courage. Devant cette vision ridicule, il eut un petit rire qui ressemblait à un sanglot.

Oui, son chemin était tracé. Il avait brûlé ses vaisseaux, il lui restait à consumer son âme. Sa volonté ne jouait aucun rôle dans cet élan, dans cette décision qui allait désormais guider ses gestes, lui dicter des mots nouveaux, le mettre en péril comme jamais.

Il écarta les bras, soupira profondément, et l'air frais de novembre remplit son corps d'un souffle vivifiant, circula dans ses veines, et jusque dans la moelle de ses os. Il irait trouver Savonarole à San Marco. Ensuite, eh bien...

L'étreindre. Lui parler.

Lui ouvrir les bras, comme toujours.

Trouver le moyen de l'apaiser.
Le moyen d'éteindre les brandons.
D'étouffer l'incendie.
Lui parler d'amitié, lui parler de *Concordia.*
Lui parler d'*Euphoria*, du souriant Démocrite.
Lui représenter son erreur.
Prudemment.
Le faire rire.
Le supplier.
L'aimer.
Et, peut-être, sauver Florence.

*

Pic le savait, il était seul à pouvoir livrer ce dernier tournoi. Seul à pouvoir se faire écouter de Savonarole, à pouvoir lui tenir tête sans trembler, sans lui céder, sans le provoquer, sans l'agacer. Seul à pouvoir, peut-être, arrêter le bras vengeur, tarir le flot des paroles assassines, éteindre l'incendie. Leur amitié n'était-elle pas coulée dans le bronze, depuis leur rencontre à Ferrare, en 1479 ?

Hélas, Laurent n'était plus, et les amis d'autrefois, s'ils n'étaient pas morts ou en fuite, lui avaient déjà fait allégeance. Le grand Botticelli lui-même, disait-on, se flagellait sur la place publique ; il avait promis à Savonarole de réformer sa manière de peindre pour s'abîmer dans la contemplation du Christ.

Non, l'enjeu n'était plus, comme autrefois, celui d'une simple joute oratoire. Il s'agissait cette fois d'une lutte à mort, dictée par l'extrême urgence. Et sans doute vouée à l'échec.

« Qui suis-je, se demanda-t-il avec effroi, pour vouloir arrêter un torrent de lave avec mes paroles nues ? Que pèse un livre, face à l'incendie ? »

Il était trop tard, les jeux étaient faits. Jamais Savonarole ne reviendrait en arrière…

« Et pourtant, oui, je dois aller le voir… Le raisonner… Le calmer… Le convaincre… Ne l'ai-je pas aidé, autrefois ? Ne lui ai-je pas moi-même fourni cette formidable tribune ? N'étions-nous pas comme des frères ? Je l'obligerai à m'écouter, oui, il m'écoutera, il renoncera à enflammer ce bûcher… Non, l'incendie n'aura pas lieu… »

Il ne pouvait s'empêcher d'espérer. Pourtant, il aurait préféré ne jamais revoir Savonarole. Échapper pour toujours à ce mélange de tendresse, d'admiration, de compassion, de dérision et de terreur, à cette inextricable confusion des sentiments que la présence du prédicateur provoquait en lui. Il rêva de s'enfuir, d'esquiver, de retourner à Fiesole, de s'allonger dans les vignes du Mugello, de galoper jusqu'à Careggi, de rejoindre son Émilie natale, de se réfugier dans le giron d'Elena…

Il resta longtemps ainsi, assis sur la margelle. Il jouait avec une branche d'arbre qui semblait se casser quand il la plongeait dans l'eau. Une main se posa sur son épaule.

CHAPITRE 5

Une promenade en carrosse

« Giovanni Pico, quelle bonne surprise ! C'est bien toi, mon ami ? »

Au son de cette voix familière, Pic se retourne, relève la tête. C'est Girolamo Benivieni, un compagnon de l'Académie platonicienne. Depuis deux ans, avec une humble fierté, Benivieni porte l'habit des frères prêcheurs. Il est devenu l'un des plus prestigieux disciples de Savonarole.

« Ah, Girolamo ! »

Pic se lève, les jambes flageolantes. Ils s'étreignent douloureusement.

« Comme tu as maigri ! » dit enfin Mirandole, en le regardant avec surprise.

Il se souvenait d'un quadragénaire florissant, il retrouve un ermite aux traits acérés, front quadrillé, regard pâli par les macérations.

« J'ai renoncé au superflu... Mais toi aussi, tu as maigri... Mon frère... »

De nouveau, ils tombent dans les bras l'un de l'autre, retardant le moment de parler.

« Quand je pense que c'est toi qui m'as, le premier, fait goûter les beautés de cette ville... », dit Pic avec tendresse.

Ils se tiennent par les épaules, face à face, les yeux dans les yeux, et chacun cherche sur les traits de l'autre les reflets de l'Histoire en marche.

« Te souviens-tu de l'époque où je te demandais de faire l'aumône à ma place ? demande-t-il encore.

– Si je m'en souviens ! dit Benivieni en riant, un éclair au fond de l'œil. A Fratta ! Tu voulais faire l'aumône en secret, comme les Justes cachés de la tradition juive... Tu me donnais des bourses pleines de ducats, pour les mendiants... Pourtant, tu hésitais encore à te consacrer à la foi rénovée...

– Ne te moque pas, je me suis finalement engagé sur ce chemin-là. Tu sais que j'ai donné ma fortune...

– ... à ton neveu Jean-François et à l'orphelinat de Santa Maria Nuova, oui, je le sais, je l'ai appris par la bouche même de Savonarole, que la Sainte Vierge le protège, et je sais aussi que ton secrétaire Casalmaggiore a eu sa part de tes libéralités... Ainsi tu es des nôtres maintenant, enfin presque... Il ne reste que l'habit...

– Je le sais, on me l'a assez dit, il ne me reste qu'à rejoindre l'ordre des dominicains... Mais crois-tu vraiment que l'habit puisse faire le moine ?

– Tu y viendras quand tu entendras l'appel, mon ami, ces choses-là ne se forcent pas... Mais, dis-moi, as-tu écouté le *Sermon sur Aggée*, ce matin ? C'était beau, n'est-ce pas ? Beau à trembler, beau à mourir...

– C'était beau, oui, mais... »

Pic se tait, hésitant. Doit-il confier à Benivieni son désarroi ? A-t-il le droit de troubler sa tranquille sérénité, de jeter du venin dans son humble brouet ?

« Je te vois indécis, mon ami. Dis-moi ce qui te tracasse... »

Avec une grande douceur, Benivieni lui serre les épaules, fort, puis le lâche et détourne le regard du sien, discrètement, pour le laisser réfléchir en paix.

Pic suit du regard les carrioles qui traversent la place en oblique. Les étudiants se sont dispersés. Une fine couche de blanc se dépose sur les pavés. Cheveux de jais, panier sur la hanche, une paysanne attend ses enfants à l'entrée de la via dei Servi. De loin, Giovanni la trouve royale.

Benivieni s'est éloigné de quelques pas en poussant un caillou du pied. Mais quoi ? Faire confiance à ce *piagnone*, lui confier ses états d'âme, ses hésitations, son grand projet ? Dévoiler ses cartes sous le regard de l'adversaire, avant même d'engager le combat ?

« J'éprouve quelques doutes, il est vrai... », commence Pic, et de nouveau il se tait, le regard flou.

Fermement, Benivieni le saisit par le bras et l'entraîne.

« Viens, marchons, ce sera plus facile en cheminant...

– Ne crois surtout pas que j'aie l'intention de me confesser en plein air », ironise Pic, mais il ne trouve pas en lui l'énergie du refus, et déplie son grand corps, étonné d'être si docile.

Ses muscles répondent encore, il n'est pas attaché à cette fontaine, il parvient à marcher. Il suit son ami, comme autrefois, dans les ruelles.

« C'était jour de fête quand nous nous sommes rencontrés, en l'an de grâce 1479, remarque Pic.

– Oui, nos cœurs étaient joyeux, l'avenir avait les belles couleurs factices de l'illusion et de la prospérité...

– Je me souviens surtout de notre désir de connaître... De tout connaître...

– Mais nous vivions dans un luxe éhonté ! Quand je pense à tous ces pauvres gens dont nous avons profité... A tous ces esclaves que nous avons exploités pour mieux jouir de nos camées, de nos esquisses, de nos nectars, de nos marbres de Carrare...

– Oui, tu dis vrai, nous sommes tous responsables du désastre. Nous, je veux dire les Académiciens de Florence, nous avons vécu dans un rêve, les yeux grands fermés, insouciants, épris d'art, de beauté, de volupté...

– Oui, nous étions imbus de notre culture raffinée, alors que tant de miséreux... »

Au croisement de la via degli Alfani et de la via della Pergola, ils passent devant un ex-voto illuminé représentant la Vierge et les saints. Un petit groupe frileux est rassemblé là, mains jointes, têtes baissées, murmurant des prières.

« Tu te souviens ? Le premier jour, nous étions passés par la via Giotto, tu voulais me montrer Santa Croce, cette splendeur... Puis nous avons dîné dans ta somptueuse demeure...

– N'exagère pas, tu as toujours eu cette tendance... Non, ma demeure n'était pas riche, ma fortune était modeste...

Mais c'était une maison ouverte, où chacun devait trouver son bonheur, sans crainte de gêner les autres… »

La manne des souvenirs se tarit, ils se taisent, marchent dans Florence, leurs enjambées s'accordent, leurs regards s'évitent. Les flocons se raréfient, une lueur grise leur succède. Au bord de l'Arno, le moine et le philosophe s'accoudent au parapet. Sur l'autre rive, des torches s'allument devant les palais, traçant des colliers lumineux dans l'obscur. Sous la balustrade, sur une petite pelouse en contrebas, deux chiens jaunes se font face en grondant. Non loin de là, à l'entrée du ponte Vecchio, on devine des allées et venues, des mouvements de troupes, des lances dressées.

« Il ne manque plus que la peste, dans cette malheureuse ville qui attend d'être conquise, remarque Mirandole.

– Bah, le Seigneur pourvoira au destin de Florence… Mais dis-moi ce qui pèse sur ton cœur, crois-moi, je peux tout entendre…

– Tu sais que frère Jérôme ordonne de brûler les livres scélérats…

– Ah, c'est donc ça, lance Benivieni, soulagé, et il se redresse en éclatant de rire. Bien sûr ! Je m'en doutais… Pour toi, les livres sont sacrés… Méfie-toi de l'idolâtrie, mon ami, elle peut prendre de multiples formes…

– Mais qui va faire le tri ? » demande Giovanni, les yeux rivés sur le ruban glauque du fleuve, et tout d'un coup il est submergé par une émotion imprévue, un sanglot qui vient de loin, de très loin, du long couloir de la Mirandole, pieds nus il court, il court de plus en plus vite, la joie le soulève du sol à chaque pas, Bolsoni le suit du regard par la fenêtre, il passe devant les trophées de son père, têtes coupées, sa nourrice l'appelle, il n'a pas le temps, il rit, il court, il court sous les frondaisons, *Mamma, ça y est, je sais lire !*

« Mais ne t'inquiète donc pas comme ça ! lance Benivieni. Parmi les livres promis au feu, Savonarole n'a cité que le *Morgante* de Luigi Pulci. Tu ne vas tout de même pas défendre une œuvre aussi scandaleuse, une apologie de la volupté !

– Il est vrai que ce vieux Luigi ne lésinait pas sur les détails quand il racontait les amours de ses chevaliers, dit Pic avec un sourire amusé. Mais je t'assure, il n'y a rien d'offensant dans sa prose. Un certain sens du carnaval, peut-être… Une sorte de religion de l'amour humain… Et une réelle grandeur spirituelle… Je vais te dire le fond de ma pensée : je pense que seul le Seigneur peut séparer le bon grain de l'ivraie. Qui sommes-nous, pauvres humains, pour faire le tri entre les bons et les mauvais livres ?

– Ton problème, Giovanni, c'est que tu prends ces déclarations à la lettre. L'essentiel n'est pas là où tu le places, dans un détail sans importance. Frère Jérôme n'est pas un homme comme les autres. C'est un grand mystique, un saint homme. Quand il parle de brûler les livres, c'est au sens symbolique, alchimique…

– J'espère que tu dis vrai, Girolamo, je l'espère de tout mon cœur.

– Savonarole est un homme d'emphase, un orateur fougueux. Il y a en lui une rage, une colère sacrée… Mais tu dois savoir que ses paroles dépassent parfois sa pensée…

– Mais toi, Girolamo, accepterais-tu que l'on brûle ta sublime *Canzone d'amore* ? Le plus grand poème de notre époque… »

Benivieni s'accoude de nouveau sur le parapet, la tête dans les mains, on dirait qu'il va pleurer, il se retient, il se mord la lèvre inférieure. Dans un élan, Giovanni lui entoure les épaules.

« Pardon, ma question est cruelle… Ah, nous avons bien changé, autrefois nous parlions d'amour…

– Il n'y a aucun risque, la *Canzone d'amore* a été imprimée par Salviati en trente exemplaires…, lâche Benivieni faiblement.

– Mais imagine qu'un seul exemplaire soit brûlé, lentement, délicatement, page par page, puis plus vite, à grandes brassées de feuilles volantes lâchées au-dessus des flammes… Pourrais-tu regarder ce spectacle sans hurler ? Non, je t'assure, notre cher Jérôme va trop loin, ses errements sont tragiques, il appelle le désastre, non la rédemption… »

Girolamo Benivieni se redresse, piqué au vif. Il regrette déjà son moment de faiblesse. Du bout des doigts, il brosse ses épaules et quelques flocons s'envolent. Puis il plante ses yeux dans les yeux de Pic. Un regard sec, inquisiteur.

« Prince, pardonnez-moi, mais vos paroles dépassent votre pensée, vous n'êtes pas dans votre état normal. Quoi qu'il en soit, étant donné l'habit que je porte désormais, et que j'ai librement choisi, je ne saurais vous suivre sur ce terrain. Votre indécision m'étonne d'autant plus que vous connaissez frère Jérôme mieux que personne, et mille fois mieux que moi ! N'étiez-vous pas amis d'enfance ?

– Non d'enfance mais de jeunesse, oui, amis, frères, adversaires, tout cela… Je l'ai admiré de façon presque inhumaine… Et j'ai fait de mon mieux pour l'aider… pour lui fournir de nouvelles tribunes, pour faire résonner haut et fort son message… Mais maintenant… L'Apocalypse qu'il annonce, il la souhaite, il l'appelle, il la désire plus que tout, plus que le paradis. Et déjà, puisque l'Histoire est complice, il ne se contente plus du pouvoir des mots…

– Mais j'y songe, n'est-ce pas grâce à toi qu'il est venu à Florence ?

– A vrai dire, c'est surtout grâce à Laurent…

– Ah, notre cher Magnifique… Lui aussi serait des nôtres aujourd'hui…

– Peut-être, beaucoup le pensent en tout cas…

– N'a-t-il pas rendu l'âme dans les bras de Jérôme, après lui avoir parlé en confession ?

– Je sais, mon ami, j'y étais… Pourtant, je ne saurais dire ce qui s'est réellement passé dans le secret de son cœur…

– Il avait une immense admiration pour Savonarole…

– Oui, mais il s'inquiétait aussi de son emprise croissante sur ses concitoyens, et il détestait ses manières…

– Un Médicis peut-il aimer les manières d'un pauvre moine rugueux et couvert de poussière ? Et, à l'heure ultime, que sont ces vétilles ? Les manières de frère Jérôme, que la

Sainte Vierge le protège, sont les manières de ceux qu'il incarne, les manières du *popolo magro*, les manières des miséreux, des lépreux, des pestiférés, des persécutés...

– Tu as raison, sa haine de l'injustice m'a bouleversé...

– Qui d'autre a le courage de dire haut et fort ce que tous pensent secrètement ? Non, Giovanni, tu fais fausse route, je t'assure. Le combat de Savonarole est celui des premiers chrétiens, celui de la pureté de la foi, il passe par des sacrifices, des austérités...

– Je connais la chanson, dit Pic, il m'a raconté toutes les étapes de son chemin de croix, il a nettoyé les latrines pendant sept ans chez les dominicains de Bologne, sans se plaindre...

– ... il ne mange que du pain sec, une fois que les mendiants sont servis, et porte un cilice qui le fait atrocement souffrir. Il dort sur une planche de bois, sans couverture. Il refuse de se déplacer en voiture et de porter des chaussures, même en plein hiver... »

C'est au tour de Pic de se redresser. Un régiment de cavalerie débouche de la via del Oro et se dirige vers le pont. En passant, botté, sanglé de vert, l'officier lance un regard méfiant aux deux hommes. Par les temps qui courent, le complot est partout. Pic soutient son regard, puis se retourne vers le miroitement apaisant du grand ruban liquide. Il plisse les paupières.

« C'est vrai, Savonarole refuse de monter en voiture depuis l'âge de dix-sept ans, depuis qu'il est entré dans l'ordre de saint Dominique... Il a les pieds couturés de cicatrices, chacun peut le constater... Pourtant, je me souviens de l'avoir une fois, une seule fois, invité à monter dans mon carrosse... Je ne le connaissais que depuis quelques jours, et j'ignorais encore la teneur de ses vœux, sinon je n'aurais jamais osé... Mais il n'a pas refusé... Étonnant, tu ne trouves pas ? »

Benivieni hoche lentement la tête, suspendu à ces paroles dangereuses.

« En fait, il a accepté tout de suite, il ne s'est même pas fait prier... C'est drôle, je n'avais jamais repensé à cet épisode étrange… Ni lui ni moi n'en avons jamais reparlé… Pas la moindre allusion, pendant quinze ans… »

Sans mot dire, les yeux rivés sur l'eau noire, Benivieni l'écoute avec méfiance, tandis que Pic, en tâtonnant, visite les bas-fonds sinueux de sa mémoire.

« Nous avons fait un bout de chemin ensemble en voiture, jusqu'aux portes de la ville… Il est resté silencieux pendant le trajet, les mains posées à plat sur les genoux… Il n'a pas voulu être déposé à son couvent, sans doute de peur d'être vu… C'était à Ferrare je crois, à moins que… Si, à Ferrare, à peine quelques jours après notre première rencontre, à Ferrare, en 1479, le lendemain de ma joute avec Nogarola, le surlendemain peut-être…

– Il n'aura pas voulu te blesser en refusant ton offre…

– Tu crois qu'il aurait accepté pour me faire plaisir, vraiment ? Par simple courtoisie ? Un homme aussi entier ? Il faut un puissant motif, ne penses-tu pas, pour amener un moine comme Savonarole à renier ses vœux…

– J'imagine qu'il a dû se flageller sévèrement ce soir-là, et passer la nuit à genoux dans sa cellule…, murmure gravement Benivieni.

– Oui, et cela d'autant plus que je n'étais pas seul ce jour-là, il y avait avec moi, dans ce carrosse, une femme, une amie… »

Un long silence obscur s'installe entre eux. Puis Benivieni, d'une voix étouffée, murmure :

« Surtout, ne m'en dis pas plus… Chaque homme a ses faiblesses… Savonarole, comme nous tous, est fait de chair et de sang… Non, je ne veux plus rien entendre… », dit Benivieni d'une voix étouffée, le regard rivé sur l'eau noire.

Et Pic se tait, en effet, tandis que le souvenir se lève en lui comme une boule de feu à l'horizon du passé.

Les rues animées de Ferrare, la piazza del Mercato… Ce profil têtu dans l'ombre du carrosse, ce regard perdu… Cette longue tresse brune nouée à la tempe, serpentine, dévalant jusqu'au creux des hanches… cette capuche garance… Laodomia Strozzi, oui, Laodomia… une jeune Ferraraise sensuelle et cultivée, aux élans mystiques, aux habitudes mondaines… En voyant les grands pieds sales du moine dans la voiture, Giovanni s'était mis à rire comme un fou, comme un enfant… Heureux, tout simplement, de rendre service à ce grand homme… Et peut-être secrètement fier (comment ne pas l'être à seize ans ?) de se montrer en compagnie d'une si élégante demoiselle… Mal à l'aise, en sueur, Savonarole s'était assis en ramenant les plis de sa bure autour de ses jambes, comme pour cacher une odeur.

« Il m'a semblé très vieux ce jour-là… Pourtant, il n'avait que dix ans de plus que moi… »

En vérité, Savonarole ressemblait à un barbon de comédie. D'une voix rauque, il avait grommelé une banalité mondaine. Laodomia lui avait lancé un regard surprenant, un regard tranchant, un regard noir. Puis elle s'était détournée ostensiblement et s'était absorbée dans le spectacle de la rue.

Choqué par cette attitude, Giovanni n'avait jamais pris le temps d'y réfléchir. Laodomia n'avait été pour lui qu'une conquête locale, une de ces admiratrices qui naissaient partout dans son sillage. Avec une détermination farouche, elle avait livré un assaut à ses seize ans, et il lui vouait cette gratitude qu'un homme ressent toute sa vie en évoquant ses premières expériences. De cette promenade en carrosse, il gardait surtout le souvenir d'avoir vu de près un homme qu'il admirait. Mais il avait été un peu déçu car Savonarole n'avait pas desserré les dents. Giovanni avait été seul à bavarder dans cette voiture, seul à disserter savamment sur Averroès et saint Thomas… « Il y a tant de choses dont j'aimerais débattre avec vous ! » avait-il déclaré avec ferveur. Mais Savonarole n'avait répondu que par grognements et onomatopées.

A l'aplomb du grand fleuve, appelé par l'horizon noirci, un silence précaire descend sur l'Arno. Chevauchant sa boule de cristal, la lune s'est enfin levée, mince quartier d'infini reflété dans les eaux boueuses. Pendant la trêve de cette nuit sans pardon, Florence cuve sa rage.

CHAPITRE 6

Les larmes de Fra Angelico

Une heure plus tard, pâle et vacillant, Pic de la Mirandole se retrouva seul devant le portail du couvent de San Marco. Il se félicita d'avoir réussi à tenir sa langue et d'avoir pris congé de Benivieni sans lui dire pourquoi il tenait tant à rencontrer Savonarole le soir même. Heureusement, il n'avait pas confessé l'étendue de sa désertion. Peut-être avait-il fait naître quelques soupçons dans son esprit ? Bah, mieux valait ne plus y penser.

Au moins, ses jambes l'avaient-elles porté jusque-là. Derrière lui, un mendiant faisait entendre une mélopée agaçante. Pic sortit un ducat de sa bourse et le lui tendit, espérant en retour une bénédiction qui ne vint pas.

Il s'exhorta au courage, se résolut à frapper. Le judas s'entrouvrit. Un petit moine sans sourcils dévisagea le jeune homme d'un regard méfiant, lui fit signe d'attendre, disparut, puis revint aussitôt avec un vicaire affable et grandiloquent.

« Prince, c'est donc vous ! Oui, je vous reconnais, qui ne vous connaît pas ? Le fameux théologien Pic de la Mirandole ! Quel honneur, ou plutôt, quel bonheur ! Entrez donc ! Vous êtes toujours le bienvenu à San Marco ! Hélas, frère Jérôme n'est pas encore rentré, il ne devrait pas tarder. Il a été appelé au chevet d'une agonisante… Vous le savez mieux que personne, n'est-ce pas ? Frère Jérôme ne ménage pas sa peine, dès qu'il s'agit de sauver une âme, et s'ils le pouvaient, les mourants se disputeraient le privilège de sa présence… »

Le vicaire observa un pieux silence. Puis il reprit avec enthousiasme :

« Il sera heureux de vous retrouver après cette longue journée. Vous étiez présent ce matin, bien sûr ? N'était-ce pas magnifique, pour ne pas dire divin ? La cathédrale vibrait… Son plus beau sermon, si vous voulez mon avis.

– Un sermon qui restera dans l'Histoire, sans aucun doute…, murmura Pic.

– Vous êtes venu le féliciter, vous avez bien fait, c'est signe d'un grand cœur. Frère Jérôme vous appelle souvent le prince de Concordia, et je comprends aujourd'hui pourquoi… Il m'a dit que vous alliez bientôt revêtir l'habit de notre ordre, et nous savons que ses prédictions se réalisent toujours, n'est-ce pas ? »

Il regarda Pic d'un air attendri et poursuivit.

« L'heure est grave et Savonarole a besoin de notre aide, de notre humble obéissance. Nous devons compter nos forces, le soutenir, l'encourager, surtout par les temps qui courent… Car son œuvre ne fait que commencer, et son heure viendra… Mais je bavarde, et vous avez l'air bien fatigué après cette longue journée. Voulez-vous l'attendre ? Si vous le souhaitez, vous pouvez patienter dans la bibliothèque. Ou, mieux, Fra Stefano va vous installer dans la cellule du signor Côme, vous y retrouverez des souvenirs et vous serez bien au chaud, près du poêle… »

Non, il ne voulait pas attendre, il y avait urgence. Le devoir le tenaillait, il voulait agir dans l'instant… On prit son silence pour un assentiment. Le moinillon farfouilla dans sa robe blanche pour en extraire un trousseau de clefs.

« Si le signor Pico veut bien me suivre… »

On referma le portail. En longeant le couloir, le visiteur croisa un troupeau de novices dont les pieds nus glissaient sur le carrelage. Ils semblaient fascinés par ses chausses montantes. Pic de la Mirandole avait grande allure, il est vrai, dans sa tenue de gentilhomme campagnard, d'une élégance à la fois discrète et martiale. Sa haute taille en imposait. Son visage à peine flétri – il n'avait que trente et un ans – avait gardé cette splendeur altière que les Florentins comparaient, autrefois, à celle des statues d'Apollon repêchées dans le port d'Ancône. Ses cheveux châtains, surmontés de sa fameuse toque rouge, flottaient librement sur ses épaules.

Sous l'emprise de la nécessité, au cours de ses voyages, il avait appris à entretenir sans l'aide de Casalmaggiore les chemises blanches à manches bouffantes dont il avait contribué à répandre la mode. En ces temps d'austérité, il avait renoncé à porter les insignes de sa caste, notamment la longue chaîne en or, héritée de son père, à laquelle était suspendu le blason des Mirandole : mais en lui le sang guerrier de ses ancêtres n'était pas tari. Lion il était, lion il demeurait, face au dragon, prêt à l'assaut, et, sur l'échiquier, il saurait pousser son avantage.

« Fra Stefano, pour vous servir... » Tout en trottinant, le petit moine ne cessait de s'excuser de ne pas accueillir avec assez d'égards le camarade de frère Jérôme.

« Telle est pour lui ma seule identité, mon seul droit à l'existence », songea Pic avec une amertume qui le surprit. Est-ce ainsi que les générations suivantes se souviendraient de lui ? *Pic de la Mirandole, tardivement acquis à la foi rénovée, ami de toujours du grand Savonarole, fidèle compagnon de route de la révolution en marche...*

Atteint d'une jeunesse maladive, Fra Stefano avait les joues pâles, un début de moustache noire et piquante, une tonsure peu soignée, une allure fuyante, un regard servile et chafouin, et les épaules contractées. Il secouait en cadence le trousseau de clefs et répandait une odeur d'encaustique. Mirandole était particulièrement frappé par son absence de sourcils qui lui donnait l'expression ébahie d'une poupée de cire. Il s'étonna que l'exigeant Savonarole fût servi par des êtres aussi peu consistants.

Il se réjouissait d'attendre le maître des lieux dans la cellule de Côme, au fond du couloir du premier étage, à droite de l'escalier, la seule cellule à être équipée d'un poêle et dotée d'une antichambre séparée par trois petites marches. Quand l'architecte Michelozzo avait reconstruit l'église et le couvent de San Marco sous le regard attentif de Côme, il avait consacré un soin tout particulier à cet espace destiné à son maître. D'une manière générale, les cellules de San Marco étaient spacieuses, trois fois plus grandes que celles du couvent des franciscains, à Fiesole, où Pic avait séjourné dans la cellule de san Bernardino. L'ensemble témoignait d'un subtil arbitrage entre grandeur et austérité.

C'était l'une des ironies de cette époque troublée : le couvent de San Marco, aujourd'hui fief et quartier général de Savonarole, avait d'abord été l'une des créations les plus remarquables de la famille Médicis.

« Côme et Laurent se sont toujours sentis ici chez eux, et pour cause », songea Mirandole en gravissant l'escalier derrière son guide. C'est Côme, dès le début de son règne, qui avait retiré le prieuré de San Marco aux frères sylvestrins pour le confier aux frères prêcheurs, disciples de saint Dominique. Ainsi, c'était finalement grâce au vieux Côme que Savonarole avait pu greffer ses racines dans l'humus accueillant de la Cité des Fleurs – et contribuer à la chute de sa lignée.

Le cloître et les cellules de San Marco avaient été décorés de la manière la plus sublime par les fresques du moine Angelico. Selon la légende, Fra Giovanni da Fiesole, nommé Fra Angelico pour sa piété légendaire, ne prenait jamais son pinceau avant d'avoir longuement prié.

« Chaque fois qu'il peignait la croix, Fra Angelico versait des torrents de larmes », dit Fra Stefano aimablement, en passant devant une Descente de croix au ciel tourmenté.

Il souleva un peu son aube pour gravir les marches, laissant voir ses pieds nus protégés par une corne épaisse, sillonnée de craquclures, à l'image des pieds de son maître. Il tenait à la main une très grande clef, ornée du chiffre 39 et d'une fleur de lys gravée, symbole de Florence. Ils traversèrent l'antichambre vers la cellule de Côme, la retraite austère où le vieux souverain eût tant aimé finir ses jours.

Dès que la porte s'ouvrit, un festin de couleurs descendit sur eux comme une caresse. Fra Angelico avait orné la cellule d'une fresque immense et solennelle, en demi-lune, qui répandait dans la pièce une harmonie sacrée. Des hommes étaient là, installés hors du temps, de tous âges et de toutes conditions, venus des confins du monde connu, formant une immense procession au pied d'une montagne désertique, qui les éclairait de ses ocres fuligineux. Les pèlerins attendaient leur tour avant de pénétrer dans l'étable pour se prosterner devant l'Enfant Jésus et la Vierge Marie.

Deux d'entre eux, les derniers arrivés, montés sur des chevaux à peine suggérés dont les fronts se touchaient, semblaient chercher encore dans le lointain l'Étoile qui les avait guidés jusque-là et qui avait disparu dans la clarté du matin. Certains semblaient des marchands et devisaient tranquillement. Leurs postures étaient pleines de dignité. Des couvre-chefs aux doux coloris et aux formes variées surmontaient des visages barbus, des profils exotiques. Un Oriental tournait le dos au spectateur, exhibant une longue natte blonde qui lui descendait au creux des reins.

C'était l'Adoration des Mages.

Parmi eux, au centre du panneau, le grand Côme de Médicis, porteur d'une missive et d'un astrolabe, auréolé de sa fonction de premier citoyen, était lui aussi témoin de la Révélation. Mirandole le reconnut à son chapeau rouge et à son costume florentin, mais aussi à une subtile ressemblance qui rappelait les traits un peu écrasés de son petit-fils Laurent, paix à son âme.

Il s'interrogea sur le vieillard enturbanné qui précédait Côme dans la file d'attente des pèlerins. Qui donc Angelico avait-il placé là, à cette place honorifique ? Il reconnut alors, avec un sursaut d'étonnement, celui dont la sagesse avait orienté sa vie, le vénérable Hermès Trismégiste dont il avait découvert les écrits grâce à Ernesto Bolsoni. C'était bien son visage noble, porteur d'une longue barbe blanche, ce front pensif couronné d'un turban, cette toge sobrement drapée. Mirandole s'approcha et sourit en pensant à sa célèbre devise : *Relevez vos lettres et vos lois, ô Égyptiens !*

Plus que jamais, les préceptes des Anciens s'appliquaient à la Florence d'aujourd'hui.

Devant eux, les rois Mages approchaient de la Madone assise de biais, adossée à un mur. L'Enfant, légèrement posé sur son genou gauche, soutenu d'une seule main, semblait flotter au-dessus du sol grâce à la force miraculeuse de l'illusion picturale.

Le premier des rois s'était déjà prosterné devant la Mère et l'Enfant. Ce grand vieillard avait humblement posé sa couronne sur le sol et se relevait avec peine, juste assez pour approcher une main adorante du pied menu de l'Enfant. On devinait, grâce au drapé de sa toge, la dureté de la pierre sous son genou alors qu'il se courbait infiniment vers le miracle, avec une souplesse irréelle, les poils follets de sa barbe effleurant le sol…

Tandis que Pic se perdait en contemplation, Fra Stefano avait allumé le poêle.

« Frère Jérôme rentrera peut-être très tard dans la nuit, peut-être seulement demain… Si vous avez faim, vous pouvez descendre au réfectoire. Il y a toujours un bol de bouillie et des noisettes fraîches pour les visiteurs. »

Au loin, une petite clochette appelait les enfants de l'orphelinat de Santa Maria Nuova à regagner leurs grabats. Fra Stefano referma doucement la porte, laissant le philosophe sous la protection des Mages.

CHAPITRE 7

L'homme-caméléon

Pic de la Mirandole enleva son manteau humide, s'allongea sur la couchette. Il tremblait de tous ses membres, il lui semblait qu'il n'avait jamais eu aussi froid. Même dans la neige boueuse des Alpes, quand il fuyait les sbires du pape. Aux aguets, il se releva aussitôt, mais n'entendit aucun bruit dans l'immense bâtisse. Il s'assit sur le rebord de la couchette, la tête dans les mains, les coudes sur les genoux.

Malgré sa détresse, il avait vécu tout à l'heure un instant de joie pure en traversant le jardin de San Marco. La gloire généreuse de l'automne s'attardait ici, à l'orée d'un hiver si funeste. Un envol de moineaux dessinait sur le ciel des glissades argentées. Un mimosa tardif exhalait son parfum sous les branches du grand cèdre planté de ses propres mains par Côme, le jour de la naissance de son petit-fils Laurent. Sur la pelouse, comme autrefois, gisaient en désordre des miettes d'Antiquité – les fragments d'une colonnade antique, le bras d'un Apollon, une Athéna brisée, un chapiteau ébréché.

A l'intérieur des hauts murs de San Marco, les tumultes de la rue n'étaient plus qu'une rumeur lointaine. Dans le poêle, le foyer ronfla, propageant sa chaleur invisible.

Ils avaient tant aimé ce jardin, eux, les fiers Académiciens de Florence... Giovanni crut entendre des voix éteintes, distinguer les ombres furtives de ses amis disparus. *Elya Del Medigo*, *Agnolo Poliziano*, *Ermolao Barbaro*, *Laurent de Médicis*... Leur absence était une réalité qu'il ne pouvait saisir. Une corde enflammée qui lui serrait la gorge. Il n'y avait pas de réponse à cette douleur.

Il gémit de sa faiblesse. Que deviendrait-il désormais, sans eux, sans leur sévère indulgence ? Saurait-il ajuster sa conduite aux sages préceptes de la raison ? Aurait-il la force de garder les yeux ouverts dans la tourmente ? De voir venir l'estocade pour mieux la parer ? De résister à la persuasion, à la menace, à la séduction des vaines promesses ? Aurait-il la fermeté, la constance nécessaires pour tenir le cap qu'il s'était fixé ?

Pic avait des raisons de se méfier de sa propension à faire éclater le noyau de son être. Trop souvent, il s'était laissé dérouter par ses folies, ses engouements. Trop souvent, il avait obéi à ses impulsions. Trop souvent, il avait présumé de ses forces, parié sur la docilité du monde. Chaque fois, le châtiment avait été terrible. En forçant Marguerite à le suivre sur la route de Sienne, il avait perdu son amour à jamais, il avait perdu l'Amour. Et dix-huit braves avaient payé de leur vie ce caprice insensé. Quelques mois plus tard, comme s'il n'avait rien appris, Giovanni avait recommencé. Sans s'arrêter, sans reprendre pied sur la terre ferme, il avait largué les amarres pour voguer… de Charybde en Scylla. Il avait voulu attirer l'attention des lettrés de la Péninsule, les obliger à débattre avec lui dans la Ville éternelle. Il avait perdu son Eurydice et il avait plongé dans le chaudron du diable, dans les imbroglios du Vatican…

Bref, il avait perdu son honneur et mis en péril ce qu'il avait de plus cher, sa liberté, sa dignité. Il n'était plus qu'une plante sans ombre, un arbre aux racines coupées.

Avait-il au moins conquis, à la faveur de ces drames, la maîtrise de lui-même ? Il aurait bientôt la réponse.

En attendant, il apostrophait des ombres.

Depuis la mort du Magnifique, l'Histoire s'était emballée comme un cheval fou. En deux ans, l'Italie s'est retrouvée au bord de l'abîme. Charles VIII s'apprêtait à marcher sur Florence ! Giovanni l'avait rencontré peu avant le début de son règne, à Paris. Pendant un semestre, ils avaient assisté à des conférences sur la pensée de Nicolas de Cuse. Giovanni l'avait revu trois ans plus tard, quand Charles VIII était venu lui rendre visite dans sa geôle de Vincennes. Comment ce jeune roi, si avenant, si modeste, si aimable malgré sa laideur, avait-il pu devenir l'Envoyé du Seigneur, le démon de l'Apocalypse ? Les Florentins aujourd'hui, comme les Lombards et les Pisans, faisaient le signe de la croix en prononçant son nom.

« Comme le dit Fra Stefano, les prédictions de Savonarole se réalisent toujours ! »

Pic se cacha le visage dans les mains. Le feu crépitait, préparant de nouvelles flammèches.

La malédiction était sur lui. Par excès de zèle, il s'était fourvoyé en tout. Il avait détruit *Concordia*, croyant mieux la servir. Comment avait-il pu s'égarer ainsi, jusqu'à oublier les antiques sagesses, se ranger derrière une bannière unique, se soumettre à une influence qui excluait toutes les autres ? Comment avait-il pu choisir une seule couleur ?

« J'ai été ensorcelé… »

Son égarement, il est vrai, n'avait duré que quelques semaines ; mais des semaines décisives pour toute l'Italie, pour toute la Chrétienté.

« Quarante-trois jours, très exactement, oui, depuis le solstice d'été… »

Depuis le 21 septembre, jour du *Sermon sur le Déluge*, il avait abdiqué sa royauté d'homme libre. Ce jour-là, avec une puissante douceur, Savonarole avait annoncé la fin des temps. *Je vais conduire les eaux du Déluge sur la terre !* Et dans la foule, comme les autres, Pic de la Mirandole avait levé les yeux, s'attendant à voir les eaux célestes déferler sur les fidèles, inonder la cathédrale.

Non loin de là, adossé à un pilier, vêtu de sa blouse d'apprenti, le jeune Michelangelo Buonarroti, un élève de Bertoldo, s'était retourné pour lui lancer un regard effrayé, cherchant un signe de connivence, mais Pic lui avait bêtement souri d'un air extatique.

« Qu'a-t-il dû penser de moi ? »

On disait que Buonarroti s'était enfui pour Rome l'après-midi même, et qu'il ne reviendrait pas de sitôt à Florence.

Un philosophe digne de ce nom ne pouvait oublier toute mesure, au point de croire à des sornettes, bonnes pour les paysans et les nourrices. Il avait choisi la réponse, au détriment de la question ; la satisfaction, au lieu de l'inquiétude. Il avait cru pouvoir interrompre le cours de ses pensées. Il avait choisi l'obéissance, la sécurité, l'illusion. Comme si l'on arrêtait de respirer, comme si l'on pouvait décider de dormir sans rêver, il s'était rangé dans l'armée des inquisiteurs.

Qu'auraient dit ses maîtres, Guarini, Alberti, Mithridate, s'ils l'avaient vu déraisonner ainsi ? Lui, l'homme-caméléon qui n'avait cessé de naviguer entre les écueils des doctrines contradictoires. Lui, l'enfant chéri des scolastiques mais aussi des platoniciens, des averroïstes et des péripatéticiens. Lui, qui avait su compléter l'Égypte par la Grèce et le christianisme par les doctrines orientales, lui qui avait lu Augustin à la lumière de Zoroastre et Plotin à la lumière d'Aboulafia. Lui, qui avait réuni Moïse, Pythagore, Hermès Trismégiste, et qui rêvait de réconcilier Aristote et Platon, la philosophie et la religion…

Nos pensées sont-elles donc si légères qu'elles puissent s'envoler à la première bourrasque ? Sa plume, qui l'avait si vaillamment servi, n'avait-elle donc rien construit que des mirages éphémères ?

Non, l'homme n'était pas seulement ce misérable pécheur que dénonçait Savonarole, mais un miracle, qui les valait tous ! *Le seul être dans lequel le Créateur ait déposé les germes de toute espèce de vie. Le seul qui ait le privilège de se façonner lui-même, de devenir ange ou bête selon son caprice…* Il avait écrit ces lignes, autrefois, dans son *Discours sur la dignité de l'homme*, avec une fièvre sans pareille.

Que lui était-il arrivé ?

Depuis quelques années, avec le peuple de Florence, stupéfait, il avait vu les prédictions de Savonarole se réaliser les unes après les autres. Et Florence, abusée par ces faux miracles, avait perdu le fil de sa glorieuse histoire. Elle avait tant joui qu'elle se sentait pécheresse. Ses beautés ne rachetaient plus ses crimes. Sa floraison ne masquait plus sa pourriture. Commencé dans une prospérité qui triomphait de tous les obstacles, le règne des Médicis s'achevait dans l'indigence et la corruption. L'injustice atteignait ses limites extrêmes. L'Église donnait l'exemple du crime, népotisme, simonie, fornication... Les puissants multipliaient les intrigues.

Jour après jour, bras en croix, le Ferrarais apostrophait sa ville d'adoption : *Ô Florence, tu es assise sur le bord des fleuves de tes péchés, fais un fleuve de larmes pour les laver... Repens-toi, Cité maudite ! Le Glaive du Seigneur te brisera les reins ! Scélératesses, impiété, fornications, usures, cruautés... Ô Florence, je t'ai fait part des secrets de Dieu sur les choses futures... Fais pénitence, car l'épée vient !*

Il semblait convoquer le Seigneur, commander aux éléments. Et Florence baissait la tête, et Florence se repentait d'avoir été si belle, si voluptueuse, et Florence se confessait d'une seule voix, en gémissant.

Il faisait un peu moins froid dans la cellule de Côme. Les bûches sifflaient et craquaient joyeusement. Mais Giovanni frissonnait de plus belle.

Dies irae ! Savonarole prédisait la colère divine, et le désastre fondait sur la ville. Il avait annoncé la mort du Magnifique avec deux jours d'avance. La foudre était tombée sur le campanile de Santa Maria del Fiore dans la nuit du 4 au 5 avril 1492, alors qu'une violente tempête venait de s'abattre sur Florence. Les témoins avaient aperçu, au milieu des tornades, un serpent lumineux descendre des hauteurs en zigzaguant, dessinant d'étranges spirales sur le fond noir du ciel, avant de s'abattre directement sur la lanterne du Dôme, brisant de nombreuses statues et creusant un énorme trou dans le sol de la galerie. Les armoiries des Médicis avaient été endommagées.

Sitôt avertis, les Florentins en costume de nuit, une cape jetée sur les épaules, étaient apparus par petits groupes, tête levée vers le sinistre. On entendait des cris de terreur, des litanies, des incantations. Des femmes tombaient évanouies dans les bras de leurs compagnons. Des enfants réveillés en sursaut ouvraient de grands yeux sur la folie du monde.

*

Seul Giovanni savait ce qui s'était passé cette nuit-là, au même instant, dans une cellule du couvent de San Marco où Savonarole préparait son sermon du lendemain. Dehors, la tempête emportait les toits, abattait les arbres et crevait les fenêtres. En écoutant le sifflement du vent qui était pour lui une musique divine, Savonarole avait vu sa chandelle s'éteindre mystérieusement.

Il s'était levé d'un bond, lâchant sa plume comme si elle lui brûlait les doigts. Un silence surnaturel semblait avoir fait taire le tumulte. Sentant une présence, il se retourna craintivement vers la fresque de Fra Angelico qui ornait le mur opposé à la fenêtre. Il ne la regardait jamais sans effroi... Et voilà qu'elle s'était animée comme sous l'effet d'un charme !

Savonarole chercha le regard du Christ en gloire, mais le doux Seigneur avait les yeux bandés ! Des mains qui semblaient flotter dans l'espace Le souffletaient. Des bâtons errants Le frappaient. Une couronne d'épines insultait Son auréole. Un démon Lui soufflait au visage son haleine fétide. Ce démon était-il l'esprit malin qui avait éteint la chandelle ? Frère Jérôme chercha encore le regard absent de son doux Seigneur et se sentit abandonné. On devinait sous le vil bandeau, sous les plis blanchâtres, les émouvants renflements de Ses paupières fermées, la noble déclivité de Son nez. La bouche était petite et grave, sertie dans les ondulations d'une longue barbe blonde. Jésus entravé ! Humilié ! Violenté...

Savonarole avait coutume de nourrir sa colère en contemplant cette fresque. Il ferma les yeux, comme pour les laver, pour gommer l'immonde vision... Il les avait reconnus, ceux qui martyrisaient le doux Seigneur, tous ceux qu'il stigmatisait à longueur de prêche : les blasphémateurs, les sodomites, les femmes fatales, les joueurs, les avares, les crapules, les infâmes, les infidèles, les kabbalistes... Car lui, Savonarole, n'avait pas les yeux bandés ! Il voyait clairement les hérétiques et les traîtres œuvrer sournoisement au service de Lucifer. Il voyait leurs regards torves, leurs muscles bandés, leurs naseaux frémissants… Il se détourna un instant, le temps de poser son coussin de prières devant la fresque, et s'agenouilla brutalement.

Du bout des doigts, posément, il écarta ses paupières et les maintint dans cet écartement, pour se forcer à regarder cette abomination en face. Il sentit le vent froid de la nuit sur ses globes oculaires. Les démons dansaient et riaient, tout en Le flagellant, devant lui, devant Son serviteur ! Il devait Le sauver. Il banda ses muscles, pour s'élancer… Mais il vit que le Christ avait ôté Son bandeau… Lui aussi ouvrait enfin les yeux, Il voyait Son serviteur en transe devant Lui, et le prenait en Son infinie protection ! Les démons fuyaient en désordre, en se piétinant les uns les autres. Et voilà que le Christ en gloire, relevé de Son trône d'infamie, s'apprêtait à sortir de la fresque pour descendre vers l'humble moine qui tremblait de tous ses membres…

A cet instant, derrière lui, une forte rafale arracha les montants de la fenêtre. Des éclats de verre jaillirent en tous sens et s'éparpillèrent. S'arrachant à la contemplation, Jérôme se retourna. Les murs de sa cellule s'étaient évanouis sous l'impact d'une grande lumière émanant du regard du Christ, enfin libéré de l'opprobre. Cette lumière éclairait, au plus haut des cieux, une Main immense, et cette Main souffletait Florence, et cette Main brandissait une épée, portant une inscription flamboyante : « Le Glaive de Dieu s'abat sur terre, rapide comme l'éclair ! » Savonarole se prosterna devant le miracle. Puis il ramassa sa plume tombée sur le sol.

Il tenait son sermon !

Laurent de Médicis ! C'était lui que le doigt de Dieu avait désigné ! Dans peu de jours il serait fauché par le Glaive ! Ensuite commencerait enfin le règne de Savonarole !

Le lendemain, à matines, il prêcha la terrible nouvelle et la rumeur prit corps aussitôt, se propageant à la vitesse de l'éclair : le Glaive du Seigneur allait frapper ! Un grand malheur planait sur Florence ! Calamité ! Souffrances et morts ! Que deviendra Florence, une fois décapitée ? Que deviendrons-nous sans le Magnifique et sa juste férule ?

Il est vrai, songea Pic avec un petit sourire, que la prédiction n'était pas trop risquée, car Laurent était déjà gravement malade... Toujours est-il que deux jours plus tard, pendant une nuit sans lune, Laurent avait quitté ce bas monde.

Alors le peuple de Florence entra dans une profonde mélancolie. Comment interpréter cette coïncidence trop parfaite entre la foudre et la Faux ? On se demanda si le hasard était capable de tant de clairvoyance, de tant de malignité. La croyance aux présages et à tous les messages surnaturels fut naturellement renforcée. La superstition se répandit comme une peste. Une voyante africaine fit son apparition à l'entrée du Mercato Vecchio. Les astrologues et les devins reprirent du service et ouvrirent de nouvelles échoppes sur la via Larga. Pic restait hésitant sur les fins dernières. Il se demandait pourquoi le Seigneur se sentait obligé de recourir aux vieilles méthodes de Zeus. Il lui semblait que Ses miracles eussent gagné en conviction à être plus subtils, que Sa magie eût été plus convaincante sans l'arsenal des coups de tonnerre. *N'ai-je tant ferraillé contre les astrologues et leurs divinations insensées que pour me soumettre aux oracles de cet illuminé ?*

Savonarole prêchait depuis de longues années, mais devant un cercle restreint d'étudiants, de théologiens, d'humanistes. Soudain, son influence déborda pour se répandre dans le peuple comme une lave torrentielle. Ses prédictions n'étaient pas nouvelles, mais l'événement leur avait donné le poids du sang. Une fois disparu le Magnifique, celui qui avait incarné la prospérité et la fécondité de leur cité, les artisans, les paysans, les cardeurs de laine, les changeurs, les forgerons, les banquiers, tous les citoyens se sentirent soudain appelés par une mystérieuse destinée à suivre ce nouveau chemin austère, prometteur de martyre et de paradis. Et le tumulte grandit encore.

Une bûche rongée par les flammes se brisa par le milieu, et

des étincelles jaillirent par la porte du poêle. Oui, en deux ans, tout s'était accéléré. La grande Faucheuse avait décapité la société des lettrés. Pic n'avait que trente et un ans, et déjà un cimetière dans le cœur. Ses amis les plus chers étaient tous partis ensemble à quelques semaines près, comme s'ils s'étaient donné le mot, comme s'ils espéraient se retrouver dans l'au-delà pour y fonder une nouvelle Académie. Tous, sauf Marsile Ficin.

CHAPITRE 8

L'œil du monde

A la fin de l'été, Pic avait passé quelques journées oisives en compagnie de Marsile Ficin, qui l'avait invité dans sa villa de Careggi. En cette saison où la campagne toscane dévoile sa plus riche palette, appuyé sur son bâton de promeneur, Ficin s'efforçait de suivre à travers champs les longues enjambées inégales de son jeune compagnon, sanglé dans un pourpoint de cuir, et dont la chevelure reflétait la lumière dorée de septembre. Après avoir traversé les bois de Monte Vecchio, où les frondaisons se balançaient sur le fond limpide du ciel, ils débouchaient soudain au sommet des crêtes, et l'immensité les saluait d'un large soupir. Ils restaient là-haut, côte à côte, sentinelles de la beauté. Les rangées de cyprès, au loin, déployaient leur géométrie subtile. Du sommet où ils se tenaient, la vallée de l'Arno offrait à la vue la splendeur sans âge de son damier végétal.

Sur la colline, les hautes herbes frémissaient, les brindilles craquaient. Après quelques dizaines de mètres parcourus en plein vent, ils atteignaient la modeste bergerie que Marsile avait transformée en un petit temple platonicien surmonté d'un clocheton exotique. Là, sur la véranda, une collation de fruits et de gâteaux les attendait.

Marsile s'inclinait profondément devant un autel fleuri consacré au divin Platon, allumait quelques cierges, puis invitait rituellement son ami à prendre place devant l'infini du soir, dans un fauteuil en osier, sous un portrait rieur du grand Démocrite. Le crépuscule descendait sur eux comme une impalpable caresse, et ils poursuivaient dans la nuit ce dialogue qui vivifiait leur amitié au long cours. Car ils étaient à la fois frères et rivaux, et tour à tour disciples l'un de l'autre, malgré la différence d'âge. Marsile approchait de sa soixantième année mais reconnaissait dans les paroles de son jeune ami le vin vieux d'une *philosophia perennis*, venue de la nuit des temps.

« Que nul ne méprise ta jeunesse ! » disait-il à Giovanni quand celui-ci se traitait de benêt en se frappant le front.

Mais Giovanni connaissait ses limites. Malgré ses vastes lectures, il n'avait encore réussi qu'à effleurer les monuments de la pensée humaine. Depuis ses vingt ans, les lettrés venaient de toutes les universités européennes le consulter sur des points de doctrine. On le surnommait « l'homme qui sait tout, et même un peu plus », mais cette réputation lui pesait, car il savait aussi qu'il n'avait pas encore atteint le noyau incandescent de la vérité qui l'appelait. Non, il n'était pas encore prêt à donner sa *Concordia*, cette œuvre définitive par laquelle il s'était promis, dès son plus jeune âge, de réconcilier un jour les deux pères de la philosophie, Platon et Aristote, et de démontrer l'harmonie secrète de leurs doctrines. Il souhaitait y consacrer le restant de son existence. Marsile avait depuis longtemps renoncé à chercher cette harmonie ultime, croyant l'avoir déjà trouvée sous une forme parfaite dans l'œuvre du seul Platon. Ils avaient eu maintes discussions sur ce sujet délicat entre tous.

Sous le firmament piqué d'étoiles, les deux amis échangeaient des informations sur les incunables récemment découverts dans une abbaye burgonde par Poggio Bracciolini, le célèbre négociant d'archives.

« C'est lui qui a rapporté à Côme l'Ancien les quatorze volumes du *Pimandre*... », murmurait alors Ficin avec nostalgie.

Pic connaissait déjà l'histoire de cette trouvaille légendaire, mais ne disait mot, car Ficin ne se lassait pas d'y revenir.

« Il les a trouvés en fouillant la cave d'un monastère byzantin, au fond d'un coffre aux serrures de cuivre... Quand j'y pense... Le transport jusqu'à Ancône fut une véritable épopée… Côme était un homme d'État, il savait dissimuler ses émotions. Mais ce jour-là, quand il a vu cette merveille… Je n'avais que vingt-sept ans, mais je comprenais ce vieil homme… car je l'aimais…

– Comme j'ai aimé Laurent… »

Ils devisèrent ainsi plusieurs jours, évoquant leurs souvenirs, sans faire allusion aux événements récents. Enfin, n'y tenant plus, Marsile interrogea son jeune ami sur la montée en puissance de Savonarole. En mâchonnant une brindille, tête basse, Giovanni lui confia son hésitation. L'arrogance de Piero de Médicis avait mené Florence au bord de la guerre civile… En ces temps troublés, Savonarole était le seul à parler de justice et de vérité. On ne savait plus que penser.

Il s'attendait à des remontrances, à un rappel de sa vocation philosophique, à une invocation du divin Platon. Mais Marsile insista. Lui aussi s'interrogeait. Enhardi, Pic se jeta à l'eau et dans un grand élan se déclara séduit, presque convaincu. Il énuméra toutes les raisons de succomber. Savonarole dénonçait les compromissions et les crimes de la papauté, les collusions entre grandes familles et gouvernants, les conflits incessants entre les cités italiennes, la grande misère du petit peuple…

« Comment lui donner tort ? Ses raisons sont les nôtres, issues de la même source… »

A ces mots, Ficin acquiesça :

« De la même source, oui, sans aucun doute, dit-il pensivement. Descente, transformation, remontée. Le souffle de Zéphyr remonte vers l'azur par le canal de Mercure… Tel est le cycle immuable… »

Si Giovanni avait espéré trouver chez son ami platonicien un contrepoids à l'influence du prédicateur, il dut y renoncer. Au contraire, à ses incertitudes de jeune homme Marsile ajoutait sa faiblesse de vieil homme pusillanime.

Giovanni était rentré à Florence le 20 septembre, veille de l'équinoxe. Et le lendemain, il s'était laissé emporter par le *Sermon sur le Déluge* comme par une inondation mystique. Savonarole semblait avoir encore grandi. On s'attendait à le voir s'élever dans les airs pour rejoindre la cohorte des anges. Tous communiaient avec lui. En cet instant, Giovanni croyait renouer avec une partie de son âme qu'il avait oubliée depuis son enfance de protonotaire apostolique. Dans ce torrent d'émotion, toute sa vie s'orientait vers une perspective nouvelle, dans une lumière christique. *La philosophie cherche la vérité, la théologie la trouve, la religion la possède*, se dit-il avec une émotion sans pareille. Et Savonarole, qui incarnait la religion, était donc l'unique détenteur de la vérité. Nul autre n'était ainsi possédé par la Révélation, traversé par la Parole. Savonarole n'avait nul besoin de disserter sur l'Unité, comme les laborieux philosophes et autres kabbalistes. Il *était* l'Unité, Florence en témoignait. Par la voix de Savonarole, l'Éternel annonçait le châtiment, et le Christ revivait en lui. Savonarole incarnait la douleur et la beauté du monde.

Quelques jours plus tard, Pic de la Mirandole se rendit chez son banquier, un changeur juif du quartier Ognissanti, grand connaisseur de la kabbale espagnole, et qui risquait chaque jour de se retrouver aux galères, car il refusait obstinément de porter le chapeau jaune assigné à son peuple. Pic convoqua son notaire et signa une donation pleine et entière de sa fortune, à partager à parts égales entre l'orphelinat de Santa Maria Nuova et son neveu Jean-François Pic de la Mirandole, le fils de Galeotto. Ce jeune homme talentueux, féru de poésie, déplorait les manières brutales de son père et s'intéressait à la philosophie de son oncle. Depuis peu, il avait rejoint l'armée des anges, devenant l'un des plus ardents disciples de Savonarole. Pic éprouvait une grande affection pour ce neveu plein de promesses et le considérait un peu comme le fils qu'il n'avait pas eu.

*

Malgré cette flambée de souvenirs, Pic n'arrivait pas à se réchauffer devant le poêle de Fra Stefano, et resserra frileusement son manteau sur ses genoux.

Il ne regrettait pas d'avoir distribué sa fortune. Il avait éprouvé le besoin de s'appauvrir, comme on a envie de se laver après avoir beaucoup transpiré. Il restait reconnaissant à la destinée de lui avoir octroyé la fortune des Mirandole, l'une des plus considérables en Italie. Il avait pu assouvir de nombreux désirs : recruter les meilleurs maîtres, acheter des manuscrits et des livres imprimés, des camées, des astrolabes, des cartes maritimes... L'argent des condottieri, amassé au hasard des batailles, lui avait généreusement permis de faire voisiner les philosophies de tous les temps et de toutes les civilisations, de les comparer, de les éprouver l'une par l'autre, de les féconder mutuellement.

Aussi avait-il toujours eu la souveraine liberté d'écrire ce qui lui plaisait sans souci du lendemain, sans devoir louer ses services chez les grands de ce monde, comme Marsile ou Agnolo Poliziano avaient dû le faire, de même que l'architecte Michelozzo ou le sculpteur Michel-Ange. Sa bibliothèque l'avait suivi dans ses voyages, protégée par son escorte. Pic de la Mirandole avait traversé son époque en grand équipage.

Il se sentait plus léger. Il avait conservé sa bibliothèque (en ordonnant qu'elle soit léguée au couvent de San Marco s'il venait à mourir), qu'il avait installée dans sa villa champêtre de Corbula, non loin de Ferrare. Après la tourmente, il espérait s'y retirer avec son secrétaire Cristoforo Casalmaggiore, le fils d'Elena, quelques compagnons de travail, une jolie femme de chambre. Il jouirait tranquillement des austères délices de *la Vie solitaire*, si passionnément vantés par le grand Pétrarque. Il écrirait sa *Concordia*. Sa table serait frugale, mais les repas seraient servis, comme autrefois, dans la vaisselle d'argent des Boiardo.

Il avait encore tant de choses à faire, tant de pensées à explorer ! L'homme n'est-il pas l'œil de Dieu, l'œil du monde ? Le *Discours sur la dignité de l'homme* et les neuf cents *Conclusions*, ainsi que ses autres livres déjà terminés, n'étaient encore que des introductions partielles à son œuvre future. Il n'était pas loin de trouver le grand système d'explication, la vision globale dont il avait toujours rêvé. Il l'avait pour ainsi dire sur le bout de la plume. Cela mûrissait en lui, cela produisait des embranchements, des bifurcations, des feuillages. Sa *Concordia* future serait un grand arbre multicolore et feuillu, planté dans une terre fertile, nourri par de profondes racines, tendu vers le ciel.

Il avait commis des erreurs, fort bien, les erreurs sont instructives, et il avait tout son temps pour les méditer. Car une époque se terminait. Soufflée par le vent de l'Histoire, la lumière de la Renaissance vacillait encore, avant le grand noir. Un enfant prodige de la Renaissance aurait-il encore sa place dans la nouvelle ère qui s'annonçait ? Ce serait à lui d'en faire la preuve. Oui, il avait hâte de retourner à ses chères études. Elles seules avaient le pouvoir de l'apaiser, de restaurer le fragile édifice de la joie.

Un frisson insidieux le saisit. Il avait légué à son neveu non seulement ses biens matériels, mais aussi ses écrits. Avait-il bien fait ? Les biens matériels, c'est une chose, mais… Jean-François était un ardent *piagnone*, et il voyait en son oncle, plus encore qu'un philosophe, le bienfaiteur du prophète aux pieds nus. Ne risquait-il pas, animé de pieuses intentions, de faire un tri dans son œuvre, de faire disparaître ce qui pouvait sembler frivole, audacieux, voire hérétique ? *Ceux qui viendront après moi ne connaîtront peut-être de mon œuvre que des fragments isolés, défigurés, incompréhensibles…*, songea Pic avec effroi.

Dès que possible, il demanderait à Jean-François de faire imprimer sans attendre son *Discours sur la dignité de l'homme* chez le Vénitien Aldo Manuce en trente exemplaires. Ce *Discours*, son enfant mort-né… De tous ses écrits, c'était le plus vivant, le plus convaincant. Seule cette publication pourrait protéger sa pensée contre les malentendus futurs. Ce *Discours* contenait toute la sève de sa jeunesse, ses plus profondes convictions, sa vérité la plus secrète. Son souffle était assez puissant pour dissiper les mirages du fanatisme – et pour traverser les siècles.

CHAPITRE 9

Le cheval de Troie

Pic de la Mirandole se leva soudain et se mit à tourner en rond dans sa cellule, tel un animal en cage, un *arrabbiate*, un enragé. Il se préparait au combat. Oserait-il ? Aurait-il ce courage ? C'était une part de lui-même qu'il s'apprêtait à combattre.

Savonarole me croit acquis à sa cause.

Lui dirait-il, les yeux dans les yeux, qu'il trahissait son idéal, qu'il insultait son Seigneur ?

Souviens-toi de notre première rencontre, à Ferrare...

Ils étaient innocents, à cette époque, épris de vérité, ivres de philosophie. A l'unisson, du moins pour l'essentiel, persuadés que l'Un ne saurait les diviser.

Mais en réalité nous étions l'eau et le feu.

Savonarole menait une guerre sainte. Il avait observé les manières des Florentins, pour mieux les accabler de ses anathèmes. Il avait profité de l'hospitalité de Laurent, pour mieux détruire son œuvre. S'il prenait le pouvoir, s'il parvenait au sommet de la République, plus rien ne pourrait l'arrêter, des bûchers seraient allumés à tous les carrefours. Il était encore temps.

Le duel était inégal, car un philosophe ne peut lutter qu'avec les armes du langage. Un philosophe ne recrute pas les petits enfants pour livrer bataille en son nom.

Il imaginait la scène. Simple, naturelle. Savonarole frapperait à la porte du couloir, traverserait l'antichambre de la cellule 39, monterait les trois marches, enfin il entrerait à pas pressés... *Si je vivais mille ans, je parviendrais peut-être à comprendre pourquoi tu veux brûler des livres*, dirait Pic prudemment, et Savonarole répondrait du tac au tac : *Ne sois pas si pressé ! Mille ans sont comme un jour dans le regard du Seigneur !*

Non, cela n'allait pas. Pas du tout. Il n'était plus temps de se griser de belles paroles, mais de définir des objectifs, une stratégie.

*

Il ne tenait plus en place. Il étouffait dans cet espace confiné. Ses pensées s'enlisaient. Il eut envie de revoir le ciel, sortit à pas de loup et descendit dans le jardin. Ici, au moins, rien n'avait changé. Le cèdre du Liban étendait toujours sa grande ombre frémissante sur le carré de pelouse où les novices, autrefois, apportaient les bancs du réfectoire pour les séminaires de Savonarole pendant les soirées d'été.

Au beau milieu de la ville en pleine révolution, la nature poursuivait son œuvre patiente, creusait ses galeries souterraines, entassait les feuilles mortes, faisait pourrir l'humus. Dans le jardin des simples, de l'autre côté de la rue, les herbes médicinales se repliaient sur elles-mêmes pour passer la nuit. En vérité, la nature n'avait pas encore renoncé à ses droits sur la Cité des Fleurs.

Les bruits de la ville ne pénétraient pas sur le territoire du couvent. Pourtant, ce havre de paix était l'épicentre du séisme.

Il eut envie de courir, de crier, mais il s'imposa une allure paisible, écartant largement les bras pour desserrer l'étau, aspirant goulûment les senteurs nocturnes. Tant de vérités se sont fait entendre ici, songea-t-il en passant entre deux rangées de pruniers décharnés. Il leva les yeux. Entre deux traînées grises, il aperçut un fragment de la voûte étoilée. Il cligna des yeux, cherchant à discerner le ballet des sphères, s'étonnant une fois de plus de la splendeur de l'Œuvre. Il savait que de multiples ciels superposés constituaient une coquille protectrice autour de la Terre, une coquille conçue par le Créateur pour protéger les créatures de Sa lumière trop puissante. Hélas, le regard d'un homme n'était pas assez perçant pour traverser la coquille du dixième ciel, appelé le Premier Mobile, et pour scruter l'infini, que les chrétiens nommaient Empyrée, et les Hébreux En Sof. Qui sait, peut-être y avait-il là-haut d'autres mondes au grand complet, des lunes habitées, des planètes semblables à la Terre, des astres errants dispersés dans un grand espace vide ? Le grand Nicolas de Cuse avait émis cette hypothèse…

Avec Marsile Ficin et Agnolo Poliziano, ils en avaient discuté pendant des heures, ici même, assis dans l'herbe. Leur vie commune avait été jalonnée de tant de découvertes, de promenades, de jeux et de rires, qu'ils avaient à peine besoin de nommer leur muette complicité. L'Antiquité était présente parmi eux, comme une déesse tutélaire. Un élan venu du fond des âges ensemençait les temps nouveaux. La joie était si puissante, pendant ces réunions où la tendresse s'unissait à l'élan mystique, qu'elle perdurait ensuite pendant des années. Trempée au feu du platonisme le plus pur, leur amitié avait survécu à toutes les épreuves.

Un soir d'hiver, Laurent de Médicis était venu ici avec eux, sans escorte ni cérémonie, bras dessus bras dessous, déguisé en marchand. Il trouvait les lainages des ateliers Médicis plus confortables que les habituels brocarts qui lui grattaient la peau. Il avait taquiné Giovanni, lui disant que leur amitié n'était pas celle d'un tyran et d'un philosophe, mais d'un marchand de laine et d'un prince du Nord. Marsile, toujours flagorneur, s'était bruyamment esclaffé, mais Poliziano avait rectifié : *A mes yeux votre amitié est celle d'un poète et d'un sage.*

Les Académiciens avaient une admiration sincère pour *les Forêts d'amour* et *les Églogues* du maître de Florence. Que ce chef d'État, qui remplissait avec ruse et conscience tous les devoirs de sa charge, pût se révéler le plus sensible des poètes les impressionnait tant qu'ils se sentaient presque manchots. Poliziano affectionnait particulièrement un vers de Laurent, dans sa *Description de l'hiver*, qui racontait l'histoire touchante de la nymphe Ambra poursuivie par le torrent Ombrone : *Ô nymphe, je suis fleuve et voilà que je brûle*.

Ah, le joyeux Poliziano ! Si humble et si savant ! Le doux poète des *Stances* ! Il prenait son ami Pic pour un véritable Mage antique, une réincarnation d'Hermès Trismégiste. Son admiration excessive frôlait la dévotion, et Giovanni le mettait en garde contre cette faiblesse de caractère. *Ne te méprends pas*, disait-il fermement, *je ne suis pas un maître, mais un chercheur de vérité, un homme libre, et toujours étonné d'exister. La quête ne peut être enseignée.* Mais l'adoration d'Agnolo ne faisait que croître.

Après l'échec de la conjuration des Pazzi, Agnolo Poliziano avait écrit une chronique à la gloire de Laurent de Médicis, qui l'avait pris sous son aile et engagé comme précepteur pour ses enfants ; leur mère, Clarisse Orsini, ne tarissait pas d'éloges au sujet du cher Agnolo. Le jeune poète avait une façon d'allier le jeu au devoir qui faisait de l'apprentissage une fête, et sa présence discrète avait illuminé la vie de famille des Médicis. Latiniste et helléniste distingué, c'était aussi un homme attentif et silencieux, un cœur d'or. Un grand garçon monté en graine, avec des joues rebondies, trop saines pour son long corps maigre, et qui se donnait un mal fou pour dissimuler sa timidité native.

Où était Agnolo maintenant ? Où va la lumière quand on souffle la bougie ? Entendait-il, errant au hasard du néant, les pensées navrées de son ami, abandonné de tous, pris au piège de l'Histoire ? C'est lui qui avait rendu à Pic de la Mirandole le signalé service de le guérir de la tentation de se croire poète.

« Il ne sert à rien d'écrire dans une forme qui n'est pas ajustée à ton génie… Avant tout, tu dois chercher à connaître tes limites… », avait-il déclaré sans complaisance, désolé d'avoir à le rudoyer. Mais Pic avait très vite compris : en somme, ses sonnets étaient médiocres. Bien que secrètement foudroyé, il avait remercié Agnolo de sa sévérité, au fond soulagé de pouvoir se consacrer sans remords à ses travaux philosophiques. Pic se félicita, une fois de plus, d'avoir dédié à Poliziano son traité de métaphysique sur *l'Être et l'Un.*

Oui, c'était une belle époque ! Les Académiciens de Florence pouvaient se permettre cette royale insouciance, car leurs idées triomphaient dans tout le monde connu. Depuis le concile de Ferrare, les humanistes d'Italie débordaient de sève créatrice, certains de suivre la voie juste. Ils avaient reçu le don de l'Antiquité comme une grâce divine et pensaient être les premiers représentants d'une ère nouvelle où les hommes et les femmes, guidés par une raison supérieure, désormais instruits de leur place dans l'univers, sauraient enfin unir Amour et Liberté pour régénérer les sphères supérieures et restaurer l'harmonie des mondes. Pic de la Mirandole avait retrouvé cette idée dans la kabbale, où l'homme a pour charge de réparer les Vases brisés par l'expansion de la lumière divine. A l'affût des nouveautés, les membres de l'Académie platonicienne se déplaçaient en joyeuse bande pour écouter les prêcheurs en vogue. Les bons orateurs étaient adulés à l'égal des plus grands artistes.

Les semaines étaient rythmées par ces activités multiples. Dans son *Heptaplus*, Pic de la Mirandole avait expliqué à quel dessein du Créateur répond la division du temps par périodes de sept jours. Le lundi, on allait écouter à San Gallo le frère Mariano da Genazzano, dont les prêches élégants séduisaient les humanistes. A cette époque, Savonarole n'avait pas encore été autorisé à prêcher dans la cathédrale, et son séminaire du mardi n'attirait que quelques auditeurs triés sur le volet. Le mercredi, on se rendait à Sienne pour assister à l'inauguration d'une mosaïque représentant Hermès Trismégiste entouré de prêtres égyptiens. Le jeudi, on partait en balade sur les collines du Mugello. Le vendredi, on visitait l'atelier du sculpteur Bertoldo, où le jeune Michel-Ange donnait ses premiers coups de burin. On terminait la semaine en beuveries dans un estaminet. Ils étaient insouciants, ils se croyaient forts et sages, dépris de toutes les illusions mondaines. *En réalité, nous étions sourds et aveugles, inconscients du danger.*

*

Savonarole avait commencé à tenir ses séminaires dès son arrivée à San Marco, en 1482. Toujours théâtral, même dans le jardin, il saluait en silence, puis serrait chacun de ses auditeurs sur sa poitrine creuse, lui faisant éprouver la force surprenante de ses bras. Enfin, il remerciait le Seigneur pour cet instant de partage et de méditation. Les novices arrivaient sur la pointe des pieds, chargés de paniers pleins de biscuits à la cannelle, cuits dans les fours du couvent. On acceptait leur offrande avec émotion, comme s'il s'agissait d'une hostie.

Puis Savonarole commençait à parler, doucement, le regard levé vers le ciel obscur comme s'il interrogeait les anges. Il y avait dans sa voix une sorte de chant perpétuel qui s'adressait à la part d'ombre de chacun. Il cueillait une fleur et l'effeuillait lentement, en dissertant sur sa grâce éphémère. Puis il entrait dans le vif du sujet et dévoilait les mystères de l'Ancien Testament, réinterprétés par les Pères de l'Église. On l'écoutait avec surprise, excitation, enthousiasme, mais aussi avec une sorte de gêne devant la virulence de ses propos. Parfois, il allait trop loin et semblait souffrir. Il se laissait emporter, se répandait en imprécations. Puis il demandait s'il y avait des questions. Pic aimait Savonarole et trouvait à l'orateur du génie, mais il se méfiait du moine.

Il citait alors une pensée généreuse d'Origène. Savonarole lui répondait sévèrement en citant Augustin… Leur vieille discussion se ranimait comme un brasier mal éteint. Un soir, Pic avait invoqué la grande figure d'Hermès Trismégiste, et le visage de Savonarole s'était assombri. *Ne cite pas cet imposteur ! Tu te fais du tort !*

L'ombre des toits dessinait une frise noire sur le ciel. Guidé par l'afflux des souvenirs, Pic arpentait sans but les allées obscures. Derrière les buissons de tamaris, il retrouva la petite fontaine que Poliziano avait baptisée Agapé en hommage à sa discrète beauté. *Agapé, le véritable amour, fait de générosité, ignorant la peur...* Quand il repartit, elle gazouillait encore avec entrain.

Selon Pic de la Mirandole, il y avait une parcelle de vérité dans toutes les pensées, de même qu'il y avait de la lumière sur toutes choses. Ces perles de savoir, ces étincelles de vérité, il consacrait sa vie à les extraire de sa bibliothèque, de même que le chercheur d'or extrait les pépites dans le flot du torrent. Il parlait déjà plus de vingt langues et lisait tous les textes dans leur langue d'origine, en latin ou en langue vulgaire, en grec ou en chaldéen, en hébreu ou en persan. Dès l'âge de neuf ans, après avoir appris le latin, le grec et l'arabe, ses capacités s'étaient développées de manière foudroyante. A vingt-trois ans, il avait maîtrisé l'hébreu en quelques mois, assez pour consacrer un livre de commentaires savants au premier mot de la Bible, *Bereshit*.

Il évoqua tendrement les quelques centaines de livres qui l'attendaient à Corbula, innocents et fidèles, chèrement acquis, et soumis à tant d'épreuves, car sa bibliothèque *opulentissime* avait beaucoup voyagé. Sa vénération pour ces reliquaires de l'esprit était sans bornes. Chaque livre était une mémoire, une fenêtre, un continent, un objet sacré qui devait être manipulé avec des mains propres et un esprit détaché des soucis quotidiens. Ces rescapés n'étaient que l'écume d'un océan, une infime partie de ce que les hommes avaient pensé, jugé digne d'être proclamé et transmis. Combien de textes irremplaçables avaient été détruits, incendiés, noyés, déchirés, perdus au cours des âges ? Combien seraient détruits dans les années à venir ? Que pèse un livre, face à l'incendie ?

*

Le tocsin, à nouveau, retentit dans son âme, ranimant ses indignations enfantines, éperonnant sa liberté. Que pèse un philosophe, si sa pensée part en fumée ? Quel homme instruit voudrait attenter à sa dignité d'être pensant ?

Pour Savonarole, il n'y avait de vérité que dans les Écritures sacrées. Les livres profanes qui contredisaient l'Ancien ou le Nouveau Testament pouvaient être brûlés sans dommage. Pourtant, en tant que prieur de San Marco, Savonarole avait en charge la bibliothèque fondée par Côme l'Ancien. Lesquels de ces livres seraient désignés comme scélérats, condamnés à être purifiés par le feu ? Combien d'incunables ? Combien de manuscrits enluminés ? Combien de volumes imprimés ? Un sur deux, un sur dix ? Savonarole laisserait-il le hasard décider, en le baptisant choix de Dieu ? Ou dirait-il, par exemple : *Jetez ces poèmes au feu, mais conservez ce traité de médecine* ? Sauverait-il les voluptueuses *Églogues* de Laurent de Médicis, le sulfureux *Pimandre*, les hymnes chaldaïques, les calculs de Pythagore, les *Ennéades* de Plotin ? En vérité, Côme l'Ancien et son ami Niccolo Niccoli avaient rassemblé une bibliothèque hérétique !

Certes, les humanistes devaient, eux aussi, passer la main, obéir à la grande loi cosmique. Mais leurs œuvres disparaîtraient pour jamais, si Savonarole devenait le maître de Florence. Ils seraient effacés du grand palais de la mémoire, comme s'ils n'étaient jamais sortis du ventre de leur mère, comme s'ils n'avaient rien pensé, rien écrit, rien créé de leurs mains.

Il oserait ! Oui, il oserait rappeler à Savonarole que le fondement de toute religion était l'amour, non la haine. La concorde, non la discorde. Un jour, alors que ses frères se roulaient dans la poussière en rugissant, Giovanni s'était jeté dans la mêlée. De toute la force de ses petits bras, au risque d'être assommé, il avait tenté de rapprocher leurs têtes sauvages l'une de l'autre, pour les obliger à faire la paix. Le voyant si téméraire, Giulia s'était mise à rire et l'avait soulevé de terre pour l'embrasser, *piccolo mio, petit Concordia !* Puis elle avait emmené ses trois fils à la cuisine, et l'on s'était goinfré de gâteaux en échangeant des bourrades.

Depuis ce matin, Savonarole avait dépassé toute mesure. Si personne ne s'opposait à lui, il détruirait Florence et peut-être l'Italie.

Et moi, pauvre de moi, qui suis-je, sinon ce benêt qui introduit un cheval rempli de guerriers dans la ville de Troie ?

Il crut entendre des palabres à l'entrée du couvent et se retourna, aux aguets. Le maître des lieux était-il arrivé ? Prudemment, il décida de remonter dans sa cellule. Il se sentait plus calme. Savonarole pouvait venir maintenant, il l'accueillerait les mains nues, le regard clair.

TROISIÈME PARTIE

Les palais de la mémoire

Florence, couvent de San Marco, 7 novembre 1494

Le sage apprend de tout homme.

TALMUD DE BABYLONE

CHAPITRE 1

Un ami compromettant

Une semaine plus tard, il attendait encore. Tous les jours, après matines, Fra Stefano faisait son entrée à pas lourds, courbé sous un énorme fagot qu'il déposait dans le coffre à bois. Puis, en tisonnant les braises, il annonçait l'arrivée imminente de frère Jérôme. Son maître tardait, c'est vrai, mais il fallait lui pardonner, il avait tant à faire, tant de souffrances à soulager, tant d'âmes à sauver en ces temps de crise ! Peu à peu, Giovanni sentait les forces de la jeunesse abandonner ses muscles. Sa jambe le faisait souffrir. Depuis quelques jours, une fièvre récurrente, accompagnée de douleurs abdominales, le contraignait à s'aliter de temps à autre.

Et les heures passaient, et les mouches volaient, et toujours Mirandole attendait. C'était une véritable souffrance que de traîner ainsi, dans le temps cyclique du monastère, scandé par les chants, les repas, les sonneries de cloches, sans agir, sans parler à quiconque, alors que le monde s'écroulait alentour. Les moines s'étaient habitués à sa présence, mais cet hôte de marque devait obscurément troubler leur quiétude, car ils évitaient de lui adresser la parole, ou de s'asseoir à côté de lui au réfectoire. Parfois, tandis qu'un moinillon lui servait en silence une soupe de noisettes dans un bol de grès, il s'imaginait galopant dans la forêt sur un bel alezan importé d'Arabie, criant à tue-tête, mêlant son souffle à celui du vent.

Un matin, au réveil, il décida de se rendre auprès de Savonarole, où qu'il se trouvât, et s'ouvrit de ce projet à Fra Stefano. Celui-ci se réjouit, tout d'abord, de cette impatience qui témoignait d'une pieuse intention, d'une puissante aspiration spirituelle. Il ne manquerait pas de transmettre le message à frère Jérôme. Mais, pour l'heure, il était impossible de le voir et de lui parler.

Pour appuyer ces dires, il ajouta que Savonarole était revenu à San Marco en coup de vent, le soir du *Sermon sur Aggée*, après avoir fermé les paupières de cette agonisante qui se mourait du choléra. Mais il était reparti aussitôt, dans la nuit même, toujours ardent au sacrifice, pour s'en aller parlementer avec Charles VIII, sur les hauteurs de Lucques. Il ne voulait pas rencontrer son ami dans ces conditions, entre deux portes, hâtivement, son baluchon sur l'épaule, son bâton de pèlerin dans la main…

« Alors, je me rendrai à Lucques ! déclara Mirandole, bouillant d'impatience.

– Auprès du roi ? Mon Dieu ! s'exclama Fra Stefano en roulant les yeux, puis il porta la main à ses lèvres, craignant d'avoir blasphémé.

– Charles VIII est l'un de mes amis personnels », précisa Pic de la Mirandole avec une pointe de vanité.

Chacun savait que Charles VIII et Pic de la Mirandole avaient usé ensemble leurs fonds de culotte sur les bancs de la Sorbonne. En 1488, le roi lui avait rendu amicalement visite dans la prison de Vincennes où ses agents avaient dû interner le philosophe accusé d'hérésie par le Vatican. Mirandole avait gardé un excellent souvenir de cette captivité studieuse. Les plus grands esprits de ce temps, Jean Cordier, Lefèvre d'Étaples étaient venus passer quelques heures dans sa geôle bien chauffée. Tout Paris bruissait des éloges dont ils le couvraient. Les lettrés français tenaient Pic de la Mirandole pour l'un des plus grands prodiges de la Renaissance italienne.

« C'est justement parce que le roi est votre ami que votre présence là-bas est impensable ! » répondit Fra Stefano d'un air rusé.

Et il avait raison. Cette amitié notoire eût rendu suspecte, aux yeux du plus modéré des patriotes, la moindre entrevue entre le philosophe et Charles VIII, à l'heure où ce dernier se préparait à rançonner Florence. Un Pic de la Mirandole ne pouvait se permettre de cautionner le futur occupant, même dans un but patriotique.

Roi de France, d'Anjou et de Naples, Charles VIII croyait aussi avoir des droits sur Florence, se targuant de la présence de la fleur de lys dans les armoiries florentines. On le disait consterné par la personnalité de Piero mais fasciné par Savonarole, rêvant de le connaître, persuadé que leur rencontre ferait date dans l'histoire de la Chrétienté. Il s'était réjoui d'apprendre que le célèbre prédicateur annonçait son arrivée à Florence. Ses prédictions apocalyptiques donnaient à la Croisade une légitimité, un sens supérieur. Sur la route de Jérusalem, le Seigneur avait mandé Son serviteur en Italie, le roi de France ne pouvait se dérober à son devoir, et l'oracle devait s'accomplir. Charles VIII ne faisait qu'obéir à la volonté de Dieu, et cette certitude nouvellement renforcée lui servait à justifier toutes ses exactions. Grâce aux sermons de Savonarole, les Florentins étaient désormais préparés à l'accueillir sans un coup de feu, comme l'Envoyé du Seigneur. Ainsi, avec son armée de quarante mille hommes, Charles VIII se réjouissait naïvement de servir de marchepied à un fou de Dieu. Et Savonarole se trouvait être l'unique recours contre ce conquérant qui authentifiait ses visions.

Que se passerait-il entre eux ? Mirandole s'interrogeait sur la stratégie qu'adopterait le moine une fois le roi subjugué, car il serait alors placé devant un étrange dilemme. Soit il déciderait, au risque de démentir ses propres prophéties, de détourner Charles VIII de marcher sur la ville. Il apparaîtrait alors comme le sauveur de Florence, et les députés de la Seigneurie, reconnaissant son ardeur patriotique, lui donneraient avec gratitude les clefs de la ville. Soit il choisirait au contraire de laisser la prédiction s'accomplir, voire de favoriser son avènement, et passerait alors pour un prophète des temps modernes, un nouvel Ézéchiel, un nouveau Messie…

Quoi qu'il en soit, il fallait s'y résigner : dans le meilleur des cas, on mettrait bientôt les drapeaux en berne, on accueillerait poliment les troupes étrangères, on fournirait des résidences pour les officiers, des casernements pour l'infanterie. Charles VIII ne ferait que passer, car Florence n'était qu'une étape sur sa route. Qu'arriverait-il ensuite ?

Le pire n'était pas encore sûr. Les bûchers n'étaient pas encore dressés aux carrefours. La collecte des parures luxueuses, des tableaux précieux et des livres scélérats commençait à peine… Il était encore temps d'agir.

*

Le lendemain matin, mal réveillé d'un rêve qui plongeait ses griffes dans son plus lointain passé, Mirandole se leva en frissonnant, la tête lourde, nauséeux, affligé d'une migraine persistante. Il avait découvert dans la *cassone* ornée quelques livres qui avaient dû appartenir à Côme de Médicis. Il enfila un peignoir en brocart, s'assit devant le poêle éteint et ouvrit le volume V du *Pimandre*. Sur la page de garde, rédigée par l'imprimeur Aldo Manuce, de Venise, figurait la date de publication : 24 février 1463. Il sursauta. C'était le jour anniversaire de sa naissance. Troublé par cette coïncidence, il se plongea dans la prose éthérée du Mage avec délectation, ému de retrouver les intuitions mystiques qui avaient guidé sa jeunesse. Dans ce texte foudroyant, il avait puisé l'inspiration première de son *Discours sur la dignité de l'homme*.

On frappa à la porte, il sursauta, en alerte. Qui était-ce ? Le grand moment était-il arrivé ?

Fra Stefano apparut, porteur d'un bol fleuri. Mirandole l'accueillit avec un sourire résigné. En l'absence de son secrétaire Cristoforo Casalmaggiore, retenu à la Mirandole par un inventaire des archives familiales, le philosophe devait accepter d'être servi, habillé, lavé et soigné par Stefano. Il avait fini par s'attacher à ce petit être servile, qui appartenait corps et âme à son adversaire.

Fra Stefano lui avait expliqué qu'il dédiait secrètement tous ses gestes à son maître. Il avait été touché par la grâce quelques années plus tôt. Au cours d'une journée inoubliable, frère Jérôme avait *éveillé son serviteur à la vraie Vie*.

Il lui avait permis, pour la première fois, de laver ses pieds dans une bassine en fonte remplie d'eau glacée. Et soudain, alors qu'il faisait mousser le savon entre les orteils du prophète, Stefano avait senti sa main, sa très grande main… se poser sur la nudité de son crâne tonsuré… la divine chaleur de sa paume s'était propagée dans tous ses membres… il tremblait encore en y pensant…

Mirandole tremblait aussi, mais de froid, dans ses vêtements de nuit, et Fra Stefano s'inquiéta pour sa santé. Il avait promis à son maître de veiller sur lui comme sur la prunelle de ses yeux… La fièvre qui s'était déclarée depuis plusieurs jours ne desserrait pas son étreinte. Surtout qu'il boive sa soupe pendant qu'elle était chaude !

Pour échapper à son agaçante sollicitude, Pic entama le cycle habituel des questions sans réponse. Frère Jérôme avait-il annoncé sa venue ? Aurait-on le bonheur de l'apercevoir bientôt ?

Non, frère Jérôme n'était pas encore de retour, il était en route vers Florence, mais tant de gens avaient besoin de lui sur la route… Les mourants, les miséreux, les enfants perdus… Oui, il avait déjà rencontré Charles VIII… Non, Fra Stefano ne connaissait pas encore le résultat des pourparlers… Il fallait faire confiance à frère Jérôme ! Lui seul connaissait tous les tenants et les aboutissants d'une situation qui relevait finalement de la miséricorde divine. Si Florence devait tomber, même frère Jérôme ne pourrait lui éviter la Chute, de même que Loth n'avait pu empêcher la malédiction divine de s'abattre sur Sodome et Gomorrhe, de même que Noé n'avait pu empêcher le Déluge.

Oui, bien sûr, Stefano le confirmait avec une patience inlassable, frère Jérôme avait été dûment informé de la présence de son ami à San Marco. Il lui demandait seulement un peu de temps, mais que sont quelques jours éphémères, au regard de l'Éternité ? Surtout que le signor Pico ne s'inquiète de rien ! Frère Jérôme œuvrait pour leur bien, en ce moment même, sur la route de Florence. Il prenait sur ses épaules leur souffrance actuelle, leur béatitude future ! N'était-il pas directement en contact avec Dieu depuis sa plus tendre enfance, traversé par Sa parole à chaque instant, baigné par Sa lumière, dressé entre la matière brute et l'Esprit-Saint, tel un archer splendide dans le ciel de Toscane ? N'était-il pas oublieux de son propre confort, s'obligeant à jeûner, portant le cilice, voyageant à pied ?

« Saviez-vous, dit Stefano, et ses yeux brillaient, que frère Jérôme a volontairement nettoyé les latrines du couvent de Bologne pendant sept ans, après avoir été accueilli dans l'ordre ? Alors qu'on lui avait proposé le poste de bibliothécaire ? N'est-ce pas le signe d'un immense amour pour nous, pauvres humains, vermine sous les pieds du Seigneur ? »

Tout le monde à Florence connaissait ces détails édifiants. A l'image de son maître, Fra Stefano avait tendance à se griser de ses propres paroles et, tout en l'écoutant, Pic se demandait avec effarement comment il avait pu, lui aussi, même pendant quelques jours, prendre ces latrines pour des chapelles.

Mais Stefano, humblement, revenait à des considérations pratiques. Savonarole avait donné ordre de choyer son hôte *comme la prunelle de ses yeux*, c'est pourquoi Stefano avait apporté cette soupe, qui contenait une poudre médicinale. Il fallait tout avaler, jusqu'à la dernière goutte.

« Mon maître s'inquiète aussi pour votre blessure à la jambe…, dit-il encore, mais Pic balaya ses craintes d'un revers de main.

– Je me porte à merveille, ne t'inquiète pas. La seule chose qui m'importe, c'est que frère Jérôme vienne me voir dès que possible…

– Bien sûr, je vous l'ai dit, frère Jérôme a certainement hâte de revoir son vieil ami, lui aussi… Et maintenant, bon appétit ! Vous aurez besoin de toutes vos forces pour accueillir frère Jérôme. »

Stefano osa un large sourire qui découvrit ses gencives grises.

Pris d'un doute, Pic lui demanda la date du jour.

« Nous sommes aujourd'hui le 7 novembre, signor Pico. »

CHAPITRE 2

L'anniversaire de Platon

Le 7 novembre ! L'anniversaire de Platon ! Mais où était donc Marsile Ficin ? Que faisait Giovanni, seul dans cette cellule, et pourquoi n'étaient-ils pas ensemble, comme tous les ans, en ce jour sacré ?

Les membres de l'Académie platonicienne, fondée par Côme l'Ancien et Marsile Ficin, avaient coutume de célébrer l'anniversaire du divin Platon à Careggi, sur la colline enchantée. Revêtus de toges antiques agitées par le vent, en procession, ils suivaient à la lettre le rituel prescrit par Ficin sur la foi de textes très anciens. C'était hier, et pourtant…

Pic fut pris de nostalgie en évoquant leur foi candide.

Marsile Ficin les précédait, une écharpe solennelle épinglée sur sa toge, tenant un petit bol orné de volutes, aspergeant le sol à chaque pas des gouttelettes d'une eau pure, symbole de fécondité spirituelle, puisée dans la rivière qui traversait le bois de Monte Vecchio. Poliziano, le regard dans le vague, agitait gravement une clochette tandis que Giovanni jouait du tambourin. Ermolao Barbaro disposait des fleurs et des bâtonnets d'encens sur l'autel, autour d'une effigie de Platon. Laurent de Médicis avait coutume ce jour-là d'annuler toutes ses obligations. Il s'installait face à l'autel, assis en tailleur sur un coussin brodé, les yeux à demi fermés, et restait en méditation pendant la cérémonie.

On allumait des chandelles, on disposait des couronnes de fleurs tout autour de l'autel, et chacun se recueillait en silence, l'âme en fête, devant une icône représentant les trois Grâces : Vérité, Connaissance et Harmonie dansaient une ronde où s'abîmait l'univers toujours renaissant. L'Orient inspirait leurs dévotions, comme il avait inspiré la sagesse de Platon. Car, ils n'en doutaient pas, l'esprit de Socrate était parmi eux ! *Connais-toi toi-même, et tu connaîtras l'univers et les dieux !* récitaient les humanistes d'une seule voix, avant de se prosterner d'un même mouvement devant l'Idéal platonicien, jusqu'à toucher le sol de leurs fronts. Mirandole songeait que le grand Pétrarque aurait tant aimé participer à cette cérémonie.

Puis les musiciens faisaient leur entrée, on s'asseyait en cercle et, au son de la mandoline et du tambourin, on demandait à Marsile de lire quelques pages de sa traduction du *Banquet*. Il se faisait un peu prier, finissait par céder devant cette amicale insistance, se levait d'un air résigné, puis prenait enfin la posture de l'aède, une main sur la poitrine. Les sages paroles de Diotima, la déesse de l'Amour invoquée par Socrate, s'élevaient dans le soir par la voix aigrelette de Marsile Ficin, exaltant les cœurs, remplissant la coupe d'immortalité. Mirandole ne s'étonnait pas que, dans cette assemblée d'hommes, on invoquât si souvent le savoir immémorial de la Femme pour proclamer les vérités ultimes. N'avait-il pas cru reconnaître dans les yeux de Marguerite l'expression de la vérité tout entière, enfin condensée en un point de l'univers ?

Ils savaient pertinemment que leur rituel exotique eût semblé ridicule et suspect aux yeux d'un étranger, mais ils n'en avaient cure. Pour les Académiciens de Florence, il n'y avait aucune contradiction entre les paroles de Socrate et celles du Christ. L'un précédait l'autre et annonçait sa venue, voilà tout. Et puisque la prééminence de l'Antique était une évidence pour tous, ils se persuadaient que le Christ était un avatar de l'Homme primordial, appelé Adam Qadmon par les kabbalistes, mais aussi Orphée, Zoroastre, Moïse, Trismégiste, Platon, Pythagore… Le 7 novembre !

*

Pic de la Mirandole sortit à grands pas de sa cellule, traversa l'antichambre, se retrouva dans la galerie extérieure, s'accouda sur la rambarde et se pencha vers le cloître. Fra Stefano, accompagné d'un groupe de novices, était justement en train de commenter un chapiteau d'angle, inspiré de l'Ancien Testament.

« Stefano ! »

Sa voix était faible, à peine audible dans l'air froid et humide, mais le petit moine leva la tête, plissa le front et lui adressa un signe amical.

« Tu as raison, Stefano, j'ai des vertiges, ma santé n'est pas bonne… Envoie chercher Marsile Ficin au palais de la via Larga, c'est lui qui me soigne… »

Marsile avait conservé depuis plus de trente ans la petite chambre d'étudiant qui lui avait été allouée du vivant de Côme dans le palais des Médicis.

« Et s'il n'est pas en ville, qu'on aille le quérir à Careggi… Fais vite, surtout… Qu'il vienne me voir avant la nuit ! »

Prêtre et philosophe, Marsile Ficin était aussi connu pour être un excellent médecin, formé dans la tradition d'Hippocrate et de Galien.

« Ce sera chose faite, vous pouvez compter sur moi, lança Fra Stefano. Mais rentrez vite vous mettre à l'abri ! »

Il saisit l'un des novices par la manche, et lui donna des instructions en faisant de grands gestes.

Pic retourna dans sa cellule en se disant que, somme toute, il était infiniment plus agréable d'attendre la visite de Marsile Ficin que celle de Savonarole ! Son Platon était plus accommodant que le Christ farouche du prédicateur…

Il reprit le *Pimandre* et le feuilleta distraitement. Depuis son plus jeune âge, Giovanni se méfiait de l'Église romaine et de ses pompes mensongères. Sur ce point, au fond, il se sentait proche de Savonarole. Après avoir été consacré protonotaire apostolique, il avait déployé des trésors d'ingéniosité pour échapper à son destin ecclésiastique, tout en évitant de s'opposer ouvertement à sa mère. Il craignait tellement de la décevoir !

Avec un élan de tendresse, il évoqua les boucles folles de son chignon, qui traçaient de petites spirales sur sa nuque. Elle avait certainement souffert de la vie sauvage que Gianfrancesco lui avait imposée, dans ce grand château plein de trophées de chasse et de récits de *condotte*. Giulia n'avait jamais cessé d'être une Ferraraise, une femme de lettres. Elle envoyait à ses amies d'enfance de longues citations puisées dans les livres de sagesse chinois, rapportés des antipodes par un certain Marco Polo dont son neveu Matteo lui avait offert les récits de voyage. Cependant, du vivant de Gianfrancesco, elle n'avait jamais failli dans la tâche ingrate d'administrer le domaine. Et après son décès prématuré, elle avait admirablement fait fructifier l'immense fortune de ses fils.

Finalement, Pic de la Mirandole n'avait jamais cessé d'être ce gamin en culotte blanche, courant dans le couloir du château, cet enfant sans peur qui voulait tout savoir. Il avait été choisi pour vivre plusieurs vies en une seule, pour explorer tous les continents de l'âme, pour parler toutes les langues. Cependant, il avait toujours eu l'intuition que cette abondance avait un prix, que cette bénédiction était conditionnelle, que les jouissances de l'esprit allaient de pair avec les souffrances du cœur. Et il s'était préparé à souffrir. Cependant, rien ne l'avait préparé à l'épreuve qui l'attendait aujourd'hui, même les guerres intestines – *pires que des guerres civiles !* – qui avaient ravagé la vie de famille à la Mirandole et fait de son enfance un long parcours d'obstacles jalonné de drames et de cocasseries.

Pendant des années, après la mort de Gianfrancesco, Galeotto avait enragé de devoir céder à sa mère la place du chef de famille. Il appelait Giulia *la Régente*, avec un mélange de respect et de détestation. A ses yeux, une simple femme ne pouvait assumer un double héritage aussi lourd et complexe. Comment une Boiardo de Scandiano comprendrait-elle les subtils équilibres qui régissent une communauté d'hommes ? Et quels hommes ! Mirandole et Concordia n'étaient pas des bourgades ordinaires, mais des forteresses peuplées de combattants à la main leste, buveurs de bière, la lance au côté, le fusil à portée de main. Galeotto était l'aîné, il avait déjà vingt-cinq ans, envisageait de fonder une famille, et voulait profiter de son héritage. Il était comte de Mirandole après tout !

Giulia temporisait, refusant de quitter le château, théâtre de son amour et cœur battant de la vie familiale depuis plusieurs générations. Elle officiait dans le grand salon, réservant son boudoir bucolique pour l'écriture et la méditation. Elle procédait régulièrement à des achats de tissus, notamment chez les soyeux de Lyon, qui lui gardaient leurs plus belles pièces. Les intendants venaient chaque matin lui rendre des comptes de l'administration du domaine et de l'état des vignes. Elle passait parfois un instant au pressoir, plongeant hardiment les deux mains jusqu'aux poignets dans le jus fermenté, à la grande joie des vignerons.

Le moindre événement familial survenu dans les villages avoisinants lui était scrupuleusement rapporté. Elle faisait l'inventaire des stocks d'huile et d'épices, de pommes et de fèves, de pois chiches, de jambons fumés, et bien sûr de noix et de noisettes, traditionnels remparts contre la famine. Elle passait ensuite aux cuisines, où elle soulevait des couvercles et plaisantait avec les marmitons. Elle veillait à ce que la longue tablée des mercenaires soit suffisamment ravitaillée en volailles et en boissons. Les condottieri ripaillaient tard dans la nuit, et les réserves de chandelles remplissaient une pièce entière dans les caves du donjon. Ils admiraient cette jeune femme ravissante qui les nourrissait si bien et qui les dirigeait d'une poigne de fer. A la fin du repas, elle venait boire une coupe de nectar avec eux. Ils l'accueillaient avec enthousiasme, faisant cliqueter leurs lames sur les coupes en étain qu'une armée de laquais remplissait en permanence. Ses décisions étaient sans appel. Ainsi, Giulia régnait sans peine et sans conteste, et Galeotto rongeait son frein.

Comme son père, qu'il idolâtrait, il appartenait corps et âme à l'univers archaïque des âges obscurs, un monde épris de fanfaronnades et d'épopées, qui serait bientôt condamné par l'évolution inéluctable de la société moderne.

« L'honneur ne sera bientôt plus qu'un vain mot, prédisait-il à ses compagnons de chevauchée. Les valeurs marchandes auront bientôt conquis le monde. Les hommes porteront des vêtements de femmes. Les lois du commerce enlèveront toute valeur à la parole donnée… »

Pour Giulia, c'était un adversaire tenace et imprévisible. Malgré ses beaux principes, Galeotto restait infantile, soumis aux caprices de ses fameuses colères qui le laissaient haletant, tout juste capable de se traîner jusqu'à la taverne pour continuer une partie de cartes. Ses provocations incessantes avaient défrayé la chronique pendant des années, avant de tourner au drame.

Un beau jour, en l'absence de Giulia, qui séjournait chez des cousins de Modène, Galeotto avait traîné dans les oubliettes son frère Antonmaria. Il méritait un châtiment exemplaire, car il envisageait d'ouvrir une boutique d'orfèvrerie à Ferrare.

« Moi vivant, criait Galeotto, il n'y aura pas de négociant dans la famille !

– Tu peux m'enfermer, cela m'est égal ! Ce n'est pas à toi de diriger ma vie ! » hurlait le cadet.

Ils ne faisaient pas attention à leur petit frère de dix ans, muet de terreur derrière eux. Giovanni Pico voyait Caïn et Abel, tout droit sortis de sa Bible imprimée, rejouer devant ses propres yeux leur drame éternel.

En l'apercevant, gêné, Galeotto avait suspendu son geste et les deux frères étaient restés ainsi, interrompus au plus fort de l'action, Antonmaria, le dos crispé dans l'attente du coup qui ne venait pas, et Galeotto, le bras levé, dans son habituelle posture menaçante.

« Tu es trop petit, tu ne peux pas comprendre… », avait dit Antonmaria, bizarrement, comme si son seul souci eût été d'excuser son tortionnaire.

Alors, en quelques mots, peut-être inspiré par une raison supérieure, Giovanni leur avait cloué le bec.

« C'est vous qui ne comprenez pas ! Vous ne savez pas

ce que vous faites. Un jour, vous verrez, je donnerai un autre sens au nom que nous portons. Le *Mirandole*, c'est celui qui regarde la lumière. Le *Concordia*, c'est celui qui rétablit la paix.

– C'est vrai, ça ? dit Galeotto, surpris. Tu as trouvé ça dans tes livres ?

– C'est du latin, tu devrais le savoir, gros bêta ! »

Les deux aînés étaient restés cois, deux brutes ébahies. Antonmaria s'était laissé enfermer dans la cave, sans mot dire, comme s'il approuvait son châtiment. Dans la région, la réputation des Mirandole était gravement entachée par cette guerre fratricide que leurs voisins comparaient à celle des Atrides.

Oui, Giovanni avait été cet enfant héroïque, capable de tenir tête au grand Galeotto. Aujourd'hui, c'est un autre grand frère qu'il se préparait à combattre, bien plus redoutable. Sa poitrine se gonfla. Le sang querelleur des Mirandole courait dans ses veines, il allait bientôt le prouver.

Décidément, la prose vaporeuse du Trismégiste ne parvenait plus à occuper ses pensées. Mirandole soupira, replaça dans le coffre l'inutile *Pimandre*, et referma le couvercle avec précaution.

Il n'avait jamais oublié le goût sordide de l'incompatibilité des âmes. Il y avait dans cette famille un guerrier, un marchand et un clerc, les trois piliers de la société humaine. Et Dieu sait pourquoi, au lieu de s'épauler, de se limiter, de se compléter, ils se haïssaient et s'entre-déchiraient. Il entendait encore le bruit mat des coups, les gémissements d'Antonmaria. L'homme, *ce grand miracle*, serait-il naturellement fratricide ?

A son retour, au cours d'un terrible face-à-face, Giulia avait exigé d'une voix blanche les clefs du cachot. Galeotto avait fini par obtempérer rageusement. Antonmaria s'était jeté dans les bras de sa mère en pleurant comme un enfançon, et Giovanni avait éprouvé le pincement aigu de la jalousie. Il aurait aimé écrabouiller ce pleurnicheur sous la semelle de ses bottines neuves, comme un vulgaire moucheron. Une fois de plus, *la Régente* avait réussi à rétablir son ascendant sur la tribu, et une paix armée s'était maintenue dans la famille pendant quelques années.

*

Le jour de ses quatorze ans, le jeune protonotaire avait commencé sa *peregrinatio studiorum*, un voyage d'études qui allait devenir la substance même de son existence et ne se terminerait qu'à sa mort.

Ernesto Bolsoni devait accompagner son élève jusqu'à Bologne où Giulia l'avait inscrit à l'université de droit canon. Là, le service du précepteur prendrait fin. Libéré de ses obligations, Bolsoni avait l'intention de se rendre à la Sorbonne pour confronter la doctrine néo-platonicienne de son maître Marsile Ficin avec l'aride tradition des scolastiques. Il avait toujours rêvé d'aller à Paris, et disposait enfin d'un pécule suffisant pour concrétiser ce projet. Giovanni Pico avait le cœur serré en pensant à la séparation prochaine. Bolsoni et lui ne s'étaient guère quittés pendant toutes ces années.

A quatorze ans, Giovanni n'était plus un enfant mais un jeune philosophe aguerri, enthousiaste à l'idée de découvrir de nouveaux horizons ou de se frotter à des maîtres illustres, bien décidé à prendre en main les rênes de sa propre formation intellectuelle. Sa beauté troublante, que ses frères jalousaient, disposait les esprits en sa faveur. Son génie précoce pour la dispute philosophique attirait l'attention des maîtres, qui espéraient tous l'avoir pour élève.

Les préparatifs avaient duré plusieurs semaines. Très affairée, Giulia orchestrait l'armée des chambrières qui préparaient le trousseau du jeune étudiant, brodé aux initiales des Mirandole et des Boiardo. Draps de lin tissé enveloppés dans des couvertures de poils de chèvre, nappes et serviettes de table en damas, chemises d'étudiant en lin, marmites et timbales, carafes et cuillers, tricots de peau en soie, hauts-de-chausses plissés, gilets de brocart tissés d'or, manteaux de lainage rouge et noir, bonnets de velours, capes ornées de fourrure… Le matin du départ, les valets passèrent plus d'une heure à caler sous les sièges et sur le toit du carrosse les douze caisses du jeune étudiant, frappées du blason familial, remplies de livres, d'armes et de vêtements. L'attelage piaffait. Des provisions d'herbes amères et d'épices chinoises furent entreposées dans les interstices entre les caisses. Les malles de Bolsoni furent encordées sous les jambes du cocher.

Le jeune Pic de la Mirandole portait deux bourses à la ceinture. La première, prélevée sur la dot de Giulia, pleine de florins et de ducats aux armes de Mantoue et de Ferrare ; une véritable fortune, qui n'aurait pas déparé le tiroir-caisse d'un roi. La seconde, plus lourde, contenait la menue monnaie des dépenses quotidiennes, mais cette somme eût largement suffi à nourrir plusieurs familles de paysans pendant un siècle. A l'heure dite, trois valets de pied se suspendirent à l'arrière du carrosse, en position de guetteurs. Dix cavaliers formaient autour du convoi une escorte destinée à dissuader les brigands qui hantaient les environs de Modène. Un courrier avait été envoyé dans toutes les auberges d'étape pour réserver la meilleure chambre.

Après le départ de son dernier-né, Giulia remonta dans sa chambre, alluma un cierge devant la Madone, joignit les mains et voulut prier, mais elle tomba sur le sol. La chambrière la découvrit au petit matin, inanimée. C'était la première attaque du mal qui allait bientôt l'emporter.

CHAPITRE 3

Contes et vétilles

Il était juste midi en ce 7 novembre 1494, et l'hiver répandait sa froidure sur la Toscane en péril. Florence vomissait les dragées et les pâtes d'amande que Piero de Médicis avait fait distribuer dans la rue, en espérant calmer les esprits. Des bandes de *fanciulli* fanatisés commençaient leur collecte de vêtements précieux et de toiles de maîtres, pour alimenter le grand bûcher de la foi.

Avant même de rencontrer Savonarole, Charles VIII avait commencé à mettre à exécution ses accords avec Piero l'Infortuné. En prévision de son séjour florentin, il avait envoyé depuis Lucques ses fourriers et ses hommes de peine, accompagnés de cantinières, pour réquisitionner des logements. Ils avaient débarqué à l'aube chez les bourgeois endormis. *Au nom du Roi Charles VIII, souverain de France, d'Anjou et de Naples, ouvrez !*

Ils s'excusaient du dérangement en ôtant leurs chapeaux à pointes, puis visitaient au pas de charge les plus belles demeures florentines, suivis d'un secrétaire qui esquissait un plan des lieux, et dressait une liste des commodités, ainsi que du nombre et de l'âge des domestiques présents. Les propriétaires des lieux étaient ensuite informés que leur logement allait avoir le privilège d'accueillir pendant une durée indéterminée des officiers de l'armée française, accompagnés de leur intendance. En repartant, les soldats français traçaient à la craie sur les portes d'immenses croix blanches accompagnées d'un chiffre en caractères romains, indiquant le nombre d'occupants prévu pour chaque demeure.

Beaucoup de riches Florentins, épouvantés par ces préparatifs, avaient décidé de s'exiler et les rues étaient encombrées de carrosses surchargés.

« Ils vident leurs demeures de leurs effets précieux et mettent leurs filles à l'abri dans des couvents. On dit que les Français sont des paillards... », avait dit Stefano en rougissant.

Selon une rumeur persistante, Piero de Médicis, pris de terreur en apprenant que Savonarole était en chemin vers Lucques, avait promis au roi de France une fabuleuse somme d'argent – on parlait de deux cent mille ducats ! – en échange d'une alliance militaire. Le roi, dont les caisses étaient perpétuellement vides, n'avait pas décliné cette offre. Infortuné Piero, le bien nommé ! Il était prêt à tout pour reconquérir Florence, dont il se croyait propriétaire. Il distribuait des dragées aux citadins pour les corrompre, mais ne méprisait pas l'idée de les forcer à l'obéissance par les armes.

« Frère Jérôme doit être satisfait de toutes ces maladresses ! ajouta Stefano d'un air complice. Une fois de plus, ses prédictions se réalisent ! »

En effet, Savonarole n'avait cessé de répéter que la lignée des Médicis perdrait le pouvoir après la mort du Magnifique. Avec ses revirements et ses inconséquences, ce nigaud de Piero servait magnifiquement la cause de son ennemi. Si Savonarole prenait le pouvoir à Florence, ce serait en partie grâce à celui qui aurait dû lui opposer le plus ferme barrage.

Agité, Pic sortit à nouveau de sa cellule et se mit à faire les cent pas dans la galerie donnant sur le cloître. Le ciel était d'un bleu si pâle qu'il semblait transparent, rayé par une branche semblable à un bras tendu.

« Ah, songea-t-il en se mordant la lèvre, si Florence tombe, je rendrai l'âme au même instant ! »

C'était un pressentiment atroce. Marchant à grands pas, il s'efforça de calmer les battements de son cœur. Le regard levé, il s'efforça de méditer sur le lointain Empyrée, où se trouve sertie la clef de l'Univers comme une gemme dans le chaton d'une bague, et regretta une fois de plus que les organes sensibles attribués à l'homme par le Créateur ne fussent pas plus puissants. Pourtant, il le savait bien, le mystère était un voile nécessaire, un cocon protégeant les pauvres humains de l'éclat sans merci de la lumière, *qui n'est que l'ombre de Dieu*, comme le disait Marsile Ficin. Seuls les esprits d'élite, aguerris au feu des concepts, préparés à subir l'épreuve ultime de la mort et de la renaissance, étaient aptes à recevoir le message furtif de la Réalité ultime. Pic avait savamment montré comment Orphée lui-même, dans ses hymnes célèbres, avait dissimulé de profondes révélations « sous l'apparence de contes et vétilles ».

Aucune révolution, fût-elle inspirée par les plus hautes aspirations, ne le ferait renoncer à une certaine idée de la dignité humaine, celle qu'il avait tenté d'exposer dans son *Discours sur la dignité de l'homme*. Il n'avait pas changé. Peut-être était-il au moins devenu moins naïf, moins enfantin. Il avait compris qu'il ne suffit pas de faire connaître la vérité pour la révéler. Dissimulée, elle inspire. Exposée à une lumière trop vive, elle disparaît. Mal éclairée, elle se déforme. Veut-on l'utiliser, la manipuler, la diriger ? Elle se venge…

En tout cas, il ne l'avait pas rencontrée à Bologne. Pendant les premières semaines, consciencieusement, il avait quitté tous les matins son appartement aux parquets grinçants pour errer dans les amphithéâtres peuplés de soutanes où de graves théologiens ergotaient sur le sexe des anges et les subtilités juridiques du Jugement de Dieu. Le sens caché, l'esprit des Lois s'étaient absentés depuis longtemps de ces salles ombreuses, de ces paroles creuses, de ces discours éventés !

Pourquoi Giulia tenait-elle tant à l'enfermer dans ces formes prescrites par une Église corrompue ? Ne voyait-elle pas que son dernier fils était un habitant de l'air, qu'il lui fallait de vastes espaces, et le piment toujours plus fort de la nouveauté ?

Malgré leur immense tendresse, Giulia et Giovanni étaient séparés l'un de l'autre par un abîme insondable, une différence d'époque. Giulia témoignait d'un respect maladif pour les institutions établies. Elle sacrifiait encore aux superstitions des âges obscurs, dont l'esprit moderne allait bientôt délivrer l'humanité. Son fils incarnait déjà la nouvelle philosophie des humanistes qui annonçaient le paradis terrestre. Il rêvait d'aller à Ferrare, où l'esprit des Anciens devait souffler joyeusement. Les Byzantins, de fabuleuse mémoire, y avaient séjourné plusieurs semaines. Ernesto Bolsoni lui avait raconté que des joutes oratoires s'y déroulaient toutes les semaines.

« Je veux débattre, croiser le fer avec d'autres étudiants, écouter les meilleurs professeurs ! avait déclaré Giovanni Pico. J'ai besoin de pensées nouvelles, de nouveaux livres, de nouveaux maîtres…

– Je sais, piccolo… Tout cela se trouve aussi à Bologne. Tu iras à Ferrare pendant le Carême, si tu veux. »

Giovanni comprit surtout que sa mère avait donné sa parole à l'évêque de Mantoue, qui représentait le recteur de l'université de Bologne. Peut-être préférait-elle aussi le tenir éloigné des quartiers chauds de Ferrare, où les étudiants avaient coutume de perdre leur pucelage. Il se consolait en pensant qu'il y avait certainement, dans l'austère Bologne, de belles jeunes filles désireuses de philosopher avec lui.

Il déserta bientôt les salles de cours pour errer dans la ville, à la recherche de manuscrits rares, de tableaux, de médailles et de camées. Un jour, il les offrirait à l'élue de son cœur. De temps à autre, au hasard de ses pérégrinations, il humait l'épaule d'une passante, il se laissait taquiner par une servante d'auberge.

Dans une arrière-boutique de la piazza dei Greci, avec des airs de conspirateur, un numismate barbu lui proposa une médaille de cuivre représentant les trois Grâces. On les voyait de dos, elles étaient nues et dansaient, enlacées : « Pulchritudo, Amor, Voluptas », précisa le numismate d'un air appréciateur en les désignant du doigt. Beauté, Amour et Volupté ! L'objet même de la quête philosophique, sous ses trois aspects ! Il ne demandait que trois florins pour ces beautés miniatures, charnues, mystiques, exquises… Un florin pour une Grâce. Autant dire rien. Le philosophe était troublé. A la lueur de la chandelle, elles semblaient danser pour lui. S'il avait été Pâris, il aurait eu du mal à les départager. Il paya les trois florins et rentra chez lui en serrant la médaille dans le creux de sa main.

Le lendemain matin, après avoir beaucoup rêvé, il se réveilla entortillé dans des draps humides, vidé de sa sève, esseulé dans son grand appartement vide. Il ne sacrifia plus que quelques heures par semaine au droit canon et se mit à chercher l'amour dans les ruelles, guidé par une bande de joyeux drilles qui avaient pris sous leur protection ce jeune noble à la bourse miraculeuse.

Sa virilité s'éveilla superbement dans les vapeurs de friture, au fond d'une arrière-salle bondée de dîneurs goguenards. Une superbe Napolitaine aux lèvres épaisses, répondant au nom de Divine, officiait derrière un paravent. Après avoir attendu son tour, Giovanni se présenta devant elle, timide, étonné. Hilare, elle fondit sur lui comme un rapace sur une gazelle. Il se laissa longuement déniaiser de la langue et des mains, avant de reprendre l'initiative, en bon condottiere, déterminé à explorer ce mystère et à découvrir la pierre philosophale de cette magnifique putain. Fouillant son antre généreux, il parvint rapidement au centre de la terre, gémit en faisant jaillir la précieuse essence, sentit l'univers chavirer, ferma les yeux, s'agrippa lascivement aux bourrelets de son initiatrice, et s'abîma dans un long soupir.

Les applaudissements éclatèrent aussitôt, accompagnés de hourras, de bruits de verres entrechoqués. Loin d'en être gêné, le philosophe fut envahi par une seconde vague de plaisir, celle du comédien grisé par l'adulation de son public. Il était conscient d'avoir offert à ses compagnons un spectacle de qualité. Quand il sortit de l'ombre opaque du paravent, cheveux en bataille, rajustant sa chemise, il vit qu'on s'était levé pour lui faire un triomphe. Radieux, il se mit à rire, joignit les mains et s'inclina profondément devant ce public captif, selon le rituel exotique des universités, résistant à l'envie de prononcer un petit discours. On voyait le visage de la fille dépasser du paravent, il se retourna vers elle, caressa du bout des doigts ses joues rouges et déversa une pluie d'or sur ses cheveux épars.

Quand chacun de ses compagnons eut rendu son hommage personnel à la Divine, Giovanni invita la compagnie à la terrasse d'une auberge, dans le quartier des forgerons. On vida soixante coupes de résineux et on termina le repas en beuglant des *canzone*. Sur la longue table en bois verni, les victuailles débordaient, jambons, volailles, crustacés, feuilletés à la crème de brebis, légumes en sauce. Dans ce quartier, par une dérogation expresse de l'archevêché, la vie nocturne battait son plein sans surveillance excessive.

Des joueurs de cartes, retour d'un tournoi, s'arrêtèrent auprès des compagnons. Ils avaient gagné vingt ducats mais restaient le ventre vide, n'ayant pas eu le temps de souper. Levant sa coupe, Giovanni les félicita pour leur grand appétit, saisit à pleine main une cuisse de dindon et la leur tendit avec cérémonie. Le signal était donné, chacun voulut jouer à ce nouveau jeu. Dans la nuit chaude, les noctambules qui passaient par là se virent offrir des pigeons farcis, des oignons frits, des langues de mouton, des crabes décortiqués. On plaisanta, on échangea des bourrades entre inconnus du même monde.

Il ne restait plus qu'une montagne de jambons sur la table quand les derniers passants eurent disparu dans les ruelles. C'est alors qu'un paquet d'os et de haillons se faufila dans l'ombre, en rasant les murs. C'était une vieille qui rentrait chez elle après avoir fouillé dans les poubelles, une mendiante aux allures de sorcière. Elle devait avoir l'âge des Prophètes. Toujours pris par l'excitation du jeu, Giovanni fut le premier à l'apercevoir et la héla d'un ton badin : « Viens par ici, signora ! Regarde, c'est pour toi… »

La vieille leva les yeux, vit les compagnons tournés vers elle comme un seul homme, silencieux, lui tendant des morceaux de viande par dizaines. Stupéfaite, elle regarda ces mains, ces aliments roses, sans comprendre, puis elle comprit, c'était pour elle, de bonnes choses à manger, des tranches de bon jambon, il y en avait pour une semaine à ne pas crever de faim, à ne pas sentir sa bouche se dessécher, ses intestins se tordre, elle se mit à pleurer, elle tendit ses vieux bras pendants, saisit les morceaux de viande que tous lui tendaient, et chaque fois elle remerciait le généreux donateur, comme vous êtes bon, merci monsieur, merci, merci, quelle belle jeunesse, comme je vous remercie. Et Giovanni regardait cette affamée, bouleversé, pleurant sur le malheur, pleurant sur la misère, honteux d'être si riche, honteux de faire à la vieille ce cadeau ridicule, heureux comme jamais, honteux d'être heureux, heureux d'être honteux.

Giulia vint passer à Bologne quelques semaines qui furent consacrées à des obligations mondaines. Giovanni fut peiné d'apercevoir, autour de sa bouche et de ses yeux, sur sa peau si fragile, les premiers sillons de l'âge, cet artisan cruel qui défait les œuvres divines. Le cœur serré, il pressait chaque soir contre sa poitrine vigoureuse le petit corps léger de celle qui l'avait porté, s'inquiétant de le trouver un peu plus frêle que la veille. Elle repartit, épuisée, pour veiller à l'arrivage à la Mirandole d'une cargaison d'épices provenant des Indes, dont elle avait passé la commande trois ans plus tôt.

Au plus fort de l'été, un coursier vint annoncer que Giulia était au plus mal. Giovanni partit sans escorte, seul dans la nuit, le cœur battant, sur un cheval sellé à la hâte, dont il ne cessa de flatter machinalement l'encolure. Brûlant d'angoisse, il galopait dans le vent, trop penché vers l'avant, tel ce flambeau que brandit le coureur et qui menace de s'éteindre à chaque soupir de la brise. Sur le perron, une troupe de condottieri l'accueillit en silence. Les visages étaient graves. Dans l'escalier qui montait vers les chambres, Cristoforo Casalmaggiore l'attendait, les traits tirés, les chausses mal ajustées. Ils s'étreignirent en silence, puis Casalmaggiore saisit la main droite de son maître et la porta à ses lèvres.

La chambre était parfumée d'herbes amères. Au pied du lit majestueux où il était venu au monde, Giovanni vit d'abord Elena, vêtue d'une longue robe lacée à la taille, qui serrait les affaires de sa maîtresse dans un coffre.

Avec son corps plantureux de matrone, Elena présidait aux agonies comme elle officiait aux naissances. Elle le serra contre sa poitrine en pleurant sans bruit.

« Elle est très faible, mais tu es là, c'est bien, piccolo... »

Il avait tellement grandi qu'il dut se pencher pour lui baiser le front.

Au moins, il n'était pas trop tard. Sur l'oreiller de lin rouge, Giulia Boiardo s'était endormie et ronflait doucement, un crucifix dans la main. Son minuscule visage pâle, encadré par ses cheveux épars, faisait un contraste saisissant avec le coton écarlate du coussin. Ses traits autrefois si limpides étaient froissés et tordus, un linge à l'essorage. Giovanni se demanda quel démon était venu prendre possession de ce pauvre petit corps souffrant. Quelques semaines avaient suffi pour ruiner un édifice si harmonieux, si complexe, un être humain, une mère, une femme. Un excès de bile noire peut-être, qui s'était répandu dans le sang, rompant le délicat équilibre des humeurs fondamentales...

Que deviendrait l'univers, une fois privé de Giulia Boiardo ? Le cousin Matteo avait envoyé de Ferrare son médecin personnel, adepte de la nouvelle médecine chimique qui faisait fureur à la cour des Este, et dont le principe était de soigner le mal par le mal. L'utilisation de métaux chauffés à haute température dans un alambic spécial puis administrés à dose infinitésimale allait bientôt, selon lui, supplanter les inoffensifs mélanges à base d'herbes et de racines préconisés par les disciples de Galien. Le docteur avait administré à la patiente un mélange d'antimoine et d'arsenic, censé avoir un effet purgatif. Mais les forces de Giulia l'abandonnaient en même temps que les substances en excès.

Giovanni s'assit sur le lit et lui prit la main, ému de sa faiblesse. Il voulait la réveiller.

« Carissima mamma ! Je suis là, mammita... », murmura-t-il.

Elle ouvrit les yeux et sourit.

« Piccolissimo, je t'attendais ! Tu es là ! »

Elle lui prit la main et la serra. Il sentit ses yeux se remplir de larmes et se força à respirer calmement. Elle l'avait attendu pendant des jours et des nuits. Depuis qu'elle avait quitté Bologne. Il se demanda soudain pourquoi il ne l'avait pas suivie à ce moment-là, malgré son regard éloquent, malgré sa fatigue. Comment avait-il pu la laisser repartir seule, avec ces marques du temps sur le visage, la laisser dépérir, s'étioler, prier dans la nuit pour le retour de son fils ? Comment avait-il pu donner la priorité à ses escapades nocturnes ? Comment n'avait-il pas songé que le temps était compté, que sa mère n'était pas immortelle ? Oui, Giulia attendait Giovanni, en luttant stoïquement pour ne pas se laisser emporter par la marée noire, pour rester dans le même monde que lui, sur la même terre, sous le même ciel, elle avait lutté pour écarter le voile qui menaçait de tout effacer, de plonger dans le néant les rideaux de l'alcôve, les couleurs de l'été, les astres du ciel, la mémoire du condottiere, le visage de ses enfants…

Elle l'avait attendu, et il était là, il lui tenait la main, il souriait. Elle serra encore sa main, lui lança un regard aigu et se redressa avec une vitalité stupéfiante.

« Giovanni Pico, j'ai quelque chose à te dire. »

Entre ses cheveux épars, on apercevait son petit crâne rose. Il voulut parler, mais elle lui fit signe de se taire.

« Écoute, piccolo… Ces derniers jours, j'ai pensé à ton avenir sans moi, à ton destin d'homme, à ta quête de philosophe, et une pensée m'est venue. J'ai compris que non ! Tu ne voulais pas devenir chanoine ou archevêque, vraiment pas ! J'ai compris qu'en toi tout se rebellait devant ce destin trop étroit pour une grande âme comme la tienne. C'est pourquoi je te demande pardon d'avoir voulu te pousser dans une voie qui n'était pas la tienne. Je veux aujourd'hui, selon mes dernières volontés, te libérer de cette obligation absurde que j'ai placée sur tes épaules, en croyant œuvrer pour ton bien et préparer ton avenir. Tu as mieux à faire, je le sais aujourd'hui. Tu serviras la philosophie. Tu auras besoin de ta part d'héritage pour voyager à travers l'Europe, engager des professeurs, acquérir des manuscrits, forger tes armes de guerrier du savoir. En conséquence, j'ai averti tes frères que tu étais en âge de gérer tes propres affaires. Un concordat doit intervenir entre vous pour le partage du domaine… »

Il se mit à rire et lui baisa la main.

« Ne t'inquiète pas pour ça, mamma mia…

– Mais si, c'est très important ! Tu as besoin d'être libre…

– Mais je suis libre, mamma, j'ai toujours été libre, j'ai toujours fait ce qui me plaisait… »

Elle le regarda d'un air malicieux qui faisait oublier son petit visage navrant.

« C'est ma foi vrai… A propos, as-tu toujours envie d'aller à Ferrare ?

– Bien sûr, mamma mia, mais je me suis habitué à Bologne, je ne suis pas pressé…

– C'est la deuxième chose que j'avais à te dire. Mon neveu Matteo est venu me voir ce matin. Je lui ai dit que tu n'étais pas heureux à Bologne, il n'était pas surpris et nous avons longuement parlé de ton avenir dans cette perspective, nouvelle pour moi. Matteo, tu le sais, est un familier de la cour d'Ercole, où l'on rencontre des médecins, des musiciens et des philosophes, et il veut te les faire connaître… Il se propose de te présenter officiellement au duc d'Este. Je l'ai donc assuré de ton arrivée prochaine. A ma demande, il t'a inscrit à l'université de Ferrare, en rhétorique, en grammaire, en astronomie, en musique et en grec… Ta chambre est prête… De là, tu pourras aller où il te plaira, à Padoue, à Pavie, à Venise… Et même à Florence, pourquoi pas ?

– Mamma, je suis triste, mais tu me donnes envie de chanter…

– C'est bien, mon garçon, chante ! Remplis ta mission de philosophe, sois heureux en cette vie, qui est peut-être tout ce qui nous a été donné… Et maintenant, laisse-moi, j'ai à faire… »

Elle lui tourna le dos, décidément, comme si d'autres visiteurs, invisibles ceux-là, réclamaient son attention. Il resta seul, sans voix, immobile, sidéré, jusqu'à ce qu'Elena l'emmène doucement jusque dans sa chambre d'enfant. Alors, saisi d'une nausée incoercible, il se roula en boule sur son lit, sans penser, hanté par le visage froissé, les yeux blanchis, les petites mains exsangues de Giulia Boiardo, châtelaine de la Mirandole. Il répétait ce nom comme une prière, une incantation magique. Tant qu'il aurait la force de prononcer son nom, elle ne pourrait partir, il la retiendrait…

Alors, avec elle, Giovanni franchit les étapes du dernier voyage. Il examina toutes choses, cruellement, durement : tout ce que Giulia allait bientôt perdre, ou abandonner. Son nom, son visage, ses rêves, ses souvenirs. L'un après l'autre, impitoyablement, les voiles de l'illusion se déchiraient, la réalité exhibait ses haillons. La navrante évidence du néant se manifestait par vagues, puissantes promesses d'obscurité, dans un effacement répétitif qui lui donnait la nausée. Dès qu'il ouvrait les yeux, un objet disparaissait. Dans sa petite chambre, ses premiers livres de grammaire étaient restés sagement rangés sur une étagère. Ils ne seraient plus ! L'étagère, la chambre, le lit, le château, la vallée du Pô, l'Italie tout entière allaient bientôt basculer dans le vide. Et le portrait de son arrière-grand-mère, accroché au-dessus du coffre à vêtements. Giulia lui avait offert ce tableau pour un anniversaire. Giovanni aimait tendrement cette petite fille vêtue à l'ancienne, avec ses joues rebondies, son regard rieur et les cheveux châtains tressés en macarons qui lui couvraient les oreilles. Elle aussi s'évanouirait avec la mémoire de Giulia.

Ah, la mémoire, ce grand mystère ! Au cours de sa formation, Bolsoni avait soumis Giovanni à un entraînement d'athlète.

« Ta mémoire est naturellement fidèle, mais cela ne suffit pas… Il faut l'entraîner ! Si tu oublies ce que tu lis, quel bénéfice pourras-tu en retirer ? Tout ce que tu apprendras devra trouver une place là-dedans, à l'abri de l'oubli, à une place bien précise ! » disait Bolsoni, en se frappant le front du doigt, à ce jeune virtuose qui était déjà capable de réciter sans erreur un psaume ou une austère démonstration d'Origène après une seule lecture.

« Selon la méthode des Anciens, tu dois créer dans ton esprit un palais invisible, d'après un plan précis, avec des galeries et des chambres, des salons, des corridors, des escaliers, des passages dérobés, des caves voûtées, des cuisines, des entrepôts… Tu devras l'entretenir soigneusement, vérifier régulièrement l'état des murs et du mobilier. Durant ta vie, chaque fois que tu acquerras un nouveau savoir, tu ajouteras une pièce à ce palais. A l'entrée de chacune d'entre elles, en lettres capitales, tu indiqueras son contenu : le nom d'un auteur, le titre d'une œuvre, un sujet d'étude, une langue étrangère… Considère ce que tu apprends comme un butin qu'il faut accumuler. Ce trésor t'appartiendra sans réserves, aussi longtemps que tu sauras le faire fructifier. »

Docilement, Giovanni ingurgitait chaque jour une cinquantaine de pages qui restaient fixées à jamais dans une salle du palais en construction. La chambre s'appelait Platon ou Lactance, Homère, Pétrarque ou Boccace. En général, Giovanni se représentait de grandes pièces fraîches, ouvertes sur la mer et enchantées par le cri des cigales. Il y installait soigneusement les paroles de ses Pères, comme un voyageur défait ses malles dans une auberge.

« La mémoire est notre premier outil, disait encore Bolsoni. Tu seras heureux de pouvoir l'utiliser à ta guise, quand tu consulteras un livre à la hâte au cours de tes voyages, sans avoir le temps de le recopier. Ainsi, lorsque tu écriras tes propres livres, tu pourras citer les grands auteurs que tu portes en toi. La véritable bibliothèque se situe à l'intérieur…

– On dit que grâce à l'imprimerie, intervint l'enfant, les livres se multiplieront bientôt comme des petits pains, et que les copistes ne trouveront plus de travail.

– Tout cela est possible, et bien d'autres merveilles que nous ne pouvons imaginer, mais jamais les savants n'oublieront l'art de la mémoire. »

Et pourtant… Recroquevillé sur son lit d'enfant, Giovanni voyait fondre tous les souvenirs, tous les mirages d'une vie de femme. Une armée de démons attaquait le passé. Bientôt,

Giulia oublierait aussi Giovanni, son piccolissimo. Elle le laisserait seul aux prises avec un monde implacable où il n'avait pas demandé à naître. Et même l'art de la mémoire s'effacerait un jour… Non, la mort n'était rien d'autre que cet oubli, cette annulation. Le royaume des cieux était une invention des vivants, une invention parmi d'autres. Le défunt était semblable au rêveur qui s'éveille brusquement, et délaisse à tout jamais les personnages de son rêve. Écrasé par la douleur, Giovanni comprit soudain que le bel édifice philosophique, qu'il s'efforçait de construire avec tant de passion et de peine, serait un jour balayé par les eaux glacées du Léthé, sans espoir de renaître. Aux petites heures du jour, juste avant de s'endormir, il sentit qu'un diable inconnu lui arrachait le cœur et le lançait sur un tas d'ordures, avant d'y mettre le feu.

*

Giulia Boiardo fut enterrée sous un soleil de plomb dans sa robe de mariée, avec son luth et sa grammaire latine, en présence des seigneurs du voisinage, de l'évêque de Mantoue et de tous les villageois, dans une atmosphère de fin du monde. Pendant plusieurs heures, devant les trois frères en armes, tête nue, la foule endeuillée défila interminablement. Elena se tenait en retrait, avec son fils Cristoforo. Giovanni voyait ses épaules secouées de sanglots.

Le soir venu, Galeotto convoqua ses frères dans le grand salon du château. Un souper frugal les attendait, sur une petite table dressée devant la cheminée. Les bûches crépitaient.

« C'est peut-être la dernière fois que nous sommes ensemble, dit Galeotto. Nos destinées se séparent. Ont-elles jamais été réunies ? Mais laissons ces querelles, ce n'est ni le jour ni l'heure. Notre mère m'a demandé de procéder au partage de nos biens, sans attendre la majorité de Giovanni…

– Il est vrai que sa maturité est sans rapport avec son jeune âge, intervint Antonmaria. La valeur n'attend point le nombre des années. A seize ans, Giovanni est tout aussi capable que nous de prendre ses responsabilités. Dans beaucoup de domaines, il nous a déjà devancés…

– Son esprit de révolte est en avance lui aussi ! dit Galeotto en riant. Giovanni ne fait rien comme les autres. Il méprise les armes…

– C'est faux ! Tu le sais…, murmura Giovanni. Je suis un combattant, moi aussi, à ma façon… Et je te l'ai dit, souvent : seul le mépris est méprisable…

– Je sais qu'il y a des batailles dans les livres, rétorqua Galeotto. Mais rien ne remplace l'épreuve de la réalité, l'odeur de la poudre et de la sueur, les longues journées à cheval, le corps à corps des combattants…

– On croirait entendre ton père ! Mêmes mots, même inflexion de voix, c'est extraordinaire, remarqua Antonmaria.

– Mon père fut aussi le tien, dois-je te le rappeler… »

Mais Giovanni décida de mettre le holà. Le temps des chamailleries était fini. Il regarda Galeotto droit dans les yeux. Ils avaient presque la même taille, désormais.

« Ne perdons pas notre temps en disputes stériles et en évidences stupides ! »

Galeotto était interloqué. Comment ce morveux osait-il lui parler ainsi ? Mais Giovanni continuait.

« Vous avez gâché mon enfance avec vos bagarres et vos cris, vous m'avez exclu de vos jeux, vous avez ri de mes livres, de mes passions enfantines, vous n'avez jamais cherché à comprendre ce qui m'animait, vous avez martyrisé ce pauvre Bolsoni, vous avez épuisé la bonne volonté de notre mère… »

Les deux aînés se taisaient, dansant d'un pied sur l'autre. Galeotto prit un quignon de pain sur la table et commença à l'émietter.

« Toi, Antonmaria, tu n'es pas méchant, mais tu es faible, tu fais les choses à moitié, tu pars au combat sans espoir de victoire. Tu annonces que tu veux faire du commerce à Ferrare, tu le cries, tu le clames. Mais tu ne fais rien, tu restes là, sans ressort, tu n'as même pas envoyé un émissaire chez Matteo pour te renseigner sur les possibilités concrètes. Il est urgent d'agir, sinon tu ne parviendras jamais à t'arracher au charme de la Mirandole, et à tes vieux démons. C'est le moment d'affirmer ta liberté. Ce soir, tout va se décider pour nos années futures. Je t'en conjure, ne laisse pas Galeotto gouverner ta vie une fois de plus. Ta dignité l'exige. Prends ton envol ! »

Ils l'écoutaient, fascinés. Il ne balbutiait plus, il prophétisait, sa voix était ferme et chaude, il se haussait naturellement aux nécessités de l'heure. Un étranger l'eût pris pour le chef de famille.

« Je n'impose rien à personne ! dit Galeotto. Je ne veux plus me mêler de vos affaires. En ce qui me concerne, étant l'aîné, je conserve bien sûr l'essentiel du domaine, mais j'ai l'intention de passer mes hivers à Ferrare, où mon premier enfant naîtra bientôt. Si c'est un garçon, je l'appellerai Jean-François, d'après notre père…

– Quant à toi, Galeotto, reprit Giovanni, j'espère que les remords ne t'étrangleront pas et ne t'empêcheront pas de jouir de la paternité. J'espère que tes enfants hériteront de ta bravoure, mais non de ton caractère… En ce qui me concerne, je suis jeune, il est vrai, mais selon le Livre de Job *l'esprit est en tous*, et je dirai avec Timothée : *Que personne ne méprise ta jeunesse !* Notre mère m'a dit, en effet, qu'elle souhaitait que je puisse dès maintenant disposer de ma part de la fortune familiale. Nous avons la chance d'être chacun largement pourvus en biens matériels, qui constituent une base solide pour notre liberté. A chacun d'en faire le meilleur usage possible. Vous ne serez pas surpris quand je vous dirai que j'ai pris la décision de me consacrer à mes chères études. A Bologne, j'ai eu le temps de réfléchir et j'ai renoncé à embrasser la carrière ecclésiastique… »

Galeotto bondit.

« J'en étais sûr ! Tu n'as jamais accepté la moindre contrainte… Tu te rends compte que notre mère se retournerait dans sa tombe, si elle t'entendait ?

– Pour Mamma, ne t'inquiète pas. Elle a clairement approuvé mon choix… »

Ils se signèrent tous les trois, en silence, soudain attentifs aux sifflements d'une bûche à demi rongée par les flammes. Un domestique entra, leur présenta sur un plateau des coupes de vin d'Aoste, et se mit en devoir de tisonner le feu. Giovanni leva son verre :

« Au souvenir de Giulia Boiardo, notre *Régente* tendrement aimée ! En hommage à notre père Gianfrancesco, de noble mémoire ! Qu'ils reposent en paix ! »

Ils entrechoquèrent leurs coupes et burent en renversant la tête, jusqu'à la dernière goutte. Giovanni annonça ensuite qu'il allait devenir un brigand du savoir, un pilleur de livres. Il réussit à les faire rire en décrivant des coups de main dans de paisibles bibliothèques, des hommes cagoulés, sabre au clair, remplissant leurs sacs de manuscrits.

« Sachez que je suis désireux, comme tous les Mirandole, de livrer des combats héroïques, mais avec les seules armes du langage. C'est pourquoi j'ai décidé, sans attendre, d'éprouver mon courage et ma science au cours d'une joute oratoire qui aura lieu à Ferrare, au mois de mai prochain. Je serai confronté au fameux théologien Leonardo Nogarola sur une question technique : *l'essence et la substance*. Bien entendu, je serais très heureux si vous étiez présents ce jour-là... »

Après d'âpres discussions, les trois frères parvinrent à un accord sur la division du patrimoine. Le notaire leur apprit que l'héritage avait une valeur encore plus grande que prévu. Giulia s'était montrée une gestionnaire admirable. Galeotto conservait le domaine familial de la Mirandole et toutes ses dépendances, à charge de les faire fructifier. Au cadet, Antonmaria, étaient échus essentiellement des biens mobiliers : des meubles, des œuvres d'art, et trois cent mille ducats qui lui serviraient à ouvrir son commerce à Ferrare et à mener grand train. A Giovanni revenaient la principauté de Concordia, la bibliothèque de Giulia, et une fortune supérieure à celles de tous les lettrés de son temps.

CHAPITRE 4

La joute de Ferrare

Au mois de mai suivant, précédé par sa réputation, Pic de la Mirandole quitta Bologne pour Ferrare. Son nouveau secrétaire Cristoforo Casalmaggiore l'accompagnait, ainsi que ses plus fidèles lieutenants, qui se réjouissaient bruyamment de séjourner dans cette grande ville où l'on trouvait, paraît-il, une fille et une taverne à chaque coin de rue. Sa célèbre bibliothèque, augmentée des incunables de Giulia Boiardo, suivait dans un second carrosse.

Matteo Boiardo avait réservé une aile de son palais pour ce jeune cousin dont le nom était déjà sur toutes les lèvres. Les crieurs publics annonçaient à grand renfort de sonneries la dispute théologique entre le célèbre théologien Leonardo Nogarola et Pic de la Mirandole, prince de Concordia, étudiant en droit canon et protonotaire apostolique, qui devait être présenté à la cour des ducs d'Este par l'évêque de Mantoue.

Les rumeurs circulaient vite à Ferrare, cité prospère où les arts et les lettres s'épanouissaient dans une atmosphère stimulante. Fidèle à la tradition instaurée par son père Nicolas d'Este, épris comme lui de poésie et d'idées humanistes, le duc Ercole encourageait toutes les initiatives de nature à rehausser le prestige intellectuel de sa ville. Il avait presque réussi à répandre le goût de la philosophie dans un peuple naturellement enclin à voir des fantômes errer entre les tombes, ou à prendre les giboulées de mars pour autant d'oracles funestes. Quelques années auparavant, le passage d'une comète, puis une épidémie de peste noire avaient ravivé le goût amer du péché et les bonnes gens avaient ressorti des coffres les talismans de leurs ancêtres, destinés à capter l'influx bénéfique des sphères supérieures.

Avec les théâtres ambulants, les joutes oratoires étaient l'une des distractions les plus prisées des citadins, une occasion de s'instruire en s'amusant. On s'y rendait en famille, en portant les couleurs de son champion, et chacun comptait les points pendant la discussion. La présence des dames pouvait donner un avantage décisif à un orateur de belle tournure. Un argument bien senti, une citation bienvenue, une réfutation habile étaient salués par des hourras et des applaudissements, un bafouillage ou un camouflet par un silence pesant, des sifflets, des coups de talon. Pic de la Mirandole saurait-il enflammer les Ferrarais comme ses compatriotes de l'Émilie ? On s'extasiait sur son jeune âge.

« Le Mirandole n'a que seize ans…

– Il est richissime, il a bénéficié d'une éducation exceptionnelle…

– Dans son village, on l'appelle Bouche d'or et Peau de pêche…

– Ses discours déclenchent des passions…

– Il paraît que les femmes ne peuvent l'entendre sans l'aimer. »

Exceptionnellement, le grand Nogarola lui-même avait accepté de débattre d'égal à égal avec ce débutant. Pic de la Mirandole maîtrisait déjà une dizaine de langues anciennes et modernes, dont l'arabe et le chaldéen. Il possédait plusieurs centaines de livres, dont il avait retenu chaque page dans sa fabuleuse mémoire. Dans toute l'Europe, des copistes écumaient pour son compte les monastères et les universités à la recherche des manuscrits rarissimes dont il usait pour démontrer l'unité entre la philosophie et la religion. Il en faisait faire des copies à grands frais.

Réveillé avant l'aube, Pic se leva en chemise et ouvrit la fenêtre. La lune était splendide, une coupe en argent posée sur le néant. Le matin clair éclipsait les étoiles. Comme Bolsoni le lui avait appris, Giovanni se prépara à l'épreuve, les yeux mi-clos, les bras levés formant un arc devant sa poitrine, les pieds parallèles, essayant de ne penser à rien.

« Se contenter d'être, voilà le secret, disait Bolsoni. Plotin donnait l'exemple à ses disciples. Il leur apprenait à danser sans bouger. Cet exercice garantit un dos solide, des muscles vigilants, un placement harmonieux des vertèbres, un port de tête élégant, enfin une circulation limpide des humeurs. Car elles transportent, selon Galien, l'essentiel de notre substance. Regarde les statues antiques : imagine-t-on les dieux de l'Olympe avec le dos voûté ? »

Ne pas penser ? Impossible. Tenu en bride, l'esprit du philosophe dansait la farandole. Il inspira profondément. Alors, dans les senteurs du fleuve, un parfum ténu lui apporta soudain toute la grande plaine du Pô, toute la campagne, toute la Mirandole. Il était prêt.

*

Le Tout-Ferrare s'était déplacé pour l'occasion, au son des fifres et des tambourins. Déjà, les jaloux toisaient les flatteurs dans la grande galerie du palais ducal. Courtisans, maîtres des requêtes, économes, secrétaires, médecins, boutiquiers, hommes de loi de tout calibre accompagnés de leurs épouses et de leurs filles endimanchées. On distinguait deux cardinaux entourés d'une nuée de prélats.

Le brouhaha cessa. On vit descendre de voiture un chevalier à l'expression candide. Encadré par une longue chevelure bouclée, son visage faisait penser au paradis. Un léger strabisme dans l'œil gauche donnait à son regard une intensité troublante, et quelque chose d'immortel, comme une âme d'enfant, semblait flotter dans son sillage. Il salua les curieux puis se mit en marche vers l'arène.

A cet âge tendre, Pic de la Mirandole tenait du chef-d'œuvre. Une toque de feutre aux couleurs de l'automne soulignait l'éclat de ce front lisse, de ces sourcils finement dessinés. Son épée lui battait le flanc. Pour être philosophe, il n'en était pas moins condottiere. Après avoir hésité à porter sa robe de protonotaire, il avait finalement opté pour une tenue d'étudiant, agrémentée des insignes de sa caste. Un pourpoint de velours vert brodé de rosaces dorées, une chemise de lin blanc aux manches bouffantes, un justaucorps et de hautes bottes de cuir travaillé donnaient de l'assurance à sa silhouette encore gracile. Sur sa poitrine s'étalait fièrement un grand collier aux insignes de la Mirandole et de Concordia. Élégance et souplesse se conjuguaient dans chacun de ses gestes. Il traversa le grand hall en saluant les visages connus. Derrière lui, chargé d'une énorme caisse d'archives, Cristoforo Casalmaggiore mettait ses pas dans les siens.

Leonardo Nogarola était déjà installé sur l'estrade. Au premier rang des spectateurs, Matteo Boiardo conversait avec la duchesse d'Este, dont la beauté fanée attirait encore les regards. Coiffée d'un diadème de grenats, vêtue de velours rouge, elle écoutait avec bienveillance les confidences du poète à la mode, dont elle connaissait comme tout le monde les chansons par cœur. Pic de la Mirandole passa devant l'estrade et se pencha vers la duchesse, qui lui offrit sa main gantée de dentelles de Torcello. Matteo se leva, étreignit son cousin et lui tapota l'épaule. *Tu n'as pas peur, j'espère ?* Giovanni secoua la tête. Il n'avait pas peur, il trouvait les Ferrarais bien aimables de se déplacer en si grand nombre pour l'entendre. Derrière eux, Casalmaggiore tenait sa caisse d'archives à deux mains, avec précaution, tel un reliquaire.

La salle se remplissait à vue d'œil. Tous les regards étaient braqués sur le jeune inconnu qui s'attardait. Derrière la duchesse, Pic intercepta le regard sévère, presque furieux, d'une jeune femme à la peau translucide et aux cheveux de nuit, vêtue de soieries jaunes. Un collier de lapis-lazuli soulignait le grain sensuel de sa peau.

« Matteo, présente-moi au conférencier », dit-elle d'une voix flûtée, dès qu'elle eut capté son attention.

Empressé, Matteo obéit.

« Giovanni, voici la signora Laodomia Strozzi, la fille de mon meilleur ami, le duc de Strozzi. Elle s'intéresse passionnément à la philosophie. Tu la reverras certainement dans la bonne société de Ferrare. »

La main sur le cœur, Giovanni s'inclina, sans la quitter des yeux, attiré par la provocation de ce regard noir. Laodomia Strozzi ne cillait pas. Il n'y avait pas l'ombre d'un sourire sur ce visage pointu, dont la pâleur extrême avait quelque chose de mystique. Giovanni se demanda si elle avait coutume de s'infliger des macérations.

« Merci, Matteo, mais en fait je m'intéresse surtout à l'union entre la philosophie et la religion, précisa-t-elle d'un ton docte.

– Laodomia prépare un essai sur ce sujet sensible, intervint Matteo.

– Cela tombe bien, c'est ma spécialité ! répliqua Giovanni. La philosophie et la religion ne sont rien l'une sans l'autre, elles doivent unir leurs forces pour vaincre l'ignorance et la cruauté. De même, Aphrodite et Cupidon doivent s'unir pour créer une intelligence nouvelle… »

Un éclair passa dans les yeux de la signorina Strozzi. Elle avait saisi le sens de son badinage.

« Laodomia professe que le premier philosophe ne serait autre que Dieu lui-même, dit Matteo.

– Quelle sagesse ! J'espère ne pas trop décevoir la signorina Strozzi avec des raisonnements trop verts et mal ficelés… »

Il avait marqué un point. Et c'est avec la satisfaction d'avoir arraché un demi-sourire à cette belle arrogante qu'il monta sur l'estrade, et salua son adversaire.

« Je me félicite de cette occasion de croiser le fer avec vous, dit à mi-voix Nogarola. Mon ancien élève, Ernesto Bolsoni, m'a beaucoup parlé de vos talents. Il m'a écrit de Paris une longue lettre, où il s'enchante des subtilités de la scolastique, ainsi d'ailleurs que des intrigues locales. Il me dit avoir rencontré un averroïste de Padoue avec qui les discussions durent des nuits entières. Il espère que vous viendrez bientôt les rejoindre.

– Ah Paris ! Je rêve de m'y rendre, mais j'ai encore tant à apprendre ici, dans notre belle Péninsule… Mais c'est moi qui suis honoré de débattre avec un érudit aussi illustre que vous, monseigneur ! Je suis heureux que mon jeune âge ne vous ait pas découragé.

– Les idées n'ont pas d'âge ! dit Nogarola en riant, le regard vif et chaleureux. Et j'apprécie votre audace. Quand Matteo Boiardo est venu me proposer cette rencontre, j'ai tout de suite accepté, justement à cause du défi que représente votre extrême jeunesse pour un homme d'expérience comme je le suis – en principe ! Rien n'est plus formateur que ce genre d'exercices, que les Anciens pratiquaient avec passion...

– Comme en témoignent *les Dialogues* de Platon...

– Je vois que vous avez de saines lectures ! Mais vous ne seriez pas ici sans le savoir : la prérogative de ces combats singuliers, les joutes littéraires, est qu'en eux, être vaincu, c'est encore gagner.

– Exactement ! J'en suis persuadé ! C'est pourquoi je les recherche... Après ce genre de combat, contrairement aux autres, chacun rentre chez soi un peu plus riche, c'est-à-dire plus savant, et mieux armé pour les combats futurs. Car celui qui succombe reçoit du vainqueur un bienfait et non une injustice. Animé par cet espoir, je n'ai pas craint, faible soldat que je suis, d'organiser un si rude combat avec le plus savant et le plus courageux de tous...

– Je vois que nous sommes prêts à débattre, car cet accord sur l'essentiel nous permettra de différer en tout. »

Nogarola lui tendit une main amicale, et Mirandole la serra fermement, en soutenant son regard sévère où il perçut une lueur amusée. Se tournant vers les hérauts, Nogarola leur fit signe de procéder, et les clairons retentirent trois fois. Dans le silence qui suivit, Nogarola fit soudain entendre une voix de stentor. L'assistance frémit.

« Je remercie notre cher souverain, le duc Ercole d'Este, ami des lettres et des arts, ainsi que son épouse et ses conseillers, de me fournir l'honneur et l'avantage de débattre aujourd'hui devant vous avec un jeune noble venu de la grande plaine de l'Ouest, et dont l'âge tendre ne doit pas vous abuser, car innocence et ignorance ne sont pas toujours synonymes. Ce jeune savant a déjà lu des centaines de livres, dont beaucoup étaient disponibles dans la bibliothèque familiale de sa mère, notre compatriote, la regrettée Giulia Boiardo, la tante de notre cher Matteo, une grande âme… qui fut aussi mon amie d'enfance. »

Sa voix se brisa. La main sur le cœur, il observa un instant de silence. Giovanni, surpris par cette confidence inattendue, en conçut aussitôt une profonde amitié pour son adversaire. Comme Giulia aurait aimé cet instant ! Dans la salle, on se poussa du coude. Chacun imagina l'archevêque en galopin, assis dans l'herbe en joyeuse compagnie, avec la jeune Giulia Boiardo…

« Giulia a su élever son fils dans un environnement privilégié qui a permis à ses dons précoces de s'épanouir sans entraves. Ferrarais, mes frères et sœurs en la sainte Église, j'ai l'honneur de vous présenter Giovanni Pic de la Mirandole, prince de Concordia ! »

La main sur le cœur, les deux tribuns saluèrent de conserve sous les applaudissements.

« Si l'on décèle encore, sur ses traits, une certaine innocence, poursuivit Nogarola en désignant Giovanni d'un geste ample, c'est simplement qu'il n'a pas encore fait ses classes à l'université de Ferrare ! »

Un éclat de rire général le rassura : l'auditoire était attentif à ses moindres paroles. Il reprit un ton plus bas.

« Certains d'entre vous sont peut-être surpris, voire choqués, par la prétention d'un jeune homme tel que lui, à peine sorti de l'enfance, à disserter sur les plus hautes questions de la philosophie. Que peut nous apprendre ce blanc-bec, à nous qui avons l'expérience de toute une vie ? pensent-ils en piaffant. Certains vont jusqu'à contester ouvertement le bien-fondé d'un tel exercice, voire l'utilité de la philosophie. Ne suffit-il pas de vivre confortablement et de faire le bien à l'occasion ? Pourquoi se compliquer l'existence ? Ceux-là sont persuadés que ces joutes ne servent aux orateurs qu'à faire étalage de leur érudition. Qu'ils écoutent d'abord, ils jugeront ensuite !

« Pic de la Mirandole est-il réellement ce prince de l'esprit que tous ici attendent ? Ou son audace est-elle excessive, prématurée ? Nous le saurons bientôt, s'il reste sans voix face à mes arguments maintes fois éprouvés. Saura-t-il me porter, au moment opportun, l'estocade d'une citation du Stagirite ou d'Augustin ? Je rappelle aux sceptiques et aux grincheux que les idées n'ont pas d'âge, et qu'elles appartiennent à tous ceux qui prennent soin de les connaître et de les faire circuler.

« Habitants de Ferrare, vous le savez ! Nous avons la chance de vivre l'époque d'une fabuleuse renaissance, celle de la pensée vive des Anciens. Grâce à nos frères d'Orient, au cours des quarante dernières années, nous avons redécouvert un monde perdu et commencé à l'explorer. Les siècles à venir auront pour tâche de parfaire ce que nous aurons commencé. De l'Antiquité, vous le savez, nos Pères ne recevaient qu'un écho affaibli, ayant perdu l'usage du grec. Et le grand Pétrarque avouait à ses intimes, les yeux pleins de larmes, qu'il aurait vendu son âme pour trouver un maître qui puisse lui enseigner la langue de Japhet. »

Il marqua une pause, attendant que les murmures s'estompent.

« Songez que nos Pères ne connaissaient du divin Platon qu'un seul dialogue, le *Timée*, et qu'ils ne lisaient Aristote que dans des textes établis par les philosophes arabes ! Pendant le grand concile œcuménique de Ferrare – les plus âgés d'entre nous s'en souviennent avec émotion –, tous les couloirs bruissaient de rumeurs sur les caisses miraculeuses de Chrysoloras, où les fables d'Esope voisinaient avec des fragments inconnus de *l'Odyssée* et des hymnes orphiques… Hélas, ce trésor était en miettes, car d'innombrables écrits se sont perdus au cours des siècles. Mais nous voulons croire que l'essentiel nous est parvenu, par la grâce de Dieu, et c'est ainsi que le monde antique, deux mille ans plus tard, a trouvé dans notre époque enthousiaste une chambre d'échos pleine de résonances.

« A nous de reprendre le flambeau, pour éclairer l'avenir.

Je songe bien sûr à nos enfants, mais aussi à nos lointains descendants. Notre mission est claire ! Nous sommes les maillons d'une longue chaîne, et nous avons le devoir sacré de faire connaître à l'humanité future la sagesse éternelle des Anciens, telle qu'elle nous fut rapportée dans les malles des patriarches, et telle que nous l'avons – modestement ! – éclairée par nos commentaires.

« C'est pourquoi je vous demande de nous écouter non comme des ennemis jurant chacun la perte de l'autre, non comme des acrobates de cirque, mais comme deux lutteurs à l'exercice, travaillant à fleurets mouchetés. Désireux de gagner, certes, mais surtout avides de concourir à l'établissement de la vérité, respectueux des règles du dialogue, épris de sincérité. »

Une autorité incontestable émanait de cette voix vibrante, de ce visage de Poséidon généreux, de cette longue barbe peignée de frais, de ces nobles phalanges ornées de bagues. D'un geste, Nogarola passa la parole à Giovanni, qui se leva en posant les deux mains à plat sur la table. Il respira profondément, fit un clin d'œil à Matteo, un signe respectueux à la duchesse. Puis, en évitant le regard de Laodomia Strozzi, il sauta dans le vide.

« Mesdames, messeigneurs, et vous tous, bonnes gens de Ferrare, merci de m'accueillir de manière si grandiose ! En ce jour mémorable, monseigneur Nogarola vient d'exprimer ma pensée, bien mieux que je ne saurais le faire : sachez donc que je ne viens pas me produire devant vous pour exhiber mes talents ou briller devant les dames, mais pour compléter ma formation philosophique. Ayant résolu, à l'âge de quatorze ans, de prendre en main l'orientation de mes études, j'ai décidé de m'imposer une série d'épreuves destinées à consolider mes connaissances. Les joutes oratoires font partie de ces examens que je me suis prescrits à moi-même. Car les poètes, lorsqu'ils chantent les armes de Pallas, ne désignent pas autre chose que cette forme de lutte si nécessaire pour acquérir la sagesse, et qui ressemble plus au doux combat de l'amour qu'au choc brutal des armes. »

Émues par cette métaphore, quelques dames soupirèrent. D'un coup d'œil, Mirandole vérifia que Laodomia Strozzi était toujours suspendue à ses lèvres. Tendue, intense, féline, elle l'écoutait en effet, attentive à ses moindres intonations, en vérité elle le dévorait des yeux, elle semblait prête à bondir, à balayer les usages, à prendre tous les risques, prête à faire scandale pour s'approprier le jeune chevalier que toutes les femmes admiraient. Secrètement flatté, il continua son exposé.

« De même que par la gymnastique les forces physiques deviennent beaucoup plus vigoureuses, ainsi, dans cette sorte de palestre intellectuelle, les âmes deviennent plus fortes. J'en mesure tous les périls ! Vous me verrez peut-être, dans quelques minutes, trébucher devant vous, bafouiller, chercher en vain une réplique. N'y voyez de ma part aucune coquetterie : *l'erreur est humaine*, comme le disait Térence, et je ne suis qu'un modeste débutant. Dans ma jeunesse – il sourit en entendant des rires étouffés –, j'ai souvent assisté à des tournois opposant les chevaliers de notre domaine à ceux des voisins. Je connais le détail et le sens des rites. J'ai partagé les émotions du combattant qui pénètre dans l'arène…

« Je prends donc ce risque à mon tour, pour la première fois, sans faillir à ma parole. Mon adversaire a parlé tout à l'heure de sincérité, et je dois vous assurer de ma mienne. Sachez donc que je ne suis pas de ceux qui recherchent l'argent et la gloire, tout en prétendant servir la vérité. Je m'accorderai au moins cela – et sur ce point je ne rougirai pas de me louer moi-même : je n'ai jamais philosophé que par amour de la philosophie ! Par amour, oui… Je n'ai jamais espéré d'autre salaire que la formation de mon âme…

– Facile à dire, quand on possède la moitié de l'Émilie… », lança une voix ironique, du fond de la salle.

L'orateur sembla un instant décontenancé, mais il poursuivit tranquillement.

« Vous devez savoir que ni les calomnies des envieux ni les malédictions des ennemis de la sagesse ne pourront jamais me détourner de vouer un culte au libre envol de la pensée !

Aujourd'hui, le sort me favorise en me permettant d'affûter mes armes auprès d'un théologien de haut vol, monseigneur Leonardo Nogarola, dont j'admire profondément les écrits, ainsi que les déclarations concernant les affaires publiques. C'est pourquoi, si vous aspirez à la vue du sang, vous serez sans doute déçus… »

Dans la salle, on rit, on se récria.

« Mon interlocuteur vous a parlé de ce que signifie pour nous autres, humanistes, la renaissance de l'Antiquité. Je voudrais ajouter une remarque plus actuelle. Vous avez sans doute entendu parler de l'extraordinaire invention du peintre Masaccio, de Florence. En inventant le moyen de représenter la profondeur, il nous entraîne vers les profondeurs de l'espace. De même, la renaissance des Anciens nous entraîne vers les profondeurs du temps ! N'est-il pas exaltant d'assister à la découverte de nouveaux continents ? Combien de fenêtres restent à ouvrir sur des paysages inexplorés ? Combien d'expériences nouvelles sommes-nous appelés à vivre ? »

*

Le solitaire crut entendre des pas dans la galerie donnant sur le cloître de San Marco. Plusieurs personnes s'étaient arrêtées dans le couloir, et poursuivaient une conversation animée. Il dressa l'oreille. Il distingua une belle voix grave qui semblait donner des ordres, une autre voix plus timide, puis des murmures confus, et de nouveau des bruits de pas qui s'éloignèrent peu à peu. Des gouttes de sueur perlaient sur son front. A force d'attendre Savonarole, il en avait presque peur.

Pourtant, à Ferrare, il n'avait pas eu peur, au contraire. A la vérité, il n'avait pas eu assez peur ! Quinze ans plus tard, sa propre arrogance le consternait. *C'est bien cette attitude triomphante qui a causé ma perte…* Il n'avait été qu'un freluquet forgeant de belles phrases, désireux de galvaniser les bourgeois et surtout de séduire la terrible Laodomia Strozzi, dressée sur son siège, captivée, captivante. Il avait été contrarié de la voir par instants, d'un mouvement furtif, se retourner vers le fond de la salle, comme si elle attendait quelqu'un.

Après ces préliminaires, le jeune philosophe et le vieil archevêque avaient doctement disserté sur l'essence et la substance, en se référant à la doctrine des Pères de l'Église. Avec jubilation, ils avaient échangé leurs atouts : des versets bibliques, des citations de Duns Scot, Augustin et Thomas, mais aussi Platon ou Sénèque… Le public était sous le charme. De temps en temps, Giovanni vérifiait du coin de l'œil l'effet de ses arguments sur le visage aux sourcils froncés de la jeune Strozzi. Il s'attendrit de ses efforts pour saisir toutes les subtilités du débat.

Quelques heures plus tard, la lumière du jour commençait à décliner. On alluma les flambeaux. Les auditeurs, engourdis, décroisèrent les jambes, s'autorisèrent à tousser. A la faveur de cette agitation, une fois de plus, Laodomia se retourna discrètement. Elle avait sans doute trouvé ce qu'elle cherchait, car en reprenant sa posture, elle avait le regard flou et les lèvres pincées.

On entendit tinter les cloches de la cathédrale qui sonnaient les vêpres. L'archevêque se leva et fit un majestueux signe de croix, aussitôt imité par Giovanni, et tous les spectateurs esquissèrent pieusement avec eux le geste sacré, comme pour réaffirmer, malgré leur intérêt passionné pour la pensée païenne des anciens Grecs, leur indéfectible fidélité au dogme chrétien.

« Notre temps de parole est révolu, reprit enfin Nogarola après un temps de recueillement. Nous allons maintenant tenter de répondre à vos questions, avec nos faibles moyens… »

Du fond de la salle s'éleva une voix de basse, une voix de tonnerre.

« Messieurs les combattants, permettez-moi de vous dire que votre intellect est souverain, mais d'autant plus trompeur ! »

Qui éructait ainsi ? Les spectateurs se retournèrent sur leurs sièges, chacun se démancha le cou pour tenter d'apercevoir le contestataire. Mais on distinguait mal, dans l'ombre des piliers, les traits du moine encapuchonné de noir. Il s'était glissé sans bruit dans la salle, juste après le début du tournoi.

CHAPITRE 5

Un fauve en maraude

« Oui, messieurs, vous nous avez offert un spectacle de haute voltige, une comédie du plus grand art ! Je vous ai écoutés l'un et l'autre avec la plus grande attention, croyez-le bien, et j'ai bien entendu votre message conciliateur. Cependant je dois à la vérité de dire que je suis resté sur ma faim, car vous n'avez pas apaisé ma soif d'absolu... »

Cet inconnu avait quelque chose d'un fauve en maraude. Il ne faisait rien pour paraître et restait nonchalamment adossé à la muraille, mais déjà il tenait son public en haleine. Délaissés par leur auditoire, les conférenciers ne voyaient plus que des chapeaux. Seule Laodomia Strozzi était restée face à l'estrade, les yeux rivés sur le héros du jour, refusant ostensiblement de céder à la contagion. Giovanni lui sourit, pour encourager ce geste de résistance, mais elle garda son sérieux, refusant sa complicité comme elle aurait repoussé un geste indécent. L'inconnu continuait son discours.

« Voilà bien des années que je ne suis plus revenu dans ce palais, où j'avais juré de ne jamais remettre les pieds car la vision des fresques lascives qui nous entourent avait profondément choqué le garçon innocent que je fus, et auquel j'espère ne pas être infidèle... »

En orateur averti, le moine marqua une pause, et tous les regards se dirigèrent vers les scènes agrestes qui ornaient la salle du trône. Sur le mur de droite, un artiste audacieux avait représenté l'enlèvement des Sabines. A gauche, on voyait un cygne géant sur les genoux d'une déesse à demi dévêtue : Jupiter séduisant Léda. Un murmure s'éleva, que le moine fit taire d'un geste impérieux, tout en s'avançant dans la travée, toujours dissimulé sous sa capuche, son grand corps noueux empêtré dans la soutane. Chacun le suivit du regard, on retenait son souffle.

« Mais oublions ces turpitudes, du moins pour l'instant… A chacun de séparer le bon grain de l'ivraie, à la lumière de la Révélation divine. J'ai été attiré ici, je l'avoue, par l'annonce de la venue à Ferrare d'un jeune prodige de la philosophie. Un serviteur de Dieu tel que moi se doit de rechercher ceux que la Grâce a désignés, et de leur faire connaître la juste Voie. C'est pour accomplir cette tâche sacrée que je me suis résolu, à mon corps défendant, à venir aujourd'hui parmi vous, dans ce cadre fastueux, délaissant la tranquillité méditative de ma retraite en Dieu. Vous serez tous d'accord avec moi pour dire que le jeune Pic de la Mirandole, en ce dimanche mémorable, n'a pas failli à sa réputation. Il a démontré avec force, devant vous, la valeur de la jeunesse, le pouvoir de l'espérance… »

Il continuait d'avancer lentement, s'approchant de l'estrade à pas comptés, le regard fixé sur Giovanni.

« Sachez que j'avais à peu près votre âge, jeune homme, dit-il avec un étrange sourire, quand le Seigneur a bien voulu m'éclairer… »

Giovanni s'était figé dans une attitude respectueuse, troublé par la virtuosité de cet inconnu, par ce regard qui ne le lâchait pas. Il en oubliait presque la présence de Laodomia. Le moine pointa l'index vers lui :

« Sache que je t'ai reconnu, Giovanni Pico, et je sais que tu me comprends, car tu viens de loin toi aussi, tu viens de la lumière, même si tu l'as oublié. Je vois sur ton visage, au petit espace qui sépare tes lèvres de ton nez, que l'ange Raphaël a bien rempli son office, mais ta mémoire est plus vaste que ton esprit oublieux, et tu portes l'univers entier dans ton cœur, depuis l'aube des temps… »

Un murmure étonné se propagea dans l'assistance. Se connaissaient-ils, ces deux-là ? Debout dans la travée, le moine semblait ignorer qu'il était la cible de tous les regards.

Il ne parlait qu'à l'un d'entre eux, qu'il avait élu, qu'il voulait sauver.

« Tu ne seras pas surpris, toi, d'apprendre qu'un instant m'a suffi pour accomplir mon destin, un instant de feu, un instant de lumière ! C'était un jour de pluie, et je pleurais sur mes péchés en arpentant les rues désolées de Faenza, où mes pas errants m'avaient guidé. L'âme en peine, je suis entré dans une petite chapelle, à flanc de coteau, où quelques novices s'exerçaient au chant grégorien. Dans cet abri miraculeux, on croyait entendre les anges. Des centaines de cierges brûlaient. Il y avait là bien plus de cierges que d'habitants ! Sans doute une vierge avait-elle sacrifié ses économies en allumant des centaines de flammes pour demander le retour de son fiancé. Et soudain, écoute-moi bien, Giovanni Pico, je crus voir encore ces lueurs fragiles se multiplier, s'unir, se rassembler en un seul feu vibrant, et je fus inondé par cette source d'amour, et l'Éternel m'apparut alors dans ce Déluge de flammes, je tombai à genoux sur les dalles, je tremblai, je pleurai devant Sa face. Et j'entendis Sa voix. *Quitte ton pays, quitte la maison de ton père, et va vers toi-même !* me dit-Il, comme Il l'avait dit à notre ancêtre Abraham. Le tonnerre se mêlait au chœur des anges, et tout mon corps fut transi, et glacé, couvert de sueur. C'est ainsi que l'Éternel m'a ravi en ce jour de fête. J'ai quitté la maison de mes parents, sans écouter les pleurs déchirants de ma mère, et je suis parti à pied pour Bologne, où le prieur des dominicains a recueilli mon offrande à Dieu. »

Un insecte aux élytres bleutés entra en vrombissant dans la salle. Égaré, il tournoya au-dessus des têtes et se dirigea vers le grand chandelier posé sur la table des conférenciers. On entendit distinctement son petit corps griller. Le moine brandit vers Giovanni la croix d'ivoire qu'il portait au cou.

« N'oublie jamais l'agonie du Crucifié ! » proféra-t-il avec violence, et Giovanni jeta un coup d'œil inquiet à Nogarola, qui souriait paisiblement. Le moine avançait toujours, ses yeux de rapace fixés sur sa proie, avec une sorte d'amour dévorant. Il inspirait un effroi mêlé de désir. Chacun se demandait s'il finirait par gravir les marches et monter sur l'estrade.

« Après cette halte miraculeuse sur le chemin de la vraie Vie, pendant dix années austères et passionnées, dans la plus grande ferveur, j'ai exploré les profondeurs de mon âme. Et j'y ai trouvé partout la lumière infinie de la Révélation. Et cette lumière m'a comblé au-delà de toute mesure ! »

Il s'approcha jusqu'au bas des marches.

« Mais je ne viens pas ici pour vous parler de moi ! Qui suis-je après tout, sinon l'humble témoin de la Révélation, un pauvre insecte égaré au voisinage de la Flamme ? Voici donc ma question, et, croyez-moi, elle concerne bien *l'essence et la substance*, objets de votre quête : pourquoi cherchez-vous donc, avec tant de peine et à si grands frais, à retrouver chez des philosophes étrangers le message d'éternité que nos Pères nous ont directement légué à travers la sainte Bible, et dans sa clarté la plus resplendissante, dans sa vérité la plus nue ? Vous avez cité plusieurs fois l'Ancien Testament, mais sans lui reconnaître la primauté qui lui revient absolument. Pourquoi cette omission ? »

Il gravit enfin les quelques marches, se retourna vers la salle et apostropha les spectateurs.

« Ferrarais, je vous en conjure, ne l'oubliez jamais ! Je suis l'un des vôtres, je vous connais ! Vous vivez dans la luxure et le paganisme le plus effréné ! J'ai préféré m'exiler pour ne plus voir vos crimes ! Mais oublions le passé. Pour vos péchés, vous serez pardonnés si vous faites pénitence ! Reniez cette existence dorée qui vous donne la nausée ! Restaurez la pureté primitive de la foi ! Purifiez la sainte Église de ses profiteurs et de ses fornicateurs ! Partagez votre manteau avec les miséreux ! Sacrifiez-vous pour les faibles, les sans-abri, les simples, les enfants ! Nettoyez les latrines ! Oubliez les hauteurs limpides où votre âme voudrait s'ébattre glorieusement, comme un oiseau de paix ! Vous n'êtes pas encore dignes de cette liberté suprême ! Vous n'avez pas encore appris à servir, à courber l'échine devant la loi de Dieu ! Sachez que la Bible n'est pas seulement le centre de la

Création : elle en est le cœur ! Et le cœur n'a pas de centre, pas de circonférence. Le cœur est partout, n'est-ce pas ? Face à nos péchés, la miséricorde divine est sans limites… »

« Voilà au moins un homme sincère. Son ardeur est inhabituelle chez un fonctionnaire du Dogme…, glissa Nogarola à Giovanni avec un regard complice.

– Oui, quel orateur ! Quelle audace ! Quelle voix puissante ! » répondit Giovanni.

Il était troublé par cette éloquence excessive, par cette humilité altière. Savonarole n'était pas seulement sincère, il était plus que sincère. On était tenté de dire que le jeu de scène était impeccable. Mais le moine parlait encore, rien ne semblait pouvoir tarir la source de sa parole.

« Notre époque est admirable, dites-vous, car elle a vu renaître la pensée vive des Anciens. Je vous l'accorde, pour une part. Les penseurs sont toujours à la recherche de nouveaux combustibles, et j'avoue avoir pris plaisir à relire Aristote dans le texte, enfin débarrassé de ses commentateurs arabes. Mais les Patriarches et les Prophètes, Abraham, Isaac et Jacob, ne sont-ils pas là, parmi nous, pour nous guider, comme ils l'ont toujours fait ? Et ne donneriez-vous pas toute la pensée de Platon pour une seule parole de Jésus ? Ne soyons pas aveugles : fouillons nos propres poches avant de dépouiller celles du voisin ! Vous qui réaffirmez sans cesse la prééminence de l'ancien sur le nouveau, pourquoi oubliez-vous Moïse, qui précède Platon, et pourquoi abandonnez-vous Notre Seigneur Jésus, qui est de tous les temps ? Même si elle la précède, la philosophie des Anciens n'est qu'une pâle imitation des saintes Écritures… »

Il leva la tête, rabattit son capuchon, et sa puissante laideur apparut au regard de tous. On vit son profil d'aigle, ses cheveux en touffes broussailleuses autour de la tonsure. On vit le nez altier aux narines ombreuses qui semblaient des ailes de chair. Le front escarpé, profondément plissé. Les lèvres humides et grasses. Son regard de feu incendia les cœurs.

« C'est Jérôme Savonarole, un enfant de Ferrare, murmura

Leonardo Nogarola, stupéfait. Il est donc revenu dans nos murs…

– C'est Jérôme Savonarole, disait-on dans la salle, le fameux dominicain, le petit-fils de notre cher Michele… Un vrai fou de Dieu… On dit qu'il a appris la Bible par cœur… Il dénonce tous les fléaux de notre temps, il accuse le pape d'inceste et de simonie, il n'a peur de rien… »

La nouvelle se répandit en un éclair. Jérôme Savonarole avait alors vingt-sept ans, une foi militante, et c'est avec la plus grande répulsion qu'il voyait sa ville natale se vautrer sans vergogne dans le culte du paganisme antique. Les humanistes, élèves de l'helléniste Guarino Guarini et de son fils Battista, tenaient à Ferrare, comme à Florence, le haut du pavé. Lui, Jérôme, n'avait jamais été, comme les autres, séduit par le clinquant et les mœurs faciles. Il avait un idéal, car il avait été élevé dans le respect des vraies valeurs, non par Niccolo, son vaurien de père, qui passait son temps à spéculer sur les cours de la laine sans parvenir à nourrir sa famille, mais par son grand-père, Michele Savonarole, le médecin des pauvres, qui avait été fait chevalier du Saint-Esprit par le pape pour sa grande piété et charité. C'est Michele qui lui avait enseigné l'horreur de la corruption, le dégoût des pompes et des fastes, le dédain pour la vie de cour et les manières des courtisans. C'est Michele, Dieu ait son âme, qui l'avait initié à la pensée de saint Thomas d'Aquin, le patron des dominicains. C'est encore Michele qui lui avait appris à distinguer entre la véritable Parole divine et le verbiage des faux vicaires…

Il se tourna vers les conférenciers assis derrière la table. Désormais, il les dominait de sa haute taille.

« On m'appelle Jérôme Savonarole, et j'attends la réponse du prince de Concordia… »

Ironique, il fit mine de jeter à Giovanni un gant invisible, puis croisa décidément ses bras sur sa poitrine creuse. Il ne bougerait plus.

Avant de donner la parole à Giovanni, Nogarola lui souffla :

« On dit que Savonarole est entré dans les ordres à la suite d'un chagrin d'amour. »

Très ému, Giovanni repoussa sa chaise et se leva. Silencieusement, il convoqua les mânes de ses ancêtres, les vaillants guerriers de la Mirandole, et prit une profonde inspiration.

« Il n'y a en moi rien de grand ni de singulier… Comme vous, mon père, je cherche et je désire l'absolu… »

Il hésita, cherchant ses mots, et jeta un coup d'œil vers Laodomia Strozzi. Elle n'avait toujours pas daigné regarder le moine. Giovanni fut surpris par sa pâleur. En vérité, elle semblait au bord de la syncope.

« Que personne ne me condamne si… », reprit Pic de la Mirandole, faisant un effort pour rassembler ses idées.

L'épreuve était plus difficile que prévu. Le tournoi se transformait en combat singulier. Il était en première ligne sous le feu de l'ennemi, et à l'évidence le bienveillant Nogarola ne pouvait plus rien pour lui. D'une voix douce, il recommença :

« La seule chose qui me distingue peut-être, c'est la curiosité, qui n'est pas un vilain défaut… »

L'assistance retenait son souffle. Nogarola l'encourageait du regard. Matteo et la duchesse étaient suspendus à ses lèvres. Derrière eux, encadrée par ses nattes, Laodomia semblait une Madone en colère, avec les joues rouges et la mâchoire crispée.

Puisant ses forces dans la forêt obscure, Giovanni trouva le courage de parler. Les yeux dans les yeux, il s'adressa au moine. A cet instant, ils étaient seuls au monde.

« Mon père, je vous répondrai avec la plus grande sincérité. C'est la seule promesse que je puisse vous faire. Non seulement j'admire ce que vous êtes, mais je vous envie, croyez-le bien. Vos talents d'orateur m'ont donné le frisson, comme à tous ceux présents dans cette salle. Votre intimité avec les textes sacrés transparaît dans vos moindres paroles. Nul ici ne peut en douter, vous êtes des rares élus qui tutoient l'infini, que les Hébreux nomment En Sof et les chrétiens

Empyrée. Vous avez eu la chance de recevoir la grâce de Dieu, puis de demeurer en elle. Vous avez trouvé la Voie. Votre certitude est inébranlable. Votre dévotion est touchante. La Parole, pour vous, ne se distingue pas de la Vérité, et se suffit à elle-même. Le grand arbre de l'Église, avec tous ses rameaux, est pour vous identique à l'Univers, avec toutes ses constellations. Inspiré par le Seigneur, vous prophétisez, et chacun frémit dans les tréfonds de son être, car il y a une magie dans votre voix. Mais vous n'en êtes pas moins homme : vous n'êtes donc pas infaillible ! »

Sans la regarder, Giovanni sentit que Laodomia rassemblait ses forces en vue de l'assaut final, comme si elle eût parlé par sa voix. Elle semblait faire un effort surhumain pour ne pas se lever et prendre la parole.

« Je n'ai pas eu, pour ma part, cette chance unique d'être guidé jusqu'à bon port par un troupeau d'anges vêtus de bure et de lumière. J'ai été éclairé, oui, en de brèves fulgurances, et parfois d'une lumière si belle que j'en restais ébloui pendant des jours. Pourquoi n'ai-je pas, alors, fait le choix d'une vie contemplative ? Pourquoi n'ai-je pas obéi à ma mère, Giulia Boiardo, Dieu ait son âme ! – beaucoup d'entre vous, je crois, l'ont bien connue – qui rêvait pour moi d'un destin de prêtre ? »

Oui, pourquoi ? Dis-le-lui ! semblaient lui demander les yeux implorants de Laodomia Strozzi.

« Pardonnez-moi, mon père, peut-être ne pourrez-vous comprendre ceci, reprit Giovanni. Ma mère, au moins, l'avait compris. Je dois avouer, comme dit le poète, que *partout où il m'emporte, j'arrive en passager du vent.* Vous m'avez reconnu, vous l'avez dit, et je l'ai senti dans mon cœur, et pourtant je ne suis pas celui que vous croyez… Je ne suis qu'un voyageur, un modeste amant de la sagesse, qui n'appartient à aucun pays et que nulle doctrine ne peut enfermer. Qui suis-je donc pour choisir, pour décider que telle doctrine est juste, que telle autre est mensongère, qui suis-je pour démêler le bon grain de l'ivraie ? Je me suis donné pour but de rechercher la sagesse sous ses divers déguisements, dans ses retraites les plus mystérieuses, parfois les plus lointaines. Je me suis donné pour principe de ne jurer sur la parole de personne, de ne m'affilier aux doctrines d'aucun, mais de me fonder sur tous les maîtres en philosophie, d'examiner toutes les positions et de connaître toutes les familles. Telle est ma croyance : on ne peut choisir une voie parmi d'autres, si l'on n'a d'abord acquis une connaissance approfondie de toutes les voies possibles. Je sais que, pour accomplir cette tâche immense, il me sera nécessaire de connaître non seulement le grec et le latin, mais aussi l'hébreu, le chaldéen, l'arabe, et bien d'autres langues.

« Et voilà pourquoi je ne suis et ne serai jamais qu'un éternel étudiant. Et je n'aurai pas droit à la splendide certitude qui fait l'ordinaire de vos jours. En effet, il est assuré que toute la sagesse est passée des Barbares aux Grecs, puis des Grecs à nous. Selon moi, il est donc nécessaire, pour connaître les doctrines et les mystères, d'interroger à la fois les Hébreux et les Égyptiens, les Chaldéens et les Grecs... Vous le savez, les meilleurs de nos Pères, en leur temps, ont puisé des ressources précieuses dans le discours philosophique des *étrangers*, comme vous dites !

« Pardonnez-moi d'insister sur ce point, mais c'est à mon avis le propre d'un esprit étroit que de rester enfermé dans un seul Portique, une seule Académie, un Dogme unique. Car la vérité a mille visages, aussi divers, aussi splendides que les fleurs dans la campagne, et chaque penseur, dans l'Histoire, lui a donné une forme inimitable, une saveur à nulle autre pareille, une odeur, une atmosphère. De la même manière, le visage d'un homme ne ressemble à aucun autre, alors que tous ont en commun les yeux, le nez, la bouche, disposés dans le même ordre immuable. Pourquoi se limiter à un seul visage ? Chaque théorie est un univers entier, offert à nos explorations ! Chaque intuition sincère est un don de Dieu ! Chaque philosophe est un maître ! Chaque livre contient la Création tout entière ! Le grand Océan, avec ses courants, ses ressacs puissants, ses tourbillons invisibles, ses mystérieux habitants, n'est-il pas contenu dans une larme d'enfant ?

« Je suis, moi aussi, un fervent lecteur de la Bible, et je recherche actuellement un maître d'hébreu pour m'aider à en faire une lecture dans sa version originale. J'ai lu aussi les Évangiles en pleurant. Mon précepteur m'a recommandé la prose de Jean Duns Scot, et je lui ai trouvé quelque chose de vigoureux et de tranchant. J'ai plongé ensuite dans les arguments solides et pondérés de Thomas d'Aquin, le patron de votre confrérie. J'ai lu ce qui me tombait sous la main, Dante et Boccace, Homère et Pétrarque, mais aussi des auteurs plus obscurs, Gilles de Rome, François de Meyronne, Albert le Grand, Henri de Gand, que sais-je encore. Les textes d'Averroès m'ont ramené sur la terre ferme de l'éthique et du droit, vers une plus juste appréciation de l'intellect…

« Ainsi, tous diffèrent grandement les uns des autres, même s'ils communient dans la recherche du vrai et l'amour de la philosophie, même si le Créateur unique les inspire également. Mais je vous épargne un discours trop long, car le crépuscule étend maintenant son ombre apaisante sur nos têtes.

« J'en viens donc à l'essentiel : je dirai donc, comme le grand Maïmonide, qu'il serait désastreux de prétendre que le savoir et la foi sont contradictoires. Ils ne sont que deux aspects du grand Tout, qui dépasse infiniment notre compréhension. Aussi, dans la tradition hébraïque, le Mythe et la Loi – appelés Haggadah et Halakha – sont-ils l'avers et l'envers de la même Parole. De même, Aristote et Platon se complètent l'un l'autre, malgré l'abîme qui semble les séparer, ils ne sont que deux aspects de nous-mêmes. J'espère un jour démontrer ce point dans ma *Concordia*.

« Notre débat se termine en ce jour, mais je voudrais ajouter ceci, qui s'adresse à mes deux interlocuteurs : malgré mon jeune âge, vous avez su entendre mes arguments avant de les juger. De cela, avant tout, je vous remercie.

« Je sens, je sais que nous nous reverrons et que nous débattrons encore de ces questions essentielles. Quant à vous, mon père, dit-il en se tournant vers Savonarole, votre apparition inattendue dans cette noble assemblée fut pour moi un signe du ciel. Oui, je le sens, nous avons engagé aujourd'hui une fameuse controverse, qui retentira longtemps dans les mémoires. Nos désaccords sont profonds, il est vrai. Vous les avez dévoilés, sans fard, aux yeux de tous les Ferrarais. Ainsi le destin nous a placés face à face, harnachés de nos certitudes opposées comme des bœufs sous le joug. Et pourtant, vous le verrez en fouillant votre cœur, si notre substance se divise, nous restons unis en essence ! A travers tous ces ruisseaux, vous l'avez dit, nous nous abreuvons à la source commune de l'Être… »

Un instant, Giovanni suspendit sa phrase pour chercher le regard du moine, et le vit sourire imperceptiblement. Ils se comprenaient, ces deux-là.

C'est ce moment que choisit Laodomia Strozzi pour se lever. Dans une hâte maladroite, elle bouscula les spectateurs de la deuxième rangée. Tous la suivirent du regard alors qu'elle remontait la travée, retenant les plis de sa robe, avec les gestes hautains d'une princesse en colère. On entendit quelques applaudissements ironiques, vite étouffés. Le public se réjouissait de ces coups de théâtre à répétition. Une porte claqua au loin, faisant résonner le hall d'entrée.

Agacé, Giovanni se retourna vers l'assistance. Il était temps d'en finir.

« En somme, dit-il d'une voix calme, je serai satisfait ce soir, si j'ai réussi à convaincre quelques personnes ici présentes que tous les maîtres sont porteurs d'une étincelle de vérité, mais que nul parmi eux ne la connaît tout entière. »

Il marqua une pause.

« Telles sont les dérobades de la vérité : elle ne peut être ni possédée ni vaincue, et les traits que l'on fait pleuvoir sur elle retombent à la fin sur ceux qui les ont lancés. »

Giovanni vit que Savonarole hochait la tête, avec une sorte de componction ironique, comme s'il avait triomphé.

« Ce sera le mot de la fin, justement », dit Nogarola en se levant à son tour. Il s'inclina vers la duchesse d'Este, la main sur le cœur. « Soyez remerciée, madame, pour votre hospitalité grandiose. Je félicite mon jeune ami pour son attitude vaillante. Quant à notre contradicteur dominicain, sa profonde piété est digne de tous les éloges. Que la communauté des chrétiens restaure en son sein la pureté primitive, qui ne pourrait le souhaiter ? »

Après cette clause de style, Leonardo Nogarola prit une clochette sur la table et la secoua vigoureusement. La porte s'ouvrit à deux battants. Un courant d'air fit vaciller les chandelles. Des valets en habit se disposèrent en bon ordre devant la porte. On s'étira, on bâilla. Les spectateurs se levèrent en défroissant leurs habits. La séance était levée. A Ferrare, ce soir-là, le crépuscule bourdonna de rumeurs.

CHAPITRE 6

Reine de la nuit

La soirée se poursuivit au palais Boiardo. Dressée sur la rive du Pô, tout illuminée en cette soirée exceptionnelle, la demeure princière des cousins de Ferrare se reflétait à la surface noire du fleuve. Suspendus dans l'encadrement des fenêtres, les grands lustres éclatants semblaient flotter dans le vide. Une odeur de lagune montait des pontons, propageant une sorte de griserie. Le printemps amollissait les cœurs. Dans un discret clapotis, près de chavirer, quelques barques chargées de badauds stationnaient près du rivage, sous la surveillance des gonfaloniers. Alignés sur le quai, appuyés sur leurs rames, les bateliers contemplaient le spectacle. Les habitants de Ferrare écarquillaient les yeux. On disait que les Boiardo de Scandiano importaient de Turquie un alcool doux, qui vous tournait la tête dans l'instant.

Devant l'entrée de pierraille voûtée, les carrosses se succédaient sans discontinuer, accueillis par la cohorte empressée des valets. De jeunes princesses suivaient les douairières en bavardant gaiement. D'un geste de bergères anoblies, elles relevaient leur robe de bal, laissant apercevoir sur les pavés d'exquis chaussons destinés au quadrille. On applaudit en voyant passer Bianca degli Albizzi, une lointaine parente de Clarice Orsini, l'épouse de Laurent de Médicis. Leonardo Nogarola fit une entrée remarquée avec la duchesse d'Este. Personne ne fit attention au moine couleur muraille qui s'était tapi dans une encoignure pour épier les allées et venues des grands de ce monde. Savonarole avait l'art de se rendre invisible. Il était natif de Ferrare, mais passait inaperçu, car on ne l'avait plus revu depuis une dizaine d'années, depuis son départ pour Bologne, et personne ne s'attendait à le voir ici ce soir. Sous l'abri de son capuchon, ses yeux inquisiteurs surveillaient alternativement les passants ébahis et les beaux personnages qui venaient s'humilier, avec toute leur panoplie, devant la vanité candide du jeune Mirandole. Un encombrement de voitures attelées s'était formé sur la place. Hennissements, claquements de fouet, piétinements.

Allaient-ils arriver ensemble, Laodomia et Giovanni, dans la même voiture ? Savonarole fut rassuré en voyant apparaître Pic, les joues écarlates, avec son cousin Matteo. Ils discutaient avec animation, riant comme deux compères, bras dessus bras dessous. On les devinait prêts à toutes les turpitudes, à tous les excès. Sans y prendre garde, les deux cousins se trouvèrent enserrés par la cohue des admirateurs qui voulaient porter le jeune orateur en triomphe. Il se débattit en riant, et dut accepter de passer entre les deux rangées d'une haie d'honneur improvisée.

Ces nigauds n'avaient pas assisté à la joute mais ils s'enthousiasmaient par ouï-dire, toujours à la recherche de nouveaux dieux. Ce Pic de la Mirandole, avec sa naissance miraculeuse et son aura de condottiere, servait à merveille le penchant naturel du peuple à l'idolâtrie. S'il n'y prenait garde, on lui dresserait bientôt des statues à tous les carrefours.

*

Savonarole connaissait bien le *popolo magro*, et l'aimait sans conditions, mais le jugeait imbécile. Depuis son plus jeune âge, il avait pris l'habitude de partir sur les chemins, répondant à l'appel d'une voix mystérieuse. Armé d'un bâton de pèlerin, il nouait amitié avec le premier venu, chasseur ou paysan, tailleur de pierre, forgeron, artisan graveur, créature de Dieu. Il les envoûtait aisément par la force de son regard, les fascinait par sa faconde, leur offrait à boire, puis trinquait avec eux à la gloire du Seigneur, enfin chacun s'extasiait sur les voies de la Providence qui avaient permis cette rencontre miraculeuse.

Son nom s'était répandu dans toute la province comme celui d'un Mage encore dans l'enfance, capable de produire des miracles mais s'y refusant. Une seule rencontre avec lui pouvait transformer une destinée. On disait que Savonarole n'apparaissait qu'à ceux qui avaient besoin de lui. On le disait plus miséricordieux que François d'Assise, plus intelligent qu'Abélard le castré. Bientôt, les astrologues commencèrent à lui prédire un avenir flamboyant. Certains brigands l'appelaient le Purificateur et se cachaient les yeux en le voyant passer, craignant d'être aveuglés.

Malgré son agacement, Savonarole ne put s'empêcher d'esquisser un sourire en suivant du regard la haute silhouette de Pic de la Mirandole. Pendant le tournoi de l'après-midi, dès le premier regard, il avait été attiré malgré lui par son charme puissant. Savonarole était entré dans la salle par la porte du fond, bon dernier, tête baissée, sans se faire remarquer. Du fond de la salle, avant même d'entendre un seul mot de sa bouche, il avait aimé ce chevalier de légende. Il avait remarqué le léger défaut de son œil gauche, qui donnait à ce regard de patricien une gracieuse imprécision. Subjugué, il s'était adossé pendant de longues minutes contre le mur du palais ducal, sans parvenir à reprendre haleine.

C'est alors qu'il avait repéré, dans la deuxième rangée de sièges, la chevelure impériale de Laodomia Strozzi, ses épaules exaltantes. *Ma Reine de la Nuit !* songea-t-il, et son cœur bondit sous l'attaque du désir, comme une chair à canon éveillée par le feu. Il serra les poings sur son ventre. *Ma Reine de la Nuit !* Il avait passé à la guetter tant de nuits sans sommeil, dans le couloir de ses parents... Laodomia, son unique, sa mystérieuse, son obscure, sa folie noire. Elle était là, juste derrière la duchesse, bien droite sur son siège. Robe de soie jaune. Boucles de lapis-lazuli. Châle brodé. Et, bien sûr, elle « le » dévorait des yeux. Laodomia Strozzi ne manquait jamais de s'extasier sur les jeunes gens à la mode. Savonarole avait été celui-là, autrefois, le temps d'une étreinte… Une armée de démons fondit sur ses entrailles.

C'est alors qu'elle se retourna, vive comme l'éclair. Il vit son regard inquiet, balayant les visages. Elle le cherchait. Il soupira d'aise. Ainsi, elle s'inquiétait, elle pensait à lui. Si elle redoutait sa venue, c'est donc qu'elle la souhaitait, enfin d'une certaine manière, enfin on pouvait le penser. Disons qu'elle n'y était pas indifférente. *C'est déjà ça*, pensa frère Jérôme. Laodomia Strozzi avait le don de lui faire oublier tous ses vœux. Elle se retourna encore une fois ou deux, de cette manière coupable, sans le trouver. Elle se sentait observée. *C'est déjà ça…* Soutenu par la muraille, il gardait les paupières à demi closes, ne laissant filtrer que l'essentiel, son amour intact, inextinguible, désespéré.

Et soudain, c'était fait, elle l'avait aperçu, oui, leurs regards s'étaient rivés l'un dans l'autre, deux flèches de feu, il avait penché la tête un peu, pour la considérer, mais elle avait blêmi et s'était détournée vivement, aérienne, fuyant le contact comme la biche fuit le chasseur. De dépit, il fit claquer ses doigts et quelques personnes se retournèrent, sourcils levés, étonnées. Il regretta d'avoir été remarqué, il voulait rester invisible, le temps de préparer l'abordage de l'idole. Elle avait fui son regard. Donc elle l'avait vu, elle avait compris. Elle avait pu voir son désir mis à nu, son désir étincelant. Oui, elle le craignait, comme elle l'avait toujours craint : espérant lui résister, craignant de lui céder, troublée par son insistance, riant aussi de sa gourmandise, jouant de ses élans contrariés.

Ainsi il était au moins cela pour elle, ce soleil noir qui ne peut se regarder en face, ce versant obscur d'elle-même, la face cachée de cette déesse lunaire. Silencieusement, il la remercia de cette peur touchante, comme d'une aumône qu'elle lui aurait faite. Puis il se concentra sur l'adversaire et se lança dans l'arène.

Quand il s'était approché de Mirandole dans la travée, lentement, pour « le » provoquer (mais aussi, bien sûr, pour s'approcher d'*elle, pour être vu par elle*), c'était en tremblant comme une feuille, poings serrés, pieds en feu, croyant marcher sur des braises. *La foi dompte le feu*, songeait-il pour s'encourager…

Et puis il s'était montré aux yeux de tous, en rabattant son capuchon d'un grand geste qu'il avait maintes fois répété. Mais Laodomia Strozzi n'avait pas daigné tourner la tête, elle avait continué à « le » contempler, en évitant de jeter le moindre regard dans sa direction, alors même que toute la salle murmurait, commentait son apparition… Oui, c'est une très grande peur qu'elle avait. Pourtant, il ne lui voulait aucun mal, Jésus le savait ! Combien de prières ne lui avait-il pas dédiées ? *Laodomia !* Il avait crié son nom dans les ruelles, en bramant comme un cerf blessé.

Dans ses muscles, dans son sang, il sentait encore la frêle colonnade de son torse gracile et tiède, qu'il avait enlacé, qu'il adorait. La tenant par la taille, il l'avait fait basculer vers l'arrière, et il s'était penché, aimanté par sa gorge pâle, et il avait posé les lèvres sur cette chair sacrée, langoureuse, et il avait touché l'absolu… Il l'avait fait ! Il avait atteint les cimes ! Plus rien, du moins en ce bas monde, n'égalerait cet instant.

CHAPITRE 7

La bâtarde

En arrivant au palais, Giovanni monta dans ses appartements pour revêtir sa tenue d'apparat. Dans l'escalier, il croisa une nuée de jeunes filles en grand conciliabule. Elles se turent quand il apparut, portant les mains à leurs bouches. Gêné, il les salua cérémonieusement et passa son chemin. Des rires étouffés le poursuivirent le long des couloirs.

Dans le grand salon, il fut accueilli comme le héros du jour par la famille Boiardo au grand complet. « Tu es vraiment l'un des nôtres, désormais ! » lui dit Matteo en le saisissant à l'épaule. Le jeune prodige fut entraîné dans un tourbillon de mondanités, répondit aux félicitations, et baisa les mains de dames élégantes dont la proximité lui tourna les sens. Sur une longue table décorée d'une vaisselle princière, des chapons et des rôtis étaient servis.

« Rendons grâce à Dieu pour notre pain quotidien », prononça gravement Matteo, et tous les convives se signèrent la tête baissée. Puis le banquet commença. Avec la meilleure volonté, tout en effilochant ses asperges, Giovanni s'efforça de répondre aux questions qui fusaient. Combien de langues connaissait-il ? Quel était son philosophe préféré ? Quelle était son opinion sur l'imprimerie ? Mise au point par un certain Gutenberg, cette technique était en passe de se répandre dans toute l'Europe. N'allait-elle pas priver les copistes de leurs moyens de subsistance ?

« Il paraît que le célèbre Vespasiano da Bisticci est sur le point de faire faillite, commenta Matteo. Il refuse de s'adapter. »

Puis Matteo interrogea son cousin sur ses travaux futurs. Il cherchait à le mettre en valeur et Pic le remercia d'un clin d'œil. Il espérait se rendre à Padoue pour examiner de plus près les doctrines averroïstes ; à Pavie, pour étudier la doctrine mathématique des calculateurs ; à Venise, pour débattre avec le fameux helléniste Ermolao Barbaro ; et bien sûr à Paris, où les docteurs de la Sorbonne n'avaient pas dit leur dernier mot. Il espérait apprendre l'hébreu, et peut-être le chaldéen, s'il trouvait un maître en ces matières. On s'étonna, car si le grec était à la mode, l'hébreu semblait aussi lointain et mystérieux que les hiéroglyphes des anciens Pharaons ou les tablettes de cire gravées par les Étrusques. Mais pour l'heure, son désir le plus cher restait de visiter Florence et de lier amitié avec les membres de l'Académie platonicienne. Il avait vibré à la lecture des poèmes magnifiques du jeune Agnolo Poliziano, ainsi que de la *Canzone d'amore* de Girolamo Benivieni. Les invités approuvèrent poliment. Pic n'osa préciser qu'il était aussi un lecteur fervent des sonnets intimes de Laurent de Médicis, dit le Magnifique, et que son rêve secret était de connaître le maître de Florence.

« J'aimerais faire la connaissance de Marsile Ficin, le traducteur d'Hermès Trismégiste...

– En ce moment même, il est occupé à traduire Platon, vous le savez ? Marsile est l'un de mes plus proches amis », lui dit son voisin.

C'était Bernardo Rucellai, un Florentin de passage à Ferrare, un intime des Boiardo et des Orsini.

« On me l'a dit, messire, mais le résultat se fait attendre ! Plus de dix ans... Il n'a mis que quatre ans à traduire le *Pimandre*, pourquoi donc tarde-t-il ainsi ?

– Je sais que c'est difficile à comprendre, à votre âge, mais soyez patient ! Les grandes œuvres mûrissent lentement...

– Je l'ai entendu dire...

– ... mais vous n'y croyez guère ! Vous êtes un jeune homme pressé...

– C'est que le temps nous est compté, à nous autres mortels ! Qui sait si, demain, mon carrosse ne versera pas dans un ravin… Un véritable philosophe doit tout envisager. »

Rucellai éclata de rire. Tous les regards se tournèrent vers eux. Légèrement ivre, Giovanni insista :

« J'ai toujours eu l'intuition que je mourrais jeune et je me suis habitué à cette idée. D'ailleurs, si je devais choisir, tel Achille, je préférerais un destin bref et glorieux à une longue vie monotone !

– L'heure n'est pas aux prédictions funestes ! intervint la maîtresse de maison, alarmée par le regard brillant et la gravité excessive de son jeune invité. Buvons, je vous prie, aux succès futurs de notre cher Pic de la Mirandole ! Bernardo, je suis sûre que vous accepterez d'annoncer sa visite à vos amis florentins…

– Ce sera pour moi un honneur et une mission sacrés, répondit Rucellai, la main sur le cœur. A Florence, vous viendrez loger chez nous, bien sûr… », ajouta-t-il à l'adresse de Giovanni, qui s'inclina avec gratitude.

Après le souper, le bal fut annoncé. Dans la grande halle du rez-de-chaussée, les chandeliers semblaient animer les tapisseries bucoliques, représentant l'histoire de la famille Boiardo de Scandiano, originaire des Apennins. Dès son arrivée, Giovanni aperçut Laodomia Strozzi, dans une robe bleue pailletée d'argent, trônant sous les arcades. Entourée d'un bataillon d'admirateurs, elle discourait avec animation, prenant des airs indignés. De loin, Giovanni la salua d'un signe discret. Elle agita sa main gantée de blanc. Il se sentit observé par elle tandis qu'il évoluait à travers le grand salon en compagnie de Matteo, courtisé par tous. Les mères se chuchotaient des confidences sur la noblesse et la fortune du jeune Mirandole, prince de Concordia, la nouvelle coqueluche de Ferrare. Sacrifiant à la coutume, il pria la duchesse d'Este de lui accorder une danse, et sut l'émouvoir en la comparant à l'une des trois Grâces.

Puis on annonça une contredanse, et Giovanni tenta sa chance auprès de Laodomia. Il fut agréé par une moue conquérante. Ils virevoltèrent en cadence, sans se quitter des yeux, et Giovanni retrouva dans ces perles noires la férocité qui l'avait fait balbutier tout à l'heure, alors qu'il jouait sur son estrade la comédie du savoir. Dans sa robe couleur de nuit, elle ressemblait à une fée des marais. A cette jeune femme, ce soir, on ne pouvait rien refuser.

Mystique mais langue de vipère, Laodomia Strozzi naviguait dans la petite société de Ferrare avec une aisance tapageuse, cherchant à faire oublier sa naissance incertaine. Car elle avait beau se targuer d'être une demoiselle Strozzi, chacun savait qu'elle était bâtarde, sans doute la fille d'un tailleur de pierre de la région de Carrare.

Pourquoi êtes-vous partie avant la fin du tournoi ? Vous êtes-vous ennuyée ? Ou est-ce à cause de ce moine dominicain, comment s'appelle-t-il déjà ? Ces questions lui brûlaient les lèvres mais il eut la sagesse de ne pas les poser. Coquette, Laodomia lui glissa dans l'oreille, en un souffle tiède, quelques mots insinuants. Il avait semblé séduit par la duchesse, n'était-elle pas un peu vieille pour lui ? Des rides cruelles déformaient déjà ses lèvres, creusaient ses joues… Malgré son jeune âge, Giovanni fut alerté par cette jalousie intempestive et pensa qu'il aurait fort à faire, s'il ne voulait pas devenir un jouet dans les mains de cette tigresse.

Intrigué par la lueur laiteuse qui émanait de sa gorge, il fut tenté d'y poser les mains, mais la danse commandait, il se soumit à son rythme. Faiblement, il résista au désir de s'emparer sans attendre de ce trésor, de défaire ce corsage, d'inspecter ces merveilles. Elle trouva encore le moyen de l'affoler, alternant les flatteries et les mystères, les gestes ambigus, les paroles allusives. Après la contredanse, elle le félicita pour son sang-froid exemplaire pendant la joute, face à ce moine dont elle ne pouvait prononcer le nom. Mais pourquoi donc ? Elle posa l'index sur ses lèvres : « Ne crains rien, Giovanni Pico, tu le sauras bien assez tôt ! »

Pendant quelques semaines, il se contenta de savourer son triomphe. Dans l'été précoce, les bougainvilliers récemment éclos lançaient des taches de rose et de pourpre à l'assaut des balcons. La bonne société de Ferrare multipliait les festins et les fêtes, et les Boiardo étaient assaillis d'invitations.

« N'oubliez pas d'emmener votre cousin Pic de la Mirandole ! »

Une amitié de longue date unissait les Boiardo aux Rucellai. Ils organisèrent une partie de campagne. Les serviteurs suivaient la compagnie avec des paniers remplis de couvertures et de victuailles. On s'installa au pied d'un grand chêne aux racines apparentes, sur la rive du fleuve. Une petite barque ventrue se laissait bercer par les vaguelettes. On suçota des brindilles. Bientôt, les robes des dames s'étalèrent dans l'herbe en cercles éclatants. Alors qu'elles plaisantaient entre elles, Giovanni se représenta leur nudité secrète pesant sur la couverture. Après le repas, d'un même geste lascif, elles ôtèrent en riant leurs bottines, laissant voir leurs chaussons de satin et leurs chevilles gainées de blanc.

Pour les amuser, Giovanni sortit de son étui de velours la médaille des trois Grâces. « Chasteté, Beauté, Volupté, mesdames ! » Le cuivre jetait des reflets. L'objet circula de main en main. Les déesses ne portaient aucun voile ! Rien ne dissimulait leurs troublants attraits ! Les Anciens devaient être de sacrés paillards ! On rougit, on s'extasia, on s'alanguit, on s'échauffa.

Oui, ce fut une époque légère, une fête pour tous les sens. Laodomia Strozzi lui fit demander un jour de l'accompagner jusqu'à un entrepôt, de l'autre côté du fleuve, où elle devait examiner une cargaison de lainages turcs. Pic vint en carrosse dans la petite ruelle où se trouvait le palais Strozzi. Elle apparut sur le seuil dans un costume de ville saturé de lumière, sérieuse, solennelle.

« Ce rouge garance égaie votre beauté, signorina, dit-il en lui prenant la main droite. L'autre soir, au bal des Boiardo, votre humeur était plus sombre.

– C'est que je pensais sans cesse à ce tournoi. Vous avez été héroïque, ce jour-là, je voulais vous le dire. Pardonnez-moi. Si je suis partie avant, c'est que je n'avais pas le choix…

– Tu souffrais…

– Ah, tu as senti ? »

Elle esquissa un pauvre sourire et pour la première fois, Giovanni la trouva émouvante.

« Alors, tu n'es pas fâché ?

– Mais voyons, pas du tout ! Pourquoi serais-je fâché ? Je vous admire, signorina, vous êtes belle et passionnante. Mais venez, je vous en prie, nous devons dégager la rue. »

Il lui tendit la main pour l'aider à franchir le caniveau constellé de détritus.

Ils continuèrent leur discussion dans la voiture, tandis que le cocher manœuvrait au milieu de la circulation.

« Vous avez des lectures inhabituelles pour une demoiselle... Vous êtes aussi savante que ma mère... », dit-il cnfin.

Elle eut un rire de gorge, il tomba devant elle, lui enserra la taille de ses bras et posa le visage sur ses cuisses avec ferveur. Elle eut un petit gémissement et le repoussa. Il consentit à se rasseoir. Elle évita son regard et s'absorba dans le spectacle de la rue. Tout d'un coup, ses yeux s'agrandirent.

Il était là, lui, le moine, Jérôme Savonarole ! Là, sur le trottoir, les pieds boueux, crotté, misérable mais vigoureux comme un cheval ! Stupéfait, implorant, impérieux. Il ne renoncerait donc jamais à elle ? Il ne cesserait jamais de l'importuner, dans les meilleurs moments ?

Suivant la direction de son regard, Giovanni l'aperçut aussi.

« C'est lui ! C'est Savonarole, le moine dominicain, notre contradicteur ! dit-il avec la plus grande excitation à Laodomia, qui blêmit et détourna la tête. Arrêtez immédiatement la voiture ! »

Il bondit, se précipita vers Savonarole et l'assaillit de paroles.

« Montez, je vous en prie. Où allez-vous ? Nous bavarderons en chemin... »

En bougonnant, le moine consentit à monter dans le carrosse. Pendant tout le trajet, Laodomia se mura dans un silence hautain.

Le lendemain, Matteo réveilla Giovanni à l'aube, pour une

excursion prévue de longue date sur la plage de Castiglioncello. Il avait invité Laodomia Strozzi à se joindre à eux. Il espérait ne pas avoir commis d'impair.

En traversant les bois de San Miniato, Giovanni aperçut par la fenêtre du carrosse un cerf aux magnifiques andouillers, sur le qui-vive.

« Regarde, dit-il à Laodomia, ce n'est pas un vrai cerf, c'est un jeune homme, Actéon. Il a été puni par les dieux pour avoir surpris la nudité d'une déesse. »

Elle répondit d'un regard provocant.

Sur la plage, la houle fouettait. L'horizon jouait à cache-cache, à perte de vue, à portée de main. Ce désert frangé d'écume exaltait. Laodomia lui prit la main et l'entraîna à vive allure, en avant, loin des autres. Quelques instants, ils ne furent attentifs qu'à la pesée de leurs pas dans le sable.

« Combien de grains de sable y a-t-il sur cette plage ? demanda enfin la jeune fille d'un air pensif.

– Qui peut le dire ? Dieu seul le sait, et encore…

– Peut-être que cela Lui est parfaitement égal ! » dit Laodomia, et ils furent pris d'un fou rire.

« Que dirait Savonarole s'il nous entendait ! »

Leur hilarité redoubla.

« A propos, dit Laodomia quand elle eut repris son souffle, je voulais te dire… J'attendais le moment propice… Tu es à la fois courageux et savant, mystique, raisonnable et beau garçon. Un mélange très rare, tu peux me croire ! Mais tu as tout de même un défaut, je voulais te le dire.

– Un défaut ? Comment est-ce possible ? » demanda-t-il en riant.

Il la prit par la taille en lui bloquant le bras.

« Dis-moi lequel, si tu veux échapper à la torture ! »

Mutine, elle ferma les yeux et lui tendit ses lèvres. Il posa le doigt, verticalement, entre sa lèvre supérieure et la base de son nez. Elle ouvrit les yeux, déçue.

« Ce n'était pas une vraie torture !

– C'est le sceau de l'Ange, dit-il d'un air mystérieux. Alors, ce défaut ?

– Tu veux vraiment le savoir, mon beau prince ? C'est ce qui fait ton charme ! Ton défaut, c'est ta naïveté confondante, effrayante ! Je t'assure, il te faut les conseils d'une femme, d'une femme instruite, expérimentée...

– Si tu veux, mais avant les conseils de sagesse, allons plutôt danser, la plage nous attend ! »

Il la saisit par le bras et l'entraîna dans une course folle, suivant la ligne brisée des vagues. A tue-tête, il se mit à crier :

« *Ne me craindrez-vous donc point, dit le Seigneur, moi qui ai mis le sable pour borne à la mer ?*

– Je connais. C'est dans *Jérémie* », dit Laodomia d'une voix suave.

Giovanni s'arrêta et la saisit aux épaules.

« Tu as lu le Livre de Jérémie ?

– Oui, avec Jérôme Savonarole... »

Il scruta son visage fermé.

« J'ai compris, vous vous connaissez très bien, mais tu refuses de lui adresser la parole. Pourquoi ? Pourquoi le détestes-tu ? Qu'a-t-il fait d'impardonnable ?

– Je le connais, mais ce n'est pas un exploit, tout le monde le connaît à Ferrare. Il est né ici ! C'est le petit-fils de Michele, tu sais, le médecin des pauvres... Nous avons le même âge, et quand j'avais dix-sept ans... C'était mon voisin. Il habitait juste en face, dans la ruelle que tu connais... »

Elle recommença à courir, il la poursuivit et la saisit par le bras.

« Arrête ! »

Elle s'arrêta et lui fit une révérence ironique, en balayant le sable de ses cheveux.

« Écoute-moi, sauvageonne ! Matteo m'a dit que Savonarole est entré dans les ordres à la suite d'un chagrin d'amour. Tu es au courant ? »

Elle se releva, le visage rouge.

« Si tu ne veux pas m'en parler, ce n'est pas grave, tu es quand même très belle.

– Oh si, je peux t'en parler ! Si je refusais, tu pourrais

croire que j'y attache de l'importance… En fait, Savonarole est vraiment le dernier de mes soucis. Je préfère m'intéresser à toi, beau chevalier…

– Alors, c'était toi, le chagrin d'amour du saint homme ?

– C'est à lui qu'il faudra poser la question. Et ce n'est pas moi qui le ferai, dit-elle en faisant la grimace. Il y a du serpent dans cet homme-là. *Chi va lontano va sano !*

– Il est encore amoureux de toi ? »

Laodomia esquiva encore.

« Un homme de Dieu ne s'intéresse pas aux simples femmes… Mais pourquoi parlons-nous de Jérôme, alors qu'il y a tant de gens passionnants de par le monde ! Si tu veux, je peux te parler de Giacomo, mon fiancé milanais, un garçon épatant, l'un des conseillers de Ludovic le More. Je ne l'ai pas encore rencontré, mais ma mère lui trouve une allure fringante de poulain à l'herbage…

– Puisque tu ne réponds pas, je vais rejoindre les autres. »

Il repartit à grandes enjambées, sans se retourner. Elle courut pour le rattraper.

« Giovanni Pico, attends ! Je vais te parler de Savonarole, puisque tu l'aimes tant. »

Ils s'assirent sur la grève, tout près de l'eau, clignant des yeux, éblouis par le miroitement des vagues.

« Il y a dix ans, de chez lui, Jérôme avait une vue imprenable sur ma chambre de jeune fille. Les Savonarole habitaient dans l'immeuble voisin du nôtre et la fenêtre de leur couloir donnait juste en face. Je prenais bien soin de tirer les rideaux mais souvent, le matin, je le voyais posté là, aux aguets. Il attendait toute la nuit, espérant peut-être s'introduire dans mes rêves. Quand nos regards se croisaient, je ne souriais pas. Tu as remarqué que je suis plutôt avare de sourires… »

Elle eut un gloussement amer.

« Donc, je ne souriais pas, je le toisais plutôt, je le méprisais, je le trouvais laid et timide, je ne voulais pas que mes amies sachent que j'avais un soupirant aussi peu flatteur. Mais je me trompais, bien sûr. Sa laideur n'est pas laide, et

Jérôme n'est pas timide, bien au contraire. Mais je crois qu'à l'époque il avait peur de moi. Il avait raison, d'ailleurs... Oh, je le hais, si tu savais ! »

Elle prit une poignée de sable doux dans la paume de sa main, serra le poing et le secoua.

« C'est affreux, quelquefois, j'ai envie de le détruire, de l'écraser. »

Giovanni lui passa le bras autour des épaules, et l'attira contre lui.

« Tu dois avoir tes raisons... »

Elle en avait les larmes aux yeux.

« Ne t'inquiète pas, cela m'arrive parfois. Des accès de rage... Des colères d'enfant... ridicules... Mais je ne fais rien de mal, je ne fais que rêver à des horreurs, et puis ça passe, ma vie continue. Vois-tu, depuis quelque temps, le souvenir s'estompait. Jérôme ne venait plus hanter mes cauchemars.

– Ce n'est pas un méchant homme, glissa Giovanni.

– Non, il n'est pas méchant, mais c'est un sauvage ! Un homme des bois ! A l'époque, quand je le rencontrais dans le quartier, il me saluait aimablement, en soulevant son béret d'étudiant. Je consentais parfois à bavarder quelques instants avec lui, en faisant signe à ma duègne de s'éloigner. Il prenait un air de grand frère pour m'interroger sur mes lectures, et j'étais flattée qu'il s'intéresse à ces choses. En général, les hommes ne nous posent pas ce genre de questions, tu dois le savoir...

– Ma mère le disait, en effet... Elle disait en soupirant que les hommes la couvraient de flatteries, mais ne s'intéressaient guère à son avis sur Ovide ou Cicéron. *On nous demande une seule chose, à nous les femmes, disait-elle : cacher notre intelligence, voiler notre regard, dissimuler nos désirs*. Elle me prenait sur ses genoux, me relevait le menton du doigt et me demandait, avec un grand sérieux, en scrutant mon regard d'enfant : *J'espère que tu ne deviendras pas comme ces messieurs qui s'attachent plus à la tournure qu'à la personne...* Et je jurais que non, bien sûr, mamma, jamais je ne ferai une chose pareille ! C'est pourquoi je suis attiré par les femmes instruites, comme toi... »

Flattée, Laodomia ronronna en faisant le gros dos.

« Même si je dois ma science à ce goujat de Savonarole ?

– Tu ne lui dois pas tout, c'est ton propre esprit qui pense !

– Mais je lui dois beaucoup, c'est vrai. Il est très érudit, tu sais. Avec lui, j'ai lu la Bible, les Pères de l'Église, mais aussi Dante et Pétrarque, mes préférés. Il m'en récitait des pages entières... Il aimait déjà Dieu, mais il avait encore un faible pour la poésie à cette époque. Normal, pour un adolescent aussi exalté... Je commençais à trouver qu'il gagnait à être connu. Il me racontait ses pérégrinations dans la campagne, les rencontres étonnantes qu'il faisait avec des simples d'esprit. Un jour, il avait sous le bras un coffret contenant son luth, et il m'a dit qu'il venait de prendre une leçon chez un grand maître de musique. Il s'est installé sur le rebord d'une fontaine, et il a joué une mélodie magnifique, à la fois gaie et poignante, tout en chantant un poème. *L'amour ne naît pas, il ressuscite*, oui, c'est ça, je me souviens du refrain. Les passants lui jetaient des pièces, et en les voyant faire il riait comme un fou, en rejetant la tête en arrière. Il avait une épaisse tignasse à cette époque, des cheveux impossibles à discipliner. J'étais impressionnée par la profondeur de sa révolte, qui était aussi la mienne. On te l'a dit, que je suis une bâtarde ? »

Elle interrogea vivement Giovanni du regard. Il acquiesça. Il savait.

« Jérôme n'écoutait personne, sauf son grand-père Michele. Pendant les défilés et les processions, il crachait ostensiblement sur le sol. Il haïssait notre siècle d'or, que tous les autres encensaient. Et je voyais bien, comme lui, que ce beau tissu était troué d'injustices, que les riches et les pauvres étaient séparés par un fossé rempli de lions, que les curés mentaient, que les puissants intriguaient... En tant que bâtarde, j'étais aux premières loges ! Jérôme fustigeait les Borgia de Rome, les voleurs, les assassins... Comment ne pas être d'accord avec lui ? J'étais une révoltée de naissance, et quand je l'entendais invectiver dans la foulée les blasphémateurs et les sodomites, le stupre et l'adultère, j'acquiesçais sans tout comprendre. J'étais impressionnée par sa manière de donner sur toutes choses un avis définitif. Il critiquait les maîtres et les parents dans la même phrase assassine. Puis il me disait brutalement : *Et ton père ? Crois-tu vraiment qu'il fasse tant de bien autour de lui ?* En l'écoutant, je me prenais à rêver de jeter aux orties toutes les richesses amassées par mon père et de vivre pauvrement, dans une modeste chaumière, mal chauffée mais propre, comme une princesse de conte…

– Il devait être bouleversé par ta présence…

– Sans doute… La présence, il n'y a rien de tel… »

Un instant, elle laissa son regard errer dans le lointain.

« Continue, je t'en prie, dit-il en resserrant son étreinte.

– Un jour, il m'a emmenée faire une promenade au bord du fleuve, sur l'autre rive, qui est presque déserte. Il avait réservé une voiture pour l'occasion. Le cocher me regardait d'un œil torve. Nous avons commencé à marcher dans les hautes herbes, et voilà, il a essayé… »

Elle repoussa le bras de Giovanni, ramassa une grande poignée de sable dans ses deux mains réunies, et le laissa s'écouler en pluie dans sa jupe.

« Oui, je peux te le dire, ce moine est un barbare. Jusqu'à ce jour-là, sa laideur ne me gênait pas, elle me faisait rire. Mais son visage est vraiment affreux, vu de près… Il avait les pores dilatés, et de longs poils noirs dans les narines, de véritables sabres… Si tu savais, il était transformé… »

Giovanni souriait, luttant contre son envie de rire. Car Laodomia ne riait pas. Elle regardait fixement l'horizon, où une petite voile carrée venait d'apparaître dans un ruisseau de lumière.

« J'ai dû me débattre en criant et le frapper plusieurs fois avant qu'il ne se décide à me lâcher.

– Tu l'as vraiment frappé ?

– Oui, mais laissons… Quelle importance ? Tu en sais assez pour comprendre que je refuse de lui adresser la parole.

C'est la raison pour laquelle j'étais si inquiète, pendant la joute. Je l'avais vu se glisser dans la salle, juste avant la fermeture des portes. Et je sais de quoi il est capable… Après cette promenade dans les hautes herbes, Savonarole a raconté à tout le monde que j'avais refusé sa demande en mariage, sous prétexte qu'il était d'une famille de roturiers et que je me prenais, à tort, pour une princesse.

– Il ne faut pas écouter les rumeurs, elles sont pleines de venin », dit Giovanni, impressionné.

Pourquoi Savonarole était-il entré dans les ordres ? Pour expier son acte ? Ou pour expier cette calomnie ?

« Il en parlait à tout le monde. Il m'appelait *la bâtarde*, dit-elle doucement.

– Je comprends, maintenant…

– Mais oui ! Bien sûr ! Mais pourquoi l'as-tu invité à monter dans ce carrosse ? Quel idiot tu fais… Mais surtout, pourquoi est-il revenu à Ferrare ? Va-t-il encore me harceler ? Ah, protège-moi, beau chevalier…

– Je le voudrais bien, gente demoiselle, mais dans quelques semaines je pars pour Florence. Bernardo Rucellai m'a donné une lettre de recommandation pour Marsile Ficin, et… »

Surpris, il s'aperçut qu'elle tremblait. Une larme perlait au bord de ses cils.

« Viens… », dit-il.

Il se pencha vers elle et lui baisa doucement les paupières et le front, comme pour la protéger de tous les périls, au moins pendant cet instant unique où leur jeunesse restait suspendue entre deux mondes. Ils restèrent ainsi enlacés, face à l'appel du large. Le lendemain soir, à Ferrare, Laodomia lui révéla les ultimes secrets de sa nature passionnée. Elle fut dans ses bras d'une docilité vertigineuse, presque sacrificielle.

CHAPITRE 8

Une toge sous la chasuble

Un fade crépuscule descend sur Florence. Pauvre Platon, privé de sa cérémonie… On frappe à la porte, des pas résonnent dans l'antichambre. Divine surprise ! C'est Fra Stefano, suivi de Marsile Ficin, en soutane, porteur d'une lourde besace, une lueur de malice dans les yeux. Soulagé, Pic se met à rire avec délices.

« Mon vieux Marsile ! Quel bonheur de voir un visage ami ! Quelles nouvelles du front ? »

Ils s'étreignent, leurs pouls s'accélèrent, le plaisir des retrouvailles ranime leurs flux vitaux. Ils reculent pour se contempler mutuellement.

« Comme tu es pâle ! dit le visiteur. Tu avais meilleure mine à Careggi ! Mais que fais-tu donc, isolé dans cette cellule, loin de tout ? Est-ce le moment de faire retraite, alors que le monde sombre dans l'anarchie ? Te prépares-tu, comme on le dit, à revêtir l'habit des frères prêcheurs ? »

Sans ciller, avec un sourire navré, Pic soutient le regard inquisiteur de son maître et ami.

« Connais-tu la meilleure ? dit Ficin, sautant du coq à l'âne pour se faire pardonner. Toi qui aimes Dante, sais-tu ce qu'il répond, sur son cheval, au milieu de la rivière, aux moqueurs qui l'apostrophent : *Bonjour Dante ! D'où viens-tu ? Jusqu'où t'arrive la rivière* ? »

Du tac au tac, Pic récite :

« *Bonjour, bonne année. De la foire. Jusqu'au cul.* Ce vieux Dante avait le sens de la repartie… »

Ils s'embrassent en riant.

« Je vois que notre dialogue n'a rien perdu de sa verdeur… », dit Ficin tendrement.

Il caresse la joue de son ami.

« Mais comme tu as l'air fatigué ! Ta peau est presque transparente… Souffrirais-tu d'un excès de bile ? »

Tandis que Fra Stefano, à son habitude, entreprend de ranimer les braises mourantes, Ficin pose sa besace sur un fauteuil et en sort un long bâtonnet de bois parfumé.

« Ouvre la bouche… »

Il inspecte les amygdales du philosophe, puis lui prend le poignet et ferme les yeux pour ausculter le pouls.

« Un peu faible… »

Enfin, il palpe les viscères et prend un air soucieux.

« Fra Stefano ?

– Oui, mon père ? dit l'autre, toujours fourgonnant.

– Prends ce sachet. Tu jetteras une pincée de ces herbes moulues chaque soir dans la soupe du signor Mirandole. Je peux compter sur toi ?

– Oui, mon père, mais nous y ajoutons déjà une poudre de gemmes préparée par frère Jérôme de ses propres mains, selon une recette qu'il a trouvée dans un traité de Maïmonide.

– Ah, Maïmonide, le Moïse égyptien ! Une poudre de gemmes ? Arsenic et antimoine, certainement… Bien, les deux traitements cumuleront leurs effets. Mais n'oublie pas mes herbes, surtout ! Et maintenant, laisse-nous seuls. Le comte de la Mirandole et moi, nous avons beaucoup de choses à nous dire. »

Le sachet médicinal à la main, Stefano sort en jetant un regard méfiant sur ce prêtre à l'allure suspecte.

*

« Écoute…, murmure Ficin… Je viens d'assister au pillage du palais de la via Larga… Je suis terrifié.

– Le pillage du palais… Dieux du ciel ! Les Florentins sont devenus fous !

– On est en train de les rendre fous… Tout se passe comme si Piero de Médicis et Savonarole avaient au moins ce projet commun… Affoler nos concitoyens, les pousser aux pires extrémités, jusqu'à renier ce qu'ils ont adoré…

– … tout en les méprisant, en les traitant comme des enfants ! s'exclame Mirandole avec véhémence. Piero a fait distribuer des dragées dans la rue dans l'espoir de se faire pardonner sa traîtrise…

– Piero a perdu le sens commun ! Il s'est présenté devant le palais de la Seigneurie, au pire moment, avec un régiment de cavaliers, pour *reprendre possession de la ville*… Les élus ont refusé de le laisser entrer, en disant que la Seigneurie était l'incarnation de la République, et n'accueillait pas les tyrans déchus. Il s'est mis à hurler, à menacer… *Vous oubliez qui je suis ! Vous serez tous pendus !* Ses hommes ont sorti leurs sabres… Pendant ce temps-là, alertés par le tocsin, les gens du quartier se sont massés sur la place en criant *Liberté ! A bas les Médicis ! Deux cent mille ducats pour la dot de nos filles !* Finalement, Piero a eu l'autorisation d'entrer dans le palais de la Seigneurie, mais seul et sans armes…

– Quelle humiliation pour un Médicis !

– Et son chemin de croix ne faisait que commencer… Quand il est ressorti sur la place, il avait les joues marbrées de rouge et le regard d'un homme traqué. Il a éperonné son cheval comme si tous les démons de l'enfer étaient à ses trousses, et il a fendu la foule sous les injures, entouré par ses gardes. Un groupe de *fanciulli* les ont poursuivis en leur lançant des dragées à la tête. Ils se sont réfugiés dans le palais de la via Larga, mais les crieurs sont arrivés en annonçant que la Seigneurie, au nom du peuple, avait banni les Médicis hors de Florence et que la tête de Piero était mise à prix pour quatre mille florins.

– Quatre mille florins ! C'est donc le prix d'une vie ! Quelle dérision…

– C'est alors que les gamins du quartier de Santa Croce ont commencé à donner des coups de boutoir sur le portail du palais en criant *A bas les tyrans ! Sus aux Médicis ! Vive la liberté ! Vive Savonarole !...* On dit que Piero s'est enfui par la porte du jardin, déguisé en pénitent. Il est passé par le jardin des Simples et il a quitté la ville par la porte de San Gallo... »

Marsile se cache le visage. Ses épaules sont secouées par un long sanglot. Il avale sa salive, joint les mains. Un profond soupir lui donne enfin la force de continuer.

« En voyant les petits gars du *popolo magro* cogner comme des brutes sur les portes sculptées, j'ai senti leur désespoir, ils n'ont rien à perdre, le sacré n'a plus aucun sens pour eux. C'est affolant, ils sont prêts à tout ! Giovanni, écoute-moi bien : dans cette ville en folie, tout peut arriver ! Si on le laisse faire, Savonarole allumera des bûchers à tous les carrefours. Oui, devant ce spectacle grotesque, j'ai compris que le malheureux Piero n'était plus qu'un rideau de fumée. Le Médicis est une victime pitoyable, un simple atout dans le jeu de Savonarole. Il lui a ouvert les portes de la ville, sans même s'en apercevoir ! Et maintenant, à travers ses sbires, Savonarole attise le feu, tel un *deus ex machina*... Comprends-tu ? Le plus grand danger vient de là... Que dis-je, le plus grand danger vient d'ici, de San Marco ! Et toi, tu restes là, chez lui, dans son couvent, nourri, logé... Ne vois-tu pas qu'il se sert de ta présence comme d'une arme, comme d'un argument ? Il s'en vante, il s'en sert, il en profite... Nous avons donné notre cœur à un prophète du malheur, à un apôtre de la destruction ! Ah, réveille-toi, Giovanni, je t'en supplie !

– Mais moi aussi, je...

– Tais-toi ! Je n'ai pas fini ! Je ne suis pas un beau parleur comme toi, mais j'ai des choses à te dire et tu vas m'écouter. »

Très agité, Marsile marche de long en large dans la cellule. Enfin il s'arrête, joint les mains et les presse l'une contre l'autre de toutes ses forces.

« Je suis resté là, devant cette vision d'Apocalypse, au milieu de la rue, immobile dans le flot des manifestants, sidéré, effaré... C'est alors que j'ai aperçu le petit frère de

Piero, Giovanni de Médicis, déguisé en étudiant... Il se faufilait hors du palais comme un voleur, les bras chargés de médailles et de camées...

– Ah, la collection du Magnifique ! » s'exclame Giovanni.

Cent fois, dans le *studiolo*, ils avaient admiré les dernières trouvailles de Laurent de Médicis, vases, aiguières, coupes de cornaline, de jaspe ou d'améthyste, bagues, broches, monnaies antiques... Un jour, le Magnifique leur avait montré un minuscule bas-relief égyptien représentant trois déesses au profil absolu, qu'un marchand d'épices avait rapporté d'Alexandrie. *Regarde, Giovanni, les trois Grâces !* avait dit Laurent dans un souffle. *Elles datent de Ptolémée !* Alors Giovanni, timidement, avait sorti sa médaille. Il la destinait à l'élue de son cœur. Laurent avait approuvé en connaisseur. *Quelle magnifique offrande ! Tu seras parfait, dans le rôle de Pâris... Il ne te reste plus qu'à choisir la dame...*

Giovanni de Médicis venait de soustraire les plus belles pièces aux pillards, ou plutôt les moins lourdes... En voyant Marsile Ficin, son visage s'était éclairé. Il lui avait demandé de les emporter pour les mettre à l'abri...

« Tu vois, il n'y a pas que des médicaments, là-dedans, dit mystérieusement Ficin, en tapotant sa besace. Ce pauvre Giovanni de Médicis avait du mal à reprendre son souffle. Il m'a raconté ce qui se passait à l'intérieur du palais : les pillards s'en donnaient à cœur joie, brisaient la vaisselle, maculaient les murs, faisaient tomber les statues de Donatello, embrochaient les toiles de Masaccio et de Botticelli, brandissaient des miroirs en argent comme autant de drapeaux pris à l'ennemi... Il m'a raconté ce cauchemar, très vite, il a dit : *C'est la fin, adieu, mon ami*, et il est reparti en courant vers le palais. Une bande de *fanciulli* approchait justement. C'étaient les émissaires de Fra Stefano. *Un ami vous attend à San Marco*, m'ont-ils expliqué... Je les ai suivis, jusqu'à toi... Et Dieu merci, tu es là ! Mais dans quel état ! Et que fais-tu dans l'antre du dragon ? Je t'assure, tout ceci est désastreux. Tu ne vas pas persévérer dans cette voie erronée, j'espère ? Tu m'entends, Giovanni ? Tu as compris ce qui se passe ? Ah, quelle époque ! J'ai vu des choses, si tu savais... J'ai honte pour Florence... »

Et Pic sent bien que cette fois il n'y a plus d'échappatoire. A celui-là, son ami de toujours, même si c'est à lui seul, il doit dire la vérité, il doit révéler son plan. Ce qu'il n'a pas pu confier à Benivieni, oui, il veut bien aujourd'hui le dire à Marsile Ficin, qui peut tout entendre. N'est-il pas le fondateur de l'Académie, *l'Alter Plato* de sa génération ? Pic se réjouit de parler, car le secret est lourd, mais il hésite encore, craignant de faire endosser à son ami les dangers auxquels l'expose sa révolte.

« Marsile, je t'en conjure, écoute-moi maintenant, écoute-moi bien avant de me juger ! Les apparences sont contre moi, c'est vrai, mais les apparences sont trompeuses, tu le sais mieux que personne. Sache que nous servons la même cause, aujourd'hui, comme hier, comme nous l'avons toujours fait... En vérité, même si je suis ici, dans ce couvent, mon cœur est avec toi, tes inquiétudes sont les miennes. Une fois de plus, nos chemins se suivent et se ressemblent... C'est vrai, j'y ai cru, à ce fou de Dieu, j'ai adhéré à sa logique et j'ai même tout fait pour te convaincre...

– A Careggi, tu ne manquais pas d'arguments pour défendre Savonarole !

– Tu dis vrai et je te demande humblement pardon ! Mais le *Sermon sur Aggée* m'a ouvert les yeux. Marsile, cet insensé veut brûler des livres ! Brû-ler-des-livres ! Au nom de la foi... C'est pour éviter ce grand malheur que j'ai décidé de rester ici...

– Alors, me voici rassuré, mais d'autant plus inquiet !

– L'essentiel, c'est que nous soyons d'accord, et que notre alliance de jadis réussisse à se perpétuer dans cette époque déconcertante. Fêtons nos retrouvailles ! »

Ils s'étreignent.

*

« Au fait, demande Marsile Ficin avec un air mutin, sais-tu quel jour nous sommes ?

– Bien sûr, le 7 novembre ! Je m'en suis souvenu dès ce matin, c'est pourquoi je t'ai fait appeler…

– J'en étais sûr ! Ainsi, ce n'est pas le médecin que tu as fait quérir, mais le fidèle de Socrate ! J'ai bien fait d'apporter de l'encens et des fleurs. Une petite prière aux dieux de l'Olympe ne nous fera pas de mal. »

Cérémonieusement, Ficin pose son verre, se redresse de toute sa petite taille, enlève sa soutane. En dessous, apparaît une toge antique, d'un blanc crémeux.

« Ne suis-je pas beau, ainsi ? dit-il avec un sourire énigmatique.

– Ton esprit d'à-propos me surprendra toujours ! répond Mirandole en riant.

– Et tu n'as encore rien vu ! » souffle Ficin, penché sur sa besace.

Il en sort un linge blanc, soigneusement plié, et le tend à son ami.

« Tiens, c'est pour toi… Tu es si beau, en blanc… La toge te siérait mille fois mieux que l'habit des frères prêcheurs ! »

Mirandole enfile la toge par-dessus ses vêtements de ville, arrange le drapé avec coquetterie.

« Je sais que l'habit ne fait pas le moine, mais j'ai l'impression d'être un véritable Athénien… »

Ficin extrait de son sac deux colliers de fleurs, deux couronnes de laurier, de l'encens et une petite clochette.

« N'oublie pas d'enlever tes chausses… »

Docilement, Mirandole défait ses lacets et frémit en sentant sous ses pieds nus la fraîcheur du carrelage.

« Il nous faudrait des coussins…, dit Ficin.

– Il y en a dans l'antichambre. »

Chandeliers à la main, ils descendent les trois marches. Ils captent leur reflet dans le miroir en pied placé près de la porte.

« On dirait deux fantômes revêtus de linceuls fleuris, dit Mirandole d'un ton lugubre.

– N'oublie pas que, pendant la cérémonie, les idées noires sont interdites ! » répond Ficin avec autorité.

Il s'affaire de-ci de-là, place respectueusement une effigie de Platon sur la petite table, dispose les coussins devant la cheminée, allume un bâtonnet d'encens.

« Ah, cette odeur écœurante !... » gémit le philosophe.

Mais Ficin lève la main, agite la clochette.

« Silence, écoutons la voix du divin Platon qui veut bien nous inspirer dans notre détresse ! Cette heure est sacrée, qu'elle soit dédiée à la déesse *Euphoria*, notre maîtresse à tous ! »

La cérémonie commence. Ils s'assoient en tailleur, les mains sur les genoux, les yeux fixés sur le visage flou de Platon.

« Ne pense à rien, voilà le secret... »

Impossible. Mirandole se concentre sur sa respiration, corrige sa posture, mais ne parvient pas à se calmer. Au moindre bruit, il jette des coups d'œil vers la porte. Peu à peu, un fou rire le gagne.

« Imagine, dit-il, que Savonarole arrive maintenant de Lucques, couvert de poussière royale, portant Notre Seigneur en bandoulière, et qu'il nous trouve en train de faire nos dévotions à un philosophe païen ! Sous son propre toit ! »

Oubliant le rituel, les deux complices se tapent sur les cuisses et rendent à la Grèce l'hommage d'une rigolade homérique. Puis ils reprennent leur posture méditative, mais un relent de sourire, insidieusement, flotte sur leurs visages.

*

« Il y a longtemps que je n'ai été aussi joyeux, déclara enfin Mirandole après la cérémonie, en s'écroulant dans son fauteuil, les yeux brillants. Rien ne vaut la présence d'un véritable ami.

– Nous rions, dit Ficin, en étouffant un gloussement, mais je te rappelle que l'heure est grave...

– A qui le dis-tu ! Nous assistons à la fin d'un monde, oui... Je le sais, ou plutôt je le sens dans mes os, dit Mirandole en frissonnant, soudain tragique. Le passé ne passe pas… Et ce feu qui ne chauffe pas… Il y a un courant d'air sous la porte…

– Tu meurs de froid, il faut te couvrir. »

Ficin se leva, fourragea dans le coffre et enveloppa son ami dans une immense couverture de laine rouge avec une sollicitude maternelle.

« Rien de tel que les fameux lainages des ateliers Médicis ! dit-il d'un air enjoué. *A la portée de toutes les bourses ! Florence, Venise, Gênes, Paris, Londres, Amsterdam…*

– La garance florentine réchauffe les bonnes gens, égaye les chaumières…

– … et engraisse les banquiers ! » conclut Ficin en souriant.

Ils évoquèrent les longues promenades pendant lesquelles Laurent de Médicis, oubliant les devoirs de sa charge, se laissait aller à plaisanter sur les travers de son clan. Il se considérait comme un médiocre homme d'affaires, et se savait infidèle à l'enseignement de son grand-père Côme dans ce domaine. A subventionner les artistes et les écrivains, il dilapidait lentement la fortune amassée par plusieurs générations de Médicis. Mais il n'en avait cure, sa vocation n'étant pas de faire fructifier l'industrie lainière en Europe. Laurent de Médicis appartenait à cette sorte d'hommes qui font de leur vie une œuvre d'art. En politique, il excellait ; son génie stratégique dénouait les situations les plus graves. Cependant, il ne prêtait aux affaires de la cité qu'une attention un peu distraite, car il s'ennuyait avec ses conseillers comme avec les chefs d'État et les dignitaires en tout genre. En réalité, Laurent de Médicis n'était attiré que par les fous, les illuminés, les errants, les poètes.

« Il m'entraînait au pas de course sur un sentier à chèvres, dit Pic d'un air pensif, pour me réciter un poème qu'il avait écrit la veille, entre deux Conseils, pour évoquer une jeune beauté dont il venait de tomber amoureux. Il m'a parlé des bacchanales qu'il organisait dans une villa de Pieva Asciata, près de Sienne…

– C'était un épicurien de grande classe, dit Ficin avec nostalgie. Un jour, il m'a pris à part comme pour me confier un secret d'État, et il m'a dit avec le plus grand sérieux : *Fais comme moi, Marsile, pour empêcher tes ailes de pousser, il suffit de te brosser les omoplates tous les matins ! Nous ne sommes pas des anges, ni toi ni moi…*

– Oui, il aimait l'amour et le favorisait sous toutes ses formes, les plus concrètes, les plus éthérées… Il m'encourageait à tenter des expériences, à vivre sans entraves… Oui, c'était un véritable ami, discret, indulgent, fidèle… Jamais il n'omettait de m'interroger sur mes recherches, mes découvertes, mes écrits… Et quand j'ai eu besoin de lui, quand j'ai failli, quand j'ai trahi sa confiance, il était là, il m'a protégé malgré tout… Pendant le drame d'Arezzo, il était là, malgré l'évidence de ma folie, malgré l'offense faite à sa famille… Et quand j'ai eu de nouveau besoin de son appui, à Rome, à Vincennes, pendant ces années folles, il était là, comme toujours… Il m'a aidé, oui, il m'a aidé de toute son âme, de tout son immense pouvoir. Et il y avait fort à faire ! Pour me sauver, il a écrit au pape, au roi, à tous les évêques d'Italie. Comme un frère, comme le frère que j'aurais aimé avoir… Ah, qu'il repose en paix !

– Je vouais à Côme le même amour de chien fidèle, dit Marsile Ficin. C'est ici même, dans la bibliothèque de San Marco, qu'il m'a confié la traduction du *Pimandre*…

– Et ton cher Côme est ici, parmi les Prophètes…, souffla Mirandole en désignant la fresque de Fra Angelico. Voilà une semaine que je vis hors du temps, sous leur protection. »

Marsile Ficin contempla longuement la procession.

« Les pèlerins de l'origine…, dit-il enfin. Giovanni, nous sommes les derniers témoins d'un monde qui est resté identique à lui-même pendant des siècles… »

*

Mais Pic gardait les yeux rivés sur les flammes qui répandaient une lueur expirante.

« Je le sens dans ma poitrine, murmura-t-il, si Florence tombe, je ne lui survivrai pas...

– Ne dis pas de bêtises ! Tu as une fièvre de cheval, mais ta santé est excellente. Dans deux jours il n'y paraîtra plus...

– Tu seras déjà loin, tu n'en sauras rien...

– Viens à Careggi avec moi ! Tu sais que tu y es toujours le bienvenu ! Nous irons dire bonjour à la salamandre du vieux puits, inspecter les ifs et les noisetiers, nous suivrons des yeux le vol majestueux du héron... Enfin, au crépuscule, nous irons nous recueillir sur la colline de Platon... Leontina, ma gouvernante, sera enchantée de se mettre à ton service.

– Tu sais bien que c'est impossible !

– Pourquoi donc ? Tu y seras mieux qu'ici. Il n'y aura pas de courant d'air sous la porte.

– Mais enfin, Marsile, n'as-tu donc pas compris ce que je suis venu faire ici, à San Marco, dans la gueule du loup, dans le fief de Savonarole ?

– C'est justement la question que je n'osais te poser.

– Ce n'est pas avec le projet de revêtir l'habit des frères...

– Tu me l'as déjà dit, et je veux le croire...

– Je suis venu ici en combattant de la liberté. Avec toutes les armes de la philosophie...

– Ah, je comprends, tu viens défier le fauve dans sa tanière ! Prends garde à toi ! »

Marsile se leva brusquement et se mit à arpenter la pièce, les mains nouées dans le dos.

« Savonarole ne fera de toi qu'une bouchée ! Regarde dans quel état de faiblesse tu t'es déjà mis ! Tu le dis toi-même ! Mais qu'espères-tu donc ? Changer le cours de l'Histoire ? Inverser la roue du temps ?

– Le problème, c'est que je suis seul à pouvoir lui faire entendre raison, insista Pic de la Mirandole. Je préférerais ne pas le faire, je t'assure ! Mais je me sens responsable de ce désastre devant mes concitoyens. N'est-ce pas moi qui ai fait venir Savonarole à Florence ? N'avons-nous pas débattu ensemble à Ferrare, à Reggio et ici même, dans le jardin du couvent, n'avons-nous pas échangé des confidences, des lectures, des élans ? Je t'assure, j'ai encore sur lui une certaine influence. Au moins, nous parlerons d'égal à égal…

– Illusion ! Méfie-toi de tes démons ! Personne n'a d'influence sur Savonarole ! Personne n'en a jamais eu ! On n'éteint pas un volcan avec ses mains nues ! Tu rêves, Giovanni ! Tu rêves… Crois-moi, il ne sert à rien de jouer les martyrs.

– Je rêve, oui, peut-être, mais non moins que tous les hommes, et selon ce que tu as toi-même écrit : *Peut-être n'est-ce pas le réel qui nous apparaît à présent, peut-être sommes-nous en train de rêver…*

– Ne joue pas à m'opposer à moi-même ! dit Ficin avec humeur. Tu le sais bien : on écrit de belles phrases, et puis on vit sa vie. Je ne sais si ce cauchemar est un rêve, mais je dois te mettre en garde : le combat que tu engages est perdu d'avance !

– Marsile, tu as raison bien sûr, mais cela n'y change rien. Ne cherche pas à me décourager, tu vois bien que je n'ai pas le choix ! Écoute-moi, je t'en prie… Je suis arrivé ici le soir du 1er novembre, dans un état second, comme frappé par la foudre… L'Ange avait retiré son masque, j'étais prêt à l'affronter… J'ai cherché ton regard, pendant le sermon, quand Savonarole a lancé son appel au feu, mais tu ne m'as pas vu, tu étais fasciné, comme les autres… Non, ne proteste pas ! Tu sais que c'est vrai ! Te dirai-je, pour t'apaiser, que quelques semaines plus tôt, pendant le *Sermon sur le Déluge*, j'ai moi-même lâchement esquivé le regard inquiet de Michel-Ange, tu sais, ce jeune sculpteur qui assistait parfois aux réunions de l'Académie ? Il frémissait de tous ses membres, mais d'épouvante… Il n'était pas dupe, lui, il ne l'a pas été un seul instant…

– En effet, on ne peut aimer avec une telle passion le corps humain et se soumettre à un prophète qui le maudit… On dit que Michel-Ange s'est réfugié à Rome.

– Tant mieux, il est sorti de la fournaise… Ce garçon fera de grandes choses, son talent est déjà mûr… Où en étais-je ? »

Ficin lui posa la main sur le front.

« Calme-toi…

– Ah oui ! Je suis donc arrivé ici le soir du *Sermon sur Aggée*, après t'avoir cherché dans Florence toute la journée. Où étais-tu passé ?

– A toi je peux bien l'avouer, concéda Ficin : sur le moment je n'ai pas compris, je n'ai pas voulu comprendre... J'étais transporté, hors de moi, et je chérissais cette émotion qui me donnait l'impression d'être meilleur et plus près de Dieu. Je suis sorti en pleurant, comme les autres, sonné, plein d'une gratitude imbécile... On m'a dit que Savonarole s'était éclipsé par la sacristie, et j'ai tenté de le suivre dans les ruelles, mais il avait disparu avec son escorte. Alors j'ai décidé de rester à Florence, parmi les miens, en ces journées décisives. Pendant une semaine, j'ai arpenté la ville, et j'ai tout vu. J'ai fraternisé avec les *fanciulli*, ils m'ont raconté leurs premières perquisitions chez les bourgeois de Florence. Ils leur font dresser un inventaire de leurs objets précieux et de leurs livres scélérats, en préparation du grand bûcher. Il paraît qu'ils ont terrorisé la femme de Cristoforo Landino...

– Et malgré tout cela, tu n'avais toujours rien compris ! gronda Mirandole. Comment est-ce possible ?

– Ne t'agite pas ainsi, c'est mauvais pour le foie ! J'espère que Fra Stefano n'oubliera pas de verser une pincée de mes herbes médicinales dans ton dîner. Au moins, elles ne te feront pas de mal... »

Pic se redressa dans son fauteuil.

« Tu as raison, pardonne-moi, en réalité je me parle à moi-même. J'ai tant erré, moi aussi, si tu savais... J'ai tellement voulu y croire ! Je me suis laissé emporter par la vague, berner par la mode ! J'ai eu honte d'être si riche... J'ai même légué ma fortune à mon neveu Jean-François ! Un *éploré* du meilleur cru !

– Quelle imprudence, en effet !

– Mais laissons cela. L'essentiel, aujourd'hui, c'est de reconnaître humblement notre erreur, notre erreur commune... J'ai ouvert les yeux une semaine avant toi, et alors ? Qui sait pourquoi celui-ci s'éveille aujourd'hui, et celui-là demain ? J'ai été choqué par le *Sermon sur Aggée*, tu as été bouleversé par le pillage du palais. D'autres attendront de voir les robes de leurs filles prendre feu sur la place publique… Non, ce n'est pas ta faute…

– Je suis heureux de te l'entendre dire ! Et j'avoue que j'admire ton courage. Tu seras parfait dans le rôle de saint Georges combattant le dragon. Mais pourquoi restes-tu ici, à piétiner dans cette maudite cellule, alors que Savonarole est allé voir ton ami Charles VIII ? Tu aurais pu les rejoindre, même en litière…

– C'est justement à cause de mon ancienne amitié pour le roi que j'ai préféré attendre ici. Pour ne pas faire jaser…

– Évidemment, c'est logique.

– Savonarole ne devrait pas tarder. Il sait que j'ai demandé à le voir. Fra Stefano m'annonce tous les jours sa visite.

– Savonarole a bien de la chance que tu sois si patient ! En attendant, il peut dire à tous ceux qu'il rencontre que Pic de la Mirandole s'est rallié à la foi rénovée… Et tu peux compter sur Fra Stefano pour lui rendre compte de tes moindres gestes, heure par heure.

– Oh, Savonarole a des espions partout. Ici ou ailleurs… Mais dis-moi, mon ami, vas-tu rester à San Marco cette nuit ?

– Ne t'inquiète pas, je ne vais pas t'abandonner, dans l'état où tu es…

– Où vas-tu dormir ?

– Fra Stefano m'a dit qu'un lit était préparé pour moi dans une cellule voisine.

– Allons voir, dit Giovanni en se levant lourdement.

– Reste donc tranquille, tu ne tiens pas debout !

– Mais si, viens… »

*

Ils se glissent dehors à pas de loup. Dans le couloir, avec leurs toges, leurs lauriers et leurs colliers, ils se dévisagent l'un l'autre, et sont saisis d'une nouvelle crise de fou rire. Ficin se dirige tout droit vers la cellule voisine.

« N'y va pas, malheureux, c'est la cellule de Jérôme ! » lui souffle Giovanni.

Ficin s'immobilise, comme s'il avait cogné un mur invisible.

« Ah ? Tu es sûr ?

– C'est Fra Stefano qui me l'a dit. D'habitude, Jérôme dort de l'autre côté du bâtiment, mais ces derniers temps il a adopté celle-ci, parce qu'elle est à l'écart, et qu'on y accède directement depuis l'escalier. Tu vois, le mobilier est austère…

– Ah, si Fra Stefano l'a dit, alors… »

Leurs regards se croisent à peine, et le rire insidieusement plisse à nouveau leurs joues, remonte leurs paupières…

« Ce serait ennuyeux, souffle Giovanni, que tu t'endormes tranquillement, et que Savonarole vienne se glisser dans les draps, à côté de toi…

– Arrête, je vais m'évanouir !

– C'est comme cette pauvre Laodomia Strozzi. Elle a failli s'évanouir, quand… »

On entend des pas dans l'escalier. Quelqu'un approche. Ils remontent précipitamment dans la cellule.

Giovanni se souvient de ses jeux avec son frère Antonmaria. Ils se cachaient dans le grenier, déguisés en guerriers, ou en filles… Dès qu'ils entendaient Elena approcher, ils se déshabillaient à la hâte, se passaient la main dans les cheveux, fourraient les déguisements dans les malles, en tapon…

« Vite, Marsile ! Remets ta soutane ! Fra Stefano se trouverait mal s'il te voyait affublé ainsi », murmure Giovanni, le visage rouge, se débattant avec les plis de sa toge.

Mais les pas s'éloignent en direction de la bibliothèque, et les deux compères se réinstallent avec philosophie dans leurs fauteuils.

« Finalement, je ne déteste pas cette oisiveté forcée, remarque Pic.

– Tu n'écris pas ?

– Pas pour l'instant, mais quelque chose mûrit en moi… Je ne sais… Quelquefois, il me semble dérisoire d'écrire une

Concordia dans un monde qui sombre dans la discorde. Peut-être est-il urgent de ne rien faire…

– Cela ne te ressemble guère ! commente Ficin, l'air inquiet.

– Non, c'est vrai, j'ai toujours multiplié les projets, j'ai toujours été un homme pressé. Ma nourrice me taquinait parce que je courais tout le temps… J'avais l'impression d'avoir deux fois plus de tâches à accomplir que les autres. Oui, je me suis hâté toute ma vie, comme si elle devait se dérouler plus vite, comme si le temps m'était compté… Et aujourd'hui, pour la première fois, tout se passe au contraire comme si j'avais enfin le temps, un temps infini… Comme si un grand vide m'attendait… Tu sais, je n'écris pas en ce moment, et je ne lis guère… Quelques pages de ton *Pimandre*, parce que je l'ai trouvé ici. Et dès que je commence à lire, mon esprit se met à battre la campagne, je n'arrive pas à fixer mon attention sur autre chose que mes fantômes… ma mémoire me torture… Est-ce que c'est grave, docteur ?

– Un peu de poudre galénique, un séjour à la campagne, et il n'y paraîtra plus ! Tu n'as que trente ans, que diable !

– Trente et un… Et ce qui me reste à accomplir est immense. Il me faudrait plusieurs vies !

– Mais si, j'en suis sûr, tu parviendras à l'écrire, ta *Concordia* ! Tu réussiras même un jour à me convaincre que Platon n'est pas l'unique, le plus grand philosophe de tous les pays et de tous les temps…

– Le Stagirite a aussi ses mérites. D'après Siger de Brabant, qui fut l'examinateur de Dante rue du Fouarre, à Paris…

– Je te l'accorde, Aristote est un immense philosophe, même s'il a tant d'infidèles pour disciples. Cependant, je dois te dire – une fois de plus ! – que ton attirance pour les philosophies exotiques ne nous éclaire pas d'une lumière plus vive. La vérité ne nous a-t-elle pas été donnée une fois pour toutes dans les trois livres fondateurs, *les Dialogues* de Platon, le *Pimandre* et la Bible ?

– Cette argumentation me rappelle ma première joute avec Savonarole, à Ferrare…

– Flatteuse comparaison !

– Pardonne-moi, mais ce jour-là, comme tu l'imagines, Savonarole a opposé à mon enthousiasme les obstacles rigides du Dogme… Pour lui, il n'y avait de vérité que dans un seul Texte… Il était d'autant plus redoutable que l'intensité de sa foi éclatait aux yeux de tous. Une foi sans douceur…

– On dit qu'il a appris la Bible par cœur, murmure Ficin.

– Oui, il a calculé qu'il lui faudrait environ six mois pour la réciter en entier…

– Tu connais bien par cœur deux cent quarante-huit hymnes orphiques…

– Et si je te demandais de réciter *le Phédon*, tu n'hésiterais pas !

– *Baisse le ton, mon très cher, dit Socrate, de peur que le mauvais œil ne mette en déroute le raisonnement à venir. Au reste, cela c'est l'affaire du dieu ; la nôtre est d'aller, comme dans Homère, au corps à corps avec l'adversaire…*, récita Ficin.

– Et voilà pourquoi nous portons aujourd'hui des couronnes de laurier ! »

Ils éclatent de rire.

*

Ainsi l'angoisse et la gaieté alternaient dans leurs âmes en cette longue soirée d'hiver. Ils avaient enlevé leurs toges, mais gardé les diadèmes de feuillage qui donnaient à leur physionomie une allure vaguement dionysiaque. Ficin remplit à nouveau les verres.

« Buvons, mon ami, en cette nuit obscure ! Buvons aux palais de la mémoire, puisque c'est tout ce qui nous reste.

– Oui, aux palais, et à tous leurs habitants ! Buvons aux dieux lares ! Buvons aux mânes de Laurent, de Poliziano, de Barbaro, buvons au voyage outre-tombe de mon vieux maître Elya Del Medigo…

– Ah ! dit Ficin, surpris. Lui aussi ?

– Oui, l'année dernière, en Crète, où il était retourné… J'ai reçu une lettre de sa mère… Mais dis-moi, ne trouves-tu pas étrange qu'ils aient tous disparu en un temps si bref ?

– Oui, deux ans à peine…

– Fauchés comme blés en herbe… Pourquoi le destin s'acharne-t-il ainsi sur tout ce que nous aimons ?

– Tu l'as dit, c'est la fin d'un monde, commenta Ficin. Il nous reste à transformer notre angoisse en espérance… Je lève mon verre à la réconciliation future entre la philosophie et la religion ! Nous aurons au moins posé les premières pierres…

– Oui, comme l'a écrit un auteur très suspect, *la philosophie cherche la vérité, la théologie la trouve, la religion la possède.*

– Tu sais qu'il est vilain de se citer soi-même ! l'admonesta Marsile. Mais il y a du vrai dans cette phrase. Aujourd'hui, la religion nous possède, en effet…

– Je vois que tu es, non moins que moi, confondu par ton propre aveuglement…

– Oui, j'essaie de comprendre. Que nous est-il arrivé ? »

Ficin désigna les personnages hiératiques de Fra Angelico.

« Crois-tu qu'ils le sachent ?

– Une fausse étoile nous a guidés jusqu'ici. Regarde les voyageurs anonymes, là-bas, tout au fond. Ils sont comme nous…

– Oui, dit Ficin. Ils cherchent encore le chemin.

– Et le quatrième Mage ? Le reconnais-tu ? » demanda Pic.

Ficin se leva, s'approcha et plissa ses yeux de myope.

« Pythagore ? Virgile ? Non, impossible… Hermès Trismégiste ! Incroyable ! Je ne l'avais jamais remarqué.

– Ce doit être émouvant pour toi…

– Ah, le *Pimandre*… Que de souvenirs… Sais-tu que Laurent est venu me voir, peu avant la mort de Côme, pendant que je finissais ma traduction ? Quand je pense que tu venais à peine de naître…

– Ne t'en fais pas, tu es né avant moi et tu partiras après…

– Ne dis pas de bêtises. Tu me fais perdre le fil.

– Tu parlais de Laurent…

– Ah oui ! Il a rendu visite à son grand-père sur son lit de douleur et ils ont parlé toute la nuit. Chacun savait que Laurent, même s'il n'avait que seize ans, était le véritable héritier de la dynastie, car son père Piero le Goutteux était déjà gravement atteint et ne se déplaçait plus qu'en litière. Cette nuit-là, Côme lui a transmis l'essentiel de son expérience de marchand, de souverain et de mécène, la fine pointe de sa sagesse. Le lendemain matin, Laurent est venu me voir à l'improviste dans ma chambre. Il voulait apprendre le grec et s'inscrire à l'Académie platonicienne. Comme d'habitude, j'étais en chemise, pieds nus, les doigts tachés d'encre, hirsute, entouré de dictionnaires empilés sur le sol. Je me débattais avec un passage particulièrement difficile, je ne sais plus lequel…

– Les quatorze volumes sont là, dans l'édition princeps, si tu veux vérifier, dit Pic en désignant le coffre.

– Tout est là, c'est incroyable… Ah, tu as raison, ce couvent est toujours la demeure des Médicis, n'en déplaise à Savonarole !

– Au fait, sais-tu que Jérôme conteste l'authenticité du *Pimandre* ? Il prétend qu'il s'agit d'une compilation postérieure à la naissance de Jésus… Il n'avait pas le temps d'en faire la démonstration, mais j'avoue qu'il m'a troublé… Il m'a fait remarquer que ni Platon ni Aristote n'ont jamais cité Hermès parmi leurs sources…

– Oui, j'ai déjà entendu ce genre d'arguments, répondit Ficin d'un air agacé. Saint Augustin, lui aussi, condamne le Trismégiste, mais pour d'autres raisons. Il ne nie pas son antiquité, mais le croit inspiré par les démons… Cependant, notre cher Lactance a réfuté cette objection de manière définitive : il nous apprend qu'Hermès tenait ses pouvoirs de la même source que le Christ… Quelle est cette source ? C'est toute la question, évidemment. Certains disent qu'il s'agit d'une magie noire très ancienne, héritée de l'Antéchrist. D'autres parlent du souffle primordial, de la caresse infinie du vent qui aurait traversé le jardin d'Éden…

– On peut aussi penser que cette source n'est autre que la

kabbale des Hébreux, et donc en quelque sorte, les paroles mêmes de Moïse le bègue…

– Ah, ta chère kabbale… Où que tu cherches, tu ne trouves que la kabbale, toujours la kabbale ! Mais au fond, quelle importance tout cela ? Les paroles de sagesse ne sont-elles pas éternelles ?

– Le problème, Marsile, c'est que si Savonarole a raison, si le *Pimandre* que nous vénérons tant est postérieur aux Évangiles, alors nous devrons renoncer à croire que l'ancien surpasse le moderne, nous devrons cesser de croire que nos Pères étaient plus sages que nous…

– Tu as raison ! Nous serions orphelins ! Ce serait une révolution ! »

Piqué au vif, Marsile se leva, en rajustant sa couronne de feuillages d'un geste machinal.

« On pourrait même penser les choses à l'envers : l'avenir serait naturellement meilleur que le passé ! Nous serions plus évolués que nos ancêtres ! Tu te rends compte, Giovanni, ce serait effroyable !

– Peut-être pour nous, qui sommes façonnés par l'ancien monde. Mais si l'avenir est supérieur au passé, alors tous les espoirs sont permis, alors nous ne vivons pas la fin du monde, mais une véritable Renaissance… »

Ils échangèrent un regard étonné, comme deux enfants qui s'aperçoivent que personne, décidément, ne connaît la vérité sur la vie et la mort.

« Les anciens Grecs étaient peut-être encore plus inquiets et vulnérables que nous…, insista Pic de la Mirandole.

– Tu ne vas tout de même pas te laisser ébranler par les arguments de ce révolutionnaire assoiffé de sang…

– Il ne faut jamais sous-estimer l'adversaire ! Savonarole est peut-être un diable, mais pas un pauvre diable. Il a lu Trismégiste, Augustin, Thomas, Origène et Lactance, et son intelligence est d'une vigueur peu commune. Il était si brillant, si sincère, quand il est entré dans ma vie ! J'admirais son érudition et surtout, le peu de cas qu'il en faisait… Il était réellement, profondément modeste. Et génial, bien entendu. Je ne lui enviais pas ses vœux d'austérité et de chasteté, mais sa contrition m'en imposait. Moi qui, depuis l'âge de dix ans, n'avais jamais accepté la moindre contrainte, je me sentais une étrange affinité avec cet homme qui avait choisi de corseter ses désirs dans une armure d'acier...

– Ainsi, tu connaissais déjà très bien Savonarole quand nous nous sommes rencontrés, remarqua Ficin avec une pointe de jalousie.

– Oh, je le connaissais bien mal, en vérité. Je l'avais rencontré à Ferrare, quelques semaines avant de venir à Florence, à l'invitation de Rucellai...

– Oui, Bernardo m'avait envoyé une lettre de recommandation, avec une description de toi dont je me souviens encore...

– Tu m'as reçu très vite, dans ta chambrette de la via Larga... Je sais que tu m'as trouvé arrogant, mais il faut que tu saches que j'étais terriblement intimidé. Pour moi, tu étais un personnage de légende, une sorte de Lancelot de la philosophie... Et tu avais les cheveux en bataille, c'est vrai, mais les dictionnaires étaient bien rangés, et tu étais vêtu de velours noir, comme un étudiant... Tu t'es levé pour m'accueillir... La première chose que j'ai vue en entrant, c'est le portrait du souriant Démocrite, sur ton bureau...

– Cet aimable sage est toujours là pour me rappeler les vertus philosophiques de la joie, au cas où j'aurais la faiblesse de les oublier...

– En effet, nous avons tout de suite parlé de la joie, c'est-à-dire de l'essentiel.

– Dans l'expérience de la joie, la vérité n'est plus un problème.

– Oui, c'est la première chose que tu m'aies enseignée : *Nous tenons Euphoria pour supérieure à la connaissance elle-même*, as-tu dit... Je me souviens, tu regardais Démocrite, puis tu me dévisageais avec la même allégresse... Je t'ai répondu qu'*Euphoria* était la fondation même de ma philosophie future, le socle de ma *Concordia*. Le ton était donné...

– Eh oui, nous avons vécu de belles années… »

Nostalgique, Ficin but une gorgée de vin et regarda son ami avec tendresse.

« Tu n'auras jamais cessé de me surprendre… Tu étais radieux ce jour-là, d'une beauté irréelle. Une beauté, comment dirais-je, presque musicale… Tu avais attaché tes cheveux en queue de cheval, tu portais un pourpoint brodé de losanges bleus et or, une chemise de lin blanc, une toque de velours froncé… Avec tous ces losanges et ton regard sérieux, tu ressemblais à Fogliani, le cavalier de Simone Martini qui va droit au but, impavide, sans entendre la bataille qui fait rage dans la plaine… Aujourd'hui, ton visage est moins radieux mais plus grave, plus mystérieux… La lumière n'est pas moins intense, mais voilée…

– C'est que tout cela est loin, déjà… Je me souviens que tu m'as tout de suite montré ton autel dédié à Platon. Ensuite, tu m'as interrogé sur les cours de Battista Guarini que j'avais suivis à Ferrare. Je t'ai parlé de mon désir de me rendre un jour à Padoue, pour étudier la philosophie d'Averroès… et tu as fait une drôle de grimace. Selon toi, les averroïstes étaient froids et méprisants, incapables d'exaltation. *Pour eux*, m'as-tu expliqué avec mépris, *il n'existe pas d'âme individuelle !* Je t'ai répondu que c'était précisément ce qui m'intéressait, car je souhaitais explorer toutes les voies, récolter toutes les étincelles de philosophie, sans aucune restriction, et je crois que mon audace tranquille t'a beaucoup surpris. C'était notre premier désaccord… »

Pic marqua un temps d'arrêt, mais Ficin ne fit pas de commentaire.

« D'un air pincé, tu m'as approuvé de consacrer ma vie à l'étude des belles-lettres… Puis tu t'es levé, et tu as dit, d'un air malicieux : *Nous commençons dès aujourd'hui ! Et je t'assure qu'Averroès n'aura pas le dernier mot ! As-tu entendu parler de l'Académie platonicienne ? A quatre heures, je te présente à Laurent… Mais d'abord, allons nous promener…* »

Le cœur battant, Pic avait suivi son nouveau mentor dans les rues de Florence.

« Le pape Boniface VIII a dit de notre ville qu'elle était *le cinquième élément* », lui avait dit Ficin, tout en l'entraînant vers le quartier de Santa Felicita.

C'était la mi-Carême, on entendait plusieurs fanfares en même temps, une vraie cacophonie. Les deux philosophes se mêlèrent aux bandes d'enfants déguisés, croisèrent des soldats en goguette, des gentilshommes masqués, des *contadini* en robe de vair, des jeunes filles portant corsage folklorique et jupe plissée, des jongleurs, des musiciens avec trompettes et tambourins. Ficin montra à son jeune ami le ponte alla Carraia, qui venait d'être reconstruit après s'être écroulé sous le poids des badauds. On construisait une estrade sur la piazza Santa Maria Novella pour le bal du soir.

*

Dans l'église de San Marco, une cloche sonna les douze coups de minuit, puis un carillon égrena sa musiquette.

« Oui, beaucoup de perspectives se sont ouvertes devant moi ce jour-là ! Mais en fait, si j'ai bonne mémoire, tu t'es finalement mordu les doigts de m'avoir emmené au *studiolo*... », dit Pic en haussant le sourcil.

« C'est vrai, il ne suffit pas d'une promenade pour faire un vrai Florentin ! Je m'en suis aperçu à mes dépens : malgré tes losanges de velours et ton érudition, tu avais encore l'âme toute crottée de l'arrogance des condottieri du Nord. Tu t'imaginais qu'un aristocrate a tous les droits, que la noblesse justifie la muflerie...

– Ne rejoue pas cet ancien procès. Il y a longtemps que j'ai plaidé coupable !

– Je sais, mais il m'arrive encore d'être irrité en y pensant... J'étais surtout gêné à l'égard des frères Benivieni.

– Mais tu sais bien que Girolamo Benivieni est devenu ensuite l'un de mes plus chers amis. Il m'a défendu lors de ma controverse avec Ermolao Barbaro... D'ailleurs, je l'ai rencontré tout près d'ici, la semaine dernière...

– C'est vrai, Girolamo t'aimait bien, mais son frère Antonio était vraiment furieux ! Pendant des années, il m'a demandé si je voyais encore ce jeune freluquet, tout imbu de ses privilèges nobiliaires, qui accablait de son mépris les bourgeois de Florence. Il ne comprenait pas quels mérites je pouvais bien te trouver…

– Marsile, je t'en prie, ce chapitre est clos depuis longtemps, reprit Pic en rougissant. J'ai voulu briller, c'est tout, je n'étais qu'un enfant.

– Tu n'étais pas un enfant, tu étais un jeune prédateur conscient de sa puissance, enivré par ses triomphes…

– Tu es sans pitié ! Veux-tu, enfin, savoir la vérité vraie sur cet épisode désastreux ? Te souviens-tu de tous les invités de Laurent ce jour-là ?

– Très bien ! Voyons… Laurent n'était pas encore arrivé. En l'attendant, nous étions assis autour du guéridon, à grignoter des olives et des biscuits aux amandes. Il y avait donc les frères Benivieni, Poliziano, que tu connaissais déjà si j'ai bonne mémoire, peut-être Cristoforo Landino…

– Non, Landino n'était pas là, ni sa femme, mais il y avait quelqu'un d'autre.

– Non, je ne vois pas…, dit Ficin, perplexe.

– Mais si, le cousin de Laurent, Giuliano Mariotto de Médicis, le percepteur des impôts d'Arezzo…

– Ah bon… Je ne me souviens pas de lui.

– Cela ne m'étonne pas…

– A-t-il pris part à notre discussion ?

– Vaguement, mais ce n'est pas la question. Souviens-toi, Marsile, je t'en prie ! Visite les palais de ta mémoire… Mariotto n'était pas seul, ce jour-là. Il venait de se marier. Il était venu à Florence en voyage de noces, pour présenter sa femme à ses cousins florentins…

– Dieux du ciel ! Marguerite Mariotto de Médicis ! C'est ce jour-là…

– Oui, c'est ce jour-là, grâce à toi…

– Tu veux dire : à cause de moi !

– Je t'en prie…

– Marguerite Mariotto ! Mais bien sûr… Je m'en souviens

très bien, elle portait une robe de fête provinciale, ridicule pour un après-midi… Tu vois, comme on oublie…

– Eh bien, sache que c'est pour plaire à cette provinciale que je me suis mis à pérorer comme un imbécile sur les hauts faits des Mirandole… Je ne savais plus ce que je disais… »

Sa voix se brisa.

« Ma parole, tu l'aimes toujours ! s'exclama Ficin. Après ce qu'elle t'a fait…

– Retire tout de suite ce que tu viens de dire, si tu tiens à notre amitié ! » gronda Pic.

Rejetant brusquement la couverture, il se leva et commença à arpenter la pièce.

« Marguerite ne m'a rien fait ! C'est moi qui ai causé sa perte, si tu veux le savoir ! Je suis seul responsable de ce qui est arrivé et je ne permettrai jamais à quiconque de prétendre le contraire ! »

Ironique, Ficin leva les bras, comme pour se protéger sous la tempête.

« Mais ton neveu lui-même, Jean-François Pico, m'a dit qu'elle t'a poursuivi jusqu'aux portes de la ville, qu'elle a bondi sur ton cheval, les cheveux dénoués comme une catin, et que tu t'es résigné de mauvaise grâce à emporter ce fardeau !

– Quoi ! Que t'a dit Jean-François ? »

Giovanni suffoquait. Une quinte de toux le plia en deux. Inquiet, Ficin se leva et lui tapota le dos.

« Ça va, ça va aller, calme-toi…

– Tais-toi, tu n'as rien compris, articula Giovanni en reprenant son souffle. C'est moi qui l'ai poursuivie dans sa retraite, c'est moi qui ai forcé son intimité, c'est moi qui l'ai séduite ! Non pas ce jour-là, dans le *studiolo*, tu penses bien… Comme vous tous, elle m'avait trouvé odieux, mais elle avait très bien compris pourquoi je disais tant de bêtises.

– Tu l'as revue ensuite ? Pendant sa lune de miel ?

– J'ai revu Marguerite par hasard, dans la via dei Spettacoli, quelques jours plus tard, à la fin d'une averse qui avait vidé la chaussée. Bizarrement, elle n'a pas eu l'air étonné de me voir. Elle sortait de la boutique d'un joaillier qui venait de rétrécir son alliance. *Mon mari s'est trompé, il a pris une taille trop grande*, m'a-t-elle dit en riant. *J'aurais pu la porter à l'index, mais ce n'est pas la coutume...* Elle m'a montré son alliance sertie d'émeraudes, puis elle a commencé à enfiler ses gants. Son mari n'avait pu l'accompagner, étant occupé par une affaire urgente, et elle devait le rejoindre chez les Landino, qui donnaient un bal en leur honneur... Elle m'a demandé si j'y serais. J'ai dit oui...

– Tu étais invité ?

– Pas tout à fait. Je savais que Poliziano y allait. Je me suis fait inviter par lui. Je ne sais si tu peux comprendre. J'étais attiré par elle, comme le moucheron par la lampe du poète. Je n'avais d'autre projet que de la revoir. Ce soir-là... nous avons dansé ensemble. Deux fois... Elle levait vers moi de grands yeux limpides. J'ai touché sa main, j'ai effleuré sa taille... Ensuite, tout s'est passé par lettres, pendant des années. Jusqu'à... »

Ficin lui jeta un bref coup d'œil, puis contempla ses ongles. Mirandole frissonna et se pelotonna sur son fauteuil.

« Le feu va s'éteindre, dit-il d'une petite voix.

– Pas de problème, papa Marsile s'occupe de tout. Surtout, ne découvre pas tes pieds », dit Ficin en calant de nouveau la couverture autour des jambes de son ami.

Pic se laissa faire comme un petit enfant, et tomba dans le sommeil.

Aux premières lueurs de l'aube, Fra Stefano apparut, porteur d'une soupe chaude, suivi de deux novices, les bras chargés de bûches et de fagots.

« Il y aurait de quoi soutenir un siège ! remarqua Marsile, levant les yeux de son livre.

– La température s'est rafraîchie, mon père. L'eau du bassin est recouverte d'une fine couche de glace. »

En voyant Mirandole endormi, il baissa le ton.

« Comment va-t-il ?

– Ne t'inquiète pas, Stefano. Ta sollicitude est touchante, mais s'il a besoin d'un médecin, je suis là.

– Mais vous allez repartir, mon père...

– Je ne serai pas loin. Si son état empire, tu m'enverras quérir à Careggi. Quoi qu'il arrive, je serai là dans la journée.

– C'est pourquoi je vous pose la question. Dois-je lui administrer des soins en votre absence ?

– Mais Giovanni ne va pas rester ici éternellement ! Dès qu'il aura vu frère Jérôme, il viendra me rejoindre à Careggi. Je t'assure, tu n'as aucun souci à te faire.

– Le prince est un ami de frère Jérôme. Il sera donc le bienvenu tant qu'il lui plaira de rester dans la maison de Dieu », dit Stefano.

Il renouvela les chandelles et bassina le lit.

« Au fait, demanda Ficin, as-tu mis mes herbes dans la soupe ?

– Bien sûr, mon père, une bonne pincée.

– C'est bien, tu peux aller », dit Ficin, heureux de se plonger dans sa relecture du *Pimandre*.

Il était surpris de trouver autant de mérites à un travail de traduction déjà ancien.

« Excusez-moi, mon père… Un lit a été préparé à votre intention dans la cellule 35, la troisième à gauche dans le couloir.

– Mon lit ? Ah, merci bien… »

Suivi de ses acolytes, Stefano se dirigea vers la porte.

« Ah, au fait, Stefano…

– Oui, mon père ?

– Tu me donneras demain matin la référence du traité de Maïmonide…

– Du traité… ?

– Oui, la recette de la poudre préparée par frère Jérôme. J'aimerais savoir s'il s'agit de la décoction de diamants et de perles que le docteur Pier Leoni a prescrite au Magnifique, quelques jours avant sa mort.

– Je ne crois pas, mon père. Il s'agit d'un mélange spécial, dont frère Jérôme est seul à connaître la recette. »

QUATRIÈME PARTIE

Le *Printemps* de Botticelli

Feuillage, je suis ta racine.

DANTE

CHAPITRE 1

La mode de la fourchette

Castitas! Pulchritudo! Voluptas! Chasteté! Beauté! Volupté! Dès que Giovanni ferme les yeux, la silhouette de Marguerite s'anime, il n'a pas à se forcer, cela vient tout seul, il la retrouve à volonté, il la revoit aussitôt, enfin pas son visage, pas encore, mais ses seins, ah oui, il les distingue clairement, avec une précision émouvante, des seins de reine, mystérieux, caressants, intouchables, si pâles, si pleins, enchâssés dans une robe en corbeille de velours d'automne piqueté de vert, un velours travaillé, et les souvenirs se mélangent, et les époques se superposent, il joue avec les images, il est magicien, il fait apparaître à volonté les épaules vulnérables, une mèche de cheveux égarée sur la nuque, un profil étonné, puis la chute des reins, le genou, un pied nu, puis sa bouche, ah, sa bouche entrouverte, ses lèvres qui appellent, et son regard, et sa malice, et ce sérieux extraordinaire quand elle parle des Anciens, un élan le remue des pieds à la tête, ses humeurs bouillonnent, il se sent pareil à un grand arbre frémissant au bord de l'océan, un grand arbre qui voudrait s'élancer.

Marguerite serait là, tout près de lui, il pourrait la toucher, il lui passerait le bras autour de la taille, il en éprouverait la fragilité en la serrant un peu, en lui faisant sentir son autorité, puis il l'entraînerait pour une promenade au bord de l'Arno, personne ne les reconnaîtrait, ils s'installeraient au milieu des gamins, en regardant les voiles carrées des barges pleines de sable filer doucement au rythme du courant, ils verraient les pêcheurs plonger et remonter en brandissant des poissons argentés, il entendrait à nouveau sa voix murmurante, la voix chérie de Marguerite, racontant des histoires de jadis, des récits d'aïeule, des contes de veillée.

Sous la loupe du rêve, chaque détail l'enchante. Un pli de sa jupe lui révèle Marguerite tout entière, en tous lieux, en tous temps, de même que les hautes herbes du *Printemps* de Botticelli font admirer les chevilles dansantes des trois Grâces. Oui, il a cette chance, après tant d'années, sa mémoire continue à déborder, les images affluent sous ses paupières, Marguerite lui apparaît en mosaïque, en kaléidoscope, avec ses cris d'amante, ses paupières chavirées, sa jouissance insolente...

Il se demande si elle a réussi à survivre à leur séparation brutale, si elle a retrouvé sa morne vie conjugale, après... Puis il chasse cette question importune comme un insecte malfaisant, se passe la main sur le front, et se réveille en sursaut.

*

Marsile Ficin était toujours là, fidèle au poste, en sentinelle, le front plissé, absorbé dans sa relecture du *Pimandre* devant le poêle éteint. Comme il le disait, *l'amitié est toujours divine*. Il l'avait amplement prouvé, en cette nuit fiévreuse. A vrai dire, il s'était montré généreux avec Pic dès le premier jour, en l'invitant à une réunion de l'Académie platonicienne.

Dans le *studiolo* de Laurent de Médicis, Marsile Ficin était comme chez lui. En l'absence du maître des lieux, il s'autorisait de leur intimité pour veiller à détendre l'atmosphère. Après une altercation pénible entre Pic de la Mirandole et les frères Benivieni, il avait tiré sur un cordon de velours, et le délicat mécanisme d'un monte-charge s'était fait entendre. Il ouvrit une petite trappe et en sortit, sous les exclamations de la société, un grand plateau chargé de plats exotiques. Marguerite Mariotto de Médicis ouvrait de grands yeux rieurs tandis que Marsile Ficin détaillait le menu : rougets de l'Adriatique, grillés et parfumés au gingembre et au thym ;

rôti de mouton aux truffes, saupoudré de noix en poudre, doré à l'huile de palme ; courgettes farcies de riz au safran, boulettes de viande aux champignons et à la cardamome... D'étranges instruments piquants étaient alignés sur le plateau à côté des cuillers.

« Ce sont des fourchettes, expliqua Agnolo Poliziano à son voisin Giuliano Mariotto. Elles se tiennent de la main droite et servent à piquer les aliments, en particulier les boulettes de viande. A Florence, plus personne ne mange avec ses doigts... »

Giuliano Mariotto de Médicis saisit une fourchette et la brandit dans la direction de Poliziano, comme une arme de foire.

« Bonne idée, lui dit-il. Je vais introduire cette coutume à Arezzo, pour nos dîners officiels... »

Il examina attentivement l'objet, puis le tendit à son épouse.

« Regardez, ma chère, ce que les Florentins nous proposent, pour nous aider à garder les mains propres en mangeant. N'est-ce pas une bonne idée ? »

Marguerite considéra son mari d'un air moqueur. Autour d'elle, les regards brillaient, des plans s'échafaudaient. Comme les autres, Giovanni voulait s'en faire remarquer, rêvait de lui plaire. Elle lui rappelait ce jeune eucalyptus au tronc spiralé, bouleversant de souplesse, qui se dressait près de la tour carrée de la Mirandole. Des tresses un peu défaites, d'un roux profond, encadraient son visage. Sa taille était prise dans un corsage lacé. Seule femme dans cette assemblée d'humanistes, elle paraissait trouver cette situation naturelle. Elle semblait assise en équilibre sur le rebord de sa chaise, féline, prête à bondir, regardant chacun dans les yeux avec une hardiesse toute masculine. Quant à Giovanni, elle lui adressa son plus éclatant sourire.

Marguerite prit la fourchette du bout des doigts, l'examina sous toutes ses faces, considéra pensivement son mari, regarda les jeunes gens assis tout autour d'elle et qui attendaient son verdict, et se mit à rire.

« Essayons, nous verrons bien », dit-elle enfin, en piochant un carré de pêche dans la salade de fruits. Chacun prit une fourchette pour imiter la belle. Dans un fou rire général, la mode de la fourchette était lancée à Florence.

Pic de la Mirandole se forçait à observer le seul personnage antipathique de l'assemblée, le pauvre Giuliano Mariotto. Il fut satisfait de le trouver encadré de favoris inégaux et touffus, mal sanglé dans un pourpoint de cuir tandis que les autres invités étaient vêtus de brocart ou de lin brodé, emprunté, mal à l'aise, et surtout scandaleusement indifférent à la personne de sa femme, qu'il regardait à peine, pressé d'attirer l'attention de son cousin. Or ce balourd avait le droit, et même le devoir, d'embrasser Marguerite, de toucher Marguerite ! Pic fut saisi d'une forte envie d'embrocher ce provincial avec l'un de ces instruments de torture que les Florentins jugeaient si important de s'enfoncer dans la bouche.

« *O tempora, o mores…*, remarqua Girolamo Benivieni. Il n'y a pas que la fourchette, il y a aussi les bains ! Vous savez que nous avons maintenant à Florence plusieurs thermes, conçus sur le modèle athénien… »

Benivieni avait une belle voix grave, de longs cheveux retenus par un ruban de velours, une immense chemise blanche aux manches bouffantes, un gilet constellé de perles.

« Selon moi, la possibilité de se laver est l'une des conditions de la dignité humaine », dit alors Marguerite, et le cœur de Giovanni s'enflamma. Il méditait depuis peu le projet d'un traité sur la *dignité humaine*, justement. Elle ne pouvait le savoir ! Il ne put s'empêcher de penser que leur rencontre avait un sens, que cette conversation frivole avait une importance mystérieuse.

Mais Benivieni tournait vers lui un regard bienveillant :

« Ne vous inquiétez pas pour notre discussion de tout à l'heure, mon cher Mirandole ! Nous autres Florentins, nous sommes des parvenus, c'est pourquoi nous sommes si susceptibles. Mais c'est à nous de savoir faire valoir les richesses de notre belle cité…

– Mon mari et moi, nous commençons justement à visiter

Florence, et notre émerveillement grandit tous les jours, intervint Marguerite. Hier, Agnolo nous a emmenés dans l'atelier du sculpteur Bertoldo. Bien avant d'arriver, dans la rue, on entendait le martèlement des piolets. Il paraît que les artistes florentins ont retrouvé les secrets de fabrication des anciens Grecs... Et je dois dire que certaines statues inachevées m'ont semblé aussi belles que celles de Phidias... »

Giovanni la contemplait, bouleversé. Ainsi, elle connaissait les Anciens, elle aimait Phidias...

« Bertoldo nous a montré un faune et une Aphrodite de marbre datant du Ve siècle avant notre ère, qui ont été repêchés dans les eaux territoriales d'Ancône, précisa Poliziano.

– C'est le retour de l'âge d'or ! proclama Ficin en remplissant les verres. *Gloire aux Anciens qui renaissent et vivent parmi nous !* Buvons à Platon et à Phidias ! Buvons aux plongeurs d'Ancône ! »

C'est alors qu'une voix de baryton retentit derrière eux.

« Excellente idée ! Buvons ! *Saluti a tutti !* »

*

Les convives se retournèrent vers la porte d'entrée. Laurent de Médicis, en tenue de ville, venait de faire son apparition. On devinait un homme habitué à séduire malgré sa laideur, et parfois même grâce à elle.

« Je suis heureux de voir que l'ambiance est à la fête... Tu as bien fait de commander le repas, Marsile... Madame ma cousine, dit-il en s'approchant de Marguerite pour lui baiser la main, pardonnez-moi, je suis en retard, comme toujours... En tout cas, le mariage semble vous réussir. Vous êtes rayonnante... »

Depuis un an, les affaires de l'État dévoraient presque tout son temps et il avait de plus en plus de mal à s'arracher à ses obligations. Un an auparavant, en 1478, le complot fomenté contre lui par les Pazzi et leurs alliés romains avait tourné au drame : son jeune frère Giuliano de Médicis avait été férocement poignardé dans la cathédrale, et lui-même avait été blessé. Laurent avait ressenti un chagrin violent, sans commune mesure avec la tristesse sereine qu'il avait ressentie à la mort de Côme, son grand-père.

Car Laurent aimait Giuliano plus que sa vie, plus que ses yeux. Exaspéré par la douleur, il avait frappé vite et fort contre les Pazzi et leurs acolytes, satisfait d'agir selon la justice tout en apaisant sa soif de vengeance. La répression fut aussi l'occasion d'avertir les Florentins : sous ses gants de velours, malgré sa bonhomie proverbiale, c'est avec une poigne d'acier que le Magnifique entendait gouverner Florence. Les gonfaloniers se saisirent de Jacopo de Pazzi. Il fut torturé puis pendu par les pieds aux fenêtres de la Seigneurie, ainsi que son complice Francesco Salviati, archevêque de Pise. Quant au traître Bandini, qui avait porté à Giuliano le coup fatal, il s'était réfugié à Byzance. Mais à la demande de Laurent, le Sultan obéit à la raison d'État et le renvoya à Florence, où il fut écartelé.

A la suite de cet épisode, pendant quelques mois, Marsile Ficin était tombé en disgrâce à cause de sa relation amicale avec Riario, le neveu du pape Sixte IV, que Laurent soupçonnait d'avoir soutenu les conjurés. Mais Ficin avait multiplié les lettres d'excuses et rompu ostensiblement tout commerce avec son ami romain.

« Que voulez-vous, avait-il écrit à Laurent, la nature du mal est de s'offrir à nous sous le déguisement du bien… Personne n'est omniscient… »

Grand seigneur, Laurent avait pardonné cette erreur fatale en invoquant les mânes de Côme et son indulgence indéfectible pour « le petit Ficin ».

Cependant le pape Sixte IV, en représailles, avait conclu une alliance avec Ferrante, le roi de Naples, et les deux souverains avaient déclaré la guerre à Florence. Au mépris du danger, Laurent avait alors passé plusieurs semaines à Naples, en négociations secrètes avec Ferrante. L'enjeu était immense, car ce conflit imprévu menaçait de mettre en péril le délicat équilibre qui régnait entre Milan, Naples, Rome,

Florence et Venise depuis la paix de Lodi, instituée depuis 1454 à l'instigation de Côme de Médicis.

Ayant surmonté l'obstacle, Laurent était maintenant à l'apogée de sa puissance et son visage ingrat, sculpté par les épreuves, avait acquis une certaine harmonie. Ici, dans le *studiolo*, il n'était plus le maître de Florence, le patron de la banque Médicis, des lainiers et des teinturiers. Il était l'ami de ses hôtes, leur confident, leur bienfaiteur. De ceux-là, ceux du premier cercle, il n'attendait aucune marque de déférence, aucun respect hypocrite, mais des signes de fidélité, des gestes sincères, des pensées nouvelles, des discussions stimulantes. Côme l'avait initié à la philosophie autant qu'à la politique et au commerce, et Laurent avait appliqué sa méthode à tous les domaines, élargi sa curiosité à l'ensemble des arts.

*

S'improvisant maître des cérémonies, Marsile Ficin fit les présentations.

« Laurent de Médicis, dit le Magnifique, aimé du peuple et des artistes, le seul souverain d'une cité italienne à être insensible à la flatterie… »

Quand vint le tour de Giovanni, Laurent manifesta son plaisir :

« Ah, le fameux Pic de la Mirandole ! Mes amis de Ferrare m'ont raconté vos exploits… On dit que Leonardo Nogarola, malgré sa sévérité légendaire, vous tient en haute estime… Marsile Ficin, ici présent, vous considère comme un esprit universel, un philosophe de l'harmonie, un chantre de la liberté. C'est beaucoup, à un si jeune âge… Bienvenue dans la joyeuse bande des humanistes platoniciens ! »

Giovanni s'inclina, la main sur le cœur.

« Tout l'honneur est pour moi, messire Laurent…

– Marsile prétend que vous avez un don spécial pour concilier ce qui semble inconciliable. C'est le genre de talent dont un homme politique a parfois besoin. Peut-être serai-je appelé à vous consulter sur des questions diplomatiques… Mais, dites-moi, êtes-vous seulement un austère philosophe, ou aimez-vous aussi la poésie ? »

D'une voix presque inaudible, espérant que Marguerite tendrait l'oreille, Giovanni avoua qu'il écrivait parfois des poèmes, mais timidement, en amateur.

« Je suis dans ce domaine d'une modestie presque maladive… Car le savoir livresque, dans cet art où seule l'inspiration gouverne, ne m'est d'aucun secours…

– C'est bon signe ! dit Laurent. Et c'est joliment dit ! Le poète doit travailler sans filet… J'apprécie votre modestie. A vrai dire, on m'a tant parlé de votre érudition que je craignais de rencontrer un jeune homme bouffi d'orgueil. »

Pour la première fois, devant cet aimable despote, Giovanni sentait menacée sa royauté native. Lui qui avait l'habitude de considérer son jeune âge comme un avantage, soudain enrageait de se voir enfantin, se trouvait empoté. Laurent, il est vrai, présidait déjà aux destinées de Florence depuis que lui-même avait à peine six ans… Il enviait le visage mûr et serein du Magnifique, d'où les soucis de l'État semblaient avoir été effacés par magie, son allure détendue, ses mains paisibles.

« Connaissez-vous les toiles de Sandro Botticelli ? lui demanda le maître de Florence.

– Non, messire, mais j'ai entendu dire qu'il avait découvert le secret ultime de l'art.

– Oui, Sandro connaît le mystère de la beauté… On doit bientôt m'apporter sa dernière toile, *le Printemps*. Venez la voir, un poète ne peut manquer un tel événement.

– Un philosophe non plus, messire ! Nous ne sommes pas moins que les poètes occupés de la beauté, qui n'est selon Platon que la vérité sous son aspect le plus riant…

– A propos, le bon Ficin m'a dit que vous étiez à la recherche d'un professeur d'hébreu ? Mais pourquoi l'hébreu ?

– Toutes les langues ont leurs mérites, messire, mais je m'intéresse particulièrement à l'hébreu, pour des raisons en quelque sorte bibliophiliques… Parce que c'est la langue du texte originel… Le véhicule de la première édition de la Bible, si vous voulez…

– Très intéressant ! En effet, nous ne lisons la Bible que dans la Vulgate latine…

– Elle-même établie d'après la version grecque des Septante, qui date de l'époque des Ptolémée…

– Vous la croyez infidèle ? Déformée ?

– Je pense que la relecture, dans le texte originel hébreu, de l'ancienne version d'Esdras, rédigée au Vᵉ siècle avant notre ère, après le retour des Hébreux en Palestine, nous réserverait quelques surprises.

– Ce devait être une époque exaltante que celle d'Esdras, dit Laurent pensivement. Les Hébreux étaient enfin libérés de leur captivité à Babylone… On dit que là-bas ils pleuraient sans cesse, assis au bord du fleuve…

– Oui, pour eux, c'était une deuxième sortie d'Égypte, une deuxième victoire sur l'esclavage. Ils retrouvaient leur terre natale, ils renouaient avec leurs lois. Dès – 538, quand Cyrus les a autorisés à revenir, ils ont dessiné les plans pour la reconstruction du Temple. Appelés par leur souverain Zorobabel, les architectes, les tailleurs de pierre et les maçons se sont mis au travail. Et pendant ce temps-là, les scribes ne restaient pas les bras croisés. Pour la première fois dans l'Histoire, sous la sage direction d'Esdras, ils ont retranscrit la véritable loi divine…

– La véritable loi divine ? demanda Marguerite. Je ne comprends pas… »

En s'apercevant qu'elle les écoutait, Giovanni fut envahi par une onde de chaleur qui lui donna des ailes.

« Oui, dit Laurent, qui suivait ses propres pensées, l'époque d'Esdras ressemble à la nôtre. Esdras savait qu'un dirigeant digne de ce nom doit gouverner son État en s'inspirant sans cesse du modèle de l'État du monde. C'était un temps de bâtisseurs, comme le nôtre…

– Oui, madame, dit Giovanni, la véritable loi divine, c'est du moins ce que dit la kabbale…

– J'ai entendu parler de la kabbale, dit Marguerite. On m'a dit qu'il s'agissait d'un animal étrange et fabuleux, composé de deux morceaux qui ne parviennent pas à s'accorder…

– Votre informateur, madame, donnait certainement un sens symbolique à ses propos. Le mot kabbale signifie réceptacle, et désigne la tradition secrète des Hébreux. Certains pensent que Jésus la connaissait parfaitement et qu'il s'en est inspiré pour accomplir ses miracles. Et il est vrai que la kabbale est composée de deux parties distinctes et parfois ennemies : la kabbale pratique, apparentée à notre magie noire, et la kabbale spéculative, qui contient, selon la tradition mosaïque, la sagesse secrète qui fut donnée par Dieu à Moïse en même temps que la Torah. Et qui ressemble dans ses fondements raisonnables à notre magie naturelle.

– Ainsi la kabbale serait la partie invisible de la Révélation ? demanda Laurent, fasciné. Il est vrai qu'il y a toujours une part de mystère dans les grands enseignements… D'après Denis l'Aréopagite, les secrets ultimes furent transmis par les fondateurs de notre religion chrétienne *ek noû eis noun…*

– Exactement ! “D'esprit à esprit”, sans écriture, par l'intermédiaire de la parole. Je vois que vous avez le temps de lire, malgré vos obligations, messire…

– Oh, j'ai d'excellents professeurs ! répondit Laurent en se tournant vers Ficin et Benivieni. Il y a aussi Cristoforo Landino, qui n'est pas là aujourd'hui…

– Platon lui-même s'exprimait par énigmes, intervint hâtivement Ficin, heureux d'avoir été sollicité. Et bien sûr, les sphinx des Égyptiens, sculptés devant les temples, rappelaient la nécessité de garder le secret sur les révélations mystiques… Quant à Pythagore, s'il n'a laissé aucun écrit, c'est peut-être pour la même raison. Il a tout transmis à sa fille, oralement…

– Mais continuez, Giovanni, je vous en prie, dit Laurent. Nous étions sur la montagne, avec Moïse…

– Oh, messire, je n'étais pas là-haut avec lui et ne peux donc jurer de rien ! Cependant, d'après les docteurs juifs, dont les propos ont été confirmés par notre Origène, Moïse ne reçut pas seulement la Loi qu'il devait laisser à la postérité, écrite en cinq livres, mais aussi le véritable et le plus secret commentaire de cette Loi. La Loi elle-même était destinée à être transmise au peuple, mais Dieu ordonna à Moïse de ne révéler qu'à Josué les ultimes secrets de la kabbale, à charge pour ce dernier de les révéler ensuite aux grands prêtres… Et c'est ainsi qu'ils furent transmis, de génération en génération, de siècle en siècle… jusqu'à l'époque d'Esdras.

– Mais pourquoi cette division entre ceux qui savent et ceux qui ignorent ? N'y a-t-il pas là une grande injustice ? demanda timidement Marguerite.

– Cela peut en donner l'impression en effet, répondit Giovanni, et je reconnais bien dans cette question le cœur sensible d'une femme. »

Il fut ému de la voir rougir imperceptiblement.

« Le cœur blessé, vous voulez dire. Car une femme, dans ce monde confisqué par les hommes, n'a que rarement accès aux mystères.

– Cependant, continua Giovanni, vous voyez bien, dans votre vie de tous les jours, à Arezzo, que beaucoup de gens, hommes ou femmes, préfèrent rester éloignés de la sagesse et se sentent écrasés par les pensées profondes.

– C'est vrai, dit Marguerite. La philosophie n'est guère appréciée par le commun des mortels. Combien de fois mes amies n'ont-elles pas ironisé sur mon amour des livres, et tenté de m'en détourner en me proposant une partie de campagne…

– A l'époque des grands prêtres, il était admis que les arcanes de la divinité suprême ne devaient pas être jetés sur la place publique en pâture aux pourceaux. Et ce n'était pas par une décision humaine, mais sur ordre de Dieu que tout cela était dissimulé au vulgaire. Seuls les *parfaits*, dont parle saint Paul, pouvaient y trouver une nourriture spirituelle…

– Mais alors, demanda Laurent, qui suivait son idée, que s'est-il passé au temps d'Esdras ? L'interdiction a-t-elle été levée ?

– Esdras s'est trouvé devant une contradiction insoluble.

D'un côté, cette règle du secret, intangible et sacrée. De l'autre, la nécessité de préserver la Parole divine, qui risquait de sombrer dans l'oubli, et donc de la coucher par écrit. Qu'auriez-vous fait à sa place, messire ? Auriez-vous obéi aveuglément à la loi du mystère, ou auriez-vous tenté, pour le salut de vos descendants, de conserver la quintessence de la Révélation ?

– J'aurais fondé une bibliothèque, comme l'a fait mon grand-père à San Marco ! répondit Laurent en riant.

– Vous voyez, messire ! Esdras a trouvé un compromis. Il voyait bien que les exils, les massacres, les fuites, la captivité du peuple d'Israël mettaient en péril la vénérable transmission “d'esprit à esprit”. Les secrets de la doctrine céleste, à lui confiés, allaient disparaître ! Il fallait constituer des archives ! Et c'est ce qu'il a fait.

– Il a mis les scribes au travail…, dit Laurent.

– Oui, comme vous avez mis au travail les architectes, les sculpteurs, les peintres, les poètes, les philosophes…

– Mon ami a raison, dit Ficin. Quoi qu'il arrive, seigneur Laurent, vous aurez pour principal titre de gloire d'avoir suscité des œuvres splendides, d'avoir magnifié la beauté du monde…

– Trêve de flatteries ! le tança Laurent. Pas de cela ici ! Nous sommes entre nous…

– Vous voyez, dit Ficin à la cantonade. Le seul chef d'État insensible à la flatterie !

– Ne l'écoutez pas, dit Laurent. Les flatteurs trouvent toujours un moyen détourné d'assouvir leur passion… Revenons plutôt à Esdras, qui ne devait guère aimer les flatteurs, lui non plus. La tradition orale était-elle encore vivante de son temps ?

– Vivante oui, messire, et presque intacte. Mais essoufflée et guettée par la mort, car seuls les vieux savants de l'époque la connaissaient encore, et beaucoup d'entre eux étaient morts en captivité… C'est pourquoi Esdras décida de réunir les survivants au cours d'un grand conclave.

– Une grande *Disputatio*, en quelque sorte, dit Laurent.

– Oui, cela devait y ressembler. Il leur a demandé solennellement d'exposer tout ce que leur mémoire conservait encore des mystères de la Loi, devant des scribes spécialement entraînés à prendre des notes rapidement. Puis les scribes ont consigné ces révélations dans soixante-dix volumes...

– Ah, comme j'aurais aimé assister à cette scène grandiose ! Mais pourquoi soixante-dix ? demanda Marguerite.

– Excellente question, madame ! C'était un chiffre sacré, le nombre des membres du Sanhédrin, le grand tribunal d'Israël.

– On dit que les traducteurs de la Septante, quelques siècles plus tard, pour cette même raison, étaient au nombre de soixante-dix, ou peut-être soixante-douze, ajouta Ficin.

– Et que sont devenus ces livres ? demanda Laurent.

– Ce sont les livres de la science kabbalistique.

– Comment le savons-nous ? J'imagine qu'ils n'ont pas été mis à la disposition de tous...

– Non, bien sûr ! Esdras le raconte lui-même : il les a remis aux sages de son peuple, qui les ont transmis secrètement à certaines familles juives, choisies pour leur piété. "Car dans ces soixante-dix livres se trouvent la veine de l'intelligence, la source de la sagesse et le fleuve de la science", écrit Esdras, si j'ai bonne mémoire.

– Nous n'en doutons pas ! remarqua Ficin d'un ton aigre.

– Pour les protéger encore un peu plus des regards indignes, Esdras a alors énoncé la fameuse règle qui interdit aux étudiants de prendre connaissance de ces livres avant l'âge de quarante-neuf ans. J'espère que je ne devrai pas attendre aussi longtemps avant de les lire !

– Vous ne les avez pas lus ? demanda Laurent.

– Ils sont rédigés en hébreu, messire. Seuls trois d'entre eux ont été traduits, que j'espère me procurer bientôt. C'est pourquoi je cherche un professeur...

– Croyez-vous que l'hébreu soit la langue de Dieu ?

– Je ne sais pas. Vous touchez à la limite de mon savoir. Et vous, qu'en pensez-vous ? »

Laurent éclata de rire et le saisit par l'épaule.

« Ah, je t'adore ! Marsile, tu as bien fait de nous emmener ce jeune prodige ! Ce qui me plaît chez lui, c'est que son beau visage n'est pas un masque, mais le reflet véridique de sa beauté intérieure, la splendeur du phénix. Au fait, demanda-t-il à Giovanni, tu n'en souffres pas trop, de cette beauté insolente ? Comment fais-tu pour te protéger des désirs sauvages que ta présence doit susciter ?

– Il est vrai que mon apparence, parfois, m'attire des ennuis… »

Il jeta un regard timide vers Marguerite.

« Marsile, dit Laurent, tu feras préparer une chambre ici pour le jeune Mirandole…

– Ce n'est pas la peine, messire, je loge chez les Rucellai.

– En ce cas, sache que tu seras toujours le bienvenu aux réunions de l'Académie. La kabbale ne doit pas te détourner de la fréquentation de Platon ! Marsile te tiendra au courant… »

Laurent se retourna vers Marguerite et lui prit la main.

« Maintenant dites-moi, ma cousine, comment vous traite l'heureux Mariotto ? Vous couvre-t-il d'attentions, vous offre-t-il des fleurs, vous lit-il des poèmes, vous parle-t-il de Phidias et de métaphysique ? Sait-il, au moins, qu'il est le possesseur de la perle la plus rare d'Arezzo et de toute la Toscane ?

– Il faudra le lui dire ! » répondit Marguerite en riant.

Laurent vérifia du coin de l'œil que Giuliano Mariotto ne pouvait pas les entendre. Il était engagé dans une grande discussion avec Antonio Benivieni sur les aléas du commerce de la soie.

« Une jeune beauté comme vous, curieuse des choses de l'esprit, ne risque pas de s'ennuyer dans notre belle Académie florentine, poursuivit Laurent, de plus en plus charmeur. Nos jeunes amis sont vraiment beaux et savants, vous ne trouvez pas ? Vous semblez passionnée par la philosophie…

– J'ai eu la chance d'avoir un professeur de chant qui s'intéresse à la sagesse. Il m'a initiée à Platon, car il est séduit par les idées humanistes. Mais c'est aussi un lecteur d'Aristote, de Denys l'Aréopagite, de Lactance... Et il m'a fait lire *la Divine Comédie*... »

Giovanni buvait ces paroles comme un nectar, *d'esprit à esprit !* Ainsi cette jeune femme qui aimait Phidias aimait aussi la lecture, et semblait puiser ses questions à la même source que lui. Depuis ses dialogues avec sa mère, à la notable exception de Laodomia Strozzi, il n'avait jamais rencontré de femme avec laquelle il pût discuter d'égale à égal, en marchant sur la même terre cultivée. Bavardant avec Laurent, Marguerite s'animait, faisait de grands gestes. Giovanni les observait avec passion. Il lui semblait que si par hasard ses yeux croisaient ceux de Marguerite, il saurait couvrir de rosée cette peau printanière. Il saurait attiser, dans l'azur de ses veines, le noyau incandescent du désir.

Laurent ne poussa pas la cruauté jusqu'à demander à sa cousine si son mari partageait avec elle ce goût prononcé pour la vie de l'esprit.

Ainsi, l'après-midi s'était évanoui comme un rêve. Sur le seuil de la porte, Laurent retint Giovanni pour lui annoncer qu'il allait bientôt lui faire lire quelques sonnets.

« Et n'oubliez pas de venir voir *le Printemps* de Botticelli ! »

Giovanni était sorti du *studiolo* dans une transe, le cœur gonflé. A vrai dire, dans son *euphoria*, il ne parvenait plus à distinguer entre l'excitation de se trouver enfin au cœur de cette ville magique, et ce qui relevait des premières affres de l'amour.

CHAPITRE 2

Le cortège des Seigneurs

Marsile Ficin s'était enfin assoupi, le *Pimandre* sur les genoux, la tête renversée sur le dossier du fauteuil. Pic fut ému par son front raviné, où frissonnaient des mèches grises. Marsile avait beaucoup vieilli depuis la mort de Laurent. Il semblait commencer un rêve et s'agitait. Telle une main de géant, un profond soupir le saisit, fit tournoyer son corps, des talons au menton, avant de le déposer dans une position bizarre, bras pendants, tête penchée. Une vision passa puis repassa sous ses paupières qui retombaient en plis moites autour des globes oculaires. Le rêveur suivait des yeux cette ombre imaginaire. Une bulle se forma sous ses lèvres, gonfla ses joues, enfin éclata au contact de l'air, formant une écume mousseuse. Il soupira de nouveau, marmonna quelque chose, secoua les jambes, esquissa un grand geste du bras, puis sa tête s'affaissa en avant sur sa poitrine. Enfin, sans transition, il se mit à ronfler paisiblement.

Pendant sa longue vie, Marsile Ficin avait dispensé de nombreux bienfaits à l'humanité souffrante. Beaucoup le considéraient comme un maître spirituel dont le renom traverserait les siècles. Il avait précédé Giovanni de plusieurs longueurs dans la bibliothèque universelle. Il lui avait fait connaître le vrai Platon, le philosophe des plus hautes jouissances. *L'équilibre est subordonné à l'extase*, disait-il, et Giovanni trouvait cette pensée délectable. Marsile Ficin n'avait endossé la soutane que tardivement, à mi-chemin d'une vie bien remplie.

Au cours d'une crise mystique, vers l'âge de quarante ans,

il s'était soudain accusé d'avoir trop aimé Platon et ses gracieux compagnons. N'était-il pas sous l'emprise d'un charme, d'un démon costumé en éphèbe ? Ne devait-il pas au Christ souffrant l'essence de son âme, ce noyau d'or qui n'appartient qu'à Dieu ? Torturé par ce qu'il devinait en lui-même de coupables faiblesses, il avait franchi toutes les étapes. Au moment de la communion, dans une extase incomparable, il avait sévèrement sondé son cœur et n'y avait trouvé que l'amour de Jésus. Le soir même, de retour dans sa chambrette, il avait ressenti un immense soulagement : il avait payé son écot à l'Église ! Il pouvait retourner vers son cher Platon, ne serait-ce que pour lui demander lumière et assistance sur ce nouveau chemin.

C'est alors que Marsile Ficin avait pris l'habitude d'enfiler une toge sous sa soutane. Il avait beaucoup ri, un peu gêné, quand Mirandole lui fit remarquer qu'il obéissait ainsi à la tradition de saint Dominique, qui prescrivait à ses ouailles une aube blanche sous un capuchon noir. *Ma pureté intérieure se dissimule sous la noirceur des apparences, mon cher Giovanni*, dit-il en riant, et Pic, inexplicablement, avait eu les larmes aux yeux, comme chaque fois qu'il se cognait aux apparences et en constatait la terrible évanescence.

Avec son goût intransigeant pour la liberté, Giovanni avait déçu Ficin, il le savait. Un maître veut être seul guide de son disciple, mais Pic de la Mirandole n'avait jamais cessé de recruter à grands frais de nouveaux maîtres dans toute l'Europe, et jusqu'en Orient. Chacun l'avait initié à de nouveaux dédales dans les sentiers du savoir. Marsile Ficin le tançait pour son dilettantisme, mais Giovanni rétorquait en citant une phrase du Talmud que lui avait enseignée son maître de kabbale, le Sicilien Moncada, dit Flavius Mithridate : *Le sage apprend de tout homme*.

Cela, Marsile Ficin ne l'avait jamais admis. Il se jugeait parfaitement capable de guider Giovanni sur les chemins de la philosophie, à travers les épreuves de l'existence. Tout en l'admirant secrètement, il désapprouvait la soif universelle de son jeune ami, cette passion futile pour les philosophies exotiques. Son intérêt pour la kabbale hébraïque lui paraissait hautement suspect, même s'il reconnaissait une certaine affinité entre la sagesse des kabbalistes et celle de Platon. Il avait même cherché – en vain ! – à le détourner de cette voie périlleuse en lui racontant des horreurs sur Flavius Mithridate, ce qui avait fait beaucoup rire Mirandole.

« Comme j'aimerais savoir lire les pictogrammes chinois..., avait-il lancé un jour, non sans malice, après s'être livré à un ardent éloge de l'antique tradition des Perses.

– Tu devrais plutôt creuser ton sillon au lieu de te répandre à la surface de la terre ! Qui trop embrasse mal étreint..., avait répondu Ficin, sans cacher son amertume.

– Mais tu le sais bien, toi, Marsile : *les chemins sont multiples, qui conduisent au sommet*. »

Giovanni le lui avait clairement dit, à plusieurs reprises : il serait toujours auprès de lui un *familiaris*, un élève respectueux. Jamais un *auditor*, jamais un disciple. C'eût été impensable. Jamais il n'aurait pu modeler toutes ses pensées sur celles de Ficin, pas plus que sur l'enseignement de Platon ou de Jésus-Christ. Comment eût-il pu accepter une telle mutilation ? Passager du vent, Giovanni avait besoin de circuler dans toutes les provinces du royaume, d'ouvrir les fenêtres, de contempler les paysages, de franchir les frontières. Cette liberté de circulation était même le fondement de la philosophie qu'il tentait d'élaborer. Être homme, être libre, pour lui, c'était tout un ! Même pendant sa brève adhésion à la foi rénovée, il avait toujours senti que cet engagement dans une doctrine particulière ne serait que passager. Ce n'est pas qu'il désirât la liberté ; il la possédait de naissance, ou plutôt il était possédé par elle. Mais l'océan restait inexploré. Sans doute y avait-il des terres inconnues, de l'autre côté des mers... Il songea que cette liberté native était sa véritable noblesse.

Les ronflements de Ficin s'étaient mués en de longs soupirs saccadés. Son visage s'était enfin détendu, la soutane entortillée autour des chevilles. Devant le philosophe agenouillé, sous la douce insistance du souffle, une petite flamme jaillit à l'extrémité d'une brindille. Bientôt, un petit serpent jaune se glissa en frétillant sur toute la longueur du rameau, et le feu repartit de plus belle. Mirandole se releva, se frotta les genoux, puis enveloppa Marsile dans la couverture en prenant soin de protéger ses pieds.

Enfin, il se dirigea vers le lit, ouvrit la *cassone* à vêtements, en sortit une chemise de nuit de lin blanc qui avait peut-être appartenu à Côme, et un bonnet de nuit. En claquant des dents, il enleva sa casaque et ses hauts-de-chausses, s'habilla pour la nuit, se coucha, et attendit le retour de ses fantômes.

*

Pic s'était résigné à rentrer à Ferrare pour compléter son cursus universitaire, mais il s'y languissait. La vie estudiantine lui semblait terne, comparée aux éblouissements platoniciens, aux fulgurances de la Cité des Fleurs. Un vague à l'âme l'empêchait de jouir des plaisirs disponibles. Les Ferraraises n'arrivaient pas à la cheville des Florentines. Les petites princesses l'ennuyaient, les bourgeoises ne connaissaient pas Phidias, les servantes ne suffisaient plus à l'étourdir. Il ne cessait de penser à la splendide épouse de Giuliano Mariotto de Médicis. Il la voyait de profil, elle tournait lentement la tête vers lui, il voyait le grain de sa peau, la ligne altière de sa nuque… Il voulut se divertir, sans succès. Un jour de bal, il fit danser Laodomia Strozzi et retrouva un peu d'entrain.

A la première occasion, il repartit pour Florence sur un cheval gris caparaçonné de cuir et orné de médailles, suivi par son fidèle secrétaire Cristoforo Casalmaggiore et une dizaine de braves. A l'invitation de Laurent de Médicis, Giovanni retournait dans sa Terre promise : Sandro Botticelli avait enfin livré son *Printemps*.

En descendant les collines de Fiesole, les cavaliers croisèrent une paysanne, à peine sortie de l'enfance mais dont les formes déjà pleines évoquaient la baratte et le foin. Sanglée dans une épaisse robe jaune rayée d'incarnat, elle levait le bras pour équilibrer, sur sa tête, un large panier qui lui donnait l'allure d'une reine d'Arcadie. Derrière elle, les vignes encore chargées, longées de cyprès, traçaient leurs parallèles. La fille regarda passer les inconnus et sourit hardiment au jeune cavalier qui portait une chaîne en or sur sa poitrine, et semblait être le chef de troupe.

Le désir s'éveilla en lui, brutalement. Une fraction de seconde, le cavalier cligna des yeux, crispa les doigts sur les rênes. Le cheval fit un écart. Il y répondit dans l'instant, serrant les mollets, resserrant ses coudes. *Pace, cavallo !* Il se parlait à lui-même. Le cheval se soumit en reniflant bruyamment et secoua plusieurs fois la tête, réfrénant son ardeur. Giovanni se retourna, sourit à la fille qui l'observait d'un air ironique, se pencha en avant, flatta l'encolure. Puis, sans la quitter des yeux, il se pencha encore, jusqu'à poser la joue sur la crinière. Un pied dans l'herbe, l'autre dans la boue, le bras levé en arcade, elle bomba la poitrine et soutint son regard. A regret, Giovanni desserra un peu les doigts, laissant le cheval repartir de son pas tranquille. Mais il continua de caresser du regard, à demi couché, la silhouette de la petite paysanne plantée sur le bord de la route avec tous ses atours, avec ses rêves silencieux, avec l'or de son lait.

A l'approche d'un petit bois, il se redressa enfin. Les chevaux pataugeaient dans l'argile humide. A l'orée du sous-bois, une allée cavalière offrait une longue plage de sable fin et sec. Il cravacha sa monture, ils s'élancèrent au galop dans la trouée. Aussitôt, presque dénudés par l'hiver, les hêtres et les chênes se ruèrent sur eux en ordre dispersé. L'un après l'autre, ces géants grandissaient, puis s'écartaient en reculant dans le néant, et les hommes poursuivaient leur route, yeux fouettés par le vent, jambes dressées sur des étriers courts. A la sortie du petit bois, les cavaliers débouchèrent sur un vaste plateau de terres fraîchement labourées. On voyait au loin une bergerie en ruine et un castelet doté d'une tour carrée. Sur un signe du chef, on se remit au pas et on longea la forêt en écoutant le vent qui jouait dans les branches.

Telle est donc Vénus, et telle est Marguerite, songeait le

voyageur. Un poème naissait en lui. Paysanne ou citadine, vierge ou amante, fleur bleue ou fleur jaune. Unique et multiple. Il passa furtivement l'index sur le sachet de velours contenant la médaille des trois Grâces. La Femme éclaire le ciel, enchante l'infini. Chez la Femme, le corps et l'esprit ne sont pas disjoints, c'est pourquoi elle a un accès privilégié aux mystères. Il lui suffit de persévérer dans son être, dans son être exquis... De mettre ses seins en corbeille... Oui, c'est à Vénus que Pic de la Mirandole offrait la première place dans son cœur, la place du Créateur, celle de la Trinité. Il avait des pensées hérétiques. Et alors ? Puisque Vénus avait trois visages, comme le Dieu des chrétiens... La Femme n'était-elle pas primordiale ? Divine triade dont tout procède, découle et devient, avant de croître, de s'étioler, de disparaître.

Pensait-elle à lui, de temps en temps ? Viendrait-elle contempler le tableau de Botticelli ? Il se persuada que non, elle avait dû réintégrer la bonne ville d'Arezzo, où son mari avait pignon sur rue. La signora Mariotto de Médicis avait certainement fort à faire pour veiller au bon ordre d'une grande maisonnée comme celle-là. Recevoir les intendants, engranger l'huile et le grain pour l'hiver, veiller au ménage, aux menus, aux commandes de viande, vérifier l'ordonnancement du linge de maison, tenir les comptes, marchander avec les négociants, organiser des soupers pour son mari dans l'hôtel des Impôts, veiller au bien-être des servantes. Elle n'avait certainement pas de temps pour les futilités. Il l'imaginait chez elle à la nuit tombée, les cheveux nattés sur le sommet de la tête, vêtue d'une robe de coton et d'un grand tablier, lisant *l'Enfer* de Dante au coin du feu. Sans le savoir, lisant son livre préféré, elle penserait forcément à lui, comme il pensait à elle. Il n'était pas exigeant. Il n'aspirait qu'à devenir son chevalier servant, son troubadour, son bouffon...

Laurent de Médicis n'était pas un enfant de chœur. C'était lui, disait-on, qui avait présenté les époux Mariotto l'un à l'autre. Il avait certainement pesé le pour et le contre avant de les inviter, si toutefois il l'avait fait. Se croyant laid, le

Magnifique n'espérait pas être aimé pour lui-même. Mais il ne dédaignait pas de tirer avantage de sa position. *Je préfère le destin de Jupiter à celui d'Adonis*, disait-il en riant. Il avait dû percevoir l'inclination réciproque de Marguerite et de Giovanni, mais il semblait lui-même sensible aux charmes de sa cousine par alliance. Pic enviait à Laurent sa superbe prestance. Laurent lui enviait-il son éclatante jeunesse ?

*

Dès les portes du quartier de San Gallo, emportés dans le tourbillon de la fête, Mirandole et Casalmaggiore furent séparés de leurs compagnons. Aux balustrades, les tapis d'Orient étalaient des rouges qui s'harmonisaient à merveille avec l'ocre des murs. Des jeunes gens caracolaient en brandissant les drapeaux de leur clan, tandis qu'une foule de plus en plus dense envahissait les ruelles et les places au son des fifres et des tambourins. Devant l'étal multicolore d'un marchand d'épices, un jongleur aux longs cheveux, debout sur une jambe, épatait les badauds en dessinant dans les airs d'époustouflantes figures avec de petites balles de cuir rouge, remplies de haricots. Une vieille brandissait en criant un flacon de porcelaine bleue contenant du parfum ou du poison, on ne savait. Des acrobates traversaient les rues en marchant sur les mains. Des gamins loqueteux se glissaient entre les jambes des bourgeois, reconnaissables à leurs gros ventres et à leurs bonnets de laine rouge. Des chiens pelés avaient suivi les paysans et leurs épouses en fichu, porteuses de légumes, de volailles et de fromages. Ils se faufilaient dans la boue glacée, tête basse, en couinant sous les coups de pied.

On attendait le cortège des Seigneurs qui devait, comme chaque année, traverser la ville en grande pompe pour inaugurer l'année nouvelle – la procession des Mages de la Nativité. Giovanni confia sa monture à Casalmaggiore, se mêla aux Florentins qui semblaient lui souhaiter la bienvenue en lui montrant leur visage le plus gai, et s'imprégna avec ivresse de cette atmosphère carnavalesque. Bientôt, les gonfaloniers à pied et à cheval défilèrent en brandissant des lances. On entendit un roulement de tambours. Laurent le Magnifique arrivait, suivi de sa cour.

Docilement, les badauds s'écartèrent pour former une haie d'honneur, et l'on vit soudain, en tête du cortège, apparaître le souverain de Florence dans toute sa gloire, encadré de ses lieutenants, tenant fermement son cheval caparaçonné d'or et d'azur, sanglé de parures royales. Giovanni retint son souffle. Debout sur ses étriers, une main saluant le peuple, le Magnifique semblait surgir d'un livre de contes : vêtu d'hermine, coiffé d'une toque de velours blanc incrustée de pierreries, les jambes serrées dans des bas rouges, il incarnait avec superbe l'esprit de son temps. Même ses traits contournés paraissaient harmonieux en cet instant où l'Histoire, par la grâce du rituel, suspendait son cours devant la dignité d'un homme, rendant hommage à son génie. Il n'y avait pas si longtemps que Florence avait choisi la paix. La République avait été longtemps absorbée par des guerres intestines, sujette à des accès de paganisme débridé, affaiblie par des épidémies, tourmentée par des règlements de comptes entre Blancs et Noirs, Guelfes et Gibelins. Laurent se flattait d'avoir aidé son peuple à *vaincre la guerre civile et choisir la beauté*. Giovanni sentit sa poitrine se gonfler : ce grand homme l'avait choisi pour ami.

« Pic de la Mirandole ! Quel plaisir de te revoir ! »

C'était Girolamo Benivieni. Avec sa crinière blanche et son manteau cossu de lainage brun au col bordé de fourrure, il se distinguait aisément de la foule du *popolo magro*. Une surprenante douceur émanait de son visage hâlé, marqué par les épreuves. Il avait la quarantaine généreuse et le sourire de ses lèvres charnues éclairait son visage.

« C'est la grandeur éphémère de Florence qui passe devant nos yeux, dit-il, après leur accolade. Nous devons en jouir de toutes nos forces, pendant qu'il est encore temps... »

Pic lui sourit en retour, reconnaissant de cette hospitalité sans limites. Girolamo Benivieni était l'un des plus éminents représentants de la nouvelle tendance littéraire, issue du *dolce stil novo* du siècle précédent. Membre de l'Académie platonicienne, latiniste d'exception, helléniste, issu de la meilleure bourgeoisie florentine, Girolamo Benivieni était connu pour son action charitable, et il avait l'âme d'un poète. C'était aussi un observateur avisé de la société médicéenne. Il avait exercé des fonctions officielles dans plusieurs seigneuries et son action en faveur des guildes lui avait attiré de solides alliances dans les milieux de la banque et des affaires.

Il ne fit aucune allusion à leur échange de propos aigres-doux, mais brossa un tableau général des promesses matérielles et spirituelles que recelait la prospérité de Florence, fondée sur le commerce avec les autres pays.

« Un particulier qui s'enrichit se donne des possibilités nouvelles. Il pourra voyager, découvrir le monde, acheter des livres et des objets d'art, rencontrer des étrangers. A lui d'organiser ses loisirs pour compléter sa culture, perfectionner son esprit, renforcer son corps. De même, une ville prospère améliore le bien-être et la sécurité de ses habitants, embellit ses palais, irrigue ses domaines, propose à ses enfants la meilleure éducation, se fait respecter de ses voisins. Pauvreté et sainteté ne sont pas synonymes, et je tiens que l'aisance adoucit les mœurs. Cependant, la spirale ascendante des profits de l'esprit et du commerce n'est pas indéfinie. Il viendra un temps, à Florence, où l'injustice sera de nouveau excessive : du trop-plein d'injustice renaîtra la misère, puis la révolte. Le peuple s'embrasera et détruira ses propres trésors. Nous ne devons jamais oublier que le souffle de l'esprit peut virer de bord. Vois-tu, mon cher Giovanni, les Florentins sont essentiellement versatiles…

– Pourtant ils aiment et protègent la beauté, dit Giovanni en montrant le bâtiment rose qui leur faisait face et dominait la foule comme un grand navire à l'escale.

– Les Florentins sont capables de brûler ce qu'ils ont adoré. Ils l'ont prouvé ! »

Les deux comparses passèrent un long moment à observer

le cortège : après les gardes du corps de la famille Médicis vinrent les familiers du palais, les députés de la Seigneurie, suivis par les notables et les ecclésiastiques. En fin de cortège, les artisans, drapiers, ébénistes, forgerons, sculpteurs, luthiers, tailleurs de pierre, entourés de leurs apprentis et regroupés par quartiers, défilèrent en brandissant drapeaux et crucifix dans une atmosphère bon enfant.

« Ils se rendent à la cathédrale, où ils vont s'incliner devant une statue de bois peint…, dit Benivieni, laissant affleurer un soupçon d'ironie.

– L'adoration se mue en idolâtrie dès qu'elle se donne un objet…, répliqua Giovanni, heureux de reconnaître une âme sœur. Car le mystère perd de sa substance, dès qu'il tente de prendre forme…, ajouta-t-il prudemment, en faisant allusion aux enseignements orphiques.

– Je vois que nous avons les mêmes lectures ! dit Benivieni en riant.

– Des lectures déconseillées par certains… », murmura le jeune homme, jetant un regard alentour.

Ils parlaient par énigmes, mais personne ne leur prêtait attention. Cédant à une irrésistible pression, la foule avait emboîté le pas au cortège officiel, et les deux philosophes se retrouvèrent presque seuls dans la rue désertée.

« C'est pourquoi j'ai choisi la poésie, dit Benivieni. Pour laisser affleurer les vérités qui ne se laissent pas dénuder… Je veux dire, pour chanter l'amour…

– La philosophie, elle aussi, se contente d'approcher les vérités ultimes qui ne peuvent être nommées… Le philosophe aime la sagesse, car il ne la possède pas…

– Oui, les choses divines sont cachées, acquiesça Benivieni. Dissimulées sous les voiles de la poésie, comme la nudité des trois Grâces… »

Il saisit Giovanni par le bras.

« Avez-vous vu *le Printemps* ?

– Le tableau de Botticelli ? C'est justement pour le voir que je suis ici, à Florence.

– Ah, le Magnifique vous a écrit…

– Et vous l'avez déjà vu ?

– Oui, j'ai vu *le Printemps*, et je peux vous assurer que cette vision vous consolera des fatigues du voyage… On ne peut imaginer… On ne peut croire… »

Et cet homme à l'éloquence naturelle bafouillait lamentablement, cherchant en vain les mots qui pourraient exprimer la splendeur du *Printemps*.

« Comment vous dire ? Cette toile si limpide, éclatante, obscurcie par le mystère… A la fois visible et invisible… Présente et absente… Ah, je ne peux vous en dire plus, il faut la voir, il faut y pénétrer… »

Benivieni le guida vivement dans le dédale silencieux du cœur de la ville, vers le palais des Rucellai, où Giovanni disposait d'une chambre sous les toits. Dans la cité vidée de ses habitants, les volets bleus des échoppes étaient fermés. Leurs pas accordés martelaient les pavés où se déposait une légère croûte de gel.

En chemin, Benivieni lui fit une confidence : il avait commencé à apprendre l'hébreu avec un rabbin crétois, Elya Del Medigo, qui enseignait le Talmud à Padoue. Il avait eu la surprise d'entrevoir, grâce à lui, des significations inouïes dans les textes bibliques…

« Si les voiles du langage n'existaient pas, il faudrait les inventer, pour le plaisir de les soulever… », conclut-il avec malice.

Giovanni exprima le désir de rencontrer ce kabbaliste, mais n'osa demander si les Mariotto de Médicis étaient de retour à Florence. Du coin de l'œil, il s'assura que le fidèle Casalmaggiore le suivait de loin avec les chevaux. En pestant, comme d'habitude.

CHAPITRE 3

La chambre du talisman

La cloche de la chapelle de San Marco tinta plusieurs fois. Dans son lit surélevé, Pic fut brusquement secoué par la prescience de sa mort prochaine et s'agita furieusement sous les draps. En vérité, il était peut-être déjà mort, comme les autres ? Sans réveiller Ficin, il se leva, disposa un fagot de brindilles dans le poêle, puis recouvrit le tout de quelques bûches odorantes, placées de manière à laisser circuler l'élément aérien. Il s'agenouilla devant la porte du poêle, réunit ses mains en conque devant ses lèvres, et souffla longuement sur les braises, comme Galeotto lui avait appris à le faire. Puis il se recoucha et resta longtemps les yeux ouverts dans le noir, fixant le dais du lit.

*

Il rêve, il le sait, mais refuse d'être dérangé par des pensées subalternes.

La fenêtre s'ouvre, le jardin l'accueille ! Vêtu d'un drapé à l'antique, jambes nues, une épée lui battant le flanc, le rêveur enjambe le cadre de bois doré pour entrer dans la ronde. Avec précaution, il pose le pied sur le tapis de fleurs, dans une herbe mousseuse dont la douceur fait défaillir. Gloire au plus haut des cieux. L'œil n'est pas la seule lumière en ce lieu sacré. Tous les sens participent de la fête. Il tend la main vers les pommes d'or. Rameaux, torsades, nervures. Ici, le temps suspend son vol. Les éléments premiers se divisent, se ramifient, se multiplient. La lumière fait chanter les couleurs, le vent agite les feuilles. Le soleil, invisible derrière les arbres, émane de la magie du pinceau. Troncs noirs sur grand bleu.

Il s'intègre aisément à ce cosmos fleuri. Voilées par des linges flottants, les trois Grâces l'invitent à danser dans la brise. Chasteté, Beauté, Volupté ! Il reconnaît la divine triade. Elles viennent à lui, effleurent sa peau, l'entraînent. Musique. Polyphonie. Nuances. Les mots trébuchent quand l'absolu affleure. Tel un nouveau Moïse descendu du Sinaï, le rêveur se met à bégayer.

Il trouve dans l'herbe une plume et un encrier. Un parchemin traîne aussi par là, il s'en saisit, le soupèse, fait glisser le pouce et l'index sur la surface râpeuse. Légèrement, il s'étonne d'exister, puis s'assied sous un arbre. Il écrit.

Feu noir sur feu blanc.
Austérité du plaisir.
Autorité de la joie.

Les phrases ainsi fixées poursuivent leur imprévisible logique. Là-haut, dans les feuillages, Amour bande intensément son arc en visant Castitas. Le sang va couler.

*

Il se réveilla en nage, tremblant, le visage brûlant, et se retourna vers le mur, entourant de ses bras ses jambes repliées. Son pouls battait fort dans ses oreilles, mais le poêle ronronnait, et les ronflements de Marsile Ficin l'accompagnaient paisiblement. Mirandole se rassura peu à peu en retrouvant la consistance des choses. Son oreiller s'était affaissé, il le replia et sentit avec plaisir les plumes résister sous la pression de sa joue.

Si je dois mourir, que ce soit avec le regard étonné d'un enfant devant une libellule. Souvent, dans la nuit, des phrases de rencontre lui sautaient au visage en criant leur petite vérité locale. S'il avait à portée de main une plume et un papier, il les notait rapidement. Sinon, la nuit effaçait presque toujours ces fulgurances. Il ne s'en plaignait pas, acceptant volontiers de payer cette dîme à la forge de l'oubli. Pic de la Mirandole partageait avec Marsile Ficin la certitude que rien ne se perd, ni les intuitions, ni les idées, ni les rêves. Il est vrai que ses obsessions tendaient à renaître de leurs cendres à des années d'intervalle. Il notait ses idées sur de petits papiers qu'il glissait dans ses livres, au hasard.

Oui, si je dois mourir, que ce soit dans un ultime baiser! Pic de la Mirandole avait découvert dans la kabbale l'étrange théorie dite de la *mors osculi*, qui assimilait la suprême jouissance à l'instant ultime, *instant d'union et de copulation avec le Saint béni soit-Il.* Ainsi les moments de grâce répartis au cours de l'existence n'étaient peut-être que des simulacres, des préparations à la grande affaire, des entraînements au Grand Jouir.

Si je dois mourir, que ce soit ici, à l'origine, dans l'embrasement des couleurs.

*

Le tableau était exposé sur un chevalet dans un cabinet particulier du palais des Médicis, attenant au *studiolo*, et recouvert d'un drap tissé. On entrait dans cette pièce, dite « chambre du talisman », comme dans une chapelle, en silence. Le Magnifique avait coutume de retirer le drap d'un geste théâtral, en scrutant le visage du visiteur, curieux de voir naître l'étonnement, le plaisir, enfin la nostalgie platonicienne causée par l'apparition du Beau.

Il avait conscience de patronner un événement artistique de première importance. *Le Printemps* était le cadeau de mariage qu'il se préparait à offrir à un jeune cousin, Lorenzo di Pierfrancesco, dont il était devenu le tuteur à la mort de ses parents et qui lui rappelait son frère Giuliano, poignardé par les Pazzi.

Lorenzo di Pierfrancesco épousait une demoiselle Origo dont il était tombé amoureux pendant le *Palio* de Sienne.

Dans la foule qui criait à tue-tête le nom de ses champions, il s'était retrouvé à côté d'une jeune fille ravissante. Il avait esquissé un geste comme pour dire : *Il fait chaud, n'est-ce pas ?* En riant beaucoup, à l'insu de sa duègne, elle avait discrètement déplacé son ombrelle, de manière à protéger le jeune homme des rayons de l'astre. Un regard les avait unis.

Le Printemps était destiné à l'antichambre nuptiale de leur demeure princière et représentait l'horoscope des jeunes époux. Sandro Botticelli avait travaillé dans le plus grand secret, car le Magnifique voulait en faire la surprise à Lorenzo. Il avait dispensé provisoirement Agnolo Poliziano de ses tâches de précepteur auprès de ses enfants, le temps d'instruire l'ami Sandro des significations symboliques de l'œuvre projetée. Faisant les cent pas devant la toile encore vierge, un pinceau sec à la main, Botticelli avait écouté les discours du poète avec un agacement croissant. Poliziano commentait longuement *les Fastes* d'Ovide, ainsi que des extraits de *l'Odyssée* d'Homère.

« J'ai compris, vous voulez une allégorie de l'amour et de la germination, dans un cadre bucolique ? » demanda enfin Botticelli, en voyant que Poliziano voulait encore lui lire du Pétrarque.

Poliziano acquiesça.

« Vous l'aurez ! éructa le peintre. Vous voulez de belles filles presque nues, regroupées sous la houlette de la Vierge, enfin je veux dire de Vénus, et menacées par Cupidon allié à Zéphyr ? Elles y seront. Vous voulez des fleurettes dans les prés, un ciel translucide, des pommes d'or ? Mercure à peine nubile taquinant les nuées ? Je peindrai tout cela selon les canons de la beauté antique, précisés par mon maître Filippo Lippi – la Vierge protège son âme de moine paillard ! –, et révisés par moi, avec le plus grand irrespect… Oui, dites au Magnifique qu'il aura tout cela. Et vous serez surpris, mon cher Poliziano, devant le résultat, de reconnaître sans peine les vers d'Ovide que j'ai si mal écoutés… Au fond, ne le répétez pas, mais le sujet du tableau m'importe assez peu. J'aime travailler et mon pinceau est docile, mais il y a une chose qu'il ne supporte pas, c'est d'avoir soif de peindre et de devoir rester sec. »

Agnolo Poliziano s'était incliné sans mot dire, et l'avait enfin laissé travailler.

*

Laurent de Médicis vint se placer derrière Giovanni pour contempler *le Printemps*. Le plaisir passait par les yeux mais il prenait l'âme et chauffait le cœur. Dans leurs veines, les humeurs circulaient plus vite. Ils échangèrent un regard timide, un regard ébloui.

« Alors ? demanda Laurent dans un souffle, craignant de faire voltiger les pétales dans l'herbe grasse.

– J'entends vrombir et bruire les insectes rendus fous par l'amoncellement des fleurs. En donnant à voir le plus éphémère, votre ami Botticelli a peint l'éternité.

– Nous avons la chance d'être les premiers à contempler un chef-d'œuvre qui n'a pas fini de combler le regard des hommes, dit le Magnifique. Un jour, les hiérarchies sociales s'effaceront, et on dira : Laurent de Médicis, ah oui, il vivait à la même époque que le peintre Botticelli…

– Vous avez raison, messire, aucun de ceux qui verront cette toile ne pourront l'oublier. Mais vos poèmes, eux aussi…

– Ah, vous leur trouvez des qualités ? Ce ne sont que des ébauches…

– N'essayez pas de vous faire passer pour un débutant, dit Giovanni avec une feinte sévérité. Les sonnets que vous m'avez envoyés m'ont profondément ému. Agnolo Poliziano m'a dit, parlant de vos *Églogues*, que vous étiez l'égal de Boccace.

– Agnolo m'aime trop. Son opinion est partiale…

– Agnolo n'est pas seul à vous aimer… Et je peux vous dire qu'il est sévère, surtout quand il aime : il n'apprécie guère mes propres sonnets, il me l'a fait savoir. La vérité, c'est que les vôtres sont tout simplement admirables, à l'image de ce *Printemps* éternel.

– Marsile a dû vous prévenir, je ne suis pas sensible aux flatteries.

– Pardonnez, messire, mais je n'envisage nullement de vous dire que vos poèmes sont mauvais, uniquement dans le but de vous complaire.

– Vous avez raison, nous n'irons pas loin, si nous restons entortillés dans l'étiquette. Passons aux choses sérieuses ! Soyons amis, voulez-vous ? Que vous offrirai-je, pour vos noces ? »

Giovanni avait répondu, en rougissant, que ses études ne lui avaient guère laissé le temps de songer aux amours.

« Les songes ne sont pas incompatibles avec les études ! Et si j'en juge par votre émotion devant ce tableau, vous n'êtes pas insensible aux charmes du printemps…

– *J'ai appris comment plaire à la femme qu'on aime et gagner son amour. Autant on la chérit, autant elle vous méprise…* J'ai beaucoup à apprendre de vous, messire Laurent…

– Ah, vous l'avez appris par cœur… Dans mes poèmes, c'est ce que j'ai voulu dépeindre, en effet. La beauté des paysannes… Cependant, j'ai aussi dépeint l'envers du décor, l'austère réalité de la vie dans les villages… »

Giovanni songeait qu'en vérité le Magnifique décrivait les travaux et les jours de la vie agricole avec une naïveté toute citadine, quand la porte s'entrouvrit.

« Vite, recouvrez le tableau ! » murmura Laurent avec une excitation de collégien et Giovanni, d'un geste rapide, fit retomber le voile.

Précédée par un parfum d'ambre, Marguerite Mariotto de Médicis fit son entrée dans la chambre du talisman, vêtue d'une robe murmurante de taffetas vert, les cheveux nattés en macarons, la gorge voilée d'une gaze transparente. Seule.

En voyant le jeune homme, elle eut un sursaut d'effroi, se retourna vers la porte comme pour chercher une issue, puis reprit courage et lui adressa le plus gracieux sourire. Elle avait le teint légèrement hâlé d'une campagnarde insoucieuse des ardeurs du soleil. Ses cheveux brillaient tel un fleuve en plein midi. Il s'inclina, la main sur le cœur, la dévorant des yeux.

« Signora, je n'osais espérer… »

Elle lui tendit sa main. Il la saisit avec ferveur, puis se pencha vers l'alliance qu'elle portait à l'annulaire. Il sentit la morsure des brillants sur ses lèvres et se souvint de ses résolutions. Ne pas garder cette main trop longtemps dans la sienne. Réfréner son ardeur pour lui garder toute sa puissance. Ne pas montrer qu'il était affamé.

« Ma cousine, quel plaisir de vous voir ! s'exclama Laurent. Vous voyez, mon ami Giovanni Pico est venu lui aussi, attiré par la réputation de Sandro. Quelle heureuse coïncidence ! Nous parlerons donc philosophie, c'est promis. Mais dites-moi, Marguerite, vous êtes chaque jour un peu plus belle ! Ce hâle bucolique vous donne un charme de bergère. »

Il marqua un instant de silence et poursuivit d'une voix plus grave.

« Ma cousine, je dois vous prévenir, comme je l'ai fait pour Giovanni tout à l'heure. En ressortant de la chambre du talisman, vous ne serez plus la même femme. Vous n'aurez pas seulement admiré une œuvre d'art, vous aurez vécu une expérience déterminante, qui peut bouleverser toute une vie…

– Je vous remercie pour votre mise en garde, mon cousin, dit Marguerite, le rouge aux joues. J'accepte volontiers cette mise à l'épreuve.

– Giovanni, à vous de jouer…, dit Laurent en lui faisant signe de retirer le drap.

– L'avez-vous déjà vu ? demanda Marguerite à Giovanni.

– Oui, madame, à l'instant même. Votre cousin parle d'or. Autant dire que je reviens du paradis. La vision du *Printemps* m'a foudroyé. Je ne suis plus moi-même. Mais à dire vrai, les couleurs de Botticelli me semblent presque fades, depuis que vous êtes apparue…

– Ne dites pas de bêtises ! Cela doit être vraiment magnifique…

– C'est le cœur même de nos désirs. On y voit la danse des Grâces. Sandro Botticelli est notre Phidias…

– Allons ! grinça Laurent. Trêve de badinages. Ma cousine et moi, nous avons hâte de visiter le paradis. Enlevez donc ce drap, Mirandole !

– Dois-je vraiment… ? » demanda Giovanni, faussement intimidé, sur le ton du manant à qui le roi ordonne de guérir les écrouelles.

Il pensa que ces deux-là se connaissaient bien, peut-être très bien, sûrement mieux qu'il n'y paraissait. Cousin-cousine, si on voulait, mais on devinait entre Laurent et Marguerite une complicité plus ancienne, plus familière qu'un distant cousinage. Il s'approcha du chevalet.

« Giovanni, je vous en prie, ne me faites pas languir… », dit Marguerite d'une voix rieuse.

Elle avait prononcé son nom…

« Vous entendez ? Ne nous faites pas languir ! Puisque nous attendons…, dit Laurent. Puisque je vous y autorise… Je vous l'ordonne, allez-y ! »

Le regard de Laurent de Médicis virait à l'orage.

« Pardonnez-moi mon silence, je suis très ému… C'est le silence qui précède… Comment mettre en mots ce qu'il y a dans ce tableau d'inhabituel, de céleste, de proprement inouï ? Signora Marguerite, sachez que cette toile sublime ne sera face à votre beauté qu'un miroir infidèle, un pâle reflet…

– Allons, à l'attaque ! Foin des préliminaires ! » dit Laurent.

On ne savait s'il allait rire ou se fâcher. Il n'était plus l'heure de taquiner le tyran.

Giovanni inspira profondément, et déclara :

« Mesdames, messieurs les voyageurs, en voiture ! Embarquement immédiat pour le paradis ! »

Il se plaça à la droite du tableau, du côté gauche du point de vue des spectateurs. Puis, avec une lenteur calculée, il tira vers lui le drap blanc qui masquait l'ivresse des sens et les mystères de l'art. Un millimètre après l'autre, de droite à gauche, il commença à déshabiller le *Printemps*. On crut entendre les oiseaux chanter.

Zéphyr, le dieu du Vent, poursuivait la nymphe Chloris. Mistral et tramontane ! Visage bleu, joues gonflées, regard de soudard, il la saisissait d'un geste barbare. Les fleurs sortaient en cascade de la bouche ouverte de Chloris.

« De l'union de la Nymphe et du Souffle naissent les couleurs de la vie », commenta Laurent doctement.

Sur les rondeurs sensuelles de la nymphe, le drap continuait à glisser doucement, et Giovanni perçut le trouble de Marguerite.

« Que les anges célestes accordent leurs mandolines ! » dit-il en découvrant soudain la déesse de l'Amour.

Vêtue d'une capeline écarlate à galons dorés, Vénus levait la main droite, pour bénir l'universelle harmonie. La grande roue du devenir suspendait sa course. Ici, les multiples mondes étaient réunis, simultanés, superposés. Ici, les contraires se réconciliaient, les peurs faisaient silence. La beauté suffisait. Dans la chambre du talisman, Giovanni et Marguerite sentaient leur âme se renouveler sous la poussée du désir.

« On dirait une Madone ! remarqua Marguerite.

– Aphrodite ressemble à la Vierge, mais elle a pour enfant la nature tout entière », précisa le Magnifique.

Il s'approcha de Marguerite et lui entoura les épaules d'un geste protecteur.

« Courage, ma cousine, le pire est à venir… Prenez appui sur moi si nécessaire…

– *Point d'autre beauté pour elle, point d'autre feu pour nous, mais les seules douceurs de ce temps et de ce lieu* », récita Pic de la Mirandole, et Laurent accueillit cette phrase d'un sourire modeste. C'était un vers de lui, glané dans sa *Selva d'Amore*, une ode en quarante-deux strophes qui racontait l'histoire de Pandore.

Puis Giovanni continua sans pitié, avec la même lenteur délibérée. On devinait dans l'argile humide, sous le tapis fleuri, la vie grouillante des asticots creusant leurs galeries. La vie, partout, se frayait un chemin à la recherche d'un nouveau souffle. Il exultait. Il osait, oui, il osait faire durer le plaisir de sa Dame. Il avait cette audace de guerrier, cette grâce de troubadour. Elle s'appuyait sur l'épaule de son cousin, mais c'est lui qu'elle regardait, c'est lui qu'elle écoutait. Elle accordait sans réserves son âme à celle de Giovanni Pico, et il ne craignait plus personne, pas même le Médicis, son hôte et son bienfaiteur, fût-il même secrètement son rival. Son désir avait maintenant une telle superbe qu'il s'élevait au-dessus des lois.

Il tira un peu le drap et découvrit Cupidon, son petit complice.

« Voyez ses yeux bandés, signora, nous le savons, Amour est aveugle ! Mais il vise Castitas, et il vise juste... Une première flèche touchera bientôt sa poitrine... »

Laurent affichait le demi-sourire narquois du libertin comblé.

« Je ne vous savais pas si expert..., dit-il à Giovanni avec un sourire ambigu, tout en resserrant sa prise.

– *J'ai appris comment plaire à la femme qu'on aime et gagner son amour...*

– Je vois que vous apprenez vite, remarqua le Magnifique avec un sourire narquois.

– C'est vous qui m'avez donné l'occasion d'ajouter cette nouvelle flèche à mon carquois... », répondit Giovanni en rougissant.

Il s'inclina légèrement, sans lâcher le drap.

« Allons, Giovanni Pico, ne vous laissez pas distraire par mes remarques stupides », rétorqua Laurent avec une franche gaieté.

Sur le sol de la chambre du talisman, les tommettes furent soudain inondées par un losange de lumière qui refléta les carreaux biseautés de la fenêtre. Les nuages venaient de se dissiper dans le ciel de Florence. Le soleil lécha le coin inférieur droit du tableau. Giovanni ne résista pas au plaisir de faire pivoter le chevalet de quelques pouces. Alors d'un coup sec, d'un geste de danseur, il arracha le drap.

Les trois Grâces apparurent en pleine lumière. Elles semblèrent bondir dans la pièce.

« Nudité radieuse ! murmura Giovanni.

– Célestes splendeurs ! » siffla Laurent.

Marguerite gémit, se mordit la lèvre et s'appuya de tout son poids sur son cousin. Il l'interrogea du regard, la vit près de s'évanouir. Aussitôt, il agita une clochette. Un domestique noir, enturbanné de vert, apporta un tabouret.

« Merci infiniment… En voyant ces danseuses, j'ai eu envie de les imiter, mais ce n'est pas l'heure du quadrille. »

Elle eut un rire de gamine prise en faute et s'assit. Le Magnifique se posta derrière elle, en sentinelle.

« Elles se nomment Chasteté, Beauté et Volupté…, précisa Giovanni en les montrant successivement du doigt.

– Comme elles sont belles ! s'exclama Marguerite. Elles viennent de naître, mais elles sont sans âge, hors du temps…

– Je dirais plutôt qu'elles ont la perfection sensuelle des jeunes Florentines qui fréquentent l'atelier de Sandro…, dit le Magnifique d'un air rêveur.

– Je voudrais vous poser une question, à tous les deux, dit Marguerite. Des trois Grâces, laquelle choisiriez-vous, si vous deviez, comme Pâris… »

Ils s'empressèrent de répondre, en même temps, que l'on ne pouvait choisir, que c'était *absolument impossible*, et leurs voix se chevauchèrent, comme celles des chanteurs qui prononcent des paroles différentes sur la même musique.

« On ne peut en décider, dit Laurent, elles émanent de Vénus, c'est pourquoi elles sont inséparables, leur union est indispensable à l'harmonie des mondes…

– Mon choix est fait d'avance, signora Marguerite, dit intensément Giovanni, une seule femme suffit à enchanter l'univers… »

Marguerite sourit gracieusement, se demandant qui était donc cette femme qui suffisait à enchanter le monde de Pic de la Mirandole. Pour le lui faire savoir, il lui lança un regard déchirant, et prit soin de lui effleurer la taille alors qu'ils longeaient le couloir pour se rendre dans le *studiolo*, où une collation les attendait. Là, le Magnifique interrogea Giovanni sur ses projets, sur ses études en cours. En regardant Marguerite, Giovanni répondit qu'il envisageait encore quelques voyages pour compléter sa formation, notamment à Padoue et à Paris. Mais, dans l'immédiat, il devait se rendre à Reggio pour débattre avec un moine dominicain nommé Savonarole.

« C'est une épreuve qui s'annonce à la fois exaltante et redoutable. J'ai déjà eu l'occasion de croiser le fer avec Savonarole à Ferrare, et il ne plaisante guère ! Il a une voix à déraciner les montagnes, un regard de feu, une culture ahurissante. On entendra certainement parler de lui dans les années qui viennent. Je ne sais si Savonarole est un saint ou un sage, mais il témoigne d'une puissance singulière, qui me donnera au moins l'occasion d'affûter mes armes…

– Il faudra me raconter cela en détail », dit gravement Laurent.

Il désigna le plateau chargé de châtaignes grillées, de raisins, de fromage, de gâteaux.

« Mais je vous en prie, mes amis…

– Vraiment, vous n'avez pas peur du combat ? » demanda Marguerite en évitant son regard. Elle piocha une châtaigne sur le plateau, et Giovanni comprit qu'elle s'inquiétait pour lui. Son cœur chavira. Ainsi, autrefois, Giulia Boiardo s'inquiétait pour son condottiere.

CHAPITRE 4

Contre les astrologues

Le jour se levait. Mirandole ouvrit les yeux avec effort, en soulevant un grand poids. Ficin n'était plus là, mais il avait laissé sa besace. Sans doute s'était-il réveillé à l'aube, en frissonnant, et avait-il décidé de s'allonger dans la cellule indiquée par Stefano. Il devait ronfler comme un sonneur, après ces bavardages. On entendait les pas traînants des novices qui longeaient les arcades du cloître pour se rendre à la chapelle.

Soudain, des coups retentirent à la porte de l'antichambre. Giovanni remonta les couvertures sur son visage. Il détestait être surpris ainsi. C'était sûrement Savonarole ! C'était bien sa manière, de défier l'adversaire au moment où il était le plus vulnérable. Eh bien, il serait réduit à l'affronter en bonnet de nuit, voilà tout. Il imaginait la scène : Jérôme se penchant sur son lit, le visage inquiet, s'étonnant de voir un célèbre philosophe traîner au lit après le lever du soleil. Et Marguerite, que penserait-elle de lui si elle le voyait ainsi, prostré dans son jus, sale, puant, ruminant de vieilles pensées, jouant avec ses souvenirs comme avec des jouets cassés… Non, personne ne pourrait plus l'aimer ainsi. Seul Cristoforo Casalmaggiore, peut-être…

Ce n'était que le sempiternel Fra Stefano, précédé de son bol fleuri, suivi de ses porteurs de fagots, et chargé de nouvelles fraîches : Savonarole était sur le chemin du retour. Son entrevue avec le roi s'était passée à merveille. Charles VIII avait accepté d'entrer dans Florence sans tirer un seul coup de feu, et Fra Stefano n'en finissait pas de s'extasier sur l'habileté politique de son maître.

« Avec l'aide de Dieu, dans sa grande sagesse, frère Jérôme a réussi à transformer l'envahisseur en invité, le loup en agneau pascal ! Après avoir fait plier les Médicis, il a mis l'Antéchrist à son service ! Et bientôt, c'est le pape lui-même qui se prosternera devant lui... Oui, les Florentins ont bien de la chance d'avoir trouvé un tel guide ! »

Giovanni fut pris d'une nausée, se redressa fébrilement en portant la main à sa bouche, renversa son bol de lait tiède sur les draps, et fut secoué par un spasme. Une purée grisâtre pleine de grumeaux lui sortit de la bouche, mêlée à des filets de sang. Une odeur âcre se répandit dans la pièce, ajoutant à la confusion.

Les deux gaillards contemplaient la scène bras ballants. En gémissant, Stefano se mit en devoir de nettoyer le couvre-lit avec la manche de sa soutane. Giovanni s'essuya la bouche avec le coin du drap, enleva son bonnet de nuit, libérant ses cheveux humides de sueur, et regarda le moine s'escrimer sur la tache gluante. Malgré son absence de sourcils, Stefano n'était pas tout à fait imberbe. Quelques buissons de piquants noirs, taillés court, formaient sur ses joues des zones d'ombre hasardeuses. Sa profonde inquiétude n'effaçait pas son sourire officiel.

Il s'interrompit, tel un homme qui s'aperçoit qu'il a oublié ses clefs, et renonça brusquement à son nettoyage pour se tourner vers le malade. Il s'approcha, le dos voûté, plissant ses paupières de myope, comme pour examiner les globes oculaires du philosophe, et à travers eux les viscères, les humeurs, l'âme, pourquoi pas ?

« Signor Mirandole, vous vous sentez mal ? Dois-je réveiller père Ficin ? Dois-je vous habiller ? Vous laver ? Vous raser ? »

Pic voulut parler, mais il avait un chat dans la gorge et ne produisit qu'une sorte de grincement. Il toussota pour s'éclaircir la voix. Non, il avait besoin de repos, voilà tout. Il demanda qu'on le laissât seul.

« Un novice viendra pour changer les draps et faire la poussière, dit Stefano en reculant d'un air consterné.

– Au fait, Stefano… Jérôme viendra-t-il aujourd'hui ? Je dois le rencontrer, c'est très urgent ! »

Pic s'aperçut qu'il serrait les poings, et s'efforça de se calmer.

« Je sais, messire, et il en est conscient, lui aussi. Pardonnez-lui cette lenteur. Vous savez que ce saint homme ne voyage jamais en calèche. Il fait la route à pied, sans chaussures, pour éprouver dans sa chair la forme de chaque caillou, selon la noble tradition de notre saint patron, Dominique. Rien de ce qui est réel ne lui est étranger ! Sa compassion s'étend aux fleurs, aux insectes… Savez-vous que saint Antonin, qui lui aussi dirigea San Marco et guérissait les malades du "feu sacré", voyageait toujours ainsi, et n'acceptait de se reposer quelques heures que lorsqu'il avait les pieds en sang ? Nous autres, enfants du Christ, nous croyons à la vertu rédemptrice de la douleur, nous ne fuyons pas les épines, les épreuves. Au contraire, nous les recherchons, nous courbons l'échine avec humilité. Vivre abîmé en Dieu n'est pas un privilège mais une responsabilité, comme le dit frère Jérôme, que la Vierge le prenne en Sa sainte garde et le protège des brigands !

– Il est certainement protégé par une foule de pèlerins prêts à donner leur vie pour lui… », remarqua Giovanni, heureux de constater que sa voix s'était raffermie.

La colère qui montait en lui semblait chasser la fièvre. Cependant il se souvint qu'il devait donner le change devant Fra Stefano. Savonarole ne devait rien soupçonner des véritables raisons de sa présence. Il s'attendait à voir un disciple soumis, il trouverait un adversaire déterminé. L'effet de surprise était essentiel, Pic en avait l'expérience, grâce à ses nombreuses joutes oratoires.

« Vous avez raison, messire ! dit Fra Stefano, fanatisé par cette évocation. Il est suivi par une foule, une grande foule ! Des gens simples, des laboureurs, des artisans, des enfants… Les loqueteux se mêlent aux moines, les étudiants aux bourgeois, fraternellement… Ils marchent lentement, ils avancent comme un seul homme, guidés par l'infini, guidés par l'amour ! Ah que j'aimerais me trouver parmi eux en cet instant, pardonnez-moi, messire ! »

Stefano essuya une larme, fit un signe de croix.

« Cependant, je ne pourrais rester à ses côtés bien que ce soit mon désir le plus cher, car frère Jérôme exige que ses admirateurs, sans exception, se tiennent loin de lui, à cent pas en arrière, au moins. Il aime à réfléchir et prier en marchant, et rien ne doit troubler son dialogue permanent avec Notre Seigneur. Ah, sa sévérité égale sa splendeur ! Parfois, des chants s'élèvent spontanément dans cette foule, comme le feu dans la broussaille, à la fin de l'été. »

*

S'extirpant des draps froissés, luttant contre la nausée, Pic eut envie de se remettre au travail. Cette oisiveté forcée ne lui valait rien de bon, autant la mettre à profit pour commencer sans attendre la rédaction de sa *Concordia*. Il s'habilla en hâte, tituba jusqu'à la galerie extérieure et descendit à la fontaine. Sur le rebord dentelé des feuilles mortes qui craquaient sous ses semelles, des franges de givre scintillaient. A cette heure-ci, les moines étaient en prière, il ne serait pas dérangé pendant sa toilette. Un lierre vagabond avait envahi la niche de pierre où un faune barbu, couvert de mousse, crachait un jet d'eau continu. Une pièce de l'Antiquité tardive, repêchée dans le port d'Ancône. Pic de la Mirandole se souvenait de son installation.

Ce jour-là, au couvent, le Magnifique avait convié la cour et la ville. San Marco n'était plus seulement une sorte d'annexe monacale du palais des Médicis, mais déjà un cénacle humaniste, un haut lieu où se réunissaient les Académiciens de Florence friands de nouveautés, prêts à s'extasier, ouverts à l'inconnu. Pourtant, ils restaient encore profondément engoncés dans les âges obscurs, naïfs, crédules, prompts aux engouements et aux balivernes. Ils étaient encore nombreux, par exemple, à croire dur comme fer à l'influence des astres sur la destinée humaine, et à consulter un astrologue avant de prendre une décision. Marsile Ficin lui-même, en célébrant les rituels platoniciens, cherchait à se concilier la bienveillance des planètes, qu'il appelait *les sept Gouverneurs.*

Pic de la Mirandole était seul, dans la communauté des lettrés, à rejeter fermement cette idée. Il admettait que la poussée des astres puisse logiquement s'exercer sur la matière brute, sur les rochers, les vents ou les océans. Il existait d'ailleurs une science mathématique de ces mouvements, capable de prévoir dans une certaine mesure les changements climatiques et les marées. Mais comment les astres pourraient-ils avoir accès au noyau de l'Être, à la souveraine liberté de l'esprit ? La destinée d'un homme n'était pas un chemin tracé d'avance, résultant de conjonctions stellaires, mais une création perpétuelle, un exercice de liberté.

La Bible disait que l'homme était *à l'image du Créateur*, mais en quoi lui ressemblait-il, finalement ? Pas par le visage ou la barbe, comme le pensaient les enfants et les peintres crédules ! Ni par la seule intelligence, que l'homme partageait avec les anges et les bêtes… Non, si l'homme était à l'image du Créateur, c'est parce qu'il était, comme Lui, libre de créer. Un homme était l'artisan de sa vie, le maître de ses gestes, et les devins n'étaient que des imposteurs qui s'abusaient eux-mêmes. Pic les avait attaqués avec virulence en les comparant aux magiciens qui font mine d'invoquer les démons. Son pamphlet *Contre les astrologues et leurs prétentions divinatrices*, paru en 1493, avait fait grand bruit et lui avait attiré l'enthousiasme de quelques esprits subtils. Un certain Érasme lui avait envoyé de Rotterdam une longue lettre pleine d'éloges.

Cependant, à Florence, il n'avait convaincu que peu de lecteurs, tant l'attachement aux prodiges était puissant. Les remettre en question, c'était attenter aux traditions les plus anciennes, aux convictions les mieux enracinées. Chaque phénomène exceptionnel, coup de foudre, tremblement de terre, passage de comète, était salué par des incantations, des processions, des conjurations, des brûlements d'effigies.

Depuis la mort du Magnifique, la terre avait plusieurs fois sué le sang pendant le Carême, et des vieilles avaient vu des fantômes errer entre les tombes. Priver les Florentins de miracles, c'eût été attaquer leurs âmes d'enfants.

La polémique avait débordé l'enceinte de la Cité des Fleurs pour devenir un sujet de discussion dans toute la province. Son point de vue original avait ajouté au charme du jeune philosophe un parfum de scandale. Il n'avait pas cessé, bien au contraire, d'être invité dans les plus belles villas de Toscane, où les dames lui donnaient l'occasion de briller en l'assaillant de leurs protestations.

Torse nu, frissonnant, il décida de se raser lui-même, et sourit stoïquement en s'aspergeant le visage d'une eau parfumée par le gel. Oui, il avait vécu dangereusement ! Et il continuait ! Il ne pouvait s'en empêcher ! Il n'avait jamais cessé de contredire ses contemporains, de déconstruire leurs certitudes ! Et maintenant, une fois de plus, il se lançait, sans bouclier, à l'assaut des fausses évidences de Savonarole, qui prétendait connaître les desseins de Dieu. Selon la kabbale, au contraire, c'étaient les actions des hommes et leurs pensées qui influençaient les mondes supérieurs, le mouvement des astres et des anges, ainsi que tous les phénomènes intermédiaires. L'homme était responsable de l'univers entier, seul comptable de son devenir. Les astres avaient une âme, bien sûr, mais une âme sans volonté, une simple parcelle de la grande âme universelle qui se manifeste tout entière dans l'œil d'un enfant. *Les corps célestes ne sont que des corps matériels tournoyant dans le vide…*

Pic de la Mirandole se demanda quel démon le poussait donc à briser toutes les idoles avec une telle constance… Sans répondre, le faune moussu l'observa en riant de son rire millénaire. Pic songea qu'un obscur artisan, dans un lointain passé, avait durement travaillé pour polir cette roche, pour fixer dans la mémoire des hommes cette grimace sardonique. Il y avait de quoi rire, en effet.

*

Dans la cellule, deux novices changeaient les draps souillés de vomissures. Marsile Ficin était de retour. Affalé devant le poêle, les yeux cernés comme s'il avait passé la nuit à batailler contre un régiment de monstres, il se tenait la tête dans les mains.

« D'où viens-tu ?

– Quelques ablutions revigorantes, dans le jardin… »

Ficin se leva, en alerte.

« Mais c'est de la folie ! Dans ton état de faiblesse, le froid peut ralentir la circulation des humeurs, perturber le rythme cardiaque…

– Je t'assure que je me sens beaucoup mieux !

– Stefano m'a dit que tu avais eu un malaise au réveil…

– Je t'en prie, laissons cela. Nous n'avons que peu de temps, tu vas repartir…

– J'insiste pour que tu reviennes avec moi à Careggi. La vie monacale ne te convient pas plus qu'à moi.

– Je me souviens en effet de quelques récits sur ta folle jeunesse… Tu avais la réputation d'un hédoniste averti, mais à la mode de Platon… »

Ficin sourit avec mélancolie, et une étrange fierté apparut sur ses traits.

« C'est vrai, j'ai goûté à beaucoup de plaisirs inavouables, à quelques bacchanales mémorables… Mais quand nous nous sommes connus, je m'étais assagi, je portais déjà la soutane… La vie de l'esprit prend de plus en plus d'importance alors que l'on avance en âge, tu verras ! Peut-être la mort ne survient-elle que lorsque le rêve occupe enfin toute la place…

– Crois-tu, en définitif, que la mort soit une fin, ou un commencement ? » demanda Pic, et Ficin sourit de le voir, comme toujours, prêt à spéculer sur les fins dernières.

« Ah, tu as raison, mon ami, avec toute notre philosophie, nous n'avons pas encore répondu à cette question essentielle…

– Il faudrait la poser à notre cher Laurent, s'il nous entend. Sur son lit de mort, il espérait encore, mais il doutait… Plus que jamais… Ah, il me manque, si tu savais… »

Ils échangèrent un regard lourd.

« Si la mort est vraiment ce passage vers un autre monde dont parlent les Anciens, alors elle devrait être notre seul but, remarqua Ficin.

– En tout cas, Laurent voulait tout régler, apurer tous ses comptes, comme pour offrir une âme vierge à l'infini. Son fils Piero est venu le voir dans l'après-midi, en costume de chasse, et Laurent lui a longuement parlé de l'art de gouverner le monde des hommes selon les lois d'une harmonie inspirée des mondes célestes. Il l'a instruit de la fine stratégie des équilibres en insistant sur l'alliance de la douceur et de la fermeté, du bronze et du velours. Il lui a rappelé le destin exceptionnel de Florence, ses splendeurs, ses misères, ses discordes, ses trahisons, mais surtout ses ambitions spirituelles et commerciales. *J'espère, mon fils, que tu sauras, mieux que moi, gérer la fortune des Médicis, qui doit continuer à pourvoir au bien-être des citoyens – et des artistes ! Surtout, n'oublie pas les artistes…* Sans trop y croire, il voulait espérer que Piero, même s'il n'était pas encore à la hauteur d'une charge aussi lourde, verrait son caractère naturellement raffermi par son accession aux plus hautes fonctions… Mais Piero l'écoutait d'un air gêné, en dansant d'un pied sur l'autre. Il s'est éclipsé dès que possible.

« Le soir était venu quand ce fut mon tour de m'approcher du mourant. Je me suis assis à son chevet, il m'a caressé la main avec un pauvre sourire… Je savais qu'il aimait tenir ses ongles impeccables et taillés court. Je me suis retourné pour demander au serviteur noir qui se tenait derrière moi une bassine d'eau tiède, une pierre ponce et une lime. Le serviteur a hoché la tête et j'ai vu que ses yeux brillaient comme des cailloux dans la mer. Ils étaient pleins de larmes… Ce nègre suivait le Magnifique dans tous ses déplacements…

– Oui, Laurent l'avait acheté dans un marché aux esclaves,

en Turquie. Il disait que sa couleur n'était pas due à une maladie, mais au fait qu'il venait de Namibie…

– Le serviteur est parti en courant, et il est revenu peu après, sur la pointe des pieds, le regard rivé sur l'eau savonneuse. Il n'en a pas renversé une seule goutte et m'a tendu la bassine en faisant une révérence de demoiselle. Il avait dû assister aux leçons de maintien des jeunes Florentines… Je l'ai remercié d'un regard, puis, avec d'infinies précautions, j'ai posé la bassine sur le ventre du malade. Son visage émacié m'a serré le cœur. Ses yeux s'étaient rapprochés et la ridule qui séparait son front en deux paysages distincts s'était creusée en un profond ravin.

« J'ai saisi sa main gauche, la plus proche, et je l'ai plongée doucement dans l'eau tiède. Il avait des mains larges et paisibles, de longs doigts admirablement proportionnés. A ce plaisir inattendu, le regard de Laurent s'est rempli de tendresse. Je l'ai longuement savonnée, en tenant fermement la paume par le milieu tout en imprimant une douce pression sur chacune des phalanges. Il me semblait alors que rien ne pourrait arriver tant que cette main resterait dans la mienne. Et puis Laurent s'est mis à me parler…

– Qu'a-t-il dit ? demanda Ficin dans un souffle.

– Il a dit… *Merci, mon ami…* Et puis : *Pardonne-moi.* J'ai eu un geste de surprise, et il a dit, l'air inquiet : *Tu dois bien avoir des choses à me pardonner ?* J'ai balbutié que non, rien du tout, au contraire ! Il a dit : *Ah, tant mieux, je croyais pourtant… Sache que je t'ai aimé, Giovanni Pico, comme un fils, ou plutôt comme un frère, comme mon pauvre Giuliano que les Pazzi ont poignardé… Le reverrai-je bientôt, là-bas, je veux dire là-haut ?* J'ai hoché la tête pour dire oui, bien sûr, vous reverrez sûrement Giuliano dans l'autre monde. Il a dit : *Et ma cousine… Tu l'as revue ?* J'ai secoué la tête sans rien dire. Il a fait une petite grimace triste. Après, je ne sais plus… Ah si, il a insisté, il a dit : *Je t'ai vu manœuvrer en entrant au port, et je peux te dire que tu avais bien mérité de conquérir cette jeune beauté !* Il n'avait rien oublié… Les mains dans la mousse, il s'est mis à rire, malicieux comme un gamin. *Je vous ai vraiment poussés dans les bras l'un de l'autre...* Et puis, il a dit : *A tout hasard, mon âme se prosterne devant la tienne en signe de repentir et demande ta bénédiction.* Voilà, tu sais tout... »

Giovanni avait les larmes aux yeux.

« J'ai posé ma main sur sa tête. Je lui ai donné la bénédiction qu'il demandait. Et puis... il s'est confessé.

– Il s'est confessé à toi ? Ce n'est pas sérieux ?

– Je n'ai jamais été aussi sérieux », dit Pic d'une voix rauque.

La nausée lui remontait des entrailles. Il mit sa main devant sa bouche, mais le malaise se dissipa.

« Oui, le Magnifique s'est confessé. Il m'a parlé de ses crimes, dont le souvenir le torturait nuit et jour. Il ne se reprochait pas ses orgies occasionnelles. Il y avait trouvé l'inspiration de quelques poèmes, et, en somme, toutes ces fêtes païennes lui avaient laissé d'excellents souvenirs. Personne n'en avait souffert. Mais il ne pouvait se pardonner d'avoir sauvagement torturé les complices de la conjuration des Pazzi et de les avoir fait pendre par les pieds jusqu'à ce que mort s'ensuive. J'entends encore sa voix si chère, altérée par la souffrance. *Le remords ne diminue pas, au contraire, il devient chaque jour plus intense, plus intolérable.* Je lui ai répondu que je le comprenais, et qu'il ne se passait pas une journée... sans que je songe aux dix-huit braves qui sont morts par ma faute...

– Tu veux dire par la faute de cette mangeuse d'hommes qui t'a ensorcelé..., intervint Ficin.

– Mais je rêve, Marsile ! Tu n'as donc rien compris ? Marguerite n'y était pour rien, c'est moi qui l'ai suppliée, c'est moi qui l'ai ravie... Mais je le vois bien, c'est peine perdue, tu ne veux pas en démordre, tu ne veux pas croire que je l'ai aimée plus que tout, plus que toi ! »

Froissé, Ficin détourna la tête.

« Ce n'est pas la peine d'être désagréable...

– Mais où en étions-nous ? Ah oui... J'ai fini de lui laver les mains, je les ai essuyées avec une serviette en fil blanc que le nègre m'a tendue, puis j'ai commencé à lui limer les ongles. Laurent me laissait faire avec gratitude. Il avait l'air épuisé, mais soulagé d'avoir dit l'essentiel. J'avais presque fini ma pieuse besogne, quand un bruit de voix s'est fait entendre derrière la porte... Laurent a tourné la tête et a demandé qui était là... C'était Savonarole.

– Savonarole ?

– Oui, à la stupéfaction générale... Je n'ai jamais su comment il avait été averti... Il est entré à grands pas, en portant un crucifix, avec une expression extatique... Il m'a jeté un regard que je n'oublierai jamais, un regard de triomphe. J'ai posé un baiser sur la joue grise de Laurent, et il m'a souri, mais il était déjà ailleurs, tendu vers l'homme de Dieu, dans l'expectative... Le domestique a emporté la bassine... A toi je peux l'avouer, j'ai terriblement souffert de cette ultime trahison...

– Tu t'es éloigné pour lui laisser la place...

– Enfin, pour laisser la place à Dieu... Tout le monde a reculé... Nous nous sommes regroupés dans le fond de la pièce, endeuillés comme si le Magnifique était déjà mort...

– Poliziano était là, m'a-t-on dit...

– Oui, Agnolo était là, silencieux, depuis des heures... Il m'a pris la main et nous sommes restés là, comme deux orphelins... Le pauvre, il n'a pas survécu bien longtemps à cet instant de détresse... Pourtant, j'ai encore ici, dans la paume de ma main, l'empreinte exacte... Paix à son âme... »

Pic se signa discrètement.

« Savonarole venait-il administrer à Laurent l'extrême-onction ?

– Mais non, l'abbé de Careggi s'en était déjà chargé... Non, ce n'était pas cela, c'est autre chose... Savonarole s'est penché sur lui, les yeux dans les siens, il lui a donné la croix à baiser, et il s'est mis à parler, très vite, avec une sorte de fureur contenue, comme s'il exigeait quelque chose... Laurent a hoché la tête, murmuré quelque chose, il semblait acquiescer. On n'entendait pas leurs paroles, à cette distance... Puis Savonarole l'a pris dans ses bras comme un petit enfant. Ils sont restés ainsi un long moment… Et puis, tout d'un coup, en exhalant un long soupir, Laurent a renversé la tête en arrière… Il n'était plus… Le domestique noir a crié et s'est enfui en courant comme un fauve blessé. Frère Jérôme a posé doucement sur le lit le corps sans vie de Laurent, il lui a fermé les yeux, puis il l'a aspergé d'eau bénite… Sa prédiction venait de se réaliser… »

Sa voix se brisa.

« Laurent de Médicis a rendu l'âme dans les bras de Jérôme, mais au moins, il avait les mains propres et les ongles bien taillés. »

Ils se regardèrent en silence.

« Arrête, tu te fais du mal, dit Marsile Ficin. Les prédictions de Savonarole n'en finissent pas de se réaliser, c'est vrai. Et maintenant, comme il l'a annoncé, voilà que le roi de France est en marche sur Florence… De grandes tragédies se préparent. Même si Charles VIII n'utilise pas ses armes, Florence sera bientôt à feu et à sang. Un siècle de fer va succéder à l'âge d'or que nous avons connu…

– Tu vois ? C'est ce que je voudrais essayer d'éviter, avec mes faibles forces…

– Faibles, c'est le cas de le dire, dit Ficin. Tu t'es imposé une épreuve surhumaine et tu es déjà tombé malade… Permets-moi de te dire que si tu en meurs, Florence n'aura rien gagné à ton sacrifice ! Et la philosophie aura perdu l'un de ses plus grands espoirs ! De toute façon, tu n'as aucune chance de réussir… »

Ainsi, tout en bavardant, ils retardaient le moment des adieux.

Qu'espérait-il, après tout, de cette rencontre avec Savonarole ? Que lui dirait-il ? Pourquoi se sentait-il obligé de livrer ce combat sans espoir ? A quoi bon, tout cela ? Marsile lui posa toutes les questions qu'il aurait préféré éluder. Giovanni répondit de son mieux, avec force détails, car il envisageait avec effroi le prochain départ de son ami, comme le prisonnier s'inquiète de rester seul derrière les barreaux. Bientôt, Marsile se lèverait, ramasserait sa besace…

« Pourtant San Marco n'est pas une prison ! » songea-t-il avec une sorte d'épouvante.

*

Peut-être allait-il tomber gravement malade ? Une peur insidieuse montait en lui, se mêlant à la fièvre. Peut-être, épuisé par l'attente, n'aurait-il même pas la force d'affronter Savonarole quand il daignerait enfin se montrer ?

« Je ne perdrai plus mon temps à l'attendre comme je l'ai fait jusqu'ici, annonça-t-il enfin. Je vais me remettre sérieusement au travail. Ce matin, j'ai décidé de commencer ma *Concordia*.

– Mais sans ta bibliothèque, comment pourras-tu…

– Je te rappelle que ce couvent possède la plus grande bibliothèque du monde connu…

– Je la connais, merci du renseignement !

– Tu vois que je devrais pouvoir m'en contenter. Et puis, tu le sais bien, la vraie bibliothèque est là-dedans… »

D'un geste qui leur était familier, il désigna son front de l'index.

« Ah, les palais de la mémoire ! s'exclama Ficin avec émotion. Nous sommes peut-être les derniers à avoir engrangé ces trésors fragiles… Depuis que l'imprimerie permet de multiplier les exemplaires de chaque livre, de nombreuses écoles ont renoncé, paraît-il, à enseigner l'art de la mémoire.

– Je l'ai entendu dire, dit Pic, et je m'en désole, comme toi. Cependant, tu le sais, je ne fais pas partie de ceux qui condamnent l'invention de Gutenberg et refusent d'acquérir des volumes imprimés. Au contraire ! Aurais-tu déconseillé à Esdras de mettre par écrit les enseignements de Moïse ? A Platon de transcrire les paroles de Socrate ? L'heure était venue, l'écriture devait prendre le relais de la tradition orale. Quant à l'imprimerie, je prétends qu'elle est appelée à transformer le travail des copistes et les bibliothèques des lettrés d'une manière que nous avons encore du mal à concevoir… »

C'est à Padoue que Pic avait pu examiner les premiers volumes typographiques, qui circulaient alors en petit nombre dans les universités. Émerveillé, il avait immédiatement compris les implications révolutionnaires de cette nouvelle technique. La production en série allait permettre aux éditeurs de diminuer le prix des livres, qui cesseraient d'être des pièces uniques pour devenir accessibles à tous. Il ne serait plus nécessaire, pour obtenir une édition rare, de payer les services d'un copiste pendant plusieurs mois… Il ne serait plus nécessaire d'enchaîner les livres aux pupitres des bibliothèques…

« C'est aussi à Padoue que j'ai rencontré mon premier maître d'hébreu, Elya Del Medigo…

– A Padoue, tu as commencé à te disperser », dit Ficin en faisant la moue.

La vieille blessure n'était pas refermée.

« Ce n'est pas se disperser que d'apprendre l'hébreu ! Je te rappelle que Girolamo Benivieni avait commencé avant moi… C'est lui qui m'a fait connaître Del Medigo. Il avait été bouleversé par l'idée que la Bible n'était peut-être rien d'autre que la déclinaison perpétuelle du Nom divin.

– Benivieni a eu le bon goût de freiner son élan avant de se convertir au judaïsme… »

Pic se mit à rire de bon cœur.

« N'exagère pas, je ne porte que la toge, pas encore le chapeau jaune ! Mais je reconnais que j'ai découvert dans les textes hébraïques des vérités qui m'ont profondément remué. Et non sans mal, car Del Medigo ne voulait pas de moi pour élève. Il me jugeait trop curieux… J'ai passé des soirées entières dans sa maisonnette du quartier juif à essayer de le convaincre… Et j'ai finalement réussi à lui extorquer quelques raisonnements kabbalistiques, qui m'ont littéralement ébloui. Dès lors, je n'avais plus qu'une idée : pénétrer plus avant dans ce continent inconnu, apprendre les secrets de l'écriture carrée, percer le mystère des points massorétiques, trouver des sens nouveaux dans les textes anciens, dans la Torah d'Esdras… Tu sais que Del Medigo avait une formation de juriste. Issu de la tradition classique de Maïmonide, passionné par Averroès, il connaissait tous les secrets de la kabbale, mais il en avait une sainte horreur ! J'avais entrevu un trésor, une manne, et il m'en refusait l'accès avec un entêtement… insupportable ! »

Ce fut au tour de Ficin de rire à gorge déployée.

« Et il n'a pas réussi à te résister ! Et tu l'as pressuré, comme tu l'avais fait avec moi, pour obtenir ses secrets en quelques semaines, puis tu es reparti le nez en l'air vers d'autres horizons, en suivant ce coquin de Mithridate…

– Tu te trompes ! C'est Del Medigo lui-même qui a dû quitter Padoue, puis l'Italie… Il avait importé de sa Crète natale une rigueur excessive, un style méridional qui ont fini par agacer les dirigeants de sa communauté. Ce sont eux qui l'ont obligé à partir pour Venise. Finalement, écœuré, il est retourné en Crète, chez sa mère… Quant à Flavius Mithridate, que tu aimes tant, je ne l'ai rencontré que bien plus tard, en 1486, quand je préparais la Grande Dispute. On m'avait vanté ses talents de traducteur et j'ai trouvé en lui un maître véritable, bien qu'un peu bizarre…

– Mithridate est un juif converti, un renégat, remarqua Ficin avec une petite grimace de dégoût.

– Converti, mais pas renégat ! Mithridate est avant tout un philosophe, comme toi et moi, et il n'a jamais cessé d'être juif dans le fond de son cœur. Tu portes bien la toge, à l'occasion, pourquoi n'aurait-il pas judaïsé en secret, tout en servant l'Église ? Ils sont légion aujourd'hui, en Espagne, les *conversos* qui célèbrent le *shabbat* dans les caves… Je peux te dire que Mithridate n'y voyait aucune contradiction… Or il n'était pas seulement converti, mais prêtre, au même titre que toi ! Il avait passé son enfance en Sicile, sous le nom de Samuel, dans une petite communauté juive des environs de Palerme. Son père, Nissim Abul-Farag, l'avait initié à la kabbale d'Aboulafia. Mais en grandissant, son esprit curieux l'a éloigné des siens…

– Son esprit curieux, mais surtout sa passion bien connue pour les jeunes garçons… Il n'a d'ailleurs jamais renoncé à te séduire, même en ma présence…

– Pauvre Mithridate ! Il m'a fait quelques avances, il est vrai, mais à vingt-trois ans j'étais déjà un peu vieux pour lui. Et j'avais failli perdre la vie par amour pour une femme, ce qu'il me reprochait tous les jours. En fait, Mithridate avait une prédilection pour les jeunes pages imberbes et ce penchant faisait de lui un étranger dans toutes les traditions. Quand il s'est arraché au monde clos de ses ancêtres, il est venu à Rome, vêtu en chrétien, et a demandé le baptême. Puis il a commencé son irrésistible ascension. Lorsque je l'ai connu, il avait ses entrées au Vatican, mais il était brouillé avec Innocent VIII, son ancien patron… Mais tu sais tout cela ! J'écrivais alors mon *Discours sur la dignité de l'homme*, qui devait servir d'introduction à mes *Conclusions*…

– Si je m'en souviens ! Je n'ai jamais vu personne travailler comme tu l'as fait pendant ces quelques mois… Tu ne sortais plus du tout… Tu ne te lavais même plus… Et quand je t'ai proposé une promenade, tu m'as regardé avec des yeux hagards. Ce juif et toi, vous étiez cloîtrés dans cette petite maison de Fratta, nourris par Casalmaggiore de fritures et de poivrons farcis, noyés sous les manuscrits… De temps en temps, Mithridate entrait dans ton bureau à la vitesse d'un cyclone, déposait une liasse de feuilles sur ta table et repartait en courant, les yeux fous, sans même me saluer. Tu rassemblais tes neuf cents *Conclusions* et tu mélangeais tout : la magie, la kabbale, les oracles chaldéens, les citations d'Hermès Trismégiste… Tu me donnais l'impression de construire un immense palais de papier, qui allait s'effondrer au premier coup de vent. Et c'est ce qui s'est passé.

– Oui, c'est vrai, c'était une folie, une frénésie. Je m'assommais de travail comme d'autres dans l'ivresse… J'étais dans un état second. Il me semblait que ma vie dépendait de cet effort incessant… Alors que je précipitais ma chute, oui, tu as mille fois raison.

– De temps en temps, tu te levais pour fouiller dans le coffre secret où tu conservais tes archives privées, et tu en sortais une lettre de Marguerite Mariotto de Médicis, toujours la même, que tu me relisais avec une ferveur suspecte…

– Oui, la première lettre de Castitas à Zéphyr… Elle me l'a envoyée peu de temps après notre découverte du *Printemps*, et mon cher Casalmaggiore est venu tout exprès à Paris pour me l'apporter. J'étais en train de discuter avec Bolsoni quand il est arrivé, le pauvre, tout poussiéreux, en pestant comme d'habitude contre les fatigues du voyage. Mais il me connaît bien, et avant même de secouer son manteau et d'enlever ses bottes, il a sorti la lettre de son gilet… J'ai brisé le sceau en tremblant. Puis je l'ai déroulée, je l'ai humée. Marguerite écrivait à l'encre bleue, d'une petite écriture pleine d'élégance, un peu scolaire. Elle venait de lire un article de moi sur l'astrologie, qui l'avait bouleversée. Comme tu t'en souviens, j'exposais déjà dans cet article l'essentiel de mes préventions contre cette science de pacotille. »

Marsile voulut se récrier.

« Non, écoute-moi jusqu'au bout. Oublie les Gouverneurs, pour une fois ! Étant très curieuse, Marguerite avait déjà entendu beaucoup de choses étranges dans sa vie, mais jamais personne n'avait à ce point transformé son univers. Elle avait l'habitude, comme toutes ses amies, de consulter régulièrement son astrologue. Elle s'en abstiendrait désormais, car elle avait été convaincue par mon éloge de la liberté. Elle acceptait avec joie de se rendre maîtresse de sa vie, de sculpter son paysage intérieur, et de choisir le bonheur ici-bas.

– Tu connais cette lettre par cœur…

– Bien sûr, que crois-tu ? N'as-tu pas entendu dire que j'avais une bonne mémoire ? Elle écrivait que désormais, quand elle regardait le ciel étoilé, elle ne voyait plus les sphères cristallines de Ptolémée, mais une infinité de mondes tournoyant dans le noir. Elle avait l'impression de respirer enfin, au sortir de notre bulle ancestrale. Elle s'interrogeait ensuite sur l'auteur d'un écrit aussi novateur. Elle remerciait son cousin, Laurent de Médicis, de nous avoir mis en présence dans une circonstance aussi poétique. Elle me remerciait d'avoir su dévoiler pour elle les mystères du *Printemps* avec autant de patience… »

Il avait relu cette lettre des centaines de fois, faisant glisser le ruban de velours, déroulant la feuille avec précaution. Il en connaissait chaque signe, chaque mot, chaque inflexion. Il en avait fait une subtile exégèse, d'où il ressortait que…

« … Castitas s'est laissé bousculer par le souffle de Zéphyr…, dit Ficin.

– Ou par la flèche de Cupidon !

– N'est-ce pas la même chose ? Mais, dis-moi, qu'as-tu répondu à cette attendrissante déclaration ? »

Ficin jubilait. Son ami allait enfin lui révéler les secrets de sa liaison scandaleuse. Et Mirandole semblait de nouveau en pleine santé, piaffant comme un jeune cerf. Ficin espéra que la rémission serait durable et que le phénix allait renaître de ses cendres – et reprendre ses esprits.

« Que crois-tu ? J'ai écrit toute la nuit, à la chandelle. J'ai dit que le printemps était dans mon cœur depuis qu'on m'avait apporté sa missive. J'ai dit que ses mains avaient touché cette feuille. J'ai dit que la liberté est ce miracle qui multiplie les possibles. J'ai parlé du miroitement de l'Un qui se fait admirer dans l'infinie diversité des êtres, mais qui brillait dans ses yeux d'un éclat incomparable tandis qu'elle contemplait la ronde des Grâces. J'ai dit que j'étais fou de lui écrire cela. J'ai dit que je me souvenais des plis de sa robe, sur le tabouret… Et le surlendemain, Casalmaggiore est reparti avec ma réponse, en pestant…

– Comme d'habitude ! Et vous avez continué à vous écrire, malgré le danger ?

– Oui, pendant des années… Jusqu'à ce fameux mois de mai, en 1486… Oui, c'est vrai, je ne pensais plus au danger, alors, je ne pensais… qu'à délacer son corsage pour voir jaillir ses seins… »

Il se tut. La curiosité de Ficin le gênait, mais l'obligeait bizarrement à lui confier ses pensées les plus intimes. Comme si ces choses devaient être dites, au moins une fois.

« Giovanni, dis-moi, que s'est-il vraiment passé à Arezzo ? Chaque fois que j'en parle, tu pousses des cris d'orfraie…

– J'ai délacé son corsage… J'ai aimé, j'ai joui, j'ai pleuré… Disons que j'ai poussé mon avantage, que j'ai agi comme un séducteur de bas étage, et que je passerai sans doute le restant de ma vie à expier cet acte, et à pleurer sur mon amour perdu. Que te faut-il de plus ? Oui, j'ai aimé plus que de raison, comme un homme ivre qui bouscule tout sur son passage pour aller vers son reflet. Marguerite était ce que j'avais vu de plus beau en ce monde. Elle comblait mes désirs, elle excitait mon ardeur. Elle était ma Béatrice, mon Hélène, ma destinée faite femme. Dès que je l'ai vue, le monde s'est éclairé. L'acuité de mon regard a été décuplée. J'ai vu toutes les manœuvres jalouses, tous les désirs silencieux qui pouvaient menacer ce trésor que je venais de découvrir. Et puis, je suis parti à sa conquête. Méthodiquement. Sans une pensée pour le pauvre Mariotto de Médicis, sans crainte de Laurent, sans m'inquiéter pour ma réputation. Je n'étais que la proie consentante de mon idée fixe. Sache donc, une fois pour toutes : Marguerite n'est coupable que d'avoir cédé à mes exigences ! Le vrai coupable, puisqu'il t'en faut un, c'est Cupidon. Et le seul tort que nous ayons eu, soit dit entre nous, c'est d'avoir été rattrapés par les hommes de Mariotto, sur la route de Sienne…

– Le cardinal de Mantoue prétend que tu as été hypnotisé par une femme fatale, une mante religieuse… Laurent lui-même était très inquiet…

– Laurent savait très bien ce qu'il en était. C'est lui qui nous avait présentés l'un à l'autre. Il se faisait d'amers reproches à ce sujet. Ensuite, quand le scandale a éclaboussé sa famille, il n'a songé qu'à m'éviter des poursuites… Quelle grande âme ! Il ne m'a jamais fait la moindre remarque. Il se sentait responsable, et surtout il comprenait. Il avait connu les grands rapides de la passion…

– Mais ton neveu Jean-François affirme, lui aussi, que tu n'y étais pour rien…

– Mon neveu n'en sait rien, et c'est un fervent *piagnone*,

un éploré, un sectateur de Savonarole. Il ne croit ni à l'amour humain ni à la liberté. Il veut me rendre service en gommant mes faiblesses… Mais je t'en prie, Marsile, ne m'ennuie plus avec cette histoire.

– Soit. Nous n'en parlerons plus. Mais sache au moins que je te crois. J'entends ta vérité, je vois ta douleur, j'accepte ton silence. J'ai toujours su que ce qu'il y avait en toi de moins platonicien était cet amour des femmes, que tu partageais d'ailleurs avec Laurent… As-tu réussi à savoir ce qu'elle est devenue ? » demanda-t-il enfin. Non, Giovanni ne le savait pas, et c'était bien sa pire peine.

*

Ils restèrent un instant silencieux. Puis la conversation reprit, cours d'eau dans les sables, ruisseau, torrent, affluent, rivière, et ils suivirent avec soulagement ses méandres familiers. Tant qu'ils restaient ensemble, certainement, rien de terrible ne pouvait arriver. Que le destin frappe à la porte, il serait accueilli avec le sourire.

Autour d'eux, le brouhaha de la cité s'amplifiait d'instant en instant. Florence était ivre, l'atmosphère virait à l'émeute. Des bandes armées circulaient. Le *popolo magro* tenait sa révolution. Tous attendaient le retour de Savonarole. On disait qu'il préparait une réforme de l'État qui mettrait la Seigneurie à son service. Les Médicis une fois renversés, chacun savait que Savonarole serait, *de facto*, le maître de Florence.

Enfin, à regret, Marsile Ficin se drapa dans son manteau et se décida à redescendre les trois marches fatidiques. Il traversa l'antichambre à reculons, courbé sous sa besace. Giovanni le suivait en hésitant, l'air soucieux, sans écouter ses multiples recommandations. Ficin emportait à Careggi le volume V du *Pimandre*, qu'il venait d'examiner et qui manquait à sa collection personnelle. Il était gêné de commettre ce pieux larcin, mais Giovanni l'y avait encouragé. Savonarole n'en saurait rien, d'ailleurs il tenait Trismégiste pour un imposteur…

« Et puis, ce livre t'appartient, en quelque sorte… Ne l'as-tu pas écrit ? Le traducteur n'est-il pas, de plein droit, le second auteur d'une œuvre ? Toutes ces années de travail… Le souvenir de Côme… »

Reconnaissant, Marsile lui jeta un regard d'adieu, un faible sourire. Il tenta vainement de se redresser, se passa la main dans les cheveux, les doigts écartés, et sa tignasse grise se divisa en fourrés hirsutes.

« Te souviens-tu, lança-t-il, de m'avoir écrit de Reggio, il y a douze d'années, pour me demander un exemplaire de ma *Theologia platonica* ? T'ai-je jamais dit que le coursier m'a apporté ta lettre le jour même où je venais justement d'y mettre le point final ? Cher Giovanni, tu as toujours été devin… Et dans cette lettre, non seulement tu réclamais cet ouvrage comme s'il t'était dû de longue date, mais tu m'enjoignais de commencer sans attendre ma traduction de Plotin, que tu voulais étudier… Tu avais déjà l'ascendant d'un professeur… Ah, que de souvenirs !

– Ah, Plotin, le maître de la vie bonne ! Entre nous, je ne regrette pas d'avoir insisté… Ta traduction des *Ennéades* s'est révélée excellente… Que d'intuitions j'ai trouvées grâce à toi dans ce livre ! Quelle subtilité, quelle pureté…

– Merci pour ces éloges exagérés, mais hélas, il n'est plus temps de causer. Mon intendant me réclame à cor et à cri, les paysans se révoltent dans tout le pays, ils craignent l'arrivée des régiments de Pisans qui servent le roi de France… Bref, on attend mes directives à Careggi, où la villa des Médicis est menacée… Mais je te guetterai tous les soirs sur la colline ! »

Il sourit tendrement, tendit la main, caressa la joue fraîchement rasée de son ami.

« Et surtout, au moment d'agir, méfie-toi de Savonarole ! Sa puissance est aujourd'hui celle d'un fleuve en crue. Acquiesce à tout, mais ne cède en rien. Les éléments sont contre toi, mais tu peux réussir si tu te laisses guider par l'amour. Jérôme prétend sauver ton âme, mais c'est peut-être toi, au contraire, qui prendras la sienne en charge pour désamorcer sa haine, adoucir sa foi… Peut-être puisera-t-il, dans le fond de ton pauvre cœur meurtri, un peu de sérénité… Une fois ta mission accomplie, tu viendras me retrouver à cheval… Je t'attendrai tous les soirs, au crépuscule, dans notre refuge platonicien. Et si tu ne reprends pas le chemin de Careggi, c'est moi qui reviendrai à San Marco, dans quelques jours. J'espère te récupérer guéri, grâce à mes plantes… Et n'oublie pas que ma gouvernante a le béguin pour toi… »

*

Ils se regardent en riant. Heureux de conclure sa visite par un éclat de rire, en discret hommage au vieux Démocrite, Marsile s'en va décidément, il referme la porte… il part… il est parti. La main encore levée dans un geste d'adieu, Pic reste esseulé, épuisé, oisif, comme s'il venait de se quitter lui-même. *Moi, le passager du vent, j'ai cloué les barreaux de ma propre prison.*

CHAPITRE 5

Autorité de la joie

Il reste prostré, poitrine creuse, debout dans l'antichambre, face au miroir. Il considère son image avec méfiance, comme un double trompeur. Seule sa chevelure a conservé sa beauté, ses ondulations fauves, sa vigueur rebelle. Mais son front est plissé en tous sens. De larges cernes dessinent des ombres sous ses yeux sans lumière, creusant ses joues, et des plis amers sont apparus à la commissure de ses lèvres. Il esquisse un sourire mais son visage encore jeune, réputé doux et viril, lui paraît soudain flétri, vidé de sa grâce native. Son costume aussi lui semble clinquant, un déguisement mondain, bien inutile en ce lieu de prières. Il cherche en vain, derrière cette vision consternante, le petit condottiere de la Mirandole, la joie de l'air libre, les promenades sur les rives du Pô, les talus, les herbes hautes, les bourdons insolents…

Cet enfant n'est plus et son petit monde s'éloigne, rongé par l'oubli. Quelle réalité peut-on, doit-on donner à ces choses passagères, aux mirages de la mémoire ? Entre ces quatre murs étouffants, les grandes aventures du passé semblent bien dérisoires. Le conquérant de l'extase n'est plus qu'un pion sur l'échiquier de Savonarole, le survivant anachronique d'un âge d'or inséré dans l'Histoire comme un coin de lumière. Dans sa poitrine, un grand vide s'installe et prend toute la place. Il se retire en lui-même, la grande marée reflue. Ce n'est pas du désespoir, plutôt une stagnation. Il ne pense plus, ne bouge plus. Son corps exsangue se refuse au moindre geste. Il reste là, furieux, impuissant, on dirait un vieillard.

Enfin, il remonte les marches d'un pas lourd et rentre dans

sa prison. Au cœur de la ville en furie, le silence lui cogne les tempes, faisant résonner les parois de son crâne comme une cloche fêlée. Il est fatigué de revisiter sa brève destinée. N'a-t-il donc tant étudié que pour en arriver là ? *J'ai tout perdu, voilà la vérité.* Furtivement, il se demande si la vérité qu'il a tant cherchée dans les textes savants n'est pas enfouie quelque part dans le retrait de son cœur, tel un diamant égaré dans le bric-à-brac de sa mémoire. Il s'assied, la tête dans les mains. Peu à peu, le temps devient pâteux, s'enlise dans un morne ressassement. Matines, laudes, tierce, sixte, none, vêpres, complies... Chaque journée répète la précédente. A force de différer sa venue, Savonarole le fera mourir d'ennui. Bientôt, il n'entend plus que ces quatre syllabes qui l'obsèdent, qui le frappent, qui le tuent : *Sa-vo-na-role !* L'obsession obstrue son esprit comme une boue, l'empêche de bondir, de jouer, de circuler. Une stupeur l'envahit, il se sent stupide, bête à manger du foin.

Un puissant sommeil l'empoigne en plein jour et l'inonde d'une marée consolante. Seuls les rêves ont le pouvoir de l'arracher à son hébétude. Il leur cède avec gratitude et s'élance à tire-d'aile vers le pays des mirages.

Et le temps relâche son emprise. L'enfant prodige de la Mirandole galope derrière ses frères, monté sur un grand étalon de légende, cuisses collées aux flancs, cheveux au vent, piétinant les talus d'argile de la plaine du Pô, humant la merveilleuse odeur des plantes blessées. Les arbres dessinent dans le ciel de longs filaments noirs, et soudain il crie de plaisir sous les branches, et ce cri fulgurant, issu du profond de ses reins, secouant sa maigre carcasse, résonne à travers l'ensemble des mondes.

Il se réveille en sursaut, recroquevillé sur son fauteuil. Le même cri ! Oui, ce brame d'amour a retenti autrefois en plein midi, dans la bergerie d'Arezzo, alors que Pic de la Mirandole s'enfonçait éperdument, de toute sa puissance virile, dans le mystère de la femme. En ce jour de fête, l'infini faisait miroiter ses sortilèges.

Pour lui, pour lui seul, *Voluptas* écartait tous les voiles, ouvrait le jardin secret, franchissait les portiques de l'extase. Ils s'enlaçaient, se multipliaient, s'engendraient l'un l'autre, et leur caprice faisait danser la Terre en plein jour comme une étoile ivre. Inlassablement, depuis qu'il avait délacé son corsage pour faire jaillir ses seins, il explorait les replis tièdes où surgit le miracle.

Il froisse son corsage, elle tremble et soupire. Gravement il explore ce paysage matinal où s'abolit la philosophie. *Ah, tu veux tout*, dit-elle en creusant les reins. Il l'encourage, ses mains la soulèvent, hardies, apaisantes, elle acquiesce et se cambre, elle n'en finit pas d'acquiescer, plus haut, plus près, plus offerte, si une telle chose est possible. Leurs désirs s'entrecroisent et Marguerite s'abandonne, elle n'en finit pas de s'abandonner, sur la paillasse des bergers elle oublie tout dans les bras de son philosophe, de son condottiere, elle oublie le danger qui les guette, danger absolu, danger de mort !

Plus jamais il ne cessera, en pensée, en désir, en nostalgie languissante, en ardent désespoir, d'aimer cette femme qui n'est pas la sienne, de la célébrer, de l'honorer, de la plier à son caprice. Oui, entre ces quatre murs chaulés de bleu, Marguerite s'épanouit, son sourire devient chant, allegro, crescendo. Leur bonheur grandit. Le moindre effleurement les bouleverse. Ils se connaissent à peine mais savent tout l'un de l'autre, depuis l'origine des temps, et pour jamais. *Pour jamais, et quoi qu'il arrive*, dit Marguerite, puis le mot *printemps* lui vient aux lèvres comme une incantation.

Est-ce toi, Voluptas ? demande-t-il en écartant ses cheveux, pour dénuder aussi son visage. Elle a un rire de gorge : *Oui, c'est bien moi, Voluptas, prêtresse de tous les sens ! Castitas est morte dans tes bras !* Il répond : *Adieu, Castitas !* et elle rit de plus belle. Ils entendent les hirondelles piailler dans le ciel innocent. *Voluptas, je te donne tout...* Surpris par ses propres paroles, il se redresse, la chevauchant comme un jeune animal, la serrant à la taille entre ses genoux, sans quitter du regard son petit visage clarifié par le plaisir, ses cheveux épars sur la paillasse. Le moment est venu.

Il extrait de sa pochette la médaille des trois Grâces.

Regarde, Marguerite, c'est toi, c'est la Femme... la divine triade... Il fait glisser le métal dentelé sur sa peau nue, en spirales, autour des seins, puis sur son ventre, en tous sens. *Je la gardais pour l'élue de mon cœur.* Il pose la médaille sur le sexe de Marguerite, en offrande passionnée, petit soleil de cuivre dans la forêt obscure. *Une cible pour les flèches d'Amour ! Garde-la bien, en souvenir de cet instant...* Elle sourit, émerveillée, elle admire les petites déesses.

Mais voilà que des moutons passent par là, dehors, sous le jeune soleil de mai, secouent leurs clochetons, font rouler la caillasse. Les amants retiennent leur souffle. Si quelqu'un entrait ? Leurs yeux rient de terreur, mais personne ne vient, alors ils rient encore, mais de soulagement, le plaisir les envahit à nouveau comme un alcool pur, ils s'abreuvent à même la source, il fait si chaud ici...

Cependant Casalmaggiore, qui fait le guet, gratte discrètement la porte du bout de son épée. On approche, il faut décamper. La femme serre son aimé contre sa poitrine, l'enserre de ses jambes, le chevauche, s'agrippe – ne pas tomber dans l'abîme, *mon amour, non, restons encore*, mais sa voix est rauque, nécessité fait loi, ils se lèvent, étourdis, leur peau glacée soudain, ils se rhabillent à la hâte, en silence, maladroitement, à regret, ils sortent en se tenant par la main. Aussitôt, le soleil attaque leurs visages pâles, veinés de bleu, Casalmaggiore les attend devant la porte, il a sellé les chevaux, il tend le bras vers la gauche, où l'on distingue une petite troupe de voyageurs.

Une dernière fois, Zéphyr enlace Voluptas, éprouve sa souplesse, boit ses larmes, baise ses mains. Il pleure, ses yeux piquent.

« Il faut partir », répète Casalmaggiore.

Giovanni s'aperçoit que Marguerite ne porte pas son alliance. Dans un dernier transport, il baise sa main nue.

« Oh mon amour, gémit Marguerite, nous ne pourrons plus nous revoir... Giuliano... Il te tuera... »

Vivre loin d'elle ! Impossible ! Trahison ! Mais c'est la vie qui s'enfuit !

« Casalmaggiore, fais quelque chose, trouve une solution ! »

Il tombe à genoux, il rampe, il s'agrippe à la robe de Marguerite, gémissant, suppliant. Il lui semble qu'une épée l'embroche. Tout son être refuse cette douleur. Sournois, le spectre du manque le force à s'élancer dans le vide. Le monde devient noir. Le philosophe hoquette, s'étrangle, perd pied, se noie, oublie toute mesure. Son corps est fait de lambeaux qui s'éloignent les uns des autres à la vitesse du chagrin. Elle le repousse en pleurant.

« Zéphyr ne peut renoncer à Chloris ! Orphée ne peut renoncer à Eurydice ! »

Il se relève, l'avenir se bloque avec un bruit de ferraille. Il veut retourner au paradis, et c'est l'enfer qu'il prépare.

« Ne plus te revoir, c'est impensable… Sans toi, je meurs… Je reviendrai te chercher, je te prendrai, je te volerai, je t'emmènerai où tu voudras, au bout du monde, à Sienne, à Paris, pourquoi pas ? N'es-tu pas mienne, absolument ? N'étais-tu pas dans mes bras, il y a un instant ? Mariotto… Crois-tu qu'il t'aime, seulement ? Écris-moi ! Écris-moi encore ! Ah, je chéris tes lettres, si tu savais…

– Mais c'est impossible ! Mon mari… Il ne faut plus… Nous ne pouvons pas…

– Assez bavardé, messire ! En selle…, gronde Casalmaggiore, en frappant ses bottes de sa cravache.

– Je t'écrirai ! Je reviendrai ! Je t'enlèverai ! Attends-moi ! Marguerite, Castitas, Voluptas, Chloris, Flore, Vénus ! Tu es tout pour moi, tu es ma vie… »

Mais Marguerite éperonne son cheval, elle galope sur les talons de Casalmaggiore et n'entend pas ce beau discours. Sur ses cheveux dénoués, elle a remis son bonnet bleu de cavalière. Un duvet s'en échappe par bouclettes sur sa nuque, voletant sur ce petit creux qui appelle les lèvres, Giovanni en a la gorge serrée. Les amants s'enfuient au galop dans la plaine, puis leurs chemins se séparent sous le regard étonné des dieux.

*

Après cette journée absolue, Pic de la Mirandole organisa l'enlèvement de Voluptas avec une efficacité de prédateur. Se prenant pour un chevalier de légende, il crut pouvoir balayer toutes les règles, oublier toute mesure, défier toutes les lois. Il chargea Cristoforo Casalmaggiore de soudoyer la femme de chambre de Marguerite, qui s'était déjà entremise en faisant passer les lettres des amants. Elle demanda quarante florins pour ce travail dangereux.

Le jour dit, un matin de mai 1486, accompagnée de sa femme de chambre, Marguerite se rendit à la première messe comme tous les jours, sans éveiller de soupçons. Prétextant un malaise, elle ressortit avant la fin du sermon. Giovanni l'attendait derrière les murs de la ville avec son escorte de braves. Casalmaggiore proposa une monture à la jolie signora, mais d'autorité Mirandole la hissa derrière lui en amazone et ils partirent à fond de train en direction de Sienne. S'ils franchissaient les frontières de la République florentine, tous les espoirs étaient permis, ils iraient *jusqu'à Paris, pourquoi pas ?* Il se mit à lui parler d'avenir avec des mots ardents et fous. Elle se serrait contre lui et l'entourait de ses bras.

Ils croyaient galoper vers le bonheur, ils couraient vers le scandale.

Dans la ville, quelqu'un avait donné l'alerte. On les avait vus, ou la servante avait parlé. Fou de douleur, Giuliano Mariotto de Médicis jura la mort du ravisseur et fit sonner le tocsin. En un éclair, deux cents hommes furieux se rassemblèrent et partirent aux trousses des fugitifs, décidés à venger l'honneur d'Arezzo.

C'est ainsi que dix-huit braves allaient trouver la mort par la faute du preux séducteur, bien avant d'entrevoir la frontière de Sienne. La mémoire de Giovanni Pico était empoisonnée à jamais par le souvenir du carnage. Il voyait encore le choc des lances sur les armures, les brindilles piétinées, les flaques de sang dans l'argile, les ceinturons tranchés, les hennissements, l'inharmonieux désordre, ses hommes estropiés, trucidés, gémissant à fendre l'âme… Humiliée aux yeux de tous, Marguerite dut retourner à la vie étriquée qu'elle haïssait, et dont il avait promis de la libérer pour toujours. *Ah, retourner au pays des moutons placides, dans cette petite bergerie… Et rester là tranquillement, sans ennuyer personne, le visage enfoui dans le giron de la Femme. Ce n'est pas beaucoup demander…*

CHAPITRE 6

Le crépuscule du Mage

Sa rêverie le rejette sur son fauteuil, haletant, enfiévré, devant les braises de Fra Stefano, dans la lugubre réalité du siècle finissant. Que fait ici Pic de la Mirandole, dans ce lieu propice à la macération, lui qui était promis à la fête, fiancé au printemps ?

Le temps fait mine d'avancer, mais quelque chose s'est coincé dans la grande horloge cosmique. De la lucarne du toit tombe une lueur glauque. Il n'en peut plus, de ruminer ses souvenirs, de cuire dans son jus. Après toutes ces années passées à ferrailler, après ces montées d'extase, ces cavalcades, ces désespoirs, Giovanni se laisse lentement empoisonner par la paix factice qui règne derrière les hauts murs. Savonarole ? Qu'il vienne ou non, quelle différence, il ne changera pas sa stratégie d'un iota…

Le temps s'arrête.

Par hasard, ses yeux vides croisent le regard serein du Trismégiste.

« *Feuillage, je suis ta racine*, articule aussitôt le Mage.

– Comment as-tu pu lire *l'Enfer* de Dante ? demande Mirandole, qui reconnaît la citation. N'es-tu pas infiniment plus ancien que lui ? »

Il s'étonne de converser si aisément avec un défunt. S'agit-il d'un rêve ? A tout hasard, il sourit, et le visage du Trismégiste s'éclaire. En tout cas, ils se comprennent, tous les deux.

« Je suis plus ancien que ton poète florentin, mais pas autant que tu crois… Veux-tu vraiment savoir qui je suis ?

demande le Mage en scrutant l'âme de son interlocuteur. N'aimerais-tu pas plutôt rester dans l'illusion ?

– Il y a des années que je me pose cette question.

– C'est bien, je passe donc aux aveux. Sache donc que je ne suis pas le contemporain de Moïse, ainsi que tes amis humanistes l'affirment sottement. Je ne suis pas un prophète comme ton Savonarole, mais un compilateur besogneux. Contrairement à ce que prétendent tes amis, je n'ai pas annoncé miraculeusement la venue du Fils avec des siècles d'avance, pour la bonne raison que j'ai vécu deux siècles après le Christ. Il est vrai que je me suis inspiré de Son enseignement pour répandre l'espoir d'une vie meilleure parmi les hommes. Mais je n'ai fait que répéter Ses paroles. De toi à moi, je ne suis pas un dieu égyptien, mais un écrivain grec ayant vécu à Marseille, le fils d'un fondeur de bronze.

– J'en étais sûr ! Tu es un être humain, comme nous...

– Vers l'an 158, selon votre calendrier, j'ai créé une secte gnostique consacrée à la haute figure de Pythagore. C'est alors que plusieurs scribes versés dans les mystères ont participé sous ma direction à la rédaction du *Pimandre*. Si je renaissais à ton époque, je passerais certainement pour un hérétique, comme toi...

– N'exagérons rien ! répond Mirandole.

– N'as-tu pas été condamné comme hérétique à Rome en 1487 ?

– Tu es bien renseigné ! Le pape Innocent VIII a fait condamner mes neuf cents *Conclusions philosophiques* par l'Inquisition, c'est vrai. J'ai dû m'enfuir de la Ville éternelle et me réfugier en France. Mais j'ai été officiellement réhabilité l'année dernière par son successeur, Alexandre VI Borgia. Il se trouve qu'il s'intéresse à l'hermétisme et à la magie naturelle et qu'il affiche une grande admiration pour mes écrits. Ce qui ne l'empêche pas d'être un fieffé coquin, comme son prédécesseur, soit dit entre nous.

– Mais c'est bien toi qui as écrit que *seules la magie et la kabbale confirment l'enseignement du Christ* ?

– C'est cette *Conclusion* qui a le plus choqué mes juges, en effet. Ils s'imaginaient que la kabbale était un centaure, une sorte de diable aux pieds fourchus qui se répandait en imprécations contre le Christ. Quant à la magie… »

Le Mage sourit avec indulgence.

« Ces ignorants ne connaissent sans doute que la magie noire des alchimistes de foire…

– Exactement !

– Qu'est devenue l'intelligence, dans ton beau Quattrocento ? Je me suis laissé dire que les inquisiteurs d'Innocent n'ont pas aimé non plus ta huitième conclusion : *Ce n'est pas en vérité et selon une présence réelle que le Christ est descendu aux Enfers, mais seulement par les effets produits.*

– Tu es vraiment bien renseigné ! Oui, ces messieurs m'ont accusé de remettre en cause la véracité des Évangiles. Ils ne pouvaient deviner que cette *Conclusion* résumait les enseignements de la tradition orphique, tels que je les ai recueillis dans les textes. Selon cette tradition, il importe peu que le Christ ait existé ou qu'il ait réellement visité les Enfers. De même, il importe peu qu'Orphée soit descendu dans l'Hadès pour chercher son Eurydice. Seuls les échos de leur périple infernal ont une signification pour nous. C'est leur chant qui nous parle, non le voyage en lui-même. Sans le chant qui en est issu, l'épreuve reste vaine. Mais tu connais tout cela mieux que moi.

– Il en est ainsi pour tout homme, commente le Trismégiste. La vérité du Fils de l'Homme ne se révèle que dans les conséquences de Son passage sur terre. C'est pourquoi le Christ n'en finit pas de révéler Sa lumière, de même que la Torah ne sera jamais complète. Le voyage fait naître la musique, telle est la grande Loi. Il n'y a rien d'autre que ce chemin de ronces.

– Je reconnais bien là les sages paroles du Mage. Sache que mon enfance a été bercée par tes vivifiants préceptes, qui m'ont été enseignés par mon précepteur Ernesto Bolsoni, une grande âme. Et qu'ils n'ont cessé d'éclairer ma route. C'est pourquoi je te conserve mon entière reconnaissance, même si tu n'es finalement qu'un imposteur, bien malgré toi ! Mais qu'importe ! Tu resteras celui qui m'a révélé l'étendue de ma liberté. En somme, si j'ai été condamné comme hérétique, c'est peut-être pour avoir trop savouré la lecture du *Pimandre* sous les acacias du jardin… »

Le Mage se rengorge.

« Je n'ai pas vécu à l'époque de Moïse, mes paroles ne sont pas marquées du Sceau divin et n'ont pas l'autorité de la Révélation. Pourtant, ce que tu me racontes ne me surprend guère, car une certaine sagesse émane de mon *Pimandre*, du moins me semble-t-il. Sans cela, les humanistes m'auraient-ils installé à la première place ? Mais trêve de vaines flatteries. Tu es toi-même l'auteur d'une somme, d'un monument. Tes neuf cents *Conclusions* rassemblent et condensent l'ensemble des passionnantes doctrines dont tu as réussi à prendre connaissance : celles des Latins, des Arabes, des Chaldéens, des Égyptiens, des Hébreux… Et, bien sûr, la doctrine des pythagoriciens, si chers à mon cœur. Ta recherche philosophique jaillit des racines de l'Un et plonge au cœur du mystère. »

Pic de la Mirandole rougit sous l'éloge, puis se frappe le front.

« Alors Savonarole avait raison ! C'est bien vrai, tu n'es pas un Ancien… »

En 1482, pendant une joute oratoire, à Reggio d'Émilie, sous les yeux étonnés de Mirandole, Savonarole avait attaqué cette *chimère gnostique* qu'était à ses yeux le mythe d'Hermès Trismégiste. *Cessez donc de vous extasier devant une imitation !* Il avait pulvérisé les arguments de son adversaire, un évêque qui se piquait d'hermétisme. L'évêque avait eu le malheur de citer le *Pimandre* à propos de l'esprit divin, et Savonarole avait ironisé sur la crédulité des savants, *toujours prêts à se contenter de sornettes, mus par l'espoir d'échapper à la lumière trop limpide du Christ…* Le moine avait frappé du poing sur la table. *Il n'y a qu'un seul Texte sacré ! Les Évangiles ne vous suffisent-ils pas ?*

Pic hésite à poursuivre, craignant de froisser la susceptibilité du Mage, mais après tout ce n'est qu'un rêve, et toutes les insolences sont permises.

« Je dois t'avouer que Savonarole a réussi à ébranler ma conviction. D'une voix très calme, il a dit qu'il suffirait d'une recherche philologique menée avec méthode pour démasquer la contrefaçon. *Je n'ai pas le loisir de me livrer à ces petits jeux stériles*, a-t-il dit, *mais pourquoi, selon vous, Platon et Aristote ne mentionnent-ils jamais le Trismégiste ? En revanche, on trouve plusieurs évocations précises de Socrate dans le* Pimandre… Enfin, après un temps d'arrêt, il a conclu sa démonstration par une question : *Alors, Trismégiste ou Platon ? Qui est le plus ancien des deux ?* »

Le Mage continue à sourire mais sans conviction, avec la dignité vexée des idoles déchues.

« Le problème, avec Savonarole, ajoute tristement Giovanni en manière d'excuse, c'est qu'il a souvent raison… »

Puis il s'esclaffe, comme devant une énorme farce, et se frappe les cuisses des deux mains.

« Ha ! Mais ça alors… Je n'en reviens pas ! Ainsi, Savonarole a raison ! Augustin a gagné contre Lactance ! Tu n'es pas un prêtre égyptien des origines, le contemporain de Moïse, l'incarnation du dieu Thot ! Tu n'as rien de sacré, rien de vénérable ! Le grand Hermès Trismégiste n'est finalement qu'un vulgaire écrivain grec de l'ère tardive, un citoyen de l'empire romain… Rien qu'un homme…

– *Un homme, ce miracle incomparable…*, lui rappelle le Mage avec pertinence.

– … un homme comme moi, comme nous, comme Marsile Ficin… Ah, il faut qu'il sache… Je vais lui écrire une lettre de ce pas…

– Laisse donc Marsile Ficin tranquille, articule le Mage démasqué. Pourquoi confisquer le fruit de son travail ? Sa traduction latine du *Pimandre* est excellente, il en est fier, elle m'honore, je n'en attendais pas tant ! Je te demande donc de garder le secret… Les hommes sauront bien assez tôt qui je fus, qui je ne fus pas… Que les philosophes continuent donc à lire mes écrits, et tant pis s'ils me prennent pour un autre ! Quelle importance ? Les paroles de sagesse ne sont-elles pas éternelles ? En attendant qu'un érudit démontre cette erreur, mon œuvre aura servi à stimuler la soif de connaissances… De grandes choses naîtront de l'industrie humaine grâce à la magie naturelle que je vous ai enseignée… Et grâce à cette fausse datation, j'aurai eu des lecteurs par milliers ! ajouta le Mage avec un soupçon de vanité.

– Pardonne-moi, mais je dois te quitter, me remettre au travail…, déclare soudain Mirandole avec angoisse. Il y a beaucoup à faire… Je dois préparer ma *Concordia*…

– Je vois que tu t'inquiètes pour le destin de ta philosophie, prononce le Mage. Mais ne crains rien, ton œuvre est déjà largement accomplie. Ton *Heptaplus*, ton discours contre les astrologues seront maintes fois cités par tes successeurs et resteront dans la mémoire des clercs… Mais surtout, parmi tous tes écrits, il en est un qui te survivra, qui défiera l'érosion des siècles, qui t'apportera une gloire étincelante et toujours renaissante, la traîne d'une comète… Je veux parler de ton *Discours sur la dignité de l'homme*.

– Mon *Discours* ? Ah, comme j'aimerais te croire ! Mon écrit préféré… Mais c'est impossible ! Ce n'est que le brouillon d'une conférence que je n'ai jamais prononcée, que je ne prononcerai jamais… Seuls Laurent de Médicis, Marsile Ficin et Flavius Mithridate en ont pris connaissance… Il n'existe que sous forme manuscrite, en deux exemplaires, peut-être trois… »

Mais les vêpres sonnent à la chapelle du couvent et le Mage se retire dans le silence. Le crépuscule étend sur Florence sa robe de bure.

CHAPITRE 7

Le scribe dansant

Sa-vo-na-role… Les quatre syllabes fatidiques recommençaient à sonner leur glas comme une ritournelle.

La solitude était une torture subtile.

Treize jours, déjà ! Ce retard glaçait le sang. Les affaires de l'État justifiaient-elles qu'un homme de Dieu oubliât un ami de longue date ? Pourquoi si peu d'empressement ? Savonarole n'était-il pas, jusqu'à présent, toujours accouru au moindre signe de Giovanni ? Certes, il lui faisait tenir quelques messages, mais toujours par l'intermédiaire de ce pauvre Stefano, qui présentait tous les symptômes de la servitude volontaire. Front plissé, voix cauteleuse, regard oblique, dos courbé, démarche hésitante… Un être aussi veule avait-il été touché par la grâce divine ? Il semblait plutôt avoir été transformé en automate !

Stefano chantait les louanges de son maître à volonté, comme une fontaine crache son eau. Son extase était perpétuelle. Le monde autour de lui avait trouvé un centre, un pilier d'absolu, une pierre d'angle. Tous ses gestes, toutes ses pensées convergeaient naturellement vers la bouche du magicien qui lui versait directement dans le gosier des paroles d'immortalité. En vérité, à ses yeux enamourés, la Sainte Famille et tous les saints – autant dire Dieu Lui-même ! – pâlissaient derrière la haute silhouette du moine au profil d'aigle ! L'infini avait revêtu le visage et le corps de frère Jérôme, les Archanges s'étaient mis à son service…

Sur le ton de la confidence, Stefano racontait que sur la route entre Lucques et Prato, dans la foule des pèlerins, un scribe inconnu avait osé proposer ses services au saint homme. Entendant cette voix décidée, Savonarole s'était brusquement retourné. Les dévots des premières rangées étaient instantanément tombés à genoux dans la poussière et le scribe, plié en deux par la vénération, avait réitéré son offre sur un ton moins assuré. Il fut donc agréé.

Depuis lors, jour après jour, à quelques pas de distance, le scribe transcrivait sur parchemin les moindres paroles du maître. Ah, son agilité faisait l'admiration de tous ! Il soutenait son écritoire de la main gauche, en équilibre sur sa paume levée, comme un aubergiste porte ses plats, en prenant bien soin de ne pas faire pencher l'édifice, rectifiant sans cesse sa position selon les aléas de la marche. Il avait mis au point un geste spiralé du bras lui permettant de tremper sa plume dans l'encrier sans risquer d'asperger la feuille de parchemin fixée par une pince sur sa petite planche. Tout en écrivant à la hâte, il gardait un œil fixé sur le sentier plein d'embûches. Il trébuchait de temps en temps sur les cailloux. Frère Jérôme cessait alors de discourir pour le soutenir paternellement… Les pèlerins observaient respectueusement cet étrange ballet. Le soir venu, un cavalier porteur de ces pages sacrées quittait le campement des *éplorés* pour se précipiter ventre à terre sur la route de Florence…

Ces coursiers risquaient leur vie, car les troupes de Piero l'Infortuné hantaient la région, mais le risque était habituel, l'héroïsme faisait partie du métier. Ils connaissaient tous les raccourcis, les grottes, les cachettes. L'un d'entre eux avait déjà passé des incunables datant de Charlemagne à travers la frontière ottomane, l'autre avait sauvé *in extremis* un traité d'Aristote d'un monastère en flammes. Ils connaissaient la valeur des pages écrites et les traitaient avec plus de respect qu'une vaisselle précieuse.

A San Marco, le messager était accueilli avec enthousiasme, à toute heure de la nuit. Plein de sollicitude, Fra Stefano lui baisait les mains, lui lavait les pieds, le conduisait au réfectoire, lui faisait servir une soupe à l'oignon et une purée de pois chiches par un novice ensommeillé, enfin le pressait de questions. Comment se portait la santé de frère Jérôme ? Mangeait-il bien ? Ne se privait-il pas trop ? Ses démangeaisons sous l'aisselle s'étaient-elles apaisées ? Et ses blessures au pied ? Avait-on mis de la pommade, un pansement à base de miel ? Était-il satisfait de son entrevue avec le roi de France ?

« Ah, répondait le messager, nous le savions déjà : dans sa grande sagesse, frère Jérôme sait dénoncer mieux que personne, avec des accents ô combien déchirants, l'infamie des puissants, la pourriture des pouvoirs temporels et spirituels ! Ascétisme, austérité, mortification, toutes ces vertus sont sans mystère pour lui ! Mais nous savons aujourd'hui que son goût du sacrifice est sans limites ! Il est capable de s'astreindre à surmonter son dégoût des pompes royales, son horreur des courtisans, son dédain pour les biens de ce monde, jusqu'à s'obliger à côtoyer l'envahisseur, jusqu'à paraître à des banquets, jusqu'à jouer la comédie du pouvoir ! Et tout cela pour le bien de Florence, pour le service de Dieu, pour notre salut à tous ! Quelle admirable abnégation ! »

Le messager finissait de racler son bol, s'essuyait la bouche sur sa manche, buvait une gorgée d'eau sucrée, faisait claquer sa langue sur son palais.

« Frère Jérôme aurait eu le pouvoir, n'en doutons pas, de faire dévier le destin ! S'il l'avait voulu, il aurait aisément trouvé les mots pour convaincre Charles VIII de passer son chemin et d'éviter Florence. Cependant, il en a décidé autrement, et il a eu mille fois raison, si tu veux mon avis.

– Mille fois raison ! reprenait Stefano en écho.

– Souviens-toi qu'il avait prédit depuis longtemps la venue de l'Envoyé du Seigneur ! Comment se serait-il arrogé le droit de faire mentir l'Esprit-Saint qui l'inspire ? Sache donc qu'il a tout organisé avec une infinie subtilité, de telle sorte que Charles VIII, quand il entrera dans Florence, ne sera plus un envahisseur en armes, ni même le conquérant de Naples et Jérusalem, mais le porteur de la grâce, la prophétie réalisée ! Le roi de France voue une profonde vénération à frère Jérôme, chacun a pu le constater. A Lucques, dès que leurs regards se sont croisés, le roi s'est soumis au moine comme un chien à son maître…

« Ainsi, il n'y aura pas de mauvaise surprise, et les Florentins peuvent dormir tranquilles. Pas un coup de feu ne sera échangé… Les monuments de Florence seront épargnés, ses habitants ne seront pas molestés… N'est-ce pas une stratégie sublime, héroïque ? Transformer le loup en agneau, n'est-ce pas la mission d'un soldat du Christ ? Et même s'il faut pour cela consentir à quelques bouffonneries ?

– Transformer le loup en agneau ! Mais bien sûr ! Merci pour ces bonnes nouvelles, mon frère, prions pour Florence, prions pour notre Jérôme ! » disait Stefano avec une profonde émotion.

Les deux *piagnoni* baissaient les yeux et faisaient le signe de la croix en marmonnant des incantations. Enfin le messager ouvrait sa besace et confiait solennellement à Fra Stefano les précieuses missives calligraphiées par le scribe dansant.

*

Pic écoutait distraitement ces bavardages, en examinant ses ongles. Personne n'était à l'abri de l'idolâtrie. En vérité, avec toute sa philosophie, lui-même ne valait guère mieux que ce malheureux Stefano ! Le démon était aussi en lui. Pendant quelques jours, il avait été séduit, conquis, retourné, foudroyé, dévoyé. Lui l'infidèle, l'indomptable, le *familiaris*, le *passager du vent*, il avait choisi de s'enchaîner, de courber l'échine. Il est vrai qu'il s'était vite repris, alors que Stefano…

« Dis-moi, Stefano, que ferais-tu si frère Jérôme te demandait de te jeter sur la piazza del Duomo, du sommet du Campanile ?

– Quelle question, messire ! »

Stefano sourit de toutes ses dents cariées, avec un brin de coquetterie.

« Je sauterais bien sûr, sans hésiter.

– Tu n'aurais pas peur de te rompre les os ?

– Frère Jérôme n'est-il pas tout-puissant ? Il trouverait bien le moyen d'emporter mon âme jusqu'à Dieu. »

Pic en savait assez. Il frémit en mesurant l'étendue du désastre. Savonarole avait confisqué l'amour divin. Des milliers de pauvres hères, aussi dépourvus de cervelle que Fra Stefano, récitaient à chaque coin de rue les mêmes homélies affligeantes. Ils prenaient Savonarole pour un apôtre, un rédempteur, un messie.

« A propos, un messager est venu spécialement pour vous dire que frère Jérôme ne tardera plus, cette fois ! Il espère que ses blessures aux pieds lui permettront de poursuivre sa route sans délai. Il regrette que vous n'ayez pu le rejoindre à Lucques, mais comprend et respecte vos raisons. Il espère que vous mettrez cette longue attente à profit pour vous recueillir et contempler la gloire de Notre Seigneur Jésus-Christ. Frère Jérôme se réjouit de revoir bientôt un ami de toujours, et compte sur votre soutien sans faille pendant ces heures difficiles où les fléaux du Seigneur s'abattent sur Florence. L'Apocalypse est en marche, nous devons l'accueillir avec des cœurs repentants. Il se réjouit de vous accueillir bientôt au sein de notre ordre. Il sait que vous avez l'âme d'un frère prêcheur. Il espère que vous joindrez sans attendre votre éloquence à la sienne pour convaincre les Florentins de renoncer aux fastes trompeurs et aux fornications bestiales. Votre célébrité donnera un nouvel éclat à notre juste Cause. Frère Jérôme compte sur vous pour fustiger en toute occasion les impies et les mécréants, les sodomites et les femmes adultères. Il a beaucoup insisté sur ce point… »

Fra Stefano reprit son souffle après avoir débité son discours. Pic de la Mirandole s'abstint de demander si *ce point* concernait les sodomites ou les femmes adultères – ou les deux.

« Il vous demande de fixer la date de la cérémonie…

– Dis-moi, Stefano, les blessures de frère Jérôme sont-elles graves ?

– Ah, ses pieds sont en sang, mais il accepte avec joie ces stigmates sacrés. A l'heure de l'anarchie et de la désespérance, frère Jérôme est seul à nous offrir l'espoir d'un monde meilleur… Dieu lui vienne en aide… »

Stefano s'agenouilla devant l'Adoration des Mages, joignit les mains et se recueillit en silence. Sa tonsure brillait faiblement, telle une vitre poussiéreuse. Il se releva brusquement.

« A propos, vous savez sûrement que Girolamo Benivieni, comme tant d'autres, est devenu un disciple fervent, un *piagnone*…

– Oui, je l'ai rencontré l'autre jour…

– Eh bien, figurez-vous qu'il a rejoint la troupe des pèlerins qui suivent Savonarole ! Vêtu en simple paysan ! Un homme si riche ! C'est un véritable miracle… Quand frère Jérôme l'a reconnu dans la foule, il l'a fait venir auprès de lui, par faveur spéciale.

– Ah bon, Benivieni est là-bas…

– Il paraît qu'ils ont cheminé côte à côte pendant des heures, en bavardant comme des pies…

– Comme des pies, Stefano, et non comme des impies !

– En effet, messire Pico ! Comme des pies, non comme des impies ! » répéta Stefano en pouffant malgré lui.

Et ils s'esclaffèrent, comme des camarades de chambrée.

CINQUIÈME PARTIE

La Grande Dispute

Le temps revient.

Laurent de Médicis

CHAPITRE 1

La bataille d'Arezzo

Conduits par le mari bafoué, les gonfaloniers surgirent à l'horizon de la colline. Leur nombre semblait illimité. Giovanni fit signe à ses hommes de l'attendre sur place, fouetta sa monture et galopa comme un damné vers la lisière d'un petit bois, avec son précieux fardeau.

Elle avait passé les bras autour de sa poitrine, se serrait contre lui, s'accrochait à ses vêtements. Ainsi, le dos de ce cheval serait leur dernière chambre d'amour. Il ne disait mot car il savait être à la fois son sauveur et son bourreau, et les mots n'avaient plus aucun sens. Il sentait sur ses reins sa chaleur de femme, sa douceur éphémère, la vitesse de son sang. Dans un silence de mort, il la déposa sous le couvert des arbres, puis éperonna son cheval. Tremblante, défaite, les mains pressées sur le ventre, Marguerite regarda son bien-aimé partir au combat. Elle eut un gémissement de biche aux abois. Ses pieds chaussés de satin bleu, dans les feuilles mortes, furent sa dernière vision d'elle.

Pour l'amour de Marguerite d'Arezzo, ses hommes s'apprêtaient à sacrifier leur vie. De même, pour la beauté d'Hélène de Troie, les Achéens avaient combattu les Troyens.

Il se jeta dans la bataille en appelant ses compagnons par leurs noms, un par un. Sa voix d'or fanatisa ces condottieri, fiers des prouesses de leur maître, prêts à mourir *pour ses couilles et son blason*, comme disait la chanson. Ils répondirent *présent*, d'un seul élan. Sentant leur fièvre querelleuse, Pic de la Mirandole retrouvait l'instinct du chasseur, la vaillance du guerrier.

Les drapeaux claquaient au vent. Les boucliers rouge et noir s'entrechoquaient déjà dans un cliquetis funèbre. Les lances heurtaient les cottes de mailles en lançant des reflets. Paolo fut le premier à être grièvement blessé. C'était un petit gars de Concordia, tout en muscles et en dévouement. Il glissa lentement à terre, la tête en bas, arrosant de sang les hautes herbes. Son pied gauche resta pris un instant dans les étriers. Il allait se faire piétiner…

Les chevaux trébuchaient dans l'herbe humide, reniflant avec dégoût l'odeur du sang. Des cris de guerre retentissaient, des slogans patriotiques. Un coursier arriva, échevelé, portant un message de soutien de l'archevêché à la bonne ville d'Arezzo et à son directeur des Impôts.

Les hommes de Mariotto étaient dix fois plus nombreux que les fugitifs. Et ils avaient le bon droit pour eux. Pourtant, pas un instant, Pic de la Mirandole ne songea à se rendre. Il plongeait dans cet enfer comme dans une poix brûlante, avec l'héroïsme insensé du seigneur féodal. Un instinct ancestral guidait ses gestes. Sans peur, sans espoir, il combattait pour celle qu'il avait déjà perdue.

Sans cesser de ferrailler, il jeta un coup d'œil vers le petit bois. Entouré de ses gardes, Giuliano Mariotto de Médicis était là, avec elle, il la tenait dans ses bras. Elle se laissait faire. Elle posait sa tête sur son épaule !

Il ne doutait pas de son amour. N'avait-il pas, pour ainsi dire, tenu dans ses mains cet amour palpitant ? Mais que voulez-vous, une femme doit survivre, et quel salut pour une femme hors du mariage, dans ce monde à courte vue ? Seule une reddition totale pouvait permettre à une femme adultère de survivre à son crime. Marguerite Mariotto avait été prise en flagrant délit et son mari aurait droit à toutes les indulgences. S'il décidait de la faire enfermer, personne n'y trouverait à redire. Mais pourquoi *Voluptas* avait-elle épousé ce fonctionnaire ?

Il ferrailla de plus belle. Héroïques, tels de vrais Troyens, ses hommes maniaient la lance et le poignard avec virtuosité, mais ils s'effondraient l'un après l'autre sans se plaindre.

Dix-huit contre deux cents ! Ce n'était pas loyal. Le petit gars de Concordia agonisait dans le pré, les viscères déroulés jusqu'aux genoux. Jamais, depuis la vendetta contre le signor Buondelmonte au siècle précédent, la Toscane n'avait été le théâtre d'un règlement de comptes aussi spectaculaire. Quand Pic fut blessé à la jambe, Casalmaggiore le souleva par l'aisselle, l'entraîna de force, et ils fuirent le carnage en clopinant, certains que les gonfaloniers se lanceraient à leur poursuite. Cependant Giuliano Mariotto de Médicis, craignant de mécontenter son illustre cousin, donna ordre de les laisser partir. Un homme qui fait profession de rançonner les citadins doit savoir faire ce genre de calcul. Pour tout dire, le brave homme se contentait de l'essentiel, c'est-à-dire de la Femme.

Après ce désastre, Pic de la Mirandole séjourna quelques jours à l'hospice de Pérouse, pour faire panser ses blessures. Puis il loua une villa dans la petite bourgade de Fratta, convoqua son maître de kabbale Flavius Mithridate, et se jeta dans le travail comme un ivrogne dans la boisson.

Toutes les nuits, il se réveillait en sueur. Le vent qui secouait les pins parasols du jardin lui rapportait les échos de la bataille, les gémissements de Paolo.

Il devrait expier, il le savait. Il expiait déjà. Il ne se reconnaissait plus. Il avait honte de survivre. L'insouciance était perdue. L'irréparable s'était produit, et par sa faute. Sa passion coupable l'avait conduit dans *l'Enfer* de Dante. « *Je vins en un lieu où la lumière se tait, mugissant comme mer en tempête... Là sont les cris, les pleurs, les plaintes...* »

Pendant toutes les années qui lui restaient à vivre, ses petits gars lui apparaîtraient encore mille fois, sans prévenir, au détour d'un sentier, dans le pli d'un rêve. Il devait apprendre à vivre entouré de fantômes sanglants. Heureusement, Giulia Boiardo ne saurait jamais que son fils, pour satisfaire un caprice, avait conduit les braves de la Mirandole à une mort certaine !

Suis-je un monstre ? Malgré mes bonnes intentions et ma belle figure ? Ou peut-être à cause d'elles, justement ?

Entre deux cauchemars, Giovanni se demandait si l'amour valait tous les sacrifices, si le désir justifiait tous les crimes. Il savait désormais ce qui se cachait à l'envers du *Printemps* : le baiser de la mort, les os brisés, les plaies suppurantes, les adolescents exsangues. Décidément, la poursuite de la concorde n'apportait que la discorde.

Pour l'amour des Grâces, j'ai perdu le respect de moi-même. Et pourtant, cet amour était d'un or si pur que les rumeurs ne l'ont même pas effleuré...

Et pourtant, les rumeurs n'avaient pas manqué ! Le scandale avait rendu encore plus romanesque la figure du jeune philosophe à la mode. Avant cette aventure, malgré sa tournure séduisante, les matrones lui prêtaient une existence chastement tournée vers l'étude. On savait qu'il n'était guère attiré par les illusions de la vie conjugale, et qu'il laissait partout dans son sillage une cohorte de petites princesses au cœur brisé. Laurent de Médicis et Agnolo Poliziano étaient les seuls au courant de ses escapades libertines dans les maisons closes de Bologne. Quant à Girolamo Benivieni, il était bien placé pour savoir que Giovanni ne se contentait pas des amitiés platoniciennes ; plusieurs fois, il avait été chargé de doter discrètement de jeunes villageoises. Mais, en dehors de ce cercle étroit, Pic de la Mirandole faisait le désespoir des mères de famille : inaccessible, trop riche pour être corruptible.

Et tout d'un coup, cet ange éthéré était devenu un Jupiter sans foi ni loi, un loup dans la bergerie. Il avait organisé l'enlèvement *manu militari* d'une femme mariée du clan des Médicis. Sans vergogne, sans souci des conséquences. A l'annonce de cet événement inouï, le malaise fut immense. Mais curieusement, chacun voulut aussitôt l'absoudre de ce crime. Un philosophe si éminent, un jeune homme si pur, ne pouvait avoir commis une telle vilenie ! Sans doute s'agissait-il d'un instant d'égarement, bien compréhensible chez un étudiant trop longtemps enfermé dans ses livres. Mais pourquoi avait-il jeté son dévolu sur la cousine de Laurent, son meilleur ami, qui le traitait avec l'indulgence d'un père ?

A Milan, Laodomia Strozzi, qui avait épousé son Giacomo, un officier de la garde personnelle de Ludovic le More, frémit nostalgiquement en apprenant cette aventure impudique et s'empressa de la narrer à ses amies milanaises, en lui ajoutant de nouveaux détails de son cru. Pour des raisons mystérieuses, elle prit sur elle d'innocenter le chevalier qu'elle avait aimé dans sa jeunesse. Un beau jeune homme sans expérience ne pouvait avoir conçu un plan aussi diabolique. Ce benêt s'était laissé prendre dans les filets grossiers d'une matrone de province. Laodomia Strozzi se faisait un plaisir de préciser que sa rivale n'était pas une exceptionnelle beauté, mais ordinairement jolie, sans plus. Trop maigre, trop petite… Mariée deux fois… *Cette personne a coutume de se promener dans les vignes sans voilette ni ombrelle, si bien que de bizarres petites taches brunes ternissent la blancheur de sa peau…* Laodomia se refusait à prononcer le nom honni de Marguerite. Et ses yeux ? *D'une étrange couleur verte, ils ont la teinte saumâtre des étangs au crépuscule.*

Mais comment une personne si dérisoire aurait-elle pu charmer le jeune homme que tant de donzelles convoitaient, sinon par le recours à la magie ? Non par la magie naturelle qui permet d'agir sur la nature par des opérations concrètes, mais par la magie noire, la terrible, la diabolique, celle qui fait appel aux démons ! Quels étaient les véritables pouvoirs de Marguerite ? Laodomia Strozzi continua à répandre l'idée selon laquelle Marguerite d'Arezzo possédait des pouvoirs occultes. Alerté, le cardinal Egidio da Viterbo enquêta dans la région. Ses fulminations avaient d'abord condamné le comportement fautif de Mirandole. Peu à peu, elles visèrent la femme. Une sorcière, sans nul doute, instruite par le diable, qui célébrait le sabbat à la pleine lune, dans les clairières, en dansant avec ses sœurs. Elle puisait l'essentiel de ses pouvoirs dans le rayonnement blafard de l'astre, et ne pouvait être vaincue que pendant les nuits sans lune.

Tout en faisant fi de ces niaiseries, les amis de Pic de la Mirandole contribuèrent aussi à noircir la réputation de son amante. Croyant lui rendre service, sans même le consulter, ils transformèrent sa faute en faiblesse, et firent du hardi ravisseur un puceau inexpérimenté, envoûté par les sortilèges d'une mante religieuse, d'une femme fatale.

« Oui, c'est surprenant, disait à qui voulait l'entendre Laurent de Médicis, chez qui la passion de l'amitié étouffait la voix du sang. Malgré sa vaste érudition, Giovanni Pico est resté très naïf. Cela fait partie de son charme singulier... Il s'est soumis aux caprices de ma cousine, qui n'en est pas à son premier mariage, le saviez-vous ? » D'autant plus indulgent qu'il se sentait responsable d'avoir jeté les tourtereaux dans les bras l'un de l'autre, Laurent était allé jusqu'à intervenir discrètement auprès de la Curie romaine, pour s'assurer que la plainte de son cousin Mariotto ne serait pas suivie de poursuites. A chaque étape, le flot tumultueux de la rumeur se chargeait de nouvelles alluvions, et tout cela contribuait à séparer encore un peu plus les amants.

Finalement, il apparut aux yeux de tous que décidément, Pic de la Mirandole n'était presque pour rien dans cette affaire. Subjugué, inconscient de la portée de son acte, il avait accepté bien malgré lui de hisser cette catin, cheveux dénoués, en amazone sur son cheval, puis de l'emmener au galop vers la frontière siennoise. C'est ainsi que se propagea une version fausse, ridicule et invraisemblable de sa malheureuse idylle, une version qui arrangeait tout le monde, sauf lui, car on le privait de son geste, on détruisait son amour par contumace. S'il n'était responsable de rien, c'est donc qu'il n'avait rien tenté, rien désiré, rien vécu ?

Pic de la Mirandole avait beau être platonicien, il n'en était pas moins homme !

Quand il s'aperçut de la tournure que prenait le scandale, la calomnie avait déjà tissé sa toile. Il était trop tard. Il protestait, disant qu'il était le seul responsable de cet écart de conduite, mais ses interlocuteurs hochaient la tête d'un air peiné. Pic cherchait à protéger sa bien-aimée, *c'est tellement normal !* Les plus venimeux – et les mieux informés – affirmaient que, de surcroît, Marguerite avait publiquement trahi son amant en se jetant, sous ses yeux, dans les bras de son mari.

Quand venait le soir, dans la petite maison de Fratta, Giovanni s'installait sous la tonnelle, où Casalmaggiore apportait des poissons grillés et du vin doux. Jour après jour, ses méditations prenaient un tour plus sombre. Que valait le diamant de son cœur ? Que valaient quelques heures d'absolu cernées par un océan de boue ? Dans les bras de Marguerite, en pénétrant dans le saint des saints, il avait atteint les plus hauts sommets, il avait tutoyé les étoiles. Ensemble, ils avaient réalisé l'union des contraires, prônée par le vieil Héraclite ! Oui, *cela* avait eu lieu… Mais de *cela*, de cet éblouissement sans égal, de cette concorde enfin réalisée, il ne pouvait parler à personne. A Marguerite, seulement, à *Voluptas*, il aurait pu confier les pensées glorieuses, les blasphèmes étincelants qui lui traversaient l'esprit, mais il ne devait plus lui écrire, ni même songer à le faire. Jamais il ne la reverrait, jamais il ne pourrait lui demander certaines choses, oh, des choses toutes simples… M'aimes-tu encore ? M'as-tu trahi ? Elle serait assise là, les jambes croisées, les mains sur les genoux, devant lui, sur ce canapé, elle aurait une robe à pinces, faisant bomber ses seins, elle répondrait que l'amour était son seul maître, que leur printemps partagé restait son unique source de joie… Oui, elle prenait bien soin de la médaille des trois Grâces… Et en rougissant, elle qui ne croyait pas aux astrologues, avouerait qu'elle avait consulté un devin, pour savoir si…

Pic de la Mirandole songeait tristement qu'au fond, même parmi ses amis, personne n'avait pris cette histoire au sérieux. Les poètes avaient beau chanter *l'amour qui meut le soleil et les autres étoiles*, les philosophes et les théologiens n'avaient que le mot *amour* à la bouche ; mais personne n'y croyait. L'amour était un hors-la-loi, une fleur des champs que le premier passant pouvait piétiner, arracher…

Quant à son maître d'hébreu, Flavius Mithridate, dont le cœur ne battait que pour les pages imberbes et les jeunes esclaves turcs, il ne pouvait guère le consoler.

CHAPITRE 2

Une cathédrale du savoir

Un soir, Pic se fit conduire jusqu'au bordel de Pérouse, et fut rassuré de constater que la fameuse vigueur mirandolienne était intacte. Il se fit copieusement injurier par Mithridate à son retour, au milieu de la nuit, car il puait le vin et la femme, ce miracle de la nature que ce pédéraste avait en horreur. *La femme est ton démon, elle sera ta perte...*, dit Mithridate en remontant les lèvres d'un air dégoûté. Avec sa kippa bleu nuit accrochée par une pince en ivoire à ses cheveux clairsemés et sa robe de chambre de velours de Gênes, il avait l'allure d'un rabbin de comédie.

Giovanni lui rappela qu'il n'avait que vingt-trois ans, qu'il venait de traverser une épreuve peu commune et qu'il avait droit à une certaine indulgence.

« Je sais que tu ne peux pas comprendre... Mais souviens-toi que, selon Avicenne, les souffles vitaux se renouvellent journellement à cet âge tendre... Un jeune homme, tel un fleuve, aspire à se jeter dans l'océan... Rien de plus naturel... Ne t'inquiète pas, mon travail n'en souffre nullement, bien au contraire... »

Et il disait vrai. Après ces folles équipées, il retrouvait avec plaisir les allées ombragées de l'étude. Il avait déjà lu tant de pages en sa courte vie qu'il lui suffisait d'errer quelques instants dans les palais de sa mémoire pour y trouver des substances régénérantes, des paroles de patience, des consolations pleines d'esprit...

Il ne précisa pas, sachant que Mithridate ne pouvait entendre ces choses sans souffrir, qu'après avoir festoyé il s'était agenouillé devant une esclave à la peau noire, aux longs cils et aux yeux rieurs, dans la posture d'un pénitent devant une Madone, les mains levées haut retenant son jupon, dévoilant sa nudité, ses jambes, son ventre, et qu'il était resté là tel un sauvage captivé par une idole, les genoux sur la pierre, les lèvres effleurant la forêt du sexe, humant l'odeur de la femme et bandant comme un cheval, jusqu'à mordre, jusqu'à crier… Il ne lui dit pas que son Aphrodite orientale, exaltée par l'attente, sans vaciller, avait alors enserré la sphère de son crâne de ses mains ouvertes, crispées, fiévreuses, chauffant ses oreilles, faisant rougir son front, appelant sa sève, et dans cet étau il avait entendu battre son propre sang, le concert des pulsations… et dans sa gorge, il avait senti un lac de larmes salées s'amasser… et la peau de l'esclave était alors la chair du monde, le jardin d'Éden, le paradis… Et c'est en sanglotant qu'il avait largué les amarres et fait basculer sur le tapis cette jeune fille issue des marches de l'Orient. Elle avait ri en faisant tinter ses bracelets, enchantée d'avoir enfin pour client, après tant de barbons haletants et suants, un jeune homme si fougueux, si conquérant, si ému, qui la couvrait de baisers… Non, Mithridate n'avait pas besoin de connaître ces secrets, ni de savoir que Giovanni se réveillait parfois, tout au fond de la nuit, entouré par les fantômes de ses hommes en armes, paralysé, cloué sur son lit, gémissant de douleur et de honte.

Le vin turc lui montait à la tête. Tout d'un coup, il saisit Mithridate au collet et lui postillonna au visage :

« Je n'ai pas dit mon dernier mot ! Je les obligerai à m'écouter !

– De qui parles-tu ? demanda Mithridate en s'essuyant la barbe du revers de la main.

– Les doctes, les théologiens, les étudiants, les philosophes, les humanistes, les cardinaux, les édiles, le pape ! Ils viendront par centaines…

– Où donc ? Et pourquoi viendraient-ils t'écouter ? Il ne suffit pas d'avoir de beaux yeux, de plaire aux dames et de marcher avec une canne…

– Tu ne comprends pas ! Je vais les provoquer en duel, ils ne pourront pas résister au désir d'en découdre avec moi… Je ferai sept fois le tour de leurs murailles en sonnant du clairon… Ne t'inquiète pas, ils finiront par sortir du bois… Ceux qui me haïssent auront l'espoir de me ridiculiser, ceux qui m'aiment auront envie de m'écouter… Et ceux qui s'interrogent sincèrement sur les fins dernières trouveront dans mes *Conclusions philosophiques* des réponses capables d'apaiser leur angoisse. Car tu le sais, ce n'est pas ma philosophie personnelle que je veux répandre, mais la voix des grands Anciens, la *prisca philosophia*…

– Les lettrés ne t'ont pas attendu pour découvrir la sagesse antique ! Tu n'es pas le seul à avoir lu quelques pages… Tout cela est ridicule ! »

Mithridate se dégagea de son étreinte avinée, le saisit aux épaules et le fit pivoter sur lui-même en direction de sa chambre.

« Va plutôt te coucher ! dit-il tendrement. Tu pues la vinasse… Demain nous commencerons l'étude de la *guematria* par le chiffre 28, dont les significations dans la Torah sont fascinantes, tu verras…

– Ne crois surtout pas que mon projet soit inspiré par Bacchus ! dit Giovanni sans se retourner, en levant un doigt sentencieux. Il y a plus d'un an que j'y réfléchis… A Paris déjà, avec Ernesto Bolsoni…

– Ah, encore ce cher Bolsoni ! Il y avait longtemps que tu n'avais évoqué son nom… »

Giovanni lui fit face en riant, d'un air mauvais.

« Ne sois pas jaloux, Mithridate, la jalousie est un travers qui se retourne contre celui qui l'abrite… Sache que j'ai passé des nuits entières avec Ernesto, oui, dans sa mansarde, à concevoir cette Dispute d'un genre nouveau… A la Sorbonne, dans la faculté de théologie, Robert Gaguin organise des joutes qui mettent un candidat sur le gril devant une vingtaine de jurés, choisis parmi les docteurs les plus éminents. C'est une épreuve terrifiante, car ces universitaires ne sont bien souvent que des veaux enjuponnés ! Pour les convaincre de l'intérêt d'une idée neuve, il faut faire toutes sortes d'acrobaties intellectuelles… J'ai donc eu l'idée d'organiser un grand tournoi sur ce modèle, mais au centre du monde, je veux dire à Rome…

– A Rome ! Et pourquoi pas sur l'Olympe ou sur le mont Sinaï ? Voilà bien une lubie d'ivrogne ! Tu ne connais pas les mœurs du Vatican, cela se voit ! Tu ne sais pas quelle puissance recèle l'hypocrisie, quand elle émane d'une tradition ancestrale… On ne te dira rien, on t'encouragera… Et tout d'un coup, tu seras cerné, piégé, entouré d'ennemis sortis de nulle part… Les embuscades se multiplieront… Ah, Pico, Pico, ta naïveté te perdra… Pourquoi devrais-tu t'imposer un examen totalement inutile, subir une épreuve à laquelle personne ne te contraint ? Tu as mieux à faire, excuse-moi de te parler franchement !

– Tu ne parles jamais autrement, c'est d'ailleurs ce que j'aime chez toi, ce côté tranchant, cette religion du vrai… Et tu as raison, je suis peut-être ivre et naïf, mais crois-moi, je connais ces messieurs de l'Église, leurs fines stratégies, leurs ruses spirituelles, je sais qu'ils excellent à éveiller le remords chez leurs victimes, et à en jouer comme d'un instrument finement accordé… Je sais qu'ils tiennent à leur pouvoir comme je tiens à mes livres, mais c'est justement pourquoi… Je veux dire… Ils n'en sont pas moins des hommes, et la recherche de la vérité ne peut les laisser totalement indifférents… Je ne fais rien de mal, après tout, je les invite à discuter, à s'interroger, à dialoguer… Ne sommes-nous pas tous d'humbles chercheurs ? »

Mithridate leva les yeux au ciel d'un air ironique. Agacé, Giovanni s'avisa qu'il avait gardé son manteau, l'enleva d'un geste ample et languissant, le jeta sur une chaise, et considéra Mithridate d'un air provocant. Mithridate le regardait faire, à la fois impuissant et furieux, attendri par la grâce innée de son employeur. A ses yeux énamourés, le visage de Mirandole avait une beauté surnaturelle, une sorte d'innocence que rien ne semblait pouvoir altérer. Et Mithridate s'inclinait devant ses prodigieuses capacités. Ce goy aurait mérité d'être circoncis ! Il n'avait eu aucun mal à mémoriser en une nuit la valeur chiffrée des vingt-deux caractères hébreux. En quelques jours, il avait ingurgité les principes de la *guematria*, la science des nombres exposée dans le Zohar, qui permet de dévoiler les sens multiples de chaque mot, de chaque lettre du texte sacré…

« Nous servons le même Dieu, reprit Giovanni d'une voix pâteuse, mais ce n'est pas le Dieu des juifs, ni celui des chrétiens…

– Ni celui des Chaldéens, des Arabes, des Africains… C'est le Dieu de Concordia, le Dieu de la Raison, un Dieu logique, sincère, intelligent…

– … élégamment vêtu…

– … un Dieu à notre image, à tous les deux !

– On peut le dire… »

Ils se regardèrent en riant.

« Viens, cesse de bouder, je vais t'expliquer… »

Mirandole saisit Mithridate par la manche et l'entraîna vers la cuisine, où il déboucha une bouteille de résineux du Val d'Aoste.

« Un peu rêche, mais fruité, annonça Mithridate en faisant claquer sa langue sur son palais. Alors ça y est ? Tu oublies la signora Mariotto de Médicis ? Tu commences un nouveau chapitre ? Tu repars vers de nouvelles aventures ? Qui veux-tu éblouir, cette fois ? Ce benêt d'Innocent VIII ?

– C'est vrai que tu le connais bien, tu as été à son service…

– On peut le dire… Et tu le sais, ça s'est très mal terminé. Sa Sainteté m'a renvoyé comme un malpropre, si tu vois ce que je veux dire…

– Je sais… Mais n'est-il pas naturel que le pape des chrétiens se lasse de la tutelle douteuse d'un kabbaliste tel que toi, je veux dire mal luné… et surtout mal converti ?

– Pour être kabbaliste, je n'en suis pas moins prêtre, je te le rappelle…

– C'est vrai, j'ai tendance à l'oublier !

– Je portais toujours la soutane en sa pontificale présence, et je lui ai appris beaucoup de choses… Trop, peut-être…

– Mais pourquoi parlons-nous du pape ? Ce n'est pas à lui que je veux m'adresser, mais à la communauté des savants, à l'aréopage des lettrés, à la société des humanistes... Voici donc mon projet, si tu veux l'entendre. Je m'en vais rassembler plusieurs centaines de *Conclusions*, tirées de toutes mes lectures. Ces *Conclusions* contiendront l'essentiel, la substantifique moelle... Ensuite, j'ai l'intention de les soumettre à leur examen – comme un joaillier présente à ses clients ses diamants les plus purs, récoltés dans le monde entier... comme un collectionneur montre ses pièces rares...

– Pardonne-moi, mais cela s'appelle jeter des perles aux pourceaux... Tu es beau et valeureux, mille fois plus gracieux qu'une femme, du moins à mes yeux, mais tu ne possèdes pas les pouvoirs de Circé, et je crains fort que tu ne parviennes pas à rendre à ces bestiaux leur forme humaine...

– Mais je t'assure que je saurai leur expliquer... Je ne sais d'où me vient cette certitude ! Je saurai les passionner, réveiller en eux l'innocence... Je me sens capable de les transporter, de les convaincre au moins de ma bonne foi... Je ferai appel aux pouvoirs irrésistibles de l'éloquence...

– Ces pouvoirs que tu as toi-même condamnés dans ta fameuse épître à Ermolao Barbaro...

– Oui, c'est vrai, à l'époque je voulais défendre les vertus décriées de la scolastique contre les vaines floraisons de la rhétorique, mais...

– En tant que kabbaliste, j'ai vivement apprécié cette prise de position rigoureuse...

– Mais tu dois comprendre qu'aujourd'hui le combat est d'une autre nature... Mes *Conclusions* ne seront pas d'une lecture facile...

– Je vois, dit Mithridate avec un sourire rusé. Tu te prépares à verser un peu de sucre dans cet alcool trop fort, un peu de sauce dans cette marmite...

– Tes métaphores sont vraiment savoureuses ! dit Pic en riant. Oui, tu as très bien compris... Avant de soumettre les *Conclusions* au jugement de mes auditeurs, je leur demanderai de bien vouloir m'écouter... Et je prononcerai devant eux, solennellement, un *Discours* d'introduction comme ils n'en ont jamais entendu… Tu verras, ils ne pourront pas me résister… Ce sera un *Discours sur la dignité de l'homme*, dans la tradition de Manetti… Mais dans une forme nouvelle, avec des arguments éblouissants… Ce *Discours* sera un appel… un hymne à la liberté… Ceux qui l'entendront ne pourront résister au désir de poursuivre, sur le chemin rocailleux de mes *Conclusions*, l'exploration des terres sauvages où la Vérité fait tomber ses voiles…

– Tu rêves, Giovanni Pico ! Réveille-toi ! dit Mithridate en secouant la tête avec la mine perplexe d'un médecin surpris par la gravité du mal. Pourquoi veux-tu à tout prix escalader la plus haute montagne, défier tous les clercs ? Ne peux-tu réserver les trésors de ton intelligence à ceux qui en sont dignes ?

– Tu sais que j'ai toujours aimé partager mes découvertes, offrir mes enthousiasmes en pâture à d'autres esprits que le mien… Je suis ainsi fait qu'il ne me suffit pas d'apprendre… Je ne cherche pas à acquérir des savoirs pour les posséder, mais pour les transmettre. J'aime la recherche pour elle-même, mais plus encore l'échange, la discussion, l'aventure collective…

– On croirait entendre un talmudiste ! remarqua Mithridate avec un gloussement de délice. Tu le sais, dans les écoles juives, les élèves travaillent deux par deux. L'étude n'est pour eux qu'une discussion perpétuelle. Ainsi les juifs échappent à cette solitude que tu évoques, ils ne se trouvent jamais dans la triste situation du savant bardé de connaissances à ne plus savoir qu'en faire, isolé dans sa citadelle de papier, tristement seul avec toutes ses merveilles…

– Crois-tu qu'on puisse avoir une indigestion de savoir ? demanda Giovanni rêveusement, les coudes appuyés sur la table. Comprends-tu, il faut que cela sorte, d'une manière ou d'une autre… Je ne peux pas garder toutes ces merveilles pour moi, enfermées dans une *cassone*, comme la robe de mariage de ma mère… Je me dois d'étaler mes cartes sur la table, et de demander à mes pairs de composer avec moi une nouvelle donne pour les temps futurs…

– Après la débauche, le jeu de cartes ! Nous voici bien bas… »

Giovanni éclata de rire. Mithridate avait un sale caractère, mais au moins il avait le mérite d'être distrayant. Avec son humour ravageur, il aurait réveillé les morts. L'assaut de ses banderilles vous forçait à réagir. Impossible de broyer du noir en silence. La tête lui tournait de nouveau.

« Flavius, sache que je ne suis pas le débauché que tu crois ! J'ai bu du vin, il est vrai, j'ai savouré un espadon parfumé à la cannelle…

– Pendant que je me contentais d'un artichaut et d'un œuf frit, en tête à tête avec Casalmaggiore…

– Je plaide coupable, en effet, j'ai passé loin de toi une soirée agréable, mais tout à fait exceptionnelle…

– Je l'espère vivement ! Mais revenons à nos moutons. Sache donc que je désapprouve ton nouveau projet du fond du cœur… Mais puisque rien ne t'arrête, je lève mon verre à la Grande Dispute ! Que le pape et tous ses conseillers s'agenouillent devant le comte de la Mirandole, philosophe de la Concordia ! Que la vérité éclate par tous les pores de ta peau ! Qu'un rayon de lumière sorte de ton front pour illuminer la Faculté ! Que la Vérité toute nue descende du firmament pour venir t'enlacer devant les lettrés ébahis !

– Arrête, tu exagères, je n'en demande pas tant ! Écoute-moi, tête de mule ! Je ne cherche pas la gloire, je ne suis pas ce Narcisse que tu dis, désireux de contempler sa propre image dans les yeux admiratifs de ses disciples. Je ne me prends ni pour un maître ni pour un prophète. J'ai toujours éloigné ceux qui voulaient m'adorer, et tu sais qu'ils existent. Je ne suis qu'un passeur, un pont-levis entre le passé et l'avenir, une courroie de transmission. C'est pourquoi j'ai une demande à te faire.

– Je t'écoute, dit Mithridate, magnanime.

– Je veux que tu intensifies mon apprentissage de la kabbale. Elle doit figurer en bonne place dans les *Conclusions*…

– Tu verras, quand tu auras avancé dans cette discipline, tu n'auras plus besoin des autres…

– Ne dis pas de bêtises ! Tu sais bien que personne ne possède la vérité tout entière, mais seulement des fragments plus ou moins étendus…

– Soit ! En tout cas, tu as mon accord. Mais tu devras m'obéir au doigt et à l'œil. Je serai le seul maître de ton emploi du temps. Quand veux-tu convoquer tout ce beau monde ?

– La date est déjà fixée au 7 janvier, lendemain de l'Épiphanie.

– Nous sommes en juin, il nous reste donc six mois. Dès demain, nous travaillerons de cinq heures à midi, sans interruption. Mais attention, plus d'escapades au bordel, garde ta semence pour irriguer ton cerveau, il va en avoir besoin ! Je préviendrai Casalmaggiore, pour l'intendance. En attendant, fais de beaux rêves. »

Mithridate sortit dignement et Giovanni resta dans la cuisine, assis devant la grosse table en chêne aux pieds carrés, les yeux fixés sur les mystérieuses rainures du bois sectionné.

Il s'y voyait déjà ! Debout, seul au milieu d'un grand prétoire, face à une centaine de lettrés hochant gravement la tête, chapeautés, encapuchonnés, l'élite de l'Europe… Oui, son *Discours* aurait le pouvoir d'éveiller entre ces gens qui se haïssaient cordialement de surprenantes sympathies ! Au son de sa voix, au rythme de son éloquence, sous la pression de sa ferveur, l'atmosphère s'apaiserait peu à peu, et la joute se transformerait en une fête, avec des farandoles et des accolades… Et Marguerite, peut-être, où qu'elle fût, entendrait parler de cette Grande Dispute. Les rayons de sa gloire réchaufferaient peut-être son pauvre cœur.

Oui, il trouverait les mots justes pour s'adresser aux humanistes et aux théologiens, pour les persuader du bien-fondé de son grand projet de *Concordia*. Du haut de sa jeunesse, il saurait argumenter, citer les maîtres à bon escient sans avoir l'air d'étaler sa science. Des lambeaux de phrases surgirent dans son esprit, les prémisses encore hésitantes d'un grand plaidoyer, mené de main de maître, mais surtout remarquable par sa sincérité. Il serait obligé, tout d'abord, de se justifier de prendre si hardiment la parole malgré son jeune âge. Seule une audace plus grande encore ferait pardonner cette audace juvénile ! *Pères*, leur dirait-il, *dans mes jeunes années, à un âge tendre auquel il est à peine permis de lire les traités des autres, je veux apporter une nouvelle philosophie...*

Dans le bois voisin, une chouette hululait comme une âme en peine. Les coudes posés sur la table, la tête dans les mains, Pic de la Mirandole construisait sa cathédrale.

D'abord, il rassemblerait les éclairs de vérité partout dissimulés dans les textes anciens, puis tamiserait soigneusement cette poudre magique. Il avait des raisons d'espérer qu'un tel trésor, contenant l'or le plus pur, issu des profondeurs insoupçonnées de la grande âme universelle, apporterait à ses lecteurs une connaissance comparative solide et vérifiable.

Les *Conclusions* seraient les piliers de cette cathédrale du savoir, mais le *Discours sur la dignité de l'homme* en serait la sublime rosace ! Autant les *Conclusions* seraient austères, abstraites, rigoureuses, dépourvues d'attraits apparents, semblables aux propositions mathématiques, autant Giovanni pourrait, dans le *Discours*, laisser le champ libre à sa passion de convaincre, faire fleurir les métaphores, multiplier les modulations, jouer des effets de surprise – et galvaniser les combattants ! *Puisque nous sommes ainsi faits que nous sommes incapables d'aimer tous les hommes, essayons au moins d'aimer l'homme en général...* Ce serait un début... *L'homme n'est-il pas un miracle, un* magnum miraculum, *le plus étonnant de tous ? Cherchons ensemble, très vénérables Pères, en quoi l'homme est dit à la ressemblance du Créateur...*

Il était lancé. Il le savait d'expérience : les phrases qu'il inscrirait plus tard sur un vélin de Venise seraient aussi différentes de ces premières intuitions qu'un chêne centenaire de la première brindille sortie du sol. Il était prêt à subir la poussée de ces transformations, à faire de son esprit une chambre d'échos. Prêt à grandir, à s'affirmer...

Oui, son *Discours sur la dignité de l'homme*, même s'il

reprenait un titre déjà maintes fois utilisé, aurait un effet irrésistible sur ses auditeurs. Il servirait de guide de lecture pour les *Conclusions*, mais serait aussi un texte indépendant, capable de soutenir les lectures les plus exigeantes, de convaincre les théologiens les plus subtils, de déconcerter les inquisiteurs, d'enchanter les humanistes, d'émerveiller les jeunes filles. Ce serait une déclaration de liberté !

C'était l'aurore, et le ciel pâlissait à travers les vitres en culs de bouteille. Le philosophe se leva enfin, les coudes engourdis, enfin résigné à prendre un peu de sommeil à l'heure où le coq chante. Un vertige le saisit à l'idée qu'il marchait dans la boue, mais vers la gloire, cette pâle contrefaçon de l'amour.

CHAPITRE 3

Une âme d'hérétique

C'est ainsi que, pendant les six derniers mois de 1486, sous la férule de son maître de kabbale, Pic de la Mirandole vit son rêve prendre forme, presque malgré lui, et devenir une machinerie à grand spectacle. Il travaillait tellement qu'il en avait le vertige, comme s'il avait dû vivre plusieurs vies en une, comme s'il avait eu dix mains. Outre les cours d'hébreu et la mise en forme des *Conclusions*, il rédigeait son *Discours sur la dignité de l'homme*, et passait encore des heures à écrire des lettres d'invitation à tous les lettrés dont il avait étudié les œuvres, à tous les théologiens de quelque envergure, aux humanistes de ses relations, aux amis de ses amis, aux souverains éclairés, aux cardinaux…

Sa jambe blessée le déséquilibrait, si bien que Casalmaggiore le dépassait provisoirement de quelques pouces. Il en profitait d'ailleurs pour le rabrouer sans ménagement. Giovanni négligeait de se raser, une ombre rougeâtre envahissait ses joues. A force d'expédier ses repas, il devenait d'une maigreur effrayante. Mais il continuait à mener grand train, se faisant livrer des framboises ou des ortolans au gré de son caprice, tout en se chamaillant joyeusement avec Flavius Mithridate.

L'heure n'était pas encore venue des grandes austérités expiatoires. Ses coursiers, retour des bibliothèques européennes, continuaient à lui apporter régulièrement les manuscrits qu'il avait commandés. Il tentait de combattre l'insomnie en feuilletant *la Vie solitaire* de Pétrarque, mais au lieu de le pacifier, les sages préceptes du prosateur le plongeaient dans une rêverie cruelle.

Il dressait les tréteaux de la Grande Dispute comme on se jette à l'eau quand le navire est en flammes. Sa cavalcade insensée l'avait laissé pantelant. Et voilà qu'au lieu de se soumettre, il repartait au combat ! Il aurait dû faire pénitence, méditer gravement sur ses crimes, mais il récidivait avec de nouvelles armes, de nouveaux adversaires, et prenait tous les risques ! Après avoir insulté l'institution du mariage, il attaquait le vénérable édifice du Dogme.

Il prenait bien garde de ne pas offenser les autorités ecclésiastiques. Comme on brandit un bouclier devant l'assaillant, il plaça l'Obéissance en exergue de ses *Conclusions philosophiques* : *Je n'affirme et n'avance rien comme probable qu'autant qu'en décidera ainsi la sacro-sainte Église et son auguste chef Innocent VIII, au jugement duquel quiconque ne se soumet pas a perdu le jugement.*

Aurait-il pris autant de précautions si ses *Conclusions* avaient été moins subversives, si son affirmation de la liberté avait été moins souveraine ? Pic de la Mirandole avait trouvé chez les anciens Grecs, ainsi que chez les Sarrasins, cette conviction que l'homme était un miracle sans pareil. Mais leurs façons d'expliquer sa prééminence ne l'avaient pas satisfait. En effet, sur quoi ces grands sages fondaient-ils la supériorité de l'homme ? Sur sa situation intermédiaire dans la hiérarchie des êtres. Selon les Perses, par exemple, l'être humain n'était rien de plus que *l'hymen du monde*, situé entre le temps et l'éternité, entre les anges et les bêtes. Mais alors, pourquoi ne pas admirer davantage les anges ?

Devant ce mystère, Pic de la Mirandole finit par se convaincre que l'homme ne se tenait pas au centre de la Création, pour la simple raison qu'il n'y avait pas de place assignée. L'homme n'était pas, comme les animaux, obligé de répéter indéfiniment les mêmes gestes, de quêter sa subsistance dans un lieu particulier. Il n'était pas, comme les anges, obligé de chanter éternellement la même musique. L'homme était partout chez lui et ce nomade pouvait prendre toutes les formes, changer de peau, vivre plusieurs vies en une ! L'homme était son propre créateur, perpétuellement renaissant. Et tous les mondes étaient ouverts à son exploration !

Telle était son intime conviction, son unique religion. Devenir soi-même, voilà la grande affaire. Socrate ne proposait rien d'autre, au fond, que cette quête personnelle, cette éthique simple et difficile, cette logique intérieure qui ne s'accommodait d'aucun chemin tracé à l'avance, d'aucun dogme établi. Et Socrate avait payé de sa vie son refus d'interrompre ses recherches, d'enfermer son esprit dans le carcan des lois de la Cité. Car les hommes, trop souvent, haïssaient leur propre liberté, lui imposaient des limites puériles et tatillonnes.

Or le monde chrétien, où Pic de la Mirandole avait été jeté par le hasard de sa naissance, imposait aux philosophes des restrictions encore plus contraignantes que la démocratie athénienne qui avait condamné Socrate, et la curiosité des humanistes italiens, fine pointe de la sagesse moderne, ressemblait parfois à celle du prisonnier qui visite l'intérieur de son cachot... Dès son enfance, son précepteur Ernesto Bolsoni avait su mettre Giovanni en garde contre la tentation de bousculer trop ouvertement les évidences admises par tous.

A son corps défendant, Giovanni avait fini par admettre qu'il était nécessaire à sa survie de ruser avec la grande ombre tutélaire de la Révélation chrétienne, de trouver des accommodements entre sa curiosité naturelle et la doctrine de l'Église, d'éclairer Socrate par Jésus, de confirmer Moïse par Jésus, de prouver Hermès Trismégiste par Jésus, de découvrir un pont spirituel entre Zoroastre et Jésus... Où qu'il se tournât, Giovanni voyait apparaître la Croix fatidique, appelant à la génuflexion, à l'encens, au mensonge.

En ce monde chrétien, on était forcé de déguiser sa pensée, de manière à présenter ses découvertes, si exotiques fussent-elles, comme autant d'arguments prouvant la validité des Évangiles. Ainsi, son intelligence avait accepté de se scinder en deux entités distinctes, séparées par les voiles du mystère. Dans ses écrits, Pic de la Mirandole prenait bien soin de poser en principe sa foi chrétienne, avant de dévoiler les pensées d'Avicenne ou d'Aboulafia. Mais dans le secret de son cœur, il gardait intacte et vierge sa curiosité sans limites, mère de tous les scepticismes.

Oui, il avait une âme d'hérétique, et le pape Innocent VIII n'avait fait que le percer à jour ! Car il rêvait d'un monde délivré de la tutelle de l'Église, un monde où l'on eût permis aux chercheurs de présenter leurs découvertes en toute simplicité, selon leur valeur intrinsèque... Pic n'était pas insensible à la lumière de Jésus. Il se souvenait des yeux brillants de Giulia, que son âme repose en paix, quand elle lui parlait de ce Rival triomphant. Il était persuadé que, de même que les autres grands génies de l'histoire humaine, Jésus avait été traversé par l'intuition ultime, et s'y était établi à demeure. Telle était d'ailleurs la différence entre les saints et les philosophes ; Giovanni, lui aussi, avait eu la chance d'entrevoir la blancheur limpide et caressante de la Présence universelle, mais seulement par éclairs fugitifs. Dans ces extases qui lui avaient donné des ailes, il n'y avait puisé aucun argument, aucune conclusion définitive : seule une intuition invérifiable, l'intuition mystique de l'unité ultime des phénomènes. La grande vérité entrevue n'avait pas déterminé chez lui une attitude pleine de dévotion et de servilité, mais plutôt une reconnaissance sans limites devant la profusion de la nature et les richesses de l'esprit. A la seule lumière de cette grande idée englobante, il examinait les textes, les visages, les paroles, les gestes. Et plus la diversité multipliait ses excès, ses fantaisies, ses myriades de facettes, plus il s'exaltait à y reconnaître, grâce à de savants raisonnements, le règne omniprésent de l'Unité.

Il travaillait comme un fou. Le savoir universel, à travers le filtre de son esprit, s'organisait spontanément en strates successives, au fil des découvertes et des révélations qui remontaient à la nuit des temps. Puisées aux meilleures sources, longuement méditées, raffinées avec amour dans le creuset de son intelligence, ses *Conclusions* resteraient dressées devant le regard des hommes de l'avenir, tels des phares en haute mer. Elles fourniraient de nombreux indices pour résoudre l'énigme suprême, des éléments utiles à l'établissement d'une vérité sur laquelle tous les hommes pourraient un jour s'accorder. Quant au *Discours sur la dignité de l'homme*, son sort était suspendu à celui de la Grande Dispute. Mais de ce côté-là, les nuages s'amoncelaient.

CHAPITRE 4

La colère du pape

Dès son arrivée à Rome début janvier 1487, juste avant l'Épiphanie – date prévue pour la Grande Dispute –, les doigts encore tachés d'encre, le cœur plein d'enthousiasme, Pic de la Mirandole vit les empêchements se multiplier. Des barrières invisibles se dressaient devant lui et sa vie quotidienne devint un étrange parcours d'obstacles. Ses lettres ne parvenaient pas à leurs destinataires, ses audiences étaient annulées, les visages se fermaient devant lui, comme s'il y avait du danger à lui parler. Il ne s'était pas contenté de recruter des crieurs publics pour faire connaître son grand projet, il avait aussi fait placarder des proclamations à tous les coins de rue. Personne ne faisait allusion à ces annonces, à ces affiches. Tout se passait comme si aucune Grande Dispute n'avait jamais été envisagée. Les conversations tendaient vers les généralités. Une sorte de langueur contrainte ralentissait les gestes et les paroles.

Sans le lui dire en face, on trouvait ses méthodes cavalières et les rumeurs allaient bon train. Ce jeune prétentieux faisait feu de tout bois. Qui était-il donc, pour vouloir en remontrer à toutes les têtes pensantes d'Europe ? Il étalait son érudition toute fraîche comme un parvenu étale ses richesses. Il prétendait avoir rapporté de ses explorations dans la bibliothèque universelle des étincelles de vérité capables de convaincre les plus grands théologiens. Sa naïveté était confondante. Et son arrogance sans limites ! Ce jeune héritier richissime avait proposé de prendre à sa charge les frais de voyage et d'hébergement pour les participants du colloque. Dans les cercles savants, chacun y allait de son commentaire acerbe sur ces méthodes de condottiere. Après avoir conquis Florence, Pic de la Mirandole s'attaquait à Rome. Mais ici, il trouverait à qui parler. Car ce héros qui ne doutait de rien avait son talon d'Achille ! Chacun savait que ses mœurs n'étaient pas irréprochables. N'avait-il pas abusé de l'amitié de Laurent de Médicis pour séduire une femme de son clan ? Sa brève et scandaleuse idylle avec Marguerite Mariotto de Médicis avait nourri les commérages pendant tout l'automne. N'avait-il pas compris qu'il était temps de se faire oublier ?

On disait que le pape lui-même nourrissait à son égard des sentiments mitigés. Pourtant, *a priori*, Innocent VIII était plutôt bien disposé à l'égard de ce jeune Académicien dont les humanistes faisaient un tel éloge. Son ancien professeur d'hébreu, le Sicilien Flavius Mithridate, lui avait écrit une longue lettre pour lui vanter les mérites de son protégé. Malgré l'affront que lui avait infligé Mirandole, Laurent de Médicis continuait à lui dispenser une affection entière et un soutien sans faille. En outre, Pic de la Mirandole entretenait d'excellentes relations avec plusieurs têtes couronnées, notamment le roi de France. Il disposait apparemment d'une réserve d'argent inépuisable, une fortune de taille à renflouer les caisses du Vatican. La Grande Dispute qu'il projetait d'organiser apporterait sans doute un peu d'animation dans les habitudes de la vie romaine. Mirandole avait très courtoisement tenu le pape informé de l'avancement de ses travaux et s'était d'avance soumis au jugement pontifical. Sa réputation de séducteur irrésistible ne manquait pas de piquant... Enfin, Innocent VIII était prêt à succomber au charme sulfureux de Pic de la Mirandole.

Cependant, un mystérieux visiteur lui demanda audience, annonçant qu'il avait de graves révélations à faire. Sa Sainteté ne se méfiait pas assez, lui dit le visiteur. Pic de la Mirandole était un surdoué de la théologie, mais il mettait son érudition au service du Malin et attaquait le noble édifice du dogme chrétien. La preuve en était que, parmi ces

Conclusions dont il voulait débattre sur la place publique, il en était certaines, notamment celles traitant de la magie et de la kabbale, qui contenaient des affirmations hérétiques, et mériteraient d'être brûlées. L'Église ne pouvait patronner une entreprise aussi subversive sans dommages pour son rayonnement spirituel.

Innocent VIII était de ces esprits faibles qui virent de bord au premier soupir de la houle. Le soupçon s'insinua dans son esprit. Et quand Mirandole lui fit porter le texte achevé de ses *Conclusions*, il eut tôt fait d'y déceler des affirmations suspectes.

C'est alors que tout se bloqua. Un messager du Vatican fit savoir à Pic de la Mirandole que la Grande Dispute ne pourrait avoir lieu à la date prévue. Il s'étonna, il insista. On lui fit comprendre qu'elle était reportée *sine die*, autant dire annulée. *Vos invités ont été prévenus*, précisa le messager. Pic avait la gorge nouée. Avait-on écrit de sa part à tous ses correspondants ? Les universitaires de l'Europe entière avaient-ils été informés avant lui de sa disgrâce ?

Pic de la Mirandole était décidé à ne pas se laisser intimider. Il ordonna à Cristoforo Casalmaggiore de s'informer de ces questions, et passa quelques semaines à faire des visites pour essayer de définir une nouvelle stratégie. La Grande Dispute devait avoir lieu. Après tout, il ne faisait rien de mal, il saurait plaider sa cause, si nécessaire. Il voulait seulement obliger les philosophes à s'accorder sur l'essentiel !

« L'amour de la vérité est-il passible des tribunaux ? » demanda-t-il à Jean Cordier, un cardinal humaniste qu'il avait rencontré en 1485 à Paris.

Cordier se montra très soucieux quand Pic lui annonça son intention de persévérer.

« Vous allez vous mettre toute la Curie à dos ! Faites attention, jeune homme ! Le profil bas s'impose. Votre renommée vous fait du tort. Trop brillant, trop chevaleresque, avec un parfum de scandale… Vous avez suscité beaucoup de jalousies, sans même vous en apercevoir. »

Cordier comprenait le sens de sa recherche philosophique, il approuvait sa révolte et se désolait de la tournure que prenaient les événements. Il lui promit son soutien le plus fidèle.

« Mais soyez prudent, que diable ! Vous avez des ennemis…

– Comment le savez-vous ? » demanda Mirandole, piqué au vif.

Mais Cordier continuait.

« Des ennemis de longue date, que vous auriez connus à Ferrare… et qui ont leurs entrées au Saint-Siège…

– A Ferrare ! Ça alors ! Mais qui donc… »

Il réfléchit. Vraiment, il ne voyait pas. Ni Nogarola, ni le duc d'Este, ni son maître Guarini n'avaient de raisons de le haïr… Ni Laodomia Strozzi, ni son cousin Matteo Boiardo, ni Savonarole n'avaient eu quelque raison de lui vouloir…

« Parfois, on humilie quelqu'un sans y prendre garde, sans même s'en apercevoir, dit doucement Cordier. Il suffit d'un rien, un mot de travers, un air distrait… »

Mirandole pensa qu'en effet il avait sans doute blessé beaucoup de gens pendant sa courte vie, sans le vouloir, sans le savoir… par négligence, par insouciance, à cause de sa figure, de ses vêtements, de ses études, de ses relations…

« Ne vous couvrez pas la tête de cendres ! dit Cordier en le voyant s'assombrir. Nous ne sommes jamais tout à fait conscients de nos actes… Nous laissons derrière nous un sillage de conséquences dont nous ne sommes pas maîtres, que nous ne pourrons jamais mesurer… »

*

Ce fut un lent supplice, car Innocent VIII était indécis. Il ne cessait d'osciller entre la clémence et la sévérité, et ce jeu de cache-cache allait durer une année entière, toute l'année 1487. Une année ponctuée d'escarmouches et de reculades. Une année perdue en vaines démarches, dans les antichambres, les presbytères, les tavernes, au cours de laquelle Pic de la Mirandole fut d'abord discrètement découragé, puis humilié publiquement, enfin acculé à s'enfuir.

Au mois de mars, Innocent VIII lança un premier coup de semonce : une Commission de seize ecclésiastiques se réunit avec mission d'examiner les *Conclusions*. Pendant les trois premiers jours, Pic de la Mirandole défendit ses thèses pied à pied, comme une tigresse protège ses enfants, si bien qu'on lui fit savoir que sa présence aux délibérations n'était plus souhaitée. Le verdict lui fut signifié deux semaines plus tard. Treize *Conclusions* étaient condamnées à être détruites par le feu. Par une exceptionnelle indulgence, la condamnation ne s'étendait pas à la personne de l'auteur.

Pic fit mine de se soumettre, puis se répandit dans toute la ville en protestations indignées. Devant cette attitude rebelle, le pape se résolut à frapper plus sévèrement et décréta la formation d'un tribunal inquisitorial, chargé d'examiner l'ensemble des *Conclusions*.

Pendant ce temps, au lieu de baiser les pieds du pape pour le remercier de ne pas lui avoir arraché la tête, Pic de la Mirandole récidivait avec une audace presque suicidaire. Dans une extraordinaire agitation, il rédigea en quelques jours une *Apologie* où il défendait ses *treize condamnées*, et précisait l'essentiel de ses options philosophiques. L'*Apologie* se mit à circuler clandestinement parmi les humanistes présents à Rome. Ce plaidoyer s'adressait naturellement à Innocent VIII, et Pic annonça son intention de le lui apporter respectueusement, mais Flavius Mithridate et Marsile Ficin lui conseillèrent de rester tranquille. Il s'était fait assez remarquer !

C'est ainsi que le pape ne fut pas informé de la publication de l'*Apologie* en tirage limité, le 31 mai 1487. Pic de la Mirandole avait été mal conseillé. Il allait s'en mordre les doigts.

En juillet, le tribunal d'Inquisition prononça une condamnation globale des *Conclusions philosophiques* de Pic de la Mirandole. L'auteur n'était toujours pas inquiété personnellement, mais il devait prononcer une rétractation sincère et totale, en s'engageant à se méfier désormais des sentiers périlleux de l'hérésie.

Le 31 juillet, dans une grande salle du Vatican, par une chaleur écrasante, Pic de la Mirandole se rétracta devant ses juges en manifestant les signes du repentir le plus sincère. Le cardinal Jean Cordier, qui avait eu le tort de le défendre pendant les réunions de la Commission, fut également invité à se rétracter. Encadrés par des huissiers, les deux hommes se croisèrent dans le couloir à la fin de l'audience. Giovanni puisa un immense réconfort dans cet échange de regards.

Après cette victoire morale, le pape se déclara satisfait et se tourna vers d'autres intrigues. Mais son mystérieux informateur demanda une nouvelle audience. Décidément, le pape était beaucoup trop confiant, insinua-t-il. Pic de la Mirandole s'était rétracté, fort bien ! Mais il s'était mis à écrire en secret un libelle incendiaire, où il revenait sur sa rétractation, et qui circulait sous le manteau parmi les érudits. En d'autres termes, il était coupable de parjure ! Bouleversé, Innocent VIII demanda à prendre connaissance de cet écrit blasphématoire. Le visiteur lui tendit le manuscrit qu'il avait sous le bras : c'était l'*Apologie*. Sans se douter de la supercherie, Innocent VIII accusa le coup et se sentit profondément blessé par la duplicité de Pic de la Mirandole. Après l'hérésie, le mensonge. C'en était trop. La patience pontificale était à bout. C'était un beau gâchis. La Ville éternelle était en ébullition. Des factions se combattaient à travers le procès de Pic de la Mirandole. Les politiques s'en mêlaient. L'heure n'était plus aux demi-mesures.

Par une bulle du 4 août, Innocent VIII décréta que tous les exemplaires existants des *Conclusions philosophiques* du sieur Pic de la Mirandole devaient être détruits par le feu. Mais l'orage n'éclatait pas. Il ne se passait plus rien. On attendait la promulgation de la bulle papale.

Pic fut convoqué au Vatican et reçu par Sa Sainteté, entourée de ses nonces apostoliques. Innocent VIII arborait la mine des mauvais jours. Il l'attaqua d'emblée sur la kabbale : *Il y a de drôles de spécimens dans ton bestiaire philosophique, mon fils.* Mirandole répondit que la kabbale était à l'Ancien Testament ce que les secrets orphiques étaient aux mythes grecs : *Si le Texte en est l'écorce, la kabbale en est la moelle. En hébreu*, précisa-t-il, *le mot* kabbale *signifie* recevoir.

Le pape fronça les sourcils, l'air méfiant. Ce diable de Mirandole essayait de l'embobiner. Pic profita de son hésitation pour mettre genou en terre et l'assurer que sa rétractation était profonde et sincère. Le pape posa un doigt sévère sur un exemplaire de l'*Apologie* posé devant lui. *C'est cela, ta sincérité, mon fils ?* Sans se démonter, Mirandole expliqua qu'il avait écrit l'*Apologie* au printemps, bien avant sa rétractation. Il le regrettait d'ailleurs, son cœur avait changé, il s'était repenti ! Si c'était à refaire aujourd'hui, conclut-il avec flagornerie, il écrirait non une *Apologie* mais une *Rétractation*...

Mais Innocent VIII n'avait cure de ces subtiles histoires de calendrier. Il était d'autant plus soupçonneux qu'il ne comprenait pas toutes les belles phrases de ce jeune insolent. Il s'attendait à des excuses, non à une péroraison. Pic de la Mirandole insista, voulant lui prouver sa bonne foi, et ouvrit l'*Apologie* pour lui montrer l'achevé d'imprimer.

La page de garde avait été arrachée.

Innocent VIII se mit alors dans une rage épouvantable. Par ces manœuvres odieuses, il était offensé dans sa personne et dans sa fonction. Il traita Pic dans une même phrase de parjure, d'hérétique et d'infidèle. Giovanni serra les mâchoires avec terreur, car devant cette formidable colère il avait une grande envie de rire, et c'eût été la mort instantanée.

Enfin le 15 décembre 1487, la bulle du 4 août fut rendue exécutoire. Les neuf cents *Conclusions philosophiques*, à cause de leur caractère hérétique et sacrilège, devaient être détruites par le feu. Leur auteur n'était pas condamné personnellement, grâce à la haute protection de Laurent de Médicis, qui harcelait Innocent VIII de lettres menaçantes. Mais un mandat d'arrêt était lancé contre lui dans tous les territoires respectueux de la sainte Église.

Masqué, Jean Cordier vint le prévenir au milieu de la nuit. Qu'il parte sans attendre le jour. Qu'il aille le plus loin possible, jusqu'en France où il avait des amis… C'est ainsi qu'un an, jour pour jour après son arrivée à Rome, dans un fourgon clos de tentures épaisses, Pic de la Mirandole s'enfuit jusqu'à la frontière savoyarde. Il passa la frontière en plein hiver, par le col du Petit-Saint-Bernard, avec Casalmaggiore qui le suivait en silence.

CHAPITRE 5

Frères de lune

Il faisait nuit noire. Il s'enfuyait, il avait tout perdu, son amour et sa gloire, il était pourchassé, proscrit, exilé de Florence, loin de ses amis, en grand danger. Et il aimait cet instant.

Il aimait la fuite, en elle-même, pour le glissando qu'elle procure. Il aimait cette nuit sans poids, cette chevauchée silencieuse entre deux réalités. Il jouissait de n'être plus qu'à peine, de n'être plus nulle part, de n'être plus que cette course folle, cette ascension interminable. Il traînait ses bagages dans la neige, à flanc de montagne, suivi par Casalmaggiore, son double taciturne. Une demi-lune s'était levée à ras de terre, laissant deviner dans le ciel filandreux l'ombre opaque de sa moitié. Était-elle vraiment fixée sur une sphère invisible, comme le disait Ptolémée, ou voguait-elle librement dans un espace sans limites ?

Il se tança pour cette pensée frivole, et enfourcha de nouveau le carrousel des autoflagellations. Les paroles de Jean Cordier étaient restées gravées en lui. Il se remémora ses propres négligences, ses vilenies, il remonta dans le passé pour se reprocher ses moindres délits, une aumône trop mesquine, une réflexion hautaine, un oubli vexant. Plus que tout, il se reprocha son orgueil inutile devant ce malheureux pape qui se croyait trahi, et qui ne l'était pas, mais qui l'était tout de même, et bien plus profondément qu'il ne pourrait jamais l'imaginer.

Il s'arrêta un instant, étira ses épaules, resserra sa prise sur la poignée de son sac de voyage et inspira profondément. La brise nocturne lui fit soudain l'effet d'un alcool souverain. Derrière lui, Casalmaggiore s'arrêta en même temps. Chauffés par l'effort, ils ne sentaient pas le froid. Pic repartit à un rythme plus lent, et son secrétaire continua de mettre ses pas dans les siens. Les pensées noires n'y pouvaient rien, à cet instant, sur cette montagne obscure, au milieu de nulle part, marchant sur des cailloux, il était heureux, délivré, serein. Il se retourna à demi.

« Ça va, mon vieux Casa ? Tu ne pestes pas, aujourd'hui. Pourtant il y aurait de quoi...

– Je suis avec vous, signor Giovanni. Je lis vos pensées. Je ne comprends pas tout mais j'aime bien cette promenade, moi aussi.

– Tu me connais trop, ce n'est pas du jeu.

– Je vous connais, signor, mais c'est de l'instinct, ce n'est pas du savoir. Je vous ai vu grandir. »

Pour Cristoforo Casalmaggiore, Giovanni Pico avait toujours été un enfant béni des dieux, un héros de légende, un ange déguisé en condottiere. Dans ses jeunes années, tandis que Cristoforo faisait son apprentissage chez le forgeron du village, il le voyait parfois passer dans la grande rue, petit prince en costume de velours blanc, les yeux brillants, excité comme un brigand en cavale, tirant par la main son précepteur qui se laissait maltraiter avec bonhomie. Casalmaggiore enviait à Ernesto Bolsoni son intimité avec cet enfant miraculeux. Il n'avait jamais vu de petit garçon aussi gai, et cette vision avait réjoui son cœur.

Quand il apprit que le précepteur abandonnait son élève pour se payer du bon temps à Paris, Casalmaggiore avait fait la route jusqu'à Bologne pour lui proposer ses services. Certes, la philosophie n'était pas son affaire, mais il savait lire et écrire, cuisiner, s'occuper du linge et des chevaux. Il savait aussi se battre à l'épée et au poignard. Il l'assurait de sa discrétion totale, étant d'ailleurs d'un naturel taciturne. Il promettait de lui procurer, en toutes circonstances, un environnement favorable à la poursuite de ses chères études, et à l'accomplissement de ses moindres désirs.

« En toutes circonstances, et quoi qu'il arrive ! »

Ému aux larmes, Giovanni accepta l'hommage d'un si profond dévouement et voulut lui donner l'accolade. Mais il ne put empêcher Casalmaggiore de tomber à ses pieds, le front dans la poussière.

« Giovanni Pico, j'ai le cœur plein de fierté, comme un chevalier qui vient d'être adoubé, avait déclaré Casalmaggiore.

– Heureux, le jour où le frère de lait se transforme en ami de cœur ! » avait répondu Giovanni en le relevant.

Depuis, ils ne s'étaient plus quittés. Giovanni n'avait plus fait un pas, sur le chemin de la vie, sans se retourner discrètement pour s'assurer, du coin de l'œil, que son ombre fidèle le suivait.

« Ce n'est pas de l'instinct, c'est de l'amour. Nous sommes frères, mon vieux Casa, nous avons une âme commune et nos destins sont liés. Nous partageons cet espace comme deux personnes partagent une maison. Ce mystère ne doit pas être éclairci.

– Je le sais, Giovanni Pico, la lune en est témoin. »

CHAPITRE 6

Rencontre avec Johann Reuchlin

La brume étendait un voile sur le mystère de la journée naissante. L'hiver affûtait ses armes. Un merle vint se poser sur la margelle de granit, piocha une brindille et s'enfuit vers une corniche aveugle. Les clameurs de la révolution en marche ne traversaient guère les murs du couvent. On voyait parfois des adolescents furtifs sonner à l'entrée, échappés de la rue en guerre.

Il était grand temps de se remettre au travail. Après ses ablutions habituelles sous le regard du faune rieur, Pic décida enfin de se rendre à la bibliothèque du couvent. Un enfant vêtu de blanc n'en finissait pas de courir dans le couloir de la Mirandole, avec l'espoir insensé d'apprivoiser l'univers. Mais le mystère n'avait cessé de s'amplifier, et Giovanni Pico restait incertain sur les fins dernières.

Il but un peu d'eau à la fontaine, se redressa, inspira profondément les senteurs du matin froid, rejeta les épaules en arrière. Au fond, il n'avait été qu'un nomade, un errant, un promeneur du savoir, semblable aux glaneuses qui ramassent des épis dans les champs désertés. Les quelques brassées qu'il avait déjà récoltées ne formaient qu'un bouquet dérisoire qui serait vite fané par le vent de l'Histoire.

Pic traversa le cloître, puis le réfectoire et les coursives. Il s'étonna de peiner en montant les marches. A l'étage, il s'arrêta un instant pour reprendre son souffle, luttant contre la nausée. Puis il se dirigea d'un pas ferme vers la bibliothèque.

*

Le soleil acide de novembre entrait à flots par les hautes croisées, caressant le bois luisant des pupitres. Un brasero avait été installé au fond de la pièce, près de l'estrade où un chanoine barbu, coiffé d'une toque à la mode rhénane, rédigeait des fiches sur les nouvelles acquisitions. Dans des caisses, des dizaines de livres précieux, qui venaient d'être sauvés du pillage au palais de la via Larga, transportés clandestinement à San Marco par Giovanni de Médicis, attendaient d'être enregistrés. Sur le mur du fond, des écritoires sculptées étaient alignées sur une étagère, à la disposition des lettrés.

Pic de la Mirandole était ici chez lui, au contact du vaste univers, heureux d'appartenir à la communauté humaine, de participer jour après jour au miracle de la Création. Sa nausée s'estompait. Avec une légère ivresse, il songea qu'il lui suffirait, dans un instant, d'ouvrir l'un de ces livres pour échapper à Florence, voyager sans limites à travers le temps et l'espace, oublier Savonarole et ses légionnaires, retrouver la musique exaltante des vers antiques... Les battements de son cœur s'accélérèrent, le rouge lui monta aux joues. *Le cheval sent l'écurie*. Il se demanda pourquoi il n'était pas venu plus tôt.

Ici, il n'était plus seul. Le souffle des pensées peuplait l'espace. Les siècles s'animaient d'une lueur sacrée. La mémoire des hommes reposait à l'abri d'un bâtiment solide, sous les reliures dorées, incrustées de gemmes. Les milliers de phrases qui chuchotaient dans la quiétude des pages fermées ne formaient-elles en réalité qu'une seule immense phrase, comme il en avait toujours été persuadé ?

Pour Pic de la Mirandole, la vérité première avait volé en éclats au moment de la Création du monde. Semblable au corps démembré d'Osiris, elle s'était répandue, telle une poussière sacrée, sur l'ensemble des mondes. Elle avait déposé partout des étincelles qui s'étaient fichées dans le cœur des vivants et dans la conscience des hommes. Pic tenait pour assuré que toutes les philosophies, toutes les religions contenaient une parcelle, une écharde de vérité. Le problème survenait quand les hommes, voyant cette écharde, croyaient contempler le Tout. Ils devenaient stupides au moment où ils croyaient enfin toucher Dieu.

Savonarole n'aurait qu'à bien se tenir s'il daignait enfin se montrer, porteur de poussière et de feu. Ici, Giovanni n'avait plus peur d'attendre. Il retrouvait la paix et s'en faisait un manteau, un bouclier, une armure. Sur l'écusson des Mirandole, le lion attendait le dragon de pied ferme. Le peuple des sages, ici présents, lui fournirait l'aide de ses bataillons invisibles. Dans la longue salle ornée de portraits méditatifs, les grands ancêtres regardaient passer le jeune philosophe plein d'espoir. Pic de la Mirandole avait rendez-vous avec sa *Concordia*. Oubliant ses malaises, résolu à ranimer sa vigueur de jadis, il traversa d'un pas léger le temple du savoir, comme on rentre chez soi. Au fond, il n'avait à redouter que sa propre terreur.

Un copiste en plein travail, portant l'uniforme austère des universités germaniques, leva la tête pour le saluer, essuya sa plume sur son tablier, la trempa dans l'encrier, et reprit sa besogne. Pic se pencha sur son épaule. Il calligraphiait un essai de Nicolas de Cuse sur l'infinité des mondes.

« Ah, voilà qui est bien… », murmura Pic.

Le copiste l'interrogea du regard. Il était moins jeune qu'il n'y paraissait. Pic remarqua avec plaisir son expression avenante. Il avait les traits fins des hommes du Nord et l'œil malicieux d'un lettré averti, un mélange instable qui donnait une extraordinaire mobilité à sa physionomie. Il avait un sourcil levé en forme d'accent circonflexe.

« Vous appréciez le Cusain ? demanda le copiste.

– Oui, je l'ai étudié avec plaisir. Il a posé les bonnes questions… Il a démontré la relativité des points cardinaux…

– Oui, ce fut un esprit libre. Ce n'est pas si fréquent, pour un archevêque… »

Instinctivement, Giovanni porta l'index à ses lèvres en indiquant du regard la direction du chanoine penché benoîtement sur ses fiches.

« Ne craignez rien, je suis un bon chrétien, dit le copiste avec un sourire entendu. D'ailleurs, le prieur de ce couvent ne se gêne pas pour critiquer le clergé au nom du Christ, que je sache ! »

Intrigué par cette audace, Mirandole choisit de répondre par des généralités.

« Nous vivons sous le regard scrutateur de l'Église. Nos esprits sont modelés par le Dogme dès notre plus tendre enfance. Nous avons confessé nos péchés, avoué nos mauvaises pensées, fait fondre l'hostie sur nos langues, prié la Vierge, contemplé de multiples crucifix de pierre, de bois, d'ivoire ou de papier. Nous devons nous en accommoder…

– Quitte à travestir nos pensées…

– Je dirais plutôt à les voiler…

– En somme, nous avons la chance d'être condamnés à mener une double vie ! » conclut le copiste, et ils se regardèrent en souriant, conscients de leur complicité immédiate et peut-être essentielle.

« J'ai déniché beaucoup de trésors, dans les manuscrits et les livres, dit Mirandole prudemment, mais j'ai toujours fidèlement rapporté mes trouvailles en offrande à notre mère l'Église…

– On peut aisément trouver le moyen d'interpréter les doctrines étrangères comme annonçant la Révélation chrétienne…

– Vous avez raison ! Cela est si vrai que j'ai moi-même prouvé que la kabbale hébraïque annonce et confirme la sainte Trinité… Mais j'ai étudié aussi, toujours dans cette perspective chrétienne, la doctrine des Chaldéens, l'averroïsme… Sans cette prééminence clairement indiquée…

– … on ne vous aurait jamais laissé étudier des doctrines aussi farfelues !

– Il semble que nous ayons beaucoup de choses à nous dire… », dit Giovanni en souriant. Il avait le cœur en fête. Il cherchait une écritoire, il avait peut-être trouvé un ami.

Mais le copiste s'était levé d'un bond et s'inclinait pompeusement devant lui, une main à plat sur la poitrine. De petites mèches d'un blond filasse s'échappaient de son bonnet carré. Il devait avoir la peau sèche, car des miettes blanches saupoudraient les ailes de son nez et des plaques rouges surmontaient ses sourcils. Il avait l'air très ému.

« C'est bien vous, n'est-ce pas ? dit-il enfin avec un sourire radieux. Je veux dire, vous êtes bien Pic de la Mirandole ? Le prince de Concordia ? Votre nom circule jusqu'aux confins du monde universitaire. On vous dit expert en mille doctrines. Certains prétendent que vous possédez le savoir universel.

– Ils exagèrent, hélas ! Il ne faut pas écouter les rumeurs...

– Alors, c'est bien vous, je ne me suis pas trompé ! J'espérais vous rencontrer au cours de ce voyage, mais j'ignorais que vous fussiez un habitué de la bibliothèque de San Marco... Quelle merveilleuse rencontre ! Permettez-moi de me présenter : Johann Reuchlin, pour vous servir, et ce n'est pas une formule de politesse. Je suis né dans une petite ville nommée Pforzheim, j'ai fait mes études à Bâle et à Paris... Et je m'intéresse depuis quelques années à la kabbale. Pour moi, vous êtes un maître des lumières, un précurseur, le premier interprète non juif des œuvres majeures d'Aboulafia, de Recanati... Bien sûr, j'ai dévoré votre *Heptaplus*, ainsi que votre essai *Contre les astrologues et leurs prétentions divinatrices*... Quant à votre commentaire lumineux du premier mot de la Bible, *Bereshit*, il a changé ma vie. Quelle profondeur de vues ! Quelle liberté royale ! Aucun chrétien, avant vous, ne s'était aventuré aussi profondément dans les arcanes du judaïsme...

« Grâce à vous, j'ai osé concevoir le projet de faire découvrir à la communauté des humanistes chrétiens le continent invisible de la grande pensée hébraïque... Inspiré par votre exemple, j'ai compris que c'était à nous, chrétiens, d'aller dénicher ces trésors, car il faut bien le dire, les juifs ne se soucient guère de nous les enseigner... Enfin, ils ne cherchent pas à nous convertir, c'est déjà ça... Peut-être est-ce même une de leurs principales vertus...

– C'est vrai, j'ai dû faire le siège de la maison d'Elya Del

Medigo pendant des semaines, à Padoue, avant qu'il n'accepte, du bout des lèvres, de me prendre pour élève…

– Del Medigo ? Figurez-vous que j'ai eu la chance de le rencontrer l'an dernier, à Venise, juste avant son départ pour la Crète… Il était très malade… Il ne cessait de parler de la Grande Expulsion qui vient de frapper les juifs espagnols… »

Par un accord tacite, ils laissèrent leurs pas les guider vers l'entrée, loin des oreilles du chanoine. Et là, dans l'ombre fraîche des piliers, chacun sentant la proximité d'une âme sœur, ils s'épanchèrent sans réserves.

*

Comme tous les universitaires européens, Reuchlin avait entendu parler de la Grande Dispute. Bien qu'il n'eût finalement pas eu lieu, ce tournoi introuvable était devenu un mythe. A travers des récits plus ou moins déformés, les démêlés de Pic de la Mirandole avec le pape Innocent VIII étaient parvenus jusqu'en Pologne, en Turquie, en Germanie… Avec ce combat inégal, David et Goliath avaient trouvé de nouveaux émules.

De même que ses compagnons, Reuchlin avait pris le deuil en apprenant le verdict de l'Inquisition. Dans toute l'Europe, les étudiants portaient aux nues l'image du fringant Mirandole, célèbre pour ses talents de séducteur autant que pour sa virtuosité philosophique, et qui ne craignait pas de taquiner le monstre. Les rebelles de tout poil s'enivraient du récit de son insubordination, les souverains eux-mêmes lui enviaient son audace. Personne ne songeait à prendre le parti d'Innocent VIII, dont on connaissait les mœurs dissolues, les bâtards et les nombreux crimes. Avant lui, le cruel Sixte IV, déjà, avait largement contribué à ternir l'éclat de sa fonction. Reuchlin demanda où Mirandole avait puisé le courage de se dresser ainsi au-dessus des lois de la Cité, seul, et de défier le pape sur propre terrain, au beau milieu de la Ville éternelle ? Naïveté, bravade, héroïsme ?

« J'étais désespéré, je n'avais plus rien à perdre, voilà tout, puisque vous voulez le savoir. Le rêve de ma vie s'était fracassé dans la pierraille et le sang. J'ai voulu ravir mon Eurydice, et je l'ai perdue… »

Mirandole détourna pudiquement la tête.

« Vous avez beaucoup d'amis à Paris, reprit Reuchlin, changeant de sujet avec tact. Le grand Robert Gaguin lui-même ne perd pas une occasion de citer votre controverse avec Ermolao Barbaro… Il a été profondément touché par votre défense du style austère des scolastiques contre l'éloquence trompeuse des humanistes à la mode…

– Oui, Barbaro faisait trop confiance aux facilités du langage… L'éloquence ne vaut rien si elle s'enflamme toute seule et s'enthousiasme de ses propres rodomontades…

– Pourtant, vous l'avez souvent cultivée…

– Si j'ai cédé à ses charmes, c'était pour la mettre au service de la rigueur philosophique, du moins je l'espère… On ne peut s'en priver lorsque l'on veut convaincre, mais l'éloquence n'est pas un ornement, elle n'est pas cet angelot joufflu qui sert à remplir le creux d'une corniche, elle n'est pas le vêtement de la pensée… mais son incarnation, sa forme terrestre, sa substance…

– *Une sagesse sans éloquence peut être utile, une éloquence stupide ne peut qu'être terriblement dangereuse, comme un glaive entre les mains d'un fou*, récita Reuchlin.

– Ah, je vois que vous avez lu attentivement ma lettre à Barbaro… Mais dites-moi, si vous avez vécu à Paris, vous avez dû rencontrer mon précepteur, Ernesto Bolsoni ? »

Reuchlin éclata d'un rire sonore, improbable dans une aussi frêle carcasse. Il prit la main de l'Italien dans les siennes.

« Louons le hasard de faire si bien les choses ! Si je connais Bolsoni ! En fait, on peut dire que c'est lui qui m'envoie… Cher Bolsoni ! Que de nuits sans sommeil, passées à enchanter la vie parisienne, que de fiestas, de beuveries, de joutes avinées ! Nos recherches philosophiques étaient voisines, sinon parallèles, et nous échangions nos manuscrits avec une parcimonieuse estime. Dès notre première rencontre, rue de Nesle, il m'a parlé avec fierté de son illustre élève Pic de la Mirandole, qu'il avait fait sauter sur ses genoux, et qui éblouissait les Florentins. Il a suivi avec passion les échos de la Grande Dispute, il s'inquiétait de votre témérité…

– Comment se porte-t-il ?

– Ma foi, il a beaucoup changé, ces dernières années. Il assiste toujours régulièrement aux débats de la Sorbonne, mais… Il a des cheveux blancs et me considère comme son héritier. Je sais qu'il a écrit plusieurs livres, mais il n'a jamais rien voulu publier. Il m'a fait jurer de brûler ses manuscrits si je lui survivais. J'ai juré, mais je désobéirai… Ah, vous serez surpris d'apprendre qu'il n'a plus son enthousiasme d'autrefois pour le *Pimandre* d'Hermès Trismégiste… Il a quelques doutes sur son authenticité…

– Je nourris les mêmes doutes, depuis peu…

– Ah, décidément… Ces derniers temps, Ernesto Bolsoni insiste beaucoup sur l'idée que notre vision du monde, qui nous semble raisonnablement fondée, est appelée à se dissoudre dans les vapeurs de l'avenir, pour être remplacée par un autre tableau, tout aussi convaincant et tout aussi illusoire… Il m'a souvent parlé de Côme de Médicis qui, dit-on, voulait tout lire d'Hermès Trismégiste avant de quitter ce monde. Quant à lui, Bolsoni, il veut tout connaître de Nicolas de Cuse avant que sa vie ne s'achève. Il a été profondément ébranlé par sa théorie de l'infinité des mondes. Voilà pourquoi je recopie ces textes.

– Il a raison… Peut-être est-ce là le nouveau tableau qui envahira notre champ de vision dans les temps à venir… Cependant, si je ne me trompe, la théorie de l'infinité des mondes est incompatible avec l'existence des sphères selon Ptolémée… »

Si elle se confirmait, l'intuition fulgurante du Cusain, élargissant l'univers au-delà de toute limite spatiale ou temporelle, ne pourrait coexister longtemps avec le dogme chrétien. L'univers apparaîtrait alors dans une splendeur renouvelée et les textes bibliques devraient être réinterprétés à la lumière de ce nouvel infini.

« Si chaque étoile est un soleil, si le ciel est rempli d'une infinité de mondes, le haut et le bas n'ont plus qu'un sens relatif..., remarqua Reuchlin.

– ... ainsi que la droite et la gauche... Mais le Cusain ne fut pas le premier à affoler nos boussoles. Hermès Trismégiste l'écrit aussi : *Le haut est comme le bas*. Cette phrase du *Pimandre* a souvent été comprise dans un sens symbolique, comme s'appliquant à l'élévation spirituelle des âmes. Mais que se passerait-il si on lui accordait un sens littéral, une vérité concrète ? »

Le vertige les prenait, à côtoyer les gouffres. Ils aiguisaient leurs pensées au contact l'un de l'autre avec le plaisir des jeunes chiens qui frottent leur cuir à l'écorce des arbres. Ils étaient assez instruits, assez lucides pour prendre conscience des limites de leur savoir, mais jouissaient de se tenir ainsi, dans le cocon protecteur de la bibliothèque, au bord de l'inconnu.

Johann Reuchlin exposa sa grande ambition : faire découvrir à ses contemporains chrétiens les trésors qui dormaient dans les maisons voisines. Il savait que dans les quartiers juifs, à Florence comme à Venise, à Padoue comme à Sienne, d'antiques parchemins, prudemment remisés sous des linges précieux, contenaient des paroles de sagesse qui méritaient de traverser les murs et de répandre leur atmosphère lumineuse dans les universités. Ses études classiques de théologie n'avaient pas réussi à le rassasier, et il avait conçu une attirance irrésistible pour la kabbale hébraïque.

« Vous êtes le seul à m'avoir précédé dans cette voie. Pour un chercheur tel que moi, cette rencontre est une divine surprise... »

Il espérait que Pic pourrait l'aider à trouver les traductions des textes d'Aboulafia par Flavius Mithridate. Il n'osait demander à Mirandole pourquoi il avait choisi, en cet hiver fatidique, de se retirer du monde pour mener une vie d'ermite. Et pourquoi ici, à San Marco, dans le fief de Savonarole ? Avait-il décidé de rejoindre l'ordre des dominicains, d'embrasser l'état monastique ? Reuchlin ne pouvait croire que cet humaniste, dont le nom était synonyme de liberté, eût choisi cette solution extrême… Non, ce héros, ce résistant ne pouvait avoir choisi de déserter le royaume de la libre-pensée !

Il est vrai que, depuis quelques années, les lettrés italiens avaient adhéré en masse à cette nouvelle doctrine, avec une troublante docilité. Savonarole taquinait la tentation du sacrifice qui dort au fond des pauvres âmes. Il jouait sur du velours en ranimant les braises mal éteintes des anciennes guerres civiles entre Guelfes et Gibelins. Et il proposait un tapis volant à l'assaut du grand secret. Laurent de Médicis, Girolamo Benivieni, Agnolo Poliziano, Marsile Ficin, tous avaient été touchés par la voix d'or… Avaient-ils vraiment été convaincus par cette mise en scène grossière, ces arguments sommaires, cette démagogie fumeuse, ces prédictions faciles ? On disait que les artistes eux aussi succombaient en grand nombre, à commencer par le génial Botticelli, qui avait transformé sa technique picturale et le choix de ses sujets pour mieux se conformer aux nouveaux canons de l'inspiration christique. Cette vogue de pénitence n'épargnait aucune famille à Florence. Et aujourd'hui, on n'avait guère le choix, il fallait se décider. *Arrabbiati* – enragés – ou *piagnoni*, les Florentins n'avaient qu'une alternative. Mirandole avait-il quitté la ligne de crête ? Était-il passé du côté des dévots, des censeurs, des trouble-fête ? Il devait y avoir une autre raison à sa présence ici. Reuchlin se promit d'élucider ce mystère.

« C'est à Fratta, tout en pansant mes blessures, que j'ai pu approfondir les mystères de la kabbale avec Flavius Mithridate, répondit Pic. En réalité, je fuyais ma douleur…

– Ah, quelle chance, Flavius Mithridate est un traducteur splendide ! »

Midi sonna dans l'église de San Marco. Là-bas, sur son estrade, le chanoine s'était levé pour fouiller dans les caisses. Un chant grégorien s'éleva dans le cloître. Reuchlin et Pic échangèrent un regard plein d'affection, conscients d'avoir déjà franchi quelques étapes sur les sentiers de l'amitié.

« Beaucoup de mes amis m'ont quitté pour toujours. J'espère bientôt pouvoir organiser avec eux, dans l'au-delà, un grand concile humaniste…

– Ne cessons pas d'espérer, la Grande Dispute aura peut-être lieu un jour prochain, de notre vivant, dans une autre ville, à Cologne, pourquoi pas…

– Oh, ce serait beau ! Quelle pensée amicale ! s'exclama Pic de la Mirandole en souriant à ce jeune homme qui ne savait quoi inventer pour lui complaire, et qui semblait incarner l'avenir. Mais il me faudrait retrouver la force du rêve…

– Pardonnez-moi si je suis indiscret, demanda Reuchlin, mais on dit que vous vouliez offrir le vivre et le couvert aux congressistes…

– C'est la vérité… A ceux dont je savais les revenus modestes, j'ai offert de prendre les frais du voyage et du séjour à ma charge. J'étais d'une générosité maladive, et il m'était insupportable qu'un savant pût être empêché d'assister à un tournoi pour des raisons bassement matérielles. D'ailleurs j'avais toujours méprisé cette fortune qui m'était échue sans que j'y sois pour rien… Je crois que j'étais déjà taraudé par le désir de me défaire de mes encombrantes richesses, comme je l'ai fait plus tard.

– Et vous deviez aussi avoir très envie que les lettrés viennent nombreux à ce grand rendez-vous ?

– Oh oui, je piaffais, j'espérais que l'assistance serait nombreuse et difficile à séduire… Je ne doutais de rien ! Flavius Mithridate avait raison, j'étais d'une arrogance… cosmique ! »

Il éclata de rire, puis son visage s'assombrit subitement et il se mordit la lèvre inférieure.

« L'amour m'avait donné des ailes…

– Si je vous comprends bien, contrairement à ce qu'on a dit, vous n'aviez nullement l'intention d'attaquer l'Église… »

Ironique, Pic leva la main.

« En aucune manière, malheureux ! Attaquer l'Église, ce serait mettre le feu à sa propre maison ! Non, bien au contraire ! Nous le disions tout à l'heure, c'est un jeu d'enfant que de présenter toutes les doctrines, même les plus anciennes, comme venant étayer les fondements de la foi chrétienne, quitte à les tordre un peu…

– Il y avait une odeur de soufre autour de vous, l'aura d'un martyr…

– Oui, j'étais devenu un philosophe maudit, un égaré… Je n'avais pas encore compris que cette Grande Dispute était une folie, le rêve d'un enfant prétentieux, un palais de papier menacé par les courants d'air. Je croyais avoir des ailes, mais je portais un bonnet de fou.

– Ce fut une belle folie, à mon avis », glissa Reuchlin, et Pico lui sourit avec malice.

« Une belle folie, oui ! Et un beau fiasco ! »

Reuchlin éclata de rire.

« J'aurais dû tout arrêter dès les premières escarmouches. Quitter Rome, repartir sur mes terres, discrètement, sur la pointe des pieds. Ils me l'ont tous dit, Mithridate, Ficin, Laurent, ils se sont donné un mal fou pour me faire lâcher prise. Casalmaggiore lui-même, sans rien dire, m'a fait sentir sa désapprobation. Je ne sais pourquoi, je me suis entêté. Je n'arrivais pas à me résigner à ce que la Dispute n'ait pas lieu, à ce que mon grand rêve soit dispersé à tous les vents. J'ai même donné des instructions aux crieurs publics pour qu'ils continuent les annonces… J'étais comme possédé. Je tournais en rond… Enfin, le ciel m'est tombé sur la tête. Une Commission a été chargée par le pape d'examiner mes *Conclusions*.

– Avez-vous assisté aux débats ?

– Pendant les trois premiers jours. Ensuite, on m'a conseillé de rester chez moi. Le niveau n'était pas très élevé… Mes juges ne semblaient guère s'intéresser au contenu philosophique de mes travaux. Ils s'inquiétaient beaucoup de mon intérêt pour la kabbale. Le cardinal da Viterbo m'a demandé de quelle espèce d'animal il s'agissait.

– C'est à peine croyable !

– Si, si, je vous assure… Pour ce quidam, j'ai dû brosser en quelques heures une grande fresque historique remontant à Moïse. Textes à l'appui, j'ai précisé que la sagesse hébraïque était un affluent parmi d'autres dans le grand fleuve de la foi chrétienne… Mais je n'ai guère convaincu ! Le cardinal m'a rappelé que le Christ n'avait besoin de personne pour prouver Sa divinité… »

Reuchlin leva l'index pour réclamer son attention, et récita :

« *Mieux que toute autre science, la magie et la kabbale nous prouvent la divinité du Christ…* Il fallait oser l'écrire !

– Ah, vous avez bonne mémoire… Oui, c'est cette *Conclusion* qui a été condamnée le plus sévèrement… Dès le troisième jour, on m'a donc fait comprendre que ma présence n'était plus souhaitée par la hiérarchie. La Commission a poursuivi ses travaux à huis clos pendant deux semaines.

« Puis les inquisiteurs sont venus chez moi un matin à l'aube, pour m'annoncer le verdict. J'étais dans ma chambre, en bonnet de nuit. Je grignotais des biscuits aux amandes tout en étudiant la lettre *lamed*, qui symbolise en hébreu l'élévation spirituelle. Mon secrétaire a fait irruption dans ma chambre avec une mine d'enterrement : un nonce de la Curie venait d'arriver, précédé d'un gigantesque crucifix en argent et ivoire incrusté de pierreries, suivi d'un greffier et de cinq officiers en uniforme. J'ai lissé mes cheveux, fermé le col de ma chemise, avalé une gorgée d'eau, jeté un dernier regard sur mon livre d'hébreu.

« Mes juges m'attendaient debout, formant une haie d'infamie. En voyant leurs visages sévères, leurs fronts de croque-morts, j'ai commencé à avoir vraiment peur. Allaient-ils perquisitionner chez moi ? Fouiller mes archives, manipuler mes livres, lire mes lettres, mes brouillons, mes poèmes ? Ils auraient eu vite fait de trouver ce qu'ils cherchaient… ou pire !… Mes oreilles sifflaient d'épouvante à l'idée de cette… profanation… »

A ce mot, Reuchlin sursauta, bizarrement choqué. Profanation ! C'était le monde à l'envers !

« Je sais, cela semble excessif, reprit Mirandole, mais… Disons plutôt que j'avais tous les sens en alerte, comme une vierge dans les mains d'un brigand… Si le mot *profanation* vous choque, remplaçons-le par *viol*, si vous préférez… »

Reuchlin se mit à rire avec gêne, et Mirandole se dit qu'il prenait tous les risques, en se confiant ainsi à un inconnu. La solitude l'avait rendu bavard. Qui sait, peut-être ce Reuchlin avait-il des amis au Vatican ? Peut-être – pis encore ! – était-il envoyé par Savonarole, pour sonder ses intentions ? Il avait déjà fait une discrète allusion au prieur de San Marco. Pic se promit de tenir sa langue sur ce sujet explosif. Les murs avaient des oreilles, même dans la bibliothèque. Il sentit à nouveau sa fièvre monter. Ce devait être cette maudite inflammation des humeurs qui lui dictait ces paroles dangereuses…

« Vous n'êtes pas assez prudent, messire, intervint Reuchlin, en voyant son désarroi, mais n'ayez crainte, je ne suis pas un espion et vous pouvez me faire confiance, je suis votre allié naturel et jamais, je le jure, vous n'aurez à regretter de m'avoir rencontré. A l'époque de la Grande Dispute, j'étais professeur de philosophie à Cologne. Mes étudiants et moi, nous avons suivi tous ces épisodes avec une inquiétude passionnée. Dès la Saint-Sylvestre 1486, nous avions commandé chez Eucharius Silber un exemplaire de vos *Conclusions philosophiques*, heureusement non encore censuré, qui nous est parvenu le mois suivant. Plusieurs d'entre nous prévoyaient de venir vous écouter à Rome. Pour préparer ce voyage, j'ai organisé un séminaire restreint, entièrement consacré à comprendre et à commenter vos *Conclusions*. Nous avions le sentiment de goûter un nectar infiniment distillé, une essence réservée aux parfaits… Ce dont je puis témoigner, c'est que votre voix portait loin, et engendrait une révolte fertile. Les humanistes de cette ville se sont mobilisés en organisant des disputes dans plusieurs quartiers… J'ai pris publiquement votre défense… Je vous en prie, continuez votre récit. Cela vous soulagera d'en parler… De toute façon, au point où vous en êtes ! J'en sais déjà assez pour vous faire pendre haut et court…

– C'est ma foi vrai ! reconnut Pic avec une franche gaieté.

– Ce devait être véritablement atroce, pour un lettré, d'imaginer une telle intrusion..., continua Reuchlin. J'ai assisté à une perquisition faite par l'Inquisition chez Giovanni da Correggio, celui qu'on appelait Mercurio...

– Ah, vraiment, vous avez connu Correggio ? J'en ai entendu parler par Charles VIII, d'abord, et ensuite par Laurent de Médicis...

– Oui, il a donné des cours particuliers au roi de France et fut pour moi un maître pendant quelques semaines. C'est Correggio qui m'a fait lire le Trismégiste, dans la remarquable traduction de Ficin, et je lui en reste infiniment redevable... A l'époque, il avait déjà été déclaré hérétique par la faculté de Bologne... J'ai assisté au saccage de son appartement minuscule, sous les toits, je n'ai jamais oublié ces images... Il faut vous dire que ce pauvre Correggio avait organisé une grande cérémonie pour fonder son nouveau culte...

– En effet, j'ai entendu dire qu'il se prenait pour la réincarnation d'Hermès...

– Oui, il voulait transformer l'hermétisme en religion... Grave erreur... »

La traduction des textes d'Hermès Trismégiste par Ficin avait traversé les frontières et suscitait des vocations par centaines. Correggio, *alias* Mercurio, était de ceux qui tenaient ce Mage égyptien pour plus ancien, et donc plus sacré que le Christ, Pythagore et Moïse réunis... Une cérémonie secrète avait eu lieu en mai 1486, moins d'une année avant les démêlés de Pic avec l'Inquisition. Des récits plus ou moins fiables avaient circulé.

« Correggio, qui se faisait appeler Mercurio, se considérait comme le nouvel Hermès et ressemblait à Neptune, poursuivit Reuchlin. Ficin n'était-il pas le nouveau Platon ? Notre époque a vu renaître tous les grands Anciens...

– Y avez-vous assisté ? demanda Pic.

– Il avait exigé ma présence... Et j'étais fasciné, je l'avoue. Correggio ne doutait de rien. Il était très grand, et ses yeux brillaient d'un éclat particulier. Sa longue barbe évoquait un fleuve antique. Ses gestes lents attiraient le regard de tous ses disciples… Mais je dois dire que, pour moi, l'effroi l'a emporté sur la fascination quand il nous a présenté sa nouvelle liturgie. Au son des clochettes, il a enveloppé un volume du *Pimandre* dans un linge précieux, avec les attentions d'une mère qui lange son enfant. Puis il y a posé les lèvres, et l'a couché avec mille précautions dans un grand lit matrimonial, sous les draps, en psalmodiant des formules magiques. Ensuite les fidèles se sont aplatis sur le sol, tandis qu'il se glissait sous les draps, pour étreindre le texte sacré comme une femme…

– Quel salmigondis !

– Oui, il prétendait évidemment donner à ces gestes dérisoires une valeur symbolique… Il y avait une folie chez cet homme, un désespoir incroyable, masqué sous son visage flamboyant et de sages paroles… Informée par ses espions, l'Inquisition n'a pas attendu pour sévir. Après la perquisition, le malheureux Correggio a été arrêté, exposé enchaîné sur la place publique, flagellé, condamné à mourir sur l'échafaud et à être pendu par les pieds…

– Pauvre Mercurio ! J'ai entendu dire qu'il s'était finalement pendu dans sa cellule…

– Certains pensent qu'il est mort étranglé par les gardiens… L'Inquisition ne lâche jamais ses proies… Mon ami, si je vous parle de Correggio, c'est pour que vous sachiez que je comprends votre prudence. Il n'est pas facile de passer pour un hérétique par les temps qui courent. Un homme ébouillanté craint l'eau chaude, et vous avez côtoyé l'abîme…

– J'y suis tombé, vous voulez dire !

– Quel était le verdict ? Une condamnation partielle, je crois ?

– Oui, presque rien, une pichenette. Treize *Conclusions* condamnées. Mes préférées, évidemment, puisées dans la bibliothèque universelle. Treize sur neuf cents, vous vous rendez compte ? J'étais partagé entre le désespoir et le fou rire.

– Treize, c'est le chiffre de l'amour en hébreu, remarqua Reuchlin.

– Tiens, c'est vrai, je n'y avais pas pensé. Ces treize *Conclusions* étaient donc déclarées hérétiques et devaient être détruites dans l'heure. Il y avait, dans le regard de mes juges, cette passion de la servitude qui rend le bourreau insensible aux vaines agitations des condamnés. Je n'ai pas protesté. J'ai demandé à exécuter moi-même la sentence.

– Vous avez brûlé treize pages devant eux ?

– Neuf pages, seulement, il y en avait parfois deux sur la même page. Oui, je les ai brûlées, l'une après l'autre, sans trembler. Il est vrai que rien n'était perdu, puisqu'elles avaient déjà été imprimées… Ce jour-là seulement, je me suis enfin résigné à l'idée qu'il n'y aurait jamais de Grande Dispute. J'ai envoyé des lettres d'excuses à travers toute l'Europe…

– Quelle humiliation…

– Oui, j'étais humilié, mais surtout exaspéré par ces sottises, je ne devrais pas vous dire ça…

– Vous étiez surtout très jeune !

– Oh oui, j'étais jeune, et en réalité, je n'avais encore rien appris… A force d'exalter la royauté de l'Homme, je sous-estimais la mesquinerie des hommes – et ma propre folie. Et puis, un soir, j'ai commencé à coucher sur le papier une défense de *mes treize condamnées*… Je souffrais pour elles, comme pour des vierges sacrifiées dans le bronze du fondeur de cloches. J'ai écrit mon *Apologie* en une vingtaine de jours… Je n'avais jamais écrit avec une telle urgence. Comme s'il fallait sauver un enfant… Mon secrétaire protestait, il devait m'obliger à prendre mes repas… Les arguments se présentaient naturellement devant moi, avec une telle évidence, l'un après l'autre, comme les personnages d'une farce… ils réclamaient toute mon attention… J'avais l'impression de les abandonner dès que je quittais mon bureau… D'ailleurs, ils protestaient, j'entendais leurs voix… Je ne pouvais croire que n'importe quel lecteur, même prévenu contre moi, ne soit pas convaincu par une argumentation aussi claire, aussi précise, aussi fondée. J'étais inconscient… J'aurais dû me soumettre tout de suite, cela m'aurait évité beaucoup d'ennuis. Je n'aurais jamais dû écrire cette *Apologie* !

– Je n'ai pas eu la chance de lire votre *Discours*, mais je me suis procuré votre *Apologie* dès qu'elle a été publiée...

– Oh, ce n'est pas grave, ce sont deux textes qui se ressemblent...

– Tout de même, si j'osais...

– J'aimerais beaucoup que vous lisiez le *Discours*, mais il n'en existe que deux exemplaires manuscrits, peut-être trois... Le mien, celui de Mithridate, et celui que j'ai donné à Laurent de Médicis, mais... Mais où est-il maintenant, après le pillage du palais ?

– A Cologne, dit Reuchlin, nous avons tous pris le deuil en apprenant votre rétractation...

– Ah, le pire, vous savez, ce n'est pas l'humiliation. C'est le mensonge forcé... Prononcer des paroles fausses, sous la menace du gibet... Se couvrir de boue des pieds à la tête... Devenir un autre... Propager des menteries... »

Les mots lui restaient dans la gorge. Reuchlin hocha gravement la tête.

« La parole est un étrange instrument, merveilleux ou funeste, capable de dire la chose et son contraire... J'aurais fait la même chose que vous.

– Sans doute... Jean Cordier a dû se rétracter aussi, vous le saviez ? Il a été héroïque. La tête haute, le regard doux et sévère... C'était le 31 juillet. Une journée inoubliable ! »

Pic regarda Reuchlin avec un sourire goguenard.

« Vraiment une journée radieuse ! Au petit matin, on m'a emmené dans une voiture noire jusqu'au Vatican... Une longue marche à travers les antichambres et les couloirs... Un prétoire garni de vieillards en soutane... Bizarrement, je restais assez calme. J'avais une confiance idiote dans les pouvoirs de la vérité. J'imaginais que mes juges, si je pouvais leur parler avec un cœur sincère, seraient aussitôt touchés, convaincus. Ils verraient qu'on ne peut condamner l'amour de la sagesse, pas plus qu'on ne peut nier Dieu. Et puis, pour tout dire, je me sentais protégé. Je savais que si les choses s'envenimaient, le Magnifique userait de son influence. Ce jour-là, j'ai signé, *benigne et gratiose*, un acte de soumission… »

Mirandole saisit Reuchlin par les épaules et le regarda droit dans les yeux.

« Cordier risquait sa peau dans ce procès, vous le saviez ?

– Bien sûr, nous savions tout à Cologne…

– Ah, c'est bien. Il faudra en témoigner devant l'Histoire. Vous voyez, c'est une drôle d'affaire, une rétractation. On vous demande de mentir, on vous force à mentir, alors vous mentez. Tout le monde sait que vous mentez, mais ce que les gens savent ne compte pas, la seule chose qui compte, c'est ce qui apparaît et disparaît, ce sont les paroles prononcées, c'est-à-dire des mots en l'air, des mots vidés de leur sens, jetés au vent, de pieux mensonges prononcés d'une voix atone pour le salut de notre sainte Église. J'ai avoué sans peine que j'étais un hérétique, en effet, car c'est au fond ce que je suis, n'est-ce pas ?

– C'est ce que nous sommes tous les deux, murmura Reuchlin.

– Ah, vous aussi ? Tant mieux ! dit Pic de la Mirandole en riant.

– Mais non, soyons sérieux. Nous ne sommes pas des hérétiques, mais des chercheurs…

– N'est-ce pas la même chose ? Les voyageurs sont mal vus, on interdit aux nomades de franchir les enceintes des cités… »

Soudain, Pic regarda Reuchlin droit dans les yeux, avec une sorte d'effroi. Son œil gauche se mit à trembler comme un petit animal.

« Ah, comme j'aimerais sortir d'ici ! »

CHAPITRE 7

Sur la dignité de l'homme

« Allons-y, messire Pico, je vous emmène dans une *locanda* de la via Martelli où l'on sert un excellent mouton rôti à la cannelle. Officiellement, elle est fermée car les *fanciulli* rançonnent et terrifient les boutiquiers et les aubergistes. Mais nous passerons par les cuisines, et vous comprendrez alors votre bonheur de m'avoir rencontré ! Ce n'est pas pour me vanter, mais on y trouve la meilleure huile d'olive de la région… En votre honneur, l'aubergiste descendra dans la cave chercher le vin de Faenza, à la fois piquant et velouté, dont vous vous souviendrez longtemps… Salades et aubergines du marché de Fiesole, parfumées à l'ail… Veau rôti à la citronnelle… Artichauts à la romaine… Et, en dessert, des confitures variées, des figurines en pâte d'amande… L'heure de midi est passée depuis longtemps, et je ne fais rien de bon si mon estomac crie famine. Fêtons notre rencontre !

– Vous êtes déjà un Florentin émérite, c'est-à-dire gourmand, sieur Reuchlin, j'ai mis beaucoup plus longtemps que vous, autrefois, à m'adapter à cette vie insouciante… Il est vrai que ce n'est plus la même ville…

– Les bonnes adresses ne ferment jamais, vous le savez bien… Alors, qu'en dites-vous ? insista Reuchlin.

– A quelle vitesse les choses ont changé ! continua Pic. Je me souviens d'un banquet, en l'honneur de Neptune… Au dessert, les convives avaient grignoté les flancs d'une baleine blanche, entièrement sculptée dans le sucre… Plus personne n'organise de telles fêtes, aujourd'hui, plus personne ne plaisante… Il n'y a plus que des émeutes, des processions, des pillages… La beauté est devenue criminelle… La vie n'est plus un jeu de possibles, elle a perdu ses couleurs, tout s'est alourdi…

– On dit que les notables ont tous quitté Florence. A vrai dire, j'ai été surpris de vous trouver ici…

– Vous avez raison, je devrais être à Careggi, chez mon ami Ficin… Mais pardonnez-moi, je ne peux sortir de ce couvent. Je connais la *locanda* dont vous parlez, j'aurais eu un vif plaisir à m'y rendre… Mais…

– Si je comprends bien, vous êtes en train de faire une retraite…

– On pourrait formuler les choses ainsi, dit Mirandole avec un sourire amer. Une retraite, oui, pourquoi pas… Ce n'était pas mon intention, mais… »

Un instant, il se cacha le visage dans les mains.

« Disons que je veux agir, oui, agir sur le destin de Florence, et que ce désir m'a condamné à la plus cruelle inaction… Mais ne parlons pas de ça, descendons plutôt au réfectoire, les moines préparent une excellente bouillie de châtaignes avec une sauce aux noix… Et ils nous offriront certainement un bol de piquette… C'est tout ce que je peux vous proposer… »

Pic sourit, mais avec une telle tristesse que l'autre resta interdit. Sur ce visage s'étendait le rayon noir d'une déception sans égale, une déception qui n'avait plus de nom ni de voix. Quelque chose de gris et de salé, une vapeur de chagrin qui voilait la clarté paisible de la bibliothèque. Reuchlin pensa que cet homme mourait à petit feu. Il semblait enchaîné à ce couvent, et à Savonarole, pour des raisons mystérieuses, mais comme un animal pris au piège, isolé, enfermé, perdu…

« Je n'aurais jamais imaginé que l'échec de la Grande Dispute vous avait tant coûté… », articula enfin Reuchlin avec la sensation de tendre une branche d'arbre à un naufragé.

Il fut heureux de voir à nouveau le beau visage du philosophe s'animer faiblement.

« Il semble établi que je ne suis pas doué pour l'action… Toutes mes initiatives se transforment en catastrophes…

– C'est que l'action, pour un philosophe, se juge avant tout à la lumière de ses paroles, de ses écrits... Et vous ne manquez pas de dons, messire Pico...

– Oh, je ne le sais que trop, on me l'a tellement dit... Nombreux sont ceux qui m'ont haï sans me connaître, à cause de cette corbeille trop pleine. D'autres m'ont encensé à la légère, d'autres encore ont voulu profiter de mon argent, de mes titres, de mes relations... Je ne dis pas que j'ai détesté la gloire, ce serait mentir ! Mais elle apportait avec elle une telle somme de devoirs, de sollicitations... Je n'avais plus le temps de réfléchir... »

Reuchlin cessa d'insister et se résigna de bonne grâce à sauter son repas. Il devinait qu'un drame inavouable hantait ce jeune homme sans âge.

« Cependant, je ne saurais me plaindre... J'ai eu la chance d'avoir quelques amis sincères, reprit Giovanni après un silence pensif... Au fond, si je vous raconte cette histoire, c'est pour vous mettre en garde : étudier la kabbale n'est pas sans danger...

– Vous en avez souffert, je le sais, mais vous avez été réhabilité. »

Un an plus tôt en effet, en 1493, le pape Alexandre VI Borgia, successeur du rancunier Innocent VIII, avait levé la condamnation qui pesait sur Pic de la Mirandole, et rendu hommage à son travail de défricheur.

« Oui, Alexandre a été gentil. C'est un cousin des Médicis, vous le saviez ? Il est donc indulgent avec nous autres, pauvres fous. Il s'intéresse à la kabbale, à la religion des anciens Égyptiens, à l'hermétisme, et même à l'alchimie, dit-on...

– On dit qu'il a fait réaliser une fresque à la gloire de la religion égyptienne...

– Oui, il croit à l'unité des religions, à l'union de Moïse et de la Croix... Mais combien de temps durera cette accalmie ? Vous savez bien que l'Église n'est pas la seule à se méfier des juifs et de ceux qui les approchent...

– L'atmosphère actuelle n'est pas très propice aux échanges entre les traditions, je vous l'accorde... »

Reuchlin regarda intensément son interlocuteur en prononçant cette phrase, si bien que Mirandole éclata de rire.

« Vous êtes vraiment très curieux, n'est-ce pas ? Vous voulez vraiment savoir pourquoi je ne peux pas sortir de ce couvent, même pour déjeuner avec vous ?

– Oui, je m'étonne, c'est vrai…

– Pardonnez-moi, mais je n'ai pas le droit de vous le dire, pas encore… Sachez simplement, même si les apparences sont contre moi, que je n'ai nullement l'intention de revêtir l'habit des frères prêcheurs ! Depuis que ma mère m'a fait nommer protonotaire apostolique à l'âge de dix ans, j'ai une sainte horreur des cérémonies d'intronisation, des adhésions et autres titulatures. A cette occasion, on m'a coiffé d'une tiare ridicule qui me serrait le crâne, et j'ai dû rester immobile pendant des heures. Mes frères se moquaient de moi en m'appelant *petit protonotaire apostolique et romain*, ce qui avait le don de me mettre en fureur…

« Vous le savez, j'ai pour principe de me répandre entre tous les maîtres de philosophie, d'éplucher toutes leurs pages, de connaître toutes les écoles. Il me serait donc impossible de m'asservir à une doctrine en négligeant toutes les autres… J'ai été impressionné, il est vrai, comme tous ceux qui les ont entendus, par certains sermons de Savonarole. J'ai été profondément remué par sa défense des miséreux, par ses diatribes contre les pompes du Vatican. Mais je n'ai jamais porté d'uniforme, et je n'ai nullement l'intention…

– Sauf parfois la toge, m'a dit Bolsoni…

– Ah, on ne peut rien vous cacher ! C'est vrai, j'ai donné une fois mon adhésion pleine et entière à une institution, l'Académie platonicienne de Florence, mais c'était pour le plaisir de l'amitié, par goût de l'échange, dans la confiance et la liberté… Ma réclusion actuelle n'est donc que provisoire, rassurez-vous, et elle a des raisons honorables. Mais venez voir, je veux vérifier quelque chose… »

*

Giovanni se leva et se dirigea d'un pas vif vers l'estrade. Reuchlin s'aperçut alors qu'ils étaient seuls dans la bibliothèque. Le chanoine s'était éclipsé, sans doute pour peu de temps, car il avait laissé son écritoire et ses fiches sur le pupitre en bois sombre. A côté, alignées sur le dallage, les trois caisses contenant la collection du Magnifique étaient restées ouvertes. Sans hésiter, Pic de la Mirandole se dirigea vers l'une d'entre elles, s'assit par terre et se mit à sortir les livres un à un. Bientôt, plusieurs piles de volumes précieux s'entassèrent autour de lui dans un nuage de poussière.

« Pétrarque, Pindare, Platon, Pléthon, Pline, Plotin, Plutarque… C'est sûrement par ici ! »

Il grommelait, et Reuchlin ouvrait de grands yeux en voyant ces merveilles.

Pic manipulait ces précieuses archives avec des gestes précis de bibliothécaire. Il semblait connaître tous ces volumes personnellement et leur adressait à chacun une petite caresse. La caisse était presque vide quand il brandit, triomphant, un volume manuscrit relié en cuir de Cordoue.

« Je savais qu'il était là ! C'est l'exemplaire du Magnifique. Vous allez pouvoir le lire… »

Heureux comme un enfant, il se releva, brossa sa culotte du revers de la main, et tendit solennellement à Reuchlin le *Discours sur la dignité de l'homme*. Très ému, Reuchlin l'ouvrit au hasard et lut à haute voix :

« *Très vénérables Pères… Ô suprême et admirable félicité de l'homme ! Il lui est donné d'avoir ce qu'il souhaite, d'être ce qu'il veut… A l'homme naissant, le Créateur a donné des semences de toutes sortes, et les germes de toute espèce de vie… Qui donc s'abstiendra d'admirer l'homme ?… Insatisfait de la médiocrité, il aspire aux sommets… Grande est la puissance des Trônes, à laquelle il atteint par le jugement, suprême la sublimité des Séraphins à laquelle il atteint par l'amour…* »

Il s'interrompit et regarda Pic de la Mirandole avec une sorte de dévotion.

« Je vois que vous citez les Chaldéens, les Mahométans,

les Persans, et bien sûr le vieil Héraclite, le grand Moïse, les Pères de l'Église... En vérité, messire Pico, vous avez été inspiré par un esprit supérieur lorsque vous avez écrit ces phrases !

– Disons qu'elles m'ont été dictées par l'amour de la sagesse... J'écrivais comme on porte l'estocade, en faisant tournoyer mon sabre dans le vide : *A mon âge, j'ose – dans la ville la plus fameuse, devant une foule d'éminents savants réunis en assemblée, devant le sénat apostolique – proposer une discussion sur les sublimes mystères de la théologie chrétienne, sur les questions les plus profondes de la philosophie, sur des doctrines inconnues...* N'est-ce pas ridicule ? »

Reuchlin l'écoutait passionnément.

« Ah, j'étais tellement sûr de réussir !

– *Que l'on compte les mérites et démérites de l'œuvre, plutôt que les années de l'auteur !* lut Reuchlin... L'important, c'est que votre *Discours* existe, non que vous l'ayez réellement prononcé ! Ce texte contient l'essentiel de notre savoir, la fine pointe ! Que nous reste-t-il à écrire, à nous qui avons eu la malchance de venir après vous ?

– N'exagérons rien ! Mon œuvre est à peine commencée. Et sachez que je suis, sur ce point au moins, le fidèle disciple du Magnifique : je déteste les flatteurs ! Aidez-moi plutôt à ranger tout ceci... »

Reuchlin posa le manuscrit sur le pupitre, s'accroupit à côté de lui, et se mit en devoir d'empiler les livres dans la caisse.

« Dépêchons-nous, dit soudain Giovanni, aux aguets. On pourrait venir... »

Puis, après un moment de travail silencieux, il reprit :

« Je vous annonce que j'accepte votre proposition !

– Vous acceptez que j'organise une Grande Dispute à Cologne ?

– Non, enfin, pour cela nous verrons. Je veux dire que j'accepte votre invitation à déjeuner ! Ces émotions m'ont donné faim. Allons dans votre *locanda*. J'ai des choses à vous dire. Prenez le *Discours*, il est à vous.

– A moi ? balbutia Reuchlin. Et vous ?

– Ne vous inquiétez pas, je le connais par cœur. Non, ne me remerciez pas, ne dites rien… Prenez vos affaires, vous ne reviendrez plus ici. Bolsoni comprendra. Venez, il n'y a pas de temps à perdre… »

Reuchlin saisit son sac au passage et y enfourna le *Discours*. Pour ne pas éveiller les soupçons, il laissa son écritoire en place, et le traité du Cusain resta enchaîné au pupitre, ouvert sur une page enluminée de bleu et or et constellée d'astres errants.

CHAPITRE 8

La taverne de maître Carasso

Ils descendent dans le jardin. De l'autre côté du mur, ils entendent une galopade, des explosions. Une femme hurle « Halte au feu ! ». Derrière un bosquet, Pic de la Mirandole et Johann Reuchlin attendent le retour au calme en s'observant du coin de l'œil. Enfin, ils se glissent hors du couvent avec des mines de conjurés, par le portail des lingères qui ouvre sur la rue. La charnière grince. Tacitement, ils évitent ainsi de se retrouver exposés aux regards sur la piazza San Marco. En deux longues enjambées, ils traversent la rue récemment pavée de petits galets aplatis. Ils traversent dans toute sa largeur le jardin des Simples, où les moines cultivent des plantes médicinales depuis les temps immémoriaux. Avec délices, ils piétinent le tapis des feuilles mortes. Les branchages leur fouettent tendrement les joues.

Ils débouchent enfin, étourdis, dans la grande lumière de la piazza Santa Annunziata. Accroché aux basques de son ami, Giovanni est essoufflé comme s'il avait couru le marathon. Il rit et pleure à la fois, ivre de grand air et de liberté.

« Attends, la tête me tourne », dit-il dans un souffle.

L'évadé se précipite vers la fontaine, au milieu de la place, où le soleil, en se jouant, fait jaillir des éclats de lumière qui piquent les yeux. Penché sur le bassin en forme de coquillage, il aperçoit son visage maladif et lui adresse une grimace. Puis il plonge les mains dans l'eau glacée et s'asperge le visage avec un plaisir violent, comme s'il accomplissait un rituel très ancien, dédié à l'astre du jour. Il reste là, renaissant, les bras écartés, les yeux mi-clos, devant l'eau miroitante où le soleil se reflète, il la boit des yeux, il la respire à pleins poumons, traversé par la puissance de l'émanation, foudroyé par la lumière qui vient de si loin, du plus haut des cieux, et se divise en paillettes dansantes.

C'est la même lumière, bien sûr, qui orchestre le ballet des astres et fait tournoyer les mondes. A cet instant, Mirandole n'interroge plus, son esprit cesse tout vagabondage, il reste posé là, transparent, devant la fontaine gazouillante, il sait une seule chose : la lumière est le rire du ciel. *Le rire du ciel ! Le rire de l'univers !* Qui a écrit cela ? Ficin ! Oui, Ficin était l'auteur d'une oraison sur la lumière… Magnifique… *Comment se fait-il que rien ne soit plus obscur que la lumière ?* Il se récite plusieurs fois à voix basse cette question paradoxale. Oui, la lumière est obscure, la lumière est l'ombre de Dieu. Sur les pavés, des milliers d'éclats scintillent.

Radieux, il se retourne vers Reuchlin qui l'attend, son gros sac serré sous le bras.

« Je suis prêt !

– Alors, ne perdons pas de temps.

– Tu as raison, nous ne devons pas rester ici. »

Au loin, venant du quartier de la Seigneurie, on entend des voix d'enfants, chantant des hymnes au son des tambourins. En passant devant Orsanmichele, Mirandole montre à Reuchlin une niche ornée de losanges bleus et or. Elle est vide. La statue du saint patron de la guilde des lainiers a été volée et décapitée par les émeutiers. Par la via dei Servi, la via Matrizio, adjacentes à la via Larga, ils rejoignent le quartier de Santa Croce en évitant la piazza San Marco, le Duomo, la piazza della Signoria.

Ils offrent avec délices leurs visages à l'air froid et marchent l'un derrière l'autre au milieu des ruelles pour éviter les déjections. Ils arrivent devant la *locanda*, elle est fermée. Reuchlin prend un air boudeur.

« Ne pleure pas, Johann, je t'emmène chez Carasso – *la meilleure bouillabaisse d'Italie !* » dit Giovanni.

Il le tire par le bras, ils repartent d'un bon pas, en sens inverse.

« Ce n'est pas très loin, dit-il pour l'encourager.

– Ça ne fait rien, la faim est aussi un enseignement, dit Reuchlin d'un air sombre. J'adore la soupe de poissons. Et Florence est si belle, malgré tout…

– N'est-ce pas ? dit Mirandole, personnellement flatté par cette remarque, comme un vrai Florentin.

– Regardez ces arcades, ces perspectives, ces balcons verdoyants, ces alignements subtils, ces trouées… »

Pic est heureux de voir que son nouvel ami a retrouvé sa bonne humeur. De nouveau, leurs pas résonnent à l'unisson sur le pavé luisant.

« Pardonnez mon indiscrétion…, dit enfin Reuchlin, tout en poussant du pied une minuscule pomme de pin. On m'a dit que vous aviez été arrêté, après votre départ de Rome… Vous avez fait de la prison… Je voulais savoir si cette expérience…

– Ah, la prison, c'est ça qui te tracasse ! Oui, j'ai été arrêté par les autorités françaises, après avoir traversé les Alpes.

– Vous étiez seul ?

– Pas tout à fait. Il y avait avec moi mon fidèle intendant, Casalmaggiore, dont je vous ai parlé. Il m'a sauvé la vie plusieurs fois. La dernière nuit, nous avons rampé dans la neige, jusqu'au poste frontière… C'est là que les gardes… Le pape avait lancé contre moi un mandat d'arrêt.

– Casalmaggiore a été fait prisonnier, lui aussi ?

– Non, je l'ai renvoyé à Florence, auprès de Laurent de Médicis. Il a rempli fidèlement sa mission.

– On dit que vous avez été emprisonné au château de Vincennes ?

– Oui, par faveur spéciale. Le roi Charles VIII a été consterné en apprenant mon arrestation. Nous avions été camarades à la Sorbonne, et il n'avait pas oublié nos conversations. Il a donc cherché par tous les moyens à contourner les instructions pontificales. Il m'a fait emprisonner dans le donjon de Vincennes, mais dans une grande pièce voûtée, percée de plusieurs fenêtres, contenant un canapé, un bureau, une écritoire toute neuve, du vélin de Venise, des plumes et de l'encre. Grâce à toutes ces facilités, j'ai pu commencer à préparer mon traité sur l'Un. »

Quelques jours plus tard, Charles VIII était venu lui rendre une visite de courtoisie. Chaleureux, comme toujours, le souverain s'était plaint de ne plus avoir de temps pour les choses de l'esprit. Il continuait à lire Ovide et Pindare pour se détendre, entre deux entrevues officielles. La nouvelle de la visite royale avait fait le tour de Paris, et plusieurs docteurs de la Sorbonne avaient annoncé leur visite. Pic de la Mirandole était considéré comme un expert en philologie dans toutes les capitales européennes.

« Ils étaient ravis de m'avoir sous la main. Ils venaient me consulter sur le sens d'un texte de Plotin ou sur une traduction d'Averroès. Finalement, j'ai vu un monde fou pendant ces quelques mois. »

*

Poussés par le froid, Mirandole et Reuchlin accélérèrent.

« Mais laissons ces vieilles histoires. Vous n'avez pas l'intention d'écrire ma biographie, j'espère ?

– Je laisse ce soin à votre neveu *piagnone*. On dit qu'il a déjà commencé…

– Ah, ne sois pas cruel ! Jean-François est un bon petit, mais il n'a plus sa tête à lui. Il veut faire de moi une vivante icône de la foi rénovée, un saint homme sans désirs.

– Ne craignez rien, la vérité trouve toujours le moyen d'échapper aux chroniqueurs. Ceux qui liront votre *Discours*, dans les siècles futurs…

– Oui, ceux-là, s'ils existent, auront une vue imprenable sur mon âme… »

Reuchlin serra plus fort son précieux paquet.

« Je suis heureux de faire bientôt partie de ces élus…

– Pas de flatteries malvenues, mon cher Reuchlin, je t'ai prévenu… »

Pic pressa encore le pas et l'entraîna dans un dédale de ruelles.

« Ah, via della Vigna Vecchia ! C'est ici ! »

Ils poussèrent une porte et se retrouvèrent dans une sorte de grande volière grillagée, remplie de battements d'ailes, de piaillements, et de feuillages frémissants. Reuchlin rentra la tête dans ses épaules.

« Viens, c'est par là… »

Ils descendirent quelques marches et là, en sous-sol, ils entrèrent dans une longue salle illuminée de flambeaux. Une servante passa devant eux, profil conquérant, porteuse d'un plat de viande. Une vingtaine de regards sc tournèrent vers les nouveaux venus. Une odeur de miel et de rôti flottait dans ce temple de la bonne chère.

« Ça alors ! s'exclama Reuchlin.

– C'est la taverne de maître Carasso. Un endroit mythique. Florence ne s'offre pleinement qu'à ceux qui l'ont longtemps courtisée, dit Pic avec un sourire mystérieux. Ici, la fête ne cesse jamais… »

« Ma parole, c'est Concordia en personne ! Je ne me trompe pas ? Tu es bien pâle, mon ami ! Que t'est-il arrivé ? »

C'était le maître de céans, le fameux Carasso. Un grand gaillard superbe, à la barbe grise taillée de travers, vêtu d'une salopette de travailleur, avec un regard lumineux, un regard d'artiste, un sourire comme du bon pain.

Ils furent traités en seigneurs. On leur servit un vin du Nord et du rôti au miel avec des patates douces. Le dessert se fit attendre, c'était un soufflé au rhum. Toute la salle applaudit quand Pic y plongea sa cuiller. Les dîneurs avaient reconnu le célèbre philosophe, l'ami des Médicis. Avec un frisson d'excitation, il sentit qu'il lui suffirait à cet instant d'un simple geste, d'un discours bien senti, pour que tous ces dîneurs le prennent aussitôt pour le sauveur de la patrie.

Il se tourna vers Reuchlin et murmura :

« Ils ont raison. Je dois sauver Florence.

– Vous, messire, un philosophe ? Sauver Florence ? La

politique ne se contente pas de nos belles paroles, elle exige des actes. A chacun son métier, vous ne trouvez pas ?

– Mais je n'ai nullement l'intention de faire de la politique ! »

Pic se mit à rire, l'œil en alerte.

« Ne t'inquiète pas, jamais je ne proposerai à mes malheureux concitoyens de voter pour moi…

– Cela s'est déjà vu, vous savez que le grand Dante lui-même…

– Oui, je sais, il a passé deux mois à la Seigneurie comme représentant des Guelfes, et qu'est-ce que cela change ? Je ne suis pas Dante. Je suis Pic de la Mirandole, et je dois sauver Florence parce que, sinon, j'en mourrai. »

Il vida son verre d'un trait et sourit tristement.

« Bon, je vois que je n'ai pas le choix, je vais t'expliquer. Si je séjourne à San Marco, c'est parce que je veux rencontrer Savonarole… Tu me diras que je ne suis pas le seul. Ces jours-ci, c'est le cas de tous les Florentins. La différence, c'est que je ne l'attends pas pour l'aduler, mais pour le combattre, pour arrêter son bras. Pour éteindre l'incendie, si tu veux.

– Ah, c'est donc ça ! » s'exclama Reuchlin, estomaqué.

Tout s'éclairait. Pic voulait dompter le dragon. Avec ses mains nues !

« Il veut organiser un grand autodafé, tu le sais ?

– Je le sais, messire, et je ne peux vous dire combien je suis heureux d'entendre ces paroles dans votre bouche. Depuis tout à l'heure, un doute me torturait…

– Je te comprends. Tu sais tout, maintenant… Tu es le seul à savoir, avec Ficin…

– Savonarole ne sait rien ?

– Il me croit tout acquis à sa cause. J'ai l'intention de l'attaquer par surprise.

– Une excellente technique, enseignée dans les manuels de chevalerie ! Prince, sachez que je prierai pour vous. Par cet acte héroïque, vous entrerez dans l'Histoire.

– Pas de viles flatteries. Je n'ai besoin que de ton amitié. Écoute-moi bien, Johann Reuchlin. »

Leurs têtes se penchèrent l'une vers l'autre.

« Je compte sur toi pour mettre en sécurité mon *Discours.* »

Il posa la main sur le sac de Reuchlin.

« Mais bien sûr…

– Je t'ai dit qu'il n'en existe que deux ou trois exemplaires. Ne le perds pas. Garde-le près de toi pour dormir. Ne te fais pas voler tes bagages dans une auberge. Fais-le recopier, diffuse-le, fais-le imprimer si tu peux. Qu'il en existe, très vite, un assez grand nombre d'exemplaires. Qu'ils brûlent mes autres livres, s'ils le veulent ! Mais je ne voudrais pas que ce texte périsse, c'est ce que j'ai écrit de mieux…

– Je vous le jure, sur la sainte kabbale, je ferai tout mon possible. »

Ils étaient un peu ivres après ce repas bien arrosé. Carasso les raccompagna jusqu'à l'entrée, et c'est au milieu des piaillements de la volière qu'ils se firent leurs adieux.

« Toi qui es dans le secret des dieux, que penses-tu de la situation actuelle ? demanda Carasso à Mirandole.

– Tu veux savoir ce que je pense de Savonarole ?

– Si je m'en souviens bien, c'est toi qui l'as fait venir à Florence…

– C'est vrai et je m'en repens », murmura Pic en jetant un regard craintif autour de lui.

Mais il ne vit que des perruches et des canaris occupés à lisser leurs plumes et à se chamailler pour une brindille.

« Je suis heureux de l'apprendre, dit Carasso. Tout ça ne me dit rien de bon… Les austérités, les macérations, les repentances, c'est bien beau tout ça, mais ça n'a qu'un temps. Il faut que le corps exulte… C'était la philosophie de notre Magnifique, si je m'en souviens bien. Que de fêtes somptueuses j'ai organisées pour lui ! Les plus belles femmes de Toscane arrivaient avant le début de la soirée, voilées, dans des voitures sans blasons. On leur attribuait une chambre à chacune, et elles réapparaissaient, dans les tenues les plus extravagantes, les plus dénudées… Les compagnons de plaisir masculins arrivaient plus tard, tous sobrement vêtus de velours sombre. Le visage masqué d'un loup noir, Laurent était le chef d'orchestre de ces séminaires hédonistes. Il organisait des jeux de société, invitait une liseuse de cartes ou un ventriloque, tout le monde riait et s'effleurait joyeusement, et plus tard, dans la nuit... Mais cette époque est révolue, et c'est peut-être mieux ainsi. Tant que mon restaurant ne désemplit pas...

– Jamais les vrais Florentins ne déserteront la taverne de maître Carasso...

– J'en suis fort aise ! Pour eux comme pour moi... C'est vrai, avec ma cuisine et mes rondeurs, j'ai l'impression de défendre la cause du bon sens, je veux dire du sens de la vie. Tu le sais, Mirandole, je voue un culte à tous les plaisirs de la chère et de l'amitié. Telle est ma philosophie personnelle. Je reconnais qu'elle est un peu simpliste... Mais je ne dirai plus rien, c'est toi, le philosophe ! dit Carasso en riant. Il me semble d'ailleurs que tu ne méprises pas non plus les bonnes choses de la vie... »

Il lui fit un clin d'œil et prit Reuchlin par l'épaule.

« Pour un étranger comme vous, le spectacle de Florence doit être troublant...

– Florence est belle en toute saison. Je suis heureux d'avoir découvert aujourd'hui l'un de ses trésors les plus délicieux. Je m'incline devant votre talent, maître Carasso... »

Carasso le releva et le serra sur son poitrail généreux.

« Ah, je ne suis pas comme notre Magnifique, je ne déteste pas les flatteurs ! dit-il en riant. Revenez me voir quand vous aurez une petite faim. Et surtout, faites bien attention à vous. Où allez-vous ? Jusqu'à San Marco ? Prenez les grandes artères, surtout. Les ruelles ne sont pas sûres, par les temps qui courent. »

Ils repartirent d'un pas vacillant, appuyés l'un sur l'autre. Un pâle soleil descendait sur l'horizon, vaguement nuancé de rose. L'air froid piquait le front et glaçait les narines. Giovanni avait les lèvres sèches et ne cessait de les mordiller. En arrivant sur la piazza Santissima Annunziata, il eut un hoquet et porta la main devant sa bouche.

« Pardon ! J'ai dû trop manger. C'est toujours la même chose, avec Carasso... Après ces journées à la purée de noisettes, j'ai été pris d'une fringale... Et maintenant, évidemment, j'ai mal au cœur... »

Il hoqueta de nouveau.

« Mais toi, Johann, tu ne dois pas revenir à San Marco ! Pas avec ça..., dit-il en désignant le sac contenant le précieux manuscrit. Rentre chez toi, je vais me débrouiller... Je dirai au chanoine que tu reviendras demain, surtout qu'il ne touche à rien...

– Je ne peux pas vous laisser comme ça ! »

Reuchlin voulut le prendre aux épaules, pour l'aider à se redresser, mais Giovanni se plia en deux et se mit à vomir par saccades. Le repas de maître Carasso, à peine broyé, se répandit sur la chaussée en miettes multicolores flottant dans la bile.

« Vous êtes malade, il faut consulter...

– Écoute-moi, Johann, j'ai quelque chose à te dire. »

Pic s'était relevé, il époussetait son pourpoint avec une dignité intacte.

« Voilà. Je suis malade. Je crois qu'on essaye de m'empoisonner. On me fait prendre une poudre médicinale... Je n'aime pas le goût qu'elle donne à la soupe... »

Il eut encore un haut-le-cœur, et se mit à sautiller de douleur en se tenant le ventre, jusqu'au milieu de la place, comme un automate cassé. Il s'arrêta près de la fontaine, tenta de se redresser, inspira profondément, poussa un gémissement, tendit les bras vers le ciel... et tomba de tout son long. Sa tête heurta la margelle du puits. Un filet de sang se mit à ramper sur les marches. Il porta la main à son front et sentit le liquide poisseux. La nausée l'envahit de nouveau, il sentit son mauvais œil s'affoler.

Cristoforo ! C'est Cristoforo Casalmaggiore qui lui manquait en cet instant critique ! Cristoforo saurait quoi faire, lui ! Il avait toujours su, dans les moments les plus difficiles... Après la bataille d'Arezzo, il avait traîné son maître blessé, comme un enfant géant, pendant des heures, dans la boue, à travers bois… Mais qui était cet étranger à la peau sèche qui le regardait de si près ?

« C'est moi, Reuchlin ! Johann Reuchlin de Cologne ! Vous êtes tombé, messire, est-ce que ça va ?

– Ah, Cologne, Bologne, quelle importance… »

Pic de la Mirandole s'assit et se frotta les yeux.

« Pardonne-moi, mon pauvre Johann. Ce n'est rien, j'ai eu un malaise, je vais bientôt mourir. Carasso n'y est pour rien. Je te l'ai dit, on m'empoisonne…

– Ne dites pas de bêtises, venez, je vous ramène au couvent.

– Mais non, malheureux ! Tu ne peux pas revenir là-bas avec moi ! Tu as une mission de la plus haute importance ! »

Il tapota la besace de Reuchlin en riant très fort.

« C'est vrai, messire, je n'ai pas oublié. Je serai le gardien de mon frère.

– Regarde comme je suis faible. Je ne sais pas si je suis en état de combattre…

– Mais personne ne vous demande…

– Mais si, justement ! Tu n'as pas compris ? Je m'en vais affronter le dragon dans sa tanière. Allons-y, le temps presse. »

Il se pencha vers la fontaine et s'aspergea le visage avec une sorte de frénésie. Puis il s'appuya de la main sur la gueule du lion de pierre qui crachait son eau.

« Tu vois, jeune ami, je suis debout ! Vertical ! Prêt à tout ! *Et vous, éminents docteurs, qu'avec un vif plaisir je vois armés et équipés dans l'attente du combat, venons-en aux mains sous de bons et heureux auspices, comme si la trompette donnait le signal…* Tu vois, il suffit de se mettre en condition. L'action, ce n'est rien. Une simple résultante… Allons-y. Emmène-moi jusqu'au coin de la place, ensuite tu partiras… »

Reuchlin lui offrit un mouchoir, et il s'essuya machinalement, sans voir qu'il étalait le sang sur son visage. Timidement, Reuchlin tendit la main, humecta le mouchoir de salive et répara les dégâts en tapotant ses joues. Giovanni se laissa faire, les yeux fermés. Mais il refusa le bras de Reuchlin et se remit en marche en titubant. Peu à peu, son allure se raffermit. Aux aguets, ils traversèrent la place et s'arrêtèrent à l'entrée de la via dei Semplici.

« Je vous raccompagne jusqu'à la porte du jardin…

– Non, laisse-moi ici, je n'ai rien à cacher, je vais rentrer par la grande porte. De toute façon, j'attends Savonarole depuis si longtemps qu'il n'a presque plus aucune réalité pour moi… Ce n'est plus qu'un fantôme parmi tant d'autres… »

Reuchlin le regarda avec inquiétude. Pouvait-il le laisser seul ?

« Dois-je prévenir un médecin, messirc Pico ?

– Ah oui, bonne idée ! Peux-tu prévenir Marsile Ficin ? C'est lui qui me soigne, il vit à Careggi, tu trouveras facilement sa maison, c'est la plus belle – sans parler de celle des Médicis, évidemment…

– Je serai bouleversé de faire la connaissance de ce grand esprit… J'ai appris par cœur son *Plotin*, admirable…

– Oui, nous en reparlerons… Ne l'affole pas, surtout, dis-lui juste que j'ai eu un malaise, c'est important, il me donne un traitement… Ah, et n'oublie pas : qu'il fasse venir Casalmaggiore, mon secrétaire, j'ai grand besoin de ses services…

– Me voici donc doublement chargé de mission, messire Pico… »

Reuchlin esquissa un profond salut, mais Giovanni le releva, le prit dans ses bras et le serra, fort, à lui briser les côtes.

« Va, mon ami, pas de cérémonie entre nous. J'ai eu grand plaisir à te connaître. Ta recherche scrupuleuse fait honneur à la faculté de Cologne. Et surtout, continue ton œuvre. Nous sommes les deux premiers kabbalistes chrétiens de l'Histoire, c'est une grave responsabilité…

– Il en est toujours ainsi, messire. Toute élection est une mission sacrée, tout privilège crée un devoir… Ainsi, le privilège de vous connaître…

– Allons, pour la dernière fois, pas de flagornerie ! »

Pic le repoussa en souriant avec une incroyable tendresse,

et Reuchlin, très ému, se résolut enfin à s'éloigner. Avant de disparaître dans le lacis des ruelles, il se retourna une dernière fois, en levant le poing, pour lui souhaiter bon courage.

Adossé au mur, luttant contre la nausée, Pic lui fit un clin d'œil fanfaron. Il pensait à son cher Bolsoni, qui l'attendait sur le balcon.

SIXIÈME PARTIE

Les pieds du prophète

Florence, San Marco, 14-17 novembre 1494

La lumière est le rire du ciel.

MARSILE FICIN

CHAPITRE 1

Le *Sermon sur le Déluge*

Pic de la Mirandole examina son mouchoir ensanglanté. Une blessure à la tête ! Tout un symbole ! Il était épuisé, voilà la vérité, il ne tenait plus sur ses jambes de papier. Dignité de l'homme, où es-tu ? *Dignité*, tel était son véritable blason, l'écusson des braves et des sincères. Un condottiere de noble lignée ne prend pas appui contre les murs, et ne vomit pas dans la rue, surtout un excellent repas préparé par maître Carasso ! Un Mirandole digne de ce nom ne perd pas tous ses moyens avant d'aller au combat ! Au contraire, il se renforce, il s'exerce, il polit ses armes. Et lui, au contraire, s'affaiblissait d'instant en instant. Ses genoux menaçaient de se replier en édredon. Il posa la main à plat sur un moellon de granit, se tamponna le front avec précaution et, tout d'un coup, il eut envie d'abandonner, de tout planter là, d'oublier ce vain combat contre un dragon local. Savonarole était mortel, lui aussi. Il ne régnerait pas éternellement sur Florence.

Partir, oui, partir pour de bon. Sans se retourner. A Careggi ? A Mirandole ? A Fratta ? A Sienne ? Non, plus loin. A Paris ? Ou à Cologne, auprès de l'aimable Reuchlin ? Ou plus loin encore. En Turquie, en Perse, en Chine…

C'est cela, cette histoire serait terminée. Pic voguerait vers son destin, le nez au vent. Il ne dirait rien du tout à Savonarole. Il laisserait Florence poursuivre ses chimères. Il oublierait d'être héroïque. Il renoncerait à cette vaine querelle. Après tout, il n'avait de comptes à rendre qu'à lui-même. Avec son arrogance habituelle, il s'était librement assigné cette mission à hauts risques. Mais il n'était que philosophe, il n'était pas un guerrier comme ses frères. Ce n'était pas la peine de faire semblant. Avec le lait de Giulia Boiardo, il semblait avoir sucé un appétit de savoir insatiable, mais au combat il était naturellement perdant, comme il l'avait été face à la cavalerie du sinistre Mariotto. Pic n'était qu'un éternel étudiant. A quel titre prétendait-il aujourd'hui peser sur le destin d'une ville qui n'était même pas la sienne ?

Florence, si belle, si volage, cristal de pierre à travers mes larmes. Seule la beauté ne ment pas…

Oui, l'idée était bonne. Excellente, même. Il était soulagé, profondément soulagé. Enfin libéré de cette cellule sinistre, de ce couvent malsain. Au fond, il haïssait cette austérité confite, ces cloches à heure fixe, ces minois patelins, ces pas traînants. Il aimait le jardin, ça oui, mais… Pendant ce temps, rasant les murs par instinct, il s'était lentement rapproché de l'entrée du couvent. Le vieux mendiant s'approcha, gémissant à fendre l'âme. Pic lui posa dans la main sa bourse de velours pleine de florins, puis il voulut l'embrasser, mais le mendiant prit la bourse d'un air dégoûté, comme on ramasse un fruit pourri, et s'esquiva en ronchonnant. Face au portail, son mouchoir en compresse sur le front, Pic invoqua les mânes de son père et de tous ses aïeux, et souleva le heurtoir.

C'est alors que la porte de l'église adjacente s'ouvrit à deux battants. Des hymnes retentirent, bondissant à l'air libre, créant autour des passants et des arbres une aura de pureté nostalgique. Pic vit sortir Savonarole de l'église, en procession, entouré d'une troupe de *fanciulli* qui chantaient un Ave Maria à pleins poumons. Le moine écartait les bras au-dessus de leurs petits crânes, et c'était merveille de voir ces grandes ailes noires flotter dans la brise au rythme de la musique. En un clin d'œil, une foule de fidèles se rassembla devant l'église et le couvent attenant.

Dès qu'il vit son ami, le moine esquissa de grands gestes et obliqua vers lui, suivi de ses ouailles chantantes.

« Giovanni Pico ! Mon hérétique préféré ! C'est bien toi ?

Je ne rêve pas ? Ce n'est pas une vision du paradis ? Quel bonheur ! Dans mes bras, mon frère ! »

Il avait les larmes aux yeux. Il lui donna une accolade fraternelle, prenant le peuple de Florence à témoin de leur vieille amitié.

« Mais tu es blessé ? Tu saignes... Que t'est-il arrivé ? Laisse-moi voir ça de plus près... »

Réticent, Giovanni souleva son mouchoir ensanglanté. Savonarole inspecta la blessure d'un air soucieux.

« Rien de grave, une simple égratignure. Tu sais que je suis médecin... Enfin, petit-fils de médecin... C'est mon grand-père Michele, qui...

– Je sais, c'est lui qui t'a tout appris...

– Oui, il m'a enseigné les seules choses qui vaillent, l'amour des miséreux, la haine des criminels... Au fait, je croyais que tu m'attendais dans ta cellule, je m'apprêtais à te rendre visite...

– Tu vois, le hasard fait bien les choses. Tu tardais à venir, alors je suis sorti déjeuner.

– Sorti déjeuner ? Quelle idée ! Tu n'aimes plus la célèbre purée de noisettes de notre Stefano ? C'est vrai que tu as été habitué à des mets plus délicats... Tu étais seul ?

– J'avais besoin de bouger...

– Et alors, le repas fut-il bon ? On dit que maître Carasso refuse de fermer boutique, malgré les événements, est-ce la vérité ? »

Savonarole se tourna vers Fra Stefano qui venait d'apparaître et les regardait bouche bée.

« Ne reste pas là comme un idiot ! Tu vois bien que Giovanni Pico est blessé, occupe-toi de lui... Prépare une décoction de *vulgaria cornillia*. Au fait, dis-moi, tu lui as bien donné sa dose quotidienne de poudre médicinale ? »

Stefano acquiesça, l'air affolé.

« Il t'a cherché partout, le pauvre, dit Savonarole, il se sentait responsable de ta disparition. Tu aurais pu le prévenir, par charité chrétienne... Enfin, tu en as toujours fait à ta tête... Viens, rentrons, laissons ces benêts. »

Il se tourna vers la foule massée devant eux et leva les bras.

« Mes frères... »

De nouveau, il avait les larmes aux yeux.

« Je n'ai qu'un mot à dire... Repentez-vous ! Et continuez le combat ! »

Les premières rangées tombèrent à genoux. On entendit des gémissements.

« Repentez-vous, Dieu nous bénira ! Que chacune de mes paroles s'inscrive dans vos âmes en lettres de feu ! Et vous, mes enfants, chantez, que vos voix s'élèvent vers le ciel comme un fumet d'amour ! »

Les *fanciulli* s'égosillèrent de plus belle.

« Giovanni, tu devrais leur faire un signe d'amitié. Ils te connaissent... »

Les *fanciulli del frate*, ces enfants de cinq à dix-huit ans, étaient organisés en brigades, sur le modèle des traditionnelles confréries de quartiers. Ils avaient pour mission de traquer et de soumettre les joueurs, les blasphémateurs et les femmes impudiques.

« Regarde comme ils sont beaux, mes petits anges ! Ce sont les soldats du Christ... Leur musique céleste a remplacé les chants licencieux de jadis. Ils témoignent, aux yeux du monde, de la pureté de mes intentions. Qui oserait les contredire ? »

Bouche ouverte, visage extatique, les *fanciulli* étaient armés de piques.

« Ce ne sont que des enfants, Jérôme, murmura Giovanni, comment peux-tu les enrôler dans une guerre ?

– Permets-moi de te rappeler que toi aussi, à dix ans, tu t'es engagé dans le service de l'Église. Tu as été consacré protonotaire apostolique, c'est bien ça ?

– Oui, mais c'était pour complaire à ma mère. Elle m'avait coiffé d'une tiare trop petite, qui me serrait les tempes.

– Ah, la sublime Giulia Boiardo ! Le grand amour de ta vie ! Elle avait pour toi de grands espoirs, n'est-ce pas ? Elle te voyait cardinal, ou pape... Elle serait déçue, aujourd'hui.

Elle s'inquiéterait pour ta blessure à la tête. Allons, fais-leur l'aumône d'un geste… »

Réticent, Pic de la Mirandole leva la main en souriant. Une clameur s'éleva dans la foule. En passant le seuil de San Marco, il se dit avec effroi qu'il avait déjà perdu la première manche. Il se souvint de ses résolutions. *Lui ouvrir les bras. L'apaiser. Étouffer l'incendie. Parler d'amitié, de concorde. Lui représenter son erreur. Prudemment… Ne pas oublier de le flatter…*

« Ne t'inquiète pas pour cette égratignure, dit Savonarole en l'entraînant au pas de charge à travers le cloître. Stefano va te mettre une compresse.

– Ma blessure à la tête n'est pas grave, je sais, mais en fait je suis malade… Depuis quelques jours, je…

– Tu vas me raconter tout ça en détail, mais viens, allons dans la bibliothèque, c'est la seule pièce tranquille dans cette maison de fous. Tu sais que les livres de ton cher Laurent ont été apportés ici après le pillage ?

– Je le sais, j'ai vu les caisses et je m'en félicite. C'est ce que Laurent souhaitait… Il voulait que toutes ses archives soient déposées ici.

– Ah, je l'ignorais… Pourtant, j'ai recueilli ses dernières volontés…

– Je le sais, j'étais là.

– Mais, dis-moi, tu boites ! s'exclama Savonarole. Souvenir de la dame d'Arezzo, je suppose… »

Giovanni peinait à suivre son train d'enfer.

« Mais laissons cela pour l'instant, poursuivit le moine. Oui, tu dis vrai, nous nous sommes croisés au chevet du Magnifique. Paix à son âme ! Ce fut un grand souverain. Corrompu certes, mais un peu moins que les autres…

– Tu ne t'es pas privé de lui rendre la tâche difficile…

– C'est vrai, nous avons eu quelques différends », dit Savonarole, goguenard.

Ils arrivèrent dans la bibliothèque, où quelques copistes travaillaient, sous la surveillance du chanoine qui continuait ses classements. Pic remarqua au passage que le texte du

Cusain était toujours là, enchaîné au pupitre. Il se reput un instant du ciel étoilé qui brillait sur la page. En voyant apparaître le maître des lieux, les copistes et le chanoine tombèrent tous ensemble sur le sol, firent de profondes génuflexions, puis se relevèrent en hâte, sans épousseter leurs frocs, et sortirent à reculons en multipliant les salutations.

« Nous voilà enfin seuls, dit Savonarole. Après tant d'années… Tu m'as manqué, tu sais. Mais je n'ai jamais perdu ta trace.

– Moi non plus. J'ai entendu presque tous tes sermons.

– Je n'en doute pas. Quel Florentin de cœur ne les a pas entendus ? Mais, dis-moi, tu as une mine de papier mâché… Tu sais, je suis vraiment content de te voir ici, à San Marco, en ces journées décisives. Tu es venu, tu es là, tu es avec nous, quel bonheur ! Gloire au Seigneur ! Mon cœur a bondi de joie quand Stefano m'a dit que tu te recueillais en m'attendant. Il s'est beaucoup inquiété pour ta santé, tu l'auras deviné. Enfin tu es là, c'est la seule chose qui compte. L'ordre a besoin de toi, tu le sais. Es-tu prêt à servir ? Tu sais que tout est organisé pour la cérémonie des vœux. En raison des circonstances exceptionnelles, et surtout de ta grande renommée, tu seras accepté sur un simple serment. Une procédure d'urgence a été mise en place. Un scapulaire a été fabriqué spécialement pour toi…

– Jérôme, tu fais fausse route, écoute-moi.

– Fausse route ? »

Les yeux de Savonarole lancèrent un éclair.

« Oui, fausse route. Il est hors de question que je me prête à ce qui ne serait qu'une mascarade. Je ne suis pas des vôtres, je ne suis pas moine, je suis philosophe. C'est vrai que j'y ai songé, pendant quelques jours… En septembre, après ton *Sermon sur le Déluge*. Ce jour-là, tu as vraiment atteint au sublime…

– Ce jour-là seulement ? »

Savonarole rit.

« Après le *Sermon sur le Déluge*, il y a eu le *Sermon sur Aggée*… Enfin, passons. L'essentiel, c'est que tu aies enfin compris l'importance de ma prédication ! Tu as mis le temps !

– Ne dis pas cela, Jérôme, je n'ai jamais cessé de t'aider.

– C'est vrai, je dois reconnaître que tu es un ami fidèle, quoiqu'un peu étourdi. Mais parle-moi du 21 septembre. Je n'ai pas été mauvais, ce jour-là, je te l'accorde... »

Il releva le menton et se mit à psalmodier.

« *Persévère, peuple de Florence, dans tes bonnes œuvres, persévère dans la paix... Sois clément avec tes frères, tes amis, tes ennemis... Ô mon peuple, qu'ai-je jamais désiré, sinon de te voir uni dans l'amour ?...*

– Oui, je me souviens de ce passage, dit Giovanni, ému aux larmes. C'était doux et violent, mais la douceur l'emportait... Même tes ennemis étaient touchés au cœur... Tu ne parlais que de miséricorde... Devant le danger, devant la forfaiture de Piero l'Infortuné, alors que Charles VIII approchait avec ses garnisons, tu as su trouver les accents d'une mystérieuse sérénité... Par une sorte de grâce, tu as subitement cessé de tonner et de menacer, tu n'as plus cherché à effrayer les Florentins, mais simplement à leur montrer la réalité dans toute sa perversité, son horreur et sa beauté, tu ne cherchais qu'à les émouvoir, à les rassembler...

– A les aimer ! dit le moine d'une voix de basse. D'un amour pur, sans alliage !

– A les aimer, oui, c'est juste. Ce jour-là, le temps d'un sermon, je crois que tu as vraiment aimé les Florentins, en effet. Leur désarroi t'avait touché. Sans les Médicis, ils étaient orphelins, perdus. Ils ne savaient plus que penser. Leur République s'effondrait sous le poids des intrigues. Ils s'indignaient des mœurs criminelles de l'Église, ils avaient peur des soldats, peur de la famine, peur des épidémies... Ils voyaient parfois trois soleils se lever en pleine nuit, et la terre suer le sang... Oui, ce jour-là, les Florentins étaient au bord de l'abîme, et toi, Jérôme, au lieu de les écraser sous le poids de leurs péchés comme les autres jours, tu les as soudain saisis par le col, et tu les as ramenés sur la voie de l'amour et de la concorde. Il y avait une grandeur en toi, une certitude à laquelle nul ne pouvait résister. Toi qui excelles à faire basculer la foule des fidèles dans l'ivresse ou dans la colère, tu te montrais serein et grave. Inspiré par les anges, tu parlais d'or et de lumière, non d'enfer et de feu. Tu prêchais l'amour, non la vengeance, avec les mots simples d'un cœur mis à nu. Tes paroles illuminaient. Tu étais l'ami, l'ami absolu, l'ami de toujours, celui de Ferrare, de Reggio, toujours prêt à débattre, celui de Florence, celui de San Marco, celui d'aujourd'hui. Tu étais l'ami retrouvé, toujours renaissant, mais grandi, génial, sincère, tu étais celui que j'avais toujours connu, le proche, le frère, celui qui savait consoler, et tu étais aussi l'avenir du monde, l'intercesseur. Je me souviens de chaque inflexion de ta voix. Tu en jouais comme d'une mandore ou d'un luth…

– Qu'y aura-t-il après tous ces éloges ? grommela Savonarole qui buvait chacune de ses paroles.

– Ah, comme je suis heureux de pouvoir enfin t'en parler ! Tu mettais le doigt sur toutes les blessures. Tu évoquais la démarche somptueuse des grands prélats satisfaits, gavés de Providence, leurs chasubles laissant voir à chaque pas des babouches ornées de perles… Tu imitais leurs visages confits sous la mitre, et tu croisais les bras, comme eux, avec un air repu ! Tout le monde riait…

– C'est vrai, tout le monde riait…, répéta Savonarole, attendri.

– Et quand j'ai vu que tout le monde riait, quand j'ai vu ce bonheur, cette amitié, cette joie, j'ai eu envie de te suivre, de me consacrer, dans ton sillage, à la pratique de l'humilité… Mais j'ai voulu d'abord me purifier de tous mes biens matériels, tu le sais… »

Savonarole avait les larmes aux yeux.

« Je l'ai appris par la rumeur, en effet, mais tu ne m'as rien dit de ce grand bouleversement… Tu aurais dû venir me voir en confession… J'aurais pu te guider, t'éviter les erreurs…

– C'est vrai, je ne t'ai rien dit, quelle importance ? Je n'étais pas pressé de te plaire, j'étais pressé d'agir selon la foi… Il me suffisait d'être sincère, de vibrer à l'unisson de la grande réforme en cours, dont tu étais l'artisan. De toute façon, tu étais très occupé, il était presque impossible de te voir. Avant de te rencontrer aujourd'hui par hasard, je t'ai attendu presque deux semaines…

– Je ne suis que le messager de la Miséricorde, et seuls les damnés de la terre peuvent me voir à toute heure du jour et de la nuit. Et je te rappelle que tu n'en fais pas partie, même si tu as mauvaise mine aujourd'hui…

– Mais enfin, tu aurais pu me prévenir, me faire savoir par Stefano…

– Ah, ce bon Stefano, il est un peu niais, mais il s'est occupé de toi avec un dévouement total… Il t'aime beaucoup, tu sais. Il m'a dit que tu avais fait une plaisanterie vraiment drôle, et que vous aviez eu un fou rire ensemble. Cette amitié entre deux êtres si chers me réjouit profondément. Mais revenons à nos moutons ! Explique-moi, si depuis le *Sermon sur le Déluge* ton cœur est acquis à la Cause de Dieu, pourquoi attendre encore pour franchir l'étape ultime, pour connaître le grand frisson ? Je l'ai connu à dix-sept ans, et je peux t'assurer…

– Je sais, tu me l'as déjà dit…

– Ah, mes pauvres parents ! Ils ont tempêté, ma mère a pleuré… Les pauvres fous ! Je leur ai envoyé quelques missives bien senties, pour les rappeler à la soumission devant la volonté divine. L'idée de leurs larmes, de leur mollesse, de leur vie médiocre me répugnait. Pendant sept ans j'ai nettoyé les latrines, j'ai balayé, j'ai bêché la terre, dans une extase perpétuelle… Après sept ans, les bons pères ont insisté pour que je reprenne mes études… Je suis devenu lecteur ordinaire…

– Oui, à San Marco. Grâce à Laurent…

– Enfin, disons plutôt grâce à toi ! Je te dois beaucoup, finalement… Quelle ironie ! Laurent a dû regretter souvent de m'avoir invité à Florence. Tu avais dû beaucoup insister, j'imagine ? »

Il jeta un regard scrutateur vers Mirandole, qui se contenta de hocher gravement la tête.

« Forcément ! Et il a dû t'en vouloir, ensuite… Et toi-même, tu as peut-être regretté d'avoir si bien favorisé mon ascension…

– Parfois, c'est vrai, j'ai eu l'impression d'avoir fait entrer le loup dans la bergerie.

– Méfie-toi, Giovanni, je ne suis pas Ysengrin, je suis Goupil ! Quant à Florence, elle n'a rien d'une bergerie, et tout d'un lupanar.

– Au début, Laurent a été séduit par tes séminaires sur la Bible, mais peu à peu ton style a évolué…

– Tu veux dire que j'ai gagné l'audience du *popolo magro* ! Je ne parlais plus seulement pour quelques élus réunis ici même, sous le cèdre du Liban, tu te souviens… »

Leurs regards, brillants, se croisèrent furtivement.

« Si je m'en souviens… Les novices installaient les bancs du réfectoire… J'y pensais justement, ces jours derniers, nous étions là, assis en cercle, fervents et silencieux… Un soir, tu t'es levé pour cueillir une fleur sauvage et tu nous l'a rapportée précieusement, dans tes mains jointes en forme de calice. Ensemble, nous nous sommes extasiés sur les mille coloris de la volonté divine… Ensuite, il est vrai que les choses ont beaucoup changé… Les grandes cathédrales t'offraient leur chaire pour le Carême ou l'Ascension… Les occasions ne manquaient pas, le peuple était conquis…

– Oui, les pauvres, les opprimés, les miséreux sont venus, par milliers, écouter la voix de Dieu…

– Et toi, tu as changé ta manière. De plus en plus, tu as puisé dans les Prophètes furieux, Jérémie, Isaïe, la matière de tes sermons. Une colère, venue du fond de toi, une colère sourde et terrible, s'est mise à transpirer de tes moindres mots. Tu ne citais plus la Bible pour la commenter, mais pour prophétiser. Dans tes homélies, la fureur prenait le pas sur la persuasion. Tu ne disais plus aux misérables ce que tu pensais, mais ce qu'ils voulaient entendre. Tu commençais par les plaindre, par raviver leurs souffrances, puis tu les terrorisais en parlant de leurs fautes, tu les appelais à faire pénitence, enfin tu désignais les vrais coupables, l'Église, les Médicis… Ainsi, tu ranimais leurs vieilles colères, tout en réveillant ce qu'il y avait de meilleur en eux… Prends garde, mon ami ! Je t'ai vu faire, tu sèmes la terreur ! Le Glaive du

Seigneur conduit tes pas et dicte tes paroles. Trop souvent, tu sembles préférer la violence à la sérénité, la vengeance à l'amitié, la discorde à la concorde. Tu es devenu le prophète des désespérés…

– Le prophète de l'espérance, Giovanni, ne te trompe pas ! Détruire Sodome et Gomorrhe est un devoir sacré, c'est ouvrir la porte du paradis !

– Mais où est passé le Jérôme Savonarole de ma jeunesse, enthousiaste et sensible, ce prince spirituel qui se donnait en offrande…

– Mais je m'offre, tu vois bien ! Je n'en finis pas de m'offrir ! Regarde-moi ! Ne suis-je pas tout entier dévoué à la Justice céleste ? Je ne cesse de m'offrir aux miséreux, de m'offrir à mon Seigneur ! Regarde mon visage, regarde mes pieds… On peut me dépecer, me lapider, me dévorer, je ne sens rien, je ne suis rien, je m'anéantis dans le rayonnement de Dieu… Savonarole n'est plus, seul le serviteur de Notre Seigneur Jésus-Christ est vivant… Mon humilité est totale… »

Mirandole l'interrompit. Il avait du mal à supporter ces homélies qui pouvaient durer sans fin.

« Jérôme, tout cela est vrai et ta sincérité est totale, à l'évidence, mais jure-moi que tu ne tires pas plus de gloire que de souffrances de tes multiples blessures ! Tu es humble, oui, tu t'anéantis, certes, tu t'offres en sacrifice, fort bien, mais tu te glorifies de ton humilité, tu la portes en bandoulière, les *fanciulli* en font des chansons. Modeste et fier de l'être ! *Ne te fais pas si petit, tu n'es pas si grand !* disait mon précepteur Bolsoni. Il était vraiment modeste, lui, quand je pense à tout ce qu'il m'a appris… Il n'a jamais rien publié, il a demandé à ce que l'on brûle ses écrits après sa mort… Bref, je trouve que tu penses trop à ton propre sacrifice, et pas assez à tes semblables, ces malheureux qui placent en toi tous leurs espoirs. Et toi, tu les aimes, peut-être, mais en réalité tu les méprises. Et tu leur fais miroiter des chimères. »

Savonarole leva les yeux au plafond.

« Qu'y puis-je si ce sont des benêts ?

– Mais n'as-tu pas compris que seul le mépris est méprisable ? Tu le sais, j'ai toujours voulu croire que la vie sur terre n'était pas une vallée de larmes, mais le seul paradis disponible, un jardin qu'il nous incombe de faire fructifier. Selon ma philosophie, selon les maîtres que j'aime, l'homme n'est pas un misérable pécheur, mais le plus grand miracle de la Création. Et seul responsable de sa destinée. C'est pourquoi il arrive que nos points de vue soient divergents…

– Nos points de vue, divergents ? Que de complications ! Giovanni, cessons de tourner autour du pot. Franchement, je ne te comprends pas. Pourquoi es-tu venu à San Marco, si ce n'est pas pour entrer dans notre confrérie ? Pour me servir ces fadaises, des sornettes d'étudiant en rhétorique de première année ? Pour me défier ?

– Tu as raison, je te dois la vérité et tu la sauras tout entière, si Dieu me prête vie.

– Si Dieu te prête vie ? Tu es en excellente santé, il me semble, malgré une petite blessure à la tête – et une autre à la jambe, plus ancienne si je ne me trompe ? »

Il loucha vers la jambe de Pic, qui formait un angle inhabituel.

« Je t'assure que je ne suis pas en bonne santé, je suis malade, je te l'ai dit, mais laissons cela. J'ai toujours pensé que je mourrais jeune, car on m'a prédit une destinée brève…

– Mais éclatante ! C'est bien le moins, avec une naissance miraculeuse, dit Savonarole d'un ton sarcastique.

– Oui, éclatante, mais ce n'est pas la question. Sache qu'il y a infiniment plus de honte que de gloire dans mon cœur aujourd'hui. »

Savonarole le regarda avec inquiétude.

« Comme tu as l'air de souffrir… Et ta blessure, qui n'est toujours pas soignée ! Ce coquin de Stefano, toujours en retard… Pour en revenir à Laurent, la situation était délicate, j'en conviens. Il avait invité un prédicateur à la mode, il se retrouvait avec une révolution sur les bras. Un Médicis se laissait humilier par un simple moine ! »

Savonarole se mit à marcher de long en large sur l'estrade, l'index levé vers le ciel.

« Le Magnifique était mal à l'aise, en effet, dit Pic. Lui qui se flattait d'avoir installé à Florence et dans toute l'Italie une harmonie durable…

– C'est vrai, il s'était donné du mal pour faire régner la paix entre les cités… Je l'admire infiniment, tu sais ? Je l'ai toujours admiré. C'était un adversaire à ma taille. Comme toi… »

Ils se toisèrent du regard. Assis au premier rang, chacun sur un pupitre, tournés l'un vers l'autre, ils se parlaient à travers l'allée centrale.

« Laurent n'était pas un enfant de chœur, continua Savonarole. J'avais des raisons de me méfier de lui. Il a dû se sentir visé par mes attaques contre la tyrannie. Souviens-toi qu'il avait exilé Fra Bernardino de Feltre parce qu'il prêchait contre l'usure.

– Je t'assure, Jérôme, tu as passé les bornes, plus d'une fois, tu l'as sciemment provoqué ! Un jour, dans la chaire de San Lorenzo, tu as déclaré que si tu étais chassé de Florence, le maître de la ville devrait partir le premier… Pour calmer le jeu, Laurent t'a envoyé cinq messagers. Tu les lui as renvoyés quasiment acquis à ta cause, avec un message disant que Dieu allait punir sa femme et ses enfants…

– Tu as raison, j'ai peut-être cogné un peu fort sur ce brave Laurent. C'était mon hôte, après tout. Je me souviens qu'une fois, dans le palais des Prieurs, devant lui, je ne me suis pas gêné pour…

– J'y étais, moi aussi… Tu as dit que la cité de Florence *ne deviendrait sainte que si son premier citoyen marchait dans le droit chemin.*

– Tu étais là ? Alors, tu dois te souvenir que j'étais en verve, ce jour-là. J'ai stigmatisé tous les tyrans : *Ils sont incorrigibles. Ils n'écoutent pas les pauvres, ils ne condamnent pas les riches, ils vendent les gabelles pour écraser le peuple…* Pauvre Laurent, s'il a pris ça pour lui, j'ai dû le mettre en rage…

– Il t'a supporté longtemps, des années… Il était sensible à ta passion pour la justice. C'était un homme de cœur et de raison.

– De cœur et de raison… C'est tout à fait ça, je suis absolument d'accord avec toi… Mais un médiocre stratège, si tu veux mon avis. Tu te souviens, quand il a eu l'idée lumineuse de me mettre en compétition avec ce malheureux prédicateur augustinien, comment s'appelait-il, déjà ?

– Fra Mariano da Genazzano, de Santo Spirito. C'était en 1491. Tu l'as vraiment démoli, celui-là ! se souvint Pic, haussant les sourcils avec un sourire rêveur, en hommage à l'artiste.

– Genazzano, c'est ça ! Un prêcheur de salon… Élégant, poli, il connaissait la grammaire, il a même cité la Bible sans erreur une fois ou deux… »

Dans l'église de San Gallo, où se bousculait le Tout-Florence attiré par la controverse, Savonarole n'avait fait qu'une bouchée de cet ecclésiastique mondain. Pourtant, Laurent avait personnellement préparé Genazzano à sa mission. Il devait citer et commenter une phrase tirée des Actes des Apôtres : *Ce n'est pas à vous de connaître le temps et les moments que le Père a fixés de Sa propre autorité.* Une phrase lancée comme une pierre dans le jardin de Savonarole, qui se répandait en prédictions de toutes sortes… Hélas, oubliant cette fameuse élégance qui avait fait son succès, Genazzano s'était laissé emporter par une furie incontrôlée. Il avait injurié Savonarole de la manière la plus basse et la moins crédible. Et le dominicain était sorti grandi de cette ridicule confrontation.

« Oui, Laurent m'a vraiment rendu service en m'opposant un adversaire aussi minable… C'est grâce à ma victoire sur Genazzano que tes amis humanistes ont commencé à venir m'écouter… Poliziano, Ficin, Barbaro lui-même… »

Dans la foulée de ce triomphe facile, Savonarole avait été élu prieur de San Marco. Mais il avait refusé de rendre à Laurent la traditionnelle visite de courtoisie. *Qui m'a élu prieur, Dieu ou le souverain de Florence ?* avait-il demandé à la cantonade. Le Magnifique s'en était plaint à Giovanni : *Un moine étranger est venu s'installer chez moi et il n'a pas daigné me rendre visite…*

Pic de la Mirandole s'était levé, il arpentait la travée centrale de long en large, tenant toujours sur son front le mouchoir ensanglanté.

« Dis-moi, Jérôme, il y a longtemps que je veux te poser une question…

– C'est le moment ou jamais, mon ami, je t'en prie ! »

Giovanni inspecta son mouchoir.

« Ça ne saigne plus, je crois…

– Tu voulais me poser une question ?

– Oui, pardon… Voilà… Je voudrais savoir ce que Laurent t'a dit avant de mourir.

– Mais quelle question ! Tu le sais très bien ! Tu l'as entendu ! Tu étais là..

– Mais non, dans le fond de la salle on n'entendait rien, je t'assure. A-t-il émis des doutes sur l'immortalité de l'âme ?

– Je ne sais pas. Je ne sais plus… Il a parlé des Pazzi, ça oui, je m'en souviens, mais…

– Tu ne t'en souviens plus, toi qui connais la Bible par cœur ? J'ai peine à le croire…

– Tu m'ennuies, Giovanni. Ma mémoire n'est pas meilleure que la tienne. Que te dire ? Il a remis son âme entre mes mains, à la grâce de Dieu, avec la candeur d'un petit enfant, voilà tout. Comme cela devait être, de toute éternité. Il doit être au Purgatoire, à l'heure qu'il est… Là où nous irons tous…

– Toi aussi, tu crois vraiment ?

– Il paraît que mon cas fera l'objet d'une discussion spéciale. »

Giovanni rit de bon cœur, mais il insista. Il voulait savoir. Savonarole monta sur l'estrade et s'adossa au pupitre du chanoine dans une posture théâtrale.

« Puisque tu insistes, voilà, je vais te dire ce qui s'est passé le jour de la mort de Laurent. Je m'en souviens comme d'une journée de grande angoisse. J'étais en mission à Prato, en pleine discussion avec un abbé franciscain, quand un messager essoufflé m'a apporté une lettre avec le sceau de la Seigneurie. De sa propre main, d'une écriture vacillante,

Laurent avait tracé quelques lignes. Avant de quitter ce monde, il voulait revoir le frère prêcheur qu'il avait tant combattu. Il voulait me parler, m'entendre. Il me proposait une rencontre d'homme à homme. Les yeux dans les yeux. J'étais bouleversé, tu imagines... Je m'attendais à sa mort, pourtant, comme tu le sais...

– Oui, tu l'avais même prédite...

– Je l'avais prédite, en effet, et j'aurais dû rester à ses côtés sans relâche, dès que la foudre est tombée sur le Campanile... Que faisais-je donc à Prato à m'occuper de broutilles avec ce franciscain ? Je m'en voulais, et j'ai dû bousculer ce pauvre abbé, je me souviens de son visage désolé, il ne savait plus quoi inventer pour me faciliter les choses, et je suis parti à cheval avec Stefano, vers Florence... En chemin, je me suis torturé : arriverais-je à temps pour recueillir ses dernières paroles, pour aiguiller son âme dans la bonne direction ?

« Je ne suis qu'un pauvre berger, tu le sais, mais j'ai toujours fait de ma présence auprès des mourants le devoir essentiel de ma charge. Telle est la seule gloire que je revendique. Pour eux, je suis toujours disponible. Rien ne me rebute, ni les larmes des familles, ni les odeurs de merde, ni les draps souillés. Ma foi me soutient, et le spectacle de la souffrance ne m'effraie jamais, car elle mène tout droit à la rédemption... C'est pour moi le devoir suprême que d'assister une créature de Dieu à l'instant où son cœur souffrant bascule dans l'infini. Tout cela pour te dire que jamais, au grand jamais, je n'ai failli à ce devoir d'assistance ! Enfin, disons que les mourants ont toujours eu le bon goût de m'attendre avant de trépasser... »

Il regarda son auditeur avec un sourire ambigu.

Giovanni savait que Savonarole avait une haute idée de sa mission sur terre. Il se flattait de ne pas craindre la mort pour lui-même, se sachant immortel dans la main de la Providence. Mais il était fasciné par le spectacle des petites âmes humaines devant l'échéance. Il était ce berger qui rattrape la brebis perdue au bord de l'abîme. Ayant le goût des situations extrêmes, la banalité quotidienne lui avait toujours paru odieuse. Il avait haï son enfance de petit-bourgeois ferrarais, et plus encore les années troubles de son adolescence. Heureusement, la grande Faucheuse lui apportait régulièrement son contingent d'âmes en péril.

Personne comme lui ne connaissait le pouvoir des mots d'apaiser la terreur ou de faire jaillir des cris et des soupirs. Il en usait avec discernement mais non sans témérité, suscitant la crainte du Seigneur et la confiance dans Son amour en un savant dosage, instillant aux grabataires tantôt l'effroi du néant, tantôt le courage de la vraie foi. Leurs actions, recueillies en confession, étaient passées au crible de sa sagacité, et il évaluait leurs mérites selon une échelle infaillible, dictée par le Ciel.

Il officiait debout, près de la couche, le corps tendu, et ses épaules voûtées semblaient les ailes repliées d'un grand oiseau perché sur sa proie. Il se penchait vers le malade jusqu'à presque le toucher, et l'effleurait tendrement d'un souffle. Si les malades n'ouvraient pas les yeux sous la caresse impalpable, il leur soulevait les paupières, et les forçait à soutenir son regard.

« Ce n'est pas le moment de fermer les yeux, disait-il d'un ton sans réplique. Ne veux-tu pas connaître le Royaume où tu te rends ? »

Les yeux dans les yeux, un crucifix à la main, il les tenait ainsi sous son influence. Et d'après la rumeur il parvenait, par cette méthode brutale, à prolonger quelque peu leur existence. Il arrivait que des parents éplorés, le voyant passer dans la rue, viennent se prosterner devant lui pour le remercier d'avoir retardé de quelques heures, voire de quelques minutes, le départ de leurs bien-aimés.

Et quand l'agonisant, après avoir reçu sa bénédiction, rendait enfin son dernier soupir, Jérôme poussait un grand soupir lui aussi, de compassion et de soulagement. Encore une âme de sauvée ! Dans ces moments d'intense communion, il lui semblait qu'une immense force se levait en lui, une force à déplacer les montagnes. Il souriait secrètement à cette force, chaque fois qu'il la sentait renaître à l'envol d'une âme. Grâce à cette énergie reçue des agonisants, il avait pu restaurer la loi divine, réformer les mœurs du peuple florentin, humilier le pape et vaincre les Médicis…

« *Morituri te salutant!* ironisa Giovanni. Ceux qui vont mourir te saluent ! »

Il s'inclina cérémonieusement devant le moine.

« Arrête tes simagrées, tu me fais perdre le fil… Ah oui… L'agonie du Médicis… J'étais donc secoué sur ce satané canasson, et je me torturais la cervelle. Avais-je le droit de faire ce voyage à cheval ? D'être infidèle à mes vœux ? Tu sais que je ne me déplace…

– … qu'à pied, oui je sais…

– Ou parfois, exceptionnellement, à dos de mulet… Et ces vœux sont sacrés ! Or, si j'avais fait le chemin à pied, je serais arrivé trop tard… Je résolus ce problème de conscience en me promettant de réciter cinq Pater et de nettoyer les latrines des novices pendant quinze jours.

– Ce manquement n'était pas trop grave, alors ?

– Pas de commentaires, je te prie ! Dans le trot de mon cheval, j'entendais le tocsin résonner. Je lui ai donné un coup de talon pour le réveiller, il s'est mis au galop, je l'ai encouragé de la voix et du geste. Stefano m'a suivi. Ce fut une belle chevauchée, par une nuit sans lune… Le devoir m'appelait, comme jamais… Le Magnifique lui-même voulait me confier son âme ! Signe des temps ! Nous sommes arrivés à Florence aux premières lueurs de l'aube. De grandes capuches noires dissimulaient nos visages… »

En ce 7 avril 1492, la Cité des Fleurs s'éveillait à peine. Devant les cavaliers, deux bras opulents jaillirent d'une fenêtre, secouant un linge blanc taché de rose. Quelques échoppes étaient déjà ouvertes. Un cordonnier bayait aux corneilles en montrant ses chicots. Son œil crevé lui donnait un air rusé. Savonarole et son serviteur étaient passés devant l'atelier du sculpteur Bertoldo, où un jardinier ratissait les allées au milieu des bustes inachevés. Une Vénus de marbre blanc était allongée sur un établi. Une brise pleine d'épices, de sueur et de crottin effleurait les tentures rouges accrochées aux balcons.

« Comme je m'y attendais, poursuivit Savonarole, il y avait une foule silencieuse aux abords du palais des Médicis. Stefano a emmené les chevaux dans une ruelle adjacente. Des autels de fortune avaient été dressés sur les trottoirs et j'entendais la litanie des prières. Laurent était-il encore en vie ? Mon cœur battait, j'étais dans une sorte de transe. J'allais vers lui de tout mon cœur, de toute mon âme. Juste en face de l'entrée du palais, une immense croix enflammée lançait des étincelles. Des flagellants dansaient autour d'elle, et leurs torses nus exhibaient de grands filets rouges. Je m'en suis félicité, j'ai pensé *le Christ est partout !* Puis Stefano est arrivé, hagard, tremblant, et il m'a dit : *Le Magnifique n'est pas ici, il est à quatre lieues d'ici, à Careggi.* Et il s'est protégé le visage, comme si j'allais le frapper. »

Debout sur l'estrade, Savonarole marchait de long en large en faisant de grands gestes indignés.

« A Careggi ! A Careggi ! J'ai serré les poings, j'ai contenu ma colère. Je crois seulement avoir giflé une fois, une petite fois, ce pauvre Stefano pour sa méprise, que Notre Seigneur me pardonne. Nous avons dû repartir à pied et refaire le chemin en sens inverse, en courant... Nous nous sommes arrêtés une seule fois, pour pisser et grignoter un quignon de pain dur au bord d'une rivière... Heureusement, quand je suis arrivé...

– Il était encore temps, tu vois... J'étais en train de lui laver les mains...

– Oui, j'étais soulagé, j'ai remercié le Seigneur...

– Tout cela ne me dit pas ce qui s'est passé, en ce dernier instant...

– Mais je viens de te le dire, Laurent a remis son âme entre mes mains, il s'est confessé une dernière fois... Pour le reste, même si je le voulais, je n'aurais pas le droit de t'en parler. Le secret de la confession est inviolable... Que puis-je te dire d'autre ? Et d'ailleurs, pourquoi veux-tu tous ces détails ? Si tu veux savoir ce qu'il est advenu de son âme, sois assuré qu'il nous entend, qu'il nous juge de là-haut. Un moine dominicain ne se répand pas en commérages à tort et à travers sur des questions aussi intimes. Non, laissons Laurent aller en paix, et revenons plutôt à des problèmes plus actuels. Je veux dire, à ton problème personnel.

– Je n'ai aucun problème, je ne souhaite pas entrer dans votre confrérie, voilà tout. Et je m'inquiète pour l'avenir de Florence. »

Savonarole s'approcha au bord de l'estrade et s'assit, juste en face de Pic de la Mirandole. Il se pencha en avant, posa les coudes sur ses genoux, et le regarda bien en face d'un air inquisiteur, les sourcils tragiquement froncés.

« Si, je regrette, il y a un problème. Je serai très direct. Girolamo Benivieni m'a dit que tu n'as pas aimé mon *Sermon sur Aggée*. »

CHAPITRE 2

Le *Sermon sur Aggée*

« Ah, Benivieni t'a parlé de ça… »

Ils se faisaient face maintenant, deux frères, deux guerriers. Bien droits, très émus, les bras le long du corps, l'un sur l'estrade, l'autre dans la travée. Regards rivés l'un dans l'autre. Mutuellement fascinés, comme ils l'avaient toujours été.

« Bien sûr, qu'est-ce que tu crois ? Tu n'as jamais su tenir ta langue, mon pauvre Pico. Merveilleux philosophe, admirable logicien, mais pitoyable stratège ! »

S'efforçant au calme, Pic regarda autour de lui, invoquant ses Pères. Sur les rayonnages, les livres dorés semblaient insoucieux des tourments de l'heure. Alors, Benivieni avait parlé. Il n'était guère surpris. Ainsi, le combat était déjà engagé depuis plusieurs jours. Et maintenant, la joute finale commençait.

Il ne servait à rien de jouer au plus fin avec Savonarole.

Ce fou de Dieu était d'abord un politique, qui collectait des informations pour dominer les âmes. Un stratège de naissance, comme Laurent de Médicis, mais avec des buts contraires. Un adepte du pire, au nom du royaume des cieux. Savonarole ne croyait pas au bonheur sur cette terre, et la belle harmonie instituée par les Médicis n'avait été à ses yeux qu'un décor de carton-pâte. Il avait toujours su que cette prospérité irait à vau-l'eau, que ces fantoches seraient balayés au premier signe du ciel. Jérôme était un familier des gouffres, un adepte de la mortification. Il ne rêvait que de haillons glorieux et de martyre, et brandissait son crucifix comme une épée. Savonarole justifiait sans peine tous ses actes par des prophéties. Il mettait son génie naturel pour l'intrigue au service de la plus grande gloire de Dieu.

Et il prophétisait sans risque ! Car sa capacité à prévoir l'avenir était réelle et vérifiable, même si elle provenait moins d'une inspiration céleste que des subtils raisonnements d'une intelligence supérieure. Savonarole avait un don pour comprendre ses semblables. Le petit univers des humains, avec leurs secrets débiles, n'avait pour lui aucun mystère, aucune pesanteur réelle. Il discernait les douleurs, les zones fragiles dans les consciences, il y plongeait son regard scrutateur et tisonnait sans pitié. Avec cette méthode, il voyait clair dans les âmes enchaînées, il voyait les calculs, les peurs, les désirs inavouables, les mensonges. Il avait beau jeu de titiller les âmes avec ça.

A partir de ces données sensibles, il imaginait plusieurs avenirs possibles, logiquement vraisemblables, fondés sur la vérité des situations. Pour cet alchimiste de l'âme, doté d'une prodigieuse mémoire, l'évocation de ces possibles était un jeu d'enfant. Il ne lui restait plus qu'à choisir l'avenir qui lui semblait agréer à Dieu, puis à prophétiser pour le faire advenir. Et pendant quelques années, en effet, la réalité parut plier devant lui. Ses prédictions se vérifiaient de manière chronique, comme la maladie succède au symptôme. Chaque fois, l'autorité de sa parole s'en trouvait prodigieusement renforcée.

Qu'ai-je vraiment dit à Benivieni ? La mémoire de Pic se montrait étrangement silencieuse. Il n'avait pas dévoilé son grand projet, de cela il était sûr. Il n'avait pas dit qu'il voulait éteindre le volcan, calmer les ardeurs du prophète. Oui, il avait été assez prudent pour ne pas avouer qu'il venait de retourner sa veste ! En revanche, il avait parlé des livres, ça oui, il avait dit qu'il ne supporterait jamais de laisser brûler des livres. Et qu'avait-il dit, encore ?... Tout d'un coup, il se souvint d'avoir fait une allusion à ce trajet en carrosse, avec Laodomia... Il n'aurait pas dû... Il se sentit rougir.

Savonarole l'observait avec intérêt. La lumière déclinait doucement dans la bibliothèque. Tout semblait calme. Les livres, par centaines, ouvraient leurs petites fenêtres sur la mystérieuse beauté de l'univers. Des centaines de mondes, des paroles de sagesse, des pensées d'acier, trempées au feu de l'éternité.

Lentement, à longues enjambées, Pic fit le tour de la bibliothèque comme un général inspecte ses troupes. Il confia ses forces et son destin à ces inconnus tant aimés, à ces hommes de vérité, porteurs du même flambeau. Les soldats d'un philosophe ne se déguisaient pas en anges vêtus de blanc ! Ils ne chantaient pas des hymnes ! Ils murmuraient des paroles apaisantes et graves. Il les pria, il les supplia d'agir à travers lui, de lui insuffler courage dans son combat pour la liberté. Liberté ! Le bien suprême, offert à l'homme par son Créateur, à charge pour lui de s'en rendre digne… Cette liberté octroyée, n'était-elle pas la seule voie d'accès à la connaissance, la condition de tout accomplissement, de toute métamorphose ? Et n'était-ce pas la liberté que le peuple, lui aussi, réclamait à grands cris ?

Il se rassurait peu à peu. Non, il n'avait rien dévoilé à Benivieni de ses véritables intentions. Il n'avait vraiment ouvert son cœur qu'à Marsile Ficin, et celui-ci l'avait mis en garde, sur le pas de la porte : *Et surtout, au moment d'agir, méfie-toi de Savonarole ! Sa puissance est aujourd'hui celle d'un fleuve en crue.* Qu'avait-il dit encore, le vieux platonicien ? *Acquiesce à tout, mais ne cède en rien… Tu peux réussir si tu te laisses guider par l'amour. Jérôme prétend sauver ton âme, mais c'est peut-être toi, au contraire, qui prendras la sienne en charge…*

*

Sous le regard brûlant de Savonarole, Giovanni s'avança dans l'allée, se planta en bas de l'estrade, la main toujours sur le front, et regarda droit dans les yeux cet homme furieux, cette vivante énigme qui hantait sa vie. *La puissance d'un fleuve en crue…* Il décida de ne pas ruser.

« Girolamo Benivieni a dit la vérité. Non, je n'ai pas aimé ton *Sermon sur Aggée*. Je l'ai même détesté. Il m'a rendu malade.

– Ah, nous passons aux aveux ! Je te préviens, Giovanni ! Ne me trahis pas ! Pas toi ! »

Savonarole avait haussé le ton. Les résonances de sa voix se propagèrent dans toute la salle, amplifiées par l'écho. Il descendit deux marches et se trouva surplomber Pic dans une posture de prédateur. Pic recula d'un pas pour ne pas lui envoyer son haleine dans le nez.

« Qui te parle de trahison ? Il y avait dans ce sermon des choses qui m'ont déplu, voilà tout. Nous avons des opinions différentes sur certains sujets. Ce n'est d'ailleurs pas nouveau. Débattons en frères de ce sujet difficile, peut-être trouverons-nous le moyen de concilier…

– Il ne s'agit pas d'avoir des opinions ! Je ne suis qu'un vermisseau dans les mains du Tout-Puissant, un modeste véhicule pour Sa parole. Je ne suis que le messager, c'est Lui qui parle par ma bouche.

– Eh bien, tu vas peut-être m'accuser de blasphème, mais le jour du *Sermon sur Aggée*, même si c'est Lui qui parlait par ta bouche, ce qui reste à prouver, c'est bien toi que j'ai trouvé terrifiant. Tu sèmes l'épouvante, Jérôme, tu cultives la terreur. N'y a-t-il pas, au fond de ton pauvre cœur meurtri, un peu de sérénité ?

– La crainte du Seigneur est la matrice de la foi. Il faut les secouer, tous ces endormis, avant qu'ils n'accèdent à la claire vision… Et toi aussi, tu dors à poings fermés ! Sinon, tu comprendrais que le *Sermon sur Aggée* est exactement dans la même ligne que le *Sermon sur le Déluge*, jailli de la même source. Que lui reproches-tu, finalement ? Il est vrai que j'appelais à brûler le *Morgante* de ton confrère l'écrivain Pulci, ce poème détestable qui encourage la fornication sous toutes ses formes…

– Il se trouve que j'ai peur du feu.

– Le feu ! Le feu ! Sacré Pico ! Il a peur du feu ! Ha ha ! Mais ne vois-tu pas que Florence est déjà en flammes ?

Sinon, pourquoi m'appelleraient-ils d'une seule voix, tous ces braves gens ? Ne vois-tu pas qu'ils ont peur ? Ils ont peur, ils ont faim, ils me voient arriver, je leur apporte l'espérance, je donne une voix à leur faim, à leur soif de Dieu, je leur donne des mots pour se rassasier, et enfin ils commencent à comprendre que les puissants et leurs domestiques, je veux dire les artistes et les sodomites, s'engraissent sur leur dos depuis des années, depuis des siècles ! Et qui est responsable de cette situation ? Ceux qui devraient la dénoncer, bien sûr. Tu ne vois pas ? Non ? Je vais te le dire, moi. Les responsables, ce sont les philosophes, les gens comme toi qui passent leur temps à découper la réalité sans voir qu'ils taillent à grands coups de sabre dans la pure lumière ! N'as-tu pas divisé le savoir universel en neuf cents *Conclusions* ? Et pourquoi pas en huit cent douze ? Ou cinq cent quatre-vingt-deux ?

– Dans la kabbale hébraïque, le chiffre neuf cents a des propriétés magiques. Il est le symbole de l'âme qui rentre en elle-même, après avoir été enflammée par les Muses du délire prophétique.

– Ah, la kabbale, ta chère obsession ! Une magie noire, inspirée par le diable ! Les juifs se croient élus par Dieu, mais ils sont dans les mains du démon. Tout le monde sait que tu es obsédé par eux et que tu les invites chez toi pour célébrer le sabbat !

– Ce n'est pas que les juifs se croient élus, c'est qu'ils se savent responsables, comme nous le sommes tous, même si nous l'oublions parfois. Selon la kabbale, l'homme est le berger de Dieu ! L'homme est le créateur des mondes supérieurs, et chacun de ses actes retentit sur l'ordonnancement de l'univers… Oui, nous avons beaucoup travaillé ensemble, c'est vrai. Les juifs ont beaucoup de choses à nous apprendre, et réciproquement… Tu sais que, selon certaines sources, nos chers évangélistes, notamment Jean et Paul, étaient en réalité des kabbalistes instruits de la Loi orale transmise secrètement de Moïse à Josué, puis aux Prophètes, puis à Esdras… Et certains disent même que les miracles de Jésus…

– Je vois que tu n'as pas perdu le goût des spéculations absconses et des délires interprétatifs… Tout cela est fort beau, mais tu devrais trouver une autre marotte, je t'assure. Pourquoi pas les Chinois ? Les Chaldéens ? Les Persans ? Tu pars au bout du monde chercher des lambeaux de sagesse exsangue, alors qu'il suffit d'entrer dans une église et de prier… de s'abîmer en Dieu…

– Jérôme, tu as raison, nous perdons le fil. Laisse-moi t'expliquer, en vérité, pourquoi je n'ai pas aimé ton *Sermon sur Aggée.* »

Savonarole remonta sur l'estrade, tête baissée, mains derrière le dos, se posta derrière le bureau du chanoine, et attendit. Pic de la Mirandole enleva sa toque de laine rouge et la posa sur le pupitre. Libérés, ses cheveux fauves lui descendirent jusqu'aux omoplates. Il était d'une pâleur extrême. Tenant toujours son mouchoir sur le front, il monta les trois marches en se déhanchant légèrement, à cause de sa jambe blessée. Ils se faisaient face de nouveau, chacun à une extrémité du long bureau couvert d'archives et de livres.

« Voilà ce qui est arrivé. Le 1er novembre, il y a presque deux semaines, je me suis levé à l'aube, le cœur exalté, pour venir t'écouter, pour venir me réjouir avec toi, et avec le peuple de Florence, de la grande réforme en cours. Notre ami Marsile Ficin était avec moi, très ému lui aussi.

– Oui, j'ai entendu dire que Marsile Ficin lui-même n'est pas insensible…

– J'étais au bord des larmes. Tu es arrivé, la foule a frémi, et j'ai frémi avec ces braves gens, pauvres humains en quête de sens, qui espéraient de toi une réponse définitive, une solution immédiate à tous leurs maux. Tu as pris la parole, et je me suis laissé doucement bercer par la musique de tes paroles, qui déversait dans mon âme le miel de la Terre promise. Et soudain, en quelques phrases, tout s'est arrêté. *Qui brûle un livre brûlera un homme.* C'est ce que m'a dit un jour ma nourrice. Elle ne savait pas lire, mais elle respectait…

– Le feu ! Le feu ! Les livres, les livres ! Moi aussi je les aime, les livres, je les ai adorés, dévorés, appris par cœur, patiemment, l'un après l'autre, pendant ma folle jeunesse. Mais ne soyons pas idolâtres ! Il n'y a rien de sacré parmi les biens de ce monde ! Que sont les livres, au regard de l'éternité, veux-tu me le dire ? Des feuilles mortes dans le jardin du Tout-Puissant ! N'as-tu pas brûlé tes sonnets de jeunesse, comme j'ai brûlé mes écrits sur Platon ?

– J'ai brûlé mes sonnets, oui, quand Poliziano m'a fait voir qu'ils étaient médiocres. Mais cela n'a aucun rapport, ne triche pas ! Tu demandes ce que sont les livres ? Ce sont les vivants vaisseaux de l'esprit. Ils transportent, à travers la haute mer du temps, la parole des Anciens. Les livres sont plus puissants que la destinée, mais ils sont aussi très faibles, plus faibles qu'un oiseau, plus vulnérables qu'un enfant. Ils se laissent martyriser dans protester, c'est pourquoi nous leur devons respect et protection. Nos livres ne nous appartiennent pas. Ils comptent sur nous pour les garder en vie et les transmettre à la génération suivante, enrichis, plus nombreux. Les livres, comme les hommes, s'engendrent l'un l'autre mais ne se ressemblent pas... Mais laissons ces vaines considérations. Jérôme, tu l'as dit, l'heure est grave, et tu dois m'écouter. Le *Sermon sur Aggée* m'a ouvert les yeux sur l'outrage que tu fais subir à Florence.

– La victime est consentante, tu ne diras pas le contraire !

– C'est vrai, j'ai vu le peuple se pâmer devant toi, mais le crime n'est pas moindre ! Florence se croit en danger d'être conquise par Charles VIII, mais c'est dans tes bras qu'elle finira par tomber, si ce n'est déjà fait. Tu es considéré comme un sauveur...

– C'est vrai que mon entrevue avec le roi m'a donné une certaine aura...

– Alors même que tu n'as pas fait dévier sa route...

– Je l'ai flatté, je l'ai séduit, j'ai fait de lui l'Envoyé de Dieu, et le conquérant est devenu un invité reconnaissant. J'ai transformé le loup en agneau. N'est-ce pas le travail du berger de Dieu ?

– Jérôme, je t'en prie, épargne cette ville que tu dis tant

aimer. Florence a de multiples facettes, des couleurs éclatantes faites pour coexister, pour s'enchanter l'une l'autre. Comment peux-tu vouloir l'asservir à une couleur unique, à une pensée obligatoire ? »

Il se tut un instant. Savonarole respirait bruyamment, comme un coureur à l'exercice. Mais il écoutait sans broncher.

« Pardonne-moi, Jérôme, mais je suis obligé de te parler en vérité. Qui d'autre oserait aujourd'hui te dire ces choses, sans craindre d'être jeté dans un obscur cachot ? Je ne cherche pas à te nuire. Tu es puissant, c'est vrai, mais je suis ton ami, tu te souviens ?

– Je me souviens de tout, je te préviens…

– Jérôme, je dois te mettre en garde : c'est ton propre bûcher que tu construis ! Tu appelles sur toi le feu du ciel ! »

Savonarole sourit avec satisfaction.

« Tu crois que je ne le sais pas ? Oui, j'attire le feu du ciel, oui, je m'offre tout entier à ce grand projet de purification qui m'a été dicté d'En-Haut ! Oui, j'offrirai moi aussi, un beau jour, mes pauvres cendres à Dieu, tu verras… Mais tu le sais, Giovanni, mon travail n'est pas fini, et c'est pourquoi j'ai besoin de toi. »

Il fit le tour de la table, s'approcha, le saisit par les épaules.

« Ton engagement dans l'ordre des frères prêcheurs est une nécessité urgente. Tant que je n'aurai pas totalement soumis cette Sodome italienne pervertie par les arts, les festins et les orgies, je poursuivrai mon œuvre d'évangélisation…

– Pas avec moi…

– Tais-toi donc, ignorant ! Avec toi aussi ! Et méfie-toi de ton arrogance ! Car la patience du Seigneur a des limites et le temps des flammes viendra, que tu le veuilles ou non ! Ne sais-tu pas que mes prédictions se réalisent toujours ? J'ai souvent imaginé un beau tas de bois bien sec et tout craquant, lançant ses flammes vers le ciel nocturne, au beau milieu de la place de la Seigneurie, au centre de Florence, au centre du monde… Un incendie sacré, un œil dans la nuit… Ce serait beau, n'est-ce pas ? Autour de ce bûcher de légende, les jeunes filles vêtues de blanc font une farandole… Et je vois le feu qui grandit, le feu illumine le noir, réchauffe les cœurs, tandis que les officiants chantent des hymnes... Et grâce à cette vision, je sais dans mes veines que tout est combustible, en ce bas monde ! Les livres, les œuvres d'art, les cheveux, les pensées, les espoirs... Dans ce feu, tout le superflu est éliminé d'un geste, toutes les vanités exhalent leur dernier soupir. Le feu n'est pas seulement un œil, Giovanni Pico, il est aussi une bouche, la gueule de l'enfer... Seul ce qui s'anéantit par le feu est digne de connaître une vie meilleure... Je vois le feu sacré, et je vois les Florentins excités par mes prêches, je les vois, tu m'entends, ils dansent, ils poussent des cris dc joie, les nobles et les artistes, les domestiques et les marchands, ils se bousculent pour être les premiers à jeter au feu les trésors avilissants de leurs familles, les journaux intimes de leurs sœurs, leurs dessous affriolants... Ce jour-là, les hérétiques, les sodomites, les juifs seront pourchassés dans les ruelles par des soldats de Dieu armés de lances... Les femmes aux joues trop roses et aux jupes souillées recevront le châtiment qu'elles méritent... Et les philosophes à la nuque raide, oui, ceux-là aussi, viendront me faire l'offrande de leur vanité, en se cachant les uns des autres...

– Jérôme, arrête ! »

Stupéfait, sourcils levés, Savonarole s'interrompit au milieu d'une phrase.

Oui, c'était la bonne manière... L'interrompre. Le déconcerter. Le brutaliser, si nécessaire. Reprendre l'avantage, sans attendre. Ne pas le laisser occuper le terrain et brouiller les pistes, avec ses prêches interminables. *Méfie-toi... Sa puissance est celle d'un fleuve en crue... Acquiesce à tout mais ne cède en rien*, avait dit Ficin. Mais à quoi pouvait-on encore acquiescer, dans ce déluge d'insanités dictées par la haine ?

« Arrête, oui, je t'en prie ! Par pitié, ne me sers pas ces balivernes, indignes de notre amitié, indignes d'un grand esprit, indignes d'un homme de foi ! Pas à moi ! Cesse de souffler sur les braises du malheur ! Cesse de mettre ton Dieu bien-aimé au service de ta vengeance ! Ne vois-tu pas que tu multiplies les souffrances, au lieu de les alléger ? La foi n'est pas une arme donnée aux hommes pour attaquer leurs voisins…

– Et pourquoi devrais-je m'arrêter ? demanda Savonarole avec un accent de triomphe. Pour tes beaux yeux ? Pour que tu continues à faire le joli cœur pendant que la patrie est en danger ? Florence n'est-elle pas la nouvelle Jérusalem ? Florence n'est-elle pas en transe, bouleversée par la grandeur éclatante de son destin ? Voici que le roi de France approche des murs de la ville, et ne t'y trompe pas, c'est une heure de gloire qui s'annonce ! Comme Jérusalem, Florence est perdue si elle ne trouve pas le chemin du repentir. Souviens-toi du vieux Dante, comme il pleurait ! *Hélas, serve Italie…*

– *… auberge de douleur, nef sans nocher dans la tempête, non reine de provinces, mais bordel !* récita Pic.

– Ah, je vois que ta mémoire n'a pas faibli. Alléluia ! Eh bien, Dante avait raison ! Florence devra servir, Florence devra se soumettre et subir le joug de l'occupant. Je la vois déjà, agenouillée à ses pieds, honteuse, obligée de verser une rançon à cet étranger, contrainte de sacrifier ses dernières richesses pour satisfaire le caprice de ce petit roi de passage. Charles VIII est gourmand, Charles VIII est pauvre ! Il a demandé et obtenu des dizaines de milliers de florins dans les villes italiennes où il est déjà passé, pour mieux les dominer, tu dois le savoir ?, à Milan, à Lucques, et bien sûr à Pise… Tu penses bien que sa cupidité n'épargnera pas Florence… Et ce jour-là, ce jour-là seulement, démunis, éperdus, poussés par l'énergie du désespoir, assoiffés de rédemption, les braves gens de Florence trouveront enfin le courage d'en finir une fois pour toutes avec leur passé, de trucider leurs nostalgies imbéciles, de faire table rase des jours anciens, et de jeter au feu, joyeusement, oui, joyeusement, en dansant, en riant, leurs objets impurs, leurs tableaux lascifs, leurs livres impies… Ah, je les vois déjà… »

Savonarole avait rejeté la tête en arrière et se balançait en parlant, les yeux fermés.

Pic s'agrippa au bureau du chanoine, d'un mouvement convulsif, comme pour ne pas tomber.

« Tais-toi, Jérôme, tu rêves ! Il est vrai qu'en cette époque troublante, l'Histoire semble accomplir tes moindres vœux, mais cela ne prouve rien, sinon la folie des hommes et leur crédulité. Tu rêves, mais c'est un rêve qui tue. Tu racontes des fables à des enfants, et les fables se réalisent. Il n'y a là nulle magie, nulle inspiration divine. Je n'y vois que l'accomplissement d'un plan longuement mûri par toi, dans ta cellule d'angle, là-bas, à l'autre bout du bâtiment. Sache donc qu'il est inutile d'insister. Je ne prononcerai pas mes vœux. Je ne revêtirai pas le sombre habit des frères prêcheurs. Je ne serai pas avec vous, je ne danserai pas autour de ce bûcher, je ne jetterai pas de poèmes dans les flammes. Tu aurais eu plaisir, je le sais, à proclamer devant tes disciples et la foule rassemblée l'adhésion à ta doctrine du célèbre Pic de la Mirandole, ton ami de jeunesse, humaniste de cour, autrefois tenté par l'hérésie, et fauteur de scandales. Mais tu devras renoncer à utiliser mon nom car déjà je ne suis plus avec vous, je ne suis plus des vôtres. »

Sans se presser, Savonarole s'approcha, le saisit au collet, plongea ses yeux dans les siens.

« Alors, non seulement tu ne veux pas te joindre à nous, mais tu nous combats activement, le Seigneur et moi ? Tu as tourné casaque, c'est ça ? C'est pour me combattre que tu es venu à San Marco ? C'est ça ? Dis-moi, mon vieux, tu me trahis depuis longtemps ? »

Giovanni se dégagea et recula d'un pas.

« Si tu parvenais à me rendre utile à ta cause, c'est que je serais déjà mort », dit-il d'une voix douce.

Savonarole secoua la tête et prit un air navré.

« Je ne regrette pas de t'avoir aidé, autrefois, quand tu étais faible et solitaire, dit encore Pic. Mais Savonarole n'a plus besoin de personne, aujourd'hui ! Le mouvement que tu as suscité est une marée montante, un grand mouvement populaire qui laissera une trace indélébile dans la mémoire des hommes, non moins que la guerre des Guelfes et des

Gibelins. Ma défection ne pourra rien endiguer, je le sais… Pourtant, je suis déterminé à combattre de toutes mes forces ce crime contre l'esprit que tu prépares avec tant d'ardeur. C'est la raison pour laquelle je t'ai attendu, tous ces jours, en ce novembre gris, dans cette ville malade. Pour te dire non ! Pour te dire : Jérôme, tu vas trop loin ! Pour arrêter ton bras. Pour éteindre avec mes pleurs ce monstrueux bûcher que tu attises. Pour apaiser ta douleur, calmer tes alarmes. Pour guérir ta folie ! Tu le vois, Jérôme, je n'ai pas le choix ! Car devant ce geste que tu appelles, tout mon être s'insurge, le sang quitte ma peau, la nausée me tord les boyaux… »

Une main sur le front, l'autre main sur le ventre, plié en deux, Pic était l'image vivante de la douleur. Il manquait de souffle, mais voulut poursuivre, pour rien, malgré tout, sans espoir et sans raison.

« Tu veux brûler des livres dans un grand feu de joie… Mais ne vois-tu pas que nous sommes faits de livres, toi comme moi ? Notre substance est faite de ces milliers de pages que nous avons parcourues, mémorisées… Les livres sont nos ailes…

– Tu n'as pas changé ! » dit soudain Savonarole avec un sourire étrangement affectueux.

L'avait-il écouté, seulement ?

Savonarole s'approcha de nouveau et vint se planter devant lui, tout près, à portée de souffles. Pic se redressa, aux aguets, l'estomac durci.

« Alors, tu es venu te jeter dans la gueule du loup ! Admirable ! Sublime ! Quelle passion ! Quelle noblesse ! Quel dévouement ! Quelle innocence ! Et ton éloquence est toujours aussi divine, fulgurante… Et surtout… Ma parole, tu es toujours aussi beau ! »

Il prit Pic de la Mirandole aux épaules, et le considéra avec un ravissement.

« Ah, tu es moins glorieux, mais aussi beau ! Une grâce incomparable ! Montre-toi… Ah, véritablement sublime ! Ah, je me souviens de toi à Ferrare, dans cette grande salle prétentieuse… Tu étais surnaturel, cet après-midi-là ! J'ai cru voir une légende parler…

– Je n'avais que seize ans… J'étais un gamin vaniteux… Je me croyais tout permis…

– C'était un spectacle splendide… Tu étais éclatant, brillantissime ! Avec ton visage enfantin, tu étais plus savant que le vieux Nogarola, et bien meilleur dialecticien… Tu étais naïf et roublard, à la manière des vieux sages… familier des plus hautes sphères de la pensée… Et ta blondeur ravageuse appelait les plus grandes voluptés… Oui, j'étais sous le charme, et je n'étais pas le seul. Les femmes te reluquaient… »

Savonarole s'écarta un peu et se mit à contempler ses pieds nus.

« Il y avait ce jour-là une jeune fille qui te regardait beaucoup, dans la deuxième rangée, tu te souviens ? Vêtue de bleu et de jaune, avec des bottines à lacets…

– Ah, tu veux dire Laodomia Strozzi ? »

On entendit des voix et un cliquetis de sabres dans le couloir. Sans y prêter attention, Savonarole marmonna :

« Strozzi, c'est ça.

– Oui, je m'en souviens… Une drôle de fille… Mystique et mondaine à la fois… Je crois qu'elle se flagellait pendant le Carême…

– Je me demandais si…

– Je crois qu'elle a épousé l'un des officiers de Ludovic le More… Elle vit à Milan. Il y a des années que je n'ai plus de ses nouvelles. »

Savonarole le regarda de biais, l'air méfiant.

« Tu as dit à Benivieni que j'étais monté dans ton carrosse, avec elle, avec cette Laodomia Strozzi. Il n'a pas pu l'inventer…

– Ah, il t'a parlé de ça aussi…

– Oui, il m'a parlé de ça aussi, et j'ai été très surpris de l'entendre, si tu veux le savoir… Tu l'as beaucoup choqué en lui apprenant que j'avais enfreint mes vœux. Cette entorse à la règle lui créait un problème de conscience. Il voulait savoir si j'avais fait pénitence…

– Cinq Pater, nettoyer les latrines des novices pendant quinze jours. Ce n'est pas trop cher, pour une rupture de serment !

– Je t'ai observé tout à l'heure, quand j'ai annoncé le tarif. J'ai vu ton œil s'allumer…

– Sache que si cela dépendait de moi, je te donnerais l'absolution sans hésiter !

– Ne ris pas, c'est très grave ! Regarde… »

Il souleva le bas de sa robe, solennellement, et lui fit admirer ses pieds écorchés en tous sens. Ils semblaient taillés dans le roc, forgés par les éléments.

Pic s'inclina profondément, avec un sourire ironique.

« Permets-moi d'admirer ce double monument que tous les Florentins rêvent de toucher… »

Flatté malgré l'outrance, Savonarole consentit à sourire.

« Oui, ce sont mes fantassins, ils ont survécu à bien des périls, franchi bien des ornières… Et tes chausses en daim ne leur arrivent pas à la cheville, c'est le cas de le dire… Mais tu me fais plaisanter ! Ah, Giovanni, tu es toujours aussi charmeur, véritablement diabolique… Mais ne crois surtout pas que tu vas t'en tirer avec une plaisanterie. Pas cette fois ! »

Son visage redevint menaçant.

« Réponds-moi, à la fin. Pourquoi diable as-tu parlé à Benivieni de cet épisode ridicule ?

– Ne blasphème pas ! Pourquoi je lui en ai parlé ? Je ne sais pas, je ne sais plus… Je crois que Benivieni énumérait tes vertus. Il était bouleversé par tes longues marches sacrificielles, pieds nus sur la terre sacrée… Il était sûr que jamais tu n'avais rompu ton serment… Et c'est vrai, il était choqué quand je lui ai dit…

– Mais tu lui as parlé d'elle ! Tu lui as parlé de cette… cette bâtarde !

– Oui, c'est vrai, j'ai eu tort, je n'aurais jamais dû… »

En effet, comment avait-il pu ? Il avait évoqué devant Benivieni, comme en passant, la présence d'une femme dans cette calèche… Sciemment, il avait semé un doute dans l'esprit du disciple... Une petite graine d'inquiétude... La graine avait germé...

« Tu lui as dit qu'elle était là ! »

Pic rougit. Il devait en convenir. Oui, il en avait dit assez pour faire comprendre à Benivieni que le péché de chair n'était pas inconnu de celui qu'il avait élu pour son maître et son guide. Ainsi le grand homme n'était pas indemne...

Il chercha à se souvenir s'il avait prononcé le nom ? Il ne croyait pas. Le crime est imprononçable, comme le nom de Dieu. Non, il n'avait sans doute pas osé proférer ces syllabes : *Laodomia Strozzi*. Un nom étrange, en vérité, aquatique et volcanique à la fois, annonçant la douceur, terminé par des griffes.

Mais au fond, en vérité, pourquoi en avait-il parlé ? Quelle mouche l'avait piqué ? Il lui semblait qu'il n'avait fait que penser à haute voix, que cette information était sortie de lui spontanément, comme le secret du roi Midas, confié à la brise murmurante dans les hautes herbes du conte. Il avait cherché, avec Benivieni, à comprendre la raison qui avait poussé Savonarole à commettre ce péché véniel, il avait cherché la solution de l'énigme, et soudain l'image de Laodomia Strozzi lui était apparue, éclairée par la simplicité du vrai. Et il avait dit, sans y penser : *Il y avait une femme avec moi dans ce carrosse, une jeune femme...*

Il se mordit la lèvre. Benivieni avait levé la main pour tarir le flot des confidences. Il ne voulait pas en savoir plus. Mais la graine était semée.

« J'ai dit qu'il y avait une jeune femme avec moi, rien de plus... Sache que je le regrette sincèrement... », répondit Giovanni.

Puis il songea qu'avec Savonarole, décidément, cela n'allait jamais. Soit il se montrait doux et affectueux, et l'autre jouissait alors de le croire soumis. Soit il sortait ses griffes, et Savonarole le prenait dans ses bras, le serrait sur son cœur avec une si tumultueuse tendresse qu'il en restait étourdi. Soit il entamait une discussion sur les fins dernières, et Savonarole esquivait les flèches de sa rhétorique d'une simple pichenette, en riant très fort.

Inutile de se voiler la face ! Il avait été indiscret, voilà tout. Avec une légèreté incroyable, il avait confié à Benivieni ce qui était aujourd'hui un secret d'État. La plus élémentaire stratégie eût au moins conseillé d'attendre le moment propice pour divulguer un fait aussi grave, et qui ne lui appartenait pas… S'il continuait ainsi à dilapider ses atouts, il manquerait bientôt de cartes dans son jeu. A tout le moins, il aurait fallu soupeser cette information, en évaluer le poids dans la subtile négociation qui s'engageait…

Négociation ! C'était le maître mot ! Les tigres étaient dans l'arène. Mais l'arène était un piège, et le piège se refermait. Une main de fer lui serrait le cœur. Pic de la Mirandole faisait déjà piètre figure dans ce combat. Il avait le front en sang et l'estomac en capilotade. Et maintenant, c'est son honneur qui saignait. Savonarole avait-il, parmi ses missions sur la terre, celle de lui révéler la noirceur secrète de son âme ?

Il frissonna. Savonarole attendait la suite, inquisiteur, soupçonneux.

« Pourquoi lui as-tu parlé d'elle, tu peux me le dire ? Par amitié pour moi ? »

Comment Pic allait-il pouvoir contre-attaquer, si ses armes étaient fêlées ? Quel obscur ressentiment avait dicté ses paroles ? Savonarole l'observait attentivement, lisant à livre ouvert sur son visage les étapes de sa descente aux Enfers.

« J'y ai fait une allusion, mais je ne crois pas lui avoir révélé son nom…

– En effet, tu as eu cette pudeur…

– Nous n'en avons jamais parlé toi et moi, c'est bizarre…

– Ah bon, tu trouves ?

– Je me souviens d'avoir été choqué par la froideur de Laodomia à ton égard, quand tu es monté dans la voiture. Elle ne t'a pas salué… Je l'ai trouvée odieuse. Je ne comprenais pas… Je me souviens d'avoir essayé de rendre l'atmosphère plus légère… Sans succès… Je t'admirais tellement… »

Et il se tut, comme si quelque chose mourait en lui. Car

maintenant, il revoyait toute la scène dans une lumière froide qui lui glaçait le sang. Pour lui, Laodomia n'avait été qu'une aventure passagère, mais pour Jérôme… C'est en voyant Laodomia dans la voiture qu'il avait répondu à son invitation ! Sinon, pourquoi aurait-il pris le risque de rompre ses vœux ? Pour le confort d'une petite balade en carrosse ? Non, s'il avait accepté, ce n'était pas non plus par égards pour Giovanni, oh non, mais simplement pour s'approcher d'elle. Pour demeurer quelques instants auprès d'elle, jouir de sa présence, de sa proximité, contempler son profil, deviner sa silhouette, croiser son regard, humer son parfum, peut-être effleurer du genou le tissu de sa robe… Peut-être lui parler, entendre sa voix…

Dix ans auparavant, tout Ferrare le savait, Laodomia Strozzi avait brutalement refusé la demande en mariage du fils Savonarole, et il s'était répandu partout en la traitant de bâtarde, avant d'entrer dans les ordres du jour au lendemain. Mais pour l'approcher, le temps d'une promenade, le malheureux dominicain était encore prêt à tout perdre, à prendre tous les risques, et sans le moindre espoir de lui plaire… Pour cette femme qui le haïssait, il avait accepté de se renier, de renier son Dieu, de trahir sa foi, de s'abaisser jusqu'au parjure, jusqu'au ridicule, jusqu'à la honte… Oui, c'est par rage d'amour, par grand désir floué que le moine au profil d'aigle avait trahi son serment !

Il avait essuyé ses pieds crottés sur le marchepied, puis il était monté dans le carrosse tendu de soieries, un grand fauve dans une cage à oiseaux, tête baissée, pataud, l'air furieux… Il devait être bouleversé… Il devait se demander si… Le malheureux ! Il avait dû se flageller ensuite, à grands coups redoublés, attentif à faire jaillir le sang. Il avait dû se frapper le front sur le sol, espérant se briser le crâne.

Et moi qui n'ai rien compris ! songea Pic, humilié par sa bêtise, cette naïveté qui l'avait rendu sourd et aveugle, lui que les étudiants appelaient le Mage de Florence aux quatre coins de l'Europe. Il se mêlait de déchiffrer l'univers, mais il oubliait l'essentiel, il niait l'évidence.

Devrai-je me crever les yeux pour comprendre enfin ce qui se passe, ce qui détermine mon sort, ce qui me fait vivre et mourir ?

Toutes ces années avant que la fine lame de la vérité ne le transperce ! Quinze ans pour comprendre pourquoi Jérôme Savonarole lui avait fait l'honneur de monter dans son carrosse, un beau matin, à Ferrare, sur la piazza del Mercato. Tout ce temps perdu avant de découvrir une vérité qui crevait les yeux. *Elle et moi, dans le sens de la marche, face à lui, rotules contre rotules... Elle, regard obstinément fixé sur le spectacle de la rue, mais serrée contre moi, me faisant sentir son parfum... Me tenant la main avec obstination, ostentation... Et moi, qui ne vois rien, ne sens rien, exalté de rendre service à ce grand esprit, à ce maître ès études bibliques, je ne cesse de bavarder, de pérorer comme un idiot, cet idiot que j'ai toujours été, que je suis aujourd'hui, cet idiot qui passe à côté de sa vie... Je voulais me montrer aimable et généreux, j'étais insupportable, un gamin mal élevé...*

« A quoi sert toute ma philosophie si je ne vois pas les choses les plus simples ? »

A ce cri qui lui échappe soudain, Savonarole ne répond rien, muré dans un silence douloureux.

Pic se croyait clairvoyant, mais il n'était qu'un philosophe aux yeux bandés, imbu de son savoir, aveugle à la pénible réalité. Trop de mots, trop d'idées, trop de pages... Il n'avait jamais cessé d'être ce petit garçon rêveur, qui préférait les guerres antiques aux expéditions de son père, le tranchant du savoir à celui des armes...

« Jérôme, je te présente toutes mes excuses, hélas trop tard, bien trop tard ! Je n'ai pas cessé de bavarder pendant tout ce trajet... Je n'avais rien compris. Je viens de... »

Un grand soupir lui déchire la poitrine.

« Ah, comment n'ai-je pas senti que je vous importunais ? »

Savonarole lui adresse un sourire suave, mais le ton est glacial.

« Maintenant, je veux savoir ce qui s'est passé entre vous.
– Entre nous ? Tu veux dire…
– Vous deux, Laodomia et Giovanni. Je veux savoir.
– Laodomia et moi ? Oh, rien, je veux dire pas grand-chose, je t'assure…
– Mais tu l'as touchée, tu l'as… »
Sa voix se brise.
« Ah, ne me dis rien… Est-ce qu'elle t'a parlé de moi, au moins ?
– De toi, Jérôme ? Oui, bien sûr. Souvent, très souvent… Elle m'a parlé de vos lectures à haute voix, de vos promenades dans la ville… Elle t'admirait énormément… Elle disait que tu lui avais tout appris… Tu écrivais des poèmes, à cette époque ?
– Elle m'admirait peut-être, mais elle était folle de toi, Giovanni, je l'ai vu ! Dès le premier jour, elle te couvait du regard comme si tu étais sa chose, son bibelot.
– Mais c'est toi qu'elle a cherché du regard, pendant la joute… Elle n'a pas cessé de se retourner vers le fond de la salle…
– Elle avait peur de moi, c'est tout. Je la dégoûtais. Elle avait peur que je ne fasse un esclandre.
– Tu ne l'as jamais revue ?
– Jamais, depuis ce voyage en carrosse… Mais je suis au courant de tous ses faits et gestes ! Je sais que son mari la trompe, un Milanais, évidemment… Les femmes sont des sorcières, Giovanni ! Il n'y a qu'une solution : les enfermer, les soumettre. Tu en sais quelque chose, toi aussi, d'après ce qu'on m'a dit… Mais tu n'as pas besoin de répondre à ma question, je sais bien ce qu'il en est, la signorina Strozzi t'aimait passionnément, voilà tout, elle t'aimait d'un amour désespéré… Comme toutes les petites princesses que tu as laissées dans ton sillage… Ce sont tes *piagnoni* à toi… Et moi, j'étais prisonnier de mon froc de bure.
– Les mauvaises langues disent que c'est à cause d'elle que tu es entré dans les ordres… »
Savonarole lui lança un regard noir et se remit à marcher

de long en large. Depuis quelques instants, on entendait de nouveau un remue-ménage dans le couloir.

« Tu entends, ils viennent me chercher, je leur manque, ils ne respirent plus sans moi. Les pauvres... S'ils savaient comme je les aime... Je dois inaugurer une nouvelle chapelle à San Lorenzo... Les troupes de Charles VIII approchent... Bref, l'intendance m'appelle. Les grandes actions sont composées de minuscules détails... Je n'ai plus beaucoup de temps et je ne pourrai plus, dans les jours qui viennent, t'accorder de longues entrevues comme celle-ci. L'heure n'est plus aux gamineries et aux frivolités. Tu dois prendre une décision. Je te l'ai dit, tout est prêt. Sache que, si tu n'entres pas dans les ordres, ta vie sera brève et sans éclat !

– Jérôme, tu gâches un temps précieux. Jamais je ne revêtirai l'uniforme de ton ordre ou de quelque ordre que ce soit. Car si je t'obéissais, je cesserais d'être philosophe, je ne serais plus moi-même. Cependant, mon destin personnel importe peu. C'est Florence qui m'inquiète, c'est Florence qui souffre. Je t'en conjure, éteins ce bûcher pendant qu'il en est encore temps ! Épargne les livres ! Protège notre ville contre ses propres folies ! Ne vois-tu pas que tu offenses gravement le Dieu qui t'inspire, en vouant aux gémonies le monde qu'Il a créé, qu'Il nous a donné en garde ? Comment pourrais-tu Lui complaire en brûlant ce qu'Il a voulu, ce qu'Il aime, ce qui doit fructifier ? A partir de Son éternité, Il nous a confié cette tâche, à nous les hommes, la tâche du jardinier patient qui favorise l'éclosion des fleurs et des saisons. Il nous a donné le temps, comme un instrument de travail pour mieux compléter Son œuvre, pour faire germer les moindres pousses, pour explorer les moindres pensées, pour traquer les mystères. Il nous a donné la curiosité et la raison, sœurs jumelles, pour connaître enfin, à travers l'extase de la connaissance, la lumière multiple de l'unité divine, la clarté souveraine du Logos... Le temps est à l'homme ce que la chaleur est à l'alchimiste. Il fait chauffer les ingrédients du miracle. A son rythme... Jérôme, ce bûcher est une plaisanterie ! Laisse donc le temps consumer tranquillement ces vanités que tu dénonces. Il ne sert à rien de vouloir accélérer son œuvre. Le temps ne se laisse pas intimider par un incendie éphémère, il ne dévie pas, il ne s'éteint jamais, il n'a pas besoin de notre aide… Il est ce feu lent qui fait mûrir les germes… Ralentis, Jérôme, tu vas trop vite, ne force pas le monde à te ressembler… »

Il s'était mis à trembler en parlant, et tout d'un coup il se plia en deux, pris d'une violente douleur à l'abdomen. Il s'accroupit, la tête sur les genoux, puis essaya de tousser, mais ne put émettre qu'un pauvre râle.

« Ah, j'ai la fièvre… Toutes les fonctions sont atteintes. La tête, le ventre, la respiration… Tu vois, je suis malade… Gravement malade… »

Le mouchoir était tombé. Savonarole le ramassa, puis s'approcha de Giovanni et s'accroupit pour le prendre tendrement dans ses bras.

« Stefano ! »

Dès que la voix de stentor retentit, les portes de la bibliothèque s'ouvrirent à deux battants, et Stefano entra en trombe, suivi d'une dizaine de moines, et d'un régiment d'hommes en armes. Tous s'arrêtèrent, interdits, en découvrant le spectacle des deux hommes enlacés. Savonarole essayait en vain d'apaiser les spasmes qui secouaient son ami.

« Stefano, te voilà enfin ! Notre ami se sent mal. Tu vas immédiatement tripler la dose de poudre médicinale. Bien entendu, le malade garde la chambre. Interdiction de sortir, même dans le jardin ou pour se rendre au réfectoire. Seul un repos complet peut encore le sauver. Mets-lui des cataplasmes de moutarde sur l'abdomen. Et n'oublie pas de soigner la blessure qu'il a au front. Ce n'est qu'une égratignure, mais un pansement d'herbes ne peut pas faire de mal. »

Il se retourna vers Pic de la Mirandole, le serra un peu plus fort, et lui parla à voix haute, de manière que tous entendent.

« Giovanni, mon ami, ne t'inquiète surtout pas, Stefano va prendre soin de toi comme de la prunelle de mes yeux. Repose-toi, rétablis-toi tranquillement. Tu ne risques rien, ici, dans la maison de Dieu. Je suis heureux d'avoir pu parler avec toi. Cette conversation m'a beaucoup appris sur tes aspirations profondes, et sur ce qui nous rapproche en vérité, malgré les apparences. Il te reste à prendre une décision définitive… Que l'épreuve de la maladie soit pour toi un temps de méditation, l'occasion de sonder ton âme… N'oublie pas que nous t'aimons, n'oublie pas que je t'aime… »

D'un geste de bête blessée, Pic se dégagea de l'emprise des bras puissants et se releva.

« Tu ne renonceras donc jamais… Tu ne m'as pas écouté… »

Savonarole se redressa lentement, en époussetant sa chasuble.

« J'ai entendu tout ce que tu m'as dit, Giovanni. Mais l'heure n'est plus aux vaines discussions, tu l'as dit toi-même. Prends bien soin de ta santé, obéis à Stefano. Quant à moi, avec la grâce de Dieu, je t'attendrai, le temps qu'il faudra. »

Il s'approcha et lui dit à l'oreille :

« Attention ! »

Une dernière fois, dans un grand élan plein d'éloquence, Savonarole serra son ami dans ses bras, puis le relâcha, le considéra avec tendresse, et fit signe à Stefano de venir le relayer pour soutenir le malade. Enfin, il descendit les marches de l'estrade avec une majesté surnaturelle. Tous l'observaient, les mains jointes. Un doux murmure émanait de toutes ces gorges, entonnant l'hymne du vendredi saint. Il leur intima le silence.

« Que se passe-t-il, mes frères ? »

Un officier sortit du rang des gonfaloniers, se prosterna rapidement devant le saint homme, puis se redressa, le visage écarlate.

« Mon père, on annonce l'arrivée du roi de France pour demain, ou le jour suivant au plus tard. Des éclaireurs ont été aperçus sur les collines de l'Oltrarno. Les intendants sont déjà en train d'installer les cantines dans les demeures réquisitionnées.

– Rendez grâce à Dieu ! Confessez-vous ! Repentez-vous ! Ce jour de honte sera un jour de gloire ! »

Relevant sa bure d'un geste théâtral qui laissait voir ses pieds meurtris, il se dirigea en longues enjambées vers la galerie extérieure, où il fendit la foule au pas de course, sans se retourner, pour aller vers son destin.

S'il s'était retourné, il aurait vu son ami, haletant, agrippé aux épaules de Stefano. Pic vomissait par saccades une bile noire qui se répandait sur le sol, éclaboussant ses chausses en daim.

CHAPITRE 3

Le voyage de Cristoforo Casalmaggiore

« Allez, courage, vieille rosse, Giovanni Pico a besoin de nous… », grommela Cristoforo Casalmaggiore. Il avait quitté la Mirandole la veille au soir, dès qu'il avait reçu le message de Marsile Ficin. Il avait préparé un baluchon à la hâte, jeté une cape de voyage sur ses épaules, fait seller un cheval. Parti au galop sous la pluie, il avait voyagé toute la nuit. Aux aurores, un aubergiste de la bourgade de Benedetto lui avait extorqué une petite fortune pour remplacer sa monture, et lui avait refilé cette pitoyable haridelle. Casalmaggiore fit glisser sa badine sur l'encolure de la jument qui sursauta, éternua bruyamment, et consentit à se mettre au trot. Mais ses sabots semblaient aspirés à chaque pas dans la terre meuble, et Casalmaggiore pestait, comme d'habitude, car le temps lui manquait, et l'inquiétude lui serrait le cœur. Les pauvres bêtes ne sont pour rien dans les embarras des hommes, songea-t-il en baissant la tête pour éviter une branche de noisetier. De quel droit l'obligeait-il à galoper, alors qu'elle ne savait pas pourquoi ?

A vrai dire, Casalmaggiore ne savait pas non plus. Le message de Ficin était laconique : *Votre maître a besoin de vous au couvent de San Marco, à Florence. Surtout, faites vite !* Son maître avait besoin de lui ? Mais bien sûr ! Giovanni Pico avait toujours besoin de Cristoforo Casalmaggiore !

*

Depuis plusieurs semaines, sous le regard inquiet du vieux Galeotto, le frère aîné de Giovanni, Casalmaggiore avait dû mettre en ordre les archives familiales des Mirandole et Concordia. C'était une corvée éprouvante car Galeotto, qui avait toujours été invivable, était devenu un vieil homme râleur. Il ne décolérait pas depuis que son fils Jean-François, un garçon plein de promesses, avait rejoint les troupes de ce pantin de Savonarole – sur les traces de son oncle Giovanni, cet imprévisible farfelu. Or les *piagnoni* faisaient horreur à Galeotto, avec leurs prunelles humides.

« C'est une véritable hécatombe ! Un double coup décisif porté à l'honneur de la famille ! Tu entends, Cristoforo ? » grommelait Galeotto en faisant les cent pas derrière Casalmaggiore, accroupi devant les malles laissées par Giulia. Le vieux seigneur jurait, crachait, déambulait dans un même mouvement de rage universelle. Tout ce qu'il voyait dans le monde moderne le désolait. Son âme de seigneur féodal se désolait jour après jour de voir le monde changer de forme et de valeurs. Il eût aimé que les choses restent en l'état, dans leur état naturel, et pour l'éternité. La nuit, on entendait marcher dans les couloirs le vieux comte irascible, frappant le sol de sa canne, errant dans son passé comme une âme en peine.

Sans broncher, Casalmaggiore écoutait ces confidences qui ne lui étaient pas destinées, tout en plongeant sans retenue dans l'histoire de cette famille qui n'était pas la sienne. Dans une malle aux ferrures de cuivre, il trouva des esquisses tracées par Giulia pendant qu'elle était enceinte d'Antonmaria, son deuxième fils. D'instinct, elle avait dessiné l'enfant dans son ventre, tel qu'elle pouvait l'imaginer, replié sur lui-même, les genoux sur le front, avec le cordon flottant dans un univers aquatique. Il trouva aussi de vieilles lettres envoyées par la grand-mère Mirandole à la famille, lors d'un voyage à Prato au cours duquel elle avait failli perdre la vie. Les routes n'étaient vraiment pas sûres, en ce temps lointain. Depuis quelques dizaines d'années, grâce à l'habileté diplomatique de Laurent de Médicis, les négociants et les bonnes gens pouvaient dormir sur leurs deux oreilles dans toute l'Italie. Mais tout cela allait sans doute changer maintenant, avec l'arrivée de Charles VIII et de ses régiments. La sécurité n'était plus qu'un vain mot, et les bandes de brigands écumaient de nouveau les routes de campagne.

Mais ce qui inquiétait Cristoforo par-dessus tout, c'était la montée en puissance de Savonarole. Il l'avait vu séduire son maître et l'attirer dans ses filets avec ses belles paroles. Avec Savonarole aux commandes, oui, les choses allaient changer, mais fallait-il vraiment s'en réjouir ? Cristoforo en doutait. Les riches seraient pourchassés, mais les pauvres n'en seraient pas plus heureux… *Serve Italie !*

*

La tête en plein vent, Casalmaggiore aspira un grand bol d'air, et se réjouit d'être enfin parti. Il frémit de compassion en pensant à Galeotto, seul désormais, aux prises avec son inextinguible colère. Mais que se passait-il donc à Florence ? Il cravacha son bourrin, qui entama un galop languissant. Jamais Casalmaggiore n'était resté loin de son maître pendant aussi longtemps. C'était donc bien naturel qu'il le fasse appeler… Rien de surprenant à cela… Mais de quoi avait-il besoin ? D'argent ? Casalmaggiore tapota sa bourse gonflée de ducats vénitiens. Dieu merci, il restait encore quelques miettes de la fortune familiale. De livres ? D'encre ? De papier ? Sa besace en était pleine. Mais il y avait une insistance, une urgence, dans le message de Ficin, qui l'avait alerté et qui, à la vérité, lui glaçait le sang. Il éperonna encore son cheval, sans grand résultat. Giovanni avait-il besoin de médicaments ? Avait-il attrapé froid dans ce climat de bruine et de grêle ? On disait que Florence était assiégée… Avec un frisson d'horreur, Casalmaggiore imagina son maître enchaîné, traîné dans la boue par des Français moustachus, attifés comme des diables.

Il galopa tant qu'il put, dormit quelques heures dans la première grange venue, et trois jours plus tard, le 17 novembre au matin, il se trouvait aux portes de Florence, dont les gardes interdisaient l'entrée. Ainsi, alors qu'à travers toute la ville, avec liesse et désespoir, on préparait l'arrivée du roi de France, alors que les cantinières bretonnes et les intendants auvergnats avaient déjà pris possession des plus belles demeures florentines, quelques gonfaloniers zélés faisaient mine de vouloir protéger Florence de toute intrusion, au moins quelques heures, et bloquaient toute circulation entre l'intérieur et l'extérieur. De fragiles carrosses piétinaient au milieu des carrioles et des remorques. Des réchauds de fortune répandaient une odeur de soupe à l'oignon. Des jeunes filles en sabots et robes de coton bleu vendaient des navets bouillis et des sachets de pois chiches au prix fort.

« Allez-y, messieurs dames, profitez-en ! A l'intérieur des murs, vous ne trouverez plus rien ! Les boutiques sont vides et les tavernes aussi ! »

Elles faisaient de bonnes affaires. Paysans chargés de victuailles, carriers transportant des blocs, menuisiers, bûcherons, négociants, domestiques, tous attendaient l'ouverture des portes, atterrés, dans la boue et la grisaille. On échangeait des nouvelles en grignotant des figues séchées. Depuis le passage des Français, la peste s'était déclarée à Milan et menaçait Pise. Sarzana, la dernière citadelle toscane, venait de tomber sous l'assaut des troupes royales, mais Charles VIII, trop pressé d'entrer dans Florence, n'avait même pas jugé bon d'en prendre officiellement possession. On le disait obsédé par Savonarole, depuis qu'ils avaient passé une heure ensemble dans une mystérieuse intimité. Les plus grandes familles florentines, les Rucellai, les Tornabuoni, les Landino, les Sassetti, avaient quitté Florence dès l'arrivée des inspecteurs de l'armée française. Elles avaient chargé leurs valets de récupérer en cachette les bibelots oubliés au fond des coffres, et leurs valets apeurés piétinaient sous les remparts avec les autres, espérant secrètement que les portes ne s'ouvriraient jamais.

Un crieur public monta sur la carriole d'un vigneron et sonna du clairon pour attirer l'attention. *Avis aux gardes et au public ! La Seigneurie ordonne ! Florence est aujourd'hui ville ouverte ! Les ouvriers de la guilde des maçons sont en train d'élargir la porte San Frediano pour laisser le passage aux troupes royales ! Bienvenue au souverain étranger !* Les gardes eurent à peine le temps de comprendre le message, que la foule avait déjà enfoncé les vantaux. On cria, on se bouscula, et bientôt une cohorte bigarrée déferla dans la ville.

Casalmaggiore aperçut un gamin qui lui avait servi de messager à l'époque où son maître entretenait une correspondance suivie avec une dizaine d'humanistes, et multipliait les conquêtes féminines. Il l'entraîna à l'écart, lui glissa une pièce et lui confia son cheval. Dans un pareil tumulte, mieux valait compter sur ses deux jambes. Il acheta un beignet aux légumes à une paysanne au teint jaune et traversa la ville à pas lents, les jambes tordues par sa longue chevauchée. Malgré les préparatifs de la fête, il se sentait triste et solennel comme un esseulé dans un cimetière. Dans les rues de Florence, on courait partout, on s'apostrophait, on criait victoire.

Vive le roi de France ! Vive la liberté ! Vive le peuple !

Partout, des étendards se dressaient, ornés de fleurs de lys, porteurs de paroles de bienvenue.

« Florence et Paris sont sœurs, elles ont une âme unique ! scandait un prédicateur ambulant, vêtu d'une chasuble déchirée. Bienvenue à notre sœur française, la fleur de lys ! »

A la demande de l'intendant de l'armée royale, les rues principales avaient été recouvertes de sable, pour ménager les sabots de la cavalerie française. L'angoisse aux tripes, le peuple s'exerçait vaillamment à la gaieté. A tous les carrefours, les artisans menuisiers construisaient des tréteaux, tandis que des troupes de comédiens répétaient une dernière fois leurs farces ou leurs mystères, et que les saltimbanques préparaient leurs acrobaties et autres rigolades. Des porteurs couraient en tous sens, chargés de malles, de planches, de ballots de plume, de piles de linge, de tentures, de tonneaux. Un scribe s'était installé sur une caisse au croisement de la via della Vigna Vecchia et de la via Isola delle Stinche, accroupi, torse nu, turban égyptien noué sur le crâne, sourire commercial accroché aux lèvres. En cette heure matinale, la file de ses clients était déjà longue. Pendant les deux dernières semaines, beaucoup de familles riches avaient fui la cité, et les coursiers ne cessaient de battre la campagne, messagers des chers absents. Vidée de son élite, Florence n'était plus la cité prospère des temps anciens mais une grosse bourgade menacée de l'extérieur par un roi étranger, de l'intérieur par ses démons domestiques. On ne voyait guère, dans la rue, que des gens du peuple, ceux qui avaient fait la gloire de Savonarole. Le temps était à la pluie et chacun observait le ciel, craignant que la fête ne soit gâchée par une averse.

A toutes les fenêtres, les traditionnelles tentures rouges achevaient de maquiller cette matinée tragique en journée de fête. Des chars ornés de feuillages et de statues de plâtre doré recevaient les derniers soins, dans l'attente de ce qui s'annonçait comme la procession du siècle.

« Le roi de France a bouté les Médicis dehors ! Il nous a délivrés de la tyrannie ! Remercions-le dignement... »

Dans les quartiers, les ateliers et les guildes rassemblaient leurs forces, et les chefs de chaque confrérie rivalisaient d'éloquence pour galvaniser leurs troupes.

On se croirait à Carnaval, se dit Casalmaggiore, le cœur noir. Il avait une âme simple et peinait à comprendre la duplicité des Florentins. Comment pouvaient-ils se réjouir de la victoire de leur ennemi ? Comment pouvaient-ils passer de la résistance à la courbette dans un même mouvement d'épaule ? Soudain, les cloches de toutes les églises se mirent à sonner en même temps, un tocsin plaintif qui serrait le cœur.

C'est alors que les *fanciulli del frate* déboulèrent par dizaines sur la piazza Santa Croce en venant de l'Oltrarno, chantant des hymnes et brandissant des croix. Leurs petits visages d'affamés en extase n'avaient plus rien d'enfantin. Était-ce là cette liberté que les Florentins demandaient ? La liberté d'embrigader les enfants, de leur raconter des sornettes, de les pousser au crime ? C'était ça, la chute de la maison Médicis ? La fin de l'innocence ? Instinctivement, Casalmaggiore s'éloigna des petits démons, mais la route était barrée, il dut leur emboîter le pas. La ville était coupée en deux par l'itinéraire royal.

Un cordon de gardiens interdisait le passage vers l'autre côté de la route sablée. Pour rejoindre San Marco, Casalmaggiore était obligé de remonter vers le nord, en se laissant porter par l'élan populaire. Il pourrait alors ressortir par la porte San Lorenzo et revenir dans Florence par la porte San Gallo. Mais la foule n'avançait plus, le mouvement était bloqué. Une rumeur se répandit de bouche en bouche, comme un rouleau d'écume glissant sur l'océan : le mur de San Frediano avait déjà livré passage aux premiers soldats français. Dans quelques minutes, on allait voir passer Charles VIII, on le verrait de près, on connaîtrait le visage de l'Envoyé du Seigneur, ce grand homme d'État qui partait en croisade, et libérait au passage les Florentins de la tyrannie des Médicis.

Certes, Charles VIII venait occuper Florence, il venait s'y installer comme chez lui, et l'on disait qu'il avait des manières de brigand. Mais on ne pouvait le haïr, car c'était un ami de Savonarole, et il venait accomplir la prophétie divine. On disait que le roi avait reçu Savonarole à Lucques avec les marques du plus grand respect. Pendant une heure, ils étaient demeurés seuls, sans témoins, dans une tente gardée par douze arbalétriers. Que s'étaient-ils dit ? On ne savait, mais en sortant de ce tête-à-tête, devant toute sa cour et les émissaires florentins, Charles VIII avait juré à Savonarole d'épargner Florence, et Savonarole lui avait promis qu'il serait reçu comme un hôte de marque, comme l'Envoyé du Seigneur, comme le nouveau Cyrus venu châtier la perversité des Florentins. Puis le souverain s'était profondément incliné devant l'homme de Dieu, il avait effleuré de ses lèvres le bas de sa robe… *Transformer le loup en agneau, n'est-ce pas la mission du berger de Dieu ?* On disait que le pauvre Piero de Médicis, entouré du dernier carré de ses partisans, fulminait sans discontinuer en évoquant cette alliance contre nature. Mais le peuple se réjouissait : en ce jour de défaite, l'espérance renaissait, toujours plus vivace. Même humiliée, Florence conservait sa dignité.

On entendit un roulement de tambours et une dizaine d'officiers apparurent en fanfare, coiffés de larges chapeaux, marchant côte à côte, ouvrant le défilé. Casalmaggiore ouvrit de grands yeux : il reconnut les arquebusiers, suivis par les arbalétriers, et par huit cents porteurs de lances, qui marchaient au pas et semblaient vêtus d'acier. Puis il vit passer un géant monté sur des échasses, brandissant un jeune chêne feuillu et frémissant. Les hallebardiers suivaient, vêtus aux couleurs du roi, précédant les cavaliers : soixante hommes d'armes montés sur de puissants chevaux. Vinrent ensuite les archers, les trompettes, les clairons, tous tonitruants, enfin les gentilshommes de la garde royale... les seigneurs de la cour. Un rayon de soleil apparut juste avant l'arrivée du roi, répandant une sorte de joie cuivrée dans la ville conquise. Derrière deux haies de laquais à pied, vêtus de brocart et d'or, sous un dais noir porté par des notables, le roi parut enfin, précédé du grand écuyer de justice, et un cri de surprise s'éleva dans la foule. Son costume était splendide, une armure dorée incrustée de pierreries, recouverte d'un long manteau de satin bleu. Mais il avait les jambes trop courtes pour les étriers, et un visage froissé de nourrisson.

« Casalmaggiore, c'est bien toi ? Ton maître n'est pas avec toi ? »

C'était Francesco Guicciardini, un jeune humaniste passionné par l'histoire de la Péninsule. Casalmaggiore le salua avec respect.

« Non, il est à San Marco, je dois le rejoindre... »

Il regarda autour de lui avec angoisse. Jamais il ne parviendrait à s'extirper de cette foule.

« Tu ne trouves pas bizarre que nos concitoyens se réjouissent si bruyamment de l'arrivée de cet usurpateur ? demanda l'historien.

– Toutes les vérités ne sont pas bonnes à dire, signor Guicciardini », répondit Casalmaggiore, toujours laconique.

Guicciardini hocha gravement le tête. Il avait les larmes aux yeux.

« Il n'y a pas de quoi se réjouir, mais nous avons le privilège de voir passer le souffle de l'Histoire. Le Quattrocento se termine aujourd'hui, sous nos yeux, dans cette attente messianique. Plus tard, les historiens citeront cette journée dans leurs chroniques… Le 17 novembre 1494… La fin d'un monde… J'écrirai peut-être quelque chose moi-même… Ah, au fait, tu diras à ton maître que je me suis délecté en lisant son pamphlet *Contre les astrologues et leurs prétentions divinatrices*. Très courageux !

– Je lui dirai, signor Guicciardini. Il en sera très heureux, il a une affection particulière pour ce livre.

– Charles VIII se dirige vers le Duomo, où Marsile Ficin doit prononcer un discours de bienvenue, dit Guicciardini en surveillant les alentours.

– Marsile Ficin ? Vous en êtes sûr ? » demanda Casalmaggiore en fronçant les sourcils.

Ainsi, Marsile Ficin n'était pas auprès de son maître. Casalmaggiore ne savait comment interpréter cette nouvelle. Peut-être Giovanni Pico n'était-il pas malade, après tout ? Il se frayait peut-être, comme lui, un chemin dans la foule… Dans un instant, ils allaient se trouver nez à nez…

Les passants recommençaient à circuler. Casalmaggiore fit un petit signe d'adieu à l'historien, s'esquiva, s'enfonça dans les ruelles, et arriva enfin sur la piazza Santissima Annunziata, illuminée par le pâle soleil d'hiver.

Un mendiant était là, au pied de la fontaine ; un très vieil homme, d'une saleté repoussante, assis par terre, jambes croisées. Il se tenait les bras écartés, la poitrine creuse, courbé sur son entrejambe qu'il semblait contempler avec un vif intérêt. Casalmaggiore se dirigea vers lui et décida de lui faire une aumône, dans un geste propitiatoire qu'il dédia à la Vierge.

Sainte Mère de Concordia, faites que Giovanni Pico ne soit pas malade ! Prenez-le en Votre sainte garde ! Faites qu'il ne lui soit rien arrivé de mal ! Ave Maria ! Il porta la main à sa bourse, en sortit un ducat, et se pencha vers le vieil homme pour lui tendre la pièce. Le mendiant releva la tête, lui jeta un coup d'œil méfiant et rejeta le crâne en arrière, comme pour prendre le ciel à témoin de l'ironie des choses, laissant la pluie ruisseler sur son crâne chauve et former des rigoles sur ses joues couperosées. Enfin il daigna considérer l'intrus, et fut pris aussitôt d'un fou rire qui découvrit ses dents noires.

« *Vanitas vanitatum !* dit-il enfin. Prends plutôt l'une des miennes ! »

Écartant les cuisses, il lui montra une bourse de velours de Gênes qu'il avait fourrée là, comme un nid entre deux racines. Elle était pleine de pièces d'or.

« Regarde ce que m'a donné un beau chevalier ! Ne te gêne pas ! Sers-toi ! Non ? Vraiment ? Tu as tort ! C'est une mauvaise action de ne pas saisir la fortune quand elle passe.

– Je suis comme toi, je n'ai pas besoin d'argent.

– Ha ! Ha ! ricana le vieux. Tu appartiens à une espèce rare ! Pourtant, tu as des manières de paysan… Tu es déjà riche, c'est ça ?

– Je suis le secrétaire particulier d'un philosophe qui possédait autrefois l'une des plus grandes fortunes d'Italie. Sous l'influence de Savonarole, il a tout donné à l'orphelinat. Et tu vois, j'essaie de l'imiter, j'essaie d'être généreux, comme lui, mais je n'y parviens pas, puisque tu refuses mon cadeau. »

Dépité, Casalmaggiore rempocha son ducat et se dirigea vers le couvent. Comme d'habitude, une foule de badauds traînait sur la place, espérant voir le prophète des temps nouveaux revenir au bercail après avoir accueilli le roi. Casalmaggiore pria la Vierge en soulevant le heurtoir et frappa deux fois. Le judas s'entrouvrit. Dans l'ombre, derrière le grillage, Casalmaggiore crut voir une tête de mort. C'était le visage glabre de Fra Stefano.

CHAPITRE 4

La pénitence de sœur Sophia

« Ah, te voilà enfin, Cristoforo, dit Fra Stefano d'un air affairé. Il avait la bouche pleine et s'interrompit pour déglutir. Tu as beaucoup tardé ! Ton maître est au plus mal. Il agonise dans la cellule de Côme... Va le voir si tu veux, tu connais le chemin... Je vais chercher une bassine et du linge, il vomit sans arrêt, je te rejoindrai dans quelques instants. »

Ton maître est au plus mal ! Il agonise ! Il vomit sans arrêt ! Casalmaggiore eut envie d'étrangler ce ridicule nabot sans sourcils. Puis, il eut envie de crier, et que son cri détruise les murs de la ville, et fasse éclater l'univers. Il enjamba le parapet pour traverser le cloître, et là, au milieu des bosquets, il sentit qu'on le tirait par la manche.

« Cristoforo Casalmaggiore ! »

C'était une voix de femme. Une moniale était là, blottie dans une haie de buis taillé. On aurait dit un oiseau blessé. Elle souleva sa capuche pour se faire reconnaître.

« Signora Marguerite ! »

C'était Marguerite Mariotto de Médicis, vêtue en religieuse, le visage creusé, le regard fiévreux, méconnaissable. Elle posa l'index sur ses lèvres.

« Ne dis rien, écoute-moi. Je suis venue avec Savonarole. Je fais partie des quelques femmes qu'il accepte d'écouter en confession. J'ai pris le voile en 1488, grâce à ses conseils éclairés.

– Savonarole, éclairé ?

– Oui, tu sais, il m'a beaucoup aidée. Sans lui, j'aurais peut-être mis fin à mes jours. Après cette épouvantable bataille, en mai 1486, je suis rentrée dans la maison de mon mari, et la vie ordinaire a recommencé, mais je suis tombée malade. Je savais que Giovanni et toi aviez survécu au carnage, mais je n'avais plus de goût à rien, ma vie n'avait plus aucun sens. Comment aurais-je pu redevenir l'épouse d'un médiocre fonctionnaire, après avoir connu les cimes de l'expérience humaine ?

– Et vous êtes allée voir Savonarole…

– Oui, je savais que Giovanni admirait profondément le prieur de San Marco, il m'en avait beaucoup parlé. Il le considérait comme l'un des grands maîtres spirituels de notre époque. J'ai pensé que lui seul saurait me servir de guide, me faire connaître le sens de ma présence sur cette terre aride où l'amour est pourchassé… J'ai fait le voyage jusqu'à Florence, je suis venue ici, Savonarole m'a reçue dans la sacristie, il m'a écoutée patiemment, pendant des heures… Je lui ai tout raconté, mes émotions, mes sensations, je lui ai même parlé de notre escapade dans la bergerie… J'étais heureuse d'en parler, tout simplement… C'était la première fois que… Savonarole m'a confié qu'il avait connu lui aussi un chagrin d'amour dans sa jeunesse et qu'il s'était consolé en Dieu… Il m'a conseillé de suivre son exemple… Enfin, me voilà devenue sœur Sophia, du couvent de Prato.

– Mon maître le sait-il ?

– Non, il ne sait rien de moi, je ne l'ai pas revu, je n'en ai pas le droit… Savonarole m'a autorisée à venir ici avec lui, mais à la condition expresse que je ne chercherai pas à revoir Giovanni. Après sa mort seulement, j'aurai le droit de le veiller, de prier pour le salut de son âme… C'est pourquoi, quand je t'ai vu passer…

– Quel effrayant supplice ! Pauvre signora…

– Cristoforo, si tu savais… »

Elle se tordait les mains.

« Giovanni est très malade, tu le sais ? Les gens disent qu'il a été empoisonné… J'ai suivi de loin en loin les échos de sa gloire… S'il meurt, son œuvre lui survivra pendant des siècles…

– Vous l'aimez toujours...

– Oui, j'ai dédié ma vie au Seigneur, mais je suis comme toi, c'est cet homme-là que j'aime absolument, pour toujours, sans aucune ombre, sans aucune peur. On m'appelle sœur Sophia, mais je suis la moins sage de toutes... S'il meurt, je ne lui survivrai pas... »

On entendit un bruit de galoches sous les arcades. Apeurée, Marguerite se blottit à nouveau dans le buisson.

« Cristoforo, viens plus près, je t'en prie. Regarde ! »

Il s'accroupit près d'elle et vit qu'elle avait, dans le creux de sa main, la médaille des trois Grâces.

« Comme elle est belle ! Il l'avait achetée à Bologne...

– Oui, je sais, je sais tout ! Prends-la, Cristoforo, je t'en supplie... Il faut qu'il sache... L'amour, le printemps... Donne-lui la médaille et dis-lui que mon sang crie toujours famine, tu lui diras ? »

Casalmaggiore prit la précieuse médaille et y posa ses lèvres.

« Dis-lui que je ne l'ai pas trahi... Dis-lui que j'ai préféré prendre le voile... Dépêche-toi, frère Jérôme n'est pas avec lui pour l'instant, il est allé accueillir le roi de France, mais il va revenir d'un moment à l'autre...

– Bien sûr, signora Marguerite. J'ai compris. Je le dirai à mon maître. Il saura tout ce qu'il doit savoir.

– La sainte Vierge bénisse tes enfants et les enfants de tes enfants !

– Courage, signora Marguerite...

– Je ne suis plus signora Marguerite, mais sœur Sophia...

– Courage, sœur Sophia... La miséricorde divine...

– Et n'oublie pas la médaille, surtout !

– Je n'oublierai rien. Pardon, signora Marguerite, il faut que j'y aille... »

Il eut un sourire navré et dit, en manière d'excuse :

« J'ai peur d'arriver trop tard... »

En se relevant, il dut tirer sur sa cape car elle s'accrochait, à genoux sur les cailloux. Enfin elle lâcha prise et resta immobile, les yeux dans le vague, en lui faisant signe d'y aller.

CHAPITRE 5

L'étonnement de Charles VIII

Viva Francia ! Bienvenue au restaurateur de la liberté ! Ces Florentins étaient bien aimables, pensa le roi de France, étonné, alors que le cortège marquait encore une halte de courtoisie pour saluer les représentants de la guilde des teinturiers. A chaque carrefour, il fallait subir un nouveau discours de bienvenue. Charles VIII n'en revenait pas. Leur tyran déchu, Piero de Médicis, l'avait mis en garde contre la susceptibilité des Florentins, et Charles VIII avait donc décidé d'entrer dans la ville avec des troupes nombreuses, destinées à étouffer dans l'œuf toute velléité de résistance ou de sabotage. Mais une simple escorte aurait suffi. Car dans aucune des villes italiennes qu'il avait déjà traversées, le jeune roi n'avait été accueilli avec un tel déferlement d'enthousiasme. De longues tables en bois recouvertes de victuailles étaient préparées pour accueillir les soldats après le défilé. De jeunes vierges en aube blanche suivaient le cortège en portant des brûle-parfums qui répandaient une odeur mystique.

Il décida de prendre son mal en patience et relâcha un peu sa prise sur la mâchoire de son destrier. Ces longues stations immobiles étaient le revers de la médaille, indispensables au maintien du peuple dans une sujétion librement consentie, elles symbolisaient la gloire de la Couronne. Charles VIII n'avait que vingt-quatre ans, mais régnait depuis dix ans. Au début de son règne, au cours d'une apparition, la Vierge lui avait prédit qu'il serait roi de Jérusalem. *Pars délivrer le tombeau du Christ !* Exalté par cette vision, sans doute poussé aussi par un désir de revanche dû à sa petite taille, le jeune souverain avait déjà accompli une œuvre considérable et conquis de nombreuses cités. Il pouvait se flatter d'avoir vécu beaucoup de moments héroïques.

Il avait traversé les Alpes avec une armée de quarante mille hommes, et jusqu'à présent la conquête avait été fructueuse. Son règne était placé sous une bonne étoile. Il était soulagé d'avoir réussi son entrée dans la Cité des Fleurs, cette étape décisive de son périple, et son effort se tendait déjà vers la reconquête de Naples, son royaume par héritage depuis le temps du bon roi Saint Louis. Mais les processions lui donnaient la nausée. Il se sentait offert en pâture à des fauves. Son armure dorée lui pesait sur les entrailles, son grand chapeau de feutre blanc, retenu sous le menton par des rubans de soie, l'empêchait de voir sur les côtés. Il avait l'impression d'être harnaché comme un cheval d'apparat auquel on aurait mis des œillères. En outre, il avait des difficultés à maintenir sa monture sous le dais, ce qui l'obligeait à alterner coups d'éperon et coups de rênes.

Des émissaires de la Seigneurie lui avaient apporté le programme des réjouissances, et il avait acquiescé poliment à l'ensemble, craignant de froisser les habitants de cette fière cité. Il s'ennuya ferme pendant le spectacle des bateleurs du quartier du pont de l'Arno. Cherchant un sujet de distraction convenable pour un roi, ils avaient mis en scène l'épisode biblique de l'Annonciation. Porté par un treuil grinçant, l'Archange descendait en vol plané du toit d'une maison à étages, et restait là, suspendu, tout en délivrant la bonne parole à une Vierge aux joues rebondies qui l'écoutait les mains jointes, juchée sur un char fleuri.

Mais le roi retrouva toute sa joie d'avoir vaincu, en arrivant sur la place de la Seigneurie, dont l'immensité le stupéfia d'abord, avant de l'exalter. Des géants de foire taillés pour cet espace magnifique se livrèrent à des acrobaties qui laissèrent pantois les soldats français. Puis un char triomphal apparut, entouré de jeunes gens en aube blanche, et surmonté d'une gigantesque fleur de lys en bronze, entièrement dorée à la feuille, symbole de l'union des peuples français et florentin. Une fanfare entonna un chant de gloire et le cortège s'ébranla de nouveau, en direction de la cathédrale.

Là, dans la maison de Dieu, Charles VIII eut la bonne surprise d'êtrc accueilli par Marsile Ficin, le célèbre humaniste platonicien, qui le présenta à la foule des fidèles en le comparant à César et à Charlemagne, et l'exhorta à épargner la bonne ville de Florence, certes pécheresse, mais chère à ses enfants et dotée de beautés innombrables. Le roi voulut demander à Ficin des nouvelles de leur ami commun, Pic de la Mirandole, qu'il avait connu à Paris, mais Ficin disparut dans la foule dès la fin de la messe. Après cette journée épuisante, le roi put enfin gagner les appartements princiers qui lui avaient été réservés dans l'ancien palais des Médicis. Mais il lui fallut encore s'offrir aux acclamations sous un arc de triomphe aérien, fait de voiles bleus semés de fleurs de lys.

Dans le salon d'honneur où Laurent de Médicis recevait ses hôtes de marque –, une collation l'attendait : vins doux, pistaches, amandes et fruits confits. Il poussa un profond soupir, anticipant un repos bien mérité, quand on frappa à la porte.

Agacé, il ne répondit pas tout de suite, et il y eut un long silence, pendant lequel le roi attendit que l'on frappât à nouveau, mais rien ne vint. Finalement, intrigué par cette discrétion inhabituelle, le roi se leva, ouvrit lui-même la porte. C'était Savonarole, qui s'inclinait profondément.

CHAPITRE 6

Vers le Purgatoire

« Sire, pardonnez cette intrusion à la fin d'une longue journée, mais c'est une terrible nouvelle qui m'amène. Ce jour de gloire sera aussi un jour de deuil. Il y a quelques jours, notre cher Pic de la Mirandole a été pris d'une fièvre récurrente qui pénètre ses humeurs et brûle ses entrailles. Je ne vous en ai pas parlé à Lucques, pour ne pas vous inquiéter inutilement. Mais les humeurs se sont enflammées, et il se meurt à quelques pas d'ici... Il serait heureux de revoir une dernière fois son ami parisien... »

Savonarole joignit les mains et baissa la tête.

« Pic de la Mirandole ! cria le roi. Ce n'est pas possible... J'espérais tant le revoir à Florence... »

Choqué par la nouvelle, le visage du petit roi avait pâli.

« Il est au couvent de San Marco, à deux pas d'ici... Dans la cellule de Côme de Médicis... »

Le roi tira sur un cordon, un domestique entra par une porte dérobée.

« Une escorte, dans l'instant ! »

Il se retourna vers Savonarole qui l'attendait dans le couloir.

« Allons-y sans attendre. Je l'ai connu à Paris, vous savez, sur les bancs de la Sorbonne...

– Bien sûr, il m'a souvent parlé de vous, de votre intelligence, de votre gaieté...

– Nous étions jeunes et enthousiastes... Nous avions de longues discussions sur Nicolas de Cuse et l'infinité des mondes... »

Savonarole s'abstint de dire qu'il abhorrait ce théologien décadent qui torturait son esprit pour en extraire des théories fumeuses. Ils descendirent un escalier en colimaçon et se retrouvèrent dans la cour du palais, où l'escorte personnelle du roi leur emboîta le pas.

« Giovanni m'a dit que vous l'avez protégé avec une amitié sans faille, quand il était pourchassé pour hérésie, dit Savonarole.

– Oui, quelle ironie, le pauvre, j'ai dû le faire emprisonner à Vincennes pour le soustraire aux espions d'Innocent... C'est un cœur pur, un génie de la philosophie, vous le savez ?

– Giovanni sait que vous êtes arrivé à Florence, il vous souhaite la bienvenue. Il vous félicite pour vos nombreuses victoires et il est impatient de vous voir. Il s'est récemment consacré à la foi rénovée et il a revêtu l'habit des frères prêcheurs de l'ordre de saint Dominique, auquel j'appartiens... Je lui avais proposé de m'accompagner jusqu'à Lucques pour vous rencontrer, mais il était déjà malade... Sire, comme vous l'imaginez, nous nous sommes réjouis ensemble de vos récents triomphes... Par ma voix, le Seigneur avait annoncé le Déluge, et le Déluge est venu aujourd'hui, votre armée a déferlé sur Florence comme une marée vivante, et pourtant Florence est heureuse, Florence est en fête... N'est-ce pas un miracle ? Giovanni a compris lui aussi toute la portée de votre mission céleste. Lui qui a toujours souhaité enrichir son esprit au contact des cultures étrangères, il attend beaucoup de cette confrontation avec l'esprit français dans notre belle Toscane...

– A vrai dire, mon père, j'ai beaucoup de mal à comprendre l'esprit florentin. Je suis honoré de votre accueil mais vos bontés sont presque excessives...

– Pour les Florentins, vous êtes l'Envoyé du Seigneur. Ils vous soutiennent dans l'accomplissement d'une mission sacrée...

– Mais je ne fais que passer, vous le savez bien ! Après mon départ, c'est vous, frère Jérôme, qui allez gouverner cette ville.

– Sire, il n'en est pas question une seule seconde. La purification des âmes sera ma seule récompense ! Tout le pouvoir sera donné au peuple, grâce à l'institution d'un Conseil des Cinq Cents. Je me contente d'avoir un peu d'ascendant sur les cœurs, de faire connaître la puissance du Seigneur. Mais je ne veux rien pour moi, quelle horreur ! Pas d'insigne, pas de médaille, pas de colliers de fleurs. Je ne me contente pas de prêcher la pauvreté, je la mets en pratique, je vis sous l'empire de l'unité ! Non, vraiment, je n'ai besoin de rien, regardez ! »

Il souleva fièrement sa robe.

« Le spectacle de vos pieds suffirait à convaincre un incroyant de la gloire de Dieu », observa Charles VIII, saisi d'un frisson.

Au-dessus de San Marco, un long nuage rose achevait de s'effilocher. La nuit gagnait. Dans toute la ville, au même instant, les cloches se mirent à sonner, de près, de loin, du fond de l'horizon, de partout, les carillons légers se mêlaient aux beuglements poignants des mastodontes de bronze et leurs tintements faisaient tressaillir le cœur.

Jérôme Savonarole interrogea du regard le ciel funèbre de novembre, et son instinct de prophète y découvrit un signe. Un éclair de jubilation passa sur son visage et il dit au roi de France, avec un petit rire navré :

« Sire, nous arrivons trop tard. Regardez là-haut, c'est l'âme de Giovanni Pico qui passe, en route vers le Purgatoire… Heureusement, il a rejoint nos rangs *in extremis*, sinon où serait-il, maintenant ? »

*

Giovanni Pic de la Mirandole fut inhumé deux jours plus tard dans le cimetière du couvent, sous une averse de neige. Selon ses dernières volontés, que Savonarole disait avoir recueillies, il avait été revêtu de l'habit sombre de l'ordre des dominicains de Florence.

Épilogue

A la demande de Savonarole, le secrétaire de Pic de la Mirandole, Cristoforo Casalmaggiore, fut mis à la question par la sainte Inquisition au début de 1497, peu avant le grand bûcher des vanités. L'accusé clama son innocence, mais on lui passa les chevilles et le cou dans des fers munis de pointes, on le suspendit à une poutre et il finit par avouer, en versant des larmes de repentir, qu'il avait empoisonné son maître et ami Pic de la Mirandole trois ans plus tôt, le 17 novembre 1494. Il précisa qu'il avait profité de la confusion provoquée par l'entrée de Charles VIII dans Florence pour lui porter le coup fatal. Le moyen ? L'arsenic. La motivation ? L'appât du gain aurait suffi, car Casalmaggiore avait hérité d'une petite fortune qui lui avait permis d'ouvrir un atelier de ferronnerie.

Mais ce premier aveu ne suffisait pas à ses bourreaux. On voulut faire dire à ce malheureux que les Médicis avaient armé son bras. Piero aurait appris que le fameux Pic de la Mirandole était sur le point de revêtir l'habit des frères prêcheurs et d'apporter ainsi un soutien précieux à Savonarole. Célèbre dans toute l'Europe, aimé du peuple et des grands, capable de tenir en haleine n'importe quel auditoire, entouré d'une aura de soufre et de sainteté, Pic de la Mirandole eût été un allié de poids pour le prédicateur. Malgré ses frasques célèbres, beaucoup le tenaient pour un Juste caché.

Le bourreau resserra un peu son dispositif, et Casalmaggiore finit par avouer, sous la dictée, que le clan des Médicis lui avait envoyé un émissaire au début de l'hiver, qui lui avait offert quatre mille florins pour accomplir ce travail. Le prix d'une vie.

Cristoforo Casalmaggiore versa encore de nombreuses larmes, puis sur l'échafaud, sous les huées, il offrit à Dieu son âme déchiquetée.

*

En 1615, bien des années après la disparition de tous les protagonistes de cette histoire, le grammairien Isaac Casaubon prouva de manière incontestable, par une simple analyse philologique des textes, que les écrits attribués pendant la Renaissance à l'Égyptien Hermès Trismégiste, dit « le contemporain de Moïse », et considérés comme datant de la plus haute Antiquité, étaient en fait une compilation d'écrits gnostiques du IIe et du IIIe siècle de notre ère. C'est alors que le célèbre *Pimandre* cessa d'être un livre de sagesse pour devenir une simple curiosité.

An 2000, Paris, Formentera, Florence, Andé, Paris.

Repères chronologiques

1439	Concile œcuménique de Ferrare.
1454	Paix de Lodi.
1463	Naissance de Giovanni Pic de la Mirandole, dans le duché de Modène (Émilie).
1464	Mort de Côme de Médicis. Piero le Goutteux lui succède.
1469	Début du règne de Laurent de Médicis.
1478	Échec et répression de la conjuration des Pazzi.
1479	Joute de Pic de la Mirandole avec Leonardo Nogarola à Ferrare. Premier voyage de Pic de la Mirandole à Florence.
1482	Arrivée de Jérôme Savonarole à Florence.
Mai 1486	Pic de la Mirandole enlève Marguerite Mariotto de Médicis, épouse du directeur des Impôts d'Arezzo et cousin de Laurent de Médicis.
Épiphanie 1487	Date prévue pour la Grande Dispute organisée par Pic de la Mirandole à Rome, et qui n'aura jamais lieu.
1488	Fuite de Pic de la Mirandole en France. Il est emprisonné quelques mois à Vincennes, puis libéré sur ordre de Charles VIII après l'intervention de Laurent de Médicis.
9 avril 1492	Mort de Laurent de Médicis. Son fils Piero l'Infortuné lui succède.
3 septembre 1494	Arrivée du roi de France Charles VIII en Italie, en croisade vers Naples et Jérusalem.
21 septembre 1494	Savonarole prononce le *Sermon sur le Déluge*.
1er novembre 1494	Savonarole prononce le *Sermon sur Aggée*,

	où il appelle les Florentins à brûler leurs objets précieux et leurs livres scélérats.
9 novembre 1494	Entrevue entre Charles VIII et Savonarole à Lucques. Pillage du palais des Médicis, fuite de Piero de Médicis.
17 novembre 1494	Entrée de Charles VIII à Florence. Mort de Giovanni Pic de la Mirandole. Fin du Quattrocento.
7 février 1497	A Florence, piazza della Signoria, Savonarole organise un grand bûcher des vanités.
23 mai 1498	A Florence, piazza della Signoria, Savonarole est pendu, son corps est jeté dans les flammes.

Je remercie Françoise Peyrot
et Claude Cherki de m'avoir fait confiance.

Bon voyage à Jean-Claude Lattès et Éric Deschodt
dans la Florence de Pic de la Mirandole.

Table

GROUPE CPI

Achevé d'imprimer en juin 2001 par
BUSSIÈRE CAMEDAN IMPRIMERIES
à Saint-Amand-Montrond (Cher)
N° d'édition : 38713/2. - N° d'impression : 012847/4.
Dépôt légal : mars 2001.
Imprimé en France
RÉALISATION : PAO ÉDITIONS DU SEUIL